Knaur

Über den Autor:

Hinter dem Pseudonym Christian Turnau verbirgt sich ein bekannter deutscher Autor, der unter diesem Namen auch noch andere historische Romane vorlegen wird.

Christian Turnau

Im Schatten der Frauenkirche

Roman

Knaur

Besuchen Sie uns im Internet:
www.droemer-knaur.de

Originalausgabe 2003

Ein Unternehmen der Droemerschen Verlagsanstalt
Th. Knaur Nachf. GmbH & Co. KG, München

Umschlaggestaltung: ZERO Werbeagentur, München
Umschlagabbildung: Getty Images, München/Artothek Peissenberg
Satz: Ventura Publisher im Verlag
Druck und Bindung: Nørhaven Paperback A/S
Printed in Denmark
ISBN 3-426-62323-4

2 4 5 3

1867

Es war der Donnerstag vor Karneval, ein goldener, klirrend kalter Nachmittag. Seit zehn Stunden schufteten Männer, Frauen und Kinder im kleinstädtischen Limbach bei Chemnitz für ihren Manufakturherren. Der hatte sich gerade milde lächelnd in allen Abteilungen blicken lassen und befremdlich abgeklärt um sich geschaut.

So guckt der Kapitalist, wenn er Urlaub nehmen oder was gut machen will, fuhr es Christoph Wezel durch den Kopf, der den »Herrn Fabrikant« begleitete. Er war der Maschinenmeister und hinter dem Direktor die Nummer drei der Manufakturfabrik.

»Heute machen wir eine halbe Stunde weniger«, sagte der Fabrikant vor dem Kontor seines Direktors und lächelte seinen Maschinenmeister an wie einen langjährigen Freund.

»Jawohl.«

Ah, so sieht des modernen Ausbeuters Karnevalsgeschenk aus, dachte Christoph Wezel bitter und erinnerte sich an die ohnmächtige Verzweiflung der Frauen, als der Direktor vor genau zwei Wochen die Lohnkürzungen verkündete.

Er war auch davon betroffen. Der Direktor nicht.

Christoph Wezel zog los, um die frohe Botschaft zu verkünden.

An den Handwirkstühlen zu ebener Erde saßen die Erwachsenen, die Masche für Masche exklusive Seidenstrümpfe und Handschuhe produzierten. Im Stock darüber, in der »Spinnetage«, zogen Frauen und Kinder an langen Tischen aus den Seidenraupenfadenbüscheln Fäden, die der Länge nach dreimal zusammengelegt wurden, bevor sie auf Spulen zu einem verwertbaren Faden versponnen werden konnten. Über ihnen, unter dem Dach auf dem »Strohboden«, waren die Kinder an-

zutreffen. Sie saßen an den »Hüten«, was bedeutete, sie nähten unter der Aufsicht einer Direktrice Strohhüte. Aus einem Bund Stroh machten sie drei bis vier Hüte, die Arbeit eines halben Tages. Das Nähgarn, das sie dazu brauchten, wurde selbstverständlich von ihrem Lohn abgezogen und wenn die Direktrice je nach Laune befand, der Hut habe einen Fehler, gab's für ihn bloß halbes oder gar kein Geld.
Am meisten freuten sich die Kinder über diese geschenkte halbe Stunde. Nicht wenige jubelten, als die Direktrice die Nachricht in den Saal rief.
Christoph Wezel dachte an seine Frau und seine Tochter. Ein Gefühl der Angst überkam ihn. Was würde werden, wenn die Fabrik schließt? Wer würde ihn einstellen?
Marina würde ihre Pianistinnenkarriere aufgeben müssen. Das ersparte Geld fürs Dresdener Konservatorium, auf das sie sich so intensiv vorbereitete, brauchten sie dann für Essen und Trinken. Damit wäre es aus mit der Musik. Vorbei der Traum.

Es war der Donnerstag vor Karneval. Ein goldener, klirrend kalter Nachmittag hatte so gut wie alle Zöglinge der ehrwürdigen Fürstenschule und des Internats St. Afra auf die zugefrorene Elbe gelockt. Endlich war mal etwas los im verschlafenen Meißen! Die Schulleitung war so gnädig gewesen, den Nachmittag freizugeben, womit sie ihren Afranern vier büffelfreie Stunden bescherte. Von zwei bis sechs. Halb sieben war Abendessen.
Natürlich war auch an einem solchen Tag das Internat nicht völlig verwaist. Einige Schüler hatten Haushaltsdienst, außerdem saßen zwei Tertianer im Karzer ein. Und selbstverständlich gab es auch in St. Afra ein paar Streber, denen die Bücher wichtiger schienen als das Eis auf der Elbe. Sie waren die einzigen Freiwilligen, wenn man von denjenigen absah, die krank auf der Station lagen – oder etwas im Schilde führten wie Fritz

von Spener, ein siebzehnjähriger, nicht uneitler Sekundaner aus Konrektor Peters' Klasse.

Fritz war auf dem Weg in die Schulbibliothek. Allerdings nicht, weil er lateinische Klassiker lesen wollte, sondern verbotene Bücher. Denn er besaß einen Schlüssel für den sogenannten Giftschrank, in dem so köstliche pornographische Bücher wie Marquis de Sades »Justine« oder »Die Memoiren einer Sängerin« aufbewahrt wurden.

Voller Vorfreude auf die Lektüre fuhr sich Fritz durchs Haar, da bog Konrektor Peters mit einem Packen Hefte unter dem Arm um die Ecke.

»Da schau an, unser schnieker Landedelmann«, berlinerte der Klassenlehrer. »Wenn Sie den Tacitus mal bloß ebenso elegant übersetzen würden, wie Sie sich die Locken richten, Spener! Dann flöge Ihnen auch meine Sympathie zu. Aber wenigstens treffen wir uns schon mal vor der Bibliothek. Das ist ein Anfang. Eigentlich hätte ich Sie auch auf dem Eis vermutet.«

Fritz wurde flau. Das Herz rutschte ihm in die Hose und exekutierte sämtliche Lustgefühle. Es war zum Heulen! Wieder hatte er eine Lateinarbeit verhauen! Die vierte in Folge. Womit die Fünf im Halbjahreszeugnis besiegelt war. Wäre es jetzt Juli, er würde nicht versetzt werden und hätte als Wiederholungstäter St. Afra verlassen müssen. Und das bedeutete: keine Prima und damit keine Matura. Onkel Raoul, der die Hälfte der Internatskosten zahlte, würde sagen: Fritze, du taugst nichts. Wie dein Saufvater. Und damit bist du für mich verloren.

Die Enttäuschung nahm derart überhand, dass Fritz für einen Moment schwindlig wurde. Beinahe wäre er in die Knie gegangen und mit dem Rücken an der Wand nach unten gerutscht. Dabei war dieser jung gebliebene Graubart vor ihm durchaus kein Teufel. Aber er pflegte nun mal von sich zu behaupten, dass er sogar lateinisch träume – und damit war eigentlich alles gesagt.

Andererseits – was hatte Onkel Raoul ihm zum Abschied eingeschärft? »Erstens: Je verlorener die Schlacht, desto glücklicher der gewonnene Krieg! Zweitens: Eine Fünf in Latein ist weniger schlimm als eine Fünf in Betragen. Womit ich sagen will: Sei konziliant! Glück im Leben hast du nur, wenn du aufzutreten weißt. Schulnoten verstauben, dein Charakter darf so etwas nicht. Vergiss nie deinen Stolz! Immerhin bist du ein ›von‹ Spener!«

Fritz klammerte sich an diese Worte wie an den sprichwörtlich letzten Strohhalm. Statt vor seinem Lateinlehrer die Wand zu polieren, nickte er nur resigniert und suchte trotz der niederschmetternden Aussichten nach wohlklingenden Ausflüchten.

»Entschuldigung, Herr Professor«, presste er schuldbewusst hervor. »Das war nicht meine Absicht. Ich verspreche, noch mehr zu arbeiten. Wahrscheinlich war es immer noch nicht genug. Ich werde mich anstrengen. Dies war jetzt bestimmt die letzte Fünf, die ich Ihnen zugemutet habe.«

Er schaute Konrektor Peters geradewegs in die Augen. So unglücklich er war, so zufrieden war er mit seiner Antwort. Denn wenn er etwas konnte, dann schmeicheln. Zusammen mit den schwarzen Locken und seinem weltmännischen Gesicht war dies sein größtes Kapital.

»Eine Fünf, Fritz? So schätzen Sie sich ein, Sie Süßholzraspler? Famos! Diesmal ist es jedoch eine Drei. Zugegeben, eine schwache Drei. Aber was anderes: Vorhin kam ein dringender Brief für Sie. Den ich Ihnen hiermit überreiche.«

Professor Peters fingerte einen stempelstrotzenden Umschlag aus der Rocktasche – was Fritz' anschwellende Glücksgefühle sofort abtötete. Wieder wurden ihm die Knie weich. Denn diese übertrieben steile Schrift auf dem Umschlag, die konnte nur einem gehören: seinem Vater.

»Mein lieber Sohn«, begann er auf der Stube zu lesen, »mir geht es schlecht. Ich bin ein Säufer und schlechter Vater, ein

Versager und Spieler. Und Letzterer hat leider verloren. Womit dein Schulgeld für das nächste Halbjahr ein nicht mehr existentes ist. Du musst Onkel Raoul bitten. Ich sehe keine andere Lösung. Von Mama soll ich dich lieb grüßen. Selbstverständlich schimpft sie mit mir. Ach, mein armer Sohn … Dein Dich stets liebender Vater Freiherr von Spener.«

Es roch nach Bohnerwachs und war so still, dass Fritz sich atmen hörte. Tatsächlich hatte er jede Woche mit einem derartigen Brief gerechnet. Trotzdem konnte er sich jetzt nicht von den Zeilen losreißen. Erwartung und Wirklichkeit waren eben doch zwei Paar Stiefel. Dumpf brütete er über dem Blatt Papier, das schief auf dem frisch gescheuerten Stubentisch lag. Generationen von Schülern hatten ihre Initialen und zweifelhaften Schnitzkünste darauf verewigt. Fritz' Blick fiel auf die Teufelsfratze, unter die er geritzt hatte: »Mementote! Sic omnia sumus!« Erinnert euch! So sind wir alle!

»Stimmt auch«, murmelte er. »Vater ist ein armer Teufel, Mama ein vergnügungssüchtiges Teufelsweib, und du, Onkel Raoul, bist ein geiler Bock.«

Fritz dachte im Stillen an seinen Vater. Weißt du eigentlich, Onkel Raoul, dass Vater erst da richtig zu saufen begann, als du anfingst, Mama den Hof zu machen? Und wenn er spielt, doch auch nur, weil er hofft, Mama dasselbe bieten zu können wie du mit deinen vollen Kassen.

Fritz seufzte tief auf und erhob sich so schwerfällig, als trüge er alle Last der Welt. Was zu tun war, musste getan werden. Schon hundertmal hatte er diesen Brief im Geiste geschrieben. Er ging zu einem der beiden Doppelflügelschränke und zog das flache Holzfach heraus, in dem die Zöglinge das internatseigene Briefpapier aufbewahrten.

St. Afra war eine Schule mit langer Tradition, bereits 1543 vom sächsischen Herzog Moritz von Sachsen gegründet. Die bedeutendsten Afraner waren der Satiriker Rabener und die

Dichter Gellert und Lessing. Schon zu ihrer Zeit hatte der Kurfürst die sprachwissenschaftliche Orientierung der Schule gelockert. Zwar war Latein neben Mathematik, Geografie, Geschichte, Griechisch und Französisch noch immer das Fach der Fächer, immerhin aber gab es zum Ausgleich Zeichen- und Turnunterricht, und im Sommer war sogar das Baden in der Elbe erlaubt.

Aber Internat war Internat. So fortschrittlich sich St. Afra auch wähnte, es gab absurde Regeln. Wie zum Beispiel die mönchische Schweigepflicht bei den Mahlzeiten. Oder noch absurder, dass das Tintenfass bei der freitäglichen Schrankkontrolle genau dreiviertelvoll zu sein hatte und jeder Schüler mindestens zwei funktionstüchtige Schreibfedern vorzeigen musste. Aber jeder hier lernte irgendwann, sich damit zu arrangieren.

War im Tintenfass noch genug Tinte? Fritz hielt es gegen das Licht, grunzte und schlurfte zurück an den Tisch.

Die Feder kratzte über das Papier. Fritz schrieb, ohne nachzudenken. Die Zeilen füllten sich wie von selbst: »Um mehr, lieber Onkel, bitte ich Dich nicht«, schloss er. »Nicht mehr, aber leider auch nicht weniger. Doch eines sei gewiss: Irgendwann werde ich Dir alles vergelten. Dein guter, aber verzweifelter Neffe Fritz.«

Er faltete den Brief, ohne ihn noch einmal zu lesen. Mit jeder Bewegung wurde es ihm leichter ums Herz. Was machte er sich Sorgen! Natürlich würde Onkel Raoul das Schulgeld zahlen. Erstens war er flüssig und zweitens ein von Spener. Niemals würde er zulassen, den Namen von Spener wegen einer Schulgeldlappalie zu blamieren.

Die Freude über die gelungene Lateinarbeit kehrte zurück. Das Gemüt wurde wieder leicht. Geschmeidig erhob er sich von seinem Stuhl und schob ihn wieder an den Tisch. Noch so eine Regel. Leere Stühle hatten so am Stubentisch zu stehen, dass ihre Lehnen eine Fingerbreite von der Tischkante entfernt waren.

Stühle, richt euch!, hieß dies in St. Afra.

Fritz tastete nach der Hosentasche mit dem Schlüssel. Die Lust meldete sich wieder und damit das Bedürfnis, im Giftschrank zu stöbern.

Aber erst der Brief. Erst zur Post.

Die Sonne war fast untergegangen, es war kurz nach halb sechs. Fritz schlüpfte in seinen Mantel. Wollte er wirklich noch an den Giftschrank, musste er sich beeilen. Aber Rennen war verboten. Mit Riesenschritten ging er durch die lausig kalten Flure des ehemaligen Augustiner-Chorherrenstifts, nahm zwei, drei Stufen auf einmal.

Es roch nach Petroleum.

»Platz!«, rief er dem Lampendienst zu, zwei Quartanern, die mit Petroleumkanne und Feuerzeug durch die Schule patroullierten und für Licht sorgten.

Die Jungen schauten überrascht hoch, wer da so selbstherrlich die Treppe herunterkam. Dabei standen sie so dämlich beieinander, dass ein Anrempeln unvermeidlich war. Fritz ließ es darauf ankommen. Er war der Ältere, kam von oben und hatte nach der Schulordnung das Recht auf seiner Seite.

»Sieh da, der Spener-Fritz!«, sagte das erste Früchtchen des Lampentrupps übertrieben und fragte seinen Kompagnon: »Wollen wir ihn durchlassen?«

»Ja können wir das überhaupt?«, fragte der überinteressiert zurück und stellte sich prompt so hin, dass nun ein Frontalzusammenstoß unausweichlich war.

Nur wenige Stufen noch. Fritz war um keinen Preis in der Welt bereit, nachzugeben und sein Tempo zu bremsen. Die beiden St. Afraner Quartaner jedoch blieben ebenfalls stur. Sich zwischen ihnen durchzurammen hätte für Fritz bedeutet, seinem Knie die Bekanntschaft mit einer vollen Petroleum-

kanne zu verschaffen – was auf der Gegenseite dem kannetragenden Pickelhering die Gesetze von Masse und Geschwindigkeit höchstwahrscheinlich genickbruchreif demonstriert hätte.
Fritz dachte nach, die Quartaner glotzten.
Da leuchtete sein Gesicht auf. Als wolle er jemanden aufhalten, schnellte sein rechter Arm hoch, und sein Blick rutschte unmissverständlich über die frechen Opponenten hinweg.
»Professor Peters!«, rief er wichtigtuerisch. »Entschuldigen Sie bitte! Ich soll Ihnen ausrichten ...«
Mehr brauchte er gar nicht zu erfinden. Die Quartaner zogen die Köpfe ein und fuhren herum, keine Sekunde später huschte Fritz zwischen ihnen hindurch. Unnötig zu sagen, dass die vier Augen der Jüngeren ins Leere starrten. Fritz' Finte war ein voller Erfolg.
»In der Quarda, da stehste dumm da«, reimte er hämisch in breitestmöglichem Sächsisch.
»Und in der Sekunda kannst mich ma!«, pöbelte der mit der Petroleumkanne hinterher.
Fritz lachte nur, dann schlug schon die schwere Schultür ins Schloss. Draußen empfing ihn das wortlose Geprotze der ersten Elbrückkehrer, Tertianer. Einer tänzelte, der andere erging sich in Schattenboxen, und wieder ein anderer wiegte mit offenem Mund unablässig den Kopf hin und her. Leute, ihr habt Hirnhochwasser, dachte Fritz und verschwand in den steilen Freiheitshohlweg, den ein Trio Primaner hinaufschnaufte. Sie schoben eine Wolke aus Tabak und Schnaps vor sich her, waren im Übrigen aber schweigsame Gesellen, allesamt mit olivfarbenen Schals bekleidet, und hatten die Fäuste tief in die Manteltaschen gestemmt.
Liebesprobleme. Sie haben Liebesprobleme, wusste Fritz und begann vor Übermut zu hüpfen, was bei dem Gefälle und dem überfrorenen Pflaster lebensgefährlich war. Doch plötz-

lich wurde er wieder ernst. Konnte er sich wirklich sicher sein, dass Onkel Raoul zahlte?

»Gewiss doch«, sagte er ärgerlich und überquerte einen kleinen Platz, über den er auf die Burgstraße kam. Rechter Hand ging's zum Markt mit seinen vornehmen Bürgerhäusern. Dort befand sich die königlich-sächsische Poststelle. Es war kurz vor Schalterschluss.

Wenn er schon der Letzte sei, rief Fritz und wedelte mit dem Brief, wolle er wenigstens die schnellste Sendung aufgeben.

»Nach Chemnitz? Geht heute noch weg«, sagte der Postbeamte. »Schließlich geht's ja um Geld.«

»Warum nehmen Sie das an?«, fragte Fritz pikiert.

»Weil's bei euch Afranern um diese Zeit immer um Geld geht«, sagte der Postbeamte gemütlich.

»Aha. Da lerne ich was dazu«, sagte Fritz.

»Eben, junger Mann. Sie haben's Leben vor sich, ich die Pension. Aber auch in Ihrem Alter war das zu meiner Zeit mit dem Geld immer dasselbe: Schnell her damit und viel her damit.«

»Sehr tröstlich.«

Fritz zahlte und wünschte einen guten Abend. Der Alte hat Recht, dachte er. Geld und Geschwindigkeit hängen zusammen. Ergo musst du immer schnell sein, damit die Börse voll bleibt.

Am Himmel waren noch die letzten Reste der Februarsonne zu erkennen. Ein glutroter Schimmer kündigte eine strenge Frostnacht an, schon blitzten ein paar Sterne auf. Im Limbacher Teichgebiet war es still. Selbst die Krähen ließen sich nur selten über den steif gefrorenen Mooren und Feuchtwiesen hören. Kaum vorstellbar, dass hier im Sommer eine reiche Vogelwelt ihre Brut- und Rastgebiete hatte und brave Limbacher und Chemnitzer Bürger hier angelten und Spaziergänge unternahmen.

Ein Mann in feinem Jägerloden durchquerte das Gebiet – er sah aus, als strebe er auf eine der Lichtungen zu, um dort auf Schnepfen oder Rohrweihen zu lauern. Doch der Mann trug kein Gewehr, und statt auf die Lichtung marschierte er ins Unterholz. Er stieg über umgestürzte Erlen und Pappeln, bahnte sich seinen Weg durch Gestrüpp und schiefe Kopfweiden und machte schließlich vor einer knorrigen toten Eiche Halt. Sie stand auf einer winzigen Insel, um sie herum lugten strohiges Gras und Binsen aus dem grau gefrorenen Sumpfwasser. Ihre borkenlosen Äste stachen wie ein gigantisches Knochengeweih in die Luft, und unter der Krone ragten etliche Asttrümmer aus dem Sumpf, auf denen man jetzt sitzen konnte.

»Schöner Baum«, sagte der vermeintliche Jäger leise zu sich selbst. »Romantisch. Wie auf einem Bild von Caspar David Friedrich. Bequem raufkommen tust du auch.«

Er blickte sich um, was aussah, als ob er sich vergewissern wollte, ob ihn jemand gehört hatte. Aber natürlich war weit und breit keine Menschenseele zu sehen. Zufrieden nickte der Mann und seufzte dann so laut, als wäre er mit sich, Gott und der Welt vollkommen im Reinen. Daraufhin begann er, die Eiche näher zu inspizieren. Langsam, den Kopf ein wenig in den Nacken gelegt, schritt er um sie herum. Schließlich zog er seinen Jägerrock aus, ließ ihn achtlos fallen, ging zu dem Stamm und setzte den rechten Fuß auf einen gut kniehohen Wulst. Darüber war ein Ast, an dem er sich bequem hochziehen konnte.

Nach einer zweiten Anstrengung gelangte er auf einen die Krone teilenden Hauptast, und der erste Höhenmeter war geschafft. Der Mann machte weiter, indem er sich auf den Knien auf einem massiven Astausläufer vorarbeitete. Irgendwann richtete er sich vorsichtig auf, um sich mit dem Unterleib an einem darüber liegenden, aber schräg nach unten kreuzen-

den Ast abzustützen. Ohne Pause drückte er sich mit dem rechten Knie hoch und hatte damit die nächste Baumetage erreicht. Von hier reichte ein einfacher Grätschschritt, um auf einen weiteren Leitast zu gelangen, der mäßig steil weit nach außen ragte. Idealerweise folgte diesem Leitast in Brusthöhe ein in die gleiche Richtung ragender Ast, sodass der Mann sich bequem weit nach vorne arbeiten konnte – so weit, bis zwischen seinen Füßen und dem binsengespickten Eis knapp vier Meter Höhenunterschied lagen.
»Wer sagt's denn«, murmelte der Mann und schaute nach unten. »Wenn das keine Einladung ist.«
Also ist gut, was du tust.
Es ist besser so.
Du hast ja doch keine Wahl.
Und es blitzten die Sterne …

Für den Giftschrank war es nun zu spät. Während in Meißens Häusern und Straßen die Lichter angingen, überlegte Fritz, womit er sich die nächsten Tage die Zeit würde vertreiben können. Ab morgen Abend nämlich hatte er die Stube für sich allein. Die Schulleitung hatte den Rosenmontag und Faschingsdienstag freigegeben. Wer wollte, durfte nach Hause. Die meisten fuhren nach Dresden oder Leipzig, andere wohnten in Zwickau, Pirna, Freiberg.
Fritz' Zuhause war das elterliche Gut im erzgebirgischen Oelsnitz an der Würschnitz, wo er noch im letzten Sommer selbstvergessen Flussperlmuscheln gekeschert hatte. Das Gebäude war aus Fachwerk und Sandstein, mit gemütlichem Kaminzimmer, Sesseln und Tapeten aus dem letzten Jahrhundert. Die Gärten waren trotz der umliegenden Zechen und Abraumhalden herrlich – was Fritz' Vater Friedrich von Spener freilich alles nichts mehr bedeutete.
1842, vor fünfundzwanzig Jahren, hatte er noch frohlockt,

weil er das prächtige Haupthaus samt Wirtschaftsgebäuden als Erbe zugesprochen bekommen hatte, sein Bruder Raoul dagegen sich mit den Wäldern und Wiesen zufrieden geben musste. Aber diese Wälder und Wiesen machten den Löwenanteil des großväterlichen Besitzes aus, und auf ihnen waren zwei Jahre später die Steinkohleflöze entdeckt worden – womit Raoul von Spener seinem Bruder die lange Nase zeigen und seinen Aufstieg beginnen konnte.
Anstatt allein auf die Einnahmen aus dem Grundverkauf zu setzen, war Onkel Raoul so klug gewesen, sich einen Teil der Schürfrechte zu sichern. Er begann, in die Bergbauindustrie zu investieren, und zog schließlich auch eine Fabrik für Landwirtschaftsmaschinen hoch. Friedrich von Spener bearbeitete die Äcker mit seines Bruder Raouls Maschinen, was sein Stolz spätestens dann nicht mehr ertragen konnte, als der Bruder begann seiner Frau den Hof zu machen. Er begann zu trinken, vor ein paar Jahren sogar zu spielen. Mittlerweile waren das Porzellan verkauft, ein paar Uhren, etliche Möbel. Hypotheken drückten. Bislang zahlte Onkel Raoul Zins und Tilgung. Schließlich ist es auch mein Elternhaus, pflegte er seinem Bruder gegenüber zu sagen. Was kann es dafür, dass sein Besitzer ein Versager ist? Und wenn der Name von Spener ehrbar bleiben soll, muss ich doch zahlen, oder?
Wenn, wenn … dachte Fritz. Wenn das Wörtlein wenn nicht wär', wär' mein Vater Millionär. Und auf jeden Fall gilt: In Oelsnitz gibt's ken Karneval!
Denn was erwartete ihn dort? Onkel Raoul würde Mama abholen und ausführen, Papa aber würde trinken und dann trübsinnig auf dem verstimmten Flügel phantasieren. Trude, ihr letztes Mädchen, würde wieder heulen, und er, wenn er auf dem Gut herumstreunte, die bitteren Gesichter der Knechte ertragen müssen, die darauf warteten, dass Säufervater von Spener ihnen den ausstehenden Lohn zahlte.

Fritz trat durch die Tür von St. Afra und verzog das Gesicht. Es roch nach Petroleum, Scheuersand und Bratkartoffeln.
Nach Hause fahren ist nicht, sinnierte er, Geld aber hast du auch nicht. Was bleibt also? Lernen! Latein. Griechisch. Französisch. Mathematik. Ein schaler Geschmack machte sich in seinem Mund breit. Nein, das wäre dann doch des Guten und Entbehrungsreichen zu viel. Versetzung ja, Strebertum nein. Schließlich hatte er Charakter.
Nichtsdestotrotz, es war zum Aus-der-Haut-Fahren!
Voller Neid dachte Fritz an seine Stubenkameraden Kurt Zacharias und Max und Georg Lewenz. Kurts Vater besaß eine gediegene Strumpfwirkermanufaktur bei Chemnitz, die Dresdener Max und Georg waren Söhne eines Bankiers. Geld hatten alle, die Lewenz natürlich ganz besonders. Als König Johann vor drei Jahren die Konzession zur Errichtung von Privatbanken gegeben hatte, waren Senior Martin Lewenz und sein Sohn Heinrich mit ihrem bereits existierenden Bankhaus in den Schatten der Dresdener Frauenkirche gezogen. Seitdem gehörten ihre Adressen zu den Ersten in der Stadt.
Die Lewenz machten Geld, Geld und noch mal Geld.
Georg und Max lebten wie die Maden im Speck. Dabei waren beide noch schlechtere Schüler als Fritz von Spener, Georg im Prinzip sogar ein echter Versager. Aber selbst ohne Abitur würde sein Leben dahinrollen wie ein Zug auf sauber verlegten Gleisen: Lehrling, Prokurist, eigenverantwortliche Teilhaber, schließlich Eigentümer. Und Millionär.
Pickel hin oder her, die Mädchen würden ihm zufliegen.
»Fritze«, dröhnte demselben Onkel Raouls Stimme im Gedächtnis, »machste Geld, dann haste Weiber!«

»Hollahe!«, rief er übermütig, als er die Tür zur Stube aufriss. »Stellt euch vor, ich könnt tanzen!«

»Ach, hast dich in der Bibliothek in die Grammatik verliebt?«, frotzelte Kurt Zacharias und trompetete in sein Taschentuch. »Unsinn, Kurti«, sagte Max Lewenz ruhig, während er seine Brillengläser polierte. »Unser Spinner-Fritz hat im Giftschrank eine Hoffmannsche Automatenpuppe entdeckt. Olympia zwo.« Sein teurer Kamelhaarmantel lag mit den Mänteln der anderen auf dem Tisch und dampfte feuchte Kälte aus. Genauso stark duftete es aber auch nach Glühwein, der auf den Elbwiesen verkauft wurde. Ihn zu trinken war zwar verboten, aber die Lewenz-Brüder hatten offenbar mal wieder beschlossen, sich bei Kurt mit einer kleinen Ungesetzlichkeit für dessen Hausaufgabenhilfe zu revanchieren.

Bedächtig setzte Max seine Brille auf und schaute um sich. Aber niemand lachte über seinen Scherz. Aber so war das meistens. Max war ganz einfach der Feingeist der Lewenz-Brüder. Seine sensiblen Künstlerhände taten nichts so gern wie malen. Wenn er im Zeichenunterricht mit abwesendem Blick über einer Arbeit saß, wirkte er wie ein meditierender Mönch. Neben ihm nahm sich sein Bruder Georg fast schon wie ein Bauer aus. Klobiger, größer und »mit einem Gesicht wie unserer Köchin gärender Hefeteig«, wie er sich einmal selbstironisch charakterisiert hatte. Tatsächlich litt er an unreiner Haut, was ihn im Verbund mit seinem zerquälten Mondgesicht nicht gerade zu einem Schönling machte.

»Quatsch!«, rief Fritz. »Weder Grammatik noch Olympia! Viel verwegener! Meine Liebe gilt Massa Pet. Denn er gewährte der Spenerschen Version des Tacitus ein Befriedigend. Diese frohe Botschaft empfing ich gerade vor der Bibliothek.«

Massa Pet war niemand anderes als Konrektor Professor Peters. Seit Wochen war es in der Sekunda Mode, alle Professoren als »Massa« zu bezeichnen. Sie waren in St. Afra die Herren, ihre Schüler waren die Neger.

»Du bei Massa Pet 'ne gute Drei?«, fragte Georg ungläubig und schluckte. »Mensch, dann bist du aus dem Schneider. Glückwunsch.«

»Stimmt«, sagte Fritz zufrieden und plumpste auf seinen Stuhl. »Zumindest, was dieses Halbjahr betrifft.«

Georg schaute seinen Freund bewundernd an. Er dagegen, meinte er bitter, habe sich mit dieser letzten Klassenarbeit Massa Pets Sympathie garantiert für alle Ewigkeit verscherzt. Denn so schlimm sei noch keine Übersetzung gelaufen. Er habe es nicht mal bis zu Ende geschafft.

»Stattdessen ließ ich mich hinreißen, ein Männchen zu malen, dem der Kopf abgeschlagen wird.«

»Georgus Lewenzus decapitabatur«, sagte Kurt Zacharias, der Primus der Klasse, pathetisch. »Georg Lewenz wurde enthauptet. Sic transit gloria mundi.«

»Hör auf, Kurti!«, rief Fritz ärgerlich.

»Mit Vergnügen, Herr von Spener! Aber du solltest jetzt mal langsam Tacheles reden, was da so im Giftschrank steht.«

Kurt und Fritz gerieten gerne wegen Nichtigkeiten in Streit. Sie respektierten einander, mochten sich aber nicht wirklich. Für Kurt war Fritz zu unaufrichtig, und Fritz wiederum ärgerte Kurts überlegene Intelligenz. Was Kurt letztlich Vorteile verschaffte. Vor allem, wenn er für Fritz mal schnell ein paar Gleichungen löste oder ihn gnadenhalber eine Übersetzung abschreiben ließ.

Jetzt aber hatte Fritz den Trumpf in der Hand. Erst hielt er Kurt den Schlüssel unter die Nase, dann legte er ihn provozierend in die Mitte des Tisches. Sofort wurde es still – als habe er eine Reliquie aus der Hosentasche gezaubert, deren Besitz seinem Eigentümer ein Stück Glückseligkeit bescherte. Dabei war alles reiner Zufall. Fritz' barocker Kleiderschrank zu Hause war schlicht mit demselben Schloss bestückt wie der Giftschrank von St. Afra.

»Nun, es steht so allerhand drin«, begann er wichtigtuerisch. »Bücher schlüpfrigen und anstößigen Inhalts. Ich glaube sogar, mich an Koloraturen erinnern zu können.«
»Zur Hölle mit dir, du Teufel!«, rief Kurt. »Namen. Titel. Bilder. Red endlich Tacheles!«
»Tacheles!«, äffte Fritz ihn nach. »Bist du so scharf?« Seine Hand schnellte vor, und der Schlüssel verschwand wieder in seiner Hosentasche. »Nichts da. Irgendwann, es würde durchsickern. Eine zufällige Bemerkung von einem von euch, selbst ganz unbeabsichtigt, und unsere würdigen Massas würden mich unweigerlich in die Zange nehmen und zu Wühlmäusen in der Affäre »Giftschrank« avancieren. Was bedeutete: Ich müsste den Schlüssel rektal verstecken. Versteht also bitte: Der status quo belässt alles im Stadium der Gerüchte. Keine Titel, keine Beweise.«
»Da hast du schon Recht«, sagte Georg in das betretene Schweigen hinein und schaute seinen Freund gekränkt an. »Nur, damit wirst du zum Kameradenschwein.«
Scheiße, stöhnte Fritz innerlich auf. Jetzt hast du dir was versaut! Georg sieht aus wie ein verwundetes Tier.
Was war mit Max?
Fritz linste zu ihm hinüber. Max mimte den Gleichgültigen und beschäftigte sich mit den nicht existenten Trauerrändern unter seinen Fingernägeln. Kurt aber war richtig wütend. Er hatte seine schönen weichen Lippen zu einem Strich zusammengekniffen und die Stirn in Falten gelegt. Seine Mundwinkel waren verzogen, als sei ihm übel.
»Ach, Freunde«, seufzte er versöhnlich. »Gönnt mir doch wenigstens dieses bisschen Spaß. Was hab ich denn sonst? Was glaubt ihr, was ich vorhin für einen Brief bekommen habe! Demütigung pur. Von meinem Vater! Was da drinstand, könnt ihr euch gar nicht vorstellen. Ehrlich!«
»Geht's um Geld?«, fragte Kurt lauernd.

»Genau Kurti!«, rief Fritz gereizt. »Kannst du dir nicht vorstellen, wie? Als ob ein ›von‹ bedeutet, irgendwo in der Familiengruft Schatztruhen zu haben. Und damit ihr's wisst: Mir wird tatsächlich die Kohle knapp. Verdammt knapp sogar. Will heißen, ich muss die tollen Tage hier bleiben, während ihr euch daheim amüsieren dürft. Zufrieden?«
Fritz sah, dass er getroffen hatte. Kurt starrte ihn überrascht und erschrocken an, Georg und Max schauten betreten zur Seite. Niemand brachte einen Ton über die Lippen. Allen wurde die Stube zu eng. Wie giftiges Gas dehnte sich die Spannung zwischen ihnen aus.
Zum Glück läutete es zum Abendessen.
»Hab ich einen Hunger«, murmelte Max.
»Und wie«, pflichtete Georg seinem Bruder bei. »Wir halten wohl alle jetzt besser unsere Klappe. Erst mal dem Ranzen geben, was des Ranzens ist.«
»Wohl gesprochen«, fügte Kurt brüchig hinzu. »Lasst uns Bratkartoffeln mit Sülze essen.«
Alle erhoben sich gleichzeitig – merkwürdig gemessen, als machten sie sich daran, eine wichtige Arbeit in Angriff zu nehmen. Und natürlich schoben sie die Stühle, wie es sich gehörte, an den Tisch. Es polterte auf dem gebohnerten Dielenboden, und als die Kameraden aus dem Zimmer waren, ächzte es in der Stube, als wolle sie sich von der Anspannung befreien. Die Stühle standen, als wäre nichts geschehen – mit einer Fingerbreite Luft zwischen Tischkante und Armlehne.

Und es blitzten die Sterne. Du bist nicht der erste Fabrikant und wirst nicht der Letzte sein, dachte der Mann auf dem Baum und zurrte das eine Ende des daumendicken Seils, das ihm von der rechten Schulter hing, am Ast fest. Das andere, ungefähr zwei Meter lange Ende mit der Schlinge warf er probeweise in die Tiefe und zog es dann wieder hoch.

Wohl ein gutes Dutzend Mal hatte Heinrich Zacharias, Kurts Vater, alles durchgerechnet. Verkaufte seine Frau die Fabrik zum Mindestpreis, wären alle Unternehmensschulden getilgt, sie und Kurt würden aber ohne einen Heller auf der Straße stehen, und die Arbeiter hätten die letzten beiden Wochen umsonst gearbeitet. Bei einem mittleren Erlös, den er eigentlich erwartete, würde es für eine bescheidene Rente in Dresden reichen, und Kurt könnte auch noch eine gewisse Summe auf die Seite legen. Der Maximalpreis würde sogar die ausstehenden Löhne decken und Kurt vielleicht auch noch ermöglichen, weiter St. Afra zu besuchen und dort die Matura zu machen.
Fang bloß nicht an, nachzudenken, ermahnte sich Heinrich Zacharias.
Er hielt die Luft an, legte sich die Schlinge um den Hals und sprang. Dabei stieß er sich kräftig in die Höhe. Gut zwei Meter fiel er ins Leere, dann zerquetschte ihm die Schlinge den Adamsapfel und brach ihm zwei Halswirbel. Da das Seil sich leicht dehnte, schlug er mit den Stiefelspitzen aufs Eis. Aber da war er bereits vollständig gelähmt. Trotzdem hatte er noch länger zu leiden, was daher resultierte, dass der Knoten am Ast nach unten rutschte. Doch dann verlor der Seidenwirkermanufakturist das Bewusstsein.
Der Atmungsreflex war stärker als jeder Wille, und für einen kurzen Augenblick bekam Heinrich Zacharias wieder Luft – aber er starb trotzdem. Weil seine gelähmten Beine sein Gewicht nicht mehr trugen, wurde er langsam vom Gewicht seines Körpers erdrosselt.
Als man ihn am Mittag des nächsten Tages fand, war sein Körper zu einer bizarren Figur gefroren.

Massa Peters, der Lateinlehrer, war ein humaner Mann. Er bildete sich viel darauf ein, dass er zuerst die Arbeiten rausgab und sich dann an deren Besprechung machte. Seine Kollegen machten es allesamt umgekehrt. Sie waren konservativ. Rückschrittlich, wie Massa Peters meinte, der seine Klasse schon mal zum Lachen brachte, indem er ihnen erotische Verse Catulls derbdeutsch übersetzte.

Mit lockerem Schwung warf er die Hefte auf die Schulbänke. Nachdem das Jubeln und Ächzen abgeklungen war, fragte er, ob der Text zu schwierig gewesen sei. Aufmerksam schaute er in die Runde, fasste dabei einzelne Schüler ins Auge. In diesen Momenten wirkte er wie ein liebenswürdiger Patriarch, der wissen wollte, ob seine Zöglinge sich bei ihm auch wohl fühlten. Doch es wusste jeder, Massa Pet hatte auch seine dunklen Seiten, die vielleicht sogar die hellen dominierten. So wiegten seine Schüler eher vorsichtig die Köpfe und murmelten vor sich hin, als sich klar zu äußern.

»Sie war angemessen, Herr Professor«, sagte Fritz. Er war der Klassensprecher. »Vielleicht, wenn ich dies so ausdrücken darf, ein, zwei Sätze zu lang.«

»Angemessen. Aha«, wiederholte Professor Peters zufrieden. »Setzen Sie sich, Spener.«

Fritz sank auf seinen Stuhl und boxte seinem Banknachbarn Georg Lewenz in die Seite. Der saß mit glasigen Augen auf seinem Platz und starrte ins Nirgendwo. Sein aufgeschlagenes Klassenarbeitsheft zeigte keinerlei Korrekturen. Nur zwei rote Striche, diagonal über beide Seiten. Georgs Arbeit war ein »ungenügend«, wie Massa Pet in seiner unverwechselbaren Linkswinkelung unter das Strichmännchen geschrieben hatte.

»Glotz nicht so blöd«, zischelte Fritz seinem Freund zu. »Nächstes Halbjahr ist noch alles drin.«

Konrektor Professor Peters räusperte sich und schritt langsam durch die Bankreihen. Im Kanonenofen knallte ein Holzscheit, draußen strahlte die Sonne, und der Himmel wölbte sich in makellosem Blau über die Stadt. Die Reihe vor Fritz' und Georgs Bank blieb er stehen. Alle Augen waren auf ihn gerichtet, die Schüler der vorderen Bankreihen drehten sich um. Es war mucksmäuschenstill. Jeder wusste, wenn Massa Pet so durch die Bankreihen schlenderte, stand ein Ausbruch bevor. Ein Ausbruch freilich, der gleichzeitig immer Vorführung und Vernichtung war.

»Stehen Sie auf, Georg«, bellte er ungeduldig.

Georg schnellte in die Höhe, den Hals fleckig und das Gesicht so weiß, dass die Pickel darauf leuchteten. Er schluckte und schaute seinen Lehrer mit angstgeweiteten Augen an.

Massa Pet liebte Cicero. Und erging sich in der nächsten Minute, wie jeder recht bald begriff, im Stil von dessen erster Rede gegen Catilina. Der Professor begann leise, leidend. Doch schnell wurde seine Stimme gefühlvoll, dann kraftvoll und zusehends zornig, bis sie in ein kalkuliertes Dröhnen mündete, um schließlich abrupt zu enden:

»Wie lange noch, Georg Lewenz, willst du meine Geduld missbrauchen? Bis wann willst du mich mit deiner Miserabilität noch verhöhnen? Und wie weit glaubst du, deine zügellose Dreistigkeit eigentlich treiben zu können? Erschüttert dich deine ungenügende Substanz kein bisschen? Dieses impertinente Stümpertum, das selbst deinen Mitschülern peinlich ist? Warum glaubst du, ihnen noch immer dein Versagen zumuten zu dürfen? Dein Stammeln? Debilen Schaum? Hoffnungslos bist du, Georg Lewenz! Schlechter, als ein Guter erstklassig sein kann. Verloren. Aber zu unser aller Glück wirst du nichts weiter sein als ein schlechter Wind, der einst durch St. Afra wehte.«

Georg blickte wie ausgelöscht an die Wand. Er stand kerzengerade, ohne jede Bewegung. Nicht einmal seine Brust hob sich. Er war wie tot. Als wenig später die Schulglocke bimmelte und alle stillschweigend ihre Sachen packten, ragte er wie versteinert ins Klassenzimmer.

Fritz tat sein Freund aufrichtig Leid. Er wartete, bis sich der

Unterrichtsraum geleert und die Tür geschlossen hatte. Dann zog er seinen Freund stumm an sich und barg dessen Kopf an seiner Schulter. Georg begann wieder zu atmen. Irgendwann seufzte er. Fritz wagte nicht, die Umarmung zu lockern. Von Minute zu Minute wurde sie ihm unangenehmer, lästig, geradezu peinlich. Als er glaubte, in der nächsten Sekunde aufschreien zu müssen, wurde er leidenschaftlich von Georg umarmt. Er presste Fritz so fest an sich, als wolle er ihn erdrücken.

Es war ein einzigartiger, magischer Moment. Fritz begriff, Georg und er würden ihn nie mehr vergessen. Es war, als ob das Schicksal sie aneinander schweißen wollte. Und zwar im Schmerz. Denn Georgs Hände verkrampften sich und schnitten wie Klauen durch Fritz' Weste.

Endlich ließen sie los. Fritz standen Schweißperlen auf der Stirn.

»Danke«, sagte Georg heiser. »Bist wirklich ein Freund.«

»Hast du etwa daran gezweifelt?«

Georg zuckte mit den Schultern, schüttelte dann aber den Kopf.

»Und du willst wirklich hier bleiben?«, fragte er zweifelnd.

»Warum nicht?«, entgegnete Fritz launig. »Ich hab doch meinen Giftschrank!«

»Ja, wie konnte ich das vergessen!«, ging Georg bemüht auf den jovialen Sekundaner-Ton ein. »Der Giftschrank und Spinner-Fritzens Schlüsselchen!«

Auf der Stube klopften Max und Kurt Georg tröstend auf die Schulter. Er werde das Ruder bestimmt noch herumreißen, meinte Kurt. Im Übrigen sei Massa Pets Ausbruch wenig originell gewesen. Geradezu unter seinem Niveau.

»Cicero nachzuäffen! Lächerlich!«, rief er kopfschüttelnd und erinnerte Georg an Massa Pets legendäre Rede gegen Felix

Rosenow, letzten Sommer, woraufhin dieser St. Afra verlassen hatte.
»Genau«, pflichtete Max ihm bei. »Du kamst vorhin ja noch richtig gut weg. Denk doch mal daran, wie er Rosenow gegenüber resümierte: ›Ihre Leistungen, Rosenow, verhalten sich zur Schönheit Ihres Namens wie der Inhalt der Latrinen zu ihrem Gestank.‹«
Selbst Georg verzog das Gesicht und grinste. Max hatte Recht. Ein schlechter Wind war eher auszuhalten als eine volle Latrine. Langsam fing sich Georg wieder. Schließlich half er sogar mit, die Stube zu putzen. Es wurde gefegt, gefeudelt und gebohnert. Kurt und Fritz polierten das Fenster mit Zeitungspapier, die Lewenz-Brüder die messingfarbene Petroleumlampe. Die Schränke wurden entstaubt, Hemden neu zusammengelegt, und die Kleiderstange wurde gewischt. Als es klingelte, stellte sich jeder vor seinen Stuhl und wartete auf die Stubenkontrolle.
»Stube drei vollzählig und mit vier Mann belegt«, meldete Kurt Rektor Professor Franke. »Gelüftet und gereinigt. Mängel: keine.«
Rektor Franke, ein Kahlkopf mit viel zu roter Nase, verzichtete auf die Durchsicht der Schränke. Er schaute kurz um sich, zwinkerte mit den Augen und wünschte frohe Tage. Die Freunde setzten sich. Noch eine Viertelstunde. Ruhe kehrte ein. Jeder genoss diese müßigen Minuten, zu wenige, um sich in seinen Gedanken zu verlieren oder um noch irgendwelche Gespräche zu beginnen. Fünfzehn Minuten reine, schlicht geschenkte Zeit. Man streifte den anderen mit den Blicken, wich ihm wieder aus, lauschte auf Türenschlagen und Schritte.
Es klopfte.
»Ja bitte!«
Die Jungs schnellten von ihren Stühlen.

»Mama?«

»Überraschung!«

Frisch und belebend wie eine Quelle rauschte Carola Lewenz ins Zimmer. Sie war die hinreißendste Frau, die Fritz bislang gesehen hatte. Eine rosenduftende Schönheit mit nachtblauem, eng geschnürtem Kleid, das sündhaft straff unter ihrem offenen Nerzmantel hervorlugte. Ihre großen, dunklen Augen sprühten vor Vergnügen, was zusammen mit ihrem Lächeln einfach umwerfend wirkte. Ihr kastanienbrünettes Haar mit den adretten Korkenzieherlocken schimmerte seidig – mit einem Wort, Fritz hatte noch nie eine Frau mit einer solch erotischen Ausstrahlung getroffen.

Flüchtig, aber herzlich umarmte die Bankiersgattin ihre beiden Jungs, wobei Fritz nicht der forschende Blick entging, den sie Georg zuwarf.

»Ich dachte, wenn ich schon mal die Meißener Porzellanmanufaktur besuche, dann auch St. Afra und die Stube drei. Sie beide, meine Herren, müssen demnach Herr von Spener und Herr Zacharias sein. Aber wer ist nun Kurt und wer Fritz?«

»Mama, das ist Kurt …«, begann Max, »… und das Fritz«, beendete Georg die Vorstellung.

Fasziniert und gebannt rührte sich Fritz nicht von der Stelle. Kurt dagegen streckte Carola Lewenz so ostentativ die Hand hin, als begrüße er einen Burschenschaftler. Zum Glück war Georgs Mutter nicht zimperlich, obwohl Kurts Händedruck, vorsichtig formuliert, ungalant war. Aber auch Fritz griff viel zu heftig zu. Wenigstens gelang ihm eine geschmeidige Verbeugung, wohingegen Kurt sich so linkisch anstellte, dass es aussah, als lege er seinen Kopf aufs Schafott.

»Ich freue mich, Herr Zacharias. Max äußerte mehrfach, dass Sie in der Klasse unangefochten der Primus sind. Sie waren so gütig, meinen Herren Söhnen sozusagen ein paar Mal die Aufgaben zu machen. Meinen aufrichtigen Dank.«

»Er half nicht nur Max und Georg, Frau Lewenz«, fügte Fritz launig hinzu. »Auch mir. Insgesamt halten wir natürlich alle nach Kräften zusammen. Jeder wie er kann.«
»Das ist wahr, Mama«, sagte Georg. »Und was der Kurt auf dem Kasten hat, das macht der Fritz mit dem Herzen.«
»So?«
Carola Lewenz' Augen wurden noch größer, ihr Lächeln dagegen mütterlich. Fritz senkte bescheiden die Augen. So unsinnig es war, er hoffte, dass Georgs Mutter ihn mit einer winzigen Aufmerksamkeit bedachte, ihn gleichsam mit einem Stäubchen Weiblichkeit beglückte, und sei dies noch so gering. Schließlich würde er in ein paar Minuten allein hier zurückbleiben, während Kurt, Georg und Max zur Bahnstation schlenderten, zwischen sich diese sinnliche Frau, unter deren Kleid sich ein Körper verbergen musste, der schöner war als jeder erotische Traum.
Die Schulglocke ertönte. Sofort wurde es laut. Lachen, Pfiffe, Stiefelscharren und Absatzknallen tobten durch die Flure.
»Nun denn, auf jeden Fall wünsche ich Ihnen frohe, lustige Stunden, Frau Lewenz«, sagte Fritz. »Klar Jungs, euch auch!«
»Höre ich da etwas Trauriges in Ihrer Stimme, Herr von Spener?«, fragte Carola Lewenz.
»Bravo, Mama«, sagte Georg eifrig. »In der Tat, Fritz ist ein Missgeschick passiert. Er ist gezwungen, hier zu bleiben. Denn er war so großzügig, einem Afraner was zu pumpen. Dieser Schuft allerdings kam bis heute seinen Verbindlichkeiten nicht nach. Und weil unserem guten Fritz vor ein paar Tagen auf den Elbwiesen noch seine Börse abhanden kam, steht er jetzt so blitzeblank da, dass es nicht mal für die Zugfahrkarte reicht.«
Die Lügen gingen Georg so glatt von den Lippen, als lese er sie vom Spickzettel ab. Seiner Mutter freilich konnte er nichts vormachen. Carola Lewenz war mitnichten weltfremd. Doch weil Max bedächtig nickte und sich auf Fritz' weltmännischen

Zügen Scham und Betroffenheit zeigten, war Carola Lewenz geneigt, ihrem Sohn wenigstens die Hälfte seiner Geschichte zu glauben.

Hat sich der geschmeidige Herr von Spener also finanziell verausgabt, dachte sie amüsiert. Er und seine adelige Seele wollten wohl ein wenig glänzen und gehörig freigebig sein. Wie tief Georg wohl in seiner Schuld steht? Sie verstand nur nicht, warum er diesen Umweg nahm. Wenn Georg mit seinem Freund gerne feiern wollte, hätte er es doch frank und frei sagen können. Sie hatte wahrlich nichts dagegen. Dieser Fritz von Spener war schließlich ein Bursche mit Manieren. Einer, den man gerne ansah.

»Das klingt ja richtig karnevalesk!«, rief sie. »Fritz, ich ahne die Intention meines Sohnes: Erweisen Sie uns also die Ehre, Sie über Karneval bei uns als Gast begrüßen zu dürfen.«

»Die Ehre ist ganz auf meiner Seite!«, rief Fritz freudig und versuchte sich an einem Kratzfuß. »Danke, Frau Lewenz. Ich weiß gar nicht, was ich sagen soll. Ich hatte mich schon mit dieser tatsächlich traurigen Lage abgefunden, richtete mich darauf ein, lediglich diverse Grammatiken als Gesellschaft zu haben.«

Kurt hustete. Max zog sein Taschentuch, um sich zu schnäuzen. Georg dagegen strahlte wie ein kleines Kind.

»Überhaupt Mama, weißt du«, fuhr er scheinheilig fort, »so ein Ungenügend in Latein, da braucht man wirklich einen Freund ...«

Weiter kam er nicht, denn Rektor Franke stand in der Tür. Er hüstelte und machte ein betretenes Gesicht. Seine rote Nase war überraschend blass, sein Kahlkopf aber voller roter Flecken.

»Gestatten Sie, Frau Lewenz«, begann er mit brüchiger Stimme, »dass ich Ihnen den Herrn Zacharias entführe.« Der Rektor wandte sich Kurt zu und lächelte ihn seltsam bemüht an. »In mein Büro bitte, Kurt. Sie werden erwartet.«

Ohne sich zu verabschieden, verließ Rektor Franke mit Kurt die Stube. Mit Riesenschritten ging es durch St. Afra, vorbei an Stuben und Unterrichtsräumen, Lehrerzimmern und der Aula. Schließlich erblickte Kurt die Tür mit der großen, goldblitzenden Klinke. Rektor Franke öffnete, Kurt trat ein.
»Setz dich, mein Junge«, hörte er die milde Stimme und wurde vom Rektor sanft in einen Armlehnstuhl gedrückt.
Rektor Franke verschwand einen kurzen Moment ins Nebenzimmer, aus dem kurz darauf ein Schluchzen drang. Kurts Magen zog sich zusammen. Sein Herz schlug schneller, er ballte die Fäuste. Weinte da ... war das nicht seine Mutter? Also doch, schoss es ihm durch den Kopf. Papa hat bankrottiert! Du musst das Internat verlassen. Er sprang sofort hoch, als Rektor Franke mit seiner Mutter zu ihm kam.
»Mama! Was ist passiert?«
»Dein Vater!«, schluchzte Kurts Mutter auf. »Er hat sich was angetan! Ist tot!«

Marina Wezel, die hübsche sechzehnjährige Tochter des Maschinenmeisters Christoph Wezel, ereiferte sich darüber, dass sie Chopins cis-Moll-Etude op. 25, 7 viel inniger spiele als die große Clara Wieck. Sie saß in der elterlichen guten Stube an ihrem Klavier und freute sich, dass ihr die schwierigen Läufe der linken Hand alle geglückt waren. In den schwenkbaren Kerzenhaltern zu beiden Seiten des Klaviers brannten frische Kerzen, deren Licht kaum merklich auf den Noten zitterte.
»Lies doch selbst, Mama«, rief sie begeistert, während sie mit der Linken noch einmal das elegische Thema hervorhob, »Chopin fordert Lento, und das heißt langsam, aber auch locker. Doch was hat die Wieck daraus gemacht? Ein Andante, und dann war es natürlich nicht mehr locker, sondern trocken.«
»Ja, Liebes«, sagte ihre Mutter Johanna sanft. »Diese Etüde lag ihr nicht. Seine Revolutionsetüde aber, das musst du zugeben,

war eine richtige Schlacht. Ein Tastengebraus, wie ich es noch nie gehört und gesehen habe.«

»I wo, dieses Tempo schaff ich auch noch!«, rief Marina zuversichtlich, drehte sich kurz zu ihrer Mutter um und begann, die ersten Läufe dieses Prachtstücks zu spielen, das sie sich für die Prüfung am Dresdener Konservatorium ausgesucht hatte.

Wie immer, wenn sie nervös war, wischte sich Johanna Wezel mit ihrem Taschentuch über die Nase. Hinter Marina stehend, versuchte sie, sich auf das Klavierspiel ihrer Tochter zu konzentrieren, schaute sogar mit in die Noten. Aber Johanna Wezel besaß nicht mehr die Kraft, sich darüber zu freuen. So wenig sie die Muße hatte, die Musik mitzulesen, so wenig fesselte sie Chopins Revolutionsetüde – woran einzig die Gerüchte schuld waren. Sie machten ihr Angst und vergällten ihr alle Lebensfreude.

Gestern Abend hatte ihr Mann berichtet, dass in der Fabrik noch vor Ostern die Lichter ausgehen könnten – trotz der Lohnkürzungen vor zwei Wochen. So schlecht stand es um Heinrich Zacharias Fabrik! Johanna Wezel lief ein Schauer über den Rücken, ihre Zähne schlugen aufeinander. Wovon sollten sie leben, wenn Christoph arbeitslos wurde? Wie sollten sie die Miete für das Häuschen aufbringen? Reserven hatten sie für gerade mal für zwei Monate. Und untervermieten – wohin dann mit Marina und dem Klavier? Wenn Christoph nicht schnell woanders eine Anstellung fand ... wie viel brachte eigentlich der Hausrat? Wenn sie das Spinnrad entmotten würde ... oder doch besser gleich putzen gehen? Was war demütigender?

Andere Frauen, hatte sie gehört, würden sich vorübergehend in den Städten verkaufen!

»Nun?«

Johanna Wezel applaudierte, ohne sich an einen Ton zu erinnern – was ihr in all den Jahren, seit Marina spielte, noch nie

passiert war. Schließlich war sie stolz auf Marina! Aber jetzt, in dieser Situation, da bereitete ihr Marinas Begeisterung fürs Klavier zusätzliche Sorgen. Das Konzert mit der Wieck lag jetzt schon Wochen zurück, aber Marina tat noch immer, als sei es gestern gewesen. Seitdem übte sie jeden Tag vier bis sechs Stunden, weil sie es sich in den Kopf gesetzt hatte, Pianistin zu werden. Die Begabung dafür hatte sie. Aber wenn man kleiner Leute Kind war, dann war das eine Belastung, eine richtige Last!
Johanna Wezel fuhr sich mit dem feuchten, völlig zerdrückten Taschentuch über ihre rote Nase und zwang sich ein Lächeln ab.
»Es war gut, Liebes«, sagte sie ins Blaue hinein. »Hier und da fehlt noch etwas Sauberkeit, und selbstverständlich darf nicht der geringste Patzer …«
»Patzer?«, brauste Marina auf. »Gerade war es das erste Mal völlig ohne! Jetzt fehlt bloß noch das letzte bisschen Pfeffer, das Tempo! Hast du überhaupt zugehört?«
»Kind … ja, doch.«
»Nein, hast du nicht.«
Marina ballte die Hände zu Fäusten und stemmte sie in ihre Hüften. Den Mund zu einer Schnute verzogen, senkte sie den Kopf und starrte auf ihre Fußspitzen. Die Standuhr schlug Viertel, eine Diele ächzte. Marina bockte, Johanna Wezel aber begann vor Empörung zu zittern. Am liebsten hätte sie ihre Tochter angeschrien: Ich bange um unsere Existenz, um Sein oder Nichtsein! Aber du, du hast nichts als deine Musik im Kopf! Was maßt du dir an? Wie undankbar du bist!
»Entschuldige Mama. Du hast andere Sorgen. Ich weiß.«
Marina hob den Kopf. Jetzt saß sie da, als hätte sie eine Gerte verschluckt.
»So? Als ob du …«
Johanna Wezel schlug sich die Hand vor den Mund, so sehr erschrak sie vor ihrer aggressiven Stimme. Aber es war zu

spät. Tief verletzt schaute Marina ihre Mutter von der Seite an. Sofort machte Johanna Wezel sich große Vorwürfe. Mitleid überkam sie, wurde so stark, dass ihr ein Kloß im Hals wuchs. Sie erkannte, wie falsch es gewesen war, Marina in ihrem Wolkenkuckucksheim leben zu lassen. Wie grausam war es jetzt für sie, wenn alles zerbrach.

Marina holte tief Luft.

»Ich weiß, dass Papa und du Sorgen haben. Begründete Sorgen. Glaubt nicht, euer Getuschel und eure Mienen entgingen mir. Ich bin doch nicht dumm. Also ... es ist das Geld. Ich bin zu teuer.«

»Kind, so ein Unsinn!«

Um sie zu trösten, schlang Johanna Wezel ihre Arme um Marinas Oberkörper und begann, ihre Tochter sanft hin und her zu wiegen – was sie immer tat, wenn Marina traurig oder wütend war. Johanna Wezel liebte ihre Tochter und wünschte nichts so sehr, als dass Marina in der Gesellschaft aufstieg. Deshalb ja auch der Klavierunterricht, damit Marina eines Tages eine gute Partie machte. Johanna Wezel träumte davon, Marina mit einem Regierungsbeamten oder Universitätsprofessor zu verheiraten, sah sich als Großmutter von Enkeln in Matrosenanzügen ...

Die Haustür wurde aufgeschlossen. Johanna Wezel stockte der Atem, Marina versteifte sich.

Die Schritte waren hart, hektisch.

»Johanna!«

»Ja!«

Christoph Wezel riss die Tür zur Stube auf.

»Aufgehängt hat er sich, der Hund! Dieses Schwein! Sich einfach davongemacht!«

»Wer?«

Aber Johanna wusste genau, wen ihr Mann meinte. Und was das bedeutete ...

»Heute war mein letzter Arbeitstag«, flüsterte Christoph Wezel.
Er stand im Mantel da, an dem einzelne Härchen golden im Kerzenlicht schimmerten. Wieder ächzte eine Diele. Draußen schlug verspätet die Kirchturmuhr. Christoph Wezel senkte den Kopf. Zu Marinas großem Entsetzen schluchzte er plötzlich leise auf.
»Aber Christoph!«
Mit zwei Schritten war Johanna Wezel bei ihm. Hilflos ließ Christoph Wezel seinen Kopf auf ihre Schulter sinken. Er begann zu zittern, schluchzte noch einmal und fing an zu weinen. Marina glaubte, sterben zu müssen vor Scham. Papa hatte noch nie geweint! Also war das jetzt das Ende. Sie sah, wie ihre Mutter ihrem Vater übers Haar strich und dessen Hände sich um deren Taille krampften.
Nie würde sie dieses Bild vergessen!
»Es tut mir so Leid«, flüsterte Christoph Wezel. »Alles ist meine Schuld.«
»Nein, Christoph«, hauchte Johanna Wezel und begann ebenfalls zu weinen. »Das ist nicht wahr. Du bist doch so gut. So gut.«
Marina wünschte sich, in Ohnmacht zu fallen. Doch ihr Herz schlug nur hart gegen ihre Brust. Statt dass ihr schwindelig oder schwarz vor Augen wurde, wurde sie von Sekunde zu Sekunde wacher. Mit einem Mal stand ihr alles klar vor Augen: Sie würde fortgehen. Und zwar noch an diesem Abend!

Du wohnst ein paar Tage bei Tante Irmgard und suchst dir in der Zwischenzeit eine Anstellung. Klavier studieren tust du nebenbei.
Die Uhr schlug halb. In dreißig Minuten ging der Abendzug nach Dresden.
Und die Prüfung?

Marina biss sich auf die Lippen.
Fragen ... einfach irgendwo fragen, wo du spielen kannst.
Sie erhob sich vom Klavierhocker, hielt die Luft an. Wie ein Automat stakste sie auf die Tür zu und drängte sich an ihren eng umschlungen dastehenden Eltern vorbei. Wenn sie bloß keiner ansprach ... Es würde ihren Entschluss ins Wanken bringen.
Die Treppe krachte. Mit jeder Stufe schien irgendwo ein Geist wach zu werden. Aber Mutter und Vater schwiegen.
Ihr Zimmer. Die blauen Vorhänge, das Bett mit der rosenbestickten Tagesdecke über dem Plumeau. Ihr Schreibtisch. Das unbeschriebene Blatt Papier lag da, als habe es die ganze Zeit darauf gewartet, dass sie diesen einen Satz schrieb:
Ich bin bei Tante Irmgard. Adieu. Eure Marina.
Schweren Schritts ging sie die Treppe wieder nach unten. Wenn das Schicksal es anderes wollte, konnte es jetzt noch etwas tun. Marina ging an den Garderobenschrank. Die Tür quietschte laut. Sie hielt die Luft an, lauschte. So ungeschickt wie möglich schlüpfte sie in ihren Mantel. Es raschelte und rauschte. Als sie die Tür des Garderobenschranks schloss, quietschte diese noch lauter als zuvor.
Es ist tatsächlich dein Los!, schoss es ihr durch den Kopf, als sie die Haustür öffnete. Rauch schlug ihr entgegen und eisige Kälte. Die Uhr schlug drei Viertel. Marina knallte die Tür ins Schloss. Niemand rief nach ihr. Langsam lief sie los. Wurde schneller. Schließlich rannte sie.
Punkt acht Uhr plumpste sie auf die harte Bank des Dritte-Klasse-Abteils. Als der Zug losfuhr, schlug sie die Hände vors Gesicht und weinte, wie sie noch nie in ihrem Leben geweint hatte.

Niemand in Dresden sagte: Ich bin Kunde des Bankhauses Lewenz – dafür hatte das Haus mit der offiziellen Adresse Töpfergasse 1 eine viel zu bekannte Lage, eine Lage, wie sie

Vertrauen erweckender und ehrenvoller nicht sein konnte: nämlich gegenüber der Dresdener Frauenkirche.
Deutschlands größte protestantische Kirche überragte das dreigeschossige Eckgebäude mit dem vielfenstrigen Mansardendach erhaben und schützend, aber auch mahnend und Respekt fordernd – ein Eindruck, der vom einen der beiden Gründer des Bankhauses Lewenz durchaus beabsichtigt war und beizeiten dazu geführt hatte, dass die Kunden sagten: Mein Geldinstitut ist das »Bankhaus Frauenkirche«. Der Name hatte sich vor drei Jahren quasi über Nacht etabliert – wer sicher gehen wollte, einen anderen an der Frauenkirche nicht zu verpassen, verabredete sich hier.
Er werde für diese neue Adresse einmal dankbar sein, hatte Samuel Goldhagen seinem Teilhaber Martin Lewenz zugeflüstert und sterbend prophezeit, diese Lage unter den Fittichen der Kirche werde dem Bankhaus in Notzeiten nützlich sein. Mit einem wissenden Lächeln auf den Lippen entschlief der Bankier, und Martin Lewenz hatte sich geschworen, in dunklen Zeiten auf diese Prophezeiung zu vertrauen.
Gott bewahre, dass sie jemals in Erfüllung ging!
Bislang prosperierte das Geschäft von Monat zu Monat, und das ihm anvertraute Kapital der Kunden erwirtschaftete Zinsen. Ganz wie Samuel Goldhagen es sich vor gut drei Jahren vorgestellt hatte, spendete die Frauenkirche der Geldwirtschaft zu ihren Füßen ihren Segen und sorgte für ständig wachsende Reputation. Der gute Ruf des Bankhauses wurde zum Rückgrat aller Geschäfte und war wie die Geldeinlagen selbst ein Teil des von der Bank verwalteten Kapitals und der darauf zu erwartenden Gewinne.
Dieses imaginäre Kapital nun galt es genauso zu mehren wie das materielle Kapital. Es zu verspielen hätte irgendwann den wirtschaftlichen Ruin zur Folge gehabt. Somit war verständlich, dass Martin Lewenz und sein Sohn Heinrich sorgsam

darum bemüht waren, Bank und Familie von jedweden Skandalen freizuhalten.

Fritz von Spener wusste wenig von der Familie seiner Klassenkameraden. Georg und Max erzählten so gut wie nie von zu Hause, und weder Fritz' Vater noch dessen Bruder Raoul standen in Geschäftsbeziehungen zu den Lewenzen.

So viel hatte Fritz allerdings in Erinnerung: Wenn sein Onkel auf das Bankhaus zu sprechen kam, lag in seiner Stimme stets ein eigentümlicher, tief sitzender Groll. Er jedenfalls würde »dieser Brut« keinen Heller anvertrauen, obwohl er auch erwähnt hatte, dass er niemanden kenne, der mit vergleichsweise geringem Kapital so viel erreicht habe wie das Gespann Lewenz & Goldhagen.

»Lewenz hatte zweitausend Taler Startkapital plus seinen Sohn, Goldhagen dreitausend plus seine Tochter. Indem beide ihre Kinder miteinander verkuppelten, sicherten sie sich den Teilhaberfrieden. Die Früchte der Alten sind schwarze Zahlen, die ihrer Kinder deine Stubenkameraden Max und Georg.«

Am besagten Karnevalsfreitag des Jahres 1867 war Fritz freilich mit anderen Dingen beschäftigt, als über die Geschichte des Bankhauses Frauenkirche nachzugrübeln. Die giftige Bemerkung seines Onkels war das Einzige, was ihm einfiel, als er an der Seite Carola Lewenz' in einer Droschke über die Dresdener Augustusbrücke fuhr.

Fritz war seit Jahren nicht mehr in der Elbestadt gewesen, deren Lichterglanz sich festlich in der träge dahinfließenden Elbe spiegelte. Noch köstlicher als diesen Anblick empfand Fritz jedoch die duftende Frau neben sich. Sie saßen in der engen Droschke auf Tuchfühlung, in den Kurven aber drückten sich ihre Leiber aneinander, als berührten sich die Pole zweier Magneten. Carola Lewenz machte keine Anstalten, sich

gegen die Fliehkräfte zu stemmen, vielmehr lachte sie, als gehöre diese Kutschenfahrt bereits zum diesjährigen Karneval.
»Sind die Dresdner Kutscher etwa ausgemusterte Eilkuriere?«, fragte Fritz, als die Droschke am Ausgang der Brücke über den Schlossplatz jagte und so scharf in die Augustus-Straße einbog, dass Carola Lewenz regelrecht gegen ihn fiel.
»Der hier muss einer sein«, lachte Carola Lewenz. »Im Ernst, Fritz, so schnell bin ich noch nie vom Bahnhof in die Töpfergasse gekommen.«
Eine köstliche erotische Sekunde lang kitzelten ihre Locken Fritz' Wange. Schon ihr Rosenparfüm hatte es ihm angetan, jetzt kam er noch in den Genuss, dass sogar ihr Oberkörper gegen den seinen gedrückt wurde. Vor Wonne sträubten sich ihm die Nackenhaare.
Wenn das noch einmal passiert, frohlockte er, könntest du ihr glattweg den Hals küssen.
Fritz malte sich Ohrfeige und Beschimpfungen aus. Dann fiel ihm ein, wie Georg einmal erzählt hatte, dass es bei ihnen zu Hause eher puritanisch zugehe. Er hatte noch gut Georgs drastische Schilderung im Ohr: Wir saufen fast immer nur Blümchentee und fressen Zwieback und Graubrot. Würzen tun wir mit Speckstippe und Elbaal, ergo scheißen wir kein Pfund mehr als die kleinen Leute in der Dresdener Neustadt.
Ihr Ärmsten, hatte Kurt Zacharias gefrotzelt. Muss ich jetzt für euch sammeln gehen?
Fritz konnte sich ein Grinsen nicht verkneifen. Kurt, der damals gerade seine Schuhe polierte, funktionierte einen von ihnen kuzerhand zur Sammelbüchse um, trat in Socken aus der Stube und bettelte den nächstbesten Schüler auf dem Flur um eine Spende für die armen Bankierssöhne an.
Wie hatten sie alle gelacht!
Weshalb er wohl ins Büro des Rektors kommen sollte? War etwas in der Familie passiert?

Sie waren am Ziel. Der Kutscher riss den Wagenschlag ebenso forsch auf, wie er fuhr, und so wunderte es niemanden, dass er die Hand an die Mütze legte, als Georg und Max ausstiegen. Fritz ließ es sich nicht nehmen, den Kavalier zu spielen. Er bot Carola Lewenz den Arm und fühlte sich sehr geschmeichelt, als sie sich auf ihn stützte. Im selben Augenblick hatte er das Gefühl, diesen Moment schon einmal erlebt zu haben. Klassisches Déjà-vu-Erlebnis, sagte er sich, dann fiel ihm die sarkastische Bemerkung seines Onkels ein, dass wer im Schlafsaal sein Bett zwischen zwei Bankern habe, sich später im Leben keine Sorgen mehr machen bräuchte.
Wenn ich Onkel Raoul erzähle, dass es Carola Lewenz selbst war, die mich eingeladen hat, wird er Vaters Anteil für St. Afra doppelt so gern übernehmen.
Fritz kam es vor, als sei er ein Stück vorangekommen im Leben. Fortuna war ihm hold, es konnte nur aufwärts gehen.

Er bog den Kopf in den Nacken und schaute um sich. Hinter den Fenstern der barocken Bürgerhäuser brannte anheimelndes Licht. Die Laternen des Neumarkts überzogen das gen Himmel ragende, schwärzliche Steingebirge der Frauenkirche mit einem beruhigenden Schimmer. Im fahlen Glas ihrer Kassettenfenster spiegelten sich einzelne tröstliche Lichtpunkte wider. Je länger Fritz sie anschaute, desto gebieterischer erschien ihm die Kirche.
Fast schon unheimlich, dachte er. So triumphal sie die Kulisse der Stadt beherrscht und sie wegen ihrer Kuppel als Sankt Peter der evangelischen Religion gilt, Gott fühlt sich hier bestimmt auch nicht wohler als in einer Dorfkirche.
»In der Tat, unsere Frauenkirche strahlt nicht unbedingt Liebreiz aus«, sagte Max. »Aber wenn in den Adventstagen in der Kirche die Kerzen brennen, die Orgel spielt und es hier draußen

nach Pfefferkuchen duftet, dann ist es wie in einem Märchen. Vor allem wenn Schnee liegt. Dann musst du kommen, Fritz.«

»Gerne.«

»So, nu aber lass mer die Kärche unsrer liewen Frauen, wo sie is«, sächselte Georg. »Unser Haus war nämlich zuerst da.«

Ein Diener mit Laterne öffnete. Neugierig trat Fritz hinter Carola Lewenz ins Bankhaus Frauenkirche. Die Haustür war eher unscheinbar. Eine zweiflügelige Holztür mit Ringklopfer, deren bernsteinfarbener Lack im Licht der Laternen allerdings kostbar golden schimmerte.

Georg spielte den Führer.

»Das Haus stammt aus der ersten Hälfte des achtzehnten Jahrhunderts. Gebaut vom einstigen Ratsmaurermeister Heinrich Christian Fehre. Hier links geht es in den Geschäfts- und Schalterraum. Ums Eck, zur Kirche hin, ist der eigentliche Kundeneingang. Von Anfang Frühling bis gegen Ende Herbst liegt er morgens in der Sonne. Großvater meint, das bringe uns Glück.«

»So?«, mischte sich Carola Lewenz ein. »Deine Schulleistungen, mein Guter, sind bisher eher ein Unglück.«

Über ein schmuckloses Treppenhaus ging es in den zweiten Stock.

»Da sind wir schon«, sagte Georg. »Da staunst du, wie? Alles ein paar Quadratmeter kleiner als bei euch.«

»Was bedeutet das schon«, antwortete Fritz ausweichend. »Ein Gut ist groß, weil es auf dem Land ist. Befände sich unser Besitz von der Fläche her hier in der Altstadt, suggerierte dies, wir wären die Nummer zwei hinter der Königsfamilie.«

»Sie sind ja ein Diplomat!«, rief Carola Lewenz. »Damit werden Sie es zu etwas bringen, Fritz!«

»Oh ja«, antwortete der gedehnt und in einem Ton, der keine Zweifel daran ließ, dass er selbst nicht daran glaubte.

So schlicht sich das Treppenhaus präsentierte, so schlicht war auch das Interieur der Diele. Es herrschte gediegene Bürgerlichkeit vor, aber beileibe kein Luxus. Auf schmucklosem Schiffsbodenparkett lagen eher zu kleine Teppiche, die, damit man nicht über sie stolperte, mit Messingnägeln fixiert waren. Statt großer Gemälde schmückten kleine Bücherborde sowie unkolorierte Merian-Kupferstiche die Wände. Die Stadtansichten waren mit breiten, vergoldeten Holzleisten umrahmt, was ihnen zusammen mit den taubenblauen Passpartouts eine beeindruckende Wirkung verlieh.

Natürlich, dachte Fritz bei sich, Lewenz ist Lewenz und nicht Rothschild oder Oppenheim. Trotzdem – sein Onkel Raoul führte mindestens ein ebenso ansehnliches Haus. Was allerdings auch daran lag, dass der Onkel seinem Bruder nach und nach sämtliche Familien-Kostbarkeiten abgekauft hatte und von Natur aus ein Mensch war, der Wert auf einen gewissen Pomp legte.

»Besuch!«, rief Carola Lewenz in den Salon.

Georgs Vater Heinrich Lewenz, der um die Fünfzig sein mochte, erhob sich aus einem mit goldener Seide bezogenen Barocksessel und ließ sich Fritz vorstellen. Max hatte von ihm das drahtige Haar, Georg das runde Gesicht und die kräftige Statur. Fritz war er auf Anhieb unsympathisch. Ein Sauertopf, dachte er. Wenn er Georgs Latein-Desaster erfährt, schlägt er ihn blau oder schweigt ihn zu Tode. Wie kann so jemand eine solch prächtige Frau haben?

Sie wolle noch kurz bei Martin vorbeischauen, entschuldigte sich Carola Lewenz im Türrahmen.

»Außerdem glaube ich, dass dein Sohn ihm etwas zu beichten hat.«

»Nur zu.«

Heinrich Lewenz' rostige Stimme klang gleichermaßen resigniert wie gelangweilt. Außerdem glaubte Fritz zu spüren,

dass Carola Lewenz nicht gerade erpicht darauf war, ihrem Mann jetzt Gesellschaft zu leisten. Fritz fand diesen ersten Blick hinter die Kulissen so aufregend wie aufschlussreich. War es bei den Lewenz genauso wie bei seinen Eltern? Die schwiegen sich auch nur an oder beschimpften sich. Und dieser Mann, das ahnte Fritz, konnte mehr als nur schimpfen.
Ohne Umschweife bat er Fritz, Platz zu nehmen. Auch Max setzte sich.
»Es freut mich, einen Klassenkameraden meiner Söhne kennen zu lernen.« Heinrich Lewenz lächelte bemüht, seine Augen jedoch schauten unbeteiligt, geradezu kalt. »Ihr alle habt ja noch Wichtiges vor. Das Ziel ist die Matura, dann wird man weitersehen. Oder haben Sie sich bereits entschlossen, die Gutswirtschaft Ihres Herrn Vater fortzuführen?«
»Ich bin ein wenig hin und her gerissen«, sagte Fritz und versuchte, so überlegen wie möglich zu klingen. »Tradition oder Fortschritt. Die von Spener sind seit Generationen Landleute, aber mein Onkel beweist, dass man sein Glück auch machen kann, wenn man sich, sozusagen, von der Scholle löst.«
»Gut. Ich sehe, Sie haben das nötige Problembewusstsein, Fritz. Wir wissen, der Fortschritt lässt sich nicht aufhalten, mehr noch: Wer, um im Bilde zu bleiben, in den Furchen des Fortschritts sät, wird schließlich gute Ernte einfahren. Allerdings, welches neues Saatgut bringt wirklich gute oder sogar bessere Ernte? Das muss man immer erst ausprobieren. Wir Menschen aus dem Bankgewerbe wollen dem fortschrittlichen Saatmann mit Geld helfen. Aber die Güte des Saatguts, die können wir nur einschätzen. Manches Saatgut geht überhaupt nicht auf, wieder anderes fällt daneben oder auf den falschen Boden. Und dann ist das Geld des Bankmannes fort.«
»Ich verstehe Sie gut«, sagte Fritz. »Sie sprechen die vielen Risiken an, die einem Geldgeber drohen. Aber, um das Bild

noch einmal zu bemühen, wenn das Saatgut richtig war, dann ist es auch zum Segen des Bankmannes.«

Seine Antwort war zwar richtig, aber Heinrich Lewenz passte sie nicht.

»Aus Ihnen spricht das Selbstbewusstsein des Herrn von Stand, Fritz. Mundfaul sind Sie auch nicht, was als Kompliment gemeint ist. Sie werden die richtige Wahl treffen, davon bin ich überzeugt. Aber jetzt lassen Sie uns zu Tisch gehen. Ich bin nämlich hungrig, und Sie, das sehe ich Ihnen an der Nasenspitze an, sind's auch.«

Soll er den besserwisserischen Bankier spielen, dachte Fritz. Er glaubt wohl, Menschen von Stand hätten heutzutage nur ihr Adelsprädikat, würden ansonsten aber nicht mehr viel von der neuen Zeit begreifen. Heinrich Lewenz' nüchtern herablassende Art ärgerte ihn. Dieser Mann hielt nicht viel von Konzilianz, von Beleidigungen dagegen umso mehr. Fritz nahm sich vor, selbstbewusst zu bleiben. Wenn er dich rüffelt, sagst du ihm freundlich ins Gesicht: Sie selbst, Herr Lewenz, meinten schließlich, ich sei nicht mundfaul.

Im Speisezimmer, einem gemütlichen Raum mit Kachelofen, gold-roten Streifentapeten und dunkel gebeiztem Eichenmobiliar, war bereits gedeckt. Hohe Lehnstühle standen um einen großen, ovalen Tisch, auf dem das Mädchen gerade die Kerzen zweier dreiarmiger Leuchter anzündete.

Das Porzellan war vom Feinsten, Meißen, blaues Zwiebelmuster.

»Nun noch Großvater. Dann bist du durch«, sagte Max zu Fritz, als auf dem Flur die Stimmen von Carola Lewenz und ihrem Schwiegervater zu hören waren. »Du siehst, bei uns ist alles ganz familiär.«

»Ist doch schön so«, murmelte Fritz und bereitete sich innerlich darauf vor, einen noch unangenehmeren Menschen als Heinrich Lewenz kennen zu lernen.

Zu seiner Erleichterung war der Senior aus anderem Holz. Martin Lewenz war ein geschmeidiger Mann mit gewinnendem Lächeln und der Ausstrahlung eines aristokratischen Ästheten. Fritz spürte sofort: Dieser Bankier hat Charisma und ist die Seele der Familie. Er war der Garant des Erfolgs. Sein Sohn dagegen war der Nörgler, der darüber versauert war, dass sein Vater letztendlich die gültigen Entscheidungen traf. Und bislang offensichtlich immer die richtigen. Allerdings war Martin Lewenz längst in den Jahren. Fritz schätzte ihn auf über siebzig, und somit war dieser Mann noch ein Kind des 18. Jahrhunderts: Er hatte die napoleonischen Kriege erlebt, die Jahre der Metternich'schen Unterdrückung, die Revolution von 1848. Als Martin Lewenz so alt war wie er, gab es weder Eisenbahnen noch Photographien und wer sich einer Operation unterzog, musste eine Tortur ohne Chloroform über sich ergehen lassen.

»Willkommen in den bescheidenen Räumen der Familie Lewenz«, sagte Martin freundlich und entzog Carola Lewenz sanft den Arm, um Fritz zu begrüßen. »Meine Schwiegertochter erzählte mir bereits, dass Sie Georg in der Schule Ihre starke Schulter zum Ausheulen anboten. Sie haben Herz.«

»Großvater, bitte!«, beschwor ihn Georg. »Nicht vor dem Essen.«

»Was hilft es, Kleiner?«, mahnte Martin Lewenz streng. »Leider kann ich dein Ungenügend nicht so einfach vom Tisch fegen wie eine verdorbene amuse geule. In Anbetracht unseres Gastes werde ich deinen Vater aber bitten, Gnade walten zu lassen. Also bitte, Heinrich, zügle deinen Zorn. Ich glaube, wir können jetzt davon ausgehen, dass Georg so weit auf Grund ist, dass es mit ihm nur noch aufwärts gehen kann.«

Martin Lewenz klopfte seinem Sohn gönnerhaft auf die Schulter und setzte sich. Hinter ihm hing eine silbergerahmte Photographie, die ihn und einen etwa gleichaltrigen Mann mit

Vollbart zeigte. Beide stützten sich auf einen Stock und blickten aus einer angedeuteten Drehung heraus auf den Betrachter. Der andere kann nur Samuel Goldhagen, Carola Lewenz' Vater sein, kombinierte Fritz. Er war kurz vor der Verlegung des Bankhauses verstorben, ein Schicksal, das er mit vielen Menschen teilte, die glaubten, ihr Lebensziel erreicht zu haben.

Das Essen verlief schweigend. Georgs Versagen lastete auf der Familie. Nur Heinrich Lewenz aß mit Appetit. Fritz indes wurde das Gefühl nicht los, dass Heinrich seinen Ärger über Georg quasi verspeisen wollte, so groß waren die Portionen, die er verschlang. Er war der Einzige, der einen zweiten Teller von der Fischklößchen-Suppe verlangte und sich vom Prager Schinken gleich drei dicke Scheiben abschneiden ließ. Zum Nachtisch genehmigte er sich zwei Germknödel mit Heidelbeerkompott und trank die Flasche Wein fast allein aus. So gut wie nie löste er den Blick vom Teller und beteiligte sich auch mit keinem Wort an der spärlichen Konversation.

Wärst du bloß in St. Afra geblieben, dachte Fritz. Das hier ist ja nicht zum Aushalten! Er nahm sich vor, keine Minute länger als nötig in diesem Haus zu bleiben. Lieber würde er die ganze Zeit in Dresden herumlaufen, als sich dieser Atmosphäre auszusetzen.

Auch am Samstag hielt das kalte, aber sonnige Februarwetter an. Die Stimmung im Haus hatte sich bis zum Mittag gebessert. Fritz schlenderte mit Max und Georg über den Altmarkt, wo sie in den Katakomben eines Antiquariats nach Büchern pikanten Inhalts suchten. Da sie nichts fanden, bogen sie ziellos in eine der Gassen ein, die auf den Antons-Platz mit seinem Budenzauber führte.

»Los, gib einen aus«, sagte Georg gelangweilt zu seinem Bruder.

Er schubste Max an einen Glühweinstand, eine grüne einachsige Bude, die nichts anderes als ein umfunktioniertes Aborthäuschen war. Wo einst das Loch gewesen war, dampfte jetzt der Glühwein in einer Kupferschale, die auf einem Kohleofen ruhte. Der Verkäufer war ein hohlwangiger Typ mit buschigem Schnauzer, der sofort zu einem Glas griff, als Max widerwillig auf den Stand zuging.

»Ja ja, so was, das magst du«, murmelte Max verächtlich. »Alles Heruntergekommene zieht dich an. Weil du dann weißt, dass du mal der Chef sein wirst.«

»Halt bloß deine vornehme Ästhetenschnauze!«, giftete Georg zurück.

Fritz hatte schnell gemerkt, dass die Brüder sich hier zu Hause weit weniger gut verstanden als in St. Afra. Gestern nach dem Abendessen, beim Würfeln, war Max plötzlich unwirsch aufgesprungen und hatte sich in seinem Zimmer eingeschlossen – was ganz normal sei, wie Georg ihm verriet.

»Er bejammert seine Zeichnungen. Leidet, weil er nicht Leonardo oder Raffael ist.«

Der Glühwein duftete verführerisch. Mit halbem Ohr lauschte Fritz den schmeichelnden Worten des Glühweinverkäufers, der vorgab, der einzige Glühweinbrauer in Dresden zu sein, der seinen Wein aus Frankreich importiere.

»Und, meine sehr verehrten jungen Herren, beim Anton auf dem Antons Platz, da kommt der Zucker aus Kuba, der Zimt aus Ceylon und die Nelken aus Sansibar. Das werden Sie schmecken. Wohl bekomm's!«

Max bezahlte drei Gläser. Schweigend schlürften die Freunde den heißen Glühwein und schauten dem kleinbürgerlichen Treiben zu. Vater würde den Rum drin vermissen, dachte Fritz. Doch um nicht gleich wieder ins Grübeln zu kommen, klopfte er dem Zugpferd auf den Hals. Ein Balljongleur, ein Apfelhöker, Schuhputzer und Garnverkäufer gingen in un-

mittelbarer Nähe ihren Geschäften nach. Ein paar Meter weiter kurbelte ein Leierkastenmann das Augustin-Lied, die Stimmung war friedlich, aber Fritz empfand sie eher als traurig. Irgendwie schien er die Welt plötzlich mit anderen Augen zu sehen. Als ob die Gefahr, St. Afra verlassen zu müssen, ihn wachgerüttelt hatte.
Die Menschen hier haben alle kein Geld, überlegte er. Sie leben im Elend. Wohin er auch schaute, überall sah er plötzlich die Zeichen der Armut. Die Schuhe des Apfelhökers waren klapprige Holzpantinen, und der Schuhputzer, der so dasaß, als hätte er seit einer Stunde keine Kundschaft mehr gehabt, besaß nicht mal einen Mantel, sondern nur eine viel zu kurze Jacke, unter der ein grob gestopftes Leinenhemd hervorlugte. Und erst die Kinder! Allesamt verschnupfte blasshäutige Rotznasen, meist mit nichts anderem als Filzpantoffeln an den Füßen. Fritz beobachtete eine Mutter, die zwei Äpfel kaufte. Elf Flicken zählte er an der Hose ihres Sprösslings. Der Junge sah entsetzlich müde aus und hatte hässliche Blutgrinde an der linken Hand. Ein Spuljunge, schoss es Fritz durch den Kopf. Bestimmt hat er die Nacht über gearbeitet. Halb verblasste Bilder stiegen in ihm auf. Von Hans, dem Sohn eines Knechts. Sie waren gleichaltrig, hatten als kleine Kinder miteinander gespielt. Von einem Tag auf den anderen war das vorbei. Als er Hans zwei Wochen später besuchte, traf er ihn mit seinen beiden älteren Schwestern beim Spulen an. Wolle, wenn sie zu Stoff gewebt werden sollte, musste vom Haspel auf Spulen gebracht werden. Arbeit, die vor allem Kinder machten, eine echte Fron und Marter. Wie seine Schwestern hockte Hans auf einem niedrigen Stühlchen hinter dem Spulrad und litt zusätzlich zur eintönigen Arbeit körperliche Qualen. Es gehe auf den Rücken, erzählte er, wobei er spulte und spulte. Seine Schwestern lachten. Das mit dem Arm sei schlimmer, sagten sie. Er werde vom dauernden Raddrehen lahm. Sie spulten und

spulten, während er stumm und hilflos zuguckte. Irgendwann hob Hans dann den Zeigefinger der linken Hand. Er war von den scharf gesponnenen Fäden, die gleichmäßig auf die Spule geleitet werden mussten, blutig gerissen. Fritz konnte das Bild nicht vergessen. Er war entsetzt hinausgestürzt und hatte Hans seitdem nie wieder gesehen.

Verdammte Armut!, begehrte seine Seele auf. Du darfst nie ohne Geld sein. Nie! Und wenn du darüber zum Schurken wirst. Sei nie ohne Geld!

»Nun hört endlich auf! Nicht beim Essen!«

Carola Lewenz versuchte, das schauerliche Thema endlich vom Tisch zu bekommen. Aber so viel sie auch auf ihren Schwiegervater und ihren Mann einredete: Der Selbstmord von Kurts Vater Heinrich Zacharias verführte die beiden Bankiers immer wieder aufs Neue, die in der Zeitung angesprochenen Liquiditätsprobleme der Zacharias'schen Strumpfwirkermanufaktur zu erörtern.

Für Fritz war dies ebenso neu wie spannend. Er schaute vom einen zum anderen und staunte, wie emotionslos die Bankiers über Geld sprachen. Seine Kartoffel wurde kalt und der Quark darauf warm, die alten Lewenze indes sprachen und aßen. Während sie ihre Kartoffeln in Speckstippe tunkten, ließen sie sich erst über die Zacharias'sche Fehleinschätzung der Konkurrenz und dann über das Manufakturwesen im Allgemeinen aus. Es fehlte nicht viel, und Fritz hätte sich eingebildet, dass er eine Privatlektion in Sachen falscher Unternehmenspolitik bekommen solle.

Senior und Junior Lewenz waren sich einig, dass der Siegeszug der Maschinen nicht mehr aufzuhalten sei. Heinrich predigte, Maschinen seien rentabler als Menschen, in sie zu investieren wäre sinnvoller, als mit Lohnkürzungen Marktverluste auszugleichen. Martin Lewenz pflichtete seinem Sohn bei und tadelte Heinrich Zacharias' starrsinnige Präferenz der Eigen- statt Fremdfinanzierung.

»Für Letztere sind wir Bankiers doch da! Wissen Sie, Fritz, mein Freund Mattersdorf, der Bankier, führt die Privatkonten der Familie Zacharias. Er verriet mir, wie deren Polster in den letzten Jahren rapide weggeschmolzen war, weil Zacharias sein Unternehmen nur mit eigenem Geld am Laufen hielt. Statt einer Steigerung der Eigenkapitalrentabilität durch Aufnahme zinsgünstigen Fremdkapitals zuzustimmen – was ihm ermöglicht hätte, moderne Maschinen zu kaufen und damit lohnextensiv zu produzieren –, griff er immer wieder nur in die eigene Kasse. Er wollte seine Unabhängigkeit bewahren, sich nicht verschulden, war einfach zu sehr Manufakturist und zu wenig Kaufmann.«

»Sein Direktor wird jetzt in die Liquidität gehen«, sagte Heinrich ungerührt. »Herrn Zacharias' Freitod war völlig überflüssig. Denn findet sich ein Investor, geht der Betrieb auf neuem Niveau weiter. Allzu hoch werden die Passiva nicht sein. Aber eben die Ehre, das Lebenswerk. Ein Charakter wie Zacharias hängt eben lieber am Strang als am Tropf einer Bank. Die Familie wird wahrscheinlich mit einem blauen Auge davonkommen. Ihren Klassenkameraden allerdings, Fritz, werden Sie kaum in St. Afra wiedersehen. Die Internatsgebühren wird Frau Zacharias schwerlich weiter erübrigen können.«

»Können Sie Kurt nicht helfen?«, stieß Fritz aufgeregt hervor. Er konnte nicht mehr an sich halten, denn sooft er auch mit Kurt über Kreuz lag, diese Tragödie ging ihm nah. Kurts Vater war genauso ein Opfer des Geldes wie sein Vater. Gäbe es Onkel Raoul nicht ... Fritz mochte nicht weiterdenken.

»Sie meinen, wir sollen einspringen, weil Heinrich Zacharias senior versagte?«

Nicht ohne spöttisch nachsichtig zu lächeln, wandte sich Heinrich Lewenz Fritz zu. Vornehm tupfte er sich mit der Servierte den Mund – ein Bild der Selbstgerechtigkeit, das Fritz gegen ihn aufbrachte. Onkel Raoul hat Recht, dachte er zornig, »dieser Brut« darf man keinen Heller anvertrauen! Aber natürlich riss er sich zusammen. Schließlich war er hier Gast, und als romantisch-weinerlicher Moralist eingeschätzt zu werden, das wäre auch nicht wünschenswert.

»Es steht mir nicht zu, irgendetwas zu fordern, Herr Lewenz«, sagte er gequält. »Aber Kurt ist einfach ein guter Klassenkamerad und Freund und gehört in St. Afra zu Max, Georg und mir wie Lateinunterricht zum Lehrplan. Ich fühle einfach mit ihm und möchte ihm helfen. Und, bitte verzeihen Sie mir diese Bemerkung: Eine Karriere darf in meinen Augen nicht am Geld scheitern.«

»Fritz! Sie sind ja tatsächlich ein ganz Lieber!«

»Das sagte ich ja schon«, bemerkte Georg. »Er ist ein echter Freund.«

Fritz wurde rot, so sehr strahlte ihn Carola Lewenz an. Der Weißwein, den sie trank, verlieh ihren Wangen einen rosigen Schimmer, was sie herrlich frisch aussehen ließ. Fritz konnte nicht verhindern, dass sein Blick über ihr Dekolleté rutschte, was Carola Lewenz mit einem für ihn ungemein erotisch wirkenden Senken ihres Blickes kommentierte.

»Nun, alles ist denkbar«, sagte Martin Lewenz gedehnt. »Wenn sich ein paar Familien zusammentun … Sozusagen eine Auffanggesellschaft bilden …«

»Vater«, unterbrach Heinrich Lewenz ärgerlich. »Das ist nur eine Demütigung für den Jungen. Er ist schließlich nicht als Almosenkind aufgewachsen. Soll er jeden Tag daran erinnert werden, die Eltern dieses und jenes Kameraden bringen das Geld für mein Fortkommen auf? Undenkbar.« Er machte eine kurze Pause, um dann milder fortzufahren: »Theoretisch freilich wäre es vorstellbar. Und wir würden nicht hintenanstehen. Wenn Sie, Fritz, auch ein gutes Wort einlegen …

vielleicht sogar den Anfang machen? Sie, um noch einmal das lästige Wort zu bemühen, stammen doch auch aus liquiden Verhältnissen, nicht wahr?«

Fritz hatte das Gefühl, ihm würde der Stuhl unter dem Hintern weggerissen. Heiße und kalte Schauer jagten über seinen Rücken, während er glaubte, Heinrich Lewenz' kalte Augen bohrten sich immer tiefer in seinen Kopf.

Teufel noch mal, er hat dich durchschaut!, schrie es in ihm. Er weiß alles! Gleich wird er sardonisch lächeln und dir die finanziellen Verhältnisse deines Vaters vortragen. Es ist aus, du bist blamiert. Trotzdem, sag was! Immerhin bist du ein von Spener und er noch nicht einmal Kommerzienrat!

Fritz brachte ein Lächeln zustande, schaffte es sogar, eine großzügige Geste anzudeuten. Dabei schaute er zuerst Heinrich an, dann dessen Vater.

»Ich kann nur hoffen, dass die Liquidität meiner Familie entsprechend ist. Freilich ist mein Herr Papa sehr konservativ. Über Finanzen spricht er nie. Aber er leiht mir bestimmt gern sein Ohr.«

»Ja habt ihr Herren eigentlich einmal darüber nachgedacht, ob Kurt überhaupt derzeit in der Lage ist, weiterhin in der Schule zu lernen?«, warf Carola Lewenz ungeduldig dazwischen. »Sein Vater nahm sich das Leben! Glaubt ihr, es geht jetzt nur um Geld? Mein Gott! Ihr Krämerseelen! Kurt braucht jetzt ganz anderen Beistand!«

»Du hast Recht, Kind«, sagte Martin Lewenz. »Der Mensch braucht nicht nur Geld, sondern auch Liebe, Verständnis, Zuwendung. Aber, und das sei heute das Schlusswort zu diesem Thema, wenn es denn für das andere Zeit ist, leihen wir Krämerseelen Kurt trotzdem unser Ohr, einverstanden?«

Martin Lewenz schaute Fritz versöhnlich an und hob sein Glas. Damit war die Diskussion beendet. Fritz schickte ein Stoßgebet gen Himmel und schwor sich, nie wieder unbedacht

Hilfe einzufordern. Betont genießerisch machte er sich über die eingelegten Birnen her, die als Dessert gereicht wurden. Mit jedem Häppchen fand er wieder ein Stück mehr zu sich. Sein Herz schlug ruhiger, sein Selbstvertrauen kehrte zurück. Carola Lewenz ließ sich die Vanillesauce schmecken. Sie zerbiss ein Stück Zimt und leckte sich kokett über die Lippe. Ein Seufzer entrang sich ihrer Brust, woraufhin sich ein geheimnisvolles Lächeln auf ihrem Gesicht breit machte.

Georg frohlockte. Er habe es ja gleich gesagt, rief er, als sich die Droschke auf dem Theaterplatz ins Defilee der Kutschen einreihte.

»Wenn Cosi fan tutte gegeben wird, strömt das Volk wie früher zu einer Hinrichtung.«

»Und Rosenmontag ist auch noch,« sagte Max. »Was machen wir jetzt also mit dir, Fritz?«

Er und der Rest der Familie hatten natürlich ihre festen Plätze in der Oper – wie alle Familien Dresdens, die etwas auf sich hielten. Doch da niemand mit Fritz gerechnet hatte, fehlte eine Karte. Carola Lewenz war zuversichtlich gewesen, an der Abendkasse noch ein Billett für Fritz zu bekommen. Aber sie musste erkennen, dass dies aussichtslos war. Der Platz vor der Oper war belebt wie ein Jahrmarkt. Offensichtlich wollte tout Dresden sich bei Mozarts galantester Oper amüsieren.

»Was wir machen?«, fragte Georg. »Ganz einfach. Ihr guckt Mozart und ergötzt euch an Verführung und Liebesprobe musikdramatisch. Fritz und ich dagegen machen's so wie alle und laben uns kneipendramatisch.«

»Untersteht euch!«, brauste Carola Lewenz auf. »Fritz, auch wenn ich Sie hiermit versetze, Sie bürgen mir dafür, dass Georg anständig bleibt.«

»Selbstverständlich«, antwortete Fritz. »Wir sind ganz artig.«

Der alte Lewenz lachte.

»Na dann – raus mit euch! Aber vergesst wirklich nicht, wessen Kinder ihr seid, verstanden? Georg, hast du genug Bares?«
»Reicht für ein halbes Dutzend Vollräusche.«
Er drückte den Wagenschlag auf und schlüpfte mit Fritz hinaus. Schwaden von feuchter Elbluft, Tabaksdunst und Parfüm schlugen ihnen entgegen. Die beißende Kälte der letzten Tage war verschwunden, das Wetter hatte sich am Nachmittag geändert. Die Temperatur stieg, über der Elbe lag Nebel, der langsam über die Altstadt zog.
»Könnte glatt werden«, meinte Georg.
»Wie meinst du denn das?«, fragte Fritz zweideutig zurück und betrachtete die Schlange derjenigen, die an der Abendkasse noch auf eine Karte hofften.
Sich in sie einzureihen, war zwecklos. Längst hatten die Schwarzhändler ihre Chance erkannt. Sie standen abseits und sprachen nach eindringlicher Musterung den einen oder anderen besser gekleideten Herrn an. Wenn sie bereit seien, das Dreifache für eine Karte zu bezahlen …
Die Freunde beobachteten einen Mann, der unschlüssig den Kopf hin und her wiegte, sich dann aber einen Ruck gab. Er zückte seine Geldbörse und zahlte. Daraufhin brachen er und seine Begleiterin aus der Schlange aus und eilten ins warme Licht des Foyers.
»Man muss sich beizeiten einkaufen«, klärte Georg Fritz auf. »Wer hier was gilt, und das meinen einfach zu viele, hat seine Loge oder Plätze im Parkett. Die werden genauso vererbt wie der Schmuck der Großmutter. Wenn freilich Herr Geheimrat oder Frau von A-bis-Z-Witz an einem Vorstellungstag unpässlich sind, bleiben die Plätze leer. Was ökonomisch unsinnig ist. Aber Hintern ist eben Hintern. Und je feiner einer ist, umso mehr pocht er darauf, dass kein anderer Hintern das Polster platt drückt.«
»Hättest du die Vorstellung eigentlich gerne gesehen?«

»Ich bin kein Opernfreund«, antwortete Georg. »Die schrillen Weiberstimmen – grässlich. Bei Max ist das was anderes.«
»Und was machen wir jetzt?«
»Erst mal Altmarkt. Zum Hôtel de l'Europe. Ich hab Hunger. Dann sehen wir weiter und beginnen den Abstieg.«
Die Freunde schlugen die Kragen hoch und machten sich auf den Weg. An der Katholischen Hofkirche vorbei ging es durchs Georgentor in die hell erleuchtete Schlossgasse. Im Hof des Marschallamts schnaubten die Pferde, dort wurde gerade angespannt. Die Stimmen der Kutscher dröhnten in der feuchten Luft, Peitschen knallten. Kurz darauf rasselte die erste Kutsche über das Pflaster, eine zweite und dritte folgten.
Georg und Fritz reckten die Köpfe – war die königliche Kutsche mit der großen, vergoldeten Krone auf dem Dach darunter?
»Nein«, stellten sie beide gleichzeitig laut fest und lachten.
»Eine Freundin meiner Mutter ist Hofdame bei der Königin«, verriet Fritz stolz. »Ich selbst wurde sogar einmal dem König vorgestellt – da war ich zwei Jahre alt.«
»Erzähl das meiner Mutter besser nicht«, sagte Georg. »Sie hat, typisch Frau, gewisse Ambitionen. Wenn sie erfährt, welche Beziehungen sich da auftun, würde sie dich glatt in die Pflicht nehmen.«
»Deine Mutter? Das kann ich mir nicht vorstellen.«
»Doch. Sie hat französische Vorfahren. Kann geben die Grande dame wie einst singen die große Madame Schröder-Devrient die Königin der Nacht in Zauberflöte, tu compris?«
»Vui, vui!«, rief Fritz übertrieben.
Ihm kam die Idee, dass dieser Abend eigentlich ideal war, einmal eine ganz andere Königin der Nacht zum Zwitschern zu bringen. Schließlich – Georg hatte die Taschen voller Geld. Wenn er zahlte, warum nicht?
Das Hôtel de l'Europe am Altmarkt gehörte zu Dresdens besten Adressen. Schon Zar Peter der Große war bei seinem

Besuch 1711 hier abgestiegen. Vor ein paar Jahren war es umgebaut worden.

Zu Fritz' Verblüffung wurde Georg bereits an der Garderobe begrüßt. Aha, dachte er, während ihm der Mantel abgenommen wurde, Familie Bankier ist hier Stammgast.

»Ich weiß, was du denkst«, sagte Georg grinsend, nachdem sie an ihrem bereits gedeckten Tisch Platz genommen hatten. »Aber jede Familie hat eben ihre Traditionen. Wir essen hier oft sonntags zu Mittag, wenn das Personal frei hat. Außerdem liebt Großvater dieses Haus. Mit Samuel Goldhagen hat er hier einst die Gründung des Bankhauses Lewenz begossen.«

Speisekarten wurden gebracht. In helles Leder gebunden, waren sie von derselben vornehmen Schlichtheit wie der weißgolden gehaltene, klassizistische Speisesaal, in dem so gut wie alle Plätze für Gäste, die aus der Oper kamen, reserviert waren. Nur zwei Tische waren zur Zeit besetzt. Am ersten tafelte ein junges Paar, am anderen drei bärtige Herren, die sich spitzbübisch freuten, dass ihre Frauen in der Oper waren.

Fritz war eingeladen. Trotzdem war es ihm peinlich, als er die Damen- oder Gästekarte ohne Preise in den Händen hielt. Seiner Meinung nach hätte es ein schlichtes Tellergericht irgendwo in einem gemütlichen Keller auch getan. Aber da musste er jetzt durch. Lass dir nichts anmerken, ermahnte er sich. Sprich mit Onkel Raoul. Er wird schon dafür sorgen, dass du dich revanchierst.

»Du hast dich entschieden?«, fragte Georg. »Tu dir keinen Zwang an. Ich nehme das kleine Menü. Ich finde, es ist harmonisch aufeinander abgestimmt, raffiniert, elegant.«

»Hm, Krebsklößchensuppe, Kaninchenterrine, Barschfilets, Karamell-Soufflé – das klingt eher nach Diät.« Fritz schaute Georg prüfend an. »Ich dachte, du hast Hunger?«

»So betrachtet ...«, sagte Georg gedehnt, »eigentlich hast du nicht Unrecht.«

Bewundernd schaute er seinen Freund an. Er wollte Fritz mit dem Hôtel de l'Europe beeindrucken, doch der hatte seine Verlegenheit bereits überwunden. Wie macht er das bloß, fragte Georg sich. Hat er es wirklich im Blut, weil er von Stand ist? Oder ist er einfach so charakterstark? Vater würde sagen, er hat den richtigen Schneid. Bleibt dir heute Abend also nichts anderes übrig, als ihn unter den Tisch zu saufen.

Um nicht allzu dumm auszusehen, flüchtete Georg sich in eine Ausrede.

»Ich war mal wieder zu faul zum Auswählen.«

»Bin ich auch«, schwindelte Fritz, obwohl ihn jetzt die Lust überkam, die Karte rauf und runter zu essen.

»Wie wär's denn mit der Platte Europa? Fleisch von allem, was so auf Sachsens Fluren zu finden ist. Ab zwei Personen. Vorweg eine klare Bouillon, als Dessert dann Zimt-Karamell-Sorbet.«

»Perrfeckt«, schnarrte Fritz und lehnte sich zurück. »Doch … welchen Wein? Heimisch oder französisch? Vom offenen? Oder doch besser eine Flasche …«

»Wenn du so fragst …«, ging Georg auf seinen Ton ein. »Dann, ähm, glaube ich doch … sind wir mit Champagner am besten bedient! Er passt und schmeckt bekanntermaßen immer.«

»Sie sind ein wahrer Kenner, mein Herr!«, rief Fritz entzückt.

»Mein Los heischt diese Freuden, mein Freund. Ich darf Sie an Napoleon Bonaparte erinnern. Sagte er doch: Bei einem Sieg hat man sich den Champagner verdient. Bei einer Niederlage aber hat man ihn nötig. Meine trägt den Namen: Massa Pet. Genehmigen wir uns also eine Flasche der göttlichen Witwe Cliquot.«

Georg lachte fröhlich drauflos, sichtlich zufrieden, dass er das Wortgeplänkel diesmal für sich hatte entscheiden können.

»Pass auf, dieses Bonmot merke ich mir«, sagte Fritz. »Und irgendwann werde ich damit glänzen. So wahr ich dein Freund bin.«

Zwei Stunden später standen die Freunde gestärkt und guter Laune wieder auf dem Altmarkt. Georg konnte Fritz noch einmal beeindrucken, als er die Rechnung verlangte. Sie wurde ihm nämlich samt Füllfederhalter gebracht – er brauchte bloß zu unterschreiben.
So gut war der Ruf der Familie Lewenz.
Doch der Champagner und das gute Essen ließen keine neuen Neidgefühle aufkommen. Im Gegenteil, Fritz war in Hochstimmung und sofort einverstanden, als Georg vorschlug, den Mokka im Café Torniamenti auf der Brühlschen Terrasse zu nehmen.
»Da gibt's jetzt bestimmt auch Tanz. So bekommen wir was zu gucken.«
»Mir ist alles recht.«
Sie zogen los – vorsichtig, denn in den Nebel hatte sich feiner Nieselregen gemischt, der auf dem noch gefrorenen Boden sofort zu Eis wurde. An jeder Ecke waren die Juchzer und Schreckensrufe der abendlichen Stadtbummler zu hören. Auch Georg wäre einmal fast hingefallen.
Im Café Torniamenti, das mit seinen vier Säulen aussah wie ein antiker Tempel, walzten gestandene Damen und Herren bei Wiener Schrammelmusik umeinander. Unbeeindruckt sahen die Freunde dem Treiben zu, Fritz begann schließlich zu gähnen.
»So, ich glaube, wir waren lange genug anständig«, sagte er und zupfte Georg am Ärmel. »Lass uns in ein richtiges Lokal gehen.«
»Gut. Die gibt's in der Neustadt.«

Als die Droschke zurück in die Altstadt fuhr, war es kurz vor Mitternacht, und Fritz und Georg waren so aufgekratzt wie angetrunken.
»So, nun geht's in die letzte Runde«, sagte Georg und schnippte nach ein paar Konfettistäubchen, die auf seinem Mantel klebten.
»Und was heißt das, Herzilein?«, fragte Fritz.
Er war betrunkener als Georg, bildete sich aber ein, nüchterner als der zu sein. Einen Fuß auf der Sitzbank, lümmelte er unternehmungslustig in der Droschke, die wegen der glatten Straßen nur langsam durch die Schlossgasse in Richtung Altmarkt rollte. In der Neustadt waren sie in der »Weintraube« hängengeblieben, wo sie Bekanntschaft mit zwei Tanzdamen gemacht hatten. Diese entpuppten sich bald nicht nur als verräterisch trinkfest, sondern wurden auch mit jeder halben Stunde anschmiegsamer – was Fritz zunehmend mehr begeisterte, Georg aber schließlich die Flucht ergreifen ließ. Herzilein, warum denn?, hatte seine Tanzdame unglücklich gerufen. Herzilein, lauf doch nicht weg!
»Herzilein. Dieses Luder.«
Georg begann zu kichern und nahm dieselbe legere Haltung ein wie Fritz.
»Weißt du, was, Herzilein«, krähte Fritz und streckte seinen Unterkörper vor, »eigentlich brauchen wir jetzt noch was für unsere Gesundheit. Es ist nicht gut, dass der Mann sich kasteit, wenn er den Abend getanzt hat.«
»Bleib bei deinem Giftschrank«, maulte Georg.
»Solche Angst, Herzilein?«, fragte Fritz lauernd. »Wer soll dir den Ruf ruinieren, wenn keiner weiß, wer du bist? Auf, du Feighans, steh deinen Mann!«
»Idiot!«
Georg kämpfte mit sich. Es ging ihm nicht um den guten Ruf. Längst war es ihm und Max in Fleisch und Blut übergegangen,

an zweifelhaften Orten nie den vollen Namen zu nennen. Aber er hatte einfach keine Lust auf ein Bordell. Ganz einfach, weil er es nicht brauchte – im Gegensatz zu seinem Bruder, der sich zwar als Schöngeist verstand, aber in diesen Dingen schon seine Erfahrungen gemacht hatte.
Manchmal glaubte Georg, er sei krank. Aber das stimmte nicht. Er schaute den Mädchen genauso gerne nach wie sein Bruder oder Fritz. Aber wenn es ihn dann doch einmal packte – sich Erleichterung zu kaufen kam ihm einfach nicht in den Sinn.
Die Droschke hielt.
»Komm, sag ja«, drängelte Fritz. »Jetzt oder nie. Heute zahlst du. Ich das nächste Mal. Einverstanden?«
Georg seufzte resigniert, nickte aber.
»Gib mir bitte ein Trinkgeld!«
Fritz sprang aus dem Wagen und saß einen Atemzug später wieder auf seiner Bank. Die Droschke fuhr los und nahm Kurs auf die Pirnaische Vorstadt.
»Was hast du ihm gesagt?«
»Ich bat ihn, uns dorthin zu bringen, wo Herren um diese Zeit gewöhnlich hinfahren. Er hat's gleich kapiert.«

Das Etablissement befand sich in der Langen Gasse in der Nähe des Johannis-Kirchhofs. Über der Hofeinfahrt hing ein hölzerner Pferdekopf. Georg und Fritz schritten durch den Torbogen und gelangten in einen kleinen Hofgarten mit Ziehbrunnen. Sie mussten sehr vorsichtig gehen, denn das Kopfsteinpflaster war spiegelglatt. Wenigstens hatte es aufgehört zu regnen.
»Hier,« stieß Fritz rau hervor und zeigte auf eine Tür mit einem Guckloch, hinter dem es geheimnisvoll rot schimmerte.
»Warte.« Georg zog seine Brieftasche hervor und drückte Fritz ein paar Scheine in die Hand. »Das müsste reichen. Ich kann mich darauf verlassen, dass du das Maul hältst, klar?«

»Danke. Du hast mein Ehrenwort.«
Fritz betätigte den Türklopfer. Ein bulliger Türsteher öffnete. Eingehend musterte er die beiden Freunde, dann machte er mit dem Kopf eine entsprechende Bewegung. Am Ende des langen Flurs, von dessen Decke zwei rote Laternen hingen, befand sich eine Schwingtür. Als die Freunde sie aufstießen, standen sie in einem großzügigen, aber mit schummrigem Kerzenlicht beleuchteten Salon. Er war mit Ottomanen, Sesseln und runden Beistelltischchen möbliert. Freier und Mädchen plauderten miteinander, rauchten oder schmusten. Gläser klirrten, und es wurde verhalten gelacht. Ein Mädchen, das nur mit Schürze, Strümpfen und durchsichtiger Chiffonbluse bekleidet war, servierte Wein und Likör.
Lächelnd kam sie auf Fritz und Georg zu. Auf dem Silbertablett standen noch drei Gläser Wein und eines mit grünem Likör.
»Ich hab zweimal Rheinwein, einmal Meißen, und das Grüne schmeckt nach Waldmeister. Wenn Sie wünschen, bringe ich Ihnen aber auch Champagner. Bier gibt's hier nicht.«
»Den Rheinwein«, sagte Fritz.
Das Mädchen knickste und reichte die Gläser.
»Guck dir das an«, flüsterte Fritz, »das tut Dresdens bessere Gesellschaft nach Mitternacht.«
Sie nippten an ihrem Wein und schlenderten durch den Salon. Je dunkler die Ecken waren, desto mehr wurde geschmust und gestreichelt. Wie gebannt sah Fritz einem Pärchen zu, bei dem sie breitbeinig auf ihrem Kavalier saß, während er seinen Kopf zwischen ihren Brüsten verbarg. Das Mädchen war bis auf Schuhe und Strümpfe nackt und ließ sich bereitwillig an ihrer intimsten Stelle streicheln. Sie kreiste mit ihrem Becken, stöhnte und gurrte, griff dabei aber mehrmals routiniert nach ihrem Champagnerglas. Nach jedem Schluck hob sie den Arm und schnippte mit den Fingern,

woraufhin das Serviermädchen mit der Flasche erschien und nachschenkte.

»Und wie geht's weiter?«, fragte Georg.

»Abwarten.«

Im anderen Teil des Salons waren die Wände mit erotischen Bildern geschmückt. Frauenschönheiten feierten in antiker Ruinenlandschaft Orgien mit mehreren Kriegern, was detailreich dargestellt war. Fritz flüsterte Georg ins Ohr, der bocksfüßige und backenbärtige Pan, der einer der Nymphen sein erigiertes Glied in den Mund steckte, sehe aus wie Lokomotivenkönig Borsig.

»Genau. Und die Nymphe, die bei ihr den Finger drin hat, wie einst Preußens Königin Luise.«

»Sie amüsieren sich? Das ist gut!« Die Dame, die gerade noch auf dem roten Sofa am Ende des Salons gesessen hatte, reichte ihnen die Hand. »Ich bin Diana. Willkommen. Sie sind das erste Mal hier, nicht wahr?«

»Erraten.«

Fritz beugte sich über die dargebotene Hand und küsste sie. Georg war zu verblüfft, um es seinem Freund nachzutun – er starrte Diana einfach nur an. Im Gegensatz zu den anderen Mädchen und Frauen war Diana korrekt gekleidet. Ihr lockiges Haar war am Hinterkopf mit goldenen Haarbändern geflochten, was ihr zusammen mit dem blassgelben Kleid etwas Frisches, geradezu Jungfräuliches verlieh.

»Wer das erste Mal mein Gast ist, für den sind die Getränke frei. Tun Sie sich also keinen Zwang an. Die Damen honorieren Sie bitte nach Ihren Vorlieben.«

Diana nickte Fritz und Georg freundlich zu und entfernte sich, um einen neuen Gast zu begrüßen. Georg zuckte zusammen und zog Fritz an einen Tisch, über dem gerade das Licht erloschen war.

»Was ist?«

»Der Mann – er ist ein Kunde meines Vaters!«, zischte Georg nervös. »Ich hab ihn in den Ferien ein paar Mal im Schalterraum gesehen.«
»Beruhig dich! Hier ist es viel zu schummrig. Außerdem wird sich dieser Monsieur wohl kaum an dich erinnern.«
Ein Mädchen kam und setzte sich auf Fritz' Schoß.
»Ich bin Ina. Magst du mich?«, fragte sie unverblümt.
»Warum nicht«, antwortete Fritz, woraufhin Ina, eine schlanke Brünette, ihm einen Kuss aufs Ohr drückte.
Sie trug ein gerade geschnittenes, beiges Baumwollkleid, das in der Hüfte mit einer blauen Seidenschärpe zusammengerafft war. Unter dem Kleid war sie nackt, aber Fritz war viel zu befangen, um sich bei Ina irgendwelche Freizügigkeiten zu gestatten. Ina küsste ihn noch einmal, dann kicherte sie und sprang von Fritz' Schoß.
»Komm mit«, sagte sie. »Wir gehen ins Séparée.«
Sie nahm Fritz an der Hand und ging mit ihm durch eine Tür.
Georg war allein. Nervös wippte er mit dem Fuß und machte sich bittere Vorwürfe, dass er Fritz' Wunsch nachgegeben hatte. Warum bloß hatte er sich breitschlagen lassen! Wie konnte er nur so dumm sein!
Vorsichtig schaute er sich um. Der Kunde seines Vaters leistete sich zwei Mädchen, an deren Brustwarzen er hingebungsvoll sog und knabberte. Dabei fuhren ihm die Mädchen durchs Haar und stießen ab und zu spitze Schreie aus. Endlich hatte der Mann genug. Georg beobachtete, wie er erst dem einen, dann dem anderen Mädchen unter das Kleid fasste und ihnen etwas ins Ohr flüsterte. Die Mädchen lachten, tranken schnell ihren Champagner aus und verschwanden dann mit ihm durch eine Tapetentür. Georg fiel ein Stein vom Herzen. Er kannte jetzt nur noch ein Ziel: Raus! Er hatte mit Fritz ausgemacht, dass sie sich »danach« vor dem Ziehbrunnen treffen.
Und wenn es draußen Katzen und Hunde regnete! Egal!

Georg erhob sich und schlenderte zurück in Richtung Schwingtür. Er musste einem Pärchen ausweichen, das eng umschlungen dastand. Der Freier streichelte mit dem Handrücken den nackten Po der Erwählten, sie hatte ihr Knie in seinen Schritt geschoben. Ein Betrunkener begann zu singen, ein Offizier spielte mit einem anderen Mann Karten, der breitbeinig dasaß und sich im Schritt streicheln ließ. Deutlich zeichnete sich sein Glied unter dem Hosenstoff ab, trotzdem tat er völlig unbeeindruckt.

Die Szene erregte Georg genauso wie sie ihn abstieß. Er bekam eine Erektion und konnte seinen Blick nicht mehr von der streichelnden Hand des Mädchens losreißen.

»Soll ich das auch bei dir machen?«, flüsterte ihm plötzlich eine Stimme ins Ohr. »Du kannst dabei zuschauen.«

»Bitte?«

Georg fuhr erschrocken herum. Das Blut schoss ihm zu Kopf. Neben ihm stand ein stark geschminktes, gestiefeltes Mädchen mit kurzen Haaren. Sie trug Unterwäsche, die bis zum Hals zugeknöpft war.

»Sei nicht so schüchtern«, sagte das Mädchen freundlich. »Niemand beißt dich … Es sei denn, du …«

Entsetzt spürte Georg, wie ihm das Mädchen mit der Hand zwischen die Beine glitt und ihn genau dort drückte, wo es am schönsten war. Georg hielt den Atem an, seine Lust aber wuchs und wuchs. Als er glaubte, zu explodieren, küsste ihn das Mädchen mit kühlen Lippen auf den Mund. Dabei knöpfte sie ihm mit kundigen Fingern die Hose auf und schlüpfte mit der Hand in seinen Hosenstall. Georg litt so köstliche Qualen, dass er zu stöhnen begann und für einen Augenblick die Augen schloss. Er war kurz vor dem Höhepunkt.

Da spürte er den kühlen Luftzug der aufschwingenden Salontür. Ein bärtiger Mann trat ein – Georg erstarrte, doch da bahnte sich seine Lust bereits ihren Weg. Er konnte es nicht

mehr aufhalten und entlud sich in seine Unterwäsche, genau in dem Moment, als Massa Pet ihn erkannte.
»Na so was«, gurrte das Mädchen. »Bist du ein Preuße? So schnell schießt man doch nicht.«
Sie zog ihre Hand heraus und hakte sich bei ihm unter, um ihn mit sich zu ziehen. Georg aber verlor die Nerven und riss sich los. Mit offener Hose stürzte er auf seinen Lateinlehrer los, der ihn mit weit aufgerissenen Augen fassungslos anstarrte.
»Herr Professor! Ich kann Ihnen alles erklären!«
Gäste und Mädchen horchten auf, grinsten, hüstelten, lachten. Die Angelegenheit war so kurios wie amüsant: Schüler und Lehrer begegneten sich in ein- und demselben Bordell! Pech für beide! Die Frage war nur, für wen dies peinlicher war.
Massa Pet war bereits wieder an der Schwingtür und eilte durch den Gang. Georg rannte ihm hinterher. Gelächter wogte durch den Salon, wobei ein paar raue Kehlen nach dem Herrn Professor riefen. Noch im Laufen bemühte sich Georg, seine Hose zuzuknöpfen, was ihm um ein Haar einen kapitalen Sturz beschert hätte.
»Bitte warten Sie!«, rief er. »Bitte!«
Doch Massa Pet war bereits durch die Tür gestürmt. Eine Sekunde später hörte Georg ihn ärgerlich aufschreien, woraufhin ein erst scharfes, dann dumpfes Geräusch erklang. Georg spürte, wie der Boden bebte, und begriff sofort, was passiert war. Massa Pet war auf dem überfrorenen Boden ausgerutscht und rücklings hingeschlagen. Die Beine ausgestreckt, lag er vor dem Ziehbrunnen und rührte sich nicht mehr.
Als Georg neben Massa Pet auf die Knie ging, stöhnte der schwach auf. Georg hob den Kopf seines Lateinlehrers vorsichtig hoch, spürte die gewaltige Beule, die sich gebildet hatte. Plötzlich hatte er Blut an den Fingerspitzen. Vorsichtig ließ er den Kopf wieder sinken. Er schaute um sich, doch weder der Türsteher noch sonst jemand waren zu sehen.

Was soll ich tun?, schrie es in ihm. Du kannst ihn doch nicht so liegen lassen!

Da ging die Tür auf, und Fritz kam heraus. Georg fühlte sich wie erlöst.

»Ich hab alles mitgekriegt!«, stieß er hervor. »So eine Scheiße! Und ich hab's uns eingebrockt!«

»Was sollen wir machen?«

Fritz beugte sich über Massa Pet und legte ihm hilflos die Hand auf die Stirn.

»Er braucht sofort einen Arzt!«, sagte er. »Ich hole den Türsteher. Wir tragen ihn zu dritt in ein Bett. Das müssten wir schaffen.«

Fritz klopfte.

Wartete.

Georgs Zähne klapperten. Seine Gedanken überschlugen sich. Wenn ein Arzt kam ... er würde Personalien abfragen, stutzen – der Name Lewenz war in größter Gefahr, ein Skandal unausweichlich. Wobei der Schulverweis noch das kleinste Übel wäre. Georg schaute zu Fritz, der mit dem Rücken zu ihm stand – und legte beide Daumen auf Massa Pets Gurgel. Er begann zu drücken, erst schwach, dann immer stärker. Massa Pet röchelte leise, sein Körper zuckte. Und da, plötzlich – wie aus dem Nichts, war sie da, die Wut über Massa Pets Verhöhnung: »Hoffnungslos bis du, Georg Lewenz. Schlechter, als ein Guter erstklassig sein kann. Verloren. Aber zu unser aller Glück wirst du nichts weiter sein als ein schlechter Wind, der einst durch St. Afra wehte.«

Er drückte und drückte, merkte kaum, dass Fritz und der Türsteher auf ihn zukamen. In letzter Sekunde ließ er los. Hatte Fritz etwas gesehen?

Nein. Aber der Türsteher.

»Den Kragen aufmachen, junger Mann, heißt nicht, ihm die Gurgel zuzudrücken.«

»Was?«
Georg spielte den Verwirrten.
»Lassen Sie mich das machen. Dann probieren wir's erst mal mit kaltem Wasser.« Der Türsteher schob Massa Pet seine Jacke unter den Kopf und lockerte dessen Kragen. Auf einmal stutzte er. »Ich glaub, Ihr Herr Professor schnauft nicht mehr!«
Fritz und Georgs Blicke trafen sich. Fritz fing sich zuerst.
»Er ist voll auf den Hinterkopf aufgeschlagen«, sagte er. »Schauen Sie selbst, Ihre Jacke ist blutig. So ein Sturz … da kann alles passieren.«
»Dann war's das für den Herrn Professor«, sagte der Türsteher ungerührt. »Können wir uns einigen? Wir sind genauso wenig an einem Skandal interessiert wie Sie, meine Herren. Also?«
»Ja. Keinen Skandal!«, stieß Georg hervor.
Er zog seine Brieftasche und entnahm ihr die restlichen Scheine. Fritz suchte bei sich, zuckte entschuldigend mit den Schultern.
»Geht klar«, sagte der Türsteher. »Also los, haut ab!«
»Ja, aber was machen Sie denn jetzt?«, fragte Georg.
»Nichts. Die Wahrheit reicht doch.«
»Aber die … Ihre Gäste?«
»Von denen weiß morgens grundsätzlich keiner, wo er nachts gewesen ist. Wir sind das vornehmste offizielle Etablissement der Stadt. Und wir sind sehr verschwiegen.«
Der Türsteher machte mit dem Kopf dieselbe Bewegung wie eine Stunde zuvor. Georg und Fritz rannten los. So schnell es auf dem überfrorenen Boden ging, machten sie sich davon. Erst als sie die Kreuzkirche erreicht hatten, verlangsamten sie ihre Schritte. Aber als sie den Altmarkt betraten, begannen sie wieder zu·laufen, so sehr scheuten sie das Licht der Gaslaternen.
Endlich standen sie vor der Haustür des Bankhauses.

»Nur eine Frage«, keuchte Fritz. »Hast du oder hast du nicht?«
»Was? Ein Mädchen?«
Georg brachte ein schiefes Lächeln zuwege. Das Blut schoss ihm zu Kopf. Sollte er lügen? Fritz schien ihn mit seinen Augen zu durchbohren. Georg nickte, sagte schließlich leise ja. Dann räusperte er sich und fügte mit rauer Stimme hinzu:
»Mir ist es so stark abgegangen, dass meine Hose noch immer feucht ist.«
»Mir auch«, sagte Fritz. »Ich hab ihn gerade drin gehabt, da kam's schon. Ich glaub, Herzilein, wir müssen wohl noch etwas üben.«

1871

Kurt Zacharias' erste Arbeitswoche als stellvertretender Assistent des Bankhauses Frauenkirche war zu Ende. Mit einem satten dumpfen Laut klappte er den schweren ledergebundenen Folianten zu und erhob sich von seinem Pult. Der Foliant wanderte zurück ins Regal zu den anderen Geschäftsbüchern, die Kurt in dieser Woche alle schon einmal auf dem Tisch gehabt hatte. Wer Jahrmarktsringer werden will, dachte er, wäre mit einer Banklehre wahrscheinlich hervorragend bedient. Denn dieses Gewerbe stählt zuallererst die Oberarmmuskeln. Kurt kreiste ein paar Mal mit dem Kopf und spreizte die verkrampften Finger. Schließlich machte er noch ein paar Kniebeugen und hüpfte ein paar Sekunden auf der Stelle, um das taube Gefühl in den Beinen loszuwerden.

Ein langer Tag war zu Ende, elf Stunden Arbeit lagen hinter ihm. Eigentlich hätte er sich freuen können, dass er diese Woche so problemlos gemeistert hatte, doch leider war die Arbeit als Assistent nur vorübergehend, bis Fred Böhme wieder da war. Fred war Martin Lewenz' rechte Hand, vom ersten Tag der Bankgründung an dabei. Wie sein Chef war Fred ein umgänglicher Mensch, jetzt aber war der Eierschecken-Freund mit dem blanken Schädel das erste Mal in seinem Leben schwer erkrankt.

»Wärst du ein Schwein, müsstest du jetzt in der Kirche den Teufel darum bitten, dass er nicht mehr auf die Beine kommt«, seufzte Kurt leise und öffnete das Fenster.

Doch selbst wenn Fred Böhme nie wieder das Bankhaus betreten sollte, wusste Kurt, dass der Wunsch, dessen Stelle einzunehmen, illusorisch war. Als ob ein Banklehrling gleich zum Assistenten befördert wurde! Hierarchie war schließlich Hierarchie, und die gab's auch im Bankhaus Frauenkirche.

Die milde Luft trug einen Hauch Frühling ins Büro. Kurt atmete ein paar Mal tief ein und aus und zählte die Schläge der Kirchenuhr mit. Eigentlich hätte er jetzt Feierabend, doch er war viel zu neugierig, wie die Herren von der Brauerei seinen Reklameartikel fanden. Darum wartete er noch auf Adam. Adam Noack war der zweite Assistent des Bankhauses und arbeitete für Heinrich Lewenz. Er hatte sich mit zwei Brauereigründern aus dem erzgebirgischen Klingenthal bei der Zeitung verabredet, um ihnen den Artikel zu zeigen. Der Wirtschaftsredakteur des Dresdener Anzeigers sollte ihm den Feinschliff verpassen – schließlich ging es um viel Geld. Das Bankhaus Frauenkirche würde am Montag die von der Brauerei ausgegebenen Aktien emittieren. Damit auch alle Aktien verkauft wurden, mussten die Brauerei und die zu erwartende Geschäftsentwicklung natürlich positiv dargestellt werden, eine Kampagne, die das Bankhaus Frauenkirche organisierte und finanzierte.

Kurt klangen noch jetzt Martin Lewenz' gebieterische Worte in den Ohren: Sie, Herr Zacharias, schreiben den Artikel. Auf Effekt, aber ehrlich. Wir wollen beim Publikum kassieren, aber nicht abkassieren. Das Banditenwesen überlassen wir anderen Häusern. Im Grunde war diese Philosophie das Programm des Bankhauses. Was für die Klingenthaler Brauerei bedeutete, dass das Bankhaus Frauenkirche dafür bürgte, nicht mehr Aktien zu emittieren, als die neu gegründete Klingenthaler Aktienbrauerei auch wirklich wert war. Zudem war Martin Lewenz ein Gegner der neumodischen Spekulationswut dieser Tage.

Wie so eine Spekulationsgründung aussah, hatte Kurt inzwischen gelernt: Ein so genanntes Gründungskomitee kaufte einem Unternehmer seine Fabrik oder Manufaktur zu einem überhöhten Preis ab, schlug darauf noch eine üppige Summe für Spesen und Provisionen und gab dann so viele Aktien aus,

dass dieses Grundkapital gut und gerne doppelt so hoch war wie der tatsächliche Wert dieser neuen und vollmundig beworbenen so genannten Aktiengesellschaft.
Ein Privatbankier, Herr Zacharias, der seinen Kunden derartige Papiere verkauft, wird über Nacht zum Verbrecher, Kurt erinnerte sich an die Standpauke, die Martin Lewenz ihm gehalten hatte: »Die Kunden des Bankhauses Frauenkirche wissen, dass ich ihnen nur erstklassige Anlagen und Aktien verkaufe. Und wenn wir einmal Aktien einer Gründung emittieren, dann muss das Unternehmen erstklassig sein – wie zum Beispiel die Klingenthaler Brauerei, die mit dem Haustrunk genauso wenig knausert wie mit Investitionen in neue Brautechnik.«
Es klopfte.
»Ja? Wer ist da?«
Kurt war irritiert. Adam Noack würde kaum anklopfen, außerdem war sein Kommen unüberhörbar. Vielleicht ein Kunde? Unsinn – Kunden kamen nur auf Anmeldung und wurden von Senior oder Junior Lewenz persönlich im dafür eingerichteten »Geschäftssalon« empfangen.
»Ja? Wer ist da, bitte?«
»Überraschung!«
Die Tür flog auf, und Georg und Max traten ein. Kurt stand völlig verkrampft da. Ein dumpfer Schmerz machte sich in seiner Brust breit, und er starrte seine ehemaligen Internatskameraden an, als stünde er an der Kante eines tiefen Abgrunds.
»Keine Gespenster. Nur wir, Kurti! Himmel, was ist denn los?«
Max hielt eine mit einer roten Schleife geschmückte Weinflasche in der Hand, Georg ein mit gleicher Schleife umwickeltes Schächtelchen. Zum Glück fing Kurt sich schnell. Er begann zu lächeln und erklärte, warum er so entsetzt dreinschaute: Es habe mit dem Unglückstag damals in St. Afra zu tun, erinnerte

er seine einstigen Stubenkameraden, damals, als seine Mutter ihn mit dem Selbstmord seines Vaters konfrontiert hatte.
»Wisst ihr noch? Zuvor besuchte uns eure Mutter. Und sie rief genau wie gerade ihr: Überraschung! Seitdem bin ich ein gebranntes Kind, was Anklopfen und freudige Überraschungen betrifft. Aber klar, das konntet ihr ja nicht wissen.«
»Mensch, Kurti!«, sagte Max peinlich berührt. »Ich verspreche dir, das kommt nicht noch mal vor. Trotzdem wollen wir dir nachträglich gratulieren. Du hattest doch vorgestern Geburtstag. Und da dachten wir, ein guter Tropfen könnte dir das Wochenende versüßen.«
Die Lewenz-Brüder umarmten Kurt und drückten ihm ihre Geschenke in die Hand. Selbstverständlich konnten sie sich an diesen Tag erinnern! Kurt hatte ein ganzes Jahr gebraucht, diesen Schock einigermaßen zu überwinden. Ausgerechnet er, der Beste ihrer Klasse, verließ St. Afra ohne Abitur. Nach der geordneten Liquidierung der väterlichen Manufaktur war er mit seiner Mutter, Traute Zacharias, nach Dresden gezogen, wo sie beide gegenüber der Neustädter Dreikönigskirche eine Zweizimmerwohnung bezogen. Traute Zacharias hatte in Jordans Schokoladenfabrik in der Schreibstube Anstellung gefunden. Den kümmerlichen Rest, der ihr nach der ausstehenden Entlohnung der Manufakturarbeiter an Kapital geblieben war, hatte sie fürs Alter zurückgelegt.
Dies waren knapp vierhundert Taler – weit weniger als die Hälfte von dem, was ein Assistent von Martin oder Heinrich Lewenz im Jahr verdiente. Kurt hoffte, dieses Geld für seine Mutter in festverzinslichen Wertpapieren der Königlich-Sächsischen Bank anlegen zu dürfen. Aber seit dem Bankrott hortete seine Mutter es wie eine einfache Bauersfrau: Im Strumpf unter der Matratze – weil sie Angst hatte, dass es, wenn es bei einem Geldinstitut lag, eines Tages von einem forschen Insolvenzverwalter mit nagelneuem Zylinder beschlagnahmt wurde.

»Pack aus!«, rief Georg.
»Genau, altes Haus!«, rief Max. »Und dann machen wir es uns in meinem neuen Heim gemütlich. Ich habe ein paar meiner neuen Kommilitonen eingeladen, brauche aber auch Unterstützung aus alten Tagen! Du weißt ja, die juristische Fakultät der Universität Leipzig wird künftig nur noch Herrn Georg Lewenz ertragen müssen.«
Max hatte es endlich geschafft, sich von seinem Vater die Zustimmung zu holen, das Jura-Studium abzubrechen und die Dresdener Kunstakademie zu besuchen.
»Wenn du meinst«, sagte Kurt zögernd. »Ich kann hier aber noch nicht weg. Weil ... es ist geschäftlich, ich ...«
Er brach ab und wickelte die Flasche aus. Ein Burgunder. Und in Georgs Schächtelchen befand sich ein schöner schwerer Messingkorkenzieher.
Sie haben's eben, dachte Kurt, bedankte sich aber herzlich. Tatsächlich fühlte er eine gewisse Scheu, Max zu besuchen. Ganz davon abgesehen, dass er sich in der Gesellschaft von dessen kunstbegeisterten Kommilitonen klein und überflüssig vorkam.
Nach wie vor war er damit beschäftigt, zu sich selbst zu finden. Während des Trauerjahres hatte er außer seiner Mutter keine Menschenseele an sich herankommen lassen und war in diesen zwölf Monaten mehr und mehr zu einem Eigenbrötler geworden. Dass er dann trotzdem eines Tages Martin Lewenz' Angebot einer Banklehre annahm, hatte nicht nur seine Mutter, sondern auch Georg und Max aufrichtig gefreut.
Und bislang hatte Kurt seine Sache in den drei zurückliegenden Jahren sehr gut gemacht – was aufgrund seiner Intelligenz auch kaum anders zu erwarten gewesen war.
Adam Noack kam zurück. Da Heinrich Lewenz' Assistent sich von Geburt an mit einem verkürzten Bein abplagte, ging er nie ohne Stock. Die harten hellen Schläge seiner »Schlurfhilfen«,

wie er seine Stöcke nannte, waren genauso unüberhörbar wie seine schneidende Tenorstimme, mit der er die übrigen Angestellten grüßte.

»Was ist denn das?«, bellte er in sein Büro. »Eine Verschwörung?«

»Nur ein Überfall, Herr Noack«, sagte Max. »Wir waren so frei, unserem alten Schulkameraden ein Geschenk zu machen. Deshalb konnte Kurt uns nicht gleich wieder hinauskomplimentieren.«

»Aha. Aber ich tue es hiermit. Sie wissen, Sie haben hier nichts zu suchen. Ich werde mich beschweren.«

Adam Noack liebte die Rolle des bärbeißigen Bürokraten, der sich seiner Vorzugsstellung im Hause sicher ist. Vom Prinzip her hatte er sogar Recht. Alle Büroräume waren für Nicht-Beschäftigte des Bankhauses tabu und somit auch für Georg und Max.

Max jedoch hatte beschlossen, den Assistenten seines Vaters nicht allzu ernst zu nehmen, was er glaubte, sich als neu eingeschriebener Student der Kunstakademie leisten zu können.

»Nun seien Sie doch bitte ein Mal in Ihrem Leben nachsichtig, Herr Noack. Wir wollten nicht an die Bücher, sondern zu Kurt. Wir haben nichts gesehen, nichts gehört und bislang noch nicht einmal was gesprochen.«

Adam Noack war nicht bereit, auf diesen Ton einzugehen. Kurt wusste, dass Adam ziemlich giftig werden konnte, doch dass der kleine Mann so scharf wurde, überraschte ihn.

»Max Lewenz, dass Sie von Nachsicht faseln, ist mir klar. Das müssen Sie sogar tun. Wenn ich ein ordentliches Jura-Studium nach sechs Semestern hingeschmissen hätte – was glauben Sie, mit wie viel Nachsicht ich da hätte rechnen können? Ich will Ihnen was sagen: Es ist eine Schande, was Sie Ihren Eltern antun! Sechs Semester Leipzig! Hingegeben für die Illusion, sich hier an der Kunstakademie zu einem großen

Maler mausern zu können! Haben Sie denn gar keinen Respekt vor dem Ernst des Lebens? Interessiert es Sie kein bisschen, Geld zu verdienen? Oder sind Sie so elitär, dass Sie glauben, Sie hätten's nicht nötig, weil Ihr guter Herr Großvater und Ihr Herr Vater schon für ein gepolstertes Konto sorgen werden?«

»Herr Noack! Bitte! Was Sie Max vorwerfen, ist haltlos! Wenn ich so viel Talent fürs Bankfach hätte wie er für die Malerei ...«

»Dass Sie Ihren Schulfreund verteidigen, ist selbstverständlich«, schnitt Adam Noack Kurt das Wort ab. »Trotzdem muss ich Ihren Kameraden die Leviten lesen. Und da ich nun schon in Fahrt bin, ermahne ich Sie, Georg, machen Sie wenigstens ein ordentliches Examen! Oder sind Sie etwa auch nicht am Lebenswerk Ihrer Großväter interessiert?«

»Weder ein Samuel Goldhagen noch ein Lewenz besuchten eine Universität, Herr Noack«, antwortete Georg gereizt. »Das Bankfach lernten sie allein durch Nachdenken.«

»Nachdenken?« Triumphierend drehte sich Adam Noack zu Kurt um. »Kurt, dann glaube ich, stehen Ihre Chancen auf eine Karriere mindestens so gut wie die der Herren Max und Georg. Ihr Artikel fand nämlich die Zustimmung sowohl der Herren Brauereieigentümer als auch des Herrn Wirtschaftsredakteurs. Da dürfen Sie sich jetzt was drauf einbilden.«

»Danke, Herr Noack! Ich habe mir auch viel Mühe gegeben!«

Kurt strahlte. Dies war das erste Kompliment, was er von Adam Noack bekam. Doch der machte seinem Ruf als »Beißer« alle Ehre, indem er so grausam war, Kurts Leistung mit dem Schicksal seines Vaters zu verknüpfen.

»Das sage ich nur, damit Georg und Max endlich aufwachen. Dass Sie, der Sohn eines insolventen Manufakturisten und Selbstmörders sich hier anstrengen, versteht sich von selbst.«

»Das geht jetzt zu weit, Herr Noack«, sagte Max mutig. »Ist Ihnen einer Ihrer Schlurfhilfen gestohlen worden? Was regen Sie sich eigentlich so auf?«
»Verlassen Sie das Büro!«, geiferte Adam Noack. »Alle! Und zwar sofort!«
Hastig packte Kurt die Flasche Burgunder und den Korkenzieher und eilte ein paar Türen weiter zu seinem Spind. Seinen Mantel zog er gar nicht erst an, sondern legte ihn sich über den Arm. Grußlos verließen die drei Exafraner das Assistentenbüro. Kaum waren sie draußen, begannen sie zu feixen, schließlich brachen sie in Gelächter aus. Die Zeit schien rückwärts zu laufen. Mit jedem Schritt eroberten sie sich ein Stück der alten Vertrautheit zurück.
Alles schien wieder gut.

Sie spazierten über die Brühlsche Terrasse und schauten zu, wie vom Ausschiffungsplatz einer der weißen Schaufelraddampfer zur letzten Fahrt nach Pillnitz auslief. Dabei winkten sie den Fahrgästen zu und nahmen sich vor, im Sommer einen Ausflug in die Bastei zu machen.
»Dann hauen wir uns mit ein paar Flaschen Wein abseits auf eine Klippe oberhalb des Flusses und lassen Papierschwalben fliegen«, sagte Georg. »Vielleicht ist sogar unser Spinner-Fritz mit von der Partie! Wusstest du eigentlich, Kurti, dass er sein Ökonomiestudium hingeschmissen hat, weil er endlich auf eigenen Füßen stehen will? Er schrieb mir ganz offen: ›Die Unterstützung meines Onkels ist mein Fluch. Ich ertrag sie und ihn nicht mehr.‹ Jetzt sucht er in Berlin Anstellung.«
»Ja, der Fritz und seine Sorgen ums Geld!«
Max' Bemerkung erinnerte Kurt daran, dass er leider auch nur ein armer Schlucker war. Als Bürosekretär brachte er vierhundertvierzig Taler nach Hause, immerhin hundert mehr als seine Mutter. Wie viele Jahre brauchte er bis zum

Assistenten? Bis er wie Adam oder Fred über tausend Taler verdiente?
Kurt verscheuchte die unerfreulichen Gedanken. Freu dich, ermahnte er sich. Woher willst du wissen, dass alles so weitergeht wie bisher? Schließlich liegen die Versailler Kaiserproklamation und die Reichsgründung nur ein paar Wochen zurück! Dann die vereinbarten französischen Kriegsreparationen! Sie werden Geld ins neue deutsche Reich spülen. Es wird einen starken Aufschwung geben.
Deine Chance beim Bankhaus!
Schon länger stellte er fest, wie viel Spaß es ihm bereitete, in wirtschaftlichen Zusammenhängen zu denken. Vor diesem Hintergrund erschien ihm Adam Noacks Kompliment wie eine Belohnung. Es wärmte die Seele wie ein Ofen kalt gewordene Füße. Kurt war auf einmal so zufrieden mit sich und der Welt, dass er Adam Noack sogar die Beleidigung seines Vaters verzieh. Und auf einmal konnte er gar nicht mehr verstehen, dass er vorhin noch Hemmungen gehabt hatte, Max in seiner neuen Wohnung zu besuchen.
»Wisst ihr noch, wie wir in Meißen einmal den Hohlweg runter sind? Zu dritt aneinander gekettet, ich in der Mitte?«
»Das machen wir doch gleich noch mal, wie?«
»Klar!«
Noch auf dem Schlossplatz hakten sich die Freunde unter. Übermütig marschierten sie nebeneinander auf der rechten Seite der Augustus-Brücke in die Neustadt. Es dunkelte bereits, aber hier, auf Deutschlands schönster »Flussquere«, wie die Dresdener meinten, war man nie allein. Spaziergänger aus den Zwingeranlagen und der Altstadt waren ebenso gern auf der Brücke wie Kinder und Touristen. Aus der Neustadt kamen ihnen immer neue Gruppen von Mannschaftsdienstgraden der nahen Kavallerie-Kaserne entgegen. Waren Offiziere darunter, trat die Jungherren-Troika natürlich respektvoll zur Seite.

»Zu viel Glück im Blut?«, rief sie ein Hauptmann an, dessen Säbelknauf im Schein der Laternen Ehrfurcht gebietend schimmerte.
»Mit Verlaub – jawoll!«, rief Kurt.
»Akzeptiert! Weiter so!«, rief der Hauptmann und schritt erhobenen Hauptes seines Wegs.
»Achtung, da vorn kommt was Hübsches!«, rief Max leise.
»Gut. Aber wehe, ihr kneift!«, sagte Kurt.
Alle drei versuchten, einen Gesichtsausdruck zwischen Entschlossenheit und Spitzbüberei zu präsentieren. Außerdem war Max so verwegen, eine Melodie zu pfeifen, die ein musikalisch gebildetes Ohr genauso genoss wie der Verstand die dazugehörigen Worte Heinrich Heines: *Das Mädchen nimmt aus Ärger den ersten besten Mann, der ihr in den Weg gelaufen, der Jüngling ist übel dran.*
»Guten Abend.«
Da im Chor gesprochen wurde, musste klar sein, dass hier drei junge Kavaliere auf eine Operette aus waren. Doch die ausgeguckte Schönheit hatte keine Lust, die ihr zugedachte weibliche Hauptrolle zu spielen. Zwar erwiderte sie den Gruß mit gemessener Freundlichkeit, aber in ihren Augen blitzte der Unwille.
»Wollen Sie mich bitte vorbeilassen? Ich habe es eilig!«
»Wir haben alle denselben Krampf in den Armen, Teuerste«, sagte Kurt verzweifelt. »Wenn Sie vielleicht ein bisschen ziehen würden …«
Das Mädchen, aufreizend biegsam und rotblond, mit vollen Lippen und ein paar reizenden Sommersprossen auf der Nase, trug einen breiten, blassgrünen Schal um den Hals. Sie hielt ein zerfleddertes Heft in der Hand, das Max als Klaviernoten erkannte.
»Sie könnten uns aufspielen …«
»… wohl eher ohrfeigen!«

Die junge Schöne fauchte die Antwort so aufgebracht, wie sie sich kurz entschlossen an der Troika vorbeidrängte. Enttäuscht sahen die Freunde ihr nach. Kurt runzelte die Stirn. Das Mädchen – plötzlich glaubte er, sie nicht das erste Mal gesehen zu haben. Ihr Gang, die Stimme und das Haar: Er war sich sicher, er hatte sie schon ein paar Mal gesehen. Nur eben nicht in Dresden, sondern …

»Sie hatte Klaviernoten bei sich. Oder?«

»Ja.«

»Dann kenne ich sie«, sagte Kurt bestimmt. »Das war Marina Wezel, die Tochter unseres ehemaligen Maschinenmeisters.«

»Komm, lass die Erinnerungen ruhen.«

Georg zog sein Zigarettenetui aus der Mantelinnentasche. Als der Deckel aufschnappte, breitete sich betörend guter Tabakduft aus. Max nahm sich eine Zigarette, und auch Kurt griff zu, obwohl er eigentlich Nichtraucher war.

»Bekommt ihr die Zigaretten eigentlich umsonst?«

Er zog die Zigarette langsam an seiner Nase entlang und machte ein scheinheiliges Gesicht.

»Wieso?«

»Na, eure beiden alten Herren halten gut ein Fünftel der Huppmannschen Aktien«, sagte er und ließ sich Feuer geben. Joseph Huppmann hatte 1862 in Dresden die erste Zigarettenfabrik Deutschlands gegründet. »Wusstet ihr das nicht? Ich dachte, wenn er Dividende zahlt, dann ein Prozent davon in Naturalien.«

Georg und Max schauten Kurt unsicher an. Der verzog zunächst keine Miene, doch dann lachte er und meinte, dies sei nur ein Scherz gewesen. Das mit den Naturalien. Das mit den Aktien sei aber nicht gelogen, was er eigentlich nicht erzählen dürfe, weil es unter das Kapitel Geschäftsgeheimnisse falle.

»Aber dieses Wissen bleibt bei euch ja sozusagen im Haus.«

»Das nenn ich Humor!«, rief Georg.

Max' Behausung versetzte Kurt dann doch einen Stich. Während seine Mutter und er sich auf die Füße traten und über Kleinigkeiten in sinnlose Streitereien gerieten, hatte Max eine großzügige Mansardenwohnung ganz für sich allein. Sie befand sich am Ausgang der barocken Meißner Gasse mit Blick auf die Elbe und die Gartenanlagen des Japanischen Palais – mithin die passende Adresse für einen Studiosus der Kunstakademie. Im Japanischen Palais waren neben der Bibliothek und der Porzellansammlung das Antiken- und Münzkabinett untergebracht, aber, so witzelte Max, noch wichtiger sei, dass es nur ein paar Schritte zum Kronprinz-Brauhaus seien.

»Nicht schlecht.«

»Was?«

»Beides.«

»Eben. Vier Räume. Das Wohnzimmer wird Atelier.«

Max zündete sämtliche Lampen an, die vorhanden waren. Die Räume waren sparsam möbliert, der Salon bestand aus nichts anderem als einem Sofa, zwei Sesseln und drei Beistelltischen.

»Der Mensch kommt mit wenig aus. Tisch, Stuhl und Bett. Ich gebe zu, ich habe Wert auf weiches Sitzen gelegt. Was ich wirklich brauche, ist Kunst. Wartet ab, in ein paar Jahren sind die Wände hier voller Bilder.«

Max war stolz auf seine Bleibe. Georg schien sie weniger zu beeindrucken. Zumindest ließ er sich nichts anmerken. Kurt dagegen wusste auf einmal nicht mehr, was er sagen sollte. In seinem Kopf hatte sich eine trübe Leere eingenistet, seelische Katerstimmung breitete sich aus. Auf einmal spürte er sie wieder, die Kluft – den Unterschied von Arm und Reich. So leutselig Max sich auch gab, so wenig angeberisch er auftrat, Kurt konnte sich nicht mehr gegen das Gefühl der Kränkung wehren, zwischen Georg und Max als Verlierer dazustehen. Der Sohn des Herrn Bankiers, dachte er, gibt sich die Ehre, dir,

dem unbedeutenden Angestellten des Hauses, seine künftige Wirkungsstätte zu zeigen.
Er schaute aus dem Fenster und suchte nach einem Vorwand, um sich zu verabschieden. Doch da kamen schon die ersten Gäste, die Max enthusiastisch begrüßte. Kurz darauf standen plötzlich auch zwei Männer mit Lederschurz im Salon.
»Und wohin?«, fragte der eine.
»Hierher, guter Mann«, sagte Max und ging voran. Genau in der Mitte seines künftigen Ateliers blieb er stehen.
»Freibier!«
Max formte die Hände zu einem Trichter. Keine Viertelstunde später war das auf zwei Holzböcken stehende Fass angestochen. Max zapfte, Kurt bekam das erste Glas. In der Zwischenzeit trafen immer neue Studenten der Kunstakademie ein. Um niemanden zu brüskieren, hatte Max schlicht sämtliche Erstsemester eingeladen.
Zum Glück für Georg und Kurt erschien schließlich doch noch ein Afraner: Felix Rosenow, den Massa Pet einst mit einem seiner berüchtigten Vergleiche aus dem Internat geekelt hatte. Seine letzten Schuljahre verbrachte Felix deshalb nicht in Meißen, sondern in Aue und Dresden, wo er schließlich am Vitzthumschen Gymnasium Abitur machte.
Kurt hatte sich mit dem schlaksigen, weißblonden Industriellensohn immer gut verstanden, denn Felix war ein Mensch bar jeder Allüren. Nach dessen Weggang aus St. Afra hatte er ihn nicht mehr gesehen, weil Felix ins erzgebirgische Aue gezogen war, wo sein Vater eine prosperierende Metallverarbeitungsfabrik besaß. Den Wohlstand hatte der Großvater begründet, als er in der Wilsdruffer Vorstadt am Ufer der Weisseritz eine Zement- und Glasproduktion ins Leben rief. Das Gründungskapitel dazu hatte er sich, wie Kurt von Fred Böhme wusste, beharrlich über mehrere Jahrzehnte zusammengespart.

Der alte Rosenow und Martin Lewenz waren seit Jahrzehnten miteinander befreundet. In der Leipziger Völkerschlacht von 1815 hatten sie als Kanoniergehilfen in derselben Geschützbatterie gegen Napoleons Truppen gekämpft. Beide hatten sie sich geschworen, sollten sie dieses Inferno überleben, würden sie nie ihr Geld mit etwas verdienen, das in direkter Weise dem Krieg diente. Bislang hatten sie ihren Schwur gehalten. »Vertrauen und bauen – auf Gott, Ziegel und Zement« – das war der Leitspruch des alten Rosenow, mit dem er wohlhabend geworden war.

»Großartig, dich zu sehen, Felix!«, sagte Georg. »Aber wie hast du hierher gefunden?«

»Dein Bruder schickte mir eine Einladung. Wir trafen uns zufällig vor dem Schwarzen Brett der Akademie und tauschten Adressen aus.«

»Du bist unter die Künstler gegangen?«, staunte Kurt.

»Ach, nein! Bin doch Industriekaufmann. Allerdings hatte ich, weil mein Vater erkrankt ist, die Ehre, im Zimmer des Herrn Direktors einen Beamten der Sächsisch-Königlichen Militärverwaltung zu treffen.«

»Wieso das?«, fragte Kurt.

»Die Verwaltung möchte, wenn unser aller Deutschland schon von einem Preußen regiert wird, ein paar Schlachtengemälde aus sächsisch-polnischen Glanzzeiten leihen. Was das andere betrifft, dies ist eigentlich ein Geheimnis. Aber wie gegackert, so gelegt: Der königlich-sächsische Soldat wird in Zukunft mit Besteck-und-Feld-Kochgeschirr aus Aue versorgt werden.«

»Glückwunsch! Aber was sagt dein Großvater dazu?«, wunderte sich Kurt.

»Ich sehe, du kennst die ehernen Rosenowschen Anti-Militaria-Prinzipien.« Felix schaute Kurt anerkennend und aufmerksam an. »Aber zum Glück weiß mein Großvater zwischen Essen und Schießen noch zu unterscheiden.«

»Du bleibst in Dresden?«
Felix Rosenow nickte und erzählte freimütig, dass er jetzt die Fabrik seines Großvaters übernehme, weil dieser sich endlich aufs Altenteil zurückziehe.
Kurt seufzte leise auf. Da stehst du nun schon wieder neben einem Aufsteiger, sagte er sich und trank sein Bier aus. In ein paar Jahren werden sie dich beide in ihre neuen Loschwitzer Elbhangvillen einladen und mit dir in Erinnerung an die alten Zeiten in St. Afra eine Flasche vom selbst angebauten Wein leeren. Du wirst den Wein loben, das Klavierspiel der Gattin und den artigen Nachwuchs – in Wahrheit könntest du vor Wut heulen, weil du dich so unterlegen fühlst und dich genierst, eine Gegeneinladung in deine biedere Bankangestellten-Wohnung auszusprechen.
Kurt murmelte etwas und entfernte sich. Obwohl ihm das Bier zu Kopf stieg, zapfte er sich ein neues. Trotzig trank er gegen seine sich verschlechternde Laune an. Sein Magen knurrte, und es fehlte nicht viel, dass ihm schwindlig würde. Schließlich hatte er seit Mittag nichts mehr gegessen – und da waren es auch nur zwei Stullen gewesen. Ein Wurstbrot und ein Käsebrot, mal mit, mal ohne Gurken, zur Abwechslung dann und wann ein Hühnchenschlegel oder eine Scheibe falscher Hase mit Senf darauf. Kurt wurde so melancholisch, dass er gleich noch ein Bier trank.
Danach war ihm schummrig. Schnelle Kopfdrehungen verursachten Irritationen des Gleichgewichts und einen irgendwie flattrigen, beunruhigend flauen Magen. Kurt beschloss, nach Hause zu gehen. Niemand würde ihn hier vermissen. Selbst Felix und Georg hatten sich auf Max' Kommilitonen konzentriert und machten jetzt Konversation. Namen aus Kunst und Musikwelt schwirrten herum, allen voran der der Sempers. Dessen Sohn Manfred hatte vor ein paar Wochen endlich mit dem Bau des vom Vater entworfenen neuen Opernhauses

begonnen. Kurt hörte so schönes Fachchinesisch wie »zweigeschossiger Arkadenbau in Segmentbogenform« und erfuhr im Vorübergehen, dass Vater Gottfried gleichzeitig für das Gespann Richard Wagner und König Ludwig II. von Bayern einen Musiktempel geplant habe.

Ein so genanntes Festspielhaus, ereiferte sich ein Kommilitone. Nur für Wagners Musik. Wo? In Bayreuth, irgendwo draußen im Grünen. Aber warum dort? Weil Wagners Musik bekanntlich viel Blech brauche, dementsprechend laut sei und weil seine Anhänger als mögliche Sozialrevolutionäre lieber nicht gesehen werden wollen.

Alles lachte.

»Sie spielen auch Klavier?«, wurde Felix Rosenow gefragt.

»Jetzt wieder mehr«, hörte Kurt ihn antworten. »Aber ohne Lehrer …«

»Na, dann auf nach Loschwitz. Zu Friedrich Wieck!«

Felix' belustigtes Auflachen konnte neidisch machen, so viel Selbstsicherheit schwang darin mit.

Friedrich Wieck war der Vater von Clara Schumann. Der Erfolg, den er mit der Ausbildung seiner Töchter Clara und Marie gehabt hatte, hatte ihn zu einem der bedeutendsten Klavierpädagogen Deutschlands gemacht. Mit seinen vierundachtzig Jahren war er längst zur Legende geworden, doch jetzt, so das Gerücht, würde er die Finger lieber auf Weinflaschen als auf Klaviertasten legen.

Kurt erinnerte sich an den elterlichen Flügel, auf dem seine Mutter Heiligabend immer so schön gespielt und dazu gesungen hatte. Er war genauso verkauft worden wie die Jagdbüchsen seines Vaters, die Pfeifensammlung, die böhmischen Gläser …

Der verführerische Duft gegrillten Fleisches bewahrte ihn davor, sich an all das zu erinnern, was er und seine Mutter verloren hatten. An den erwartungsfrohen Gesichtern las Kurt

ab, dass er nicht der Einzige war, dem der Magen in den Kniekehlen hing. Und so beflissen gerade noch über die lokale Kunstszene gesprochen worden war, so enthusiastisch begrüßte die Gesellschaft jetzt die mit Zahnstochern gespickten und raffiniert gestapelten Geflügel- und Schweinshäppchen.
Max' Triumph war vollkommen. Kurt musste sich beherrschen, nicht einfach in eine der Schalen zu greifen und sich einen Hähnchenschlegel zu stibitzen. Max dirigierte die Häubchen tragenden Mädchen ins Wohnzimmer, wo sie die schweren Schalen neben dem Fass absetzten. Erleichtert seufzten sie auf und die schmal zusammengepressten Lippen entspannten sich wieder. Jedes Mädchen knickste artig, als Max ihnen ein Trinkgeld zusteckte, dann eilten sie mit gesenkten Köpfen über den Flur und verschwanden in der Dunkelheit des Treppenhauses.
Es blieb nicht bei Fleisch und Bier allein. Ein Bursche wartete mit einer gewaltigen Platte dampfender gestapelter Maiskolben auf, und natürlich, rief Max, gebe es auch noch Brot.
»Langt zu! Es darf nichts übrig bleiben!«
Keine fünf Minuten später wurde es ruhig. So wenig vornehm die Stärkung präsentiert wurde, so sehr fand sie den Beifall der Gäste. Die Fleischschalen standen, von einem Holzscheit gestützt, auf dem Boden, da aber alle Happen mit Zahnstochern gespickt waren, gab es kaum fettige Finger.
»Das Brot kommt!«
Kurt, der selig an einem Viertel Hühnerbrust knabberte, verfolgte träge, wie ein weiteres Mädchen mit Haube zwei Brotkörbe mit vorgeschnittenem Bauernbrot durch den Flur trug. Sie bewegte sich flink, war schlank, und, so vermutete Kurt, sie musste hübsch sein. Sie hatte sofort zwei Kavaliere an ihrer Seite, die sich erboten, ihr auf den letzten Schritten die Brotkörbe abzunehmen.
»Danke. Aber das schaff ich jetzt auch noch!«

Die Stimme kam Kurt bekannt vor.
Er ging ins Wohnzimmer. Er hatte Durst auf ein frisches Bier, und der Duft des frischen Brots tat ein Übriges. Das Mädchen hatte die Körbe gerade abgesetzt, da wusste Kurt, wer da vor ihm stand. Niemand anders als Marina Wezel.
»Na, das ist ja eine Überraschung!«, rief er.
»Sie?«
Marina war völlig überrascht. Dann, als sie Max und Georg erkannte, wurde sie binnen einer Sekunde so rot wie ein Krebs.
»Ihr kennt euch?«, fragte Felix Rosenow.
»Und wie!«, rief Max. »Die Dame war kurz davor, uns auf der Augustus-Brücke ihre Noten um die Ohren zu schlagen.«
»Marina«, ergriff Kurt die Gelegenheit. »Ich darf Ihnen Max und Georg Lewenz vorstellen. Und dieser Lulatsch hier ist Felix Rosenow.«
»Ja … aber Sie?«
»Ich? Ich bin der Kurt. Kurt Zacharias. Aus Limbach. Mein Vater …«
Er brach ab. In Marinas Augen loderte ein gefährlicher Glanz, wenn nicht Hass, auf. Sie riss sich die Haube vom Kopf und warf sie Kurt ins Gesicht.
»Das ist das Mindeste, was ich Ihnen antun kann!«, rief sie zornig, und ihre Augen füllten sich mit Tränen. »Ihr Vater hat mein Leben zerstört! Aber Sie, sein Sohn, dürfen feiern!«
Kurt spürte, wie ihm das Blut zu Kopf schoss.
»Mein Vater ist niemandem etwas schuldig geblieben!«, stieß er hervor. »Niemandem! Wenn Sie hier Brot austragen, dann nicht wegen ihm, sondern weil Sie zu dumm sind, Ihr Leben anders zu gestalten!«
Marinas Antwort war eine Ohrfeige. Schluchzend stieß sie Felix Rosenow beiseite und stürzte an den Gaffern vorbei auf den Flur und zur Tür. Man applaudierte, pfiff ihr hinterher –

doch niemand schien der hübschen Marina diesen Auftritt übel zu nehmen.
Kurt aber stand da wie vom Donner gerührt. Er schwankte zwischen Wut, Verständnis und Mitleid.
»Ich versteh euch beide«, sagte Felix Rosenow sanft und zog Kurt in eine Ecke. »Du und sie – jeder sieht sein Schicksal aus seiner Perspektive. Da hilft nur die Zeit.«
Kurt nickte.
»Sie spielte hervorragend Klavier«, sagte er dumpf. »Jetzt macht sie meinen Vater dafür verantwortlich, dass sie es nicht zur Pianistin gebracht hat, sondern nur zu einer Dienstkraft im Kronprinz-Brauhaus.«
»Was glaubst du: Hat sie Talent zum Unterrichten?«
Felix' Pragmatismus gab Kurt den Rest.
Er streckte beide Hände vor, als müsse er etwas abwehren. Dann suchte er Max' Blick, lächelte ihm zu und hob die Hand zum Abschied. Müde stapfte er die Treppe hinab und fragte sich, ob es nicht doch ein Fehler gewesen war, es noch einmal mit dem Leben aufnehmen zu wollen.

Wie Kurt vorausgesehen hatte, versetzte die Reichsgründung Wirtschaft und Industrie in Goldgräberstimmung. Auch das Bankhaus Frauenkirche erlebte goldene Zeiten, womit die Versuchung, sich an spekulativen Anlagegeschäften zu beteiligen, wuchs. Kurt bekam häufig mit, wie Vater und Sohn deswegen scharf aneinander gerieten. Martin Lewenz fürchtete, mittels kurzfristig verdientem Geld in den Sog konjunktureller Abhängigkeiten zu gelangen, während Heinrich argumentierte, sich ein wenig mehr den spekulativen Geschäften zu verschreiben, sei die wirkungsvollste Reklame für das Bankhaus.
»Sonst verlieren wir Kunden an die Konkurrenz, Vater. Mattersdorf, aber vor allem die Arnholds reiben sich die

Hände. Letztere setzen auf das Gründungsgeschäft mit Aktienbrauereien, freilich sind wir da mit gutem Beispiel vorangegangen.«

»Wir sind wie die Arnholds Privatbankiers, Heinrich«, beschwichtigte Martin Lewenz seinen Sohn. »Eine Einlassung in das Gründungsgeschäft von Aktiengesellschaften sollte die Ausnahme bleiben. Arnhold dagegen strebt eine eigenständige Beteiligungsgesellschaft innerhalb seiner Bank an, quasi eine Bank in der Bank, die sich nur um das Brauwesen kümmert. Wollen wir das auch?«

»Nein.«

»Also.«

»Aber führe dir doch bitte noch einmal den Verlauf der Klingenthaler Brauerei-Emissionen vor Augen!«, beschwor Heinrich Lewenz seinen Vater am wöchentlichen Konferenz-Donnerstag, der wie üblich im »Geschäftssalon« stattfand – dem vornehmen Herzstück des Bankhauses, dessen Boden ein großer, blauer chinesischer Seidenteppich bedeckte. »Die Aktien waren, dank der guten Reklame, zweifach überzeichnet! Wir hätten demzufolge das Doppelte einnehmen können, wenn wir mehr Emissionsmasse gewagt hätten. Aber du ...«

»Erstens, du sprichst wie ein gieriger Spekulant, zweitens, was regst du dich eigentlich auf?«, unterbrach Martin Lewenz seinen Sohn. »Wenn ich mich recht erinnere, haben diejenigen, die leer ausgegangen sind, auf dem freien Markt gekauft. Mit dem Resultat, dass der Wert der Aktien stieg und stieg. Unsere Kunden haben dadurch ein glänzendes Geschäft gemacht! Und auch unser Portefeuille hat, da wir bekanntlich neunundvierzig Prozent der Aktien halten, nicht gelitten, oder? Was wirfst du mir vor?«

»Ganz einfach, Vater. Das Geld, das wir durch eine höhere Emissionsmasse über Provisionen und den Agio verdient hätten, wäre sicher verdientes Geld gewesen. Ich nenne das: Der

Liquidität auf die Sprünge helfen. Warum nur bescheiden auf die Ausschüttung der Dividende setzen und auf einen steigenden Kurs vertrauen. Wenn er fällt …«

»… verkaufen wir rechtzeitig.«

»Und schon ist die Falle zugeschnappt!«, beharrte Heinrich auf seiner Position. »Wir als wichtigster Anteilshalter würden damit ein Signal geben, das den Kurs weiter einbrechen ließe. Im schlimmsten Fall setzten wir damit eine negative Kettenreaktion in Gang, und alle Beteiligten wären dann die Verlierer.«

»Kurse schwanken, Heinrich. Aber insgesamt ist das Brauereiwesen in einer Hausse. Der Literabsatz und der Geldumsatz steigen von Quartal zu Quartal. Im Übrigen widersprichst du dir jetzt selbst. Du favorisierst Aktienneugründungen, hast aber Angst vor fallenden Kursen.«

»Gut, Vater, der Punkt geht an dich. Ich wollte ja auch nur festgestellt wissen, dass die Kursanstiege sich momentan vom realen Entwicklungspotential eines Unternehmens abgekoppelt haben!«

»Du siehst eine Baisse vor der Tür? Ich auch. Nur wann?« Martin Lewenz erhob sich elegant aus seinem Ledersessel und ging an den Barschrank. Er schenkte sich einen Cognac ein, schnupperte an einer Zigarre, legte diese aber nach kurzem Zögern wieder zurück in den Humidor. Einen fragenden Blick an seinen Sohn beantwortete dieser mit einem Kopfschütteln. Auch Adam Noack und Thaddäus Warnke lehnten dankend ab. Thaddäus Warnke bekleidete das Amt des Buchhaltungschefs. Von allen Dresdener Chefs hatte er ohne Zweifel die meisten Schuppen. Sein glattes, mit Macassar eingeöltes glänzend-schwarzes Haar sah aus, als wäre es mit Gries bestäubt. Kurt sah im Geiste die Antimacassars vor sich, die gehäkelten oder bestickten Sofaschoner, die Samt, Plüsch und Seidenbezüge vor Thaddäus Warnkes fettigem Haupt schützten. Es war wie eine Zwangsvorstellung, und allein deshalb hätte er gerne einen Cognac getrunken. Andererseits zerrte der Disput, an dem er vollen Anteil nahm, an seinen Nerven. Hin und her gerissen zwischen wirtschaftlicher und menschlicher Loyalität, hätte er nur allzu gern zu bedenken gegeben, dass die, wie er vermutete, absehbare Politik der Schuldentilgung tatsächlich viel Kapital freisetzte, das jetzt nach Anlagemöglichkeiten suchte. Womit er im Sinne von Heinrich Lewenz argumentiert, sein gutes Verhältnis zu dem ihm viel sympathischeren Martin Lewenz aber gefährdet hätte.

Kurt biss sich auf die Lippe. Es wäre Gift für deine Karriere, dachte er sich. Halte lieber den Mund. Adam und Thaddäus sind schon gereizt genug!

Seit der Reklameaktion für die Klingenthaler Aktienbrauerei waren beide eifersüchtig auf ihn. Denn dass Aktienpapiere zweifach überzeichnet waren, das hatte es, seit das Bankhaus existierte, noch nie gegeben. Als Martin Lewenz einmal im Scherz von Zacharias-Aktien gesprochen hatte, hatte Adam Noack sich heimlich bei Heinrich Lewenz beschwert. Der hatte daraufhin, um seinen Assistenten nicht noch weiter zu brüskieren, Kurt zu sich bestellt und ihm im eigenen Interesse nahe gelegt, bei den Konferenzen nicht von sich aus das Wort zu ergreifen.

»Im Übrigen, Kurt, ist es Privileg genug, dass Sie an den Konferenzen teilnehmen. Wenn Sie auch noch das große Wort führen wollten, würde das die Ruhe des Hauses gefährden. Sie verstehen mich? Ohne Ihnen Großmannssucht zu unterstellen: Bescheidenheit gilt auch für solch tüchtige Mitarbeiter wie Sie.«

Kurt hatte diesen Wink mit dem Zaunpfahl verstanden und beschränkte sich aufs Zuhören.

Dabei war er nach wie vor Fred Böhmes Vertreter. Martin Lewenz' Assistent kam einfach nicht wieder auf die Beine.

Während seiner Influenza hatte er einen Schlaganfall erlitten, infolgedessen er eine gelähmte Gesichtshälfte und einen gelähmten rechten Arm hatte. Kurt machte sich von Tag zu Tag mehr Hoffnungen, gleichzeitig wuchs sein schlechtes Gewissen. Gestern Abend hatte er sich vorgenommen, Fred Böhme in den nächsten Tagen zu besuchen und ihn mit seiner Lieblingstorte, einer Eierschecke, zu überraschen.

»Kurt, Sie sehen aus, als würden Sie gern ein Glas mit mir trinken?«

»Danke. Gerne, Herr Lewenz. Es ist mir eine Ehre.«

»Schön. Schenken Sie sich ein. Womit ich gleichzeitig eine Neuerung verkünde, meine Herren: Ab sofort gilt in diesem Raum die Selbstbedienung.«

Die angespannte Atmosphäre löste sich. Auch Heinrich lachte. Es war diese Nonchalance, die Martin Lewenz auszeichnete und seine Kunden dazu bewog, ihm die Treue zu halten. Nie verlor er an Würde und Ausstrahlung, aber dieses andere, dieses gewisse Etwas an Ungezwungenheit und Spontaneität machte ihn in den Augen der konservativ eingestellten Unternehmerschaft zum idealen Bankier.

Alle Augen ruhten auf Kurt, während dieser sich einschenkte und mit dem Cognacschwenker in der Hand umständlich wieder Platz nahm. Martin Lewenz hob sein Glas, Kurt tat es ihm nach. Dass wir beide einen trinken, wird uns zusammenschweißen, dachte er. Martin Lewenz und ich – wie schön wäre es, wenn er mein Großvater wäre! Kurt ließ den Cognac am Gaumen vorbeirollen, schluckte bedächtig, genießerisch. Er genoss einen alten Martell, der so gut wie nicht brannte. Es war der beste Cognac, den er bislang in seinem Leben getrunken hatte.

Auch Martin Lewenz nickte zufrieden. Er war passionierter Cognac-Connaisseur, was nicht nur sein Sohn, sondern auch seine Schwiegertochter Carola mit zunehmend gemischten

Gefühlen beobachteten. Sinnend, fast spöttisch, schaute er in die Runde der Abstinenzler. Irgendwann kriege ich euch auch noch, schienen seine Augen zu sagen, die wohlgefällig auf Kurt ruhten.

Sonnenstrahlen brachen zwischen den Wolken hindurch und ließen die goldgelben Vorhänge aufleuchten. Der Sommer kehrte zurück, die langen Regentage waren endlich überstanden. Kurts Blicke glitten über die weißen Stukkaturen der Decke, und unwillkürlich fragte er sich, wie viel die neuen eleganten bordeauxfarbenen Ledermöbel wohl gekostet hatten. Durch das halb geöffnete Fenster drangen Alltagsgeräusche. Kinder balgten sich, eine Droschke knirschte über das Pflaster. Die Uhr schlug. In der Frauenkirche übte der Organist an einer Bach'schen Toccata.

Kurt hatte plötzlich das Gefühl, als schaue ihm sein Vater über die Schulter, und lächelte: Wenn es dir denn hilft, mein Sohn, dass ich aus der Welt gegangen bin … mache dein Glück als Hoffnungsträger einer Bank! Nach einem zweiten und dritten Schluck spürte Kurt, wie sehr er sich schon daran gewöhnt hatte, an diesen Sitzungen teilzunehmen. Im Grunde, sinnierte er, fühlst du dich als selbstverständliches Mitglied dieser Runde. Gewiss, hier zu sitzen, das ist ein Privileg, aber was das Bankgeschäft betrifft – das Denken über Geld – bist du da weniger gut als Adam Noack oder Thaddäus Warnke?

Nein.

»Wenn ich Ihnen unterstelle, Kurt, Sie teilten die Position meines Sohnes – könnten Sie uns Ihre Gründe dafür erläutern?« Martin Lewenz leerte sein Glas und schaute Kurt aufmunternd an. »Ich habe nämlich das Gefühl, Ihnen sitzt das Herz auf der Zunge. Immerhin verdanken wir unseren Disput zu einem großen Teil Ihrer Reklame.«

»Es ist doch so,« begann Kurt, wie aus der Pistole geschossen zu reden, »wir wissen, dass die Bundesstaaten binnen dreier

Jahre umgerechnet gut vier Milliarden Mark an Reparationen erhalten sollen. Unvorstellbar viel Geld. Zu viel Geld, als dass die Staatsdiener, die diese Summen verwalten, damit etwas anfangen können. Was werden sie also tun? Meiner Meinung nach zahlen sie, um ja nichts falsch zu machen, Schulden zurück. Zuerst die, die durch die Ausgabe von Kriegsanleihen aufgelaufen sind, dann andere.«

»Genau so wird es kommen«, warf Heinrich Lewenz dazwischen.

»Ja, wobei sich die Geldbeamten – allen voran die preußischen – natürlich tugendhaft dünken, da sie helfen, den jungen deutschen Staat von bösen Schulden zu befreien«, ereiferte sich Kurt und ließ sich derart von seinem Enthusiasmus mitreißen, dass er mit seinem leeren Cognacschwenker aufstand und an die Bar trat. »Doch was ist die Folge davon? Das in Kriegsanleihen und anderen Staatspapieren gebundene Kapital wird frei. In kurzer Zeit ungefähr sechshundert Millionen Mark, dann nach und nach die restlichen dreieinhalb Milliarden, die durch die französischen Reparationsleistungen erst in die Staatskassen und aus denen zurück in die freie Wirtschaft gepumpt werden. Wohin fließt das ganze Geld? An die derzeit an allen Ecken und Enden aus den Boden schießenden Aktiengesellschaften und Aktienbanken.« Kurt drehte sich vor der Bar um und präsentierte den leeren Schwenker so, dass jeder im Raum annehmen musste, er meine damit das Bankhaus Frauenkirche. »Womit ich meine, auch wir als Privatbank sollten uns derartigen Geschäftsfeldern öffnen. Mehr Aktien im Portefeuille erhöhen unsere Vermögenswerte, also die Aktiva, was uns auf der Passivseite erlaubte, unsere Finanzquellen, wie zum Beispiel eigenes Kapital und Kundeneinlagen, mit mehr Wagnis zu behandeln. Der Geschäftskreislauf wird größer. Auf der Passivseite steigert sich damit zwar der Posten des Fremdkapitals, andererseits steigen dadurch auf der

Aktivseite auch unsere Forderungen gegenüber den Kreditkunden ...«

»... was die Bilanzsumme nach oben treibt und damit unserem Renommee zugute kommt. Hervorragend Kurt. Note Eins. Sie dürfen sich wieder setzen. Was mache ich nun mit so einem wie Ihnen? Allein die großzügige Art, wie Sie mit dem Wörtchen ›wir‹ umgehen ... Das macht mir Angst!«

Martin Lewenz' Spott klang gutmütig, und ohne einen roten Kopf zu bekommen, nahm Kurt wieder seinen Platz ein. Heinrich warf ihm einen anerkennenden Blick zu, wohingegen Adam Noack und Thaddäus Warnke so taten, als wäre er gar nicht zugegen.

Kurt freute sich. Jetzt hatte er zwar Heinrich Lewenz' Position gestützt, aber der alte Lewenz schien ihm dies nicht übel zu nehmen. Vielleicht will er dich nur prüfen, überlegte Kurt. In Wahrheit wird er längst die Weichen für die Zukunft seines Bankhauses gestellt haben.

»Kurt«, sagte Martin Lewenz ernst, »ich mache Ihnen einen Vorschlag. Ich befördere Sie, Ihr Einverständnis vorausgesetzt, zum Assistenten auf Zeit. Solange, bis Fred Böhme wieder arbeitsfähig ist. Ist das ein Wort?«

»Ich weiß nicht, was ich sagen soll, Herr Lewenz«, sagte Kurt glücklich. »Dies kommt so vollkommen unerwartet ... Danke.«

»Fürwahr«, mischte sich Heinrich Lewenz ein. »Nun stellt sich noch die Frage der Dotierung. Thaddäus, bitte machen Sie ein Angebot. Sie verantworten schließlich die Gehälter.«

Die Blicke des Bürochefs flogen zwischen Martin Lewenz, Kurt und Adam Noack hin und her. Kurt kam es vor, als kämen die Schuppen auf Thaddäus' Haar ins Rutschen. Thaddäus musste eine knifflige Aufgabe lösen. Sein Gehaltsvorschlag durfte Adam Noack nicht demütigen, musste aber gleichzeitig der Stellung angemessen sein. Zusätzlich war zu berücksichti-

gen, dass der Assistent des Seniorchefs gegenüber dem Juniorchef geringfügig besser zu stellen war.
»Sechzig Prozent der momentanen Dotierung«, sagte Thaddäus bestimmt.
Heinrich und Martin Lewenz nickten, Adam Noack entspannte sich.
Kurt glaubte zu fliegen. Du verdienst jetzt, überschlug er sein neues Gehalt, über sechshundert Taler!
Endlich ging es aufwärts.

»Lassen Sie mich bitte kurz vorspielen.«
Marina schaute flüchtig an die Zimmerdecke, legte die Rechte auf die Tasten und spielte die ersten Takte der Beethoven-Bagatelle op. 33,2. Felix Rosenow war sofort wie verzaubert. Marinas Linke schien die Tasten nur zu streicheln, aber jetzt erst klang der Beethoven so, wie er sein sollte: leicht, verspielt, selbstverständlich. Die grollenden Achtel-Triolen im Minore-Teil verloren alles Staksige, und die aufsteigenden Terzen im Trio klangen wie Musik und nicht wie das Stolpern eines Betrunkenen.
Sie sitzt da wie eine Göttin!, dachte Felix. Schön, wie sie ist, könnte sie als Pianistin zu einer umschwärmten Diva werden. Wäre sie dir dies wert?
Felix hörte und schaute. Am liebsten hätte er Marina um die Taille gefasst, doch natürlich verboten sich derartige Intimitäten. Marina war seine Klavierlehrerin, mehr nicht. Vielleicht würde sie nie mehr für ihn werden, denn so schön sie war, so spröde begegnete sie bislang seinem Vorschlag, mit ihm einmal einen Ausflug in die Dresdener Heide oder wenigstens in den Großen Garten zu unternehmen.
»Ah! Jetzt verstehe ich, Fräulein Wezel. Der große Sebastian Bach hat Recht: Man muss nur zur rechten Zeit die rechten Tasten treffen, dann spielt das Klavier wie von selbst.«

Felix bemühte sich, gleichermaßen launig und ernst zu klingen, als er sich wieder vor sein Klavier setzte und Marina auf den Stuhl rechts neben ihm rutschte.
»Das tun Sie auch, Herr Rosenow, wenn Sie locker bleiben, sich konzentrieren und langsam spielen.«
Felix seufzte und machte sich an die Arbeit – zumindest empfand er es an diesem Julinachmittag so. Diese Unterrichtsstunde war Arbeit, und sein Klavier war heute ein hässlicher Klotz mit weiß-schwarzen Zähnen.
»Noch einmal!«
»Wenn ich es muss!«
Felix wiederholte den Minore Teil, stolperte aber wieder über die Stellen mit den Konflikt-Rhythmen.
»Beethoven ist ein Idiot!«, brauste Felix auf. »Wie kann er so was komponieren! Links vier Noten, rechts drei! Was glaubt er, wer ich bin? Ein Pianist?«
»Nein. Aber ein wagemutiger Dilettant.«
Marina schmunzelte und spielte die Stelle in Felix' Tempo, aber zwei Oktaven höher.
»Klingt ganz nach Schneewittchens Zwergenmusik!«
»Heute sind Sie ein echter Banause, Herr Rosenow!«
»Das ist doch aber wohl normal, oder?«
Felix sprang auf und riss die Fenster auf. Er hatte sich Ecke Lüttichaustraße-Bürgerwiese eine sonnige Wohnung gemietet, in die jetzt Licht und frische Luft fluteten. Das Sommergewitter war endgültig abgezogen, die Bürgerwiese wirkte wie frisch gewaschen. Die ersten Flaneure traten aus den Hauseingängen, es duftete nach Blumen, Erde und saftigem Grün.
Marina saß still an ihrem Platz. Felix musterte ihre Silhouette und überlegte krampfhaft, was er tun könnte, damit sie zugänglicher wurde.
Seit zwei Monaten gab sie ihm Unterricht. Kurz entschlossen hatte sie seiner Bitte entsprochen, als er sie am Vormittag nach

Max' Wohnungseinweihung in der Kronprinz-Brauerei besuchte. Eine Angelegenheit von kaum fünf Minuten und eine groteske Situation dazu. Sie spülte und schrubbte die Lewenz'schen Grillplatten vom Vorabend, während er in der lärmigen, heißen Brauerei-Küche von irgendwelchen Kuhlau-Sonatinen faselte, die er einst gespielt hatte.

Frag sie was, sagte sich Felix, weil ihm die unnatürliche Stille peinlich zu werden begann.

»Fräulein Wezel, darf ich Sie Marina nennen?«

»Wenn ich Sie Felix nennen darf …«

»Selbstverständlich!«

Marina spielte einen Tusch, drehte sich dann zu Felix um.

»Sie schauen heute besonders traurig aus, Marina«, sagte Felix. »Ich hoffe, es liegt nicht an meinen Leistungen.«

»Nein. Ich wünschte mir sogar, ich hätte mehr Schüler, die so sind wie Sie.«

»Wie viele haben Sie denn?«

»Sie allein!«

»Wie bitte? Da dachte ich, ich sei nur einer unter vielen, die Sie und Ihre pianistischen Fähigkeiten verehren …«

»Sie sind genau genommen der Zweite. Der Erste entschied sich, mich nur anzuschmachten und in der dritten Stunde seine Hände nicht mehr auf den Tasten zu behalten. Das war vor ungefähr drei Jahren. Ich war zu jung, zu dumm, zu naiv. Dieses Erlebnis bedeutete das Ende meiner Laufbahn als Klavierlehrerin.«

»Und warum machten Sie bei mir eine Ausnahme?«

»Weil … irgendwie wirken Sie nicht gefährlich.«

Marina sprach mit kühler, beherrschter Stimme. Ihre Augen aber blickten sanft, wenn nicht traurig. Trotzdem konnte Felix einen Anflug von Empörung nicht unterdrücken. Gut, er war der weißblonde Lulatsch, das wusste er selber – doch hatte er wirklich so wenig Charisma, dass das schöne Geschlecht ihn nicht ernst nahm? Aber diese Marina sollte sich noch wundern! Felix machte eine überlegene Miene, schaute so hochmütig, wie er konnte. Wer war er, wer sie? In einem Monat verdiente er so viel wie diese Küchenkraft in zehn Jahren! Seine Wohnung mit dem vornehmen Parkett, den herrlichen, stuckverzierten Decken, holländischen Kachelöfen und italienischen Möbeln war eines Adeligen würdig. Trotzdem maßte sich diese Person an, ihm nur die Ausstrahlung eines Kindes zuzubilligen!

»Jetzt habe ich Sie verletzt, nicht wahr?«, fragte Marina gequält.

»Irritiert«, schwindelte Felix.

Seine Empörung legte sich, denn Marina saß auf einmal wie ein Häuflein Elend vor ihm: Die Hände fest im Schoß gefaltet, den Kopf gesenkt. Als sie wieder aufblickte, glitzerte es verdächtig in ihren Augen.

»Ach, Felix!«, seufzte sie bitter. »Ich wollte Pianistin werden. Nun ist es zu spät! Ich bin zu alt! Mein Leben ist eine einzige Lächerlichkeit! Jeden Mittwoch- und Freitagabend hetze ich für eine Dreiviertelstunde Klavierunterricht an den Seidnitzer Platz ins Konservatorium. Eineinhalb Stunden die Woche darf ich mich dort als Künstlerin fühlen – um hinterher doch bloß wieder die Marina aus der Kronprinz-Restauration zu sein!«

Marina sprang auf. Sie bebte, ihre Fäuste waren geballt. Nach ein paar tiefen Atemzügen hatte sie sich aber wieder gefasst. Sie zog ihr Taschentuch und trocknete die Tränen, rang sich schließlich sogar ein entschuldigendes Lächeln ab. Felix sah eine gebrochene Schönheit vor sich, die um Fassung rang – ein Bild, das ihn tief anrührte. Mit einem Mal begriff er, dass Marina romantische Empfindungen verdrängte, verdrängen musste, weil sie mit ihrem Schicksal nicht fertig wurde. Wer sie erobern wollte, musste ihr ihre Würde zurückgeben und ihr ein einigermaßen anständiges Leben ermöglichen.

»Marina, ich helfe Ihnen. Sonst gehen Sie zugrunde. Wir machen es so: Ich werde ab Mitte Herbst ein paar Inserate in die Zeitungen setzen, dass Sie hier in meiner Wohnung als Konservatoriumsabsolventin Klavierunterricht anbieten. Und zwar auf einem Flügel. Da Adresse und Räumlichkeiten standesgemäß sind, werden Sie schnell Schüler finden. Sie ziehen bei Ihrer werten Tante aus, ich schaue nach einer Wohnung, die in der Nähe liegt.«

»Aber …«

»Ich bin kein Romantiker, Marina. Ein Drittel Ihres Verdienstes belieben Sie, mir gutzuschreiben. Für Ihre Karriere sind Sie dann selbst verantwortlich.«

»Aber wenn niemand …«

»Das schließe ich aus«, widersprach Felix im Brustton der Überzeugung. »Haben Sie ein Konto?«

»Nein.«

»Ich werde Ihnen zu Beginn des vierten Quartals eines beim Bankhaus Frauenkirche einrichten.«

»Für so ein armes Mädchen wie mich?«

»Mein Großvater ist ein guter Freund von Martin Lewenz. Der wird dessen Enkel diese kleine Gefälligkeit nicht abschlagen.«

Marina musste sich setzen. Sie starrte schweigend vor sich hin, während draußen anzügliche Pfiffe erklangen. Felix lauschte in sich hinein. Übertrieb er? War er berauscht? So verliebt, dass er Unsinn versprach?

»Nein.«

»Bitte?«

»Ich sagte nein, Marina. Weil ich mich im Stillen gerade dasselbe fragte, wie wahrscheinlich auch Sie. Was andererseits heißt: Ich meine es wirklich ernst.«

»Danke, Felix. Sie sind ein Engel.«

»Dem Sie jetzt nicht abschlagen dürfen, dass er Sie auf ein Gefrorenes einlädt.«

Marina nickte sanft und lächelte. Schließlich seufzte sie so laut auf, dass Felix auflachte. Er reichte ihr die Hand, um sie vom Klavierhocker hochzuziehen. Aber Marina schüttelte den Kopf und meinte, während sie sich erhob, dies schaffe sie nun doch noch allein.

Kurt hatte sich endlich dazu durchgerungen, Fred Böhme zu besuchen. Mit zwei Paketen unter dem Arm und einem großen Blumenstrauß schritt er die Stufen zur Wohnung von Martin Lewenz' altem Assistenten hoch. Sie lag, wenn man vom Bankhaus kam, gleich vorne am Altmarkt im Weber-Haus. Fred Böhme war stolz auf diese Adresse. Immerhin hatte der ehemalige Hofkapellmeister Carl Maria von Weber hier im Mai 1820 seinen berühmten »Freischütz« beendet. Jetzt fragte sich Kurt, wie lange Fred die Miete noch würde aufbringen können. Schließlich bezog er schon lange kein Gehalt mehr.

Es war Montagabend, ein heißer Augusttag. Hoffentlich hat die Konditorei schon geliefert, dachte Kurt. Er wischte sich mit der Linken den Schweiß von der Stirn und betätigte den Türklopfer. Sofort wurde ihm geöffnet. Frau Böhme selbst stand in der Tür, demnach hatte sie das Mädchen also bereits entlassen.

»Herr Zacharias! Welche Freude! Ihre Eierschecke und der liebe Gruß darauf haben meinen Mann und mich zu Tränen gerührt!«

»Ich habe mir vorzuwerfen, viel zu lange gewartet zu haben«, sagte Kurt und überreichte die Blumen.

»Wie aufmerksam!«

Frau Böhme war eine sympathische, etwas korpulente Frau Ende fünfzig, mit straff gescheiteltem Haar und Silberohrringen. Sie trug ein hellgraues Baumwollkleid, dessen Brustteil mit feinen Stickereien verziert war. Es raschelte leise, während sie Kurt durch das grün tapezierte Vorzimmer in die behag-

liche Stube führte. Die Tür stand offen. Fred Böhme saß mit einer Serviette vor der Brust in einem wuchtigen Armlehnsessel. Er schlief, sein Kopf hing vornüber.
»Besuch!«
Fred Böhme schreckte hoch. Ein Lächeln machte sich auf seinem Gesicht breit, doch kaum, dass er die Lippen öffnete, glänzte schon der Speichel in seinem Mundwinkel.
»Ich bringe die herzlichsten Grüße und Genesungswünsche! Nebst zwei Aufmunterungen! Die eine von Herrn Lewenz, die andere sozusagen von den anderen Mitarbeitern.«
»Übermitteln Sie allen meinen aufrichtigen Dank, Kurt.«
Martin Lewenz' Assistent war kaum wiederzuerkennen, so hatte ihn die Krankheit gezeichnet. Sein rundes Gesicht war eingefallen, die Haut trocken und faltig, wie mumifiziert. Sein kahler Schädel war der eines Greises auf dem Totenbett – es gab keinen Zweifel, Fred Böhme würde nie wieder arbeiten.
Kurt setzte sich auf den ihm angebotenen Stuhl. Frau Böhme öffnete die Pakete, äußerte anerkennende Worte. Drei Flaschen Burgunder und eine Kiste mit feinsten Zigaretten und Zigarren aus der Huppmannschen Zigarettenfabrik.
»Ida, lass uns allein!«
»Aber Fred …«
»Bitte!«
Ida Böhmes Fürsorglichkeit brach von einer Sekunde auf die andere in sich zusammen. Als sie auch noch die Hände vors Gesicht schlug, wusste Kurt vor Peinlichkeit nicht mehr, wo er hinschauen sollte. Zum Glück eilte Ida Böhme hinaus. Mein Gott, Fred verkauft Inventar!, dachte er bestürzt, weil er auf einmal begriff, was es mit den beiden hellen Rechtecken an den Wänden auf sich hatte. Eine Tür schlug zu, dann war es ruhig. Nur der Kanarienvogel, dessen Voliere die Zierde des Vorzimmers war, zwitscherte.

»Es ist gut, dass Sie gekommen sind, Kurt. Schildern Sie Herrn Lewenz Ihre Eindrücke. Seien Sie ehrlich. Sie werden ihm Folgendes beichten: Erstens, ›ich sah einen Todkranken, der nie wieder die Schwelle des Bankhauses überschreiten wird.‹ Zweitens, ›Fred Böhmes Canalettos gingen den Weg der geordneten Liquidation.‹ Drittens, ›er hat nur vor einem Angst: Dass seine gute, treu sorgende Ehefrau ihre letzten Tage im Armenhaus beschließen muss.‹«

»Aber Fred! Sie sind doch kein armer Mann!«

»Das war ich! Jetzt bin ich nur noch ein dummer Mann! Weshalb ich es ja auch bis zum Assistenten eines Bankiers geschafft habe. Weil nämlich Assistenten die Eigenart an sich haben, immer an ihren Chef, aber nie, beziehungsweise viel zu spät, an sich zu denken.«

Fred Böhmes sarkastisch-zynischer Ton ging Kurt durch Mark und Bein.

»Wollen Sie damit sagen …«

»Richtig. Ich bin insolvent. Das war viertens, und fünftens, sagen Sie: ›Fred Böhme verhökert jetzt sein gesamtes Inventar.‹ Sechstens, ›Fred Böhme wird danach einen Unfall erleiden‹, womit siebtens eintreten wird: ›Fred Böhmes Frau Ida ist dann für ungefähr fünf Jahre in einem Untermietverhältnis bei einem Schwager um fünf Ecken herum abgesichert. Bis dahin dürfte sie der Gram so weit zerfressen haben, dass sie die Elbe hoffentlich dem Armenhaus vorzieht.‹«

Kurt starrte Fred Böhme so entsetzt an, als säße vor ihm nicht ein ehemaliger Mitarbeiter des Bankhauses, sondern ein heidnischer Priester des Nichts. Die schonungslose Lebensbilanz, die Fred Böhme gezogen hatte, glich einem selbst unterschriebenen Todesurteil. Kurt wollte es nicht glauben. Doch im Innern seines Herzens wusste er, dass Fred mit keinem Wort gelogen hatte.

»Wie kann ich Ihnen helfen?«, stieß er hervor. »Ich werde mit

Herrn Lewenz sprechen. Wenn er weiß, wie es um Sie steht ... Er wird Sie nicht hängen lassen. Er hat doch Herz.«

»Bestimmt, er hat ein gutes Herz«, sagte Fred Böhme mit Nachdruck, aber ebenso deutlich schwang darin völlige Desillusionierung mit. »Doch was soll der gute Herr Lewenz denn tun? Mir Geld schenken? Das ist nicht seine Art. Er gibt gerne, aber er möchte auch etwas dafür bekommen. Sie, Kurt, waren eine seiner besten Investitionen. Ich wünsche Ihnen Glück. Verlassen Sie sich aber nicht aufs Heute. Denken Sie rechtzeitig an die Pension.«

Müde rieb er sich die Augen, blinzelte und musterte Kurt. Der spürte, es war alles gesagt, und Martin Lewenz' einstiger Assistent war nicht mehr daran interessiert, die Unterhaltung fortzusetzen. Er schwieg beharrlich, und die traurige Atmosphäre dehnte sich in der Stube bis zur Unerträglichkeit aus.

Kurt hielt es nicht mehr auf seinem Sessel. Er sprang auf, trat ans Fenster. Fred Böhme schien darauf gewartet zu haben. Er stemmte sich hoch, trat hinter Kurt und legte ihm die Hand auf die Schulter.

»All die da draußen«, sagte er mitleidig, »die Mädels und Burschen, die Mägde, Handwerker, Ehefrauen und kaufmännischen Angestellten, die Marktbeschicker und Industriearbeiter – sie alle haben dasselbe Problem: Was sie fürs Alter zurücklegen, ist immer zu wenig.«

»Es fehlt an sozialem Gewissen«, murmelte Kurt. »Mein Vater glaubte, es zu haben, indem er sich aufhängte.«

»Man kann nicht klüger sein als das eigene Schicksal«, sagte Fred. »Eine jüdische Binsenweisheit.« Er machte eine Pause und klopfte Kurt schließlich freundlich auf die Schulter. »Ich habe mich sehr über Ihren Besuch gefreut, Kurt. Aber bitte lassen Sie mich jetzt zu meiner Frau. Ich weiß, sie heult Rotz und Wasser. Da muss ich ihr wenigstens ein Taschentuch bringen.«

Kurt nickte. Er umarmte Fred Böhme und ging aus dem Zimmer. Im Vorraum zwitscherte der Kanarienvogel, im Schlafzimmer schluchzte Ida Böhme. Kurt öffnete die Haustür und zog sie hinter sich ins Schloss. Schweren Schrittes nahm er die Stufen, aufgewühlt, empört, hilflos – und doch voller Tatendrang.
Der Altmarkt lag im diffusen Abendlicht. Kurt zog sein Taschentuch und schneuzte sich lautstark. Verständnislos schüttelten die beiden verhärmten Dienstmädchen den Kopf, als sie sich mit vier großen vollen Wasserkannen an Kurt vorbei ins Weber-Haus drängten.

Carola Lewenz saß vor ihrer Frisierkommode und bürstete ihr prächtiges kastanienbrünettes Haar. Ihre großen, dunklen Augen musterten sich prüfend, schließlich rückte sie so nahe an den Spiegel heran, bis sie sich gerade noch selbst darin erkennen konnte.
Reine Haut hast du, dachte sie zufrieden, aber wie sieht es mit Fältchen aus?
Sie strich sich über die Stirn, spannte dann die Schläfenhaut in der Höhe der Augen. Vorher, nachher – aber war dies nicht eigentlich lächerlich? Sie war jetzt vierzig Jahre alt und einundzwanzig Jahre verheiratet. War da das Aussehen wirklich so wichtig? Würde ihr Mann sie weniger begehren oder lieben, wenn er ein paar graue Härchen oder den Ansatz von Krähenfüßen entdeckte?
»Bestimmt nicht«, murmelte sie und seufzte auf. »Bestimmt nicht.«
Sie legte ihre Perlenkette um und band sich das Haar zu einem losen Zopf. Es ist wahrscheinlich das letzte Mal in diesen Mauern, dachte sie. Bald lebst du in Loschwitz auf einem modernisierten Weingut. Von deinem Schlafzimmer aus wirst du auf die Elbe und einen großen, terrassenartig angelegten

Garten blicken, und der Salon wird so groß sein, dass ein Dutzend Gäste bequem Walzer darin tanzen könnten.

Trotzdem, Pflicht bleibt Pflicht und die Ehe die Ehe.

Sie entledigte sich des Fischbein-Korsetts und ihrer vier Unterröcke: Der Erste war aus Seide, der Zweite aus Batist, der Dritte aus dünner Baumwolle und der Vierte aus zartem Flanell. Nachdem dies geschafft war, zog sie sich noch das Hemd über den Kopf – und riskierte wieder einen Blick in den Spiegel.

Nackt. Nackt! Es war nicht schicklich, sich nackt zu sehen. Doch warum? Carola Lewenz atmete tief ein, presste die Lippen aufeinander und schaute sich an. Es war schwülwarm in ihrem Zimmer, und die Schwalben draußen zwitscherten so laut, dass der Lärm durch die geschlossenen Fenster und dicken Vorhänge drang. Jeder Mann möchte seine Frau so sehen, dachte sie, gleichzeitig aber sollen wir Weiber uns dafür schämen.

Warum? Mit brennenden Blicken betrachtete sie ihre Brüste und ihren Bauch. Schließlich raffte sie noch so viel Selbstbewusstsein zusammen, um auf ihre Scham und ihre Schenkel zu schauen. Sie lächelte über ihren Sieg und freute sich, als sie bei ihren Hüften verweilte. Zwei Kinder, dachte sie. Man sieht es dir nicht an.

Aber jetzt besser nicht übertreiben.

Carola trat ans Bett und zog sich ihr Nachthemd über. Mit zwei Tropfen Parfüm beendete sie die Toilette und schlüpfte in den Hausmantel.

In der Waschschüssel dampfte das Wasser. Seife, Waschlappen, Schwamm und Handtuch lagen bereit.

Sie durchquerte den Ankleideraum und trat in den Ecksalon, einen intimen Raum mit gemütlich plüschigen Möbeln, der Heinrich und ihr als Lesesalon diente. Jeden Morgen trafen sie sich hier um halb acht, erkundigten sich nach ihren Befindlichkeiten und schlenderten dann Arm in Arm ein Stockwerk tiefer ins Esszimmer, um dort zu frühstücken.

Carola Lewenz klopfte an die Tür, die ins Ankleide- und Schlafzimmer ihres Mannes führte, und trat, ohne eine Antwort abzuwarten, ein. Heinrich saß an seinem Sekretär, vor sich ein Glas und eine Karaffe mit Cognac. Er war im Schlafanzug und wippte nervös mit dem nackten Fuß.

»Fängst du jetzt auch damit an? Du solltest vor dem Schlafen so etwas nicht trinken«, sagte Carola Lewenz und hauchte Heinrich einen flüchtigen Kuss auf die Stirn.

»Ach was. Heute brauche ich mal einen Schluck.«

»Gab es Ärger?«

»Vater wird gefühlsduselig«, sagte Heinrich düster. »Er bekam einen Brief vom jungen Rosenow, indem dieser darum bat, für seine neue Klavierlehrerin aus Gründen des Renommees ein Konto bei uns eröffnen zu dürfen. Irgendetwas Privates, eine Lappalie. Sei's drum. Doch seitdem denkt er darüber nach, das Geschäft für Kleinkunden zu öffnen. Was für ein launenhafter Einfall! Vater tat wie ein Büßer. Ob Marktfrau, Kutscher, Schuster – sie sollen ihre lächerlichen stinkenden Pfennige zu uns tragen dürfen. Was soll das? Es ist vulgär und erst recht nicht profitabel. Rede am besten gleich morgen früh dagegen an. Berufe dich getrost auf mich und argumentiere, wie wir jemals an den Hof kommen sollen, wenn sich das herumspricht.«

»Darauf kannst du dich verlassen.«

Carola Lewenz schaute ihren Mann fest an. So sehr sie ihren Schwiegervater schätzte, diese Idee ging entschieden zu weit. Das Bankhaus Lewenz durfte doch nicht zum Auffangbecken für das Geld kleiner Leute verkommen! Martin konnte sich unmöglich einen solch törichten Plan ausgedacht haben! Wollte er alles Erreichte in Frage stellen? Sich mit dem Mann von der Straße gemein machen? Als wäre er ein Sozialrevolutionär?

Schon länger gehörte es zu Carola Lewenz' Lieblingsbeschäftigungen, sich auszumalen, wie Martin und Heinrich aufgrund ihrer Verdienste um die wirtschaftliche Entwicklung Dresdens Orden und Titel eines Kommerzienrates verliehen bekämen. Sie wäre dann eine Frau Kommerzienrat und könnte sich endlich Hoffnungen machen, an den Hof eingeladen zu werden. Dafür war es, ihrer Meinung nach, höchste Zeit. Schließlich hatte Heinrich gerade eine beträchtliche Summe für den Wiederaufbau der niedergebrannten Hofoper gespendet.

Wie konnte Martin bloß so dumm und grausam sein, mit einer solch gemeinen Idee alles aufs Spiel zu setzen? Wo der Hof bekanntermaßen der Hort aller Konservativen war?

Warum bin ich nicht mit einer Hofdame befreundet, dachte Carola Lewenz unwillig. Warum ist das Leben bloß immer so schrecklich schwierig!

»Jetzt brauche ich einen Cognac!«, sagte sie und trank das Glas ihres Mannes aus.

Sie stellte sich hinter ihn und begann, ihm den Nacken zu massieren – wie sonst auch, wenn es wieder so weit war. Schließlich war sie deswegen eigentlich hier.

»Du bist heute unwiderstehlich«, sagte Heinrich. »Deine Finger prickeln ja richtig.«

Carola Lewenz setzte sich auf den Schoß ihres Mannes. Vor Überraschung und Freude stockte Heinrich der Atem. In all den Jahren ihrer Ehe hatte Carola sich ihm nur selten so frei genähert. Es kam ihm vor, als habe sie sich in einen Sterntaler verwandelt, der ihm gerade in den Schoß fiel.

Sein Körper reagierte sofort.

Vor Wonne sträubten sich ihm die Nackenhaare, und sein Mund wurde trocken. Von einer Sekunde auf die andere spürte er ein Ziehen in den Lenden, welches sein bestes Stück so munter machte, als wäre er dreißig Jahre jünger. Als seine Frau ihn

dann noch sanft und mit kühlen Lippen auf den Mund küsste, war es um seine Beherrschung geschehen.
»Ich will dich«, flüsterte er. »Jetzt.«
»Deshalb bin ich doch zu dir gekommen.«
Heinrich stöhnte auf, als seine Frau ihre Hand auf sein Glied legte. Er konnte sich nicht mehr erinnern, wann er das letzte Mal so erregt gewesen war.
»Achtung!«, raunte er ihr ins Ohr, nahm all seine Kraft zusammen und erhob sich mitsamt seiner Frau aus dem Sessel. Fünf Schritte zum Bett, fünf köstliche Schritte, die ihn sich jung und begehrt fühlen ließen. Er trug seine Frau wie der Hochzeiter die Braut. Kaum lag sie auf dem Bett, bedeckte er ihren Hals mit Küssen.
»Bitte, lösche das Licht.«
»Ja. Verzeihung.«
Heinrich Lewenz ging zurück zum Sekretär und löschte das Licht. Er durfte fühlen, nicht sehen. Beides gab es nur im Bordell. Carola war unter die Bettdecke geschlüpft, lag auf dem Rücken. Trotzdem war es anders als sonst. Denn sie war erregt. Eine innere Stimme sagte ihr, dass diese eheliche Umarmung ihr nicht schaden und vor allem das Verhältnis zu Heinrich verbessern würde.
Mach ihn wenigstens ein wenig glücklich, sagte die Stimme in ihr. Er ist immerhin dein Mann.
Heinrich küsste sie noch einmal und setzte sich auf. Er löste den Knoten des Hausmantels und schob seiner Frau das Nachthemd hoch. Es war so dunkel im Zimmer, dass er den Busen seiner Frau nur erahnte. Aber es war köstlich, ihn zu küssen, und wenn er sie jetzt noch »da« streicheln dürfte … langsam wanderte seine Hand auf die Stelle der Verheißung zu. Schon hatten seine Fingerspitzen ihr Schamhaar erreicht, und jetzt wurde es sogar weich, er spürte Haut …
»Lass das! Ich bin doch keine …«

Sie zuckte zusammen, ihr Körper spannte sich an. Das erregende warm-dumpfe Gefühl zwischen ihren Schenkeln drohte nachzulassen, obwohl sie es eigentlich nicht wollte. Aber konnte sie es zulassen, dass ihr Mann sie an der Stelle berührte, wofür sich jede anständige Frau schämte?
Um ihre schroffe Reaktion ungeschehen zu machen, spreizte sie umso bereitwilliger die Beine – was Heinrichs Lust aufs Neue anfachte. Und dies gleich so heftig, dass er Mühe hatte, nicht die Beherrschung zu verlieren und seine Frau zu nehmen, wie er es bei den käuflichen Mädchen tat. Er brachte sich in die richtige Position und wünschte sich sehnlichst, seine Frau möge ihn genauso genießen wie er sie.
Überrascht und entzückt genoss er, wie bereitwillig sie ihm diesmal entgegenkam, wie herrlich sie sich anfühlte und welche Lust sie ihm bereitete. Er konnte es kaum fassen! Sie ist nass, dachte er. Sie ist nass! Und sie stöhnt! Die Erfahrung war so überwältigend, dass er binnen weniger Sekunden zum Höhepunkt kam.
Obwohl sie froh war, dass alles vorbei war, fühlte Carola Lewenz Enttäuschung in sich aufsteigen. Wie alt er ist, dachte sie unwillig. Sein Keuchen, dieses Rasseln, sein unmännliches Erschauern, diese dumpfe Schwerleibigkeit! Was für ihren Unterleib überraschend angenehm gewesen war, wünschte sie sich im selben Maß für ihre Seele. Mehr noch, sie sehnte sich danach, sich gehen zu lassen und die körperliche Liebe einmal in ihrer ganzen Weiblichkeit, mit ihrem ganzen Ich auszukosten.
Schweißnass rang Heinrich neben ihr nach Luft. Wie entsetzlich langweilig und unsinnlich war dieser Mann! Warum hatte sie ihn geheiratet? Weil ihr Vater es so wollte. Eine andere Erklärung gab es nicht. Carola Lewenz gestattete sich, an andere Männer zu denken. Doch so viele Gesichter sie auch Revue passieren ließ, irgendwie waren alle gleich. Niemand besaß den Esprit, dieses gewisse Etwas, nach dem sie suchte.

Und ein jüngerer Mann?
Sie musste nicht lange nachdenken. Aber das war natürlich verrückt. Verwerflich.
Aber schön wäre es doch.
Carola Lewenz zog sich ihr Nachthemd zwischen die Beine und schwang sich aus dem Bett. Heinrich war schon eingeschlafen.
Das Waschwasser in ihrem Zimmer war noch warm. Es war herrlich, den Schwamm auf der Haut auszudrücken. Eine Lust, ein Bad im Glück.
Nackt schlüpfte sie unter die Bettdecke, kämpfte mit sich. Doch ihre Neugier war stärker und ihre Hand ungehorsam. Sie begann vor sich hinzuträumen, ließ immer kühnere Bilder zu, bis sie endlich die lauschige Wiese fand, auf der »er« sie verführte und ihr die Röcke hochschob. Sie küssten sich leidenschaftlich, dann wollte sie mehr und machte sich bereit für »ihn«, der ihr in die Brustwarzen biss und begann, sie stundenlang zu lieben …

Zu Heinrich Lewenz' Erleichterung ging sein Vater auf Carolas Bedenken ein und ließ die Idee, das Bankhaus für Kleinkunden zu öffnen, fallen.
Kurt fand die Entscheidung zu gleichen Teilen falsch wie richtig. Einerseits war er der Meinung, wer im Moment finanziell uninteressant sei, könne in den nächsten Jahren aufgrund der wirtschaftlichen Lage für das Geschäft interessant werden, andererseits glaubte er selbst nicht daran, dass sich die Handwerksgesellen binnen zweier Jahre scharenweise zu Unternehmern mauserten.
Bei einem Adventsessen im Hôtel de l'Europe, im Kreis ausgesuchter Kunden und Freunde des Bankhauses, machte Martin Lewenz seine eigene Idee sogar lächerlich. Was er, wie Kurt bewundernd erkannte, aus taktischen Gründen tat. Zum einen

demonstrierte der Seniorchef damit, dass ihn, nicht anderes als seine Geschäftspartner, die soziale Frage und das Gewissen umtrieben, zum anderen definierte er sich und sein Bankhaus als verlässliche konservative Finanzquelle und vermittelte nebenbei, dass er trotz seines Alters die gesellschaftspolitischen Diskussionen genau verfolgte.
»Aber wissen Sie auch, wie es zu diesem merkwürdigen Einfall kam?«, fragte er launig in die Runde. »Vorangegangen war ein Albtraum. Mir setzte darin ein äußerst gehässiger Schneiderlehrling zu, der ungemein stolz darauf war, dass er sein Konto nicht bei der Sparkasse, sondern bei der Konkurrenz habe.« Sofort wurde gelacht, denn die Konkurrenz, auf die Martin Lewenz anspielte, war das 1864 gegründete Bankhaus Arnhold, das dem Bankhaus Frauenkirche vor allem im Brauerei- und Immobilienwesen Konkurrenz machte. »Nun, dieser böse Bube steppte gerade die Nähte an meinem Anzug ab und stellte sich dabei absichtlich ungeschickt an. Ich spürte, wie mir eine Stecknadel nach der anderen in die Beine fuhr. Wollte daraufhin den Kerl satt ohrfeigen, aber, das ist ja so bei diesen Träumen, ich wachte auf, weil die Katze meiner Frau – sie ruhe in Frieden – mir mal eben ihre Pfote über das Bein zog.«
Auch Kurt lachte, aber nicht eine Minute später blieb ihm vor Überraschung der Mund offen stehen. Denn Martin Lewenz war mit seiner Geschichte noch nicht fertig. Er erzählte, dass ihm am selben Morgen mit der Post die Bitte eines guten alten Freundes ins Haus geflogen sei, einem jungen Fräulein, genauer gesagt, einer angehenden Pianistin, die mit Stundengeben und Handlangerdiensten ihr Talent finanziere, ein Konto zu gewähren.
»Nun, da zählte ich eins und eins zusammen und dachte: Martin, das sind himmlische Zeichen! Handle, denn das sächsisch-deutsche Volk begehrt Konto und Kredit.«
Dröhnendes Gelächter erfüllte den klassizistischen Speisesaal,

an dem die bärtige Herrengesellschaft um einen großen, ovalen Tisch saß und sich in den Rauch ihrer Zigarren hüllte. Die einen husteten, andere schlugen sich auf die Schenkel, so sehr amüsierte sie Martin Lewenz' Aperçu. Kurt dagegen stand Marina Wezels Bild vor Augen. Für ihn gab es keinen Zweifel, Martin Lewenz konnte nur sie gemeint haben.

Aber wie ... Felix!, schoss es ihm durch den Kopf. Natürlich! Pragmatisch, wie er war, hatte er Marina angesprochen, und die war natürlich nicht so dumm, eine solche Bekanntschaft auszuschlagen.

Obwohl Marina ihn geohrfeigt hatte, konnte er einen heftigen Anflug von Eifersucht nicht unterdrücken. Er darf sie nicht haben, dachte er aufgebracht. Es mochte lächerlich sein, doch die Vorstellung, Felix könne Marina begehren, empörte ihn. War es nicht sein Recht, so zu denken? Wenn auch auf tragische Weise: Stand ihr Schicksal nicht in enger Beziehung zu seinem?

Kurt sah Marina deutlich vor sich. Sie war hübsch. Zu hübsch. Und wenn er es sich eingestand, hätte er sie sehr gerne näher kennen gelernt.

Martin Lewenz indes hatte mit seiner Traum-Geschichte die Diskussion um das Problem der Industriearbeiter neu belebt. Kurt hörte nur mit halbem Ohr zu, denn jeder am Tisch stimmte darin überein, dass es dem Arbeiter in der Fabrik besser gehen müsse – doch niemand wollte die Löhne zahlen, damit es ihm wirklich besser ging.

»Wir sollten nicht zu sehr heucheln, meine Herren«, sagte der alte Carl Leberecht Rosenow. »Wir haben sieben Gänge hinter uns und etliche Flaschen Burgunder. Ein bisschen was könnten wir wirklich tun. Als in Berlin vor ein paar Wochen die Bauhandwerker streikten, ging es ihnen ja nicht nur um mehr Lohn, sondern auch um Absicherung bei Krankheit und Unfall. Nicht ganz unberechtigt, wie ich meine. Mein Enkel

Felix berichtete mir von einem tragischen Unfall bei uns im Zementwerk: Die Kalkstein-Mühle musste vorübergehend abgestellt werden, weil sich in den Mahlwerken ein Gesteinsbrocken verkantet hatte. Zwei Arbeiter mit Brecheisen versuchten, den Stein herauszuhebeln, zu stemmen, zu zertrümmern – was weiß ich. Dabei stehen sie auf einer schmalen Umfriedung. Direkt vor ihren Zehenspitzen rotieren mal vorwärts mal rückwärts die Brechwalzen. Manuell gesteuert. Nun ja – einer der Arbeiter verlor im falschen Augenblick das Gleichgewicht und rutschte mit dem Fuß in die vorwärts drehende Walze, nicht ohne sich am anderen festzuhalten, der daraufhin mit beiden Füßen ...« Einen Augenblick lang war es still. Carl Leberecht zog sein Taschentuch und schnäuzte sich. Kurt wurde es flau im Magen. Dankbar trank er den Cognac, den ihm sein Nachbar ins Weinglas leerte. »Nun«, fuhr der alte Rosenow fort, »die beiden Arbeiter waren zwei- und vierundzwanzig Jahre alt, hatten beide schwangere Frauen, von denen die eine sofort eine Fehlgeburt erlitt. Felix zahlt die Prothesen und ein einmaliges Unfallgeld. Was aber haben die Familien davon? Es ist aufs Leben gerechnet ein Tropfen auf den heißen Stein.«

»Carl, das ist entsetzlich, aber doch auch Schicksal«, sagte Ministerialrat Franz Schackwitz, der den Lewenzen das Weingut in Loschwitz vermittelt hatte. »Aber wo kommen wir hin, wenn wir uns und andere Menschen von allen irdischen Plagen freikaufen wollen? Ins Himmelreich, wie die Katholiken sagen, weil wir gute Werke tun? Das brauchen wir nicht. Der Herrgott liebt uns so, wie wir sind, wenn wir nur an ihn glauben – das sagt unser guter Martin Luther. Und da hat er Recht.«

»Ich möchte mich nicht freikaufen«, entgegnete Carl Leberecht ruhig. »Aber ich bin alt und habe begriffen: Noch nicht einmal das Geld, das mir mein Altenteil sichert, kann ich mit ins Grab nehmen. Mein Entschluss steht fest. Wie in alten mittelalterlichen Zeiten die Herrn von Stand Geld für Kirchen und Waisenhäuser stifteten, wenn sie spürten, dass ihr Lebenslichtlein zu flackern beginnt, werde ich einen Unfall- und Krankenfonds stiften.«

Der alte Rosenow wandte sich Martin Lewenz zu, der seinen vertrauten Kriegskameraden nachdenklich anschaute.

Kurt hingegen war begeistert. Carl Leberecht Rosenows Initiative war der richtige Weg. Sie machte ihm Mut. Er selbst hatte im heimischen Limbach die Armut der Manufaktur- und Fabrikarbeiter kennen gelernt und sich seit dem Selbstmord seines Vaters über das Missverhältnis zwischen Arbeitsleistung und Entlohnung Gedanken gemacht. Dabei hatte er erkannt, dass der Lohn sich nicht nach der tatsächlichen Leistung, die ein Arbeiter, Handwerker oder Angestellter erbrachte, orientierte, sondern nach dem, was Aristokratie und das Bürgertum für den entsprechenden Stand als angemessen erachteten. Mit anderen Worten: Wer zu den kleinen Leuten gehört, braucht auch nur kleines Geld verdienen. Wer Arbeiter ist, bekommt einen Arbeiterlohn, wer Fürst ist, Fürstenlohn. Hier musste sich, fand Kurt, wirklich etwas ändern. Sonst gäbe es bald eine sozialistische Revolution, die das Unterste zum Obersten machte.

»Erlauben Sie, Herr Rosenow«, begann er zögernd und dachte dabei an das Schicksal Fred Böhmes, »auch ein Fonds für das Alter würde die Lage der Industriearbeiter verbessern.«

»Herr Lewenz, haben Sie einen Sozialisten als Assistenten?«, rief Ministerialrat Schackwitz verblüfft dazwischen. »Der junge Mann spricht, als wäre er August Bebels rechte Hand und Vordenker!«

»Mit Verlaub, Herr Schackwitz, das ist eine böswillige Unterstellung!«, brauste Kurt auf. »Ich bin in keiner Weise Sozialist, noch habe ich vor, je einer zu werden!«

»Aber, und Sie dürfen mir das ruhig übel nehmen«, sagte Schackwitz herablassend, »Sie reden, als hätten Sie hier im Sommer auf dem Parteikongress Bebels schmutzige Propaganda verinnerlicht. Der Hund fordert, wie mir unser Finanzminister Herr von Friesen darlegte, einen, wie er es nannte, gesetzlichen Normalarbeitstag von zehn Stunden, Verbot jeglicher Art von Kinderbeschäftigung und die generelle Abschaffung der Sonntagsarbeit. Als ob es nicht schon reicht, dass Bruder Dummsdorf und Schwager Blödkopf aus der Armenstraße das gleiche Stimmrecht haben wie der Mann von Stand!«
»Und das ist erst der Anfang!«, entrüstete sich Heinrich Lewenz. »In Wyoming in Amerika lässt man seit zwei Jahren sogar Weiber an die Wahlurnen! Man stelle sich vor, dieser Unfug schwappt nach Deutschland!«
»Dann, mein lieber Herr Lewenz, bleibt uns nur die Auswanderung ins heilig russische Knutenstock-Land!«
Ministerialrat Schackwitz zwinkerte Heinrich Lewenz zu, aber das letzte Wort in Sachen August Bebel war noch nicht gesprochen. Der alte Rosenow fand nämlich die Forderung, Kinderarbeit zu verbieten, berechtigt, was auch Martin Lewenz' Meinung war.
»Dass auch die nicht alphabetisierten Klassen das Stimmrecht erworben haben«, fuhr er fort, »nun, damit hat sich der Staat auch meines Erachtens keinen Gefallen getan. Bei der Sonntagsarbeit, finde ich, muss man abwägen, aber in der Tat: Hohe Löhne und Sozialleistungen – und das bei nur zehn Arbeitsstunden – das kommt der Proklamation des Schlaraffenlands gleich und ist damit naive Utopie.«
Die Herren nickten, brummten weitgehend Zustimmung.
Kurt war enttäuscht. Er hatte gehofft, Martin Lewenz griffe die Idee des Pensionsfonds auf. Aber weder er noch Carl Lebe-recht Rosenow thematisierten noch länger die soziale Frage

der Arbeiter. Und um keine Missstimmung aufkommen zu lassen, gab Martin Lewenz noch einmal eine humorige Geschichte zum Besten – in der er verriet, dass ausgerechnet der ja nun wegen Hochverrats zu Festungshaft verurteilte Sozialist Bebel ihn vor Fehlinvestitionen bewahrt habe.

»In Glauchau war doch Ende Mai der so genannte erste deutsche Webertag. Da wollte sich natürlich auch Reichstagsabgeordneter Bebel aufregen. Er tat's und die heimische Presse zerpflückte seine Sottisen, indem sie sich vor allem darüber aufregte, dass der böse August die hoch entwickelte, elsässisch-lothringische Baumwollindustrie lobte, die uns durch die Annexion ja nun zugefallen ist. Ich setzte Herrn Zacharias auf diese Information an, und siehe da: Der ehemalige elsässische Feind ist der vogtländischen Musselineproduktion überlegen. Danke, böser August, dachte ich und forstete unsere diesbezüglichen Beteiligungen und Kredite durch. Wenn also von Ihnen jemand Interesse hat, sich anstelle von Lewenz hier zu engagieren …«

Heiterkeit und erneutes Gelächter machten die Runde. Kurt war ein wenig versöhnt, weil Martin Lewenz seinen Namen wieder ins rechte Licht gerückt hatte. Der alte Bankier war wirklich ein Fuchs. Vielleicht war er ja doch bereit, sich sozial zu engagieren.

Kurt hatte längst einen Plan. Wenn er den durchbrachte … bestimmt könnte er Marina Wezel damit beeindrucken. Außerdem ging es um Vaters Ehre. Denn niemand, auch sie nicht, hatte das Recht, den Namen Zacharias zu beschmutzen.

1872

Ein Jahr nach dieser Herrenrunde konnte Kurt auf die erfolgreichsten zwölf Monate seines Lebens zurückblicken – was ihm das Selbstbewusstsein verlieh, Georg und Fritz von Spener gelassen gegenüberzutreten. Das Wiedersehen mit Fritz fand fast sechs Jahre nach dem St. Afraer Katastrophentag statt – und zwar zur Adventszeit im frisch bezogenen Ansitz Lewenz in Loschwitz, einem ausgebauten ehemaligen Weingut.

Bis in die späten dreißiger Jahre war hier Wein angebaut worden, dann kam die Katastrophe in Form der Reblaus. Sie vernichtete sämtliche Weinstöcke und damit die Existenz der Loschwitzer Weinbauern. Übrig blieben nur Mauern, ein paar Spaliere, Bergstufen und Terrassen, auf denen die Dresdener Oberschicht sich Landhäuser und Villen errichtete.

Kurt kannte das Anwesen genauso wenig wie Fritz, der Kurt erzählte, wie überrascht er war, als die Droschke mit ihm und Georg auf der Neustädter-Seite blieb, anstatt über die Augustus-Brücke zur Frauenkirche zu fahren.

»Georg hielt es nicht für nötig, mich zu informieren. Bestimmt wollte er, dass ich vor Staunen vergehe! Nun staune ich gerne! Was für Räumlichkeiten! Dieser Komfort! Hat er dir die Wasser-Klosetts vorgeführt? Ist das nicht himmlisch? Nur einmal ziehen? Keine Latrinen-Julen mehr wie in der Stadt, die immer genau dann etwas abholen wollen, wenn man beim Abendessen sitzt. Ach, es ist einfach schön, wenn das Leben aufwärts geht! Und man sich einen Salon einrichten kann, der jedem sagt: Wir gehören dazu!«

Fritz machte eine weitausholende Geste, was aussah, als wäre er der Herr in diesem weitläufigen Salon – ein trotz seiner

Größe gemütlicher Raum mit goldroten Samtvorhängen, Parkettboden und brusthoher Mahagonivertäfelung.

»Spinner-Fritz!«, sagte Georg gemütlich. »Kann ich ahnen, dass du dich plötzlich alter Einladungen erinnerst? Kurz entschlossen, schnell geschossen. So war er doch immer, Kurti, oder?«

»Wenn du das sagst ...«

Kurt entging nicht, wie Georg Fritz einen betont verschlagenen Blick zuwarf, den der mit einem betont schiefen Grinsen beantwortete.

»Wie heißt es so schön ...«, begann Felix schwärmerisch. »Nur wer die Sehnsucht kennt« – er machte eine bedeutungsvolle Pause – »ist so dreist, sich selbst einzuladen. Weißt du, Kurti, ich hab Georg zum bestandenen Examen gratuliert und dabei geäußert, wie gerne ich den Weihnachtsmarkt vor der Frauenkirche besuchen würde. Bei diesem herrlichen Schnee! Georg selbst war es, der mir vor Jahren nahe legte, diese Romantik in Augenschein zu nehmen.«

»Recte«, antwortete Georg, der frisch gebackene Jurist und erste Akademiker der Familie feierlich.

Alle drei lachten über diese lateinische Bemerkung, die sie an die alten Zeiten unter Massa Pet erinnerte.

Das Hausmädchen rollte einen Teewagen herein, hinter ihr trug Carola Lewenz eine Silberplatte voller gebutterter Hefezopf-Scheiben.

»Sonst kippen Sie, meine Herren, nachher vor Entkräftung noch in den Schnee!«

So elegant sie in ihrem hochgeschlossenen, dunkelblau schimmernden Kleid und den Perlenohrringen auch aussah, Kurt konnte sich nicht erinnern, Carola Lewenz jemals so warmherzig erlebt zu haben. Es schien, als wecke der Anblick der drei Exafraner in ihr längst verschüttete mütterliche Instinkte. Mit der größten Selbstverständlichkeit schenkte sie Tee ein und

legte auf jeden Teller eine Scheibe des, wie sie sagte, selbst gebackenen Hefezopfs.
»Spielen Sie einen Eröffnungswalzer für uns?«, fragte Fritz. Er lächelte so unwiderstehlich, dass Carola Lewenz sich tatsächlich ein zweites Mal an den Bechstein setzte. Sie warf, wie Kurt fand, Fritz einen zugleich strafenden und geschmeichelten Blick zu, spielte ihren leichten Salon-Walzer jedoch flüssig und effektvoll.
Die drei Freunde applaudierten, wobei Fritz so bewundernd und enthusiastisch guckte, dass sich auf Carola Lewenz' Gesicht ein Anflug von Röte zeigte. Sie war es, die Georg ermuntert hatte, den Kontakt mit Fritz die Jahre über aufrechtzuerhalten. Er war es, der sie jetzt nicht nur vergessen ließ, dass sie über vierzig war, sondern sie auch darauf aufmerksam machte, wie begehrenswert sie noch war. Ihr Herz begann, unruhig zu schlagen, und auf einmal erfasste sie sogar ein leichter Schwindel. Und sie war entzückt, dass Fritz es war, der ihr den Stuhl zurechtrückte, als sie sich zu Tisch setzte.
War es nun übertrieben, dass sie ihn mit einem Lächeln dafür belohnte?
Nein, belog sie sich. Schließlich waren Georg und Kurt lange nicht so aufmerksam. Fritz dagegen hatte das Gespür für die Situation. Er war geschmeidig, wach und herrlich unverkrampft. Einfach frei! Seine schwarzen Locken schimmerten wie Seide, und auf seinem weltmännischen Gesicht glänzte der Schein aristokratischer Noblesse. In seinem makellos sitzenden Anzug wirkte er wie ein Bonvivant, im Vergleich dazu sah Georg aus, als stecke ein Bauer im geliehenen Anzug. Stehen sie nebeneinander, sehen sie aus wie Weltbürger und Provinzler, dachte sie. Dabei hatte Georg enorm aufgeholt. Die Universität hatte einen Mann aus ihm gemacht, der äußerlich ganz dem Vater nachkam. Er wird schon ins Geschäft hineinwachsen, meinte Heinrich zuversichtlich. Er hat die Univer-

sität geschafft, jetzt wird er das bisschen Bankwissen auch noch lernen. Was einem Kurt Zacharias gelungen ist, wird ihm auch gelingen.

»Reicht der Leuchter?«, riss Carola Lewenz sich aus ihren Gedanken, wartete die Antwort aber gar nicht erst ab und gab dem Mädchen zu verstehen, bis auf den fünfarmigen Kerzenleuchter alles andere Licht zu löschen.

Weil es wieder zu schneien begonnen hatte, ließ sie die Vorhänge beiseite ziehen, und dann fiel ihr ein, dass eigentlich der passende Moment gekommen sei, den großen, hüfthohen Räuchermann seine ersten Kerzen schmauchen zu lassen. Der grünweiße Holzsoldat aus dem Erzgebirge bewachte den Ausgang zur Gartenterrasse. Im Bauch hatte er einen Metalleinsatz für drei Crottendorfer Räucherkerzen, deren Rauch durch seinen hohlen Leib in den Kopf aufstieg und dort aus seinem Pfeife rauchenden Mund wieder austrat.

Würziger Tannenduft zog durch den Salon, der sich am Tisch mit den Aromen von Butter, Hefe und Bergamotte-Tee mischte. Fasziniert schaute die kleine Gesellschaft dem Schneetreiben zu, das so wunderbar zur vorweihnachtlichen Stimmung passte. Die Sträucher bogen sich unter der weißen Last, und auf den Weinspalieren türmte sich der Schnee zu handhohen Mauern. Je länger die Augen den Garten nach markanten Formen absuchten, umso leichter verschwammen die Konturen in der Ferne im Grau des Elbtales. Die watteweiche Winterlandschaft, die Dämmerung, das Kerzenlicht und der Duft des Räuchermannes – all dies bewirkte einen eigenartigen Zauber, sodass weder Carola Lewenz noch Fritz, Georg oder Kurt etwas erzählen mochten.

Artig tranken die Afraner ihren Tee und verspeisten die dick mit Butter bestrichenen Hefezopfscheiben. Jeder wirkte zufrieden, und eigentlich hatten sie ja auch alle drei etwas zu feiern: Georg sein bestandenes Juraexamen und Kurt seine

Beförderung zum offiziellen Assistenten von Martin Lewenz mit vollem Gehalt.

Fritz hatte bereits nach einem Vierteljahr seinen schlecht bezahlten Posten als Sekretär beim Preußischen Finanzministerium aufgegeben und beschlossen, sein Ökonomiestudium mit aller Macht zu Ende zu bringen. Dazu hatte er sich wieder unter die Fittiche seines Onkels begeben, der seinem Neffen den Ausbruchsversuch nicht übel genommen hatte.

Sie wären jetzt beide, hatte Fritz an Georg geschrieben, ein Herz und eine Seele. Denn sein Onkel sei von dem Willen, auf eigenen Beinen stehen zu wollen, durchaus angetan gewesen. Er habe darin eine gesunde und natürliche Auflehnung gesehen, und er, Fritz, habe akzeptiert, dass die Welt, in die man hineingeboren war, nicht automatisch die schlechteste sein müsse. »Die Diplomarbeit, die ich über die *Ökonomie des Steinkohlebergbaus in der Oelsnitzer Strut* verfasse, wird noch zu Weihnachten fertig, nächstes Jahr im Frühsommer habe ich Prüfung. Doch natürlich werde ich schon vorher helfen, das Unternehmen meines Onkels auf neue Füße zu stellen.«

Von all dem wusste Kurt noch nichts. Und im Moment hätte es ihn auch herzlich wenig interessiert, welche Pläne Fritz und sein Onkel Raoul ausheckten. Er genoss seinen Status, und für ihn bestand kein Zweifel: Im Moment war er von den dreien der Sieger.

Es war dunkel geworden. Die Standuhr schlug sechs, es wurde Zeit, sich für den Weihnachtsmarkt und das Adventskonzert fertig zu machen.

»Tja, nun haben wir uns alle gemütvoll angeschwiegen – warum auch nicht. Trubel und Musik habt ihr Buben ja gleich genug.«

Carola Lewenz läutete nach dem Mädchen und ließ abräumen. Sie nahm vor dem Flügel Platz und musterte die drei Freunde, die etwas schläfrig geworden zu sein schienen. »Der Tee war ohne Rum, meine Herren«, fuhr sie launig fort. »Vielleicht macht Sie eine Schneeballschlacht wieder munter? Sie dürfen mir dies Schauspiel gerne gönnen!«

»Aber wir sind doch jetzt groß, Frau Lewenz!«, entrüstete sich Fritz von Spener. »Freilich, wenn Sie mich anfeuerten, dann würde ich es schon mit diesen beiden gravitätischen Herren aufnehmen!«

»Dann hinaus!«, rief Carola Lewenz und öffnete die Terrassentür.

Sie setzte sich wieder an den Flügel und suchte in den Noten.

»Los!«, rief Fritz. »Noch sind wir jung!«

»Recte! Noch sind wir jung!«, riefen Kurt und Georg im Chor.

Die drei Freunde eilten auf die verschneite Terrasse und fegten den Schnee von der umgrenzenden Stützmauer. Carola Lewenz spielte derweil einen Marsch, hieb in die Tasten, als sei sie eine Barpianistin. Ihr war egal, wie viele falsche Noten sie spielte – wenn es nur laut und fröhlich klang.

»Auf Georg!«, rief Kurt.

»Auf dich!«, gab Fritz zurück.

»Frau Lewenz, die von Spenersche Artillerie wankt!«, schickte Fritz einen Hilferuf in Richtung Flügel.

»Nicht weichen, Fritz!«, feuerte Carola Lewenz ihn an. »Kräfte sammeln, angreifen, Terrain erobern!«

»Zu Befehl! Aber meinen Geschützen wird die Lunte nass!«

Carola Lewenz beendete den Marsch mit einem gewaltigen dissonanten Akkord und begab sich an Fritz' Seite. Ihr Schwarm war von ein paar Schneebällen getroffen worden, setzte sich aber wacker zur Wehr. Georg und Kurt hielten sich absichtlich etwas zurück und stellten ihre Würfe ein, als Carola Lewenz einen Schneeball formte.

»Feuer frei!«, rief Fritz.
Gekonnt warf Carola Lewenz den ersten Ball. Er verfehlte Kurt nur knapp, wofür zur Strafe dicht neben ihr ein Schneeball Georgs zerplatzte. Selbstverständlich gebot der Anstand, dass auch alle anderen Schneebälle vorbeiflogen. Übermütig nahm Carola Lewenz jeden Schneeball, den Fritz ihr in die Hände legte, bis ihm vor Schmerzen die Finger streikten.
»Feuer einstellen!«, rief er und hauchte in seine Hände.
»Gleich!«
Kurt und Georg lieferten sich ein letztes Gefecht, während Carola Lewenz sich die eisigen Hände rieb und ans Gesicht drückte. Dabei strahlte sie Fritz so jugendfrisch an, dass dieser kurz entschlossen ihre Hände in die seinen nahm und sie tüchtig rieb.
»Ich glaube, der Kachelofen wäre hier effektiver!«, keuchte sie verlegen und hatte das Gefühl, als platzten beim nächsten Atemzug die Nähte ihres Kleides, so eng war es geschnürt. Sie entzog Fritz ihre Hände und eilte zurück ins Haus. Doch der fest getretene Schnee war so rutschig, dass sie auf ihren glatten Ledersohlen den Halt verlor und rücklings aufzuschlagen drohte. Zum Glück fiel sie in Fritz' Arme. Sie spürte, wie ihre Wange seinen Mund streifte und sein rechter Arm ihren Bauch umklammerte. Die Berührung ließ sie wohlig erschauern. Wäre es nach ihr gegangen, hätte Fritz sie noch länger halten können.
»Da hab ich wohl vorschnell die Deckung verlassen, wie?«, sagte sie geistesgegenwärtig, aber immer noch außer Atem.
Fritz brachte keinen Ton heraus. Sein entrücktes Lächeln aber war beredter als alle Worte dieser Welt.
»Schneeballmilitärisch eher ein misslungener Ausfallversuch, Mama«, ließ sich Georg vernehmen, dessen Anzug aussah, als hätte er sich im Schnee gewälzt. »Für deine Leistung heute werden wir Max verpflichten, dir morgen einen Ehren-

schneemann zu bauen. In Lebensgröße! Und ganz nach der Natur!«

»Das ist auch meine Meinung, Frau Lewenz«, ächzte Kurt, der seine schmerzenden Hände vorsichtig an seinen Wangen rieb und dessen Anzug nicht weniger mitgenommen aussah als der Georgs. »Sie werden als erste kampftaugliche Bankiersgattin in die Loschwitzer Geschichte eingehen.«

»Glauben Sie das auch, Fritz?«

»Auf jeden Fall! Aber um gleich ein bisschen zu schwärmen: Dies waren die heitersten Minuten der letzten zehn Jahre, die ich erleben durfte. Meint ihr nicht auch, Freunde?«

»Recte«, sagte Georg würdevoll und trat als Erster wieder in den Salon, wo der Hausdiener mit vorgewärmten Handtüchern und Grog auf sie wartete.

Im offenen Pferdeschlitten ging es zurück in die Altstadt. Eingekuschelt in schwere Bärenfellsäcke und Schals vor dem Gesicht, die nur die Augen frei ließen, sahen die Freunde aus wie über Land reisende Inspektoren. Dass sie es nicht waren, verrieten allenfalls die auf Hochglanz polierten Stiefel und der Duft von Haarwasser und Eau de Cologne.

Allen war warm. Grog und Schneeballschlacht hatten das Blut in Wallung gebracht, Fritz war geradezu euphorisch aufgelegt.

»Ich sage euch: Diese Schlittenfahrt werden wir nicht mehr so schnell vergessen. Ist das nicht Romantik pur? Anders kann es auch in Russland nicht sein. Da hießen wir dann Boris, Iwan und Pjotr.«

»Und meine Mutter Natascha Samuelowa Lewenzow, wie?«

»Nein! Carola, natürlich!«, sagte Fritz leidenschaftlich.

Alle lachten, und Fritz wurde es noch ein wenig wärmer.

Der Weg von den Loschwitzer Höhen führte bergab, der Schlitten zischte mit rauschhafter Geschwindigkeit über den

Schnee. Immer häufiger musste der Kutscher die Pferde zügeln, die von dem schiebenden Gewicht hinter ihnen zu immer schnellerem Tempo angetrieben wurden. Doch selbst die scharfen Kommandos, die er den Tieren zurief, zerstörten den Zauber der Fahrt nicht. Die schneebedeckte Landschaft mit ihren sanften, friedlichen Formen verklärte Zeit und Raum, auch Kurt und Georg glaubten zu träumen. Ob Dach oder Mauer, Tanne oder Obstbaum, ob schwach oder hell erleuchtete Fenster, Kate, Baustelle, Bürgerhaus, Palast – alles hatte in diesen Minuten seine Richtigkeit und strahlte beruhigende Ordnung aus. Am Himmel blitzten die Sterne, als wären sie leuchtende Brillanten, und das Schellenklingeln der Pferde bot ihnen dazu ein Konzert.

Erst nachdem sie die Brücke über die Priessnitz überquert hatten und die Häuser der Neustadt erreichten, schwand der zauberische Bann. Über den Bautzener Platz ging es auf die belebte Hauptstraße. Wie der Finger eines Riesen ragte der Turm der Dreikönigskirche in den Himmel. Von der gegenüberliegenden Infanterie- und Artilleriekaserne erklangen Signalfanfaren, und auf dem Markt lieferten sich die Kinder vor der goldglänzenden Reiterstatue König Augusts eine furiose Schneeballschlacht.

»Wir könnten das letzte Stück laufen«, schlug Georg vor.

»Zu faul«, antwortete Fritz, der sich den Schal vom Gesicht zog, um eine Zigarette zu rauchen.

Also ging es weiter über die Brücke bis auf den Schlossplatz. Georg ließ anhalten, entlohnte den Kutscher und vereinbarte mit ihm, sich Punkt elf hier wieder zu treffen.

»Noch eine Minute länger, und ich hätte kalte Füße bekommen«, sagte Kurt und schüttelte die klamm gewordenen Beine aus. »Wie machen die Menschen in Russland das bloß? Bei zehnfacher Kälte?«

»Sie machen sich warme Gedanken«, antwortete Fritz.

»Aber heizen die denn auch die Zehen auf?«, fragte Kurt anzüglich zurück. »Ich könnte mir eher vorstellen, dass sie sich auf der Hälfte der Strecke in eine Sackgasse verirren.«
»Ihr seid genauso versaut wie früher«, sagte Georg. »Könnt ihr nicht mal an was anderes denken?«
»Heute denkt der Lebemann, was er abends machen kann«, reimte Fritz. »Georg, Herzilein, lass uns heute fröhlich sein.«
Unter derlei beschränktem Wortgeplänkel erreichten sie schließlich den Weihnachtsmarkt vor der von innen festlich erleuchteten Frauenkirche. Schon von weitem duftete es nach gebrannten Mandeln und Glühwein, nach Lakritze und Bratäpfeln. Zu kaufen gab es erzgebirgisches Weihnachtsschnitzwerk in allen Größen, aber auch Blechspielzeug, Zinnsoldaten und Specksteinensembles. Ob Heilige Familie oder die Kruppsche Riesenkanone von der Pariser Weltausstellung – Bibelromantik und Kriegsverherrlichung gingen Hand in Hand.
Georg und Fritz blieben vor einer Reihe mit roten Laternen stehen und stießen sich gleichzeitig in die Seite.
»Nun, Herzilein?«, fragte Georg und zeigte auf eine Kräuterbude im Hexenstil, auf deren Dach sich der Schnee besonders hübsch türmte.
»So schön, wie ich es mir vorgestellt habe«, sagte Fritz. »Weiß und bunt. Trotz der vielen Besucher ist der Schnee noch so sauber, als sei er frisch gekalkt. So reinlich hält der Dresdner seine Schuhsohlen.« Er breitete die Arme aus und deklamierte: »O holde Dresdner Bürgersleute, wie heim'lig eure Weihnachtsmärkte! Wie warm wurd mir's ums Herz, wenn ich den Schnee von euren Tannen stäubte.«
Er schüttelte den Zweig einer Tanne, von der etliche herumstanden, und atmete den bitterharzigen Geruch ein, den der Baum verströmte. Einstimmig wurde entschieden, auf den

Glühwein zu verzichten. Stattdessen wurde der Bratwurststand aufgesucht, wo jeder eine Thüringer Wurst verzehrte.
»Was ist eigentlich mit Max?«, fragte Fritz.
»Frag ihn selbst«, sagte Georg. »Da kommt er. Und das nicht allein, sondern mit Felix und …«
»Marina Wezel!«, rief Kurt, was ihm sofort alle Freude vergällte.
Es gab ein großes Hallo, wobei Felix Marina als seine Klavierlehrerin vorstellte. Stolz fasste er sie um die Schultern und zog sie an sich – eine mehr freundschaftliche als zutrauliche Geste, wie Kurt erleichtert feststellte. Sie können nichts miteinander haben, war sein erster Gedanke. Dazu steht sie viel zu steif da. Und ihre Augen schauen nicht, als wäre sie verliebt.
Sprich sie an!, sagte sich Kurt. Sie wird nicht schon wieder beißen!
»Hat uns also der Zufall doch noch einmal zusammengeführt, Fräulein Wezel«, sagte er. »Bleibt mir nur zu hoffen, dass ich diesmal nicht schon wieder Hiebe von Ihnen bekomme!«
»Wofür ich mich an dieser Stelle entschuldigen möchte.« Konziliant streckte Marina Kurt die Hand hin, die dieser erleichtert und mit Genugtuung ergriff.
»Das sollten Sie nicht tun, Marina«, mischte sich Max ein. »Es ist das Recht des Künstlers, die Bürokraten zu missachten. Schauen Sie mich an! Ich bin seit einem Jahr das Schwarze Schaf der Familie. Zumindest in den Augen meines Vaters und Großvaters. Und das nur, weil ich male.«
Max machte wirklich ernst. Mit seinem hellgrauen, weiten Flanellmantel und dem breitkrempigen Spitzhut demonstrierte er, wie sehr er sich den Konventionen seiner Familie widersetzte – womit er Marina allerdings nicht beeindrucken konnte. Sie dankte freundlich, tat Max aber nicht den Gefallen, sich weiter mit ihm zu unterhalten. Stattdessen fragte sie Kurt nach seiner Mutter.

Kurt erzählte, sie arbeite nach wie vor in der Jordanschen Schokoladenfabrik.
»Sie ist heilfroh, dass ich jetzt endlich ein eigenes Zuhause habe.«
»Wo?«
»Am Antons Platz. Gegenüber vom Artesischen Brunnen.«
»Glückwunsch.«
Die Uhr schlug drei viertel. Es wurde Zeit, sich einen Platz in der Kirche zu suchen.
»Meine Eltern übrigens«, fuhr Marina fort, »leben jetzt in Chemnitz. Für den Fall, dass es Sie interessiert: Beide arbeiten in einer Strumpfwirkerei.«
»Das freut mich aufrichtig!«, sagte Kurt. »Bitte glauben Sie mir das, Marina.«
»Tu ich«, sagte Marina versöhnlich. »Aber auch nur, weil Sie derjenige waren, der Felix bei Max Lewenz darauf aufmerksam machte, dass ich Klavier spiele. Was mich aus der Knechtschaft der Kronprinz-Brauerei befreite. Aber das ist eine andere Geschichte und sowieso alles Felix' Werk. Womit er mich gewissermaßen mit dem Industriellen-Stand versöhnte.«
»Dann hat Ihre Ohrfeige ja ihren Zweck erfüllt«, sagte Kurt und schritt mit Marina durch die Tür der Frauenkirche.
Sie lösten eine Eintrittskarte und schauten sich im kreisförmigen Innenraum nach einem geeigneten Platz um. Georg machte Fritz auf die Ausmalung der Kuppel aufmerksam, die sich die vier Evangelisten mit den vier Kardinaltugenden Klugheit, Gerechtigkeit, Mäßigkeit und Tapferkeit teilten.
»Ja ja, die hehren Ideale!«, sagte Fritz. »Alles Hülsen. Klugheit ist Bosheit, Gerechtigkeit gab's noch nie, Mäßigkeit ist was für Alter und Krankheit und Tapferkeit meist nur Gehorsam, gepaart mit dummem Pflichtgefühl.«
»Typisch Spinner-Fritz!«, erwiderte Felix Rosenow kopfschüt-

telnd, um dann im Tonfall eines Oberlehrers hinzuzufügen: »Herr von Spener, ich bange um Ihren Charakter.«
»Keine Sorge«, entgegnete Fritz. »Und um euch bigotte Kinder des Guten zu versöhnen, kennt ihr die Verse, die ein Witzbold auf die Kuppel dieser Kirche dichtete? ›Wie'n Riesenei von Stein, das Erste, was der Blick erblickt, wenn ihn ä Mensch nach Dräsden schickt. Das ragt wie'n Riesenei von Stein hoch in den weiten Himmel nein. Und jedem Dräsdner, jedem Sachsen ist dies Ei ans Herze festgewachsen.‹«
In der Tat beherrschte die Kuppel der 1743 nach siebzehnjähriger Bauzeit vollendeten Frauenkirche die Silhouette der Stadt. Georg Bähr, ihrem Schöpfer, der fünf Jahre vor der Fertigstellung der Kirche starb, brachte ihre Konzeption nichts als Ärger. Die ständigen Streitereien um ihre Haltbarkeit und die Statik hatten ihn schließlich so zermürbt, dass man munkelte, er sei in Wahrheit nicht am Stickfluss gestorben, sondern habe sich aus Gram über die Einsturzgefahr der Kuppel in selbstmörderischer Absicht vom Gerüst gestürzt. Endgültig rehabilitiert wurde die Architektur der Kuppel im Siebenjährigen Krieg, weil sie selbst dem stärksten Artilleriebeschuss preußischer Kanonen trotzte. Dutzende Kugeln trafen am 19. Juli 1760 diesen »Dickkopf«, wie der Preußenkönig Friedrich II. die steinerne Glocke nannte, aber Dresdens Wahrzeichen hielt mit nur geringen Beschädigungen stand.
Die Kirche füllte sich schnell. Sogar auf den Rängen waren die vorderen Plätze bald besetzt. Marina entdeckte schließlich auf der Seite der Kanzel in der fünften Reihe eine Lücke, wo sie alle nebeneinander Platz fanden. Kurt stellte es so an, dass er rechts neben Marina zu sitzen kam. Links von ihr drängten sich Felix, dann Fritz, Georg und Max in die Kirchenbank. Kurt sagte, so monumental die Frauenkirche insgesamt sei, er verspüre trotzdem jedesmal einen Hauch Melancholie, wenn er sich in ihr befände – vor allem, wenn

die Herrschaftslogen rechts und links des Altars dunkel blieben.
Marina wollte ihm da nicht ganz folgen. Sie meinte, die hellen Ornamente der acht Pfeiler, Emporen und Balustraden wirkten beschwingt und diesseitig.
»Und dann die herrlich geschwungene, barocke Holzverkleidung des Altarraums! Das ist doch nicht traurig! Noch nicht einmal streng, würde ich sagen! Wenn ich dann noch an den Klang der Silbermann-Orgel denke! Mir wird da richtig warm ums Herz.«
»Hat auf ihr nicht Bach gespielt?«, fragte Felix.
»Ja, am ersten Dezember siebzehnhundertsechsunddreißig.«
»Sie sind musikgeschichtlich bewandert?«
»Das wäre zu viel behauptet. Was Bach betrifft, weiß ich aber, dass er hier in Dresden einen Franzmann namens Marchand mit seinem Klavierspiel in die Flucht schlug. Der Gute hatte eingewilligt, sich mit dem arroganten Franzmann zu messen. Der Haken daran: Marchand hatte Bach am Tag vor dem Wettstreit beim Einspielen belauscht und bekam daraufhin so viel Angst, dass er mit Extrapost im Morgengrauen abreiste. Aber nicht nur Bach spielte auf dieser Orgel, auch Mozart. Ebenfalls wegen eines Wettbewerbs. Sein Gegner war ein gewisser Wilhelm Hässler, ein Enkelschüler Bachs. Im April siebzehnhundertneunundachtzig traten sie gegeneinander an. Hässler machte seine Sache gut, weil er sehr pedalstark war. Musikalisch hatte er weniger zu bieten. Nachmittags traten beide noch einmal beim russischen Gesandten als Pianisten gegeneinander an. Es wurde für Hässler zum Fiasko. Mozart triumphierte dann abends am Hof mit einem Klavierkonzert – und bekam dafür einhundert Dukaten.«
»Und wie viel ist das heute, Kurti?«, fragte Fritz.
»Mein Gott, bin ich eine Rechenmaschine? Damals waren hundert Dukaten etwa vierhundert Gulden. Ein Taler waren

circa eindreiviertel Gulden. Grob gerechnet wären das also zweihundertdreißig Taler. Da unsere neue Reichsmark jetzt ein Drittel Taler wert ist, wurde Mozart mit ungefähr siebenhundert Mark belohnt – was heute ungefähr dem Jahresverdienst eines Dresdener Fabrikarbeiters entspricht.«

»Und da sag mir einer, mit Kunst lässt sich kein Geld verdienen!«, raunte Max. »Passen Sie auf, Marina, wir beide kommen noch ganz groß raus!«

»Pscht!«

Marina legte den Finger auf den Mund. Soeben begann der Einzug des Kruzianer-Chors und der Instrumentalisten aus der Dresdener Kreuzkirche. Sie hatten zusammen mit ihrem Kantor Julius Otto die Pflicht, auch die Musikfeste der Frauen- und Sophienkirche zu gestalten, was sie mit gewohnter Akkuratesse auch diesen Abend erledigten.

Kurt hatte nicht die rechte Muße, der Musik zu lauschen. Neben Marina zu sitzen war viel aufregender. Ein paar Mal riskierte er es, sie von der Seite her anzuschielen. Mein Gott, was für ein Geschöpf, seufzte er. Allein, wie sie dasitzt! Wie sich ihre Brust bewegt! Weiß sie eigentlich, wie sinnlich sie wirkt? Wie ihre weichen Lippen und das Haar einen Mann verrückt machen? Wie muss es erst sein, wenn sie sich auszieht? Allein sie zu küssen würde ihm den Verstand rauben.

Beim nächsten Seitenblick ertappte sie ihn. Vor Schreck blieb ihm das Herz stehen. Doch Marinas Augen blickten ruhig. Und traurig. Sie leidet immer noch darunter, dass sie keine Pianistin geworden ist, dachte Kurt. Wie scharf sie eingeatmet hatte, als ich die Dukaten umrechnete!

Nach dem Konzert schlenderten sie über den Weihnachtsmarkt. Irgendwann schlug Felix vor, sich noch ein Glas Wein zu gönnen. Zu Kurts Überraschung lehnte Marina sofort ab.

»Leider habe ich Verpflichtungen meiner Tante gegenüber, Felix. Ein andermal gerne. Aber jetzt muss ich schleunigst in die Josephinengasse. Meine Tante wartet bei ihrer alten Freundin auf mich. Ich begleite sie von dort nach Hause.«
Kurt witterte sofort die Gelegenheit zu einer Aussprache.
»Felix, Fritz, Georg, Max«, sagte er schnell, »ich fürchte, ihr müsst auch mich entschuldigen. Ich bin müde. Die Schneeballschlacht …«
»Sieh an, unser Kurti hat was vor«, sagte Max und warf Felix einen vielsagenden Blick zu.
Der war im ersten Moment dermaßen enttäuscht, dass er Marina nur hilflos anstarrten konnte. Fritz und Max warfen sich amüsierte Blicke zu. Sie gönnten Marina genauso wenig Felix wie Kurt – von dem sie allerdings glaubten, dass er aufgrund seiner väterlichen Erblast kaum die Chance hatte, jemals Marinas Sympathie zu erlangen.
Max war hoch zufrieden. Er verschränkte die Hände und ließ die Fingerknöchel knacken. Weil Marina ihm vor dem Konzert eine Abfuhr erteilt hatte, fühlte er sich jetzt in seinem Stolz verletzt. Eitel und empfindlich, wie er war, spielte er daher das Ekel.
Marina verzog das Gesicht, hielt sich die Ohren zu.
»Max!«, bettelte sie. »Derart grässliche Geräusche hab ich noch nie gehört! Haben Sie Erbarmen!«
»Entschuldigung!«
»Na ja, dann wird Kurt Sie eben begleiten, Marina«, sagte Felix Rosenow entsagungsvoll, aber seine Miene war schief vor Eifersucht.
Max lachte höhnisch auf.
»Felix! Von Kurt hast du bestimmt nichts zu befürchten!«
»Max, mit Verlaub, Sie sind ein Kindskopf!«, sagte Marina ärgerlich. »Was belieben Sie eigentlich, Felix zu unterstellen?«

»Sie geben ernsthaft vor, Marina, dies nicht zu wissen?«, platzte Fritz heraus, womit er selbst Georg zum Grinsen brachte.
Seine Frage trieb Marina die Schamröte ins Gesicht. Natürlich wusste sie, was Felix für sie empfand! Doch was konnte sie dafür, dass er ihr einfach nur sympathisch war – aber eben nicht mehr?. Sie selbst machte sich deswegen oft genug Vorwürfe und hoffte ehrlich darauf, irgendwann tiefere Gefühle für Felix in sich zu entdecken.
»Sie verdienten wie Kurt eine Ohrfeige für Ihre Anzüglichkeiten, Fritz!«, sagte sie entrüstet und entschloss sich spontan, Felix auf die Wange zu küssen. »Felix«, sagte sie mitleidig, »geben Sie sich nicht länger mit diesen Afraner Stichelköpfen ab. Vor allem nicht mit solchen, die über die Kardinaltugenden spotten.«
Mit diesen Worten küsste sie Felix auch auf die andere Wange und hängte sich dann schnell bei Kurt ein.
»Beide sind Afraner, Fräulein Wezel!«, heulte Max auf.
»Kommen Sie endlich, Kurt!«, sagte Marina ärgerlich. »Gewisse Herren hier werden allmählich unerträglich. Ehrlich, nichts gegen Sie, doch jetzt wäre mir lieber, ich ginge allein!«

Schweigend erreichten sie den Altmarkt. Leider viel schneller, als Kurt lieb war. Vergeblich zerbrach er sich den Kopf, womit er die Aussprache hätte beginnen können, aber im Grunde zweifelte er daran, ob sich Marinas Einstellung zu ihm daraufhin wirklich verbessern würde. Überdies demonstrierte sie ihm mit ihren Riesenschritten deutlich, dass sie keine Unterhaltung wünschte.
Am Ende der Seegasse vor dem Innenministerium hatte Kurt resigniert. Er seufzte leise auf und wollte sich schon in die verpatzte Situation fügen, da blieb Marina plötzlich mitten

auf der Johannes-Allee stehen. Ein schwacher Luftzug wehte Schnee von den Ästen der Allee-Pappeln, und die Luft war mit geheimnisvollem Rieseln und Knistern erfüllt. Außer ihnen war nicht eine Menschenseele zu sehen. Der Mond indes war untergegangen, nur das Weiß des Schnees sorgte für etwas Helligkeit.

»Weshalb wollten Sie mich eigentlich begleiten, Kurt?«, fragte Marina. »Ich hoffe nicht, dass Sie genauso hinter mir her sind wie heute Max Lewenz oder weiland das männliche Personal der Kronprinz-Brauerei.«

»Ja, ich meine, nein!«, sagte Kurt und war froh, dass Marina nur ahnen konnte, wie sehr ihn ihre Direktheit in Verlegenheit brachte. »Aber Sie haben Recht: Ich hatte eine Absicht. Ich wollte mich mit Ihnen aussprechen und Sie bitten, meinem Vater zu verzeihen. Wir beide sind Leidtragende seines Entschlusses gewesen ...«

»Gewesen?«, fragte Marina entgeistert. »Sie, Kurt, können das von sich behaupten! Sie verdienen gemäß Ihrem Können. Aber ich? Das Unterrichten war Felix' Idee! Nur leider hat er sich ein bisschen verspekuliert. Die Umsätze, um in eurem Geldleute-Jargon zu bleiben, entsprechen nur der Hälfte der Erwartungen. Mit anderen Worten: Die Unternehmung Wezel-Rosenow schreibt rote Zahlen. Was ich verdiene, deckt die Kosten wie Miete, den Klavierstimmer etc. Doch selbst ich lebe nicht allein von Klaviernoten oder Chopinschen Etüden! Zum Glück ist Felix so großzügig, mir den nötigen Rest zu schenken. Jetzt bedrängt er mich, ein Konzert zu geben! Es würde den Durchbruch bringen, glaubt er! Dabei ist er nur verliebt! Verstehen Sie, Kurt? Bloß verliebt!« Marinas Stimme überschlug sich fast, so sehr hatte sie sich in ihre Verzweiflung hineingesteigert. Den letzten Satz brachte sie unter Tränen heraus, die Fäuste vor der Brust geballt. Doch sie hatte noch nicht alles gesagt. Mit tränenerstickter Stimme begann

sie zu erzählen, wie wenig sie trotz des bestandenen Konzertexamens pianistisch vorangekommen sei »Die Pfannen und Töpfe, die Bleche, Tröge – ich bekomme dies alles nicht mehr aus den Fingern. Felix, dieser herzensgute Dummkopf, glaubt mir nicht! Er wartet. Wartet, bis ich nicht mehr kann und ihm aus reiner Dankbarkeit in den Schoß sinke.«
Marina machte eine Pause und wischte sich mit dem Ärmel über das Gesicht.
Plötzlich fauchte sie Kurt an:
»Und an allem ist Ihr lächerlicher Vater schuld! Zur Hölle mit ihm!«
»Das sagen Sie nie wieder!«, schnaubte Kurt und packte Marina an den Armen. »Sie bilden sich ein, aus Ihnen wäre eine zweite Clara Schumann geworden? Nie, Marina! Nie! Dazu fehlt Ihnen nämlich eines: Die Gnade, vergeben zu können! So wie Clara Schumann ihrem Mann vergab, als der sich lebensmüde in den Rhein gestürzt hat!«
Marina riss den Mund auf, wollte schreien. Einen Augenblick glühten beide vor Wut und Hass. Dann sackte Marina in die Knie und Kurt konnte sie gerade noch halten. Er zog sie an sich, sie wehrte sich nicht. Marina weinte sich an seiner Brust aus, er streichelte ihr den Rücken. Lange Zeit standen sie so da, bis Marina flüsterte:
»Was soll ich nur machen? Ich liebe ihn doch nicht. Ich liebe ihn einfach nicht.«
Hilflos schaute sie Kurt an, suchte in seinem Gesicht nach einer Antwort. Kurt lächelte zaghaft. Plötzlich erfüllte ihn rasendes Verlangen, Marina zu küssen. Danach ist eben alles vorbei, sagte er sich, nahm Marinas Kopf zwischen seine kalten Hände und drückte seine Lippen auf die ihren.
Da passierte das Wunder.
Marinas Mund öffnete sich – für einen unendlich kostbaren Atemzug.

»Ihr blöden Männer«, sagte sie schwer atmend. »Immer seid ihr verliebt. Warum? Habt ihr denn nichts anderes im Kopf?«

Sie hakte sich bei Kurt ein und ging endlich so langsam, dass es doch noch ein schöner Spaziergang durch das verschneite Dresden wurde.

1873

Am vierten Januar 1873 hielt Martin Lewenz in der Kapelle des Johannis-Friedhofs die Totenrede für seinen am Neujahrstag verstorbenen Freund Carl Leberecht Rosenow – und kündigte zur Überraschung der Trauergäste an, dessen soziales Engagement aktiv weiterzuführen.

»Auch wenn es nicht statthaft ist, zu Füßen eines Toten von Geld zu sprechen – ich fühle mich verpflichtet, meinem mir liebsten Weggefährten die Treue zu halten. Das Bankhaus Frauenkirche wird einen Pensionsfonds gründen, wie Carl Leberecht ihn sich heimlich von mir gewünscht hat. Wem diese Nachricht jetzt das Herz erwärmt, möge sich an dieser Unternehmung beteiligen – eingedenk Carl Leberechts Worten: Je weniger wir mitnehmen, umso leichter sind unsere Seelen, wenn sie dereinst am Ende aller Zeit gewogen werden.«

Kurt fühlte sich umschmeichelt. Er hatte nicht vergeblich gehofft. Längst hatte er die Finanzierungspläne für einen solchen Fonds im Kopf, jetzt konnte er an die Arbeit gehen. Wenn das in die Zeitungen kommt, begann er vor sich hinzuträumen, wird auch dein Name genannt. Bestimmt werden Martin Lewenz und ich zu einem Gespräch gebeten. Dabei werden die Zeitungsleute natürlich darauf hinweisen, dass ausgerechnet der Sohn Heinrich Zacharias' an dieser Fondsidee mitgewirkt hat. Es wird den Namen Zacharias endlich weiß waschen, träumte Kurt weiter. Die Schande wird getilgt, Marina sich mir zuwenden, und das Zeitungsresümee wird lauten: Ließ der Vater seine Arbeiter noch im Stich, bemüht sich sein Sohn jetzt um deren Alterssicherung.

Gunda Reimann, Serviermädchen in der Kronprinz-Brauerei, saß in Felix Rosenows Salon und hörte ihrer Freundin zu.

Marina übte für ein privates Frühjahrskonzert, bei dem Felix sie ein paar Geschäftsfreunden, vor allem aber seinem Vater vorzustellen gedachte. Gleichzeitig wollte er zwei Pressevertreter einladen, die ihr Spiel entsprechend würdigen sollten. Marina fühlte sich so geschmeichelt wie in die Pflicht genommen. Ihrem Renommee als Klavierlehrerin würde dieses Konzert natürlich gut tun – aber die Wezel-Rosenow-Companie, wie Felix ihr Arrangement scherzhaft nannte, hätte sich dann im Prinzip erledigt. Denn Felix' Absicht war eine ganz andere.
»Er wird mir einen Heiratsantrag machen!«, rief Marina in die markanten Schlussakkorde von Chopins Revolutionsetüde.
»Was?«
»Einen Heiratsantrag!«
»Nun spiel doch erst mal fertig!«
»Hab ich!«, sagte Marina und lachte. »Das ist der Witz und die Würze dieses Etüden-Schlusses. Man denkt, es müsse noch ein Akkord folgen. Aber Chopin wählte diesen offenen Schluss bewusst. Weil er damit ausdrücken wollte, dass der Warschauer Aufstand gegen die zaristische Unterdrückung weitergehen wird.«
»Was du nicht alles weißt!«, staunte Gunda.
»Ja ja, aber das ist Kleinkram. Doch sag ganz ehrlich: War es überzeugend? Dies ist nämlich das Schlussstück. Schätzungsweise sechzig Minuten später, wenn der letzte Gast gegangen ist, wird Felix mich beiseite nehmen, sich räuspern ...«
»Wieso graut dir davor?«
»Ich liebe ihn nicht!«
»Aber du findest ihn doch nett.«
»Ja.«
»Wie kannst du dann so dumm sein, mit dem Gedanken zu spielen, den Heiratsantrag eines Industriellen abzulehnen? Bist du nicht ganz gescheit? Schön bist du bereits, reich würdest du dann noch werden. Das ist wohl Glück's genug! Ich an

deiner Stelle würde keine Sekunde zögern. Und nicht nur das: So ein Mann bekäme von mir alle Freiheiten und dürfte sich alles erlauben.«

»Was heißt denn das?«, fragte Marina lauernd.

»Na, Bettgeschichten eben. Was Männer halt ab und an brauchen.«

Gunda zuckte mit den Schultern und erhob sich aus ihrem Sessel. Sie war so alt und groß wie Marina, besaß aber nicht deren Feinheit und Schönheit, obwohl sie mit ihrem dunkelblonden Wuschelhaar und dem puppenhaften Gesicht Männer anzog. Wenn sie lachte, bekam sie reizende Grübchen, die, wie Marina noch gut in Erinnerung hatte, vor allem den reiferen Herren gefielen. Trotzdem war Gunda bislang standhaft geblieben. Denn insgeheim hoffte auch sie auf einen Mann passenden Alters. Aber von denen verirrte sich eben leider nur selten ein lediges Exemplar in die Kronprinz-Brauerei.

»Bettgeschichten«, wiederholte Marina ungläubig. »Was weißt du denn davon?«

Gunda drehte sich um und machte ein bedeutungsvolles Gesicht.

»Ich weiß davon so viel wie du, Marina. Aber eines dürfte doch auch dir klar sein: Bett und nackte Weiber sind für alle Männer das Wichtigste. Wenn eine Frau sich damit arrangieren kann, dann ist Ruhe zu Hause.«

»Du meinst: Augen zu und durch, ja?«

»Erfasst.«

Marina schüttelte den Kopf. Eine chromatische Tonleiter rauschte in die Tiefe und klang in einer schief klingenden Kadenz aus.

Marina klappte den Deckel auf die Tastatur, schwang auf dem Klavierhocker herum und schaute ihre Freundin fest an.

»Gunda, hör auf! Ich liebe ihn nicht. Was du da andeutest, ist unmoralisch. So etwas tun nur Kurtisanen. Felix hätte es nicht verdient, und ich würde schnell zerbrechen oder verrückt werden.«

Während Kurt sich in den nächsten Wochen von Martin Lewenz seine Finanzierungsvorschläge für den Pensionsfonds absegnen ließ, frohlockte Heinrich Lewenz über die hervorragende Bilanz. Sie war maßgeblich sein Werk, denn das Bankhaus Frauenkirche hatte sich im vergangenen Jahr verstärkt auf das Immobiliengeschäft eingelassen – wo es von den gezielten Indiskretionen des Ministerialrats Franz Schackwitz profitierte. Kurt ahnte dies mehr, als er es wusste, aber Heinrich Lewenz' Machenschaften hatten ihn nicht zu interessieren. Wenn Georg, der als Justiziar des Bankhauses arbeitete, keine Einwände hatte … bitte. Dafür ärgerte Kurt sich zunehmend über Adam Noack. Heinrichs Assistent hatte nämlich im letzten Jahr eine Geschäftsphilosophie entwickelt, die nicht anders als raffgierig zu nennen war.
Ende Januar kam es im Assistenzbüro wieder einmal zu einer Auseinandersetzung. Adam Noack streckte sich auf seinem Stuhl, drehte den Kopf langsam nach rechts, dann nach links – was aussah, als wolle er sich versichern, dass niemand zuhörte. In Wahrheit war dies nur eine Lockerungsübung, die wahrscheinlich allen Bankangestellten der Welt in Fleisch und Blut übergegangen war. Kurt jedenfalls ahnte, was gleich kommen würde.
»Herr Zacharias«, legte Adam Noack mit schneidender Stimme los, »es läuft ja doch alles darauf hinaus, dass Sie gute Aktien für die sentimentale Idee eines Pensionsfonds opfern.«
Die Holzpulte ächzten, als wollten sie sich gegen derlei fruchtlose Gespräche wehren.
»Falsch. Die Kampagne besteht darin, dass wir einen Teil unse-

res Aktienbesitzes verlustfrei und kursstabil liquidieren und den Erlös in einen Fonds transferieren.«

»Bankgestelz! Verkaufen heißt verkaufen!«

»Ja! Aber der Clou ist, dass der Kurswert der Aktien trotz des Verkaufs erhalten bleibt. Im Gegenteil, etliche Werte sind sogar gestiegen. Dank der geschickten Pressekampagne wird geglaubt, dass wir nicht diesen oder jenen Anteil verkaufen, weil wir der Geschäftsentwicklung des jeweiligen Unternehmens misstrauen, sondern nur kerngesunde, expandierende Titel. Ich wundere mich auch, mit welcher Selbstverständlichkeit andere Institute unsere Anteile kaufen. Sie tun, als wären die von uns verkauften Aktienpakete die Werte von besonders florierenden Firmen – dabei sind es nach meiner und Herrn Lewenz' Auswahl eher Titel unsicherer Kantonisten.«

»Wenn's denn so ist, Sie Schlitzohr. Aber käme es zu einer Liquiditätskrise, Sie Samariter, hätten wir womöglich nicht mehr genug Aktien, etwaige Forderungen unserer Gläubiger damit zu bestreiten. Dann sitzen wir hier auf einem Haufen Fondsgeld, das uns rein moralisch nicht mehr gehört.«

»Erstens wird es nicht so weit kommen, zweitens haben wir noch Aktien genug, und drittens wird das Fondsgeld in mündelsicheren Papieren angelegt«, verteidigte sich Kurt. »In der Bilanz weisen wir den Fondsposten schlicht auf der Seite der Aktiva statt der Passiva aus. Geradezu eine Säule im Fall einer Krise. Wir könnten uns genau über diesen Posten bei der Zentralbank refinanzieren.«

»Sehr heimtückisch«, knurrte Adam Noack und pustete den Löschsand von einer Bürgschaftserklärung, die er gerade für einen Bauunternehmer geschrieben hatte. »Mal angenommen, Gott bewahre uns davor, es droht Insolvenz. Dann werden die Aktiva liquidiert, und das Fondsgeld wandert in den Rachen der Gläubiger. Glauben Sie, die verzichten auf ihre Forderungen? Aber ich will nicht böse unken. Dieses Getue um die Fonds geht mir allerdings auf die Nerven. Fonds sind wie laue Fürze. Meistens stinken sie. Bei ehrlichen Aktien hingegen kracht's. Und das ist, wie wir wissen, ein Zeichen von Fröhlichkeit.«

»Gut. Auf jeden Fall zwingt ein lauer Furz zur Lüftung«, lenkte Kurt ein und verließ sein Pult.

Er riss das Fenster auf und fächelte sich Luft zu. Endlich andere Gerüche als die von Papier und Leder, Kolophonium und Tinte. Aber natürlich war dies immer noch tausendmal erträglicher als der Lärm und Gestank einer Fabrik oder die sauren Gerüche der Armut in den überfüllten Wohnungen der Neustadt. Ob Adam Noack jemals ein solches Quartier besichtigt hatte? Kurt kamen massive Zweifel. Heinrichs Assistent ging es prächtig. Auf dem Papier war er wohlhabend, denn er hatte alle seine Altersrückstellungen mit Beginn der Reichseinheit in Aktien angelegt. Wie es den kleinen Leuten ging, interessierte ihn nicht mehr. Dabei wurden gerade die zusehends Opfer des Wirtschaftsaufschwungs.

So sehr Handel und Industrie auch blühten, die Teuerungen machten dem einfachen Arbeiter und Angestellten von Monat zu Monat mehr zu schaffen. Ihre Löhne stiegen bloß marginal. Vor allem die Fabrikarbeiter verkamen zusehends zu austauschbaren Produktionshelfern. Schuld daran war die ständig wachsende Zahl von Menschen, die vom Land in die Stadt strömte – was vor allem die Mieten in die Höhe trieb. Musste ein Haushalt vor drei Jahren noch ein Sechstel des Monatseinkommens für die Miete zurücklegen, war es jetzt schon ein Viertel. Etliche Mieter wurden gezwungen, einzelne Schlafplätze zu vermieten. In den Randbezirken, wo sich die Industrie breit machte, gab es Zweizimmerwohnungen, in denen eine sechsköpfige Familie in der Küche und nur einem Zimmer lebte, während das andere Zimmer sechs Schläfern als Heimstatt diente.

Der Kontrast zur Oberschicht dagegen konnte größer nicht sein. Immer neue Grundstücke wurden für repräsentative Anwesen erschlossen. Vor allem in Loschwitz schossen die Villen wie Pilze aus dem Boden. Dresdens Industrielle, aber auch vermögende Pensionäre und Ausländer wünschten repräsentative Wohnsitze, und so stiegen die Grundstückspreise der windgeschützten, sonnigen Südhänge in Loschwitz oder dem Preußischen Viertel jenseits der Priessnitz unaufhörlich. Ministerialrat Franz Schackwitz von der Dresdener Oberbehörde war der Mann der Stunde. Sein Freund Heinrich Lewenz erfuhr als Erster, wann und wo wieder ein Stück Land zum Baugrund erklärt wurde. Heinrich zögerte nicht. Er kaufte und verkaufte, Franz Schackwitz strich dicke Provisionen ein.

Zuweilen war es wie in einem Traum. Heinrich kaufte ein Stück Land und wurde es wenige Wochen später für das Doppelte wieder los. Die Konten des Bankhauses wurden prall, aber für Kurts Verständnis investierte Heinrich die Gewinne zu sorglos in Kredite an Bauunternehmer. Bis jetzt ging Heinrichs Politik auf, aber Kurt konnte seine Sorgen deswegen nur schwer unterdrücken. Die Bäume wachsen nicht in den Himmel, wie er, beziehungsweise sein Vater, leidvoll erfahren mussten. Doch auch Chefbuchhalter Thaddäus Warnke gefiel es nicht, dass die Reserven des Bankhauses durch die großzügige Kreditgewährung rapide schrumpften.

»Was der Sohn ausgibt, holt der Vater durch das Wechseldiskontgeschäft nicht wieder rein«, sagte Thaddäus Warnke eines Tages mit Sorgenmiene.

Seine Schuppen waren weniger geworden, seit er sich das Haar radikal kurz hatte scheren lassen und auf Macassar verzichtete. Mit seinem rabenschwarzen Stoppelschnitt wirkte er jünger, und seitdem, bildete Kurt sich ein, verstand er sich mit Thaddäus auch viel besser.

»Das waren noch goldene Zeiten«, seufzte Kurt und ließ sich in den Sessel fallen.

Thaddäus und er waren ein paar Minuten vor den anderen im »Geschäftssalon« zusammengetroffen. Mit dem Wechseldiskontgeschäft war das Bankhaus Frauenkirche groß geworden. Es verlief folgendermaßen: Verkaufte beispielsweise ein Dresdener Hersteller künstlicher Blumen seine Ware nach Chemnitz, so bekam er den Verkaufserlös nicht etwa in bar oder mittels eines Schecks, sondern in Wechseln auf drei oder sechs Monate Sicht. Da er laufende Rechnungen und Löhne aber viel eher zu bezahlen hatte, musste er die Wechsel beizeiten zu Geld machen – was gegen eine entsprechende Provision, den Diskont, das Bankhaus Frauenkirche besorgte.

»Was glauben Sie, Herr Zacharias, wie lange geht das alles noch gut?«

»Hängt von den Zeitungen ab«, meinte Kurt. »Wenn sie noch länger solche Enthüllungen wie die Laskers veröffentlichen …«

»Malen Sie bloß nicht den Teufel an die Wand!«

Thaddäus Warnke war selbstverständlich im Bilde. Der Führer der Nationalliberalen, Eduard Lasker, hatte enthüllt, wie fahrlässig der am ersten Januar 1871 an seinen rumänischen Bahnprojekten Bankrott gegangene Eisenbahnkönig Bethel Henry Strousberg sein Firmenimperium gemanagt hatte. Dabei fielen auch die Namen hoher politischer Würdenträger und Adeliger. Mit ihrer Hilfe hatte Strousberg mit seinen Unternehmungen und Emissionen dreistellige Millionenbeträge gezeichneten Kapitals vernichtet, was die Zeitungen an immer neuen Beispielen illustrierten. Wenn beunruhigte Anleger und Aktionäre aufgrund derartiger Praktiken, wie Kurt befürchtete, ihre Papiere verkauften, würden die Kurse einbrechen. Und die Folgen davon würden etliche Existenzen ruinieren.

Die Tür ging auf. Heinrich Lewenz trat an der Seite seiner Frau in den »Geschäftssalon«, hinter ihnen kam Georg.
Kurt und Thaddäus erhoben sich. Was war passiert? Heinrich strahlte wie ein Hochzeiter und Carola Lewenz wie eine Braut. Georg lächelte verständnisheischend, zwinkerte Kurt zu. Aber wo blieb der Senior? Martin Lewenz?
»Meinem Schwiegervater geht es nicht allzu gut, weshalb er heute und die folgenden Tage ausruhen wird«, erklärte Carola Lewenz, weil es Heinrich offensichtlich die Sprache verschlagen hatte. »Dafür aber beehrte uns das Hofmarschallamt heute Morgen mit einer Einladung an den Hof.«
»Ich gratuliere!«, rief Kurt.
»Ebenso!«, schloss sich Thaddäus Warnke an.
»Ist zu einem gewissen Teil auch dein Verdienst, Kurti«, sagte Georg.
»Etwa wegen des Pensionsfonds?«
»So sieht es aus«, sagte Carola Lewenz, und es klang, als fände sie dies höchst absonderlich. »Offensichtlich hat auch bei Hof die Idee gezündet. Was bestimmt damit zu tun hat, dass König Johann letzten Dezember siebzig Jahre alt und damit noch ein Stück gütiger wurde. Er hat vor, dem Pensionsfonds Bankhaus Frauenkirche eine Ehreneinlage zu machen. Und wie mir eine Hofdame der Königin, Frau von Schleuning, schriftlich mitzuteilen beliebte, hat uns die Königin daraufhin eingeladen.«
»Und das bedeutet«, begann Kurt langsam, »dass Sie, Herr Lewenz, und auch Ihr Herr Vater den Titel eines Kommerzienrates zu erwarten haben!«
»Eben!«, brach es endlich begeistert aus Heinrich Lewenz heraus. »Eben!«

Natürlich freute sich auch Martin Lewenz über die Kenntnisnahme seines Wirkens bei Hof. Doch er war zu erfahren, um

nicht vorauszusehen, welche Verpflichtungen damit auf das Bankhaus zukamen:
»Lasst euch nicht über den Tisch ziehen!«
»Aber Martin!«, entrüstete sich Carola Lewenz. »Was bitte unterstellst du dem König!«
»Ihm und der Königin nur Gutes«, sagte Martin müde und hob die Hand zum Abschied. »Über das andere wird dich Heinrich gleich informieren!«
Er winkte der Kutsche nach, die einmal die Frauenkirche umrundete und dann den Weg über den Neumarkt nahm. Mit sorgenvoller Miene ging er zurück ins Haus, genehmigte sich einen Cognac und legte sich wieder auf die Chaiselongue im Salon. Er fühlte sich zu müde und zu schwach, um vor den König zu treten. Der Tod seines alten Mitkämpfers Carl Leberecht Rosenow hatte ihn erschüttert, und er glaubte, mit seinen siebenundsiebzig Jahren das ihm zugemessene Lebensmaß erfüllt zu haben. Eingehüllt in ein Fell, lauschte er dem Ticken der Uhr, das mal stärker, mal schwächer zu sein schien. Irgendwann schlief er mit dem Gefühl wohliger Zufriedenheit ein, jetzt nicht an der Seite seines Sohnes stehen zu müssen.
»Du würdest mich informieren?« Um keine Sekunde zu früh vor dem Hofmarschallamt zu erscheinen, ließ Carola Lewenz den Kutscher einen gebührenden Umweg fahren. Sie hatte ihr prächtiges Haar mit großen Schildpattnadeln zu einer Art Krone aufgesteckt, nur über der Stirn wehten kurz geschnittene Fransen. Ihr dunkelblaues Kleid schimmerte edel, doch als Schmuck trug sie lediglich eine Brosche und eine Perlenkette. »Ja, es ist auch ganz einfach«, sagte Heinrich und legte seine kalte Hand auf den Arm seiner Frau. »Hüte dich vor Damen, die dir zu sehr schmeicheln. Sie sehen in dir, besser gesagt in uns, nämlich in erster Linie zu melkende Geldkühe. Der Kreditbedarf einer Hofdame ist unersättlich. Taktiere bei

Frau von Schleuning und Co. entsprechend. Dasselbe werde ich tun. Selbst die hohen Beamten haben monetäre Wünsche. Sie müssen nämlich, so schreibt es das Gesetz vor, ihre Söhne, die Anwärter auf höhere Beamtenposten sind, standesgemäß unterhalten. Dasselbe gilt für Offiziersaspiranten. Sieben Jahre dauert die Leutnantszeit und in beiden Fällen haben die Familien monatliche Zulagen zu gewährleisten.«
»Willst du damit etwa sagen, wir sind nur eingeladen worden, weil …«
»Nein!«, sagte Heinrich bestimmt. »Aber dies heute, mein Herz, ist die erste, nicht die letzte Einladung! Vor allem du wirst ab jetzt immer mal wieder den Kaffee im Schloss nehmen.«
»Hoffentlich.«

»Spannt uns nicht auf die Folter!«, rief Georg laut in den Salon, als er die Stimmen seiner Eltern hörte.
Max und er hatten im Salon des Bankhauses auf ihre Eltern gewartet. Keiner von beiden konnte sich erinnern, wann er das letzte Mal so aufgeregt gewesen war. Selbst Martin Lewenz, der sich mit seinen Enkeln die letzte Stunde mit Kartenspielen vertrieben hatte, war nervös geworden – und die Flasche mit dem Cognac wieder ein Stück leerer.
Noch in Handschuhen und Mänteln traten Heinrich und Carola in den Salon. Die Garderobe flog in hohem Bogen aufs barocke Sofa, dem herbeieilenden Mädchen ebenso wie dem Hausdiener wurde freigegeben. Georg und Max konnten nur noch staunen, sie erkannten ihre Eltern kaum wieder. Vor allem Max, der unter der Missachtung seines Vaters litt, fühlte sich für köstliche Minuten wieder in die Kinderjahre versetzt, in denen er und sein Bruder mit dem Vater Papierschwalben gebastelt hatten.
»Also«, begann Heinrich »ich bin mit dem Hof durch!«

»Was?«

Statt zu antworten, reichte Heinrich seiner Frau ein Glas Cognac. Dann schenkte er sich und seinem Vater ein und gebot seinen Söhnen, sich ebenfalls zu bedienen. Als schließlich alle versorgt waren, hob er sein Glas und sagte:

»Gelobt sei unser aller Geduld!«

»Ja, aber was heißt – ich bin mit dem Hof durch?«, wollte Georg wissen.

»Schlicht und einfach dieses: Wir sind diejenigen, die Geld verdienen, und am Hof tummeln sich diejenigen, die Geld haben und haben wollen.«

»Himmel noch mal!«, rief Carola Lewenz enttäuscht. »Verdirb mir doch jetzt nicht alles, Herr Kommerzienrat Heinrich Lewenz!« Sie trank einen großen Schluck Cognac, schüttelte sich und begann zu erzählen: »Wir kamen uns vor wie zwei Menschen von einem anderen Stern. Am Hof König Johanns nämlich geht es so gemächlich zu, als hätte die Zeit selbst beschlossen, um unsere Residenz einen Bogen zu machen. Adjutanten und Bedienstete sind weißhaarige Gestalten in altmodischen Livreen, die, wenn das Parkett unter ihren Schritten nicht geknarzt hätte, Geistwesen hätten sein können. Die barocken Zimmer wirken wie ausgestorben, etliche Öfen waren nicht geheizt. Das Schloss ähnelt einem Museum, das wir mit gravitätischen Schritten durchmessen haben. Türen öffnen sich seltsam langsam, Stimmen und Geräusche erinnern an phantastische Geschichten E.T.A. Hoffmanns. Nun gut, zur Audienz: König Johann ist wirklich ganz der gelehrte Philaleth, wie er sich mit seiner Dante-Übersetzung der Welt offenbart hat. Wir wurden in die Bibliothek geführt, die bezeichnenderweise nur durch einen Vorhang vom Arbeitszimmer getrennt ist. In der Bibliothek saß er in einem schwarzen Lehnstuhl und las. Wir wurden vorgestellt, der König schaute auf und sagte nur: ›Ah, jetzt bin ich im Bilde. Reizend, charmant.

Ihr Herr Vater, Schwiegervater und Sie beide beweisen Weitblick. Behalten Sie ihn. Ich danke Ihnen.‹ Der König sah uns an, lächelte und sprach kein weiteres Wort, während wir vor Anspannung am liebsten im Boden versunken wären. Nach schier endlosen Minuten kamen dann Finanz- und Außenminister Freiherr von Friesen und Frau von Schleuning. König Johann hub wieder an: ›Machen Sie bitte unseren lieben Herrn Kommerzienrat und die liebe Frau Kommerzienrätin mit den Gepflogenheiten bekannt.‹ Keine Antwort, nur eine Verbeugung Friesens und ein Hofknicks der Schleuning. ›Ich wünsche Ihnen und Ihrer Familie alles Gute.‹ Die Audienz war beendet. Friesen hakte sich bei Heinrich ein, die von Schleuning fasste mich beim Ellenbogen. Unsere Wege trennten sich. Heinrich lernte noch Kriegsminister Graf Fabrice kennen und plauderte mit ihm eine Viertelstunde über Kronprinz Alberts Militärgenie.«

»Ja, und Graf Fabrice schien immer noch glückstrunken zu sein, dass ausgerechnet Kronprinz Alberts Truppen in den Schlachten bei Brie und Villiers den Ausfall der französischen Truppen aus Paris verhindert hatten. Freiherr von Friesen kam in seinem Büro dann auf die Ehreneinlage Seiner Majestät zu sprechen: Fünfzigtausend Mark.«

»Mindestens«, mischte sich Martin Lewenz ein. »Das ist ungefähr das, was ein durchschnittlicher Adelshaushalt mit Hofverpflichtungen im Jahr ausgibt. Gemessen an den Dotationen des Kaisers für die am Frankreich-Feldzug beteiligten Vaterlandsretter ist es wenig. Moltke und Manteuffel, so gehen die unausrottbaren Gerüchte, sollen eine Million bekommen haben.«

»Sei nicht so negativ«, bat Heinrich seinen Vater. »Der hervorragende Leumund unseres Bankhauses wird jetzt dazu führen, dass wir uns vermehrt um Vermögensberatung kümmern müssen. Friesen deutete an, dass die Dotationen des Kaisers auch einigen sächsischen Persönlichkeiten gezahlt wurden und uns höchstwahrscheinlich zu Gute kommen werden.«

»Aber das ist ja das Problem!«, seufzte Martin Lewenz. »Wir müssen uns darauf einstellen, dass die Kreditgewährung diesen Persönlichkeiten gegenüber mittel- und langfristig weit höher sein wird als deren Einlagen! Du wirst es sehen: Bald sind wir geknebelt! Bislang haben wir so gut wie keine adeligen Kunden. Bald wird Thaddäus einen Folianten mit ›von so und so‹ führen, wo auf der Habenseite eine einmalige Einzahlung verzeichnet wurde: der Betrag der kaiserlichen Dotation. Frau Generalin Treffgut und Oberst Schieß-und-Stolz-viel aber werden fortan in den Schalterraum hereinschneien und so tun, als ob wir irgendwo in der Ecke einen Automaten stehen haben, der für sie persönlich Geldscheine druckt – gemäß des alten Selbstverständnisses: Über Geld redet man nicht, man gibt es aus.«

»Du malst alles Schwarz in Schwarz, Martin!«, rief Carola Lewenz anklagend. »Und überhaupt: Von wem stammt denn die Idee mit dem Pensionsfonds? Doch von dir und deinem Liebling Kurt Zacharias! Du hast dich aus dem Fenster gelehnt, und jetzt hast du Angst, dass du dich erkältest. Wo ist da die Logik?«

»Mama, aber du wolltest gerne in die Kreise des Hofes«, sagte Max. »Ohne den Pensionsfonds …«

»Ich nehme an, Maler Max, du bist der Letzte, der seiner Mutter Vorschriften machen darf!«, sagte Heinrich scharf.

»Jetzt streiten wir uns bereits«, sagte Georg bitter. »Dabei wollten wir feiern!«

»Recht hast du!«, ächzte Martin Lewenz. Er machte ein gequältes Gesicht und fuhr sich mit der Faust über die linke Brust. Beherrscht griff er nach der Cognacflasche und schenkte sich noch einmal ein. Carola und Heinrich hatten sich an den Tisch gesetzt und schenkten sich ebenfalls nach. Plötzlich schlug Martin Lewenz mit der flachen Hand auf den Tisch. »Andere würden ihre Schuhe auffressen für eine Audienz!«, prustete er los. »Aber die Lewenze kriegen sich in die Haare! Ist das nicht komisch?«

Er begann erst leise, dann immer kräftiger zu lachen und steckte auch den Rest der Familie an. Die Gläser klirrten, und gemeinsam ließ die Familie Lewenz den greisen König Johann hochleben. Schließlich, weil der Cognac nicht nur die Poren, sondern auch Seelen gewärmt hatte, begann Carola Lewenz wieder zu erzählen:

»Also, Heinrich wurde dann die Ehre einer Art Schlossführung zuteil. König Johanns Adjutant führte ihn in die Schlosskapelle, den Riesensaal, Gewehrgalerie und so weiter. Währenddessen wurde ich von der von Schleuning zum Damenkaffee geführt, dem Königin Amalie wegen Unwohlseins leider fern blieb. Frau von Schleuning stellte mich mit den Worten vor: ›Gnädigste Prinzessin, Frau Kommerzienrat Lewenz, die Bankiersgattin.‹ Ich wurde begutachtet wie ein Insekt, brachte gerade noch den Hofknicks zustande und wurde dann an meinen Platz geführt. Prinzessin Elisabeth entschuldigte ihre Mama mit den gehauchten Worten: Die Geißel des Alters. Sie selbst ist mir um ein Jahr voraus – aber ich sag euch, wenn ich ehrlich bin, wirkt sie so alt wie ein zerbröckelndes Stück Stollen. Im Empfangszimmer waren übrigens drei Tische gedeckt. Einer für die Prinzessin und andere Verwandte, der andere für die Hofdamen und deren Freundinnen und der dritte für Unverheiratete, Mädchen, Kinder. Ich saß neben Frau von Schleuning, gesprochen wurde am Anfang so gut wie nichts, weil alle erst die Arbeit an den Torten hinter sich bringen wollten. Eine unglaubliche Schlemmerei! Prinzregententorte, weil die Königin aus Bayern ist, Eierschecke, weil wir in Sachsen sind, und eine Mokkatorte. Berge von Schlagsahne! Dazu Bowle, irgendwann Kaviar und zu guter Letzt Lachsbrötchen.«

»Ist ja entsetzlich!«, entfuhr es Max. »Wurde dir nicht übel?«
»Weil alles neu war, ließ sich damit auskommen«, antwortete Carola Lewenz. »Aber ohne den Cognac wüsste ich nicht, wie ich mich jetzt fühlen würde. Natürlich kamen wir schließlich ins Gespräch. Wobei die Tischordnung sich schnell auflöste.«
»Und, hast du Einladungen bekommen?«, fragte Martin Lewenz.
»Ein halbes Dutzend!« Carola Lewenz zog die Karten hervor und las die Namen vor, was Heinrich, Georg und Max mit lautem Ah und Oh kommentierten. »Die Themen reichten vom hiesigen Konzertverein am Zwinger und dem Opernneubau bis hin zum Wert der Religion bei der Erziehung und Fragen der Moral. Prinzessin Elisabeth fragte mich, ob ich den Hof für altmodisch hielte. Ich sollte ganz offen sein, denn jeder hier sei der Ansicht, der Dresdener Hof sei so tümelig wie die erzgebirgsche Holzschnitzerei.«
»Ja, und was hast du geantwortet?«
»Dass die erzgebirgsche Holzschnitzerei immerhin aller Welt ein Begriff sei und dass die sächsischen Erfolge im Krieg kaum das Verdikt altmodisch verdienten. Außerdem sei auch mein Schwiegervater alt, aber nicht altmodisch, was für unsere Majestäten genauso gelte.«
»Brave Replik«, sagte Martin Lewenz. »Nun erzähl mir doch noch einmal: Die Frau von Schleuning und die Königin – seit wann interessiert sich die Königin für Bankiersgattinnen?«
»Richtig! Und das ist die Überraschung!«, rief Carola Lewenz begeistert. »Frau von Schleuning ist die Freundin von Frau von Spener!«
»Spinner-Fritz!«, stöhnte Georg auf. »Richtig! Er hatte vor Jahren einmal so etwas angedeutet. Dann hat er also seiner Mutter … die ihrer Freundin, der Hofdame Frau von Schleuning … und die Königin Amalie. So lief's!«
»Gefällt mir nicht«, brummte Martin. »Ich verwette den Rest

der Flasche, dass dieser Spinner-Fritz das nicht aus reiner Lauterkeit getan hat.«

»Aber Martin! Fritz von Spener ist ein anständiger junger Mann!«, begehrte Carola Lewenz mit glühendem Gesicht auf – was jeder am Tisch dem Cognac zuschrieb, vor allem, weil ihre Bewegungen schon ein wenig fahrig geworden waren. »Das weißt du doch selbst! Du hast ihn ja kennen gelernt, damals, als das mit dem Selbstmord passiert war!«

»Gutes Gedächtnis, Mama,« sagte Max.

»Eben!«, rief Carola Lewenz energisch, schnappte sich die Flasche und stellte sie zurück in die Bar. »Martin«, befahl sie mit deutlich entgleisender Stimme: »Du legst dich jetzt hin, und ich leg mich jetzt auch hin. Der Cognac – du bringst dich ja um damit. Martin, lieber Schwiegerpapa: Du genehmigst dir zu viel!«

»Carola!«

Heinrich Lewenz schüttelte indigniert den Kopf, Georg und Max feixten. Noch nie hatten sie ihre Mutter beschwipst gesehen. Was lustig, aber auch peinlich für sie war. Doch das war längst nicht alles. Das erste Mal wurde den Brüdern bewusst, wie jung und temperamentvoll ihre Mutter neben ihrem sauertöpfischen und pflichtbewussten Mann wirkte. Mehr noch: Mama war aufreizend und von geradezu glühender Sinnlichkeit. Einen flüchtigen Moment trafen sich Georgs und Max' Blicke. Aber dieser Moment war lang genug, damit beide in den Augen des anderen lesen konnten: Himmel noch mal, Mama ist schön! Begehrenswert. Ein richtiges Weib.

Sie kann sich noch einmal verlieben.

Die Lorbeergestecke in den Ecken verbreiteten würzigen feierlichen Duft, und über die Stuckaturen der Zimmerdecke huschten Schatten, als tummelten sich dort launige Geister.

Zwei vielarmige Kerzenleuchter überzogen Parkett und Stuhlreihen mit goldenem Schein – kurz, Felix Rosenows Salon bot den perfekten Rahmen für ein kleines, feines Privatkonzert. Es ging auf acht Uhr abends zu, die Gäste waren so gut wie vollzählig versammelt. Parlieren und Lachen, Schmuck und Parfüm bildeten ein harmonisches Ganzes: Die feine bürgerliche Gesellschaft fühlte sich wohl, man war unter sich. Bislang liefen die Geschäfte gut, da schmeckte die Kunst umso besser, und so freute sich jeder auf diese musikalische Soiree, mehr noch, alle waren sie gespannt auf Dresdens neue Pianistinnen-Hoffnung Marina Wezel.

Die wanderte in Felix' Schlafzimmer nervös von einer Ecke zur anderen, obwohl sie kaum Grund dazu hatte. Marina fühlte sich wohl, konnte es gar nicht abwarten zu spielen. Eigentlich trieb sie nur Lampenfieber um, aber das gehörte zum Künstlertum bekanntlich genauso dazu wie weiße und schwarze Tasten zum Klavier.

Du bist schön, trägst ein berauschendes Kleid und spielst, als hättest du die Klaviermusik erfunden. Was soll dir passieren? Felix' Enthusiasmus hatte sich schon vor Stunden auf sie übertragen, und zumindest eines glaubte Marina, mit Gewißheit ausschließen zu können: Die Blamage, was ihre pianistischen Fähigkeiten betraf. Wochenlang hatte sie sich auf diesen Auftritt vorbereitet. Die Stücke lagen ihr so sehr in den Fingern, dass sie zuweilen glaubte, sie spiele bereits wie ein Automat. Doch Felix versicherte ihr immer wieder aufs Neue: Marina, alles, was du spielst, hat Herz.

Aber dann war da ja noch das andere … Je strahlender sie auftrat, je besser sie spielte, umso bestimmter kam sie dem näher, wovor sie sich im Grunde mehr fürchtete als diesem Debüt: Felix' Antrag, in dem er sie um ihre Hand bitten würde. Sein Vater, das hatte sie im selben Augenblick gespürt, als Felix ihn ihr vorgestellt hatte, wäre einverstanden gewesen. Ferdinand

Rosenow glich seinem Sohn nicht nur in Größe und Aussehen, sondern auch im unvoreingenommenen Charakter.
Ich freue mich, Sie endlich kennen lernen zu dürfen, hatte er sie begrüßt und sie ohne einen Hauch von Dünkel angeschaut. Ihm war nur wichtig, dass sein Sohn glücklich wurde. Und genau darin lag nach wie vor das Problem. Denn langfristig würde sie Felix enttäuschen und unglücklich machen. Was er natürlich nicht verdient hatte.
Marina dachte an Gunda und wie diese ihr jetzt wieder die Leviten lesen würde. Meine Güte, du verbohrte Gans, hörte sie Gunda zetern: Felix Rosenow allein ist schon eine Traumpartie! Aber dass dein Schwiegervater ein Traumschwiegervater ist und seine mittelgescheitelte biedere Frau so zurückhaltend, dass man meinen könnte, sie sei gar nicht Felix' Mutter – Marina, wach doch auf!
»Ja, wach auf!«, seufzte Marina und öffnete einen Spalt breit die Tür.
Fritz von Spener erzählte Gunda Witze, sie dagegen himmelte ihn an, als verkünde er ihr dabei das Evangelium. Sie sahen sich heute das erste Mal, taten aber so, als kannten sie sich schon ewig. Für Gunda wäre Fritz der Glücksfall schlechthin. Aber sie auch für ihn? Immerhin war dieser Fritz ein »von«. Marina konnte sich nicht vorstellen, dass Fritz von Spener mit Gunda mehr als ein unbedeutendes Techtelmechtel eingehen würde.
Das Glöckchen klingelte zum ersten Mal. Felix kam um die Ecke.
»Sollen wir warten? Georg und Kurt fehlen noch.«
»Nur, wenn es die anderen nicht verärgert.«
Felix neigte das Haupt wie ein Lakai und wollte schon zurück in den Salon, da überlegte er es sich anders und schloss die Tür hinter sich. Entschlossen trat er auf Marina zu, fasste sie liebevoll an den Schultern und strahlte sie an:

»Ich liebe dich auch, wenn du dich verspielst. Das wollte ich dir nur sagen.«

»Du bist die reinste Seele der Welt«, sagte Marina.

»Mein Eltern sind entzückt von dir.«

»Besser, sie warten das Konzert ab«, antwortete Marina.

Das Glöckchen bimmelte ein zweites Mal.

Nicht jetzt, lieber Gott!, flehte Marina und begann vor Anspannung zu zittern. Felix griff nach ihren Händen.

»O je! Jetzt mach ich dich auch noch nervös«, sagte er. »Ich tue gerade so, als ob du mal eben nur eine Klavierstunde geben sollst. Wie dumm von mir.«

Marina entspannte sich und suchte nach irgendwelchen liebevollen, unverfänglichen Worten. Aber so sehr sie auch überlegte, ihr fielen keine ein. So gemein es ist, dachte sie, aber jetzt musst du dich mit Lampenfieber herausreden. Sie atmete tief ein und schloss für einen Augenblick die Augen.

»Sind meine Hände kalt?«, flüsterte sie.

Felix führte sie an die Lippen und küsste sie.

»Nicht direkt. Aber meine Vernunft sagt mir: Wir beginnen, bevor das Lampenfieber sie wirklich kalt werden lässt.«

Das dritte Klingeln ertönte.

Einladend und Respekt fordernd wartete der mahagonifarbene Thürmer-Flügel aus der gleichnamigen Meissener Pianoforte-Fabrik auf seine Dompteuse. Die Stimmen wurden leiser, das Stühlerücken lauter. Ein paar Herren nutzten die letzten Minuten, sich noch einmal ausgiebig zu räuspern, einer schnäuzte sich geräuschvoll, ein anderer hustete. Schließlich wurde nur noch getuschelt. Die Programmzettel knisterten, Kleider raschelten.

Felix löschte jede zweite Kerze, wartete, bis sich der Qualm verzogen hatte, und ging, um Marina zu holen.

Als er in sein Schlafzimmer trat, hörte er, wie sein Diener die letzten Gäste begrüßte: Georg und Kurt.

Sie schlüpften atemlos herein, entschuldigten sich zischend und huschten hinter Felix und Marina in den Salon, um neben Carola Lewenz die für sie reservierten Plätze einzunehmen.
Marina war erleichtert. Denn wenn sie einem Zuhörer imponieren wollte, dann Kurt Zacharias. Er sollte erleben, wie gut sie war und was sein Vater ihr angetan hatte. Jetzt würde sie ihm beweisen, dass sie das Talent hatte, eine zweite Clara Schumann zu werden. Ein zartes, aber triumphierendes Lächeln umspielte ihren Mund, als sie sich verbeugte und an den Flügel setzte. Aus den Augenwinkeln nahm sie wahr, wie Georg seiner Mutter etwas ins Ohr flüsterte. Kurt wirkte abgekämpft.
Doch für sie zählte jetzt nur noch die Musik. Der erste Ton erklang, kraftvoll und sicher, klar und bezwingend.
Nach wenigen Takten war sie sich gewiss: Dies war ihr Konzert. Alles würde gut, mehr noch, perfekt laufen. Den Anfang machte Mozarts »Türkischer Marsch«, den sie dermaßen schmissig und respektlos spielte, als befände sie sich in einem Offizierskasino. Marina kam es vor, als sprengten die Akkorde die Verkrustungen ihre Seele, als stünde sie mit jedem neuen Takt ein wenig fester in der Welt. Beethovens Sturm-Sonate geriet ihr zu einem Gemälde. Felix und Kurt konnten aus den getriebenen, galoppierenden Ecksätzen heraushören, dass Marina mit ähnlichen Dämonen gerungen haben musste wie einst ihr Schöpfer. Dann die Offenbarungen der langsamen Sätze: Das berühmte Händelsche Largo und ein erschütterndes Lamento des ältesten Bach-Sohnes Wilhelm Friedemann – Marina war selbst gerührt von ihrem Spiel, kämpfte mit den Tränen. Ihre feuchten Augen trockneten erst, als sie die beiden Beethoven-Bagatellen vorstellte. Die eine, op. 33, 2 zu Felix' Ehren, die andere, die berühmte op. 119, 11 in B-Dur, weil es ihr Lieblingsstück von Beethoven war.
Ohne Pause folgten die pfeffrigen Schlussstücke, die eigent-

liche Bewährungsprobe. Marina überprüfte noch einmal ihre Sitzposition, konzentrierte sich auf die sieben schwarz-weißen Oktaven, die sie in all den Jahren begleitet und getröstet hatten. Die Welt dazwischen war ihre Welt, berauschend und erregend wie das wirkliche Leben. Diese sieben Oktaven waren tief wie das Meer, verlockend und vernichtend, ein Ozean, indem sie selig schwimmen konnte und der sie heute trug, als wolle er ihr den Beifall der ganzen Welt darbringen. Sie spielte Carl Maria von Webers »Aufforderung zum Tanz« mit solch bravouröser Hingabe, dass es der abschließenden Chopin'schen »Revolutionsetüde« gar nicht mehr bedurft hätte, um diese musikalische Soiree zu einem Triumph für sie zu machen.

Die Begeisterung entlud sich mit dröhnendem Applaus und Bravo-Rufen: Marina erkannte die Stimme von Kurt, wartete auf die von Felix, während sie sich verbeugte. Doch ihm hatte die Begeisterung den Mund versiegelt: Er konnte nur applaudieren und strahlen. Er stand da, als wäre er eingefroren, glücklich, dass seine Angebetete mit solcher Bravour vor Gästen und Eltern bestanden hatte.

Marina huschte zurück ins Schlafzimmer, berauscht, aber auch tief bewegt. Sie hatte ihre Eltern weinen sehen. Vor allem Papa war kaum mehr Herr seiner Gefühle gewesen. So stolz er auf sie war, so wenig hatte er die Tränen zurückhalten können. Schwer klatschte er Beifall, ein Bild, das Marina selbst die Tränen in die Augen trieb.

»Mein Engel!« Felix kam ins Zimmer und riss sie an sich. »Keine Tränen jetzt! Nicht! Nein«, stammelte er und streichelte ihr über den Rücken. »Du bist die Königin! Komm! Zeig dich!«

Er tupfte ihr mit seinem Taschentuch die Augen ab und schob sie sacht aus dem Zimmer. Marina hatte kaum den Salon erreicht, da hörte sie erneut Kurts Bravorufe. Sie verbeugte sich noch einmal und erhielt den großen Strauß Kunstblumen, eine bunte, echt aussehende Sommermischung, die mit verschiedensten Düften parfümiert war.

Nach drei weiteren »Vorhängen« hatte sie es überstanden. Felix reichte ihr ein Glas Rotwein. Sein Diener und die Mädchen brachten Schüsseln mit Blätterteig-Gebäck und schenkten, je nach Wunsch, Elb-, Mosel-, und süßen Tokajerwein aus. Während der eine der beiden Journalisten vom Feuilleton Marinas Tante befragte, huschten die Blicke des anderen, Adolf Steibelt, begehrlich über ihr Gesicht und Dekolleté. Unruhig, von einem Fuß auf den anderen tretend, ließ sich der schnauzbärtige Mann in schmeichelhaften Worten über ihr Spiel aus. Wie viel von seinem Gerede echter Überzeugung entsprach, konnte Marina nicht beurteilen. Stattdessen machte er den Eindruck, als wenn er seine Konzertkritik bereits vor ihrem Spiel skizziert hatte.
Ob Felix ihn gekauft hatte?
»Fräulein Wezel, mein Kollege und ich sind der Meinung, dass Sie mit dieser Leistung auch eine große Öffentlichkeit überzeugen würden.« Felix kommentierte den Satz mit bedeutungsvollem Kopfnicken. »Nur Mut! Sie beginnen in unserem Dresden, dann erobern Sie Leipzig, anschließend München, Hamburg, Berlin und Wien und dann den Rest der Welt.«
»Wenn es denn so leicht wäre, Herr Steibelt!«, antwortete Marina skeptisch. »Was heute gelang, wird es auch morgen gelingen? Bei allem Wohlwollen Ihrerseits, die Anforderungen heute sind exorbitant. Ich bin Klavierlehrerin, von Virtuosin zu sprechen wäre vermessen. Vielleicht kann ich ja noch eine werden, aber zur Pianistik, wie sie zum Beispiel in Liszts Etudes d'exécution transcendante gefordert wird, ist es für mich noch ein weiter Weg.«
»Messen Sie Ihr Talent bloß nicht an derartiger Akrobatik!«,

sprudelte Steibelt versiert hervor. »Selbst wenn heute die Eisenbahn das Maß der Geschwindigkeit ist, im normalen Leben kommt man ohne Pferd nicht aus. Setzen Sie auf die guten alten Rösser. Auf Mozart, Beethoven. Oder den alten Bach, der wieder modern wird. Würzen Sie mit Chopin und Moscheles, zeigen Sie Intellekt mit Schumann, Herz mit Mendelssohn Bartholdy. Dann machen Sie Ihren Weg!«
»Danke.«
Marina hatte von einer Sekunde auf die andere keine Lust mehr, länger mit Steibelt über ihre mutmaßliche Karriere zu spekulieren. Lächelnd schaute sie an ihm vorbei auf ihre Eltern, die sich mit Kurt unterhielten. In diesem Moment ergriff Papa Kurts ausgestreckte Hand. Wollte Kurt sich für seinen Vater entschuldigen? Alles sah danach aus. Auch Mama gab Kurt die Hand. Marina hätte jubeln können. Zu ihrer eigenen Überraschung gewann Kurt dadurch an Ausstrahlung, mehr noch, auf einmal erschien er ihr attraktiv und liebenswürdig. Niemals hätte sie dies für möglich gehalten. Und sie hatte fast das Gefühl, als müsse sie sich mit ihm freuen und die Versöhnung feiern. Marina dachte an den Abend nach dem Adventskonzert. Seltsamerweise hatte sie schon damals Kurts verwegener Kuss nicht abgestoßen. Wenn sie ehrlich gegen sich selbst war, hatte sie sein Mut sogar fasziniert.
»Sie sind sehr gütig, Herr Steibelt!«, mischte sich Felix ins Gespräch. »Ich entnehme Ihren Worten, dass Ihre Kritik nicht mit Lob geizen wird. Dürfen wir damit für die Sonntagsausgabe rechnen?«
»Ich gehe nach wie vor davon aus.«
Die glatte Antwort und das untertänige Senken des Blickes bestürzten Marina. So antwortete doch nur jemand, der gekauft war. Aber wenn das stimmte, dann … dann war Felix ein Schuft. Ein ganz gemeiner, gerissener Schuft!
»Sie klingen, als …«

»… habe Herr Rosenow mich schon vorher belohnt?«, sprach Adolf Steibelt ruhig den entsetzlichen Verdacht aus, und seine Augen blieben das erste Mal für längere Zeit an Marinas Gesicht hängen. »Nein«, fuhr er ruhig fort und seufzte tief auf. »Nein, das hat er leider nicht. Ich wollte, es wäre so.«

Es klang so überzeugend traurig, dass sie alle gleichzeitig auflachten. Marina nahm Blickkontakt mit ihrer Mutter auf, Steibelt verbeugte und verabschiedete sich.

»Kannst du mir die Unterstellung verzeihen, Felix?«, fragte Marina ängstlich.

»Jetzt, mein Herz hast du dich verraten«, hauchte Felix eben so langsam wie theatralisch.

»O Gott, ja!«

Marina wurde rot vor Scham. Doch da zog sie Felix auch schon an sich. Steibelt habe sie bewusst in diese Situation bringen wollen, versicherte er ihr. Dies seien typische Kritiker-Mäzchen. Zu Marinas Erleichterung stimmte auch Vater Rosenow seinem Sohn zu und war auch so liebenswürdig, ihren kritischen Verstand zu loben.

»Sie haben Sinn für Realitäten«, sagte er. »Das spricht für Sie.«

Seine Worte erinnerten Marina an das, was sie diesen Abend höchstwahrscheinlich noch erwartete. Doch erst einmal ließ sie sich von ihrem Vater umarmen und freute sich über Kurts Glückwünsche. Auch Georg fand lobende Worte. Marina genoss es im Mittelpunkt des Interesses zu stehen. Als schließlich noch Carola Lewenz, Max, Gunda und Fritz von Spener ihr gratulierten, fühlte sie sich das erste Mal in ihrem Leben ernst genommen. Sie kokettierte mit ihrem Erfolg, gab ihre gerade gemachte Unterstellung zum Besten und leerte vergnügt ihr zweites Glas Wein.

»Kennen Sie den, Fräulein Wezel?«, fragte Fritz von Spener.

»Aus der Gartenlaube? Das Töchterchen, Helene, die saß am Piano allene und spielte mit Pläsier. Da sprach zu ihr der Fritz, der kleene: Ach, Schwesterchen, du scheene, mir geht's durch Mark und Bene, das komische Klavier.«

»Sie …«

»Frechdachs«, sagte Georg. »Dem Spener geht's durch Mark und Bene, denn er trank den ganzen Wein allene.«

»Ja ja!«, seufzte Kurt. »Mark und Beene! Die werden jetzt bald so manchem auch hier schlottern.«

»Gehört das jetzt an diesen Ort?«, fragte Carola Lewenz anklagend.

»Was denn?«, fragte Felix interessiert.

»Der Börsenkrach in Wien«, antwortete Kurt. »Was gestern noch wie ein Gerücht aussah, hat sich heute traurigerweise bewahrheitet. Über einhundert Insolvenzen innerhalb von vierundzwanzig Stunden. Und das während der Weltausstellung! Heute setzte sich die rasante Talfahrt der Kurse fort. Die Banken kündigen Kredite und verkaufen Wertpapiere, etliche der ausstellenden Firmen sind pleite. Schätzungen sprechen von dreihundert Millionen Gulden an Kursverlusten.«

»Was bedeutet das für uns? Für uns alle?«, fragte Ferdinand Rosenow.

»Sind Sie in Österreich engagiert?«, fragte Kurt zurück.

»Du scherzt wohl?«, platzte Felix dazwischen. »Sollte dir entgangen sein, dass wir, respektive mein Vater, vor einem Jahr in österreichische Eisenbahnlinien investiert hatten? Da winkten Traumdividenden!«

»Stichwort Wiener Freihandelspolitik!«, rief Ferdinand Rosenow. »Firmen an die Börse wie Schlagobers auf die Torten! Wie hier in unseren heimatlichen Landen. Freilich, wir haben nur ein paar Aktien …«

»Ich hoffe, wirklich nur ein paar Aktien!«, wiederholte Felix streng.

»Durchaus, mein Sohn!«, entgegnete Ferdinand Rosenow plötzlich gereizt. »Ruin droht nicht!«
»Welch treffliches Thema für Ihr Konzert, Marina!«, stichelte Max Lewenz.
Genauso wenig er geneigt war, den Geschehnissen den nötigen Respekt zu zollen, konnte er Marina verzeihen, dass sie ihn nicht beachtete.
»Himmel, Maler Max! In Österreich geht's ans Eingemachte«, sagte Kurt beschwörend und schaute Max ob dessen Interesselosigkeit irritiert an. »Da die Märkte korrelieren – wenn das nach Berlin schwappt, was glaubst du, was dann in Deutschland passiert!«
»Unser Maler lebt bescheiden«, sagte Fritz von Spener gemütlich.
»Fritz, du bist und singst das hohe A!«, giftete Max zurück.
»Danke. Darum ziehe ich mich lieber dezent zurück und fordere all diejenigen auf, es mir gleichzutun, denen es nicht genehm ist, nach diesem herrlichen Konzert über Geld zu reden.«
Er blieb höflich, ließ sich nicht aus der Ruhe bringen. Marina erfasste ein Schauder, obwohl sie Fritz' Überzeugung natürlich teilte. Dies war ihr Abend! Nicht der des Bankassistenten Kurt Zacharias! Aber auch Felix enttäuschte sie.
Es geht doch nicht an, dass er jetzt von Geschäften und Verlusten redet, dachte sie empört. Wie kann er so instinktlos sein! Erst tut er, als liege ihm meine Karriere am Herzen, und dann stehe ich da wie ein Mauerblümchen!
Tatsächlich zog sich Fritz mit Gunda ans Büfett zurück. Marina sah zu, wie Gunda ihm eines der Blätterteigröllchen vor den Mund hielt und Fritz spielerisch danach schnappte. Max hingegen guckte beleidigt über alle hinweg, strafte selbst sie mit Verachtung. Marina hatte das Gefühl, mit Eiswasser übergossen zu werden. Sie wurde so wütend auf Kurt und Felix,

dass sie am liebsten mit dem Fuß aufgestampft und geschrien hätte: Aufhören! Hört endlich auf, von eurem Geld zu reden, mit dem ihr andere immer ins Elend stürzt!

Einen Kloß im Hals, suchte sie die Hand ihres Vaters. Hatte wenigstens er Mitleid mit ihr? Marina beruhigte sich ein wenig, doch auch ihr Vater schien sich im Moment mehr für Kurts und Georgs Ausführungen zu interessieren als für sie.

Und Mama? Ihre Mutter war die Einzige, die mit ihr fühlte. Doch Marina sah auch die Angst in ihren Augen, in der die Frage zu stehen schien: Geht jetzt etwa wieder alles von vorne los?

»Marina, was hast du?«, fragte Felix. »Wir hören gleich auf. Bestimmt.«

»Redet nur weiter«, antwortete sie kalt.

Und fügte in Gedanken hinzu: Dann kommst du nämlich gar nicht erst auf die Idee, mir deinen dusseligen Heiratsantrag zu machen! Sie gesellte sich an die Seite von Fritz und Gunda.

»Sie sind ja Hahn im Korb«, sagte sie beherrscht und griff sich ihr drittes Glas Wein.

»Wir Speners sind eben beliebt«, antwortete Fritz, sah dabei aber nicht Gunda, sondern Carola Lewenz in die Augen.

Auf den schwarzen Freitag in Wien folgte mit dem dreizehnten Mai ein schwarzer Dienstag in Berlin. Den Verantwortlichen des Bankhauses Frauenkirche waren die Hände gebunden. Sie konnten nur zusehen, wie eine Börse nach der anderen in Deutschland ins Minus rutschte, wie ein Unternehmen nach dem anderen in Konkurs ging. Der Fluss des Geldes war versiegt. Von den innerhalb dreier Jahre etwa eintausend neu gegründeten deutschen Aktiengesellschaften verschwanden mehrere hundert gleichsam über Nacht – es war das eingetreten, was weitblickende Unternehmer und Bankiers gefürchtet hatten: Eine wirtschaftliche Baisse, die sich im Herbst vollends

zur Depression ausweitete, als auch in Amerika Banken und Eisenbahnunternehmen Konkurs anmelden mussten.
Nicht nur Ferdinand Rosenow musste sein in österreichischen Eisenbahnaktien angelegtes Kapital so gut wie abschreiben. Auch das Bankhaus Frauenkirche verlor Geld – so viel, dass in absehbarer Zeit Zahlungsschwierigkeiten drohten.
»Wir alle tragen Schuld«, resümierte Martin Lewenz matt, nachdem Georg einen Zeitungsbericht vorgelesen hatte, der die Zustände an der Wall Street beschrieb. »Man muss sich das vor Augen halten: Die Börse der Vereinigten Staaten von Amerika hat sich entschlossen, für zehn Tage zu schließen. Die prominenteste Bank dort ist pleite. Wertpapierbesitzer führen sich wie tollwütige Hunde auf und bitten wildfremde Menschen, ihnen ihre Papiere, egal, zu welchem Preis, abzukaufen. Kinder, das ist das Ende.«
Röchelnd sackte er in seinem Sessel zusammen. Das Cognacglas glitt ihm aus der Hand und ergoss seinen köstlichen Inhalt auf den großen, blauen Teppich. Kurt, Heinrich und Georg waren sofort bei ihm. Thaddäus rannte ins Büro und beauftragte den nächstbesten Angestellten, Dr. Markwordt, den Hausarzt, zu rufen. Doch als er ein paar Minuten später wieder im Geschäftssalon erschien, stand Martin Lewenz bereits wieder auf den Beinen – gestützt auf seinen Sohn und Enkel.
»Es geht vorüber«, keuchte er. »Ich muss mich nur ein wenig ausruhen. Vielleicht war es auch bloß der Cognac …«
»Nein, Vater. Es war nicht der Cognac. Aber ausruhen, das tust du dich jetzt. Und zwar so lange, wie ich es für richtig halte. Du hast geglaubt, dein Alter ignorieren zu können, jetzt bekommen wir alle dafür die Quittung. Ich mache mir große Vorwürfe.«
Heinrich klang beherrscht und streng. Kurt hörte aber auch die Zufriedenheit, die in Heinrichs Worten mitschwang. Denn eines war klar: So schnell würde Martin Lewenz nicht mehr zu

Kräften kommen, womöglich sogar nie wieder. Und dann war der Weg für Heinrich frei. Zwar bestimmte er schon seit Jahrzehnten die Geschicke des Bankhauses eigenverantwortlich mit, aber bislang hatte er sich stets gefügt, wenn sein Vater darauf beharrt hatte, dass er mit dieser oder jener Entscheidung nicht einverstanden war. Zum Beispiel würde Heinrich durchaus mit Firmen, die in Waffenproduktionen verwickelt waren, Geschäfte machen. Aber noch respektierte er seines Vaters diesbezüglich eherne Prinzipien.

Wie lange noch, hatte Kurt sich schon manches Mal gefragt. Wenn das Bankhaus gezwungen wäre, sich auf derartige Geschäftsfelder einzulassen – würde dies Vater und Sohn entzweien?

»Aber ohne mich …«

»Ohne dich, Großvater, geht die Welt nicht unter und das Bankhaus auch nicht«, sagte Georg zuversichtlich, konnte aber nicht umhin, Kurt anzuschauen, der seinem ehemaligen Schulfreund vehement zustimmte.

»Für heute ist Feierabend«, sagte Heinrich. »Ich danke Ihnen, meine Herren.«

Thaddäus Warnke und Adam Noack verabschiedeten sich von ihrem Chef mit zahlreichen Besserungswünschen. Martin Lewenz lächelte, dankte, gab jedem von ihnen die Hand.

»Kopf hoch, Herr Noack«, sagte er. »Die Zeiten ändern sich auch wieder.«

Er wollte Adam Noack trösten, der, weil er sein Geld in Aktien angelegt hatte, drei Viertel seines Vermögens eingebüßt hatte. Der Börsenkrach hatte aus dem großspurigen Beißer einen kraftlosen Angestellten gemacht. Sein schneidender Tenor war brüchig geworden und seine »Schlurfhilfen« zu Krückstöcken. Nach wie vor erledigte er seine Arbeit, aber dies stets mit verzweifeltem Gesichtsausdruck. Kurt befüchtete manchmal, Heinrichs Assistent träfe im nächsten Augenblick der Schlag.

Adam Noack seufzte, krächzte: »Das glaube ich auch«, und zog sein Taschentuch. Er schnäuzte sich und verabschiedete sich dann mit einem eigentümlichen Winken.
Kaum waren er und Thaddäus gegangen, räusperte Heinrich sich vernehmlich.
»Auch für Sie, Herr Zacharias, gilt, was ich sagte.«
»Natürlich«, stieß Kurt hervor. »Selbstverständlich. Ich dachte nur …«
»Kurti, das ist jetzt eine Familienangelegenheit«, sagte Georg freundlich. »Vater und ich bringen Großvater jetzt auf sein Zimmer. Wenn Dr. Markwordt es zulässt, werden wir noch heute Abend nach Loschwitz fahren.«
»Ja, dann …«
Mit ihrem Vater und Großvater in der Mitte wandten sich Heinrich und Georg um und schritten langsam zur Tür. Doch kurz bevor Martin Lewenz den Fuß über die Schwelle setzte, machte er sich von seinen Helfern los und drehte sich zu Kurt um.
»Sie stehen gut?«
»Verzeihung, Herr Lewenz, Sie meinen mich?«
»Ja.«
Kurt wusste nicht, was er sonst hätte sagen sollen. Verlegen hielt er dem Blick seines Chefs stand, der, wie es schien, konzentriert nachdachte.
»Was hast du?«, fragte Heinrich eine Spur gereizt.
»Wenn ich ausfalle, Heinrich, wer kommt für mich? Du hast schon mehr als genug zu tun. Und Georg braucht all seine Kraft für das Dickicht der Paragraphen. Mithin brauchen wir Herrn Zacharias. Er wird statt meiner denken und handeln müssen. Manchmal so schnell, dass er keine Zeit mehr hat, einen Boten nach Loschwitz zu schicken, um Rückfrage zu halten. Mit anderen Worten: Er braucht Prokura.«
Prokura zu bekommen bedeutete, eine begrenzte Handlungs-

vollmacht für Geschäftsabschlüsse zu erhalten. Kurt konnte damit zum Beispiel Wechsel des Bankhauses unterschreiben, indem er vor seinen Namen den Zusatz pp., per procura, setzte. Vor dem Hintergrund der gegenwärtigen Krise würde eine derartige Vollmacht aber noch weitreichendere Befugnisse nach sich ziehen, Kurt war sich darüber sofort im Klaren. Letztlich bedeutete sie nichts Geringeres, als im Namen des Bankhauses auch Kreditfragen zu entscheiden – was zurzeit darauf hinauslief, Wertpapiere von Firmen zu verkaufen, die ihren Zinszahlungen nicht mehr nachkommen konnten.

Prokura besaß bisher nur Thaddäus Warnke.

Noch nicht einmal Georg.

Und der begehrte auch als Erster auf.

»Großvater! Nichts gegen Kurts Fähigkeiten – aber wie kannst du ihm das zugestehen, was du deinem Enkel bislang vorenthalten hast? Damit stellst du mich mit Max auf eine Stufe!«

»Nein, Georg. Du bist einfach noch nicht so mit allen Bankwassern gewaschen wie Kurt. Es ist eine Frage der Zeit. Kurt hat dir viele Jahre voraus.«

»Kurti, ich gratuliere«, sagte Georg knapp. »Aber jetzt bitte, du ewiger Primus, mach dich hier dünne! Schließlich habe ich auch meinen Stolz!«

»Keinen Streit!«, sagte Martin Lewenz leise, dafür aber umso bestimmter.

»Dann aber muss Adam auch Prokura bekommen«, sagte Heinrich.

»Nein. Er ist erledigt. Schluss mit der Diskussion! Jetzt ist Feierabend!«

Der Tonfall verbot jeglichen Widerspruch. Martin Lewenz machte kehrt und ging langsam zur Treppe. Ärgerlich schüttelte er die helfenden Hände Heinrichs und Georgs ab und stapfte, mehrmals pausierend, auf sein Zimmer.

Kurt stand da wie erstarrt, kämpfte mit widerstreitenden Gefühlen. Einerseits war er ungeheuer stolz über das Vertrauen, das ihm Martin Lewenz entgegenbrachte, andererseits fürchtete er die Verantwortung. Am meisten machte ihm jedoch Georgs Gefühlsausbruch zu schaffen. Bislang waren sie wie alte Schulfreunde miteinander umgegangen. Jeder respektierte den anderen: Georg Kurts Erfahrung, Kurt Georgs juristischen Sachverstand. Mit einem Mal stand jetzt ihre Vertrautheit auf Messers Schneide.

Und wieder war das Geld an allem schuld. Diese erbärmliche, verfluchte, aber erfolgreichste Erfindung des Teufels.

Vielleicht solltest du einmal ein Orgelkonzert besuchen, dachte er. Musik tröstet und hebt die Stimmung. Schließlich hast du die Frauenkirche samt Silbermann-Orgel vor der Tür. Du kannst meditieren und beten, ein wenig die Seele baden.

Er wartete, schenkte sich einen Cognac ein. Seine Blicke irrten im Geschäftssalon herum. Georg hatte vergessen, den Büroschrank abzuschließen. Zurzeit befanden sich zwei Bücher darin. Zwei von fünf Folianten, die über das Vermögen der Bankiersfamilie Lewenz Auskunft gaben.

Nur ein bisschen spicken, dachte Kurt. Ein ganz kleines bisschen. Es bedeutete zwar quasi Hochverrat, aber diese Versuchung war einfach zu groß.

Das Orgelkonzert war nicht übermäßig gut besucht. Vielleicht lag es am Programm, vielleicht an den allgegenwärtigen Existenzängsten. Kurt kam sich ziemlich verloren in seiner Kirchenbank vor, aber als die Orgel ertönte, fühlte er sich etwas besser. Doch Trost konnte er in diesen Klängen nicht finden. Gewiss, die Orgel war die Königin der Instrumente, und diese Silbermann-Orgel die Beste der Welt, trotzdem, Hoforganist Gustav Merkel konnte sich abmühen, so viel er wollte: Der Funke sprang nicht über. Kurt rutschte auf seiner Bank hin und her, begann, sich zu langweilen. Ihm blieb nichts anderes übrig, als auf den Programmzettel zu starren und die Komponisten und Werke auswendig zu lernen, die Hoforganist Merkel da gerade spielte.

Dresdener Orgelherbst – Dresdener Orgelmeister. Vom hiesigen Musikdirektor Julius Otto waren zwei wuchtige Stücke verklungen, und Merkel führte gerade drei beschauliche Choräle vom Konservatoriumslehrer Oskar Wermann vor. Kurt ächzte. Aber er beschloss durchzuhalten. Vielleicht kannst du daraus Kapital schlagen, sagte er sich. Zum Beispiel, Marina beeindrucken – sollte sie dir noch einmal das Ohr leihen, nachdem du ihr ihren ersten Konzertabend versaut hast.

Die Orgel schwieg, mehrere Zuhörer schlichen sich auf Zehenspitzen aus der Kirche. Als die Tür schlug, setzte Merkel dazu an, zwei Präludien eigener Erfindung darzubieten. Möglicherweise ganz ordentlich, erlaubte Kurt sich ein Urteil, war aber doch froh, dass nach Merkel das Schlussstück an der Reihe war: eine Doppelfuge von Robert Schumann über das Thema B-A-C-H.

Laut, majestätisch und – wie alle Fugen – kompliziert, befand Kurt, als der Schlussakkord verhallt war. Erleichtert, endlich aufstehen zu dürfen, räkelte er sich wie ein Kind.

Wie verwerflich, dachte er. Du bist ein Banause. Wenn dich Marina jetzt so sehen würde, ihre Verachtung wäre dir sicher.

Kurt blinzelte, als er sich der Reihe der zum Ausgang strebenden Konzertbesucher anschloss. Ein paar junge Leute, wahrscheinlich Schüler Merkels und Ottos, einige Liebhaber klassischer Kirchenmusik, dazu ein paar von deren Freunden und Kollegen. Kurt zog seine Geldbörse, suchte ein paar Münzen für die Spende. Als er wieder aufsah, glaubte er zu halluzinieren. Denn von rechts reihte sich niemand anderes als Fritz von Spener in die Schlange ein. Er trat aus der hintersten Bankreihe in den Gang, hielt den Kopf gesenkt.

Als er Kurt erkannte, zuckte es um seinen Mund, dann aber nickte er nur, anstatt etwas zu sagen.
»Guten Abend«, begrüßte ihn Kurt. »Was …«
»Mein Vater«, entgegnete Fritz. Er sah mitgenommen aus, fast so, als habe er geweint. »Ich erfuhr gerade, dass er heute Morgen verstarb.«
»Das tut mir Leid, Fritz. Du hast meine aufrichtige Anteilnahme.«
Fritz senkte den Kopf. Stumm stand er da, schniefte und presste die Stirn gegen Kurts Brust. Kurt strich seinem Schulfreund ein paar Mal über den Rücken und sagte schließlich, er könne gut nachvollziehen, wie er sich jetzt fühle.
»Fand dein Vater wenigstens ein würdiges Ende?«
Fritz' Kopf schnellte hoch. Empört starrte er Kurt an, doch dann lachte er resigniert auf.
»Was darf ich in einem Gotteshaus lügen«, sagte er. »Und vor dir bräuchte ich es wohl zuallerletzt. So wisse denn: Deines Freundes Vater war ein Säufer, der sich letzte Nacht totgesoffen hat. Sein Selbstmord dauerte viele Jahre. Der deines Vaters nur eine Nacht. Das ist der einzige Unterschied.«
»Lass uns bei mir zu Hause darüber reden«, sagte Kurt. »Einverstanden?«
»In Ordnung.«
Sie traten hinaus in den kühlen Septemberabend. Kurt bildete sich ein, die Unruhe und Unsicherheit hinter den Fassaden spüren zu können, die mit dem Crash der Börsen entstanden waren. Niemand wollte mehr investieren und kaufen. Händler wie Firmen blieben auf ihren Waren sitzen, und in fast jedem Schaufenster hingen Schilder mit durchgestrichenen Preisen. Die Zahl der Arbeitssuchenden stieg, die Zeitungen schrieben bereits über Lohnkürzungen. Wer weiß, sinnierte Kurt: Vielleicht bist auch du bald ein Bankrott-Geschädigter. Immerhin, bislang reichten die Geldreserven noch, aber mit

jedem neuen Tag wurde die Schieflage des Bankhauses beängstigender.
Musst dann eben wieder zu Mama ziehen, dachte Kurt. Der Zank wird von vorne losgehen, vielleicht erschlägst du sie irgendwann im Affekt mit der Bratpfanne.
Ihn fröstelte. Der Wind war kalt, der Himmel klar. Die Sterne funkelten, aus den Schornsteinen wehte weißer Rauch. Ein trauriger Winter zeichnete sich ab. Unsicherheit möglicherweise auf Jahre.
Nur Unsicherheit?
Mehr! Verzweiflung und Elend! Das gemütliche Leben hatte sich davongestohlen und nur Unsicherheiten hinterlassen. Alles hatte hoffnungsvoll begonnen, jetzt war auch das gefährdet, was in lauterer Absicht begonnen worden war – zum Beispiel der Pensionsfonds.
Womöglich behält ausgerechnet Adam Noack Recht! Kurt kam ins Grübeln. Wenn es immer weiter abwärts ging ... die Gläubiger würden keine Rücksicht nehmen. Das Geld der Sparer, die auf den Fonds vertrauten, würde genauso für die Verbindlichkeiten des Bankhauses herhalten müssen wie König Johanns Ehreneinlage. Der Lewenz'sche Ruf wäre mehr als ruiniert, Heinrich und Georg reif für einen Schuss in die Schläfe. Und die Zeitungen würden schreiben, Kurt Zacharias, der Sohn des, na, Sie wissen schon, musste zum zweiten Mal erleben, wie Blut und Elend über ihn kamen.
Die Zeitungen würden Szenen schildern, wie die Kunden ins Bankhaus drängten, um ihr Geld zu holen: »Sie kamen in hellen Haufen, versperrten die Eingänge und belagerten das so angesehene Haus. Menschen wie Sie und wir, wohlhabendere und arme, Männer und Frauen. Etliche davon die so genannten Fondssparer, die leider auch auf die an und für sich gute Idee des Pensionsfonds Frauenkirche hereingefallen sind. Ihre mühsam vom Lohn abgesparten Pfennige drohen in der all-

gemeinen Konkursmasse unterzugehen. Unbeschreiblich die verstörten Augen, das Händeringen und die Flüche, die in der Schalterhalle zu hören waren! Mit Ellenbogen und Fußtritten wurde gekämpft, weil jeder hoffte, von den beiden Angestellten wenigstens noch ein paar Mark ausgezahlt zu bekommen. Ihnen zur Seite und zum Schutz stand je ein Gendarm, den Knüppel warnend erhoben, auf dass ein Rest von Ordnung nicht im allgemeinen Tohuwabohu untergehe! Ja, es treibt einem die Tränen in die Augen. Vorbei ist die Zeit dieser einst so tugendhaften Adresse! Wer zurückbleibt, sind wieder einmal die betrogenen Sparer! Mögen Sie vom Gerichtsvollzieher verschont bleiben, möge Gott sich Ihrer erbarmen!«

Welch ein Albtraum! Er durfte nicht wahr werden! Um keinen Preis!

»Nein!«, stieß Kurt leise aus.

»Hast du was gesagt?«

»Nichts«, sagte Kurt schnell. »Ich hatte schlechte Gedanken. Manchmal galoppiert die Einbildungskraft mit mir davon.«

»Kenne ich. Geht mir manchmal auch so.«

»Aha, das also ist das Nest des ehemaligen Primus.«

»Es reicht. Ein Sofa, ein Sessel, Tisch und Stuhl, Schrank eins und zwei. Bett. Waschtisch. Aber der Kachelofen, gib zu, der ist prächtig.«

»Stimmt, und heizen tut er auch. Aber warum lebst du so bescheiden?«

»Das liegt an gewissen Erfahrungen. Ich hab mir geschworen, erst dann standesgemäß zu wohnen, wenn ich die richtige Frau und sicheres Geld auf dem Konto habe.«

Die Zweizimmerwohnung, die Kurt sich gemietet hatte, war spärlich, geradezu karg möbliert. Nicht einmal im Schlafzimmer gönnte sich Kurt einen Teppich, und welche Wand Fritz auch anschaute, keine war mit einem Gemälde geschmückt. Er entdeckte nur zwei Bücherregale und ein paar Photographien, die Kurts Eltern, die ehemalige Manufaktur und sein Elternhaus zeigten. Auf einem Bild war Kurt als vielleicht Fünfjähriger neben seiner Mutter zu sehen. Er trug einen Matrosenanzug und hielt einen Säugling.

»Da guckst du ganz schön böse!«

»War ich auch. Eifersüchtig auf Wilma. Meine Schwester. Sie kam krank zur Welt. Alles drehte sich in den beiden Jahren, die sie gelebt hatte, um sie. Ich, hieß es immer, sei doch schon groß! Meine Eltern hatten keine Zeit mehr für mich. Für mich war nur unser Mädchen da.«

Fritz setzte sich aufs Sofa und schaute seinen Freund melancholisch, aber auch erwartungsvoll an, was dieser ihm zu trinken anbieten würde. Kurt verstand den Blick. Fritz, das kannte er noch aus den Zeiten in St. Afra, hatte stets Wert auf formale Korrektheit gelegt – vor allem bei anderen. Im Übrigen schien er sich während des Wegs hierher bereits wieder ein wenig gefasst zu haben. Auch das war typisch für ihn. Krisen, erinnerte sich Kurt an eines von Spinner-Fritzens Aperçus, meistert man am besten mit Nonchalance. Was, überlegte er weiter, im Hinblick auf die gegenwärtige Wirtschaftsflaute vielleicht die geeignetste Haltung war, um nicht verrückt zu werden oder in Panik auszubrechen.

Kurt verschwand in sein Schlafzimmer, wo er in seinem Nachttisch französischen Rotwein und Danziger Goldwasser vorrätig hielt.

»Ich hole dir aber auch gerne vom Ritterwirt einen Krug frisches Bier. Selbst mit Wasser aus dem gesündesten artesischen Brunnen Sachsens könnte ich dienen, falls du gerade am Kuren bist.«

»Keine Umstände.«

»Dann belieben der Herr also, sich mit der bescheidenen, ihm gebotenen Degustation abzufinden? Voilà!«

Kurt stellte zwei Rotweingläser auf den Tisch und präsentierte die Flasche. Fritz spielte mit, neigte anerkennend das Haupt und schaute bewusst blasiert.

»Auch ich bevorzuge den Château Margeaux«, sagte er näselnd. »Seine erdige Idylle hat immer etwas Abgeklärtes. Einer der wenigen Weine, an denen man sich täglich erfreuen kann.«

Kurt zog den Korken, beschnupperte ihn und spielte den Kellner. Einen Arm auf dem Rücken, goss er Fritz ein, ließ ihn riechen, schmatzen und gurgeln. Fritz befand den Tropfen für ein wenig zu kühl, aber trinkbar. Er hüstelte und machte ein entsprechendes Handzeichen, auf das hin Kurt einschenken sollte. Grinsend stießen sie an und ergingen sich tatsächlich eine ganze Weile in wohligem Schwelgen und Genießen.

»Du hast dich schon immer schnell gefangen, Fritz«, sagte Kurt. »In der Kirche sahst du aus wie ein Gespenst, jetzt wieder wie der uns allen bekannte Fritz von Spener. Wie machst du das?«

»Liegt im Blut«, antwortete Fritz. »Wahrscheinlich ist dies die einzige echt adelige Eigenschaft. Aber glaub mir, ich bin ziemlich angeschlagen. Die zurückliegenden Monate empfand ich nur noch Verachtung für meinen Vater. Jetzt streiten Wut und Trauer in meiner Brust, und ich hasse meine Mutter. Sie trägt die Hauptverantwortung.«

»Inwiefern?«

»Du gibst mir dein Ehrenwort, dass du schweigst? Für alle Zeit?«

»Ich schwöre es.«

Fritz musterte Kurt, wobei seine Miene zusehends verschlossener wurde. Nach einer Weile schlug er die Augen nieder, nahm einen großen Schluck und begann zu erzählen:

»Es ist alles ganz einfach. Meine Mutter liebte offensichtlich nie ihren Mann, sondern dessen Bruder, und als dieser im Beruf Erfolg hatte, nahm das Drama seinen Anfang. Vater begann zu saufen, Mutter zu kokettieren. Proportional zum Anwachsen des Vermögens meines Onkels sank bei meiner Mutter die Achtung vor ihrem Mann. Irgendwann kam es dann, wie es kommen musste. Aus der Schwägerin wurde eine Geliebte.«

»Das ist starker Tobak«, entgegnete Kurt. »Dein Onkel Raoul – kann es sein, dass er deswegen ein schlechtes Gewissen hat und sich jetzt verpflichtet fühlt, seinem Neffen Breschen für die Zukunft zu schlagen?«

»Höflich formuliert«, sagte Fritz. »Ja, ich bin sein Protegé. Das ist kein Geheimnis.«

»Bevor ich weiter nach ihm frage, was sind deine nächsten Pläne?«

»Seit Anfang diesen Monats habe ich ein Büro am Pirnaischen Schlag. Das wisst ihr nicht?«

»Ein Büro macht noch keinen Unternehmer«, bemerkte Kurt trocken. »Warum hier in Dresden? Chemnitz wäre doch viel nahe liegender. Deines Onkels Kohleflöze befinden sich gewissermaßen um die Ecke, eure Fabrik für Landwirtschaftsmaschinen aber vor Ort.«

Fritz lächelte überlegen und schaute Kurt amüsiert an.

»Du wirst es gleich am Montag hinausposaunen, wenn ich dir das jetzt erzähle, Kurti. Aber heute scheint ein Tag zu sein, wo wir zusammenkommen sollten. Also hör zu: Es gibt nur dieses eine Büro. Ansonsten weder einen Fabrikanten, noch Minenteilhaber von Spener, noch einen Onkel Raoul, der irgendwo in der Bergbauindustrie engagiert ist.«

»Was!?«

»Mein Onkel hat alles verkauft. Und zwar bereits im Januar dieses Jahres. Er hat zu Geld gemacht, was sich zu Geld machen ließ. Und gewisse Banken haben ihm alles aus den Händen gerissen, in der Meinung, ein hervorragendes Geschäft gemacht zu haben.«

»Ich verstehe«, sagte Kurt langsam. »Ihr beide wollt neu anfangen und hockt jetzt auf einem riesigen Haufen Geld. Du sollst hier neue Standorte sondieren für …«

»Für?«

»Das ist noch ein Geheimnis, oder?«

»Richtig«, antwortete Fritz und ließ den Wein im Glas rotieren.

»Warum hat Gott deinem Onkel diese Nase geschenkt? Diesen Instinkt? Kann er hellsehen? Warum hat er so viel Glück? Das ist ja nicht zum Aushalten!«

»Der Herr nimmt, der Herr gibt.«

Kurt hielt es nicht länger in seinem Sessel. Die Freude am Château Margeaux war dahin. Aufgestachelt und mit nur schwer zu beherrschenden Neidgefühlen marschierte er minutenlang von einer Wand zur anderen, Fritz hingegen genoss schlückchenweise den herrlichen Wein.

Plötzlich besann er sich. Wenn das der Sinn des Orgelkonzertes gewesen sein sollte … Seine Gedanken begannen sich zu überschlagen. Was war passiert? Raoul von Spener hatte das große Los gezogen und war Bank-Millionär geworden! Und Fritz, sein Neffe, sollte nun in Dresden sondieren, wo und wie dieses Vermögen am besten neu investiert werden konnte. Eine phantastische Situation! Was boten sich hier für Möglichkeiten! Vor allem: Wie musste man es anstellen, damit von dem von Spener'schen Geld ein Teil in die Kassen des Bankhauses floss? Was konnte er, Kurt Zacharias, tun?

Sag was, ermahnte Kurt sich. Ergreif die Gelegenheit beim Schopf!

»Einige Banker haben deinem Onkel quasi aus der Hand gefressen, sagtest du?«

»Ja. Jetzt freilich würden einige Herren meinem Onkel lieber in die Hand beißen. Vor allem einige Größen des Sächsischen Bankvereins. Ihnen entging, dass Rudolph Sack in Plagwitz mit der Erfindung seines neuen Universalpflugs völlig neue Maßstäbe gesetzt hat. Dagegen ist nicht mehr anzukommen.«

»Was ist denn so besonders an diesem Pflug?«

»Er kann mittels austauschbarer Arbeitswerkzeuge je nach Bedarf umgerüstet werden. Ein Grundgeschirr kann sechsundzwanzig Zusatzgeschirre aufnehmen. Warum?«

»Nur so 'ne Frage. Den Sächsischen Bankverein haben übrigens Kaskel und Gutmann mittlerweile ihrer so genannten Dresdener Bank einverleibt. Ist dein Onkel eigentlich noch Bayer & Heinze in Chemnitz treu?«

»Der kluge Kurt – er führt mit seiner Fragerei etwas im Schilde, wie?«, fragte Fritz spöttisch und genehmigte sich den letzten Schluck Wein. »Ich würd's an deiner Stelle allerdings auch tun«, fügte er versöhnlich hinzu. »Du vertrittst die Interessen deines Arbeitgebers und denkst natürlich darüber nach, wie du mit meinem Onkel respektive mir ins Geschäft kommen kannst, stimmt's?«

»Exakt«, sagte Kurt und setzte sich wieder. »Ist doch klar. Die Zeiten sind mies, und jeder muss sehen, wo er bleibt. Nenne mir einen Banker, dem nicht das Wasser im Munde zusammenlaufen würde, bei so viel Kapital. Aber mal ganz ehrlich: Wenn ihr neu und größer investieren wollt, braucht ihr uns Bankleute trotzdem. Schließlich möchtet ihr die Risiken verteilen. Nun vermute ich allerdings, dass diejenigen Herren, die hofften, mit dem Kauf der von Spener'schen Liegenschaften, Aktien und Fabriken den großen Reibach gemacht zu haben, aufgrund der Krise jetzt dumm aus der Wäsche schauen und euch keine günstigen Konditionen einräumen. Aus reiner Eitelkeit. Mit anderen Worten: Überrede deinen Onkel, einen Teil seines Kapitals beim Bankhaus Frauenkirche anzulegen. Ich bin überzeugt, dass die Herren Lewenz sich dann entsprechend revanchieren.«

»Primus!«, rief Fritz anerkennend und erhob sich. »Wenn

mein Onkel dich je kennen lernt, wird er begeistert von dir sein! Ich werd's ihm vortragen. Denn leider liegst du mit deiner Vermutung nicht daneben.«

Auf den trostlosen September folgte ein wirtschaftlich noch trostloserer Oktober. Im November dann wurde es für das Bankhaus Frauenkirche ernst. Heinrich Lewenz gab bekannt, dass Liquidität so gut wie nicht mehr gegeben sei. Die Einzahlungen an die Bank seien dramatisch zurückgegangen, im Gegenzug griffen die Firmen, bedingt durch die knappen Geldmittel, auf ihre Guthaben zurück. Zu viele Kunden hatten in den letzten Monaten zu viel von ihren Ersparnissen abgehoben, die Auszahlungen stünden in keinem Verhältnis mehr zu den Kreditrückzahlungen und rediskontierbaren Wechseln.
»Wenn dies so weitergeht, bankrottieren wir«, sagte er knapp. »Wir sind ohnmächtig und können nur zusehen, wie die Kassenreserven täglich geringer werden.«
»Und das alles nur wegen der Spekulanten!«, rief Kurt. »Diesen Teufeln! Ich sage jetzt: Ministerialrat Schackwitz war deren Belzebub! Dresdens oberster Immobilienschacherer! Der Papst der Bauunternehmer, die jetzt ihre Kredite nicht zurückzahlen können! Ein Verbrecher!«
»Mäßigen Sie sich bitte, Kurt!«, rief Heinrich Lewenz scharf.
»Mäßigen, Herr Lewenz? Das sagen Sie? Ohrfeigen Sie mich! Kündigen Sie mir! Aber wie war es denn? Die Spekulanten haben ihre Aktien wie ihre Bauprojekte überwiegend mit Bankkrediten finanziert! Die Sie ihnen viel zu großzügig gewährt haben und ohne ausreichende Sicherheiten! Und nun? Was sehen wir? Die fallenden Kurse haben dazu geführt, dass die hinterlegten Aktien die Kredite nicht mehr decken und dass für all die herrlichen Häuser und Villen keine Käufer mehr aufzutreiben sind. Wissen Sie, wie ich das nenne? Die Rache an der Kreditinflation der letzten beiden Jahre! Mit Ihrer

Investitionswut auf dem Immobilienmarkt haben Sie zwar die Bilanz aufgeblasen wie einen Ballon, aber auf den hageln gerade Stecknadeln nieder! Was kontrolliertem Druckablass leider eher entgegensteht.«

»Es reicht! Sind Sie wahnsinnig geworden!?«

Ungewöhnlich abrupt sprang Heinrich Lewenz aus seinem Sessel auf und stellte sich vor Kurt hin wie ein zum Zuschlagen bereiter Faustkämpfer. Kurt lief ein kalter Schauer über den Rücken. Er war gleichermaßen erschrocken über seinen Ausbruch wie über Heinrich Lewenz hasserfülltes Gesicht. Sein wuchtiger Kopf schien kurz davor zu explodieren und die bebenden weißen Lippen und eiskalten Augen schienen gleichzeitig zu zermalmen und zu erdolchen.

Totenstille erfüllte den Geschäftssalon. Niemand wagte es, zu atmen oder sich zu rühren – jeder hatte Angst, dass der kleinste Laut eine Katastrophe auslösen könnte.

Harte, schnelle Schritte erklangen, die Tür wurde aufgestoßen. Carola Lewenz stürmte herein. Sie schien nicht weniger wütend zu sein als ihr Mann. Im Mantel und mit tropfendem Schirm unter dem Arm schleuderte sie stumm einen Brief auf den Teppich. Ihre Gesichtszüge waren wie gemeißelt, ihre Augen sprühten vor Zorn. Wären ihre Haare nicht sorgfältig frisiert gewesen, Carola Lewenz hätte ausgesehen wie eine mordlüsterne Meduse aus dem Fundus der schwarzen Romantik. Doch ihr ungestümer Auftritt entspannte die Situation zwischen Heinrich und Kurt.

Erleichtert atmete Adam Noack auf, als Georg den Brief aufhob und Heinrich Lewenz sich von Kurt abwandte.

Thaddäus Warnke dagegen sah totenblass aus. Er verständigte sich mit Kurt, der ihm kollegial zunickte. Thaddäus und er wussten nur zu gut, was Carola Lewenz derart verärgert hatte. Allerdings hatten sie nicht damit gerechnet, dass Heinrichs Frau so schnell davon erfahren würde. Aber Loyalität zum

Bankhaus war die eine Sache und Loyalität zur schönen Bankiersgattin samt deren gesellschaftlichen Ambitionen die andere.
»Wer hat das veranlasst?«
Georg, der die Zeilen überflog, konnte ein Lächeln nicht unterdrücken. Außerdem hatte er mit dem Vorgang nichts zu tun. Die Angelegenheit fiel in Thaddäus Warnkes Ressort.
»Mama, wenn Thaddäus entsprechend handelte, dass Frau von Schleuning sich bemüßigt fühlte, sich bei dir zu beschweren …«
»Papperlapapp! Diese Demütigung! Was haben Sie sich dabei gedacht, Herr Warnke? Eine Hofdame zu blamieren …«
»Wir haben Frau von Schleuning nicht blamiert, Frau Lewenz, sondern nur die Notbremse gezogen«, antwortete Kurt an Thaddäus' Stelle. »Ihr Kreditlimit war mehr als ausgeschöpft. Herr Wanke und ich tragen die Entscheidung gemeinsam.«
Kurt schielte zu Heinrich Lewenz, erwartete dessen tätlichen Angriff. Jetzt muss er mich umbringen, dachte er. Er kann gar nicht anders!
Erstaunlicherweise aber schwieg Heinrich Lewenz. Er stand da wie ein begriffsstutziger Komtur, ganz so, als ob er sich weigere, die neue Hiobsbotschaft, die da gerade über ihn hereinbrach, zu begreifen.
»Sie haben der Hofdame, der mein Mann und ich den Zutritt zum Hof verdanken, das Geld gestrichen! Ist Ihnen das klar?«
Carola Lewenz klang in Kurts Ohren nicht anders als die ruinierten Geschäftsleute, denen er die Kredite gestrichen hatte.
»Damit sind unser Ruf und mein Ansehen bei Hof ruiniert! Diese widerliche Prinzipienreiterei! Ist das Bankhaus Frauenkirche so arm, dass es Persönlichkeiten des Hofes mit jedem billigen Händler oder schäbigen Spekulanten auf eine Stufe stellt?«
»Ja, Carola«, brach Heinrich Lewenz mit brüchiger Stimme

sein Schweigen. »Thaddäus und Kurt haben bankmännisch richtig gehandelt. Vater würde das nicht anders sehen.«

»Ihr seid alle Versager!«

In Carola Lewenz' Wut mischten sich Verzweiflung und Ohnmacht. Sie schlug sich die Hände vors Gesicht und rannte aufschluchzend aus dem Salon. Allein dadurch, dass ihr Mann Kurt verteidigt hatte, hatte sie begriffen, wie ernst die Lage war.

Ohne sich zu entschuldigen, eilte Heinrich Lewenz seiner Frau nach. Er schmetterte die Tür ins Schloss, dass der Boden bebte. Betroffen schauten die anderen Versammelten auf die Stelle, wo das Wasser von Carola Lewenz' Regenschirm den Teppich durchnässt hatte. Minutenlang versanken alle in ratlosem Schweigen.

»Gibt es keine Rettung?«, fragte Georg.

Ohne seinen alten Schulfreund erst ansehen zu müssen, wusste Kurt, dass Georgs Frage ihm galt. Doch wer war er, dass er sie richtig beantworten konnte? Kurt zögerte. Bislang hatte er niemandem erzählt, was er Fritz von Spener vorgeschlagen hatte. Aber davon einmal abgesehen – seit Martin Lewenz sich nach Loschwitz zurückgezogen hatte, war ein Teil von dessen Autorität auf ihn übergegangen. Mit gutem Gewissen konnte er von sich behaupten, in der Hierarchie der Angestellten die Nummer eins zu sein. Seit er den Pensionsfonds managte, sah jeder in ihm eine Art Vordenker, und darum war es verständlich, dass Georg die Frage an ihn richtete.

»Wie gut stehst du dich noch mit Fritz?«, fragte Kurt.

»Wir verstehen uns prächtig. Nicht anders als damals in St. Afras seligen Zeiten. Warum?«

Kurt erzählte von Raoul von Speners glücklichem Verkauf. Adam Noack pfiff durch die Zähne, Thaddäus Warnke riss vor Überraschung den Mund auf.

Georgs Gesicht jedoch verdüsterte sich. Kurt schien es, als lese er Angst in den Augen seines Schulfreunds. Eben noch hatte Georg sein gutes Verhältnis zu Fritz beschworen, jetzt wirkte er geradezu verstört. Was war der Grund?

»Nehmen wir einmal an, Raoul von Spener legt tatsächlich Geld bei uns an. Das wäre das Ende unserer Selbständigkeit. Wir werden erpressbar.«

»Deshalb also, mit Verlaub, schaust du so bedeppert!«, sagte Kurt erleichtert. »Ich meine, das Problem stellt sich nur, wenn Raoul von Spener weiß, wie es um uns steht. Noch sind wir ja flüssig. Die Schalter sind offen, alle Kunden werden bedient. Vor diesem Hintergrund brauchen wir nur etwas Camouflage betreiben. Wir demonstrieren Solidität mittels Liquidität. Den Rest besorgen der gute Name und der liebe Gott.«

»Und wie sollte das bitte gehen?«, mischte sich Adam Noack ein.

»Indem wir mit allem, was wir noch haben, einer kurz vor der Pleite stehenden Firma einen Kredit gewähren und in ein offiziell riskantes Unternehmen investieren. Und beides wird der Öffentlichkeit bekannt gemacht.«

»Unseriös!«, meckerte Adam Noack. »Woher kommt denn das Geld?«

Trotz der Kritik entging Kurt aber nicht der Hoffnungsschimmer in den Augen seines Kollegen.

»Aus der Mitgift deiner Mutter, Georg«, sagte Kurt trocken und nagelte seinen Freund mit kühnem Blick auf dem Sofa fest. »Wahrscheinlich weißt nicht mal du: Samuel Goldhagen, dein Großvater, hat die Zukunft seiner Tochter mit einem erklecklichen Sümmchen, angelegt in Köln-Mindener-Eisenbahnaktien, abgesichert. Sie liegen beim Kölner Bankhaus Oppenheim. Also weit weg von hier. Sie dort zu versilbern dürfte hier niemand bemerken.«

»Woher …«

»C.L.G. Carola Lewenz Goldhagen, Buch römisch drei, folio 2 verso. Diesen Band bekam ich in die Finger, als … als dein Großvater seinen Schwächeanfall hatte. Dein Vater vergaß, den Büroschrank zu verschließen. Bis zum Eintreffen des Arztes …«

»Du Schwein!«

Georg brüllte so laut, dass ihm der Speichel aus dem Mund spritzte.

»Gib den gesamten Plan als deinen aus«, redete Kurt mechanisch weiter. »Im Übrigen konnte ich nur noch Einsicht nehmen in Band römisch vier. Den von Max. Mehr nicht. Das schwöre ich! Bei meiner Ehre und der meines freiwillig aus dem Leben geschiedenen Vaters. Nun töte mich!«

Er schaute über Georg hinweg aus dem Fenster und wirkte wie von einer Last befreit.

Adam Noack und Thaddäus Warnke konnten nur noch ächzen. Beiden blieb der Mund offen stehen. Derart aufregende Stunden hatte es, seit sie für das Bankhaus arbeiteten, noch nie gegeben. Pathetisch formuliert: Diese letzte Stunde glich einem Parforce-Ritt durch die Höllenlandschaft des Bankgeschäfts, und Kurt Zacharias war dabei der zuvorderst stehende Einpeitscher. Wobei er Qualitäten an den Tag legte, die an Abgebrühtheit kaum mehr zu übertreffen waren. Eine andere Bewertung gab es nicht. Es sei denn, man war bereit, Martin Lewenz' Assistenten zu attestieren, er sei wahnsinnig geworden.

Während Georg aussah, als würde er gerade einen Schlagfluss abwehren, starrte Kurt vor sich hin, als wolle er mit Gewalt den Nornen den Schicksalsfaden aus der Hand nehmen.

Adams und Thaddäus' Blicke wanderten von einem zum anderen. Kurt Zacharias Plan war gut, nein: genial.

Aber auch waghalsig.

Georg brauchte ein paar Minuten, bis er seine Wut unter

Kontrolle hatte. Seine Wangen zuckten wie die einer Bulldogge, die Kiefer malmten, als zerkleinerten sie gerade einen von Kurts Knochen.

»Geh nach Hause, Kurt«, knurrte er. »Wenn dein Plan fehlschlägt, gnade dir Gott! Dann, das schwöre ich, fließt Blut.«

»Gut. Nun nur noch eines: Wenn du Fritz ein Angebot machst, vielleicht nimmst du dann deine Mutter mit ...«

»Wegen Frau von Schleuning?«

»Wie bitte?«

»Na, Frau von Schleuning! Die Hofdame unserer lieben Königin. Sie ist die Freundin von Fritz' Mutter! Wusstest du dies nicht?«

»Nein.« Georg schaute Kurt prüfend an. Kurt zuckte mit den Schultern. Ihm war diese Information gleichgültig – oder hatte er doch etwas übersehen? Irgendetwas, sagte ihm sein Instinkt, beunruhigte Georg. Er, der vorgab, Fritz von Spener sei nach wie vor sein bester Freund, schien jetzt so etwas wie Angst vor diesem besten Freund zu haben. Kurt gab sich einen Ruck, zwang sich einen betont freundlichen Ton ab. »Ich wusste es wirklich nicht, Georg. Was aber hätte das für uns zu bedeuten?«

»Ganz einfach«, begann Georg besänftigt, »Letztlich hat Fritz dafür gesorgt, dass meine werten Altvorderen bei Hof empfangen wurden. Sollte dein Plan gelingen – dann steht meine Familie das zweite Mal tief in seiner Schuld.«

»Du kannst dich glücklich schätzen, dass Fritz von Spener unser Freund ist, Georg. Wenn deine Mutter dich jetzt begleitet, wird es so aussehen, als ob sie sich bei Fritz bedanken möchte. Dies wäre der eine, sozusagen offizielle Grund. Der andere, das weißt du, ist, unser Spinner-Fritz und deine Mutter, sie harmonieren ...«

»Verschwinde, du Drecksack!«

Georg zischte wie eine Schlange. Kurt beeilte sich, den Geschäftssalon zu verlassen.
»Ich will zum Bettler werden, sollte dieser teuflische Plan ohne andere Teufelei aufgehen«, sagte Adam Noack leise.
Das Gesicht eingefallen, saß er in seinem Sessel, die Augen blicklos, als hätte der Tod sie gerade gebrochen.

1874

Der Sonntag im April hätte nicht prächtiger sein können. Marina und Gunda nutzen den ersten warmen Tag des Jahres zu einem Ausflug auf den Wolfshügel in die Dresdener Heide. Man konnte den Hügel stromaufwärts nach Osten hin bereits von der Elbbrücke aus sehen, Gunda und Marina aber setzten in Höhe des Rosengartens mit der Fähre in die Neustadt über.

Vom Fähranleger spazierten sie flussaufwärts. Marina machte ihre Freundin auf die Villa Rosa aufmerksam, dem Wohnsitz Carl von Kaskels, einem der Mitbegründer der Dresdener Bank. Italienischer Landhausstil, erklärte Marina – gebaut sei das »Häuschen« von Gottfried Semper. Dort im Salon ein Konzert geben zu dürfen, sinnierte sie, stelle sie sich vor wie in einem Märchen. Gunda schüttelte unwillig den Kopf. Sie war müde. Tags zuvor hatte sie bis spät in den Abend hinein gearbeitet, jetzt setzten ihr die gleißende Helligkeit und die plötzliche Wärme zu. Dabei hatte sie eigentlich etwas zu feiern. Gestern war nämlich ihr letzter Arbeitstag im »Kronprinzen« gewesen. Doch schon morgen sollte sie in der »Drachenschänke« antreten, einem beliebten Ausflugslokal, von dessen Terrasse man einen herrlichen Blick über die Elbe hatte.

Das linker Hand erhöht liegende Lokal kam in Sicht, als sie die Brücke über die Priessnitz betraten.

»Das ist ja auch eine komische Idee!«, maulte sie. »Morgen hab ich hier um sieben Uhr Gewehr bei Fuß zu stehen. Aber dir musste es ausgerechnet heute einfallen, auf den Wolfshügel zu kraxeln. Als ob es Spaß macht, sonntags dort vorbeizuwandern, wo man in genau siebzehn Stunden antanzen soll.« Sie seufzte verdrossen auf und schaute sehnsüchtig der Droschke nach, die gemächlich in Richtung Loschwitz fuhr. »Überhaupt, deine Sorgen, Frau Wezel, möchte ich haben. Oder wenigstens ein Stück von deinem Glück! Du spielst Klavier, unterrichtest im Salon eines Millionärs, lebst von gesitteten Schülerinnen und hast anscheinend so viel Macht über deinen Gönner Felix Rosenow, dass er dir aus der Hand frisst, statt irgendwelche Gegenleistungen zu fordern.«

»Was du für verdorbene Gedanken hast …«, entgegnete Marina. »Gönne mir meine Galgenfrist! Glaubst du, sie währt ewig? Bislang schützte mich die Wirtschaftsdepression vor Heiratsanträgen und so weiter. Die Rosenows sind Geldmenschen, Gunda. Solange es mit den Finanzen nicht hundertprozentig stimmt, solange bleibt ihr Herzenstürchen erst einmal verschlossen. Aber da nach Felix' Einschätzung die so genannte Konsolidierungsphase begonnen hat, läuft mein Zeit-Freiheitskonto jetzt ab. Das ist das eine. Das andere: Jeder wie er kann. Gunda, du hast auch Karriere gemacht. Von der Küchenhilfe im Kronprinzen zur rechten Hand des Küchenchefs in der Drachenschänke. Warum hast du mir vor einer Stunde nicht gesagt, dass dir der Wolfshügel zu viel ist? Dann wären wir eben in den Großen Garten gegangen!«

»Ist ja schon gut!«

Schweigsam liefen die beiden Freundinnen nebeneinander her. Es ging weiter bergauf, irgendwann passierten sie einen Weg, von dem aus die Waldschlösschen-Brauerei in Sicht kam. Natürlich waren sie nicht die einzigen Ausflügler, die den Anstieg zur Bautzener Straße in Angriff nahmen. Hinter ihnen schnaufte eine Großfamilie den Weg hinauf, vor ihnen eine Horde Internatsjungen aus dem Ehrlichschen Gestift. Sie winkten dem Raddampfer der Königlich-Sächsischen Dampfschifffahrt zu, der voll besetzt nach Pillnitz unterwegs war. Ein paar Jungen pfiffen, andere schwenkten Papierfähnchen. Auf dem Dampfer grüßte irgendwer mit einer Trillerpfeife, kurz darauf ertönte die Dampfhupe des Schiffs.

»Weißt du, was?«, sagte Marina schließlich. »Wir ersparen uns den Wolfshügel. Ich lade dich auf Kaffee und Kuchen in die Saloppe ein.«
»Großartig. Ich werd' mich revanchieren.«
»Arg begeistert klingst du ja nicht gerade.«
»Ach, Marina …«
»Was ist los?«
»Nachher. Im Übrigen habe ich ja noch Hoffnung.«
Marina und Gunda wanderten auf einem von einer Mauer gesäumten Weg, die den Elbhang befestigte. In den Ritzen der Sandsteinquader blühten vereinzelt Veilchen, im Sommer sonnten sich hier die Eidechsen. Aus den oberhalb liegenden Obstgärten und Rebzeilen wehten den Spaziergängern Kompost- und süßliche Mistdünste in die Nase. Aber die überall erwachte und zum Teil schon blühende Natur entschädigte für diese speziellen Duftnoten. Ein Mädchen zerrieb ein paar Holunderblätter in den Händen, roch daran und pflückte daraufhin einen Strauß Butterblumen. In den zartgrünen Schlehen- und Weißdornbüschen balgten sich Spatzen und Amseln. Gunda, bemerkte Marina, hatte für all dies keine Blicke. Sie schaute lieber auf ihre Stiefelspitzen als in die Weite. Selbst als sie die Baustelle des Wasserwerks erreichten, blieb sie nicht stehen, sondern bog gleich in den Weg ab, der direkt auf die Bautzener Landstraße führte.
»Warum auf einmal so schnell!«, rief Marina. »Ich dachte, du bist müde?«
»Nicht, wenn es Kaffee und Kuchen gibt!«, rief Gunda und lief noch schneller.
Als sie die Höhe der »Saloppe« erreicht hatte, drehte sie sich schwer atmend um. Ihr blaues Leinenkleid schien in den Nähten zu krachen, so eng schnürte es sie ein, aber umso aufreizender hob und senkte sich darunter ihr Busen.
Warum hat sie eigentlich noch keinen Geliebten, wunderte

sich Marina. So wie sie aussieht – das runde Gesichtchen mit den roten Lippen, ihr Wuschelkopf, und wie sie geradezu lasziv ihr Gewicht von einem aufs andere Bein verlagert und mit den Stiefeln über den Boden schabt ... Von wegen! Marina glaubte auf einmal zu wissen, dass sie es faustdick hinter den Ohren hatte!

»Gunda, Gunda. Ob wir hier wohl einen Tisch finden?«

»Ein Plätzchen auf jeden Fall.«

Die »Saloppe« war ein Aussichtsrestaurant, dessen Gründung auf den Siebenjährigen Krieg zurückging. Ursprünglich diente es als Schänke für preußische Truppen, später, in den Befreiungskriegen, waren hier im näheren Umkreis Kosaken stationiert. Der geschäftstüchtige Wirt setzte auf Wodka, woraufhin die Kosaken seine Schänke nur noch Wodkabude oder Wutki chalupka nannten. Daraus wurde in den vergangenen Jahrzehnten die »Saloppe«, die in der warmen Jahreszeit zu Dresdens meistbesuchten Ausflugslokalen zählte.

Marina machte einem Serviermädchen Platz, das mit einem Tablett voller Brause- und Biergläser über die weiträumige gekieste Terrasse hastete. Die jeden Morgen frisch geharkten Wege waren längst festgetreten. An einer Stelle entdeckte Marina einen dunklen Fleck und ein paar Glassplitter. Es roch süß-säuerlich, wenige Schritte weiter zogen Schwaden von Kaffee, Zigarrenrauch und Eau du Cologne durch die Tischreihen.

Da die Linden noch keine Blätter trugen, lag die Terrasse in der vollen Sonne. Die Ausflügler blinzelten und schwitzten, stiernackige Herren rieben sich die Stirn. Immer wieder klagte jemand darüber, dass er zu warm angezogen sei, und die Damen, die einen Sonnenschirm dabei hatten, wurden scherzhaft beneidet. Es gab aber auch ein paar Sonnenanbeter, die ihre Stühle so drehten, dass ihr Gesicht voll von der Sonne beschienen wurde. Neugierig, teils misstrauisch, wurden sie beobachtet. Vor allem zwei vornehme reife Damen, die sich mit ihren Männern eine Flasche Champagner teilten, konnten diesen Anblick kaum fassen. Immer wieder schüttelten sie unter ihren großen Schirmen den Kopf, während sie an ihren Champagner-Flöten nippten.

»Platz für die verehrten Damen!«, rief jemand neben Marina.

Die Stimme gehörte einem Korpsstudenten in voller Montur, der mit seinen drei Bier trinkenden Kommilitonen angeheitert genug war, auf diese Art Bekanntschaft schließen zu wollen. Aber Marina und Gunda schenkten der Runde keine Beachtung und spazierten, ohne die Studenten eines Blickes zu würdigen, an ihnen vorbei. Im Übrigen hätten sie nur Platz gefunden, wenn sie sich auf den Schoß dieser stolzen Hähne gesetzt hätten – zwei freie Stühle waren an deren Tisch nämlich nirgends zu entdecken. Enttäuscht pfiff der Student durch die Zähne und setzte sich wieder.

Wenige Augenblicke später stutzte Marina. Sie zupfte Gunda am Kleid und machte sie auf einen Tisch in der ersten Reihe aufmerksam.

»O Gott! Das darf doch nicht wahr sein!«, stöhnte Gunda.

»Halt bitte deinen Mund!«

Das Ehepaar Lewenz schien keinen Gesprächsstoff zu haben. Heinrich war gerade damit beschäftigt, eine Zigarre anzuschneiden, seine Frau schaute gelangweilt umher.

Ihr und Marinas Blick trafen sich, woraufhin Marina Frau Kommerzienrat freundlich zunickte. Carola Lewenz indes schien einer persönlichen Begrüßung alles andere als abgeneigt zu sein. Sie winkte den beiden Freundinnen zu und machte ihren Mann auf sie aufmerksam. Auch Heinrich Lewenz schien die unerwartete Begegnung nicht zu stören, denn er erhob sich mit wohlwollendem Lächeln. Nachdem er Marina und Gunda begrüßt hatte, gab er vor, dass er sich aufrichtig freue, endlich die Dame persönlich kennen zu lernen,

von deren Konzert ihm seine Frau in so lobenden Worten berichtet habe.
»Darf ich Sie beide zu uns an den Tisch bitten?«
»Es wäre uns eine Ehre, Herr Kommerzienrat.«
Marina war etwas ratlos, denn obwohl der Lewenz'sche Tisch eigentlich vier Personen Platz bot, fehlten die anderen beiden Stühle. Lewenz aber war Lewenz, und Gunda und Marina bekamen ein eindrucksvolles Beispiel geboten, wie bevorzugt Herrschaften dieses Standes behandelt wurden. Heinrich Lewenz nämlich brauchte nur seinen Arm zu heben, und schon war ihm das zuvorkommende Lächeln des Serviermädchens sicher.
Geradezu konsterniert beobachtete Gunda, wie das Mädchen ihr Tablett voller leerer und schmieriger Gläser einfach auf den nächstbesten Tisch stellte und diensteifrig zum Tisch des Herrn Bankiers eilte.
»Sorgen Sie bitte für zwei Stühle.«
»Sofort, Herr Kommerzienrat. Haben Sie oder Ihre Gattin sonst noch einen Wunsch?«
»Uns ein Glas Weißwein, die Damen bitte belieben Sie, gleich selbst zu fragen. Sie sind unsere Gäste.«
»Sehr wohl.«
»Das geht aber fix.«
Gundas Bemerkung war unhöflich, und Carola Lewenz hielt auch für einen Augenblick empört die Luft an, doch Heinrich Lewenz war weniger zimperlich. Gut gelaunt stimmte er Gunda zu und ließ sich dazu herab, das Geheimnis der bevorzugten Behandlung zu verraten. Das Mädchen, erklärte er, sei die Nichte seines Hausdieners. Sie sei im Augenblick gezwungen, hier zu arbeiten, weil ihre ehemalige Herrschaft sie aufgrund der bekanntlich allgemein schlechten wirtschaftlichen Lage nicht mehr beschäftigen könne.
Marina indes hatte Gundas dramatisch-geheimnisvolle An-

deutungen nicht vergessen. Da sie unbedingt erfahren wollte, was passiert war, sogar einen Verdacht hegte, gab sie vor, bis die Stühle herbeigeschafft seien, wollten sie und ihre Freundin sich schnell ein wenig frisch machen.

»Was ist bloß los mit dir?«, raunte sie Gunda noch auf dem Kiesweg an. »Du verbreitest eine Laune – schrecklich! Versteh bitte, dass es wenig hilft, wenn du dich mit Bemerkungen hervortust, die dich in den Augen einer stolzen Bankiersgattin nur herabsetzen!«

»Du meinst, ich vermiese dir damit deinen Anstrich hehrer Anständigkeit?«

Gunda trat so heftig gegen die Schwingtür des Toilettenraums, als wolle sie sie eintreten.

»Hast du den Verstand verloren?«

»Ja!« Gunda drehte sich um und hatte Tränen in den Augen. »Zum Teufel, ich glaub, ich bin schwanger!«

»Ganz ruhig. Was heißt, du glaubst?«

»Weil … nun, in spätestens zwei Tagen weiß ich es bestimmt. Noch habe ich Hoffnung.«

»Ich verstehe. Aber wieso …«

»Du Unschuldslamm! Wieso! Wie alt bin ich denn? Er hat mich abends abgeholt, dann auf ein paar Glas Wein eingeladen und mir dabei schöne Augen gemacht. Nur eben nicht das erste Mal. Er ist nett, sieht blendend aus. Und weil ich dieses keusche Getue satt hatte, ging ich eben mit. Ich habe nichts zu bereuen. Es war schön. Einfach schön.«

»Wer?«

»Fritz von Spener.«

»Ich hab's geahnt.«

Das Wasser plätscherte so heiter aus dem Hahn, als mache es sich über Gundas Geständnis lustig. Marina wusch sich die Hände und beobachtete ihre Freundin dabei im Spiegel. Gunda stand verloren im Raum, kaute auf ihrer Unterlippe. Zum

Glück blieben sie ungestört, aber plötzlich kam es Marina so vor, als hätten sie und Gunda sich nichts mehr zu erzählen. Als schließlich eine Frau mit einem weinenden kleinen Jungen erschien, der sich den Matrosenanzug mit Torte bekleckert hatte, meinte Marina, es sei Zeit, dass sie die Plätze einnähmen.

Gunda machte ein gekränktes Gesicht.

»Du schweigst so wunderlich, Marina«, sagte sie, als sie der Schwingtür wieder einen Fußtritt verpasste. »Bin ich in deinen Augen jetzt ein gefallener Engel?«

»Bist du verrückt! Nicht so laut!«

»Du, jetzt reicht's mir aber!«

Marina fuhr herum.

»Entschuldige«, sagte sie versöhnlich. »Weißt du, ich bin bloß eifersüchtig, neidisch oder sonst was. Weil – jetzt hast du mir nämlich was voraus!«

»Voraus? Nein, etwas weg!«

Die Stimmung wechselte von einer Sekunde auf die andere. Während Marina rot anlief, begann Gunda zu kichern. Als die beiden am Lewenz-Tisch ihre Plätze einnahmen, glitzerten in ihren Augen die Lachtränen. Sie bestellten Kaffee, Eierschecke und – auf Carola Lewenz' Empfehlung hin – einen Orangenlikör. Von der Elbe zog ein sanftes Lüftchen herauf, das den Geruch von Wasser und frischem Gras mit sich trug. Wieder ertönte das Signalhorn eines Raddampfers, diesmal als Warnung für zwei mit Baumstämmen beladene Lastensegler, die träge auf die andere Uferseite in Richtung Vogelwiese trieben.

An diesem Platz könne man gut ein paar Stunden verträumen, meinte Marina. Allerdings dürfe es dabei nicht so weit kommen, pro Stunde dann auch ein Stück Eierschecke zu verzehren. Zumindest nicht solch große Stücke wie hier, fügte sie hinzu und nippte an ihrem Likör.

»Sie wollen damit sagen, eine Pianistin habe genauso auf ihre Figur zu achten wie auf ihre Finger?«, griff Carola Lewenz die launige Bemerkung auf.

Ihre Augen sprühten, und sie lächelte schelmisch.

»Eine Dame sollte, meine ich, immer auf ihre Figur achten«, sagte Gunda etwas einfältig, nicht ahnend, dass ihre Äußerung sie in den nächsten Minuten in tiefe Verlegenheit stürzen würde.

Heinrich Lewenz nämlich erlaubte sich die Bemerkung, dass dies für eine Frau in anderen Umständen nicht gelte. Denn Figur hin oder her, er habe erst kürzlich wieder gelesen, dass der Wahn der schmalen Taillen der Gesundheit werdender Mütter höchst abträglich sei. Dabei schaute er ausgerechnet Gunda an, die gerade das letzte Stück Eierschecke verspeist hatte.

Gundas Miene versteinerte. Heinrich Lewenz zog eine Augenbraue hoch, machte sich zu Gundas großer Erleichterung jedoch lieber daran, endlich seine Zigarre anzuzünden, als noch länger derart intime frauliche Themen zu erörtern. Sein Gesicht verschwand hinter einer graublauen Tabakwolke, die sich zunächst über seinem Kopf verwirbelte, bevor sie sich im Geäst der knospenden Linden verflüchtigte.

Carola Lewenz freilich war nicht entgangen, wie sehr Gunda die Worte ihres Mannes getroffen hatten.

»Jetzt möchte ich aber von Ihnen nicht hören, Gunda, mein Mann könne Gedanken lesen«, sagte sie so besorgt wie boshaft und neigte den Kopf in Erwartung frischer Klatschgeschichten neugierig zur Seite. »Oder etwa doch?«

»Gunda hat zum Glück andere Sorgen«, half Marina ihrer Freundin und dachte sich schnell eine halbwegs passende Geschichte aus. »Aber es ist schon eigenartig. Ihre neue Stellung als rechte Hand in der Drachenschänke verdankt sie tatsächlich einer werdenden Mama, die sich ins Hausfrauendasein verabschiedet hat.«

»Tatsächlich?«, fragte Carola Lewenz enttäuscht.
»Ja, Frau Kommerzienrat«, bestätigte Gunda. »Was die Drachenschänke betrifft, hat übrigens Herr von Spener ein gutes Wort für mich eingelegt. Er schrieb mir eine Empfehlung. Soviel ich weiß, ist sein Onkel mit dem Betreiber des Linkeschen Bads befreundet, dem die Drachenschänke ja gehört.«
Das war nicht gelogen. Doch kaum war der Name von Spener gefallen, wurden Carola Lewenz' Blicke scharf. Ihr Lächeln erstarb, und Marina glaubte, ihren Augen nicht zu trauen, weil die Miene der Bankiersgattin von einem Augenblick auf den anderen einen eifersüchtigen Ausdruck annahm.
»Ah, der Herr von Spener«, sagte Heinrich Lewenz gedehnt und fuhr sibyllinisch fort: »Es soll Menschen, ja ganze Institutionen geben, die ihm und seinem Onkel einiges verdanken.«
»Heinrich!«, rief seine Frau empört.
»Ja, Liebes. Ich bin durchaus im Bilde!«
Heinrich Lewenz' spöttische Bemerkung klang echt. Er tat, als hätte er noch immer gute Laune und als interessiere ihn im Moment nur die glühende Spitze seiner Zigarre. Versonnen betrachtete er den weißen Aschezylinder und paffte, den Kopf entspannt in den Nacken gelehnt, dichte Tabakschwaden ins Geäst der Linden. Doch in Wahrheit bereute er, der Langeweile nachgegeben und Marina und Gunda an den Tisch gebeten zu haben.
Es ist doch zum Auswachsen, dachte er. Schon wieder fällt dieser Name! Als ob du ihn für alle Ewigkeit nicht mehr loswerden sollst!
Heinrich Lewenz paffte mit einer Vehemenz, als wolle er den bösen Spener'schen Geist ausräuchern. Seine Frau und er hatten sich extra hier unter die niedrigen Stände gemischt, um ein wenig Abstand zu gewinnen, doch selbst an diesem Ort hatten Fritz von Spener und sein Onkel sie wieder eingeholt! Wenn es, befürchtete Heinrich, einem der beiden Fräuleins nun noch

einfiel, von Kurt Zacharias zu sprechen, würde seine Frau vermutlich beginnen, Gift und Galle zu spucken.
Das Spener'sche Geld hatte das Bankhaus zwar gerettet, und der abenteuerliche Plan von Kurt war auch aufgegangen. Aber dann hatte Georg sich ein paar Tage später verplappert, womit er der euphorischen Stimmung seiner Mutter gleichsam mit dem Fallbeil begegnet war. Eines kam zum anderen. Nicht nur, dass Carola Lewenz in den folgenden Tagen mittels hysterischer Wutausbrüche aus ihnen beiden herauszwang, wie ihre Mitgift für eine angeschlagene Firma und für Reklamezwecke verbraucht worden war – mehr noch, sie erfuhr auch, wer der eigentliche Urheber dieses Husarenstücks war.
Sie fühlte sich so gedemütigt, dass sie kurz davor war, sich etwas anzutun. Seitdem durfte in ihrer Gegenwart niemand den Namen Kurt Zacharias erwähnen. Und was Kurt betraf, so war die Sache noch nicht einmal ausgestanden. So loyal Kurt zum Bankhaus stand, Heinrich graute davor, dass Kurt seiner Frau in einer Anwandlung sentimentaler Rechtfertigung verraten hatte, wer in den Büchern zuerst die Eisenbahnaktien und damit die Mitgift entdeckt hatte – einmal ganz davon abgesehen, dass auch Adam und Thaddäus sich fortan immer unter Kontrolle hatten und schwiegen, auf was für eine Weise und mit welch lächerlich-grotesken Geldmitteln die Sanierung des Bankhauses angeschoben worden war.
Heinrich Lewenz überlegte noch, wie er das Gespräch auf ein unverfänglicheres Thema lenken konnte, da sagte Gunda:
»Ich kann mir gut vorstellen, dass es neben mir noch andere Menschen gibt, die in Herrn von Speners Schuld stehen. Aber wer weiß, vielleicht ist auch er jemandem verpflichtet? Wir alle sind nicht frei. Jeder Große ist einem noch Größeren verpflichtet, und umgekehrt gilt das auch für uns kleine Leute, besonders für die Frauen. Verpflichtung wird hier zur Verantwortung. Das Dienstmädchen, das fehltrat und das Pech

hat, die Früchte seiner Verfehlung tatsächlich ernten zu müssen …«

»Aber Gunda, warum machen Sie sich darüber einen Kopf?«, warf Carola Lewenz entrüstet dazwischen. »Was hat Sie Moralphilosophie zu interessieren! Auch wenn ich geneigt bin, Ihnen zuzustimmen, vergessen Sie nicht das Gesetz von Ursache und Wirkung. Jeder Mensch, ob arm oder reich, ist in der Lage, vorher innezuhalten, einen Moment die Vernunft walten zu lassen und nachzudenken und dann erst zu handeln. Merkt ein Pianist oder eine Pianistin, dass sie Gefahr läuft, sich zu vergreifen, wird sie die Handhaltung korrigieren, um es nicht zur Dissonanz kommen zu lassen. Ist es nicht so, Fräulein Wezel?«

»Schon, Frau Kommerzienrat …«

»Für Sie bitte Frau Lewenz …«

»Danke, aber leider ist es doch auch wahr, dass selbst unsere Vorbilder schon aus einer geringen Verfehlung heraus einen dramatischen Akt werden lassen. Denken Sie zum Beispiel an das Duellbegehren unseres Reichskanzlers Otto von Bismarck gegen den Mediziner und Abgeordneten Professor Rudolf Virchow vor ein paar Jahren. Wenn Professor Virchow es nicht geschafft hätte, sich irgendwie herauszureden – die beiden wären mit Pistolen aufeinander losgegangen, hätten sich vielleicht schwer verletzt oder sogar umgebracht. Wo blieb da die Vernunft?«

»Bismarck war und ist leider ein Hitzkopf«, sagte Heinrich Lewenz. »Aber in der Tat, ich kann mich noch an Virchows Verteidigung erinnern. Ein Glanzstück! Er argumentierte, dass Bismarck in der ihm angekreideten nicht gelesenen Akte – es ging ja um die preußische Kriegsflottenpolitik – logischerweise nichts Gutes habe erkennen können, eben deshalb, weil er die Akte ja nicht gelesen habe. Daraus leitete Virchow ab, dass Bismarck folglich die ihm vorgehaltene Unwahrheit auch gar nicht gesagt haben könne. Denn schließlich könne niemand über Unbekanntes wissentlich etwas Unwahres sagen.«

»Das ist mir zu hoch«, sagte Gunda. »Aber mir fällt ein anderes Beispiel ein, was Ursache und Wirkung betrifft. Und das ist, wie ich finde, sowohl moralisch als auch philosophisch, Herr Kommerzienrat. Ihr Mitarbeiter Kurz Zacharias und meine Freundin Marina – beide sind Geschädigte eines Selbstmords. Dadurch aber sind sie für mich und Sie zum Glücksfall geworden. Ich habe mit Marina eine wunderbare Freundin gefunden und Sie, Herr Kommerzienrat, mit Herrn Zacharias einen tüchtigen Mitarbeiter, der Ihren ehrenvollen Pensionsfonds betreut.«

Gunda hatte kaum ausgesprochen, da spritzte schon der Kies auf – so vehement erhob sich Carola Lewenz von ihrem Stuhl. Wovor sich Heinrich Lewenz die ganze Zeit gefürchtet hatte, geschah: Seine Frau machte eine Szene. Wer ein tüchtiger Mitarbeiter sei, zischte Carola Lewenz, bräuchte sie sich nicht von einer Küchenkraft sagen zu lassen. Sie griff nach ihrem Schirm, als wolle sie Gunda damit schlagen. Erst fegte sie ihr Weinglas vom Tisch, dann das ihres Mannes. Das eine zerbarst auf dem Boden, das andere am Stamm einer Linde. Der Rest Wein zerstob in einer Fontäne, von der etliche Tropfen auf dem Rock eines anderen Gastes landeten. Applaus und Bravorufe ertönten, die Gäste der »Saloppe« erlebten herrliches Theater. Und so unbeherrscht Frau Kommerzienrat Lewenz sich benahm, so verletzend waren auch ihre Worte.

»Dieser Mensch ist bestenfalls ein Angestellter! Merken Sie sich das, Sie dumme Gans! Was verstehen Sie überhaupt von Geld! Und was Herrn von Spener betrifft – glauben Sie etwa, Sie können jetzt Rechte anmelden, nur weil er Ihnen einmal geholfen hat?«

Mit diesen in ihrer Logik verqueren Sätzen verabschiedete sie sich. Den Schirm aufgespannt, stürmte sie, von lautem

Gelächter begleitet, zwischen den engen Tischreihen hindurch auf die offene Pforte des Garteneingangs zu. Ein Serviermädchen, das ihr zufällig in die Quere kam, rettete sich an eine Tischkante, und im letzten Moment gelang es ihr, das Tablett so weit in die Höhe zu halten, dass Carola Lewenz samt Hut darunter hindurchschlüpfen konnte.

Heinrich Lewenz erhob sich betont umständlich, mimte den überforderten, gestraften Mann. Sie sollten noch ein wenig die Aussicht genießen, riet er Gunda und Marina, vermied es aber, sie dabei anzusehen. Er setzte seinen mächtigen Zylinder auf, nahm seinen Stock und schritt mit würdevoller Miene ins Lokal. Vorher seufzte er laut und rief dann bühnenreif:

»Ach, die Frauen. Man muss sie einfach lieben. Ich wollt, ich selber hätte dieses schöne Temperament!«

Die Terrasse verwandelte sich in ein johlendes Theaterparterre. Die »Saloppe« hatte ihr Thema, und Marina und Gunda waren dabei so etwas wie bemitleidete Statisten. Sie sollten sich nicht einschüchtern lassen, rief man ihnen zu, im Übrigen gelte: Rache ist süß. Sie würden schon sehen. Natürlich hielt es die beiden keine fünf Minuten mehr auf ihren Plätzen. Vor Scham ganz wirr im Kopf verließen sie die »Saloppe« und marschierten dann doch noch auf den Wolfshügel.

Das Elbtal zu Füßen und der herrliche Blick auf Dresden ließen sie allmählich die Fassung wiedergewinnen.

»Was ist eigentlich passiert?«, fragte Gunda. »Und warum?«

»Ich weiß es nicht«, sagte Marina, und ihr Blick verlor sich in Richtung Meißen, wo die Elbe von einem blaugrauen Dunstschleier überzogen war. »Aber eines dürfte ja wohl klar sein: Sie hasst Kurt und hat wohl besondere Gefühle für Fritz von Spener.«

»Ich bin noch niemals in meinem Leben so beleidigt worden«, sagte Gunda. »Das werden Sie mir büßen, Frau Kommerzienrat ...«

»Für Sie Lewenz, bitte«, imitierte Marina Carola Lewenz' hochnäsigen Tonfall und rang Gunda damit ein, wenn auch bitteres, Lächeln ab.

»Erzähl das mal deinem Felix«, sagte Gunda.

»Er ist nicht mein Felix«, säuselte Marina.

»Egal. Aber dem Kurt Zacharias solltest du dieses Stück Frechheit nicht vorenthalten. Er soll sich in Acht nehmen! Frau Kommerzienrat hat nicht nur Haare auf den Zähnen, sondern ihre Seele ist schwarz wie der Teufel!«

»Verlass dich auf mich«, antwortete Marina fest.

Gunda sah sie überrascht an.

»Weißt du eigentlich, dass ihr beide gut zusammenpassen würdet?«

»So wie du und Fritz von Spener.«

»Wenn ich schwanger wäre, ob er mich dann heiraten würde?«

»Dich vielleicht. Deinen Stand wohl kaum«, sagte Marina hart. »Freilich würde ich es dir gönnen. Allein schon deshalb, um Zeuge zu werden, wie sich auf Frau Kommerzienrats edlem Antlitz das Entsetzen über den Untergang der alten Weltordnung malt. Aber ehrlich, Gunda, mit deinem Fritz von Spener bin ich nicht so ganz einverstanden. Irgendwie finde ich ihn nicht solide. Allein schon, dass Frau Kommerzienrat ein Faible für ihn hat, macht ihn mir verdächtig.«

Auch wenn Gunda zu den eher einfach gestrickten Persönlichkeiten gehörte: Was sie über das Wesen gegenseitiger Verpflichtungen gesagt hatte, war alles andere als dumm. Was sie hingegen nicht ahnte, war, dass ihre Vermutung in besonderem Maß auf ihren Liebhaber zutraf. Denn auch wenn Fritz seinem Onkel Raoul nicht direkt ausgeliefert war, so wog doch dessen jahrelange Unterstützung so schwer, dass Fritz damit rechnete, eines Tages dafür bezahlen zu müssen. Gunda gegenüber schwieg er sich darüber aus – dabei wurde er gerade in

den letzten Wochen das Gefühl nicht los, sein Onkel würde ihn über kurz oder lang zu sich bestellen, um gewissermaßen die Zinsen auf das in ihn investierte Kapital einzustreichen.
»Gunda, ich liebe dich«, sagte er schließlich eines Abends unvermittelt auf der Bettkante. »Aber du sollst wissen, es ist mein Schicksal, irgendwann an den Abgrund zu treten und hinunterzuschauen. Von da an werde ich unentwegt damit beschäftigt sein, nicht das Gleichgewicht zu verlieren.«
»Und wenn schon«, meinte Gunda. »Vergiss nicht, ich hab dein Schnürchen in der Hand und halt dich fest.«
Sie blies die Kerze aus und zog Fritz ins Bett. Erst einmal machte es Spaß, das mit dem Schnürchen wörtlich zu nehmen. Und die Sache mit den Abgründen – die waren so tief nun auch wieder nicht.

Onkel Raoul war mittlerweile mit seiner Schwägerin, Fritz' Mutter, nach Dresden übersiedelt. In der großbürgerlichen Wohnung an der Bürgerwiese, die nur fünf Gehminuten von der Felix Rosenows entfernt lag, lebten sie nach außen hin wie reiche Privatiers. Der in feines Tuch gekleidete, bärtige Herr, der mit seiner Kopfhaltung einen durch und durch professoralen Eindruck machte, war den Dresdner Bürgerwiesen-Flaneuren zwar frühzeitig aufgefallen, aber niemandem war der Gedanke gekommen, mit diesem würdig daherschreitenden Grandseigneur tatsächlich einen reichen Exindustriellen und einstigen Bergwerksbesitzer zu grüßen.
Zweifelsohne war Raoul von Spener dem Genuss nicht abgeneigt. Er hatte sinnliche, volle Lippen und war bislang stets mit Zigarre anzutreffen gewesen. Seine fleischige, leicht gerötete Nase wies ihn als passionierten Rotweintrinker aus. Dass er gerne lachte, zeigten die Fältchen um seine Augen – doch wer Raoul von Spener wirklich einmal gegenüberstand, kam ins Grübeln. Denn die Lachfältchen standen im denkbar größten

Kontrast zu den Augen, die klassische Raubvogelaugen waren: bernsteinfarben und wach, scharf und lauernd, Augen, von denen man ahnte, dass sie nie müde wurden, und die, wenn sie einen anschauten, hypnotische Kräfte zu haben schienen. Fritz betrog sich selbst jedes Mal aufs Neue, wenn er sich einredete, sich längst an diese Augen gewöhnt zu haben. Doch kaum sah Onkel Raoul ihn an, fühlte er, wie die Verunsicherung in ihm wuchs wie ein mit erschreckender Geschwindigkeit wachsendes Geschwür. Dies passierte auch in der Drachenschänke, in die Onkel Raoul ihn eingeladen hatte, um, wie er sagte, einen Blick auf Gunda zu werfen. Fritz hatte anfangs versucht, sein Unbehagen mit ein paar Flirts zu überspielen, doch Gunda hatte leider nicht nur ihren Tisch zu bedienen, sondern musste auch in der Küche nach dem Rechten sehen.

»Das Mädel hat's dir angetan, wie?«, meinte Onkel Raoul. »Darum hast du für sie die Empfehlung geschrieben, oder?«

»Ja.«

»Wann hast du sie kennen gelernt?«

»Letztes Jahr bei Felix Rosenow, bei dem Konzertabend seiner angeblichen Klavierlehrerin.«

»Wieso angeblich?«

»Die müssen doch längst was miteinander haben«, sagte Fritz. »So lange, wie dieses Arrangement schon läuft.«

»Ich hasse Gerüchte. Erzähl mir lieber, wie lange du diese Liaison noch aufrechterhalten willst. Dein Privatleben ist für mich – aus Prinzip und dir einsichtigen Gründen – zwar tabu, aber ein von Spener, finde ich, sollte wissen, von welchen Wiesen er die Blumen pflückt. Immerhin, sie scheint mir patent zu sein. Und hübsch ist sie. Keine Frage.«

Onkel Raoul war durchaus väterlich, manchmal geradezu jovial. Und weil sie beide schon eine Flasche Riesling geleert hatten und die Platte mit den Flussfrüchten der Elbe hervorragend gewesen war, gab Fritz zu, dass er sich durchaus vorstellen

könnte, Gunda für immer an seiner Seite zu haben. Raoul von Spener gab sich mit diesem Geständnis vorerst zufrieden. Spaß, ja, Kind, nein, schob er schließlich nach.
Fritz nickte.
Andernfalls, fügte sein Onkel noch hinzu, wäre es auch kein Unglück. Ihre Schecks seien schließlich gedeckt.
»Sitzen lassen, Fritze, finde zwar auch ich gegen die Moral, aber hinsichtlich des Weiterlebens unseres Namens poche ich auf eine gute Unterlage. Wer gärtnert, senkt den Samen besser in gute Erde.«
»Wieso erzählst du mir das gerade jetzt?«
»Weil ich, mein Bester, endlich weiß, was ich will. Womit deine Bemühungen und Recherchen der letzten Wochen und Monate zwar weitgehend überflüssig werden, aber das ist nicht deine Schuld, sondern allein meine.«
Fritz fühlte den typischen Druck in seiner Magengegend, wenn sich sein Gefühl der Unsicherheit in Angst verwandelte. Mit zunehmender Angst wuchs auch die Hitze, die dieser Druck erzeugte. Irgendwann wurde diese Hitze so groß, dass er glaubte, flüssiges Metall im Leib zu haben. Schon in St. Afra war dies so gewesen, zum Beispiel, wenn Massa Pet – Gott hab ihn selig – die Lateinarbeiten herausgab.
Aber wie schon zu Massa Pets Zeiten hatte Fritz nicht verlernt zu schauspielern.
»Ich bin nur dein Assistent, Onkel«, sagte er gelassen. »Du hast mir etliches an Erfahrung voraus, mich stets unterstützt – ich bin der Letzte, der dir mit Vorwürfen kommen würde. Aber neugierig bin ich natürlich schon. Sogar überaus gespannt. Und was das Mädel angeht, sei beruhigt: Es wird keinen Großneffen geben.«
»Wir wollen uns noch ein bisschen die Beine vertreten«, antwortete Raoul von Spener. »Dabei lässt sich alles besser erklären. Aber eines vorweg: Ohne deine Hilfe geht es nicht.«

Fritz hatte das Gefühl, das heiße flüssige Metall in ihm grabe sich einen Kanal in Richtung seines Herzens. Als Gunda die Rechnung vorlegte, brachte er nur mit Mühe ein Lächeln zustande.

»Gunda, mein Onkel Raoul – er weiß, wie es um uns steht.«

»Oh!«

Gunda riss die Augen auf, knickste. Doch kaum stand sie wieder gerade, verlagerte sie auf die ihr unnachahmliche Art das Gewicht von einem Bein aufs andere – was inzwischen so lasziv aussah, als sei sie eine Kokotte. Raoul von Spener warf seinem Neffen einen vielsagenden Blick zu und fühlte sich offenbar so sehr an die Begehren der Jugend erinnert, dass er sich über die Lippen leckte.

»Sie haben tatsächlich das gewisse Etwas, mein Fräulein«, sagte er. »Mein Neffe ist bestimmt gut bei Ihnen aufgehoben.«

»Da Sie dies sagen, Herr von Spener, werde ich Fritz jetzt noch mehr liebhaben.«

»Beherrsch dich doch bitte!«, sagte Fritz gereizt.

»Das tue ich schon die ganze Zeit«, erwiderte Gunda mit Unschuldsmiene, aber unanständig blitzenden Augen.

Raoul von Spener zückte die Brieftasche, zahlte.

Gönnerhaft legte er Fritz den Arm um die Schulter und schritt mit ihm gemächlich nach draußen.

Das Link'sche Bad glich einer im Stil eines Parks angelegten Kuranlage mit gepflegten, von niedrigen Lattenzäunen umgebenen Rabatten. Blumen und Linden dufteten, vor dem Aushang des Theaters standen die Menschen und studierten den Spielplan. Es herrschte eine überaus friedliche Atmosphäre, in der Drosseln und Finken ihre Abendlieder sangen. Die gelegentlichen säuerlichen Malz-und Gerstengerüche, die aus der Waldschlösschen-Brauerei wehten, trübten die Idylle nicht, denn die Sonne, die dunstig und feuerrot über der Elbe stand, wirkte an diesem Abend so geheimnisvoll wie im Märchen vom Goldenen Topf, das E.T.A. Hoffmann hier angesiedelt hatte. Sie verzauberte die breiten Sandwege zu goldenen Straßen, und wenn ihre Strahlen auf die Blätter von Linden und Espen fielen, schienen diese von innen zu glühen.

Onkel Raoul bot seinem Neffen eine Zigarre an, die Fritz dankend ablehnte. Er versuchte, sich zu entspannen, in dem er den Kindern zuschaute, die um das große Hauptrondell rannten und Fangen spielten. Es könnte alles so schön sein, so köstlich, dachte er. Wenn ich allein wäre, würde ich bis halb elf im Theater sitzen, danach Gunda abholen und mit ihr besprechen, was wir die Nacht anstellen würden. Stattdessen geht es mir jetzt an den Kragen.

»Es ist ganz einfach«, begann Onkel Raoul. »Ich begnüge mich mit Stichworten. Du wirst alles schnell verstehen. Erstens, wir haben seit einem Jahr einen neuen König, nämlich König Albert, und er lebe hoch. Zweitens, der neue Kriegsminister ist der Alte, und drittens, durch die Integration der königlich-sächsischen Armee in das deutsch-preußische Heer wächst das sächsische Truppenkontingent per se. Fabrice spricht von einer Verdoppelung der sächsischen Heeresstärke.«

»Du spielst auf die Albertstadt an,« sagte Fritz. »Hab ich Recht? Ich ahne, was du vorhast. Da alle Garnisonen, die bislang in den Gebäuden der Alt- und Neustadt untergebracht waren, in die Albertstadt umquartiert werden, wird dort ein beachtlicher militärisch-industrieller Komplex entstehen. In den glaubst du, lohnend investieren zu können. Denn die Idee der Albertstadt ist die einer selbstständigen Militärstadt.«

»Ich sag nur eines: So ist es.« Raoul von Spener drehte sich um, zeigte in Richtung Waldschlösschen-Brauerei und deutete einen Halbkreis an. »Dort hinten beginnt meine und deine Zukunft.«

Fritz' Angst ebbte ab. Sein Onkel wollte ihn nur auf den Arm nehmen. Denn wo sollten in der Albertstadt die Gewinne wachsen? Kasernenbauten, Depots für Bekleidung und Ausrüstung, Verwaltungsgebäude, Schuppen für größeres Gerät usw. waren Pfründe für Bauunternehmer und Zementwerker wie Felix Rosenow. Was hatte Onkel Raoul dort zu suchen? Ein Exindustrieller, der im Moment »nur« Geld anzubieten hatte?

Raoul von Spener fixierte seinen Neffen. Er wisse genau, was ihm gerade durch den Kopf ginge, sagte er freundlich und schaute einem Rauchring nach. Aber er sei ja auch noch nicht fertig.

»Denn«, fuhr er fort, »was sagst du, wenn ich, erstens, von einer Wäscherei spreche? Und, zweitens, von Artilleriewerkstätten, Pulverlaboratorium und Geschossfabrik? Zum einen haben Soldaten bekanntlich die Angewohnheit, ihre Monturen zu verdrecken, zum anderen brauchen sie Mordgerät. Der nächste Krieg, Fritze, steht vor der Tür. Glaub mir. Was winkt da für Profit? Wer auf Rüstung setzt, ist seines Unternehmens sicher.«

»Lieber Onkel!«, rief Fritz kopfschüttelnd. »Das mit der Wäscherei sehe ich ein, aber stellst du dir wirklich vor, du könntest mal so eben bei Minister Fabrice anklopfen und sagen: Gestatten, von Spener, ich bin derjenige, der Dresden einen neuen Rüstungskomplex finanziert?«

»So ungefähr, Fritz. Nur dass zu Beginn nicht ich vorspreche, sondern die Herren Kommerzienräte Lewenz. Sie werden ein gutes Wort für mich einlegen. Sie verwalten einen großen Teil meines Vermögens, haben den besten Leumund, einen mit königlichen Geldern gegründeten Pensionsfonds und verkehren bei Hof. Fabrice wird ihnen sein Ohr nicht verschließen. Wenn er darüber nachdenkt, dass ihn das erste Fabrikchen keinen Pfennig kostet, weil es vom Gespann Lewenz & Spener finanziert wird, kann er gar nicht zögern.«

»Und was hab ich dabei zu tun?«
»Du bist der Einpeitscher. Erst wird Georg das Fell gegerbt, dann dem Herren Papa, schließlich dem Alten.«
»Wie soll das gehen?«, rief Fritz entsetzt.
»Da solltest du jetzt eigentlich selbst drauf kommen«, antwortete Onkel Raoul vorwurfsvoll. »Denk einmal sieben Jahre zurück ... an den Karneval, ein Etablissement, Frau Diana ...«
Fritz hatte das Gefühl, als rotiere in seinen Eingeweiden ein glühendes Messer. Augen und Mund ungläubig aufgerissen, sackte er auf die nächstbeste Parkbank. Fassungslos starrte er vor sich hin, während sein Onkel sich gemächlich neben ihn setzte und an seiner Zigarre zog. Minuten vergingen, ohne dass einer von beiden ein Wort sprach. Die tief stehende Sonne in der Flussmitte färbte das Wasser rot, Segler und Boote verwandelten sich in Scherenschnitte. Im Foyer des Link'schen Theaters funkelten die Kerzenleuchter durch die offene Flügeltür, während sich in den Fenstern der Drachenschänke die Elbe gold-schwarz spiegelte.
Onkel Raoul hüstelte und griff in die Innentasche seines Gehrocks. Nach jeder Zigarre pflegte er ein Malzbonbon zu lutschen, die er in einem Ebenholzdöschen aufbewahrte. Er schüttelte es ein paar Mal, bevor er den Deckel abdrehte, und hielt es Fritz hin.
»Danke.«
Fritz steckte sich ein Bonbon in den Mund. Die scharfen Kanten wurden rund, das Bonbon stetig dünner. Fritz fand allmählich wieder zu sich. Wenn er das weiß, was noch? Das war das Erste, was er sich fragte. Georg und ich, wir knieten erst bei Massa Pet, dann versuchte ich, Hilfe zu holen. Als ich mit dem Türsteher zurück war, hatte Georg seine Daumen ... Fritz wandte den Kopf, sah seinen Onkel von der Seite an. Einzig er und der Türsteher hatten Georg so gesehen.
Hast du, oder hast du nicht? Fritz hatte sich geschworen, nie

über Georgs Antwort nachzudenken, obwohl er schon damals wusste, dass er sich damit nur selbst betrog. Mehr noch, Fritz gestand sich ein, dass Georg ihm damals genau die Antwort gegeben hatte, die er sich gewünscht hatte. Denn ein Orgasmus war in dieser Situation allemal leichter zuzugeben als ein Mord. Alles andere wäre für ihre Freundschaft zu belastend gewesen. Doch nun holte sie beide die Vergangenheit ein. Massa Pet hatte in seinem Grab gehustet und einen Dämon ausgesandt. Sieben Jahre hatte er die Wahrheit ruhen lassen, jetzt zwang sein Geist Onkel Raoul, mit diesem Pfund zu wuchern und Georg Lewenz, den Mörder Massa Pets, zu erpressen.

Und er, Fritz von Spener, war sein Werkzeug. Mitgegangen, mitgefangen, mitgehangen.

»Jetzt bist du so weit, nicht wahr? Lass uns besser in die Stadt zurücklaufen. Das entspannt.« Onkel Raouls Stimme war freundlich, aber tonlos. Er atmete tief durch und erhob sich. Dann, nach einer längeren Pause, sagte er bedeutungsvoll: »Fritz, es gehört zu den Erfahrungen des Lebens, dass unsere Väter nicht so sind, wie wir sie uns als Söhne vorstellen und wünschen. Was ich damit sagen will: Bis zu dem Unglück war Georgs Vater Heinrich häufig Gast bei Frau Diana – die übrigens noch immer unter derselben Adresse arbeiten lässt. Ich freilich kenne sie noch aus ihrer Chemnitzer Zeit – aber das war lange, bevor deine Mutter und ich zusammenfanden. Als Frau Diana, recte Lieselotte Simlich, damit aufhörte, sich selbst zu verkaufen, und davon faselte, hier in Dresden Bordellwirtin zu werden, streckte ich ihr aus einer Laune heraus das Geld dafür vor. Sie hat es mir nie vergessen, und wir wurden so etwas wie Freunde. Nur aus diesem Grund erfuhr ich von dem Desaster. Dass du damals mit dabei warst, Junge, dafür bist du ein viel zu auffälliger Typ.«

»Was hat Frau Diana denn erzählt?«

»Dass ihr Türsteher mitbekommen hat, wie die Daumen Georgs ihr Werk verrichteten, Fritz. Zum Glück war die Kopfwunde eures Lateinlehrers so gewaltig, dass die Gerichtsmedizin der Druckstelle an der Gurgel keine Beachtung schenkte. Es wurde nur das interpretiert, was offensichtlich schien: Ein Pauker erkennt einen seiner Schüler, beide stürzen entsetzt davon, und der Herr Gymnasialprofessor rutscht aus. Woher sollte die Polizei wissen, dass dieser unbekannte Schüler von seinem Lateinlehrer wenige Tage vorher mit einem Furz auf ein- und dieselbe Stufe gestellt worden war?«
»Aber woher wusste diese Frau Diana, wer Georg war?«
»Nun, ganz einfach: Weil Frau Diana genauso gerne im Hôtel de l'Europe speist wie die Familie Lewenz. Eine hübsche Vorstellung. Kunde und Puff-Madame essen von denselben Tellern und bekommen Suppe und Sauce aus dem gleichen Topf.«

Am Samstag war es immer am vollsten, aber auch am schönsten. Die Lichter der Schaustellerbuden, der Glanz bunter Schilder und die allerorten aufgestellten Fackeln stimmten die Besucher der Dresdener Vogelwiese auf den Höhepunkt ein: das große nächtliche Feuerwerk. Das Volksfest an der Elbe war die Hauptattraktion des Sommers, ein Fest, das Groß und Klein besuchte, Arm und Reich, Alt und Jung.
Marina und Gunda hatten sich bei Einbruch der Dämmerung mit Felix und Fritz vor der Schützenhalle verabredet. Die Damen waren pünktlich, die Herren dagegen ließen auf sich warten, was Gunda ärgerte, Marina hingegen recht war. Sie schlug vor, eine Viertelstunde ohne Begleitung über das Gelände zu streifen.
»Dann dürfen sich die hohen Herren, falls sie uns nicht über den Weg laufen, auch mal ein paar Minuten die Beine in den Bauch stehen.«

Gunda war einverstanden. Dieses Jahr herrschte wahrhaft ein toller Betrieb. Es sah aus, als ob die Menschen die Wirtschaftsdepression satt hatten und sich auf Teufel komm raus vergnügen wollten. Wurstbuden und Bierstände machten ein glänzendes Geschäft. Die Gerüche dampfender Siedekessel und gegrillten Fleisches wetteiferten miteinander, zogen durch die Budengassen und mischten sich mit den Düften gebrannter Mandeln und frisch gebackener Waffeln. Man konnte davon genauso Hunger bekommen, wie sich den Appetit verderben lassen – aber durstig machte die Luft auf jeden Fall.
Bier her, Bier her oder wir fall'n um!, grölte ein Männerquartett. Lüstern schauten die Kerle den hübschen, jungen Damen hinterher, die sich wenige Schritte weiter bei »Mustafa« eine Scheibe türkische Halwa kauften und noch an Ort und Stelle verzehrten. Und weil die erste Scheibe so gut geschmeckt hatte, entschloss sich Marina, gleich noch eine zu probieren.
»Mein Gott! Einmal im Jahr! Warum denn nicht!«
»Eben!«, pflichtet ihr Gunda bei. »Lass uns diesmal die Halwa mit den Pistazien ausprobieren!«
Mustafa, ein untersetzter Mann mit Schnauzer, schwarzem Kaftan und rotem Fez, war in Wahrheit gebürtiger Leipziger – aber einer, der offensichtlich am liebsten als Muselmann gelebt hätte. Sein Wagen war von außen mit Malereien von Moscheen und Palmen geschmückt, im Innern, hinter seinen Auslagen, war eine Karawane zu bewundern, die mit stolzen Kamelen durch die Wüste zog. Seinen türkischen Honig und die Halwa präsentierte er auf mächtigen Messingplatten, die getrockneten Feigen und Datteln bewahrte er in Kupferkesseln auf. Mustafa hatte natürlich auch rote Liebesäpfel im Angebot und verkaufte wie die Konkurrenz gebrannte Mandeln, aber diese gewöhnlichen Rummelplatz-Delikatessen kaschierte er mit Körben voller Walnüsse und bunten Schüsseln mit verführerischem nach Zimt duftendem Buttergebäck.

Gunda und Marina seufzten vor Wohlbehagen, als sie sich die neue Halwa-Spezialität in den Mund steckten. Wie auch das erste Stück war sie mit wenigen Bissen verspeist, und Mustafa hob erwartungsvoll das Messer, um eine dritte Scheibe abzuschneiden.

»Lieber nicht!«, rief Gunda. »Sonst werden wir süchtig und gehen deswegen Bankrott!«

Sie meinte, sie könne davon essen bis zum Umfallen, Marina stimmte ihr zu. Sie zerknüllte das Papier, warf es in den Abfalleimer und leckte sich die Fingerspitzen ab. Gunda zog ihre Freundin weiter, denn in der Zwischenzeit war das Bier gezapft. Und unter wiederholtem Klirren der Bierseidel und noch lauterem Jubel rann der Gerstensaft durch die durstigen Kehlen.

»Wer uns beobachtet«, raunte Gunda, »wird sagen: Hey, die beiden da! Schnabulieren türkischen Honig und lecken sich die Finger! Sieht ganz danach aus, als seien sie enorm liebeshungrig.«

»Du vielleicht!«, scherzte Marina. »Ich meiner Seel', bin's nicht.«

»Das weißt du erst, wenn du angefangen hast«, flüsterte Gunda. Sie zog einen Schmollmund und warf einem Leierkastenmann ein paar Pfennige in seinen Hut. Marina schaute sie strafend von der Seite an, aber insgeheim beneidete sie ihre Freundin, die ihr ehrlich gestanden hatte, wie sehr Fritz und sie einander genossen. »Weißt du, und wenn beide ein bisschen aufpassen, gibt's auch keine Kinder!«

»So so«, fiel Marina dazu nur ein, und sie fragte sich, wie dieses »Aufpassen« eigentlich vonstatten ging.

Sie war aufgeklärt genug, von Kondomen zu wissen. Aber was gab's da aufzupassen? Meinte Gunda etwa ... aber das war unaussprechlich und Schweinkram dazu.

Marina dachte an Felix und verzog den Mund. Er hatte versprochen, ihr den Abend auf der Vogelwiese zu einem unvergesslichen Fest werden zu lassen, aber genau davor fürchtete sie sich. Dabei war es eigentlich Wahnsinn, wie sie sich verhielt! Felix war nett, sympathisch und reich dazu. Mit ihm auszugehen war ein Privileg. Hätte sie es gewollt, wäre sie wahrscheinlich längst mit ihm verheiratet. Sie würde in seiner Wohnung an der Bürgerwiese leben, bräuchte keinen Unterricht mehr zu geben und könnte den lieben langen Tag genießen.

Du hättest neue Kleider, würdest Schmuck tragen und bräuchtest nie mehr kochen und putzen. Den Flügel hättest du ganz allein für dich, und am Wochenende würdest du von deinem Landhaus aus in deinem eigenen Coupé Ausflüge machen. Felix würde dich auf Händen tragen! Und deine Schwiegereltern wären stolz auf dein Talent. Geld und Kunst – eine bessere Verbindung gibt es doch nicht.

Die Schützenhalle kam wieder in Sicht, und siehe da: Fritz und Felix waren inzwischen eingetroffen. Sie rauchten beide Zigarillos, deren Rauch, wie Marina fand, unangenehm scharf roch.

»Da seid ihr ja endlich! Wir sind kurz davor, Wurzeln zu schlagen. Kommen um vor Langeweile!«

Felix breitete die Arme aus und Gunda eilte auch sofort los, aber natürlich umarmte sie nicht ihn, sondern Fritz. Marina hatte es längst nicht so eilig wie ihre Freundin. Als sie bei Felix ankam, lächelte er zwar noch erfreut, die Arme aber hatte er bereits wieder sinken lassen. Um ihn nicht zu sehr zu brüskieren, bekam er auf beide Wangen je einen dicken Kuss. Versöhnt nahm Felix Marina an die Hand und zog sie mit sich. Heute sei er unternehmungslustig wie lange nicht, meinte er bester Laune, ohne sich weiter um Gunda und Fritz zu kümmern, die eng umschlungen dastanden und Küsse tauschten.

»Wartet doch mal!«, rief Gunda.

»Macht fertig!«, rief Felix, ohne sich umzudrehen.

Er hatte ein Zelt entdeckt, vor dem zwei Fackeln rußten. Eine schwarze, bucklige Katze aus Pappe bewachte den Eingang, in dessen Flucht ein türkisfarbenes Licht leuchtete. Auf dem Boden lag eine Art orientalischer Teppich, in dessen Medaillon mit Flammenschrift der Name Fatima gewebt war.
»Da gehen wir jetzt rein!«, sagte Felix.
»Das ist doch Unsinn!«, entrüstete sich Marina. »Wahrsagerei! Und dann noch auf einem Rummelplatz. Sie erzählt dir doch nur das, was du hören willst.«
»Eben drum!«, sagte Felix. »Ich bin gespannt, was sie glaubt, was ich mir wünsche.«
Widerspruch war zwecklos. Marina ergab sich in ihr Schicksal. Doch im Zelt wurde sie neugierig. Plötzlich war sie sogar aufgeregt. Das türkisfarbene Licht stammte von vier Öllampen, deren Glas entsprechend gefärbt war. Sie standen auf einem massiven Tisch, hinter dem die Wahrsagerin saß. Sie war nicht eine alte Frau, wie Marina erstaunt feststellte, sondern ein Mädchen, vielleicht genau so alt wie sie.
Und dieses Mädchen war von einer geradezu sagenhaften Schönheit. In weiße Stoffe gehüllt, die geheimnisvoll in dem kühlen türkisfarbenen Licht leuchteten, erinnerte sie an eine orientalische Märchenprinzessin. Das prächtige Haar, das von goldenen Fäden durchwirkt war, lag halb offen auf Schultern und Brust, und ihre Handgelenke waren mit Dutzenden von goldschimmernden Armreifen geschmückt. Ihre großen Augen blickten ruhig und freundlich, und ihr wunderschön gezeichneter Mund lächelte so einnehmend, dass die Prophezeiungen, die ihm entschlüpften, bestimmt niemanden ärgerlich oder ängstlich machen würden.
So dachte Marina, und so dachte Felix.
»Sie sind ganz anders, als wir es uns vorgestellt haben«, sagte er.
»Das sagen alle«, antwortete das Mädchen und machte sich an

dem Samowar zu schaffen, der leise hinter ihr brodelte. Felix und Marina bekamen ein kleines Glas Tee serviert, der stark gesüßt war und intensiv nach Minze duftete. »Meine Großmutter hatte die Gabe, meine Mutter nicht«, fuhr das Mädchen fort. »Der ganze Zinnober mit Fatima und dem Orient ist natürlich nur Kulisse. Aber irgendwie muss man ja auf sich aufmerksam machen. In Wahrheit stamme ich aus Hannover. Mein Vater arbeitet bei der Eisenbahn. Jedes Jahr, wenn Vogelwiese ist, besucht er hier in Dresden seinen Bruder, der ebenfalls Eisenbahner ist. Dann darf ich mein Zelt aufschlagen und mir ein bisschen was dazuverdienen.«

»Da sind Sie aber tüchtig!«, sagte Felix anerkennend.

Er schlürfte den Tee und zückte dann die Brieftasche. »Das Geschäftliche regeln wir besser zuerst«, meinte er leichthin und schaute sich um, ob er irgendwo eine Preistafel entdeckte. Aber es gab keine. Nachher, sagte das Mädchen nur. Erst der Dienst, dann der Lohn. Marina musste gegen ihren Unmut und ihre Enttäuschung ankämpfen – oder war es die plötzlich tief im Inneren wachsende Furcht? Dieses Mädchen wirkte vernünftig, geradezu desillusionierend. Wenn sie all den Zinnober, wie sie es selbst nennt, lächerlich findet – was bleibt dann noch übrig außer der nackten Wahrsagerei?

Wenn dieses Geschöpf nun tatsächlich in die Zukunft schauen konnte?

Marina wurde von Sekunde zu Sekunde unsicherer. Die Ausstrahlung des Mädchens war unleugbar außergewöhnlich. Dazu ihre Schönheit und ihr Selbstbewusstsein – oder war diese bewusste Entzauberung doch nur der neueste raffinierte Trick dieses Gewerbes? Marina fand keine Antwort. Wenigstens bei dem Tee war sie sich sicher. Wenig Schwarztee, viel Pfefferminze und viel Zucker.

Das Mädchen bat um Felix' Hände. Konzentriert sah sie ihm in die Augen. Ihre Brust hob sich, und sie begann, tief zu atmen.

Dies dauerte vielleicht zwei Minuten, dann löste sie ihre Augen von Felix' Gesicht, drehte seine Hände um und betrachtete die Handinnenlinien. Schließlich begann sie zu sprechen: Felix sei, das zeige allerdings schon seine Kleidung und sein Griff nach der Brieftasche, ein begüterter Mann. Er liebe seinen Beruf, sei erfolgreich, aber auch sensibler, verglichen mit anderen Herren seines Standes. Überdies spiele er Klavier, sei aber eher unmusikalisch. Einmal sei er sehr verletzt worden, jetzt habe er Angst, noch einmal ähnliche Gefühle durchleben zu müssen. Als Kind sei er ein Außenseiter gewesen, der im zarten Alter einmal an der Schwelle des Todes gestanden habe.
»Ist das richtig?«
»Ja, alles.«
Marina wurde unwohl, obwohl sie schnell zu der Überzeugung gelangte, dass die Worte sehr großzügig ausgelegt werden konnten. Aber als das Mädchen dann ein paar Details erwähnte, die Felix bestätigte, bekam sie es mit der Angst zu tun.
»Und die Zukunft?«, fragte Felix bemüht heiter. Das Mädchen schaute ihm noch einmal prüfend in die Augen und wiegte den Kopf hin und her. »Nur raus mit der Sprache.«
»Sie heiraten die Dame neben Ihnen. Ich spüre auch ein Kind. Einen Jungen. Alles ist gut. Aber dann spüre ich merkwürdigerweise nichts mehr. Keine Krankheit, nichts. Sie scheinen einen Weg vor sich zu haben, dem meine Gabe nicht folgen kann. Das passiert mir hin und wieder. Was allein meine Schwäche ist, nicht die Ihre.«
»Aber dieses Nichts«, begehrte Marina auf. »Das ist doch der Tod, oder? Was sind Sie bloß für eine schandbare Person! Damit spaßt man doch nicht. So schön Sie sind, so skrupellos sind Sie!«
Felix versuchte, Marina zu beruhigen, aber die hielt es nicht mehr auf ihrem Stuhl. Draußen warf sie sich Gunda in die Arme, war so schockiert, dass sie zu weinen begann.

»Geht da bloß nicht rein!«, schluchzte sie. »Sie ist eine böse Frau!«
»Unsinn, Marina«, tröstete sie Fritz. »Komm, jetzt hauen wir den Lukas! Du wirst sehen, danach hast du das ganze Geschwätz vergessen.«
»Fritz hat Recht«, sagte Felix. »Ist doch wirklich alles bloß Geschwätz. Für das man dann noch so blöd ist, zu bezahlen.«
Er mühte sich, Marina aus Gundas Armen zu ziehen, was ihm aber erst nach ein paar Versuchen gelang. Als Marina sich schließlich beruhigt hatte, entschuldigte er sich bei ihr. In Zukunft, meinte er, werde er erst sie fragen und dann entscheiden. Aber interessant sei es doch trotzdem gewesen, oder? Marina schüttelte den Kopf.
»Ich kann kein Unheil mehr ertragen. Verstehst du das nicht?«
Sie erzählte, was die Wahrsagerin prophezeit hatte. Dass sie Felix heiraten würde, ließ sie zunächst aus, dann aber, buchstäblich im letzten Satz, rang sie sich auch dazu durch. Gunda fiel nicht mehr ein, als begeistert zu applaudieren, und auch Fritz ließ es sich nicht nehmen, Felix förmlich zu beglückwünschen. Daraufhin schubste Gunda die beiden zueinander und befahl ihnen mit Grabesstimme:
»Küsst euch. Besiegelt den Bund.«
Es wurde ein kurzer, echter Kuss. Aber er ist kürzer als der, den ich damals im Winter nach dem Weihnachtsmarkt mit Kurt getauscht habe, dachte Marina trotzig. Wenn dies kein Omen ist! Ich küsse den Mann, den ich nicht liebe, und denke an den, zu dem ich mich seit Monaten immer mehr hingezogen fühle. Wollte ich ihn nicht vor Carola Lewenz warnen? Hatte ich Gunda dies nicht sogar versprochen?
So wenig Marina nach Zärtlichkeiten war, diese kurze theatralische Szene verscheuchte die bösen Gedanken von Unglück und Tod. Und als sie dann allesamt das Lachkabinett mit seinen Zerrspiegeln besuchten, hatte sie die Fassung wiedergewon-

nen. Danach gab es aber erst einmal eine Thüringer und dazu ein Glas Bier.

Mittlerweile war es völlig dunkel geworden. Felix kaufte für alle Wunderkerzen, dann gab es für die Damen noch das obligatorische Lebkuchenherz und Zuckerwatte. Als sie »Hugo«, dem Stelzenläufer und Mätzchenmacher, ein paar Pfennige in die Blechbüchse warfen, war es elf Uhr. Die Stimmung war auf dem Höhepunkt. Aus allen vier Himmelsrichtungen drangen Musik und Lärm, aber auch die Zahl der Betrunkenen nahm zu. Singen verwandelte sich in Grölen. »Haut den Lukas!«, rief der bohnenstangenlange Schausteller, und sein Kompagnon schlug scheppernd die Becken aneinander, weil es einem Burschen gelungen war, das Bleigewicht die Stange hinauf bis zum Anschlag fliegen zu lassen.

»Wir hauen ihn!«, rief Felix.

»Und zwar kräftig«, sekundierte Fritz.

Er war der Erste, der den gigantischen Holzhammer auf die Platte krachen ließ, aber der Beckentusch blieb aus.

»Jetzt ich!«, rief Felix.

»Genau. Aber dann geht's mit mir weiter!«, erklang eine allen bekannte Stimme.

Kurt, der seine Mutter wegen des Feuerwerks ausführte, konnte es kaum abwarten. Und weil Felix es ebenso wenig wie Fritz fertig brachte, sich den Tusch zu holen, setzte er alles daran, seine Freunde zu schlagen – was nur ginge, führte er aus, wenn man den »Lukas« wirklich ernst nehme. Er zwinkerte Marina zu, stellte sich vor die Platte und hob den Hammer.

»Konzentration! Achtung!«

Mit martialischem Schrei schickte Kurt das Bleigewicht gen Himmel.

Tusch!

Gunda und Marina applaudierten, auch Fritz und Felix zollten Kurt ihre Anerkennung. Typisch Primus, meinte Fritz. Ob

Hammer, lateinische Grammatik oder Bankgeschäfte … er sprach nicht weiter, tat, als habe er sich verschluckt.
Kurts Mutter war das Gebaren ihres Sohnes natürlich peinlich. Wie er dastand, die Ärmel hochgekrempelt … so benahm sich doch kein Assistent eines Bankiers!
»Entschuldigen Sie ihn bitte«, sagte sie. »Er schnauft wie ein Fabrikarbeiter, tut, als habe er es nur in den Händen!«
»Beruhigen Sie sich, Frau Zacharias«, sagte Fritz. »Unser Kurti hat einfach multiple Talente.«
»Und eines davon hat er gerade unter Beweis gestellt«, sagte Gunda. »Wer weiß, was noch in ihm schlummert? Vielleicht spielt er irgendwann Violine? Oder schreibt einen Liebesroman?«
»Um Himmels willen!«
Kurts Mutter hakte sich bei ihrem Sohn ein, um ihn in Richtung Elbwiese zu zerren.
»Habt ihr auch Wunderkerzen?«, wollte Kurt noch wissen.
»Genug!«, rief Marina ihm nach, die Kurts Mutter die ganze Zeit nicht aus den Augen gelassen hatte. Sie ist es und ist es nicht, dachte sie. Wäre sie dir ohne Kurt über den Weg gelaufen, du hättest sie kaum wiedererkannt.
Die einst stolze Frau war geschrumpft, wie eingetrocknet – bestimmt hatte Kurt seine liebe Not, mit ihr auszukommen.
»So also schwingt ein Primus den Hammer«, sagte Gunda leichthin. »Mich würde glattweg interessieren, ob die Lewenz-Brüder genauso schlagkräftig sind.«
»Als ob das wichtig ist.«
Fritz sagte seine Bemerkung in einem derart harten Ton, dass Gunda zusammenzuckte. Doch schon im nächsten Augenblick hatte er sich wieder gefangen. Er lächelte entschuldigend, und um seine Ausfälligkeit wieder gutzumachen, küsste er Gunda erst die Hände, dann die Stirn.
»Frag nicht«, bat er leise. »Ich liebe dich doch.«

Marina war die Szene unangenehm. Nicht, dass sie Gunda ihr Glück missgönnte, aber zu ihrem Schrecken schien sich Felix am Glück der beiden allmählich zu berauschen. Sein Blick verklärte sich, sein Lächeln wurde sentimental. Hoffentlich macht er mir nicht während des Feuerwerks einen Heiratsantrag, überlegte Marina. Ich wüsste nicht, wie ich mich rausreden sollte.

Sie lenkte sich ab, indem sie an Kurt dachte, wie er beim »Lukas« gewonnen hatte. So lächerlich es ihr selbst vorkam, sie war stolz auf Kurts Schlagkraft. Wir sind eben aus ein- und derselben Stadt, sagte sie sich. Heimatkinder halten zusammen. Marina lächelte vor sich hin. Sie und Kurt hatten sich nur einmal angesehen, aber für sie war dies wie ein magischer Augenblick gewesen. Plötzlich machte sie sich Vorwürfe, dass sie ihn nicht längst von dem Desaster in der »Saloppe« erzählt hatte. Womöglich, überlegte sie weiter, spinnen die Lewenze noch eine Intrige gegen ihn, wollen ihn aus dem Bankhaus ekeln. Vielleicht weiß Fritz ja davon. Immerhin ist er Georgs engster Freund. Das könnte seinen Ausfall von eben erklären.

Himmel noch mal, begehrte eine Stimme in ihr auf: Du musst mit Kurt sprechen. Und zwar noch heute Nacht!

Fritz und Gunda waren ein erhebliches Stück zurückgefallen. Felix drehte sich um und machte Fritz mittels Handzeichen klar, dass Marina und er sich jetzt ans Elbufer begeben würden. Er zog seine Taschenuhr, drehte sich ins Licht und sagte, sie hätten noch eine halbe Stunde Zeit, bis das Feuerwerk gezündet würde.

»Machen wir doch bis dahin einen kleinen Spaziergang bis zur Buhne.«

Am Wasser standen überall Fackeln, deren Schein sich im träge strudelnden Wasser spiegelte. Zu jeder Fackel gehörte eine Raketenbatterie, die ein Feuerwerker bewachte. Geduldig erklärten die Männer den neugierigen Kindern, wie die Raketen gezündet wurden. Sie zeigten die Lunte und erklärten die Flugbahnen.

Nach einer Weile sagte Felix: »Marina, sag einmal ehrlich: Magst du mich?«

Marina blieb stehen und sah ihrem Freund und Gönner fest in die Augen.

»Ich mag dich sogar sehr, Felix. Ganz, ganz ehrlich.«

Sie stellte sich auf die Zehenspitzen und küsste Felix auf Wangen und Mund. Bewegt zog Felix sie an sich. Sekundenlang sahen sie sich in die Augen. Ihre Lippen berührten sich fast. Marina begann innerlich zu beben. Sie meinte es ehrlich. Aber wenn Felix sie jetzt fragen würde, ob sie ihn heiratete – sie hätte nicht ja sagen können. Es ging einfach nicht. Lieber Gott, schickte sie ein Stoßgebet zum Himmel, er ist gut, ich darf ihn nicht verletzen …

»Du stehst schlecht«, flüsterte Felix. »Du zitterst ja schon. Ich vergesse einfach immer, dass ich ein Lulatsch bin. Trotzdem, das muss ich jetzt loswerden: Marina, ich habe noch nie in meinem Leben einen Menschen so gern gehabt wie dich. Ich liebe dich.«

Er küsste Marina auf die Stirn und ließ sie los.

Marina war zum Weinen zumute. Felix war herzensgut. Wenn einer eine Frau verdiente, die ihn ehrlich liebte, dann war er es. Es wäre ein Verbrechen, ihm etwas vorzumachen.

»Felix«, bat sie, »bitte überlege dir gut, was du jetzt sagst. Denn die Wahrsagerin und das, was sie prophezeit hat, spukt mir noch immer im Kopf herum.«

»Ich weiß«, sagte Felix treuherzig. »Aber eines sollst du wissen: Ich erfülle dir jeden Wunsch. Denn du wirst für immer meine Prinzessin sein.«

»Danke, Felix. Du bist ein Engel.«

Marina bekam feuchte Augen. Einen Augenblick lang wurde sie so wankelmütig, dass sie drauf und dran war, Felix um den Hals zu fallen und einfach ja zu sagen. Dann wäre alles vorbei, das belastende Grübeln und die Fragen, was das Schicksal noch alles mit ihr vorhatte. Sie dachte an ihre in diesem Fall überglücklichen Eltern, an die entbehrungsreichen Jahre im »Kronprinzen«, den Lärm in der Küche, das anstrengende stundenlange Stehen. Auch das demütigende Gefühl, eine Scheinexistenz als Klavierlehrerin auf Felix' Kosten zu führen, wäre für immer besiegt. Sie wäre endlich frei! Könnte reisen und in den Tag hineinträumen.

Vielleicht mache ich gerade den größten Fehler meines Lebens, sagte sie sich. »Darf ich dich in drei Wochen wieder ausführen?«, fragte Felix.

»Warum erst in drei Wochen?«

»Weil ich dann erst wieder aus Aue zurück bin«, antwortete Felix. »Mein Vater möchte sich aus dem Geschäftsleben zurückziehen. Für mich bedeutet das noch mehr Arbeit, und die beginnt damit, dass ich mich mit dem Generaldirektor dort bekannt machen soll.«

Ein Knall zerriss das Plätschern und Glucksen an der Buhne. Das Feuerwerk begann. Die erste Salve Raketen explodierte grünweiß über der Elbe. Kreisrund sich ausbreitende Sternenfeuer, rot-blaue Kometen, Sträuße in allen Regenbogenfarben, Zischen, Heulen und Jaulen, gewaltige orangefarbene Fontänen – von Sekunde zu Sekunde wechselte die Elbe im Widerschein der Explosionen ihr Gewand.

Felix und Marina eilten am Ufer entlang, um sich zu Gunda und Fritz zu gesellen und mit ihnen Wunderkerzen zu schwenken.

»Da sind sie!«

»Na, das wurde aber Zeit!«, meinte Gunda. »Sonst hätten wir Kurt angepumpt!«

»Ist er denn hier?«

»Rechts von dir. Da vorne. Ich glaube, er diskutiert mit seiner Mama. Sie sieht so aus, als fände sie es unanständig, dass ihr Herr Sohn mit Wunderkerzen die Dunkelheit anmalt.«

»Der Ärmste!«

Marina hatte nicht vergessen, was sie sich vorgenommen hatte. Sie ließ Kurt nicht aus den Augen, während sie eine Kerze nach der anderen über ihrem Kopf schwang. Gunda zeichnete Figuren, Felix und Fritz warfen ihre halb abgebrannten Kerzen in die Luft. Der Uferstreifen der Vogelwiese hatte sich in eine riesige Schlange verwandelt, aus deren Leib an unzähligen Stellen Funken sprühten. Beißende Rauchschwaden würzten die Luft, und das Ufern zischte von den abgebrannten und ins Wasser geworfenen Wunderkerzen.

»Ist das nicht herrlich?«, rief Gunda.

»Ja! Vor allem lustig!«

Felix und Fritz rannten wie die Kinder durch die Nacht, entzündeten immer neue Kerzen. Kurt dagegen stand reichlich steif neben seiner Mutter. Ihr zuliebe verzichtete er darauf, seinen Spaß an dem Spektakel offen zu zeigen, gleichwohl zündete auch er ein paar Wunderkerzen an. Doch statt sie zu schwenken, hielt er sie ruhig in der Hand, den Arm artig vom Körper weggestreckt.

Das ist deine Chance, erkannte Marina.

Sie zögerte nicht länger, ließ sich drei Kerzen anzünden und eilte in immer enger werdenden Kreisen auf Kurt und seine Mutter zu. Dabei tat sie so, als erkenne sie ihn erst in letzter Sekunde. Um sie herumtänzelnd, wünschte sie beiden eine frohe zweite Jahreshälfte. Ihre Kerzen waren schon zu einem guten Teil abgebrannt, als sie plötzlich Kurts freie Hand packte und ihn mit sich riss.

»Entschuldigung, Frau Zacharias, aber Kurt steht da wie ein Sauertopf.«

So schnell sie konnte, lief sie mit ihm ins Dunkel. Als ihre

Wunderkerzen erloschen waren, blieb sie stehen und stieß atemlos hervor, dass sie ihn dringend sprechen müsse.
»Natürlich, Marina.«
»Aber nicht jetzt. Und vor allem nicht hier!«
»Das ist mir klar«, sagte Kurt betreten, fast schon vorwurfsvoll.
Er hatte resigniert. Dieser Abend war ein Todesstoß für all seine Hoffnungen. Felix hatte das Rennen um Marinas Gunst gewonnen, und er würde sich damit abfinden müssen. Jetzt musste er verarbeiten, was geschehen war. Leider gab es da nur wenig zu begreifen. Er liebte Marina, sie ihn allerdings nicht. Es ist eine alte Geschichte und immer wieder neu, doch wem sie jüngst passierte, dem bricht das Herz entzwei. So ungefähr resümierte einst Heinrich Heine.
Da Marina auf keinen Fall Felix' Unwillen erregen wollte, machte sie es kurz. Kurt solle sie um zwei Uhr abholen.
»Ich warte vor der Tür!«
»Gut. Ich lade dich zum Essen ein!«
»Himmel noch mal. Nicht zum Mittagessen. Jetzt gleich. Nachher!«
Kurt war wie vor den Kopf geschlagen. Er begriff gar nichts mehr. Aber da hatte Marina ihn schon wieder an der Hand gepackt, und im nächsten Augenblick befand er sich wieder neben seiner Mutter. Das Ganze war wie ein Spuk, der vielleicht gerade eine Minute gedauert hatte.
Verdattert schaute er Marina nach, die übermütig die letzte Wunderkerze erbettelte. Felix hatte ihre Abwesenheit gar nicht bemerkt.
Ein Trommelfeuer von Explosionen kündete das Finale an. Aus allen Rohren wurde gefeuert, bis zuletzt vom anderen Elbufer ein aus Myriaden dunkelroter Funken bestehender Feuerball in die Elbe regnete. Die Menschen klatschten und jubelten, die Pärchen umarmten sich.

Die Fackeln erloschen eine nach der anderen, binnen einer Viertelstunde war es am Elbufer stockdunkel. Denn auch Budenbesitzer und Schausteller hatten ihre Lichter gelöscht. Der Sonntag im protestantischen Dresden gehörte wie in alten Zeiten dem Höchsten, die Volksbelustigung war zu Ende. Beamten vom Aufsichtsamt zogen über das Gelände der Vogelwiese, wer nach ein Uhr noch verkaufte oder ausschenkte, dem drohte eine Geldbuße.
»Bin ich auf einmal müde«, seufzte Marina. »Ich möchte jetzt nur noch liegen.«
»Wir auch«, sagte Gunda. »Gute Nacht.«

Kurts Mutter gehörte zu den Frauen, denen es ihre Söhne nur schwer recht machen konnten. Einerseits war Traute Zacharias stolz auf ihren Kurt, andererseits gab es für sie immer noch genug, was sie an ihm auszusetzen hatte – zum Beispiel seine wenig standesgemäße Hemdsärmeligkeit und der immer wieder zu Tage tretende sentimentale Zug, an das Gute im Menschen zu glauben.
Wie alle eifersüchtigen Mütter besaß sie genug Instinkt, Heimlichkeiten zu wittern und zu hintertreiben. Und so drängte sie ihren Sohn dazu, als der ihr verriet, sich noch in derselben Nacht »mit dieser Marina Wezel« zu treffen, er möge sie bitte am Antonsplatz übernachten lassen.
»Kurt, ich bin jetzt doch sehr erschöpft – es ist mir ehrlich gesagt zu weit in die Neustadt.«
»Selbstverständlich, Mama.«
Kurt war geneigt, seiner Mutter zu glauben. Dass damit seine Wohnung für alle Eventualitäten, an die er freilich selbst nicht glaubte, tabu war, nahm er hin. Schließlich, Marina wollte lediglich mit ihm sprechen. Sprechen. An anderes zu denken mochte zwar erlaubt sein, war nichtsdestotrotz aber töricht. Sie gehört Felix, sagt er sich. Mach dir nichts vor. Wahrschein-

lich will sie ihn mit irgendetwas überraschen. Ich bin nur der Postillon d'amour, weil sie nach wie vor glaubt, der Name Zacharias stünde ihr gegenüber für eine Verpflichtung oder Wiedergutmachung.
Traute Zacharias dagegen lächelte zufrieden. Schließlich, nomen est omen, dachte sie selbstironisch über sich, ein Mann trifft sich nicht weit nach Mitternacht mit einem so gut wie verlobten Mädchen. Da lag etwas Verbotenes in der Luft, etwas, das den Hauch von Unanständigkeit und Grenzübertretung an sich hatte. Traute Zacharias ging in ihrem Argwohn so weit, »dieser Marina Wezel« höchste Verdorbenheit zuzutrauen.
Zunächst jedoch ging alles seinen für ein solch ungewöhnliches Rendezvous gewohnten Gang. Während Traute Zacharias sich unter Kurts Plumeau ausstreckte und bald einschlief, machte Kurt sich frisch, rasierte sich sogar noch einmal und wechselte den von den Festgerüchen der Vogelwiese durchtränkten Anzug gegen einen neuen. Als er auf die Uhr schaute, war es kurz vor eins. Er streckte den Kopf aus dem Fenster und lauschte in die Dunkelheit. Es war still, aber die Stadt verströmte die heitere Unruhe einer schlafenden Schönen, die sich gewiss sein konnte, ihre Liebhaber am Morgen wieder zu betören.
Kurt natürlich war hellwach. Irgendwann schließlich schloss er das Fenster, warf einen letzten prüfenden Blick in den Spiegel und verließ seine Wohnung. Doch kaum auf der Straße, kam er sich lächerlich vor.
Ich sehe aus wie ein verfrühter Kirchgänger, sagte er sich. Und das Rasierwasser duftet, als wollte ich ins Theater. Sie kann mich eigentlich nur auslachen! Kurt, was hast du denn gedacht …
Er ging langsam, aber die Aufregung wuchs mit jedem Meter. Sein Hals wurde trocken, sein Herzschlag hart wie seine Schritte.

Und Marina? Sie war kaum weniger aufgeregt als Kurt. Nachdem sie sich von Felix verabschiedet hatte, legte sie sich angezogen aufs Bett und starrte an die Decke. Mehrmals hielt sie den Atem an, dann plötzlich keuchte sie heftig. Sie kam sich vor, als sei sie gefesselt, gleichzeitig aber empfand sie die Situation als eigentümlich erregend. Es war, als ob sie den Zeitpunkt des Umkleidens hinauszögern wollte – eine verrückte, lustvolle Qual, so als ob es ihr Spaß machte, wie ein Stück Fleisch im eigenen Saft zu schmoren. Dabei kamen ihr ständig Gunda und Fritz in den Sinn, die jetzt bestimmt das taten, worüber sie bislang bestenfalls gelesen hatte. Marina stellte sich vor, wie sie sich küssten, wie Fritz ihrer Freundin über die Hüfte streichelte und Gunda sich lustvoll gegen ihn drückte.
Waren das Bilder zum Aushalten?
Nein!
Trotzdem, sagte sie zu sich selbst, liege ich hier angezogen auf meinem Bett und warte auf einen Mann – mit dem ich wegen Felix Rosenow jedoch nichts zu tun haben darf und eigentlich auch nicht will. Verrückterweise ist er mir dennoch plötzlich so wichtig, dass ich ihn zwei Stunden nach Mitternacht vors Haus bitte, um ihm zu erzählen, dass eine dusselige Bankiersgattin böse auf ihn ist. Wie kindisch!
Ich bin verrückt geworden – oder verliebt?
Ruckartig schwang sie sich aus dem Bett und riss sich die Kleider vom Leib. Was für eine Wohltat! Endlich kam Luft an die Haut und milderte deren Hitze. Sie konnte frei atmen und sich die Brüste streicheln, die nicht mehr eifersüchtig von den Klauen des Korsetts bewacht wurden. Nackt! Die Kühle der Bettwäsche spüren, leicht sein, frei sein.
Marina fiel zurück aufs Plumeau und lauschte ihrem Körper. Sie versuchte, sich vorzustellen, wie es ist, wenn eine Männerhand sie streichelte, und spreizte verwegen die Beine.
So liegt Gunda jetzt vor Fritz, oder?

Wie lange kann man es überhaupt in dieser Stellung aushalten? Verdrossen streckte sie die Arme nach hinten, begann die Sekunden zu zählen. Es schlug halb zwei. Mit lasziver Langsamkeit streckte sie sich, blieb eine Minute lang ruhig wie eine Mumie liegen und kämpfte alle auf sie einstürmenden Gedanken nieder.

Gewaschen, in frischer Leibwäsche und neuem Kleid trat sie vor die Tür. Ohne Korsett. Fledermäuse huschten durch die Luft. Vom nahen Johannis-Kirchhof zogen die Düfte von Erde und Flieder heran und mischten sich mit dem kräftigen süßwürzigen Geruch des frisch gemähten Grases von der Bürgerwiese.

Punkt zwei Uhr hörte Marina Schritte – keine Minute später stand Kurt vor ihr.

»Rasierwasser?«, flüsterte sie.

»Ich ahnte, dass es zu deinem neuen Kleid passen würde«, raunte er ihr verschwörerisch ins Ohr.

»Du hast dich ja sogar umgezogen!«

»Sieht so aus. Ich war einfach den Geruch der Thüringer Würste Leid.«

»Lass uns im Johann-Garten sprechen«, sagte Marina.

»Gerne. Wie du willst!«

Marina hakte sich bei Kurt unter. Bis zum König-Johann-Garten sprachen sie kein weiteres Wort.

Der Garten war ein Park im französischen Stil, keine zehn Minuten von Marinas Wohnung entfernt und mit dem eigentlichen Großen Garten über eine Allee verbunden. Als Beispiel für die streng ausgezirkelte Gartenarchitektur des 18. Jahrhunderts wurde er beachtet, aber nicht gemocht. Buchsbäume, Zypressen oder schlichte Hainbuchen – alles war in strenge Form geschnitten, und die in verschiedenen geometrischen Formen angelegten Rabatten wirkten, als seien sie von einer Riesenmaschine aus der Erde gefräst worden.

Hier zu spazieren war wenig romantisch. Aber wenn schon am Tag nur wenige Besucher hierher fanden, nachts konnte man sicher sein, den Park ganz für sich allein zu haben. Vor allem in den beiden Hainbuchen-Schnecken, in deren Zentrum je eine verwitterte Steinbank den Besucher empfing, war man ungestört.

Dies war das Ziel – was beide in dem Moment anstrebten, als sie den Park betraten.

Vorsichtig, Schritt für Schritt, aneinander gekettet wie zwei Verschwörer, kamen sie im Dunklen auf den hellen Kieswegen voran. Sie konnten einander nur spüren und hören – ein Fest für ihre Sinne, die jeden Schritt mit wachsendem Vergnügen genossen. Beide waren sie gezwungen, den Rhythmus der eigenen Bewegungen dem des anderen anzupassen. Und da sie sich so gut wie nicht sehen konnten, wuchs sich dieses kleine Abenteuer zu einem geheimnisvollen Erlebnis aus. Natürlich war dies längst nicht alles. Marina war sich bald darüber im Klaren, dass Kurt und sie hier ein erotisches Spiel trieben, an dessen Ende ihr Verhältnis ein anderes sein würde. Und Kurt, der sein Glück kaum fassen konnte, Marina so verführerisch nah neben sich zu haben, begann zu hoffen, dass sie sich am Ende dieses Spaziergangs doch noch die drei schönsten Worte der Welt ins Ohr flüsterten.

In der Schnecke raschelte es, vor der Steinbank huschte eine Katze über den Weg.

»Kurt«, flüsterte Marina. »Soll ich Felix heiraten?«

Er zog Marina neben sich auf die Bank. Die Frage war so ermutigend wie enttäuschend. Doch er spürte, wie dringend Marina von ihm eine Antwort erwartete. Sie sah ihn von der Seite an, als ob sie glaubte, mit ihrem Blick die Dunkelheit besiegen zu können.

»Nein«, antwortete er, als habe er eine plötzliche Eingebung. »Weil du nämlich mich heiraten sollst.«

Er wandte ihr den Kopf zu, ihre Gesichter waren ganz nah. Kurt ließ in dieser Sekunde alle Hoffnung fahren – doch da passierte das Wunder: Sie küsste ihn. Es war wie ein Hauch, aber er wiederholte sich.

Als Kurt ihn ein drittes Mal spürte, riss er Marina an sich.

Sie küssten sich wie zwei Verdurstende, küssten, als wollten sie sich einen Vorrat schaffen, von dem sie zehren müssten. Ihre Leidenschaft war so groß, dass ihre Lippen wund wurden und sie erst voneinander abließen, als ihnen die Lippen taub geworden waren. Völlig einander hingegeben, lösten sie sich keuchend und sahen sich in die Augen – neugierig, forschend. Marina seufzte laut auf und kuschelte sich in Kurts Arme. Die kalte Steinbank machte sie frösteln.

»Lass uns gehen«, flüsterte Kurt.

»Und wohin?«

»Zu …«

Er brach ab, empört über die schlaue Einmischung seiner Mutter, aber auch über seine eigene Dummheit. Dann aber fiel ihm ein, dass deren Wohnung ja frei war.

Dann eben bei dir, Mutter, dachte er grimmig. Ist mir alles egal. Was mischst du dich auch immer ein!

Eng umschlungen verließen sie die Hainbuchen-Schnecke. Es war noch dunkel, aber schon bald würden die ersten Ausläufer der Morgendämmerung den Himmel erobern. Dazu kam, dass der Weg in die Neustadt weit war und die Ausflüge ins Reich des Küssens zusätzlich Zeit brauchten. Und natürlich hatte die Nacht kein Einsehen mit den Liebenden und machte für sie keine Ausnahme. Schon begann sie, sich im Osten zurückzuziehen, als das Paar endlich den Altmarkt erreicht hatte. Noch schwiegen die Vögel, aber die Minuten verstrichen mit derselben Geschwindigkeit, mit der Kurts und Marinas Begehren wuchs.

Mit jeder neuen Umarmung wurde bei beiden das Gefühl

intensiver, auch den nächsten, letzten Schritt zu wagen. Der Rausch ihrer Liebe hatte sich in körperliches Verlangen verwandelt. So verführerisch es für Kurt war, eine Frau an sich zu drücken, die kein Korsett trug – als sie den Altmarkt überquert hatten und wieder in die Dunkelheit der Schlossgasse eintauchten, fiel ihm ein, dass er den Schlüssel für die Neustädter Wohnung seiner Mutter auf dem Waschtisch hatte liegen lassen.

»Dann wird es nichts?«

Marina klang so süß und verspielt wie sonst nur in den schönsten Träumen. Und so blind die Liebe auch macht – vor allem macht sie erfinderisch. Kurt besann sich, dass an seinem Schlüsselbund ja noch ein anderer Schlüssel hing: nämlich der des Bankhauses Frauenkirche. Wo er bekanntlich ein Büro hatte.

»Lass dich überraschen«, flüsterte er Marina ins Ohr und bog mit ihr in die Rosmarin-Gasse ab.

»Du bist verrückt.«

»Wir beide sind es.«

Der Himmel über der Frauenkirche hatte an Schwarz verloren, aber die Vögel wollten noch lange nichts vom Morgen wissen. Trotzdem schien die Stille über den Straßen und Plätzen bereits an Kraft zu verlieren. Und wo sie noch bezwingend war, da hatte sie etwas Unheimliches an sich. Marina erfasste ein Schauder, als sie an der Westfassade der Frauenkirche vorüberschritt und ihr die Kälte des nächtlichen Schattens unter das Kleid kroch. Der Himmel zeigte keinen Stern, und plötzlich war es empfindlich kühl geworden. Marina schlang die Arme um sich, und als Kurt die Tür aufschloss, huschte sie als Erste durch den Seiteneingang ins Bankhaus.

»Möchtest du einen Cognac?«, fragte Kurt.

»Wenn du einen hast?«

»Komm mit.«

Zum zweiten Mal klirrte Kurts Schlüsselbund an diesem Tag gegen eine Tür. Es klang so selbstverständlich wie unschuldig – dissonant war allein das Quietschen der Klinke.
»Darfst du das denn?«
»Dir einen Cognac anbieten?«
»Nein. Ja. Einfach alles!«
Statt zu antworten, machte Kurt Licht, stellte die Lampe auf eines der Beistelltischchen. Der schwache Schein ließ den Geschäftssalon schrumpfen. Das Braun der lederbezogenen Sitzmöbel leuchtete behaglich, die Eleganz und gleichzeitige Strenge des Raums verlor sich. Die Gediegenheit die es jetzt ausstrahlte, passte wohltuend zum Cognac, der Marina von innen wärmte. Sie ließ sich noch einmal nachschenken, dann reichte sie Kurt ihr Glas. Schnell genehmigte auch er sich einen Schluck, dann wischte er das Glas mit seinem Taschentuch aus, polierte es und brachte die Bar wieder in Ordnung.
»Küss mich«, flüsterte er.
Marina spürte, dass seine Hände zitterten, als er sie umarmte. Sie küssten sich im Stehen, begannen zu stöhnen. Als sie voneinander abließen, schob Kurt Marina auf die Sitzmöbel zu. Nachdem sie sich wie eine Diva auf dem Sofa niedergelassen hatte, zog er ihr die Schuhe aus, kniete sich neben sie und begann erneut, sie zu küssen. Dabei jedoch wanderte seine Hand von ihrer Hüfte zu ihren Beinen.
»Marina …«
»Ich möchte es auch.«
Kurt seufzte glücklich auf und löste die Bänder des Oberteils. Marina setzte sich auf und zog sich das Kleid über den Kopf. Ihr knöchellanges Unterkleid war aus Batist, darunter trug sie nur ein bis zu den Knien reichendes Hemd. Als sie sich auch des Unterkleids entledigt hatte, streckte sie sich wieder auf dem Sofa aus. Dabei stachen die Knospen ihrer Brust aufreizend gegen das Hemd – eine Einladung, der Kurts Hände nicht

widerstehen konnten, während er Marinas Gesicht mit ungeduldigen Küssen bedeckte.
Doch nun wollte Marina mehr.
»Küss sie«, hauchte sie.
Er schob das Hemd bis zum Kinn hoch. Hungrig machte er sich über Marinas Brüste her, sog und knabberte an ihnen. Marina stöhnte, ihr Atem ging immer schneller.
»Fass mich an«, stieß sie plötzlich ungeduldig hervor.
Kurt drückte seine Hand auf Marinas Scham, die sich ihm wie eine schmiegsame Katze in die Hand presste. Er brauchte nur leicht mit dem Finger zu drücken, da spreizte sie auch schon die Beine. Das Gefühl, in ihren warmen Spalt einzudringen, war so überwältigend, dass er befürchtete, sein Glied würde sich in den nächsten Sekunden in einem Höhepunkt aufbäumen. So schnell es zu machen war, befreite Kurt es aus seinem Gefängnis, während er mit den Fingern der anderen Hand Marinas Vulva erkundete.
Schnell wollte er mehr.
Entschlossen wanderte er mit den Lippen nach unten, begann am Hals, verweilte bei den Brüsten und huschte mit der Zunge über Marinas Bauch. Sie wusste sofort, was er vorhatte, und schien es kaum erwarten zu können. Seufzend streckte sie ihm ihren Brunnen entgegen, wobei sie ihren Unterleib auf und ab bewegte. Kurt drückte ihr die Beine noch ein Stück weiter auseinander und ließ sich gehen, bis seine Zunge zu schmerzen begann. Nach nur wenigen Augenblicken lief ein Beben durch Marinas Leib, das in immer stärkere Zuckungen überging. Mit kehligem Schrei kam sie zum Höhepunkt, bäumte sich auf und sackte dann erschöpft zusammen.
Doch es war ihr noch lange nicht genug.
Sie setzte sich auf, um dann, so weit es ging, nach unten zu rutschen – so weit, bis sie mit dem Steißbein auf der Vorderkante des Sofas ruhte. Kurt kniete vor ihr, krallte die Finger in die

Sofakante. Ein kleiner Stoß genügte – er drang in sie ein, bis er auf Widerstand stieß. Er verharrte kurz in der Position, aber da spürte er schon, wie Marina sich ihm entgegenstemmte.
»Ich …«
Sie schrien beide auf.
»Tat es sehr weh?«
Statt einer Antwort strahlte Marina ihn an. Vor Erleichterung begannen ihre Augen zu glänzen, doch die Tränen verloren sich im selben Moment, in dem Kurt begann, sich wieder zu bewegen. Zwar bildete er sich ein, vor der Tür ein Scharren gehört zu haben, aber weil Marina ihn auffordernd ansah, achtete er nicht weiter darauf. Als sie zu keuchen begann und bald darauf stoßweise atmete, legte Kurt alle Zurückhaltung ab. Marina riss den Mund auf und begann zu japsen. Ihre Lust übertrug sich auf die Kurts, der jetzt spürte, dass er seinen Höhepunkt nicht mehr hinauszögern konnte.
Marina neigte ein wenig den Kopf, öffnete die Lippen und biss sich in den Daumen. Ihre Augenlider begannen zu flackern, und ihr Stöhnen wurde kehlig. Als Kurt brünftig aufschrie, kam auch sie zum Höhepunkt. Sie spürte, wie sich eine schmeichelnde Wärme in ihr ausbreitete – doch genauso wenig entging ihr, wie der Sandstein im Treppenhaus knirschte und vor der Tür des Geschäftssalons etwas raschelte.
Erschrocken sprangen beide hoch. So schnell sie konnte, zog Marina sich an. Kurt rückte das verschobene Sofa zurück und löschte das Licht. Draußen zwitscherten bereits die ersten Vögel. Unbemerkt von ihnen hatte sich die Morgendämmerung das Licht erobert. Ihr grauer blasser Schein lauerte hinter den Vorhängen, kroch hier und da bereits durch dessen Ritzen.
Beide lauschten angestrengt – doch jetzt war es hinter der Tür wieder still.
»Es war der Kater!«, sagte Kurt erleichtert. »Martin Lewenz' Kater!«

Er fasste Marina bei den Armen und küsste sie sanft auf den Mund. Marina zitterte. Die Beine zusammengepresst, starrte sie auf die Tür, schien Kurt keinen Glauben schenken zu wollen. Der nahm sie nach einem letzten prüfenden Blick noch einmal in den Arm und legte dann die Hand auf die Klinke..
Sekunden später schauten sie in den Lauf einer Pistole.
»Schieß sie nieder!«, ertönte die hysterische Stimme Carola Lewenz'. Sie trug einen hellen Morgenmantel und hatte ein Seidentuch um den Kopf geschlungen. »Um Gottes willen: Schieß doch! Schieß sie nieder! Wir haben alles gehört! Alles! Alles!«
Sie riss die Laterne hoch, Angst und Mordgier kämpften in ihren weit aufgerissenen Augen. Auch in Heinrich Lewenz' Gesichtszügen spiegelte sich völlige Fassungslosigkeit. Seine Haut war kalkweiß vor Abscheu, seine Miene ein einziges Zerrbild seiner selbst. Marina schlug die Hand vor den Mund, hätte am liebsten laut geschrien. Sie wünschte sich, auf der Stelle tot umzufallen, aber das Schicksal gönnte ihr nicht einmal eine Ohnmacht. Stattdessen fiel ihr just in diesen Sekunden ein, weswegen sie Kurt eigentlich hatte sprechen wollen – doch im Rausch der leidenschaftlichen Stunden hatte sie genau dies einfach vergessen!
Doch warum standen Heinrich und Carola Lewenz überhaupt vor ihnen und lagen nicht in Loschwitz in ihren Betten?
Wegen Max – wie sich jetzt auch Kurt erinnerte.
Max nämlich hatte gestern Geburtstag gehabt. Deswegen hatten sich die Lewenze nicht auf der Vogelwiese blicken lassen, und aus diesem Grund waren Heinrich und Carola Lewenz in ihrer Dresdener Wohnung!
»Stürzen Sie sich nicht ins Unglück! Beruhigen Sie sich!«
Kurt streckte die Hand aus, als wolle er die Waffe seines Chefs am Lauf packen.
Heinrich Lewenz ließ die Pistole sinken.

»Sie Schwein! Sie hinterhältiges Schwein!« Seine Empörung war so groß, dass sich seine Stimme überschlug. Hätte er nicht die Pistole in der Hand gehabt, er hätte Kurt wahrscheinlich niedergeschlagen. Jetzt musste er mit Worten prügeln, doch diese hatten schlimmere Folgen als ein Faustschlag ins Gesicht. »Nie wieder werden Sie einen Fuß über die Schwelle dieses Hauses setzen! Verschwinden Sie! Sie und Ihr lächerliches Flittchen! Es ist vorbei! Ein für allemal vorbei!«

Heinrich Lewenz trat zur Seite. Marina war noch wie gelähmt von der Beschimpfung, da riss Kurt sie schon mit sich. Ohne zu denken, rannte sie etliche Minuten hinter ihm her – so als wäre sie die kleine Schwester, die mit ihrem Bruder an der Hand vor dem bösen Mann flüchtet. Ihre Wangen waren tränennass, Scham und Entsetzen hatten sie verstummen lassen.

Schließlich blieben sie stehen.

Keuchend sah Marina Kurt in die Augen. Die Mundwinkel herabgezogen, schien sie etwas in seinem Gesicht zu suchen. Kurt kam es vor, als mustere ihn ein Gespenst. Doch bevor er etwas sagen oder sie an sich ziehen konnte, schlug sie zu.

»Ich hasse dich!«

»Marina!«

»Fass mich nicht an! Nie mehr! Tu das nie wieder!«

»Marina, ich liebe dich doch!«

»Aber ich hasse dich! Verstehst du? Ich hasse dich, Kurt Zacharias!«

Kurt sah ihr nach. Er wusste, dass er verloren hatte. Seine Zeit mit Marina war abgelaufen. Genauso wie die Jahre und Monate im Bankhaus Frauenkirche und Sachsens Hauptstadt.

Fritz nestelte nach seiner Taschenuhr: Viertel vor acht – noch fünfzehn Minuten. Unwillig seufzend schloss er die Augen und wartete, ob das Schicksal wenigstens diese letzte Viertelstunde ein Einsehen mit ihm hatte. Vielleicht schenkten diese

Minuten ihm doch noch ein wenig Entspannung! Schließlich – wie viele Tage gab es im Jahr, die so prächtig waren? So lau und sonnig, so friedlich? Sind es fünf, sieben, acht? Oder waren es weniger?

Ach, dieser Duft! Fritz, der in einem offenen Zweisitzer saß, breitete die Arme aus und atmete tief ein. Waldmeister! Man bekam sofort Durst. Bier mit Schuss – dann einfach ins Gras fallen und ein Mädel auf sich ziehen. Aber auch das Licht! Eine Sünde, sich nicht daran zu ergötzen! Es kitzelte in der Nase, kribbelte auf der Haut, schien sogar nach irgendetwas zu riechen – oder lag es nur an den angespannten Nerven? Natürlich nicht! Morgenlicht hatte diese Kraft. Man konnte es genauso spüren wie die kühlen Schattensprengsel des Birkenwäldchens! Fritz blinzelte in den Himmel, seufzte noch einmal laut und streckte sich. So könnte es jetzt weitergehen, dachte er. Tagträumen, dösen, einschlafen. Dann aufwachen und alles, was davor war, wäre nur ein dummer, schlechter Traum gewesen.

Leider sah die Wirklichkeit anders aus. Natur und Sommer waren das eine, Geschäfte das andere. Aber waren es wirklich Geschäfte? Wohl kaum. Fritz wusste nur allzu gut, dass es in den nächsten Stunden um etwas ganz anderes ging. In Wahrheit war das, was er hinter sich zu bringen hatte, ein Erpressungsbesuch! Deshalb trieb es ihn jetzt auch so um. Er kannte sich selbst kaum wieder. Hin und her gerissen zwischen Gereiztheit und Sentimentalität, Müdigkeit und Schicksalsergebenheit, fürchtete er, dass dieser Vormittag bei der Familie Lewenz seinem Leben eine verhängnisvolle Wende bescheren würde.

Georg und er hatten sich zum Frühstück verabredet.

Erstens war ich seit der Schneeballschlacht nicht mehr in Loschwitz, und zweitens habe ich eine wichtige Kleinigkeit mit dir zu besprechen.

So lautete seine Begründung, und weder Georg noch Heinrich hatten nachgefragt oder gar Anstoß daran genommen.
Fritz richtete sich auf und versuchte sich an einem unverfänglichen Lächeln, als der Zweisitzer in den Hof fuhr. Er wurde bereits erwartet. Viktor, der Hausdiener, geleitete ihn unverzüglich in den Salon, wo bereits die Servierwagen warteten. Gedeckt war draußen auf der Terrasse.

Heinrich Lewenz las Zeitung, Martin Lewenz saß abseits in einem Liegestuhl und sonnte sich. Mit der karierten Decke auf dem Schoß, der Strickjacke und den altmodischen Filzpantoffeln wirkte er ausgesprochen greisenhaft. Fritz sah darin ein gutes Omen. Er wird nicht mehr die Kraft haben zu kämpfen, sagte er sich. Seine Zeit ist unwiderruflich abgelaufen. Wenn Heinrich und Georg ihm entsprechend zusetzen, wird er Onkel Raouls Plan, in die Rüstungsindustrie zu investieren, nicht mehr vom Tisch fegen können.
»Der Herr von Spener! Hoffentlich bringen Sie Appetit mit?«
Carola Lewenz, die mit Georg auf dem Rasen Boule spielte, warf ihre Kugel mit legerem Schwung. Georg applaudierte.
»Du hast gewonnen!«
»Hab ich das?«
Ihr Lächeln, das sie Fritz zuwarf, verzauberte ihn sofort. Er musste sich zusammenreißen, um nicht sie, sondern ihren Mann anzuschauen, der sich steif aus seinem Gartenstuhl erhob und ihn begrüßte.
Wie zuvorkommend, dachte Fritz spöttisch und erinnerte sich an den Freitag vor Karneval, als er Heinrich Lewenz vorgestellt worden war.
Er bedankte sich für die Großzügigkeit, am trauten Familienfrühstück teilnehmen zu dürfen, und erging sich in ein paar Floskeln über das herrliche Wetter. Nach wie vor spielte er den bescheidenen Schulfreund, obwohl er eigentlich hätte trium-

phieren können – schließlich wäre ohne ihn der Deal des Bankhauses Frauenkirche mit seinem Onkel nicht zustande gekommen.
So freundlich und leutselig werden die Bankiers, dachte er, wenn sie wissen, wem sie das dicke Geld auf ihren Konten verdanken. Ob sich wohl Martin Lewenz genauso gab?
Fritz wurde wieder einmal überrascht, denn Martin Lewenz ließ sich überhaupt nicht stören. Er wedelte nonchalant mit der Hand und ignorierte damit sämtliche üblichen Förmlichkeiten.
»Ich bin alt, Sie sind jung. Ich bleib liegen. Sie brauchen sich auch nicht weiter um mich zu bemühen. Fühlen Sie sich einfach wohl.«
»Danke, Herr Lewenz. Und ich gestehe gerne, das tu ich auch. Sich hier nicht wohl zu fühlen und das an so einem herrlichen Tag, das wäre Sünde. Auf der Fahrt zu Ihnen konnte ich – ehrlich – ein paar neidische Anwandlungen nicht unterdrücken. Ich dachte, wer hier in Loschwitz, noch dazu mit Blick auf die Elbe, wohnen darf, dem hat der liebe Gott ein wahrhaft fürstliches Geschenk bereitet.«
»Fritz – un homme galant! Parliert wie ein Franzose!«
Georg umarmte seinen Freund und führte ihn an seinen Platz. Während auch Heinrich sich am Frühstückstisch niederließ, eilten Georg und seine Mutter zurück ins Haus, um sich die Hände zu waschen. Carola Lewenz kam frisch parfümiert zurück, setzte sich Fritz gegenüber und griff sofort nach einem Butterhörnchen.
»Sogar Boule ist anstrengend. Ich hab richtig Appetit bekommen. Was tun Sie, Fritz, wenn Ihnen der Kopf sagt: Hallo, vergiss deinen Körper nicht!«
»Gelegentlich einen Ausritt ins Grüne. Ich lass meinen Gaul dann entscheiden, wohin es geht. Wie es seine Art ist, wittert er natürlich Wiesen und Weiden aus. Das darf er auch gerne, aber irgendwann zwinge ich ihn zum Galopp. Aber was heißt

›er‹. Er heißt Ari und ist eine Fuchsstute. Sie steht bei den von Lüttichaus im Stall. Eine Bekanntschaft um ein paar Ecken. Die Drehscheibe war wieder Frau von Schleuning. Meine Mutter und sie stehen in regem Kontakt.«
»Oh! Ich werde neugierig, Fritz«, sagte Carola Lewenz.
»Das dürfen Sie.«
Doch bevor er noch ein wenig Klatsch verbreiten konnte, kam Georg, womit die Frühstücksrunde komplett war. Der Hausdiener und das Mädchen rollten die Servierwagen heran, nahmen die Deckel von den Schüsseln. Martin Lewenz rief, sie sollten sich nicht stören lassen. Er ziehe es vor, noch ein Weilchen im Liegestuhl zu bleiben.
Die erste halbe Stunde wurde nicht gesprochen. Es duftete nach Kaffee und Earl Grey, Konfitüren und Honig, Prager Schinken, Rührei, frisch gebratenem Speck, Weißbrot. Die Brötchen waren knusprig, die Hörnchen saftig. Fritz ließ sich nach einem halben Brötchen mit Orangenkonfitüre Speck und Rührei auflegen, was er mit großem Appetit verspeiste. Carola und er tranken Tee, Georg und sein Vater Kaffee. Nach einer Weile wurden die beiden großen Sonnenschirme aufgeklappt, und auch Georg und Heinrich saßen im Schatten.
Das Signal eines Elbdampfers übertönte das Klirren des Bestecks, ein schwacher Geruch von verbrannter Heizkohle wehte heran. Das Service war vom Feinsten: Meißen, Motiv Gelbe Heckenrose. Hatten wir doch auch einmal, erinnerte sich Fritz. Vater hatte es versetzt, genauso wie das Service mit den Streublumen.
Ein Service reicht doch, hörte er ihn verzweifelt sagen. Und weil Zwiebeln einem genauso die Tränen in die Augen treiben, wie mir deine Mutter, mein Sohn, behalten wir nur das Geschirr mit dem blauen Zwiebelmuster.
Fritz stand die Szene deutlich vor Augen. Sein Vater hatte weinend den Frühstückstisch verlassen, während seine Mutter

sich gleichmütig etwas Rührei auf die Gabel schob. Er hatte gehofft, sie würde irgendein Wort sagen, aber sie hatte geschwiegen. Fünf Minuten später wurde ihr Onkel Raoul gemeldet. Sie sprang auf, eilte durch den Salon und die Diele. Wenige Augenblicke darauf hörte er, wie Onkel Raouls Zweisitzer anzog. Das Getrappel der Pferde und die Geräusche der knirschenden Eisenreifen auf dem gepflasterten Hof wurden schnell leiser, und als sie nicht mehr zu hören waren, begann sein Vater ohnmächtig vor Wut zu schreien: Eines Tages, Raoul, wird Fritz mich rächen! Eines Tages, Raoul! Er kam zurück an den Frühstückstisch, setzte sich kurz hin, stand wieder auf, schlang die Arme um ihn und sagte: Fritz, echte Männer weinen. Denk an die Griechen. Im Trojanischen Krieg wehklagte Achilles um seinen Lieblingsfreund Patroklos mehr als ein Heer von Klageweibern. Aber er rächte ihn auch, indem er dessen Bezwinger Hektor im Zweikampf besiegte. Werde du mein Achilles!

»Der später von einem Pfeil des Gottes Apollon getroffen wurde?«

»Wir alle müssen sterben, Fritz. Aber du hast mich dann wenigstens gerächt.«

Die Erinnerungen waren zu deprimierend, als dass Fritz sie, ohne zu seufzen, beiseite schieben konnte. Sein Appetit reichte noch für einen großen Schluck Tee, dann machte er es sich in seinem Sessel bequem und schaute über die Stützmauer der Terrasse ins Weite.

»Erinnerungen?«, fragte Georg.

»Ja. An unsere Schneeballschlacht. Wie wir den Schnee von der Mauer fegten, du und Kurt …«

»Sein Name ist tabu, Fritz.«

»Wie bitte? Ich verstehe nicht …«

Wie vor den Kopf geschlagen schaute Fritz von Carola zu Heinrich Lewenz, dann zu Georg. Auf den Gesichtern von

Heinrich und seiner Frau spiegelte sich eisige Ablehnung. Beide starrten sie stur auf ihren Teller, während Georg Fritz knapp informierte, dass Kurt nicht mehr Angestellter des Bankhauses sei.

»Er hat sich etwas zuschulden kommen lassen, was ohne jegliches Maß ist. Was es war, wissen nur meine Eltern. Damit ist alles gesagt. Verzichte bitte in ihrer Gegenwart darauf, seinen Namen zu erwähnen.«

»Selbstverständlich.«

Fritz begriff nichts. Aber Georgs Ton und die Gesichter seiner Eltern machten ihm unmissverständlich klar, wie ernst es ihnen mit dieser Bitte war. Was nur war vorgefallen? Lange konnte es nicht her sein. Oder doch? Fritz begann zu überlegen. Das letzte Mal hatte er Kurt auf der Vogelwiese gesehen. Fritz ließ die kurze Begegnung beim »Lukashauen« Revue passieren, erinnerte sich aber an nichts Auffälliges. Bestenfalls hatte Kurt sich gelangweilt. Aber das war normal. Denn wer begleitet seine Mutter schon gerne auf einen Rummelplatz.

Obwohl Fritz noch länger spekulieren wollte, was der Grund für Kurts Rausschmiss aus dem Bankhaus gewesen sein könnte, war die Frage wichtiger, was das für ihn bedeutete. Ein Bankhaus Frauenkirche ohne Kurt war für ihn im Moment zwar schwer vorstellbar, aber im Grund genommen … Seit Martin Lewenz sich vom Geschäft zurückgezogen hatte, war Kurt gewissermaßen zum zweiten Kopf des ganzen Unternehmens geworden – wenn nicht mehr! Er war der Einflüsterer, der Ideengeber und bestimmt auch eine Art Krisenmanager. Fritz kam schnell zu der Überzeugung, dass die von Spener'schen Pläne ohne Kurt leichter umzusetzen waren. Ohne Kurts kritischen Verstand waren Georg und das Bankhaus schlichtweg geschwächt.

Doch es gab noch einen weiteren Vorteil: Wenn jemand in Frage gekommen wäre, mit dem Georg über das Karnevals-

Drama hätte sprechen können, wäre es Kurt gewesen. Da die Pläne Onkel Raouls darauf gründeten, wäre nur Kurt in der Lage gewesen, eine Gegenstrategie zu entwickeln – einmal ganz davon abgesehen, dass es grundsätzlich besser war, weniger Mitwisser zu haben.

»Sie sehen zufrieden aus, Fritz? Es hat Ihnen geschmeckt?«

»Danke, Frau Lewenz. Ich kam voll auf meine Kosten. Vorzüglich. Ganz besonders das Rührei! Gelb wie Sonnenblumen.«

»Das Geheimnis ist: Einfach das Eiweiß weglassen. Wie beim österreichischen Schmarrn.«

Carola Lewenz tupfte sich die Lippen, lächelte. Als ob sie dich verführen will, durchfuhr es Fritz. Ob sie weiß, wie sehr sie meinem Ideal einer Traumfrau entspricht? Ich könnte sie beißen, so sehr begehre ich sie. Ihre Sinnlichkeit gleicht einer vollreifen Erdbeere oder eines sonnendurchglühten Pfirsichs, ihre Schönheit ist die Aphrodites, und die Lust, ihren nackten Leib zu küssen, wäre köstlicher als alle erotischen Träume, die man mit anderen Frauen haben kann.

»Ich bin neugierig, Fritz. Frau von Schleuning und Ihre Frau Mama – Sie haben ein gutes freundschaftliches Verhältnis, nicht wahr? Wissen Sie zufällig, ob Frau von Schleuning – ich will ganz offen sein – sich abfällig über mich oder meinen Mann geäußert hat? Bei den Kaffeenachmittagen bei Hof wahrt sie freundliche Distanz. Ich habe sie aber von früher wesentlich herzlicher in Erinnerung.«

»Ich weiß, worauf Sie anspielen, Frau Lewenz«, antwortete Fritz, so mild er konnte. »Aber die Zeit wird für Sie arbeiten. Das Bankhaus hat Frau von Schleunings Konto ja längst entsperrt …«

»Mit der Folge, dass es noch weiter in den roten Zahlen ist als vor der Sperrung«, ergänzte Heinrich Lewenz. »Wir verzeichnen zwar ab und zu einen Eingang, aber die Abhebungen sind stets höher. Bislang haben uns das Engagement bei Hof und die hehren Kommerzienratstitel nur Geld gekostet. Mir persönlich sind ausgeglichene Kontostände lieber als Ehrentitel.«

»Ihren Worten entnehme ich, dass Frau von Schleuning hinsichtlich Ihrer Großzügigkeit demnach wesentlich tiefer in Ihrer Schuld steht als umgekehrt.«

»Exakt, Herr von Spener!«, mischte sich Martin Lewenz ein. So rostig seine Stimme war und so gebrechlich er in seinem Liegestuhl auch wirkte, die Leidenschaft fürs Bankfach war nicht erloschen. »Wie mein Sohn gerade ausführte: Wir haben nie viel von derartigen Ehrbezeugungen gehalten. Um wirklich bei Hof ernst genommen zu werden, reichen Geld und der Wald-und-Wiesen-Titel eines Kommerzienrats nicht aus. Der Stand muss hinzukommen. Der meiner Wenigkeit und damit der meiner Familie aber ist bürgerlich. Was meine werte Schwiegertochter leider immer wieder vergisst, beziehungsweise nicht verstehen will. Offensichtlich ist sie der Auffassung: Stand schlägt Geld. Aber auch für noble Herrschaften gilt die Binsenweisheit: Geld ist nicht alles, aber ohne Geld ist alles nichts.«

»Vater, bitte zähme dich!«, sagte Heinrich.

»Jawoll, mein Sohn!«, blaffte Martin Lewenz zurück. »Der Herr von Spener ist ja auch nicht gemeint!«

Heinrich klang höchst ärgerlich, seine Stirn lag in Falten. Fritz war überrascht. Dass Martin Lewenz und sein Sohn Differenzen hatten, war nichts Neues. Dass der alte Lewenz jetzt aber auch seine Schwiegertochter angriff, war auffällig. Fritz kombinierte sofort: Der Senior konnte der schönen Frau seines Sohnes nicht verzeihen, dass das Bankhaus durch ihre Ambitionen bei Hof Geld verlor. Entweder plagte ihn bereits der Altersgeiz, oder aber die Verschuldung Frau von Schleunings war tatsächlich beträchtlich. Fritz entschied für sich, dass die Wahrheit mit einem »sowohl als auch« am treffendsten beschrieben war. Ihn freilich hatte dies nicht weiter zu bekümmern. Festzuhalten war nur: Die Harmonie zwischen Schwiegervater und Schwiegertochter schien kräftig aus dem Lot geraten zu sein – was genauso vorteilhaft war wie Kurts Rausschmiss! Martin Lewenz war jetzt so gut wie isoliert. Gebrechlich, wie er war, konnte er nur noch marginal in die Geschäfte des Bankhauses eingreifen.

Carola Lewenz schüttelte nur den Kopf. Bedeutungsvoll sah sie Fritz an. Der verstand sofort: Hören Sie nicht auf ihn, sprachen ihre Augen. Mein Schwiegervater ist ein nörgeliger Greis! Anstrengend und verbittert, weil das Alter seinen Körper endgültig besiegt hat.

»Fritz, ich befürchte, dass hier gleich ein Streit losbricht«, ließ sich Georg vernehmen. »Da wir nun alle bislang so herrlich offen zueinander waren: Sag, was steht an? Was ist wirklich der Grund deines Besuchs?«

Er trank den Rest seines Milchkaffees aus und schaute seinen Freund dabei über den Rand der Tasse an. Fritz beschloss, es kurz zu machen. Da das Frühstück anders verlaufen war, als er es sich vorgestellt hatte, war es das Beste, die Gelegenheit am Schopf zu packen. Für ihn stand fest: Sein eigentlicher Widersacher war der alte Lewenz. Heinrich und Georg hatten sich bestimmt schon vom ehernen Grundsatz, nie in Rüstungsgüter zu investieren, verabschiedet.

Mal sehen, wie viel der Alte hier noch zu sagen hat, überlegte Fritz. Vielleicht gelingt es ja, Onkel Raouls Plan ohne Madame Dianas »Hilfe« durchzubringen.

Er räusperte sich und setzte sich so entspannt wie möglich in seinen Gartensessel. Eigentlich, begann er, sei alles nur eine Kleinigkeit. Wollte man es mit einem Satz umreißen: Sein Onkel Raoul bitte die Herrn Lewenz um freundliche Protektion. Er wünsche sich, dass die ehrenwerten Herren Kommerzienräte beim Herrn Kriegsminister Fabrice ein gutes Wort für ihn und seine Investitionsabsichten in der Albertstadt einlegten.

»Wenn Sie«, schloss Fritz, »die Bankiers, gemeinsam mit meinem Onkel als Investor, Unternehmer und Bauherr auftreten und dem Herrn Minister deutlich machen, dass beide Parteien mittels eines neu gegründeten Konsortiums die erforderlichen Werkstätten, Laboratorien und Fabriken vorfinanzierten …«

»… dann wird Fabrice angetan sagen: Gerne, denn dies erspart dem Staat Sachsen eine Menge Geld.«

Es war Georg, der den Satz zu Ende geführt hatte. Er klang so nachdenklich wie interessiert. Fritz atmete auf. Georg war auf seiner Seite. Wenn jetzt noch Heinrich …

Aber es kam anders.

»Das ist nicht nur stillos, das ist dreist!«

Es fehlte wenig, und Georgs Vater hätte mit der Faust auf den Tisch geschlagen.

Fritz erblasste.

Verdammt, begehrte er innerlich auf. Du hast dich verrechnet! Zu schnell zu hoch gespielt! Wie der Alte so sein Sohn! Der Apfel fällt eben doch nicht weit vom Stamm!

Heinrich schnellte von seinem Sessel hoch und stellte sich auf der Terrasse in Positur. Die Art, wie er die zusammengeknüllte Servierte in der Faust hielt und Fritz mit stechendem Blick fixierte, erinnerte diesen auf unheimliche Art an seinen Onkel.

»Sind wir die Büttel Ihres Herrn Onkels, Fritz? Nach der Art: Herr Raoul von Spener hat ein Ideechen, und wir haben zu gehorchen wie der Hund seinem Herrn? Glauben Sie, ich kann die Erpressung hinter Ihren Worten überhören? Eine Erpressung, die da heißt: Lewenz hat zu spuren, sonst räume ich meine Konten leer?«

»Bitte beruhigen Sie sich«, bat Fritz. »Mein Onkel deutete nicht im Entferntesten so etwas an, und zwar deshalb, weil es ihm nichts bringen würde, sein Kapital abzuziehen. Denn größere Geldinstitute würden das Geschäft ohne ihn abwickeln und ihm sozusagen sein Ideechen stehlen, und andere, mit Ihrem Haus vergleichbare, Geldgeber haben keinen Leumund bei Hof.«

»Das ist richtig, Vater«, sagte Georg.

Heinrich nickte, entspannte sich. Er wirkte wie ein Wüterich aus dem Märchen, der nach und nach zu der Einsicht gelangte, dass er seine über dem Kopf erhobene Keule wieder sinken lassen konnte. Fritz fielen Zentnerlasten von der Seele. Heinrich Lewenz' Wut war auf nichts als gekränkte Eitelkeit zurückzuführen gewesen und auf die Angst, Onkel Raoul könnte dem Bankhaus Frauenkirche Geld entziehen. Ohne es zu wollen, hatte er sich damit allerdings eine verräterische Blöße gegeben. Denn wenn er so viel Angst davor hatte, dass ein Kunde wie Onkel Raoul sein Geld abzog – wie war es dann eigentlich im Moment um die Liquidität des Bankhauses bestellt?

Kurt hätte sich bestimmt die Haare gerauft, wäre er jetzt dabei gewesen, schoss es Fritz durch den Kopf. Aber auch ein Nicht-Bankier hätte Heinrich Lewenz' Auftritt wie eine Selbstentblößung empfunden.

Auch Georg war klug genug, dies zu begreifen. Um abzulenken, ergriff er schnell das Wort. Er hatte vor, den von Spener'schen Plan zu ironisieren – doch mangels Zeit zum Überlegen misslang dies gründlich und verkehrte sich sogar ins Gegenteil. Ohne dass er es beabsichtigte, wurde Georg zum Befürworter der von Spener'schen Sache.

»Dein Onkel, Fritz«, begann er betont ironisch, »spekuliert wohl darauf, dass Frau von Schleuning über die Königin ein gutes Wort für uns und damit ihn einlegt, nicht wahr? Vielleicht, indem ihr vorher ein neues Kreditchen in Aussicht gestellt wird?« Georg gefiel sich so sehr in seinem Spott, dass er unbekümmert weiterredete. »Eine nette Idee. Fürwahr. Wenn dein Onkel dieses Kreditchen übernimmt … Frau von Schleuning wäre uns, da sie glauben würde, wir hätten unsere

Tresore geöffnet, in diesem Fall natürlich ganz besonders verbunden. Sie würde sozusagen handzahm werden und ihren Einfluss bei der Königin-Mutter geltend machen. Schließlich hat, wie bekannt ist, König Albert ein ausgesprochen gutes Verhältnis zu seiner Mutter.«

»Wenn es weiter nichts ist!«, rief Fritz leichthin. Er hatte blitzschnell begriffen, welche Raffinesse in Georgs Worten verborgen lag. Man musste sie nur ernst nehmen und die Ironie darin schlicht ignorieren. Mit einem Wort: Sich dümmer stellen, als man war. »Dann darf ich meinem Onkel also entsprechend berichten ...«

»Nur über meine Leiche!« Martin Lewenz klopfte im Takt der Worte auf die Lehne seines Liegestuhls. Seine Fingerknöchel traten hervor, die altersfleckige Haut seiner Faust war zum Zerreißen gespannt. »Schlagt euch eure Mordgeschäfte, diesen Waffenwahn, alle aus dem Kopf! Nicht mit mir, solange ich lebe! Solltet ihr es wagen, trotzdem über meinen Kopf hinweg zu planen – ich werde nicht davor zurückscheuen, den Plan Ihres Onkels, Fritz, zu verraten und ihn gleichzeitig lächerlich zu machen!«

»Martin, Herrgott! Die Zeiten ändern sich!«, empörte sich Carola Lewenz. »Du tust so christlich wie der Papst in seiner Unfehlbarkeitserklärung! Damit ruinierst du die Zukunft deiner Enkel und aller Mitarbeiter des Bankhauses. Ist das dein Ziel? Diese Sturheit! Nutz doch diese Chance!«

»Schweig! Was hast du dich in Dinge zu mischen, die du nicht verstehst!«

Martin Lewenz schleuderte seine Decke von sich und arbeitete sich aus seinem Liegestuhl heraus. Niemand durfte ihm helfen. Es sah geradezu grotesk aus, wie dieser alte Mann in Filzpantoffeln und Strickjacke an den Tisch schlurfte, sich mit beiden Händen an der Kante abstützte und Fritz drohte:

»Sie, Fritz, richten Ihrem Onkel diese meine Worte genauso aus, wie Sie sie vernommen haben. Haben Sie verstanden?«

»Mir wird nichts anderes übrig bleiben, Herr Lewenz«, antwortete Fritz höflich und kämpfte seine aufsteigenden Aggressionen nieder.

Keine Sekunde länger lasse ich mir das bieten, dachte er wütend. Sie werden mich noch kennen lernen, Martin Lewenz! Das schwöre ich Ihnen!

Er dankte für das Frühstück und wandte sich zum Gehen. Eine innere Stimme sagte ihm, dass es jetzt keinen Sinn hatte, Georg auch noch mit einer Erpressung zu kommen. Schließlich gab es von ihm und seinem Vater keine Äußerungen, die er als Ablehnung von Onkel Raouls Plan hätte interpretieren können. Und Carola Lewenz schien davon sogar sichtlich angetan. Etwaige Wankelmütigkeiten ihres Mannes würde sie im Keim ersticken, da konnte er sich sicher sein.

»Frau Lewenz«, wandte sich Fritz an Georgs Mutter, »ich erlaube mir in absehbarer Zeit, Ihnen einmal meine Ari vorzuführen. Georg erzählte mir vor kurzem, Sie hätten, seit Sie hier wohnen, wieder das Reiten begonnen. Wenn Ihr Mann nichts dagegen hat und Georg mit von der Partie wäre: Ari und ich suchen neue Gefilde.«

»Gerne«, antwortete sie mit warmem Timbre und reichte Fritz die Hand.

Trotz der eisigen Stimmung wagte Fritz es, sich von Carola Lewenz mit Handkuss zu verabschieden. Damit aber war sein Reservoir an Konzilianz erschöpft. Georg und Heinrich schenkte er nur ein steifes Lächeln, den alten Lewenz blickte er nicht einmal mehr an.

Zu Fritz' großer Erleichterung wertete Onkel Raoul das Ergebnis des Besuchs positiv. Wie Fritz verblüfft feststellen musste, hatte er seinen Onkel kaum jemals so vergnügt gesehen. Er spazierte mit seinem Neffen über den Zwinger-Wall, hatte sich bei ihm eingehakt. Den Kopf ein Stück in den Nacken gelegt, wirkte er in seinem feinen grauen Tuch mehr denn je wie ein völlig von sich überzeugter Würdenträger des Geistes. Fritz indes fand, die Haltung seines Onkels nähere sich der Karikatur. Nichts beschrieb dies besser, als die Art, wie er die qualmende Zigarre an den Mund führte: Der Arm beschrieb einen weiten, langsamen Bogen, als wollte Onkel Raoul damit alle Welt aufmerksam machen, dass er und seine Zigarre »die« sichtbaren Beweise für ein erfolgreiches Leben seien. Irgendwie, dachte Fritz, wirkt er, als schwebe er in anderen Sphären. Deshalb auch seine Raubvogelaugen: Von oben spähen, dabei die Beute beobachten, schließlich herabstoßen, um sie zu schlagen.

Fritz fragte sich, ob er seinen Onkel all die Jahre zu ernst genommen hatte. Seine Idee, in der Albertstadt den Rüstungskomplex an seinen Namen zu binden, erschien ihm nach wie vor als Phantasterei.

Mehr noch, korrigierte er sich: Es ist größenwahnsinnig.

Spaziergänger, die ihnen auf dem Zwingerwall entgegenkamen, schienen Raoul von Spener ähnlich einzuschätzen. Ungläubig musterten sie den gravitätischen Herrn und dessen juvenilen Begleiter, der beflissen diesen Blicken auszuweichen versuchte. Fritz bildete sich zuweilen ein, dass sich auch die Enten des Zwingerteichs über ihn und seinen Onkel lustig machten. Ihr lärmendes Geratsche, das die Wallanlagen und den See erfüllte, schien immer dann besonders heftig zu sein, wenn sich die Schwaden von Onkel Raouls Zigarre wie ein unordentlicher Turban um seinen Kopf legten.

Auf der Höhe des Nymphenbads machte Fritz sich von seinem Onkel los. Er bekam Lust, sich endlich einmal dies schlichtweg köstlichste Wasserwerk deutschen Barocks anzuschauen – ein Vergnügen, welches er sich viel zu lange aufgespart hatte

Onkel Raoul folgte ihm. Betont langsam schritt er die Treppe hinab und hustete gegen die feuchte Luft an.
Fritz dagegen genoss die Gerüche von Wasser, Moos und Stein und überließ sich etliche Augenblicke allein dem Rauschen und Plätschern. Es war herrlich entspannend, den Fontänen und Springbrunnen zu lauschen und sich auf die friedlich-heitere Musik dieser Wasserspiele zu konzentrieren. So kühl es im Nymphenbad auch war, die feuchte Luft kräftigte und stärkte die Nerven. Fritz wollte gerade die Nischen mit den Nymphen abschreiten, da begann sein Onkel zu sprechen.
»Ist großartig hier, nicht wahr? Matthäus Daniel Pöppelmann – allein dieses Kleinod macht seinen Namen unsterblich. Schau hin, Fritz! Über die Kaskade stürzen die Wasser in das Becken, aber Delphine und Tritonen schleudern es dem Strom wieder entgegen. Der Springbrunnen in der Mitte, die rauschenden Wasserbecken, die Wandbrunnen in den Nischen mit den Tropfsteingebilden – das ist Phantasie! Eine Phantasie, die Balthasar Permoser zu den schönsten Nymphen der Welt inspirierte. Hier stehen die eigentlichen Prinzessinnen Dresdens: verspielt, kokett, stolz, erotisch, mädchenzart.«
»Das mag wohl wahr sein«, sagte Fritz unsicher. »Aber – warum bist du gerade heute so begeistert davon?«
»Junge!« Onkel Raoul eilte auf seinen Neffen zu, stellte sich vor ihn hin und packte ihn bei den Schultern. »Verstehst du das nicht? Das hier ist das Sinnbild für Ruhm und Ehre zweier Künstler. Es überdauert, überlebt sie noch Jahrhunderte. Pöppelmann und Permoser – sie haben den Sinn des Daseins erfasst: ein Stückchen Unsterblichkeit. Ihre Arbeit adelt sie, und damit sind sie unsere Vorbilder. Die Albertstadt trägt über den Tod des Königs hinaus seinen Namen. Wir von Spener müssen es ebenso halten. Wenn das neue deutsche Reich wieder in den Krieg gegen Frankreich zieht, muss es hinterher heißen: In Sachsen, in Dresden, sorgten vor allem die von Spener'schen

Betriebe in der Albertstadt dafür, dass der Feind erfolgreich geschlagen wurde. Deshalb mein und dein Engagement in dieser Sache. Der Name Lewenz vergeht, der von Spener besteht. Und darum wirst du beizeiten das letzte Trumpfass ausspielen, sollte sich der halsstarrige ewig Gestrige Martin Lewenz meiner Idee widersetzen.«

Onkel Raoul umarmte seinen Neffen und zwinkerte dem völlig konsterniert dreinblickenden Fritz freundlich lächelnd zu. Weil Fritz kein Wort herausbrachte, schritt er zur Treppe und verließ das Nymphenbad. Wieder auf den Wallanlagen, winkte er Fritz zu, dann mischte er sich unter die anderen Spaziergänger und entschwand den Blicken seines Neffen.

Ein Entenpärchen wasserte im Fontänen-Becken.

»Na?«, flüsterte Fritz. »Wird's bald?«

Die Enten schwammen auf ihn zu. Weil er nichts zum Füttern bei sich hatte, zogen sie schnell wieder ab. Und da plötzlich ratschte der Erpel los. Fritz zählte mit. Rah-Rah-Rah-Rha-Rhaaa! Als er sich wieder gefasst hatte, dachte er an Gunda. Er bekam größte Lust, sie zu küssen und zu lieben. Aber anders. Hemmungsloser, wilder! So wie nach dem Vogelwiesen-Feuerwerk, wo er ihr mit einem Schal die Hände ans Bett gefesselt hatte.

Fritz lächelte schief, leckte sich die Lippen. Gunda hatte eine Ausnahme gemacht. Aber er hatte versprechen müsse, sie nie wieder darum zu bitten.

»Das kannst du mit Huren tun, Fritz.«

»Die spielen nur. Du warst echt!«

Unwillkürlich tauchte das Bild Carola Lewenz' vor seinem inneren Auge auf. Jetzt sich bei ihr vergessen, sinnierte er. Sie fesseln und sich dann an ihrem Stöhnen berauschen! Sich fallen lassen, nichts mehr denken, nur noch fühlen.

Fritz schloss die Augen. Carola Lewenz! Wollte er sie nicht mit

Ari besuchen? Sein Mund wurde trocken, sein Herzschlag beschleunigte sich.
Ich werde sie ins Vertrauen ziehen, dachte er plötzlich. Das ist die Lösung. Vorher würde er seiner Mutter einen Brief schreiben. Ob sie schon gemerkt hätte, dass der Mann, der ihren Ehemann in die Verzweiflung getrieben hatte, wahnsinnig geworden war? Größenwahnsinnig?
»Steh mir bei, lieber Gott! Erst Vater, dann Onkel Raoul. Wer ist der Nächste? Bin ich es?«
Ein Luftzug wehte Fritz eine feine Gischtwolke ins Gesicht. Das kühle Nass benetzte die bemoosten Tropfsteine der Nymphengrotten, schillerte dort eine Weile, bevor das Moos die Tropfen aufgesogen hatte. Fritz atmete tief ein. Es roch intensiv nach feuchtem Sand. Wieder netzte eine Gischtwolke sein erhitztes Gesicht. Diesmal zauberte sie den Duft eines Seeufers herbei. Fritz wünschte sich einen dritten Schauer, stellte sich genau in den Wind und reckte sein Gesicht vor. Jetzt roch es süßlich nach Stroh, aber auch würzig, und sogar ein wenig rauchig.
Fritz dachte an St. Afra. Griechischunterricht. Die alten Griechen hatten gelehrt, dass man den Nymphen nicht zu nahe treten dürfe. Erst, schrieb Homer, versetzten sie den Menschen in Entzücken, dann trieben sie einen in den Wahnsinn.

Am Sonntag darauf preschte er mit Ari durch das Hoftor des Lewenz'schen Guts. Er hatte sich nicht angemeldet, aber das kümmerte ihn wenig. Die alte Regel, nach der spontane Besuche diejenigen seien, die einem angenehm im Gedächtnis bleiben, hoffte er, würde sich auch diesmal bewahrheiten.
Es war kurz nach neun, tiefer Frieden lag über den Loschwitzer Hängen. Das Konzert der Kirchenglocken war beendet, aber Fritz wusste noch aus den Jahren in St. Afra, dass die Lewenze zu den Menschen gehörten, die den Besuch des Gottesdienstes auf die Festtage des Jahres beschränkten. Auch er war kein

Kirchgänger. Weil, wie er zu sagen pflegte, Jesus weder katholisch, orthodox, protestantisch noch sonst irgendetwas war und er und sein himmlischer Vater sich gemäß der Heiligen Schrift nur im Freien offenbart hatten.
Fritz schwang sich aus dem Sattel. Hier im Hof war es noch angenehm kühl. Obwohl eine vom Osten aufziehende graue Wolkenfront die Sonne verdeckte, machte sich bereits jetzt eine unangenehme Schwüle breit.
»Mal sehen, ob wir ein zweites Frühstück für dich bekommen.«
Ari dampfte, zitterte sogar ein wenig. Die Galoppstrecken waren anstrengend gewesen, jetzt wollte sie saufen. Fritz klopfte ihr beruhigend den Hals und band sie an den Balken vor dem Ziehbrunnen, dessen Pagodendach an die Pillnitzer Schlossarchitektur erinnerte. Ari schnaubte, dann äpfelte sie. Hell schlug ein Huf auf das grobe, schattige Hofpflaster.
Fritz ließ seinen Blick über das langgestreckte Gebäude schweifen. Die grünweißen Fensterläden hätten eher zu einer mittelalterlichen Burg gepasst, aber natürlich besaß dieses dreistöckige Gut alle Bequemlichkeiten modernen standesgemäßen Wohnens. Die Nordseite kaschierte geschickt, wie bequem seine Bewohner es sich hinter diesen Mauern gemacht hatten.
Türklopfer oder Klingelzug?
Fritz entschied sich für den Klopfer an der gewaltigen Doppelflügeltür, die mit schweren Eisenbändern bewehrt war. Vor gar nicht langer Zeit gewährte sie noch all dem Einzug ins Haus, was ein Weingut auszeichnete: Fuhrwerken, Fässern, Bütten, Küfer- und Kelterwerkzeugen und natürlich den Menschen, die hier lebten und damit ihr Brot verdienten.
Der Hausdiener öffnete.
»Herr von Spener! Ich werde Sie sofort melden.«
»Danke, Viktor.«

Fritz wartete in der großen, bis unter die Decke getäfelten Diele, durch die man geradewegs in den Garten sah. Rechts führte eine Tür in die Wohnräume, links in den einstigen Wirtschaftstrakt des Weinguts.
»Die gnädige Frau lässt bitten.«
»Die gnädige Frau? Die Herren sind außer Haus?«
»So ist es.«
Der Hausdiener schaute prüfend auf Fritz' Stiefel und führte ihn am großen Salon vorbei in eine weitere Diele, von der eine breite Holztreppe in den ersten Stock führte. Fritz war es unangenehm, dass seine Reitstiefel auf den frisch gewachsten Dielen einen erheblichen Lärm machten. So ungefähr müssen die preußischen Offiziere geklungen haben, wenn sie über das Potsdamer Parkett stelzten, um König Friedrich Meldung zu machen, dachte er.
Ob die gnädige Frau mich im Morgenrock empfängt?
Der Diener klopfte an eine Tür.
»Entrez, mon ami!«
Fritz fuhr sich durchs Haar, straffte sich. Erst jetzt wurde ihm bewusst, wie sehr der Ausritt bereits sein Äußeres derangiert hatte. Sein Haar war ungekämmt, der Binder verrutscht. Mit den hochgekrempelten Ärmeln, dem verschwitzten Gesicht und den klebrigen Händen kam er sich alles andere als repräsentabel oder gar appetitlich vor. Und doch fühlte er sich wohl in seiner Haut.
Bin eben ein richtiger Kerl, dachte er. Ledrig und verwegen wie ein amerikanischer Cowboy. Frechheit passt dazu am besten.
»Fritz von Spener! Habe die Ehre, Frau Kommerzienrätin! Heute einmal in einer Wolke aus Pferdedampf und Schuhwichse, dafür aber ohne Blumen oder sonst die klitzekleinste Aufmerksamkeit!«
Fritz schlug die Hacken zusammen wie ein Soldat.
»Oh! Was für ein Bild! Fritz! Sie machen mich staunen!«

Carola Lewenz war entzückt. Sie war tatsächlich noch im Morgenrock, aber frisiert und geschminkt. Als Fritz eintrat, saß sie an ihrem Sekretär und las einen Brief. Ihre Haltung in dem hohen Lehnstuhl war so lässig, dass unter ihrem Morgenrock ihre nackten Füße, die in kleinen Pantoffeln steckten, hervorlugten.

»Ich bleibe lieber stehen, wo ich bin«, sagte Fritz. »Entschuldigen Sie den Überfall. Aber ich dachte, zuerst Georg meine Aufwartung zu machen.«

»Der ist mit seinem Bruder nach Pillnitz. Dort ist doch Trödelmarkt. Max hofft auf Kuriositäten und kleine Schätze aus den Pillnitzer Schlossbeständen. Die Verwaltung verkauft heuer auf Geheiß von Königin Carola altmodischen Nippes. Auch Möbel, Grafiken und Bilder. Neben ihrem 1867 gegründeten Albert-Verein für Kranke und Verwundete betreut die Königin ja auch noch andere Pflege- und Schulungseinrichtungen, deren Kassen sie aufbessern möchte. Eine gute Idee. Dabei darf man natürlich nicht vergessen, dass sie diesen sozialen Wirbel nur deswegen entfaltet, um von ihrer Kinderlosigkeit abzulenken.«

»Das werde ich jetzt Frau von Schleuning petzen«, sagte Fritz streng.

Carola Lewenz lachte vergnügt auf.

»Und ich petze meinem Mann, dass Sie mich hier in Pantoffeln, halb nackt, begucken. Der Gute ist gestern Abend mit meinem Schwiegervater zum Johanni-Mahl der Dresdener Bankiers in die Stadt gefahren.«

»Habe ich Ihren Schwiegervater so aufgestachelt?«

»Möglich. Aber er wollte wohl noch ein Mal unter seinesgleichen sein. Aber sprechen wir von Ihnen. Sie wollen mich in die Heide entführen? Auf dem Rücken eines Rosses?«

»Wenn Ihr Tier lahmt, mit Freuden!«

»Gut! In einer halben Stunde?«

»Sehr wohl, Frau Kommerzienrätin!«

Ari hatte gerade ihre Schütte Hafer gefressen, da trat Carola Lewenz aus dem Haus. Hätte sie keinen Reithut auf dem Kopf und eine Reitgerte unter dem Arm gehabt, man hätte nicht vermutet, dass sie ein Reitkostüm trug – so täuschend ähnelte ihr im Rücken angeschnittener, schwarzer Sattelrock mit dem Reitjacken-Teil einem gewöhnlichen Kleid. Auch die Stiefeletten erinnerten nicht an Reitstiefel – allein, was Fritz' Herz höher schlagen ließ, war die Gewissheit, dass sich unter Carola Lewenz' weitem Sattelrock eine Reithose verbarg, die ihre Beine wie eine zweite Haut umspannte.

Stell dir vor, du würdest sie dort streicheln können, sagte er sich. Was würdest du alles dafür geben? Oder … tun?

»Du also bist die Ari!« Ari spitzte die Ohren. Sie ließ sich bereitwillig anfassen, und als Zeichen des Zutrauens stupse sie ihre Nüstern sacht gegen Carola Lewenz' Brust. »Du magst mich? Na, dann wirst du ja vielleicht auch mit Ken auskommen. Er ist bestimmt der bravste Rappe in ganz Loschwitz.«

»Sie führen einen Hengst?«

»Schon immer. Ich habe auf einem Hengst reiten gelernt und bin dabei geblieben. Trauen Sie's mir etwa nicht zu?«

»Alles!«

Carola Lewenz' Hengst stand bei Bauer Zwintscher im Stall, der auch die Pferde anderer Loschwitzer Herrschaften versorgte. Zusätzlich, erfuhr Fritz, verrichteten Bauer Zwintscher und sein ältester Sohn Droschkendienste für die Familie.

»Heinrich beabsichtigt, ihm Kredit für die Anschaffung von zwei neuen Droschken zu gewähren. In ein, zwei Jahren sind die anderen beiden Söhne so weit, dass sie mitarbeiten könnten. Dann hätten wir hier oben einen neuen Familien-Droschken-Betrieb.«

»Fahrdienste auf Abruf, sozusagen.«

»Ja. In der Folge der Depression haben etliche Familien ihr

Fuhrwesen eingespart. Einige Bauern und Handwerker haben diese Chance erkannt.«

»Aber wenn Sie nun mal schnell in die Stadt wollen ...?«

»Macht sich unser Diener oder das Mädchen auf den Weg und fragt. Wenn zum Beispiel die Zwintscher-Droschke unterwegs ist, weiß Frau Zwintscher immer, wo noch eine zu bekommen ist. Bislang musste ich nie vergeblich warten.«

Auf dem Hof der Zwintschers schlug der Hund an. Der dunstig graue Himmel drückte auf die Stimmung, die Fliegen wurden zunehmend lästiger. Ari trottete mit hängendem Kopf über das Pflaster, doch dann nahm sie Witterung auf und war sofort hellwach.

Als Carola Lewenz Ken aus dem Stall führte, versuchte er, Ari mit leichtfüßigem Getänzel zu beeindrucken, aber die hatte ihn nur einmal angeglotzt und dann hörbar verächtlich geschnaubt. Als Ken sich daraufhin erdreistete, ihren Hinterbacken zu nahe zu kommen, wurde sie böse: Blitzschnell drehte sie sich auf der Stelle und biss Ken in den Rücken. Sie röhrte und schnaubte, und in den aufgerissenen Augen war das Rote zu sehen. Ken begriff die Lektion, ging auf Abstand und ließ sich von Carola Lewenz trösten. Fritz seinerseits nahm Ari ins Gebet:

»Pass auf! Du bist die Nummer eins und der da ist die Nummer zwei. Du bist die Schöne, und er ist das Biest. Das hast du gezeigt, und er hat's begriffen. Aber jetzt ist Ruh! Hast du mich verstanden?«

Ari tat völlig unbeeindruckt und widmete sich einem Grasbüschel. Schließlich hob sie den Kopf, schaute aber stur geradeaus, in Richtung der stetig dunkler werdenden Wolken.

Zügig trabten sie durch die Dresdner Heide – nur so war die Schwüle auszuhalten. Carola Lewenz war eine gewandte Reiterin. Jedenfalls gehorchte Ken ihr aufs Wort. Natürlich

kannte er das Gelände, aber trotzdem war es Fritz ein Rätsel, dass Carola Lewenz nie Probleme mit ihrem Hütchen bekam. Es verrutschte nicht, selbst wenn sie sich im letzten Moment vor einem Birkenzweig wegduckte.
Dass der Himmel immer trister wurde, störte sie beide nicht. Der lichte Heidewald mit seinen Kiefern und Birken verströmte auch unter grauem Himmel eine heitere Atmosphäre. Ausgedehnte Heideflächen wechselten mit Blaubeerfeldern und trockenen Silbergrasinseln ab. Zwischen Ginster und Kiefern stand hier und da ein Vogelbeerbusch, über allem lag der Duft der trockenen Kiefernzapfen. Hin und wieder schrie ein Eichelhäher, Eichhörnchen keckerten, einmal hoppelte ein Hase durchs niedrige Gestrüpp.
Köstlich, dachte Fritz. Alles könnte so harmonisch sein, hättest du keinen wahnsinnigen Onkel mit wahnsinnigen Geschäftsideen.
»Ist dies nach Ihrem Geschmack, Fritz?«
»Voll und ganz!«
Carola Lewenz ließ Ken in leichten Galopp fallen. Sand spritzte auf, Fritz zog den Kopf ein. Der Weg verschmälerte sich zu einem Rain, der beidseitig von halbhohen Birken gesäumt war. Der Hang rechter Hand wurde zusehends steiler, links breitete sich ein von alten, knorrigen Kiefern bestandener Hain aus. Es duftete intensiv nach Harz, dann plötzlich nach saftigem Gras. Nach einem atemberaubenden Galopp bergab lag ein kleiner See mit einer Insel weißflockigen Wollgrases vor ihnen. Der Waldboden hier war sumpfig, Gräser und Kräuter für Ken und Ari jedoch ein Festmahl.
»Nach gut hundert Metern kommt eine Biegung. Dann geht es steil den Hang hinauf. Der Weg endet dort, beziehungsweise verläuft sich auf der Hochfläche.«
»Na, dann los!«
Carola Lewenz lachte auf und trat Ken in die Seite. Ihr Hengst

wieherte erst widerwillig, preschte aber gehorsam los. Fritz hatte weniger Glück. Aber Ari war natürlich auch schon viel länger unterwegs. Schließlich ließ sie sich erweichen. Sie trottete den Hang hinauf und entschied erst auf den letzten Metern, Ken würdig und kraftvoll an die Seite zu galoppieren.
Inzwischen hatte sich der Himmel asphaltgrau verfärbt. Wind kam auf, und die Kiefern begannen zu rauschen. Die geheimnisvolle Stimmung beseitigte alle Distanz. Fritz und Carola führten ihre Pferde mit lockeren Zügeln über die Hochfläche und warfen sich zufriedene Blicke zu. Sie verstanden sich wortlos, jeder genoss den Wind und wartete auf den Regen.
»Gewitter wird es nicht geben«, sagte Fritz schließlich.
»Aber eine ordentliche Dusche bleibt uns nicht erspart.«
»Vielleicht finden wir einen Schober?«
»Noch ist es ja trocken.«
Kaum hatte sie es ausgesprochen, fielen die ersten Tropfen. Ari und Ken mussten wieder traben. Nachdem sie die Hochfläche hinter sich gelassen hatten, durchquerten sie einen mit Blaubeerbüschen versetzten Mischwald. Vereinzelt hing Stroh in den Ästen. Der Boden bebte unter den Hufen der dampfenden Pferde, langsam wurde der Regen dichter, und es kühlte ein wenig ab. Schließlich hatten sie eine Kiefernschonung erreicht.
»Deshalb das verwehte Stroh!«, rief Fritz. »Wegen der Kiefernsetzlinge! Sie stehen inmitten einer dicken Mulchschicht, damit der Boden um sie herum nicht zu sehr austrocknet.«
Dem Zaun folgend, erreichten sie schließlich einen Weg.
»Rechts? Links?«
»Ich bin fremd hier!«
»Ich auch!«
Carola Lewenz klang belustigt, warf Fritz ihr Hütchen zu.
»Mit links gefangen, also links.«

Trabend passierten sie die Längsseite der Schonung, an deren Ende, genau auf der Ecke, ein türloser, kleiner Schober stand.
»Höchste Zeit!«, rief Fritz.
»Ich wusste gar nicht, dass Sie wasserscheu sind!«
Sie banden die Pferde an und traten über die hohe Schwelle. An den Wänden standen Strohgarben, die, bis auf den Türbereich, ein Geviert absteckten, das ebenfalls mit Stroh bedeckt war. Fritz ließ sich ächzend in dem Geviert nieder und lehnte sich an die Garben. Draußen rauschte der Regen, hier drinnen aber war es angenehm trocken. Das Stroh duftete, und der Boden war so dick aufgeschüttet, dass man hier fast so gut lag wie auf einer Chaiselongue.
Carola Lewenz ging neben Fritz in die Hocke und schaute ihn mit verführerisch funkelnden Augen an. Langsam näherte sie ihr Gesicht dem seinen. Fritz konnte es nicht glauben. Träumte er? Wie oft hatte er sich derartige Szenen ausgemalt! Jetzt schien dieser Traum wahr zu werden. Ihre Gesichter kamen sich immer näher, sie konnten schon den Atem des anderen spüren.
»Und weiter?«, fragte sie honigsüß und spöttisch.
Fritz' Hände zitterten. Er krallte sich ins Stroh, schloss die Augen. Der Kuss war so erregend wie kurz. Aber ihm folgte ein zweiter und dritter. Jeder dauerte länger und war erotischer als der vorige. Es war kaum auszuhalten. Fritz begann zu stöhnen. Seine Hände machten sich selbstständig – doch kaum berührten sie Carola Lewenz' Hüfte, fuhr diese zurück.
»Das könnte dir so passen, wie?«
»Entschuldige bitte. Es tut mir Leid.«
Lächelnd kniete sie sich ins Stroh und fuhr ihm durchs Haar.
»Wir beiden mochten uns schon immer, nicht wahr?«, sagte sie nachdenklich und hauchte Fritz einen neuen Kuss auf die Lippen. »Du träumst von mir, ich von dir. Ist es so?«
»Ja«, seufzte Fritz.

»Das dürfen wir aber nicht!« Wieder küsste sie ihn, aber diesmal wesentlich länger als die vorigen Male. »Aber du hast es heute nicht mehr ausgehalten und wolltest es herausfordern, ja?«
Fritz nickte. Seufzte. Doch seine Hoffnungen, es könnte sich hier in diesem Schober mehr aus den Küssen entwickeln, schwanden. Zudem kam er sich auf einmal wie ein ertappter Junge in den Flegeljahren vor. Um nicht vollständig das Gesicht zu verlieren, erinnerte er sich der Worte, die er außerdem noch loswerden wollte.
»Da ist noch etwas«, sagte er, und seine Stimme schwankte zwischen Trotz und Resignation. »Es – es hat mit Georg zu tun. Ich soll ihn im Auftrag meines Onkels erpressen. Er kennt nämlich ein Geheimnis, von dem bislang nur ich glaubte, es zu wissen.«
Nach der Beichte fühlte er sich in einem kaum geahnten Maß erleichtert. Wetterleuchten und entferntes Donnergrollen hatten seine Worte kommentiert, Carola Lewenz' Gesicht jedoch war hart wie Stein. Sie schwieg, die Augen unverwandt auf Fritz' Gesicht geheftet. Ihre Augen schienen ihn nicht mehr zu sehen, ihre Blicke durch ihn hindurchzugehen.
Doch statt eines hysterischen Wutausbruchs, wie Fritz erwartet hatte, blieb Carola Lewenz stumm.
»Ich will nur eines wissen«, fragte sie nach langem Schweigen mit völlig beherrschter Stimme, »wenn Georg nicht … wäre euer Lehrer noch am Leben?«
»Nein. Sein Hinterkopf war zertrümmert. Der Schädel wurde beim Aufprall zerschmettert.«
»Dann hat Georg nur nachgeholfen? Aus Hass?«
»Ja.«
Carola Lewenz sackte in sich zusammen. Innerhalb kürzester Zeit beschleunigte sich ihr Atem, bis sie abrupt die Luft anhielt und erstarrte. Irgendwann erfasste sie ein Zittern. Mund und

Wangen begannen zu beben, dann der Leib. Aufschluchzend sank sie an Fritz' Brust und rührte sich nicht mehr. Fritz legte seine Hände auf ihren Rücken, lauschte auf den Regen und den Schlag ihrer Herzen. Er wagte nicht, sich zu bewegen, und hoffte, dass der Regen noch stundenlang andauerte.
Ein Blitz erhellte den Schober. Das Donnergrollen war schwach. Dafür aber rauschte es um so stärker.
»Fritz?« Carola Lewenz löste sich von ihm und schaute ihn mit denselben verführerisch funkelnden Augen an wie vor ihrem ersten Kuss. »Der eigentliche Grund, warum dein Onkel Georg und das Bankhaus erpresst, bin ich. Er hat mich, bevor ich meinen Mann kennen lernte, umworben. Aber sowohl mein Vater als auch ich wiesen ihn zurück. Schließlich war ich damals noch nicht einmal achtzehn Jahre alt. »Versuchen Sie Ihr Glück in zwei, drei Jahren«, beschied ihm mein Vater. Aber da war ich bereits schwanger. Ein Jahr zuvor war das Fest zum ersten Jahrestag des Bankhauses Goldhagen/Lewenz. Ich war das erste Mal richtig verliebt. Heinrich konnte damals sehr charmant sein. Als dein Onkel dann von unserer Hochzeit erfuhr, schwor er, sich zu rächen.«
»Und ich habe gedacht ...«
»Jetzt kennst du auch die andere Seite der Münze, Fritz. Versprich mir bitte, alle Geheimnisse zu wahren. Georg darf niemals erfahren, was du und dein Onkel wissen. Sollte Raoul wirklich zu diesem letzten Mittel der Erpressung greifen, um seine Ziele durchzusetzen – bitte Fritz, informiere mich vorher. Schwöre es!«
»Ich schwöre es.«
Die Küsse, die sie tauschten, wurden von Minute zu Minute fordernder. Fritz zog sie an sich, tat sich jetzt keinen Zwang mehr an. Ihren Busen an der Brust, wuchs seine Lust so mächtig an, dass er Georgs Mutter so weit an sich heranzog, dass ihr Knie seinen Schritt berührte. Sie verstärkte den Druck, Fritz

stöhnte auf. Seine Hand schlüpfte unter den Sattelrock und tastete sich zwischen ihre Schenkel. Carola Lewenz rang nach Luft und begann, sich vor und zurückzubewegen. Ihre Erregung wurde so heftig, dass sie laut aufstöhnte. Fritz drückte ihr seinen Handrücken in den Schritt, sie öffnete seine Hose und packte sein Glied samt Unterkleid. Als sie zu japsen begann und ihr Körper erschauerte, kam auch er zum Höhepunkt.

Nach Atem ringend, blieben sie eine ganze Weile aufeinander liegen. Fritz war zu keinem klaren Gedanken mehr fähig. Er fühlte sich zwar befriedigt, doch regte sich in ihm bereits neue Begehrlichkeit. Was er gerade erlebte hatte, erschien ihm wie ein Aperitif. Nun bekam er Appetit auf Vorspeisen, Hauptgänge und Dessert.

Ich will mehr, dachte er. Ich will sie nackt. Will alles von ihr haben, will sie lieben, bis sie schreit.

»Erzähl das nicht deinem Onkel«, flüsterte sie.

»Heinrich auch nicht, oder?«

Sie versetzte ihm einen Nasenstüber.

»Willst du etwa ein Minnepfand?«

»Am liebsten deine Reithose.«

»Und deine kleine Gunda?«

Fritz antwortete nicht, aber sein Lächeln erstarb. Er liebte Gunda – aufrichtig und, nach seinem Gewissen, auch rein. Trotzdem gierte er danach, Carola Lewenz' Körper zu erobern. Nur er würde ihn in Zukunft wirklich satt machen können – es war nicht zu ändern, Gunda würde damit leben müssen.

Carola Lewenz zog ein Taschentuch aus der Innenschürze ihres Sattelrocks. Selbst in der Schummrigkeit des Schuppens erkannte Fritz, wie sie rot anlief, als sie es ihm in die Hand drückte. Fritz wollte sie küssen, doch sie entzog sich ihm.

»Wir brechen besser auf.«

Sie bestiegen ihre Pferde und ritten los. Um ganz sicher zu gehen, nahmen sie denselben Weg, den sie gekommen waren.

Wortlos, aber mit hungrigen Blicken, nahmen sie im Hof von Bauer Zwintscher Abschied voneinander. Fritz hätte die Welt umarmen können.
Doch leider war das Problem mit dem alten Martin Lewenz noch immer nicht gelöst. Fritz jedoch war sich im Klaren: Wollte er Carola Lewenz wirklich ins Bett bekommen, musste er sich etwas anderes als eine Erpressung einfallen lassen.

Marina saß auf der Bettkante und starrte an die Zimmerwand, wo die gerahmte Konzertkritik Adolf Steibelts hing. Hatte sie damals wirklich so gut gespielt, wie der Kritiker geschrieben hatte?
Möglicherweise. Auf jeden Fall fühlte sie sich vor dreizehn Monaten nicht so müde. Jetzt hatte sie das Gefühl, dass irgendwie alles vergeblich war. Sinnlos. Ihr war vom Schicksal einfach kein Glück beschieden!
Selbst der Besuch bei ihren Eltern glich im Nachhinein einem Fiasko. Nur der erste Abend, als sie überraschend vor der Tür gestanden hatte, war richtig schön gewesen. Schon am nächsten Morgen war dieser Rausch verflogen: Ihre Mutter fragte nach Felix, seinen und ihren Gefühlen, wann es denn endlich so weit sei – trotzdem konnte Marina sich nicht erinnern, ein Mal das Wort Liebe gehört zu haben. Stattdessen hatte Mama in der Nachbarschaft bereits Gerüchte gestreut, dass ihre Tochter bald eine gute Partie machen würde und sich intensiv auf ihr zweites Konzert vorbereite.
Drei Wochen lang hatte Mama Abend für Abend diese beiden Themen breitgetreten und konnte überhaupt nicht verstehen, dass sie nichts davon hören wollte.
»Ich wollte nur einmal Ruhe vor meinen Schülern haben«, hatte sie geschwindelt. »Ich bin nicht gekommen, um mit dir und Vater Hochzeits- oder gar Ausstattungsfragen zu besprechen! Und mit dem zweiten Konzert ist es noch lange nicht so weit.«

In Wahrheit hatte sie natürlich Kurt aus dem Weg gehen wollen. Tatsächlich trieb sie die ganze Zeit die Angst um, er könnte sie hier bei den Eltern aufstöbern, um sich ihr zu Füßen zu werfen und um Verzeihung zu betteln. Niemals jedoch würde sie ihm diese fürchterliche Demütigung verzeihen können. Ihre Liebe, da war sich Marina gewiss, war zerstört worden wie eine Glasscheibe von einer explodierenden Bombe – Scherben und Splitter würden ewig in ihrer Seele stecken bleiben. Und ähnlich wie die echten Splitter würden ihre seelischen Splitter Herz und Gemüt immer wieder zum Bluten bringen.

Nein, Kurt Zacharias war für sie tabu. Sie wollte ihn nie wieder sehen! Erst stürzte sein Vater ihre Familie ins Unglück, jetzt er sie. Wie hatte sie nur so dumm sein können, ihm zu vertrauen!

Marina seufzte.

Wie deprimierend alles war! Sie hatte drei kostbare Wochen verloren, jetzt war es so weit, und Felix hatte ein Anrecht darauf, von ihr eine Antwort zu erhalten. Marinas Magen zog sich zusammen. Ihr graute vor seiner Einladung. Zwar kam es ihr vor, als ob sich ihm ihr Geist zuwandte, doch bei der Vorstellung, seine körperliche Nähe ertragen zu müssen, schüttelte es sie. Nach allem, was mit Kurt passiert war, hatte sie keine Lust mehr, über Zweisamkeiten wie Heirat und Ehe nachzudenken. Und doch: Sie würde sich Felix stellen müssen. Morgen Abend, hatte er geschrieben, würde er sie zum Essen ausführen.

Marina legte den Brief auf den Nachttisch, obwohl sie ihn am liebsten zerrissen hätte. Mürrisch räumte sie ihren Koffer leer und verstaute ihn auf dem Schrank.

Im Grunde genommen, sagte sie sich, besteht dein Leben doch nur aus einem Flügel, diesem Kleiderschrank und deinem Bett. Im anderen Zimmer grinsen dich eine Kommode, ein Tisch nebst zwei Stühlen und eine Chaiselongue an. Das ist viel. Und doch auch wieder nichts. Halt, korrigierte sie sich, vergiss nicht die Bücher und Klaviernoten und, ach, die beiden Landschaftsgemälde und Lampen aus dem Rosenow'schen Fundus.

»Geizhals!«, sagte sie und schürzte die Lippen. »Du selbst lebst wie Graf Rubelsack. Deine so genannte Angebetete aber lässt du hausen wie Klein-Lottchen.«

Ihre Laune wurde immer schlechter. Draußen spreizte sich der Sommer, aber ihre Fenster waren so alt, dass die Scheiben bereits halbblind waren. Oben hustete ihre Wirtin, von unten zog der Gestank von gekochtem Sauerkraut durch die Ritzen der Wohnungstür. Marina seifte ihre Hände ein, wusch sie und hielt sie vors Gesicht, um die Übelkeit einzudämmen. Sie überlegte, wie es mit ihrem Leben weitergehen könnte, doch je länger sie nachdachte, umso mehr machte sich das Gefühl von Einsamkeit und Leere in ihr breit.

»Was soll ich nur tun?«

Vom vergeblichen Grübeln ermüdet, fiel sie ins Bett.

Schlafen. Und am besten nie mehr aufwachen.

Es klopfte.

Sie fuhr hoch.

»Ja?«

»Na, du bist mir eine! Wo hast du denn die ganze Zeit gesteckt?«

»Bei meinen Eltern.«

Gunda trug ein neues beiges Baumwollkleid, unter dem sich bei genauem Hinsehen die Umrisse eines roten Korsetts abzeichneten. Mit ihrem seidenen Handtäschchen und dem Sonnenschirm unter dem Arm sah sie reizend aus. Sie duftete nach Sommer und Kölnischwasser, ihre Bewegungen waren beschwingt.

»Fritz von Spener steht dir gut!«

»Hat er in einem Anfall von Großzügigkeit alles bezahlt.«

»Dann hat er 'ne Neue. Betrachte es als sein Abschiedsgeschenk.«
»Bist ja nur neidisch.«
Gunda drehte sich einmal um sich selbst, beugte sich vor und zeigte auf ihre Lippen. Auch neu, zwitscherte sie. Vor allem aber teuer. Marina verkniff sich einen Kommentar. Gundas Lippen glänzten in einem Rot, das eigentlich nur unanständig zu nennen war. Fiel ihr das gar nicht auf? Oder anders gefragt: Nahm Fritz keinen Anstoß daran? War ihm egal, dass seine Freundin mit Lippen umherlief, deren fetter Glanz jeden Mann an das Rot der Prostituierten erinnerte?
»Wo ist er denn jetzt, dein Fritz?«
»Er sitzt im Zug. Fährt nach Hause auf sein Gut, um dem Verwalter dort weitere Vollmachten zur Bewirtschaftung zu erteilen. Stell dir mal vor: Das Wohngebäude ist so gut wie verwaist. Wird nur von einer alten Haushälterin bewohnt.«
»Heirate ihn doch. Dann wirst du eine von und Gutsbesitzerin.«
»Warum bist du so gallig?«
»Ich fühle mich einfach unwohl. Ich könnte aus der Haut fahren, bin aber viel zu müde dazu. Mal hätte ich Lust, in einen kalten See zu springen, dann wieder möchte ich mich in Seidentücher kuscheln. Dann wieder könnte ich eine große Wanderung machen, aber gerade jetzt tun mir die Knie weh, und statt Beinmuskeln scheine ich Gummizüge an den Knochen zu haben.«
»Du meine Güte! Da sind wohl irgendwelche Geschichten im Anmarsch. Ich glaube mich zu erinnern, dass das bei uns Frauen so ist.«
»Ja, ja.«
Marina, die noch immer auf der Bettkante saß, nagte auf ihrer Unterlippe. Sie schwankte, ob sie Gunda die Katastrophe mit Kurt erzählen sollte. Gunda würde sie deswegen mehr bedau-

ern als auslachen. Aber leider war da noch Fritz. Wenn Gunda sich nach einem leidenschaftlichen Tête-à-Tête verplauderte, würde diese Novelle bald ganz Dresden amüsieren. Für Felix würde eine Welt zusammenbrechen und sie in logischer Konsequenz erst ihre Klavierschüler und dann diese, wenn auch bescheidene, aber immerhin menschenwürdige Wohnung verlieren. Was dann folgen würde, wagte sie nicht einmal zu denken.

»Na dann, meine Gute!«, rief Gunda. »Leider habe ich heute Abend Dienst. Ein halbes Stündchen würde ich dich aber noch auf der Bürgerwiese ausführen.«

»Danke, nein. Ein andermal«, sagte Marina zerstreut. Ihr schien plötzlich etwas eingefallen zu sein.

»Wie du meinst.«

Gunda ließ sich in ihrer guten Laune nicht stören. Wie es die kleinen Kinder zu tun pflegten, winkte sie mit den Fingern und ging beschwingt aus dem Zimmer. Die Tür fiel ins Schloss, die Schritte auf der Haustreppe wurden schnell leiser. Marina begann zu rechnen. Sie schaute auf ihre Hände, zählte an den Fingern. Ein, zwei, drei. Vier. Fünf. Nein, noch einmal, sagte sie leise und ärgerlich. Diese Woche, die letzte und vorletzte. Sind drei. Dann die Vogelwiesen-Woche. Sind im Ganzen vier. Doch davor? Sie konnte sich gut erinnern. Sie hatte Unterricht gegeben, Noten für ihre Schüler besorgt und war bei Tante Irmgard gewesen.

Nur, da war doch auch nichts gewesen?

Aber fünf mal sieben sind fünfunddreißig.

Und das konnte nicht sein.

Marinas Herz begann, sich zu überschlagen.

Du fühlst dich weich und traurig zugleich. So schwer wie ein Nilpferd, so müde wie nach stundenlangem Schlafentzug. Übel ist dir auch noch, und auf die Toilette musst du so häufig, als hättest du dich verkühlt. Und dann – irgendwie spürst du so

ein seltsames Lächeln in dir, willst in den Arm genommen werden und könntest grundlos auf der Stelle losheulen.
Das darf doch nicht wahr sein!
Du bist schwanger!
Das Wort rotierte wie ein Mühlrad in ihrem Kopf und zermalmte alle anderen Gedanken. Marina versank in einen Zustand, der mal von völliger Gefühllosigkeit, dann von heftigem Seelenschmerz begleitet war. Wie lange er dauerte, hätte sie hinterher nicht zu sagen gewusst. Erst als es dämmerte, gelang es ihr, sich nach und nach aus diesem Käfig der Ohnmacht zu befreien. Weinen aber konnte sie nicht, so gerne sie es auch getan hätte. Zum einen saß der Schreck zu tief, zum anderen sagte ihr eine innere Stimme, dass sie, wenn sie sich jetzt gehen ließe, alles nur noch schlimmer machen würde. Statt Verzweiflung, wusste sie, brauchte sie jetzt Vernunft. Ihr Verstand musste wieder funktionieren! Wie ein Uhrwerk! Ähnlich wie ein Zahnrad ins andere griff, um die Uhrzeiger zu bewegen oder Tag und Monat anzuzeigen, hatte sie ihre nächsten Schritte zu planen. Nichts durfte schief gehen. Sonst wäre dies das Ende.
Marina kleidete sich aus und schlüpfte unter die Bettdecke. Morgen ist Sonntag, dachte sie. Zufällig hatte sie bei der Ankunft auf dem Bahnhof den Aushang gesehen, dass die Kreuzapotheke am Altmarkt dieses Wochenende Notdienst hatte.
Dort, sagte sie sich, wirst du morgen ein Fläschchen Laudanum kaufen und dich dann hübsch machen.
Dann, wenn Felix kommt …
Ihre Gedanken verwirrten sich. Marina schlief ein. Sogar im Schlaf sah sie wütend aus. Einmal knirschte sie mit den Zähnen, dann wieder zitterten ihre Lippen, als würde sie jeden Augenblick in Tränen ausbrechen.

Die Teegesellschaft, die Carola Lewenz gab, war sterbenslangweilig. Statt zu konversieren, nippten die Damen und Herrschaften dünnlippig an ihrem Tee – Fritz und seine Mutter machten da keine Ausnahme. Nicht anders als die beiden Hofdamen Frau von Schleuning und Frau von Schmerl nebst ihren Offiziersgatten saßen sie aufrecht in ihrem Sessel, das Teegedeck in der Hand, und kosteten das Getränk so besonnen und aufmerksam wie hanseatische Teetester.
Wenn über etwas gesprochen wurde, dann betraf es die Lage des ehemaligen Weingutes hier in Loschwitz: Ob die Sonnenscheindauer hier am Südhang im Sommer nicht zuweilen über Gebühr den Organismus anstrenge? Andererseits böte der Sonnenschein im Frühjahr und Herbst die Illusion, in mediterranen Zonen zu leben, oder täusche man sich da? Carola und Heinrich Lewenz wiegten den Kopf – einerseits, andererseits. Die Orangen- und Mandelbäumchen, aber auch den Rosmarin und Lavendel ließe man doch lieber zum Schutz in der großen Diele überwintern.
»Bei Lichte besehen ist dies ein Beispiel, aus der Not eine Tugend zu machen«, sagte Carola Lewenz gleichermaßen ernst wie einfältig. »Die Kübel sind vielleicht nicht gerade schön, aber der Duft der vier Orangenbäumchen und ihr schönes grünes Blatt entschädigen mit ihrem Reiz.«
»Das ist auch wieder wahr«, sagte Frau von Schleuning. »Man muss es sich eben einzurichten wissen, nicht wahr?«
»Da sind wir völlig d'accord, Verehrteste«, schmeichelte ihr Heinrich, während Carola nach dem Diener klingelte und ihm auftrug, den Humidor zu bringen.
Zigarren!
Die Gesichter der Herren Offiziere belebten sich. Sie nahmen eine entspanntere Haltung ein und warfen einander, Fritz und Georg eingeschlossen, aufmunternde Blicke zu. Die beiden Junioren lächelten höflich zurück, obwohl diese stupiden

Gesellschaften an Beerdigungsfeiern erinnerten. Fritz, der als Tischherr seiner Mutter geladen war, fühlte sich ausgesprochen unwohl. Zum einen, weil ihn die Gegenwart seiner Mutter Onkel Raoul nicht vergessen ließ, zum anderen, weil ihn ihre herablassenden Blicke kränkten.

Als sei ich nicht ihr Sohn, sondern tatsächlich nur ihr Neffe, empörte sich Fritz im Stillen. Du bist wie Onkel Raoul ein verworfenes Subjekt, Mutter! Vater war viel zu gut für dich!

Doch es gab noch einen Grund, warum Fritz das Gefühl hatte, im nächsten Moment vor Anspannung laut schreien zu müssen. Je banaler ihm diese Herren hier erschienen, desto plastischer wurde das Bild seines Onkels. Die Herren Reserveoberst machten ihn auf unbeabsichtigt bedrohliche Art deutlich, in welch hohem Grad Onkel Raouls Selbstbewusstsein tatsächlich die Grenze zum Größenwahn berührte. Im gleichen Maß, wie die Herren Reserveoberst lächerlich wirkten, wuchs für Fritz die Angst vor dem waghalsigen Unternehmertum seines Onkels.

Es begann in seinem Kopf zu rumoren. Wenn ihr hier wüsstet! Wenn ihr nur einen blassen Schimmer davon hättet, welch katastrophales Gedankengebräu im Hirn meines Onkels simmert, während ihr hier Konversation macht, die, gelinde gesagt, schwachsinnig ist.

Fritz wurde plötzlich so nervös, dass er sich medikamentös beruhigen musste. Er zog ein kleines, braunes Fläschchen aus der Hosentasche und ließ zehn Tropfen der Tinktur in seinen Tee fallen.

»Man sollte im Sommer seinen Hut nicht vergessen«, sagte er entschuldigend und tat, als litte er unter Kopfschmerzen.

»Das sollte man in der Tat nie«, bestätigte Oberst von Schmerl wichtigtuerisch mit erhobenem Zeigefinger, womit er eine mögliche Konversation im Keim erstickte.

Fritz hatte gar nicht erst darauf gehofft. Stattdessen konnte er

es kaum erwarten, sich eine von Heinrich Lewenz' Zigarren anzuzünden. Damit, sagte er sich, bekommst du ein genießbares Spielzeug in die Hand. Du kannst dich gut eine Weile daran festhalten. Bis dahin wird auch das Laudanum wirken.
Heinrich Lewenz wusste, was sich für einen Bankier geziemte. Der Duft, der dem geöffneten Palisander-Humidor entströmte, war berauschend. Kein Zweifel, dies war feinste kubanische Ware. Sie sprengte das Budget eines Reserveoffiziers, vor allem wenn man das Pech hatte, Gattinnen im Rang von Hofdamen an der Seite zu haben. Die Etikette für sie war so steif wie ein Fischbein-Korsett. Schon den Kinderwagen zu schieben war unschicklich, desgleichen jegliche zumutbare Arbeit. Eine Hofdame lebte quasi in rein theoretischen Welten, in einem kaum zu überblickenden Geflecht überflüssiger Comme-il-faut-Regeln – die immer dann zum Problem wurden, wenn die leider sehr praktischen Belange der Finanzen offensichtlich wurden. Wie eben bei Frau von Schleuning, deren Leben daraus bestand, jeden Handgriff, den andere für sie taten, zu bezahlen, und die bei Hof in Sachen guter Toilette auch weiterhin als erste Instanz betrachtet werden wollte.
Allerdings war die Offiziersetikette nicht minder Geld vernichtend. Den alle vierzehn Tage im Kasino stattfindenden Ehrenabenden konnte sich kein Offizier entziehen, der beim Militär Karriere machen wollte. So konventionell die Abende verliefen, so beschränkt der markige Kommissjargon war, beim Trinken musste mitgehalten werden. Wobei die Reputation sich proportional zur Anzahl der ausgegebenen Schnaps- und Champagnerrunden bemaß. Dazu kamen die Kosten für mindesten drei Pferde, Sattelzeug, Uniformen und Galaröcke. Am ruinösesten aber waren die Festessen. Denn von jedem Offizier wurde erwartet, dass er mindestens einmal im Jahr »mit dem Tischtuch winkte«. Die für einen Abend ausgeliehenen Kasino-Ordonanzen servierten beim Herrn Oberst zu

Hause ein fünfgängiges Galamenü nebst passenden Getränken. Das Dessert stellte dabei oft den Höhepunkt dar – zum Beispiel triumphierte Oberst von Schleuning vor Jahren mit einem Nachbau des Dresdener Schlosses aus verschiedenen Kuchenteigen. Die Dächer waren aus Krokant, die Fenster aus glitzernden Bonbons.

»Ich habe die Ehre, Ihnen eine La Corona aus Havanna anbieten zu dürfen«, sagte Heinrich nicht ohne Stolz. »Bitte bedienen Sie sich!«

»Aber gedampft wird im Garten!«, entschied Carola Lewenz, was die Zustimmung aller Damen fand.

Die Herren erhoben sich. Die freundlich-brummigen Laute, die ihren Griff in den Humidor begleiteten, wirkten allgemein entkrampfend. Bald zogen würzige Rauchschwaden über die Terrasse, zu denen sich dezente genießerische Schmatzgeräusche gesellten. Während Heinrich erzählte, ihm sei zu Ohren gekommen, Graf Bismarck habe im letzten Krieg seine Nervosität nur mit Zigarren bändigen können, zeigte Carola Lewenz den Damen ein Fotoalbum, in dem die Umbauarbeiten des Weinguts dokumentiert waren.

Fritz und Georg hielten sich ein wenig abseits. Schweigend pafften sie vor sich hin und sahen zu, wie das Küchenmädchen schwarze Johannisbeeren pflückte.

Viktor, der Hausdiener, kam auf sie zu.

»Herr von Spener, wenn Sie Herrn Martin Lewenz noch Ihre Aufwartung machen wollen – jetzt wäre der Zeitpunkt günstig. Er liest in seinem Salon.«

»Geh nur«, sagte Georg. »Ich kann Vater jetzt schlecht allein lassen.«

»Wenn du meinst.«

Fritz legte seine Zigarre in den Ascher und folgte Viktor. Wo er sein Geschenk fände? Es stehe bereits auf der Dielenkommode, sagte Viktor.

»Danke.«
Die gute Idee, Martin Lewenz einen Cognac zu schenken, stammte von Carola Lewenz. Sie wollte dazu beitragen, die Vorbehalte ihres Schwiegervaters gegen die Protektion des Spener'schen Rüstungsprojektes abzubauen. Leider war Martin Lewenz nach wie vor zu keinerlei Kompromissen bereit. Aber Onkel Raoul wollte nicht länger warten. Entweder der Alte lenkt ein, hatte er Fritz erklärt, oder du redest Tacheles. Punkt. Aus. Basta.
»Ich kann nicht zulassen, mein Junge, dass die Zukunft und damit Ehre unseres Namens von diesem moralstrotzenden Greis zuschanden gemacht wird. Fritze, jetzt gilt's! Enttäusche mich nicht! Tu, was zu tun ist. Ich habe dich immer unterstützt, jetzt zähle ich einmal auf dich!«
Wider seinen Willen drängten sich Fritz die Ereignisse der letzten Zusammenkunft auf. Was in der großen Wohnung an der Bürgerwiese sozusagen noch im harmlosen Wahnsinn begonnen hatte, endete für ihn in einem Albtraum. Onkel Raoul hatte sich lächelnd vor ihn hin gestellt und ihm beide Arme auf die Schultern gelegt. Eine ganze Zeit standen sie sich so gegenüber, Auge in Auge, und schwiegen sich an. Es war ein Kräftemessen, bei dem er nur unterliegen konnte. Der Druck von Onkel Raouls Pranken schien von Sekunde zu Sekunde größer zu werden, seine stechenden Blicke wurden immer unerbittlicher. Schwere Schuldgefühle und der ehrliche Wunsch, Onkel Raoul die jahrelange Protektion zu vergelten, packten ihn in diesen Sekunden mit einer Wucht, die seinen Verstand ausschalteten.
Fritz erinnerte sich, wie er schweißnass geworden war und ihm das Hemd kalt an der Brust geklebt hatte. Die Schweißperlen auf seiner Stirn wurden schwer, er ekelte sich vor sich selbst, zog das Taschentuch …
Fritz verscheuchte die Szene und suchte in der Hosentasche

Halt an seinem Laudanum-Fläschchen. Zum Glück begann die Opiumtinktur bereits zu wirken. Sie dämpfte die Erregung, entspannte die Nerven. Mein Laudanum ist gut gegen alles, hatte sich der Apotheker, ein ehemaliger Feldscher, gebrüstet. Und gut heißt bei mir: stark. Mit diesem hier könnten Sie operieren.
Fritz grinste, als Viktor ihm sein Präsent reichte und die Treppe vorauseilte, um ihn Martin Lewenz anzukündigen. Diesen vierundzwanzig Jahre alten Martell wirst du bestimmt nicht verschmähen, du sturer alter Bock, dachte er gehässig. Die exklusive Flasche stand in einer Zedernholzbox, deren Wohlgeruch, wenn man sie aufklappte, auf den edlen Tropfen einstimmen sollte.
Vielleicht lädt der Alte dich ja auf ein Gläschen ein, dachte er. Allein zu saufen ist bekanntlich noch trauriger als Selbstbefriedigung.
Martin Lewenz hatte sein Reich im zweiten Stock. Viktor führte Fritz einen langen Gang entlang, dessen Fenster auf den Hof mit dem Brunnen führten. So sieht das also von hier oben aus, dachte Fritz. Wie viele Tage ist es jetzt her, dass du Ari vor dem Brunnen angebunden hast? War »es« überhaupt wirklich passiert oder doch nur ein Traum gewesen? Fritz schluckte. Er bekam Carola Lewenz nicht mehr aus dem Kopf. Er war wie besessen von ihr.
Verdammt, ich muss sie haben.
Viktor klopfte, öffnete die Tür und trat mit einladender Geste zur Seite.
»Bitte, Herr von Spener.«
Der Salon, der sich Fritz öffnete, war von hellbeigen Farbtönen bestimmt und im Empire-Stil möbliert. An den Wänden hingen Zeichnungen vom Elbsandsteingebirge, die schwungvoll mit M. L. signiert waren: Max Lewenz. Es roch nach den Zigarren, die auf der Terrasse geraucht wurden, aber was gesprochen wurde, konnte man nur schwer verstehen.

Martin Lewenz hatte es sich mit einem Buch auf der Chaiselongue bequem gemacht. Er trug einen Kamelhaarmantel, der so lang war, dass er seine Füße darin einhüllen konnte.
»Sie beweisen Format, Fritz«, begrüßte er ihn und nahm die Brille ab. »Nachdem ich das letzte Mal recht kratzbürstig war, nahm ich an, dass ich Sie nie wiedersehen würde.«
»Wo denken Sie hin, Herr Lewenz! Und zum Zeichen, dass weder ich noch mein Onkel Ihnen gram sind, bitten wir Sie, sich an unserem Präsent zu erfreuen.«
Er überreichte die Zedernholzbox, die bis auf ein rotes Geschenkband nur der Name Martell zierte. Martin Lewenz war hoch erfreut. Das sei genau das, was ihm noch Freude bereite, meinte er und öffnete den Kasten. Genießerisch sog er das Aroma des Holzes ein und betrachtete die Flasche, deren Verschluss mit rotem Siegellack überzogen war.
»Vingt-quatre années! Was für ein Tröpfchen! Ich danke Ihnen! Bin gerührt!«
Nach einem schweren Hustenanfall stellte Martin Lewenz die Flasche auf den Beistelltisch und bedachte Fritz mit einem freundlichen Blick. Der deutete eine großzügige Umarmung an und lächelte. Es wirkt, sagte er sich. Bei dir das Laudanum, bei ihm die Freude über den Cognac. Vielleicht hast du ja doch noch eine Chance. Aber einlullen lässt du dich nicht. Wenn der Alte nicht einlenkt, dann redest du Tacheles. Punkt. Aus. Basta. Wer hatte das gleich wieder gesagt?
Ach ja, Onkel Raoul. Fritz war verblüfft, wie sehr das Laudanum die scharfen Konturen der Realität aufweichte. Jetzt verstand er, warum es bei den englischen Fabrikarbeitern so beliebt war. Dort gab es in jedem Dorf einen Laden, in dem sich die Laudanum-Fläschchen zu Hunderten auf der Theke stapelten. Sie wurden wohlweislich nur an den Samstagen verkauft, wenn die Arbeiter aus den Fabriken strömten. Denn Laudanum machte die Welt weich und wattig, ver-

mehrte im Geist den mageren Wochenlohn und war billiger als Schnaps.
Es euphorisiert wirklich, stellte Fritz fest. Sei bloß vorsichtig!
»In der ›Gartenlaube‹ las ich jüngst eine ergötzliche Geschichte darüber, was so ein Cognac alles bewirken kann«, fing er an zu erzählen. »Eine marode Truppenabteilung, die von der Belagerung von Jaffa zurückkam, fand am Straßenrand einen Scharfschützen, der tags zuvor mit seiner Kompanie unterwegs gewesen war. Der Mann lag auf dem Rücken, sein Gesicht war von der Sonne verbrannt. Er rührte sich nicht, man hielt ihn für tot. Seine Kameraden durchsuchten ihn, quasi, um ihn zu beerben, stellten dabei aber fest, dass seine Glieder noch biegsam waren und das Herz schwach schlug. »Gebt ihm einen Tropfen vom Cognac unseres Sergeanten auf die Lippen«, rief einer der Burschen, der Spaßmacher der Truppe. Ich wette, wenn er sich noch nicht gänzlich drüben eingewohnt hat, kommt er zurück, um zu kosten! Und in der Tat, beim dritten Tropfen Cognac, dem man ihm auf die Lippen rieb, öffnete der Scharfschütze die Augen. Es gab großes Gelächter, und nach ein paar zusätzlichen Cognacspritzern auf die Schläfen ließ der Mann sich über einen Esel legen. Er hielt durch bis zum Brunnen. Dann ereilte ihn das Schicksal: Nach dem ersten Krug Wasser, den er in sich hineinschüttete, bekam er Krämpfe. Ein paar Minuten später war er dann wirklich tot.«
»Wunderbar, Fritz! Aber leider, die ›Gartenlaube‹ liest nicht nur meine Schwiegertochter! Ich entsinne mich, es war nicht Cognac, sondern Schnaps, hm? Aber Sie haben's gut gemeint. Das ehrt Sie.«
»Wie schade!«, rief Fritz übertrieben bedauernd und trat an eines der Fenster, von denen man einen phantastischen Blick auf die Elbe und die Stadt hatte. »Sie lassen sich aber auch gar nicht bestechen! Immerhin gilt der Cognac als der Monarch aller geistigen Getränke.«

»Weswegen wir ihn auch sofort verkosten wollen. Georg, du kommst genau richtig, bitte mach die Flasche auf!«

Ohne dass Fritz es bemerkt hatte, hatte Georg den Salon betreten. Er sei heilfroh, sagte er, dem belanglosen Gequassel, wie er es nannte, für ein paar Minuten entfliehen zu können. Und nach der Zigarre käme da ein Cognac genau richtig. Er nahm die Flasche und trug sie zur Bar. Während er sich abmühte, den Siegellack aufzubrechen, half Fritz Martin Lewenz aus der Chaiselongue und führte ihn zu dem bequemen Ohrenlehnsessel, dem einzigen Möbel, das nicht zur Empire-Einrichtung des Salons passte.

Martin Lewenz hustete und bat Fritz, die Fenster zu schließen. Durchzug im Sommer sei der Greise Tod, sagte er und ließ sich schnaufend in den Sessel fallen. Wieder hustete er so stark, dass er in sein Taschentuch spucken musste.

Fritz starrte ihn wie hypnotisiert an. Auch er hatte, als er seinem Onkel Auge in Auge gegenüberstand, sein Taschentuch gezogen.

Sein Taschentuch?

»Hallo! Träumst du?«

Georg hielt ihm den Schwenker vor die Nase. Die Aromen waren unbeschreiblich.

»Man weiß nicht, was besser ist: Riechen oder trinken.«

»Trinken natürlich«, sagte der alte Lewenz launig. »Dann, zum Wohl!«

Stille erfüllte den Salon. Jeder genoss für sich, Martin Lewenz' Augen allerdings glänzten vor Behagen. Georg musste ihm nachschenken.

»Das ist die beste Medizin für meine Bronchien«, hörte ihn Fritz wie aus der Ferne sagen. »So gesehen war es strategisch falsch, Fritz, mir diese Medizin zu schenken, denn ohne diesen Tropfen bekämen Sie und Ihr Onkel mich schneller aus dem Weg. Und um hier jetzt nicht unnötig herumzudrucksen: Ich

lasse mich nicht umstimmen. Tut mir Leid. Warten Sie, bis der Herrgott ein Einsehen mit Ihnen hat und ich unter der Erde bin.«
»Du regst dich nur unnötig auf, Großvater«, sagte Georg.
»Das könnte sich ändern, wenn ich ihm erzähle ...«
Fritz' Worte gingen in den ärgerlichen Worten Carola Lewenz' unter. Mit Unmutsfalten auf der Stirn rauschte sie in den Salon und erging sich in einem Schwall von Vorwürfen, warum die »Herren Afraner« sie ausgerechnet jetzt im Stich ließen.
»In den nächsten zwei Minuten seid ihr beide unten! Und zwar mit Flasche!«
Sie knallte die Tür ins Schloss und verschwand so schnell, wie sie gekommen war.
»Oh, jetzt fühle ich mich aber geehrt«, sagte Fritz belustigt zu Georg. »Sie behandelt mich, als wäre ich dein Bruder, und deinen Großvater, als wäre er ein Kind.«
Martin Lewenz lachte, Georg zuckte nur mit den Schultern. Im nächsten Moment stand Fritz allein im Salon.
»Bevor Sie mir Gute Nacht sagen«, ließ sich Martin Lewenz vernehmen, »seien Sie doch so gut, mir meine Medizin zu holen. Sie steht im Schlafzimmer auf dem Nachttisch. Und sehen Sie es mir nach, wenn ich Sie bitte, mir das Zeug mit Ihrem Lebenselixier schmackhaft zu machen.«
Er hielt Fritz seinen Schwenker hin, der sofort nachschenkte und dann gehorsam ins Schlafzimmer ging. Das Fläschchen, das er erblickte, glich dem seinen aufs Haar, war ebenfalls unbeschriftet, und was darin war, roch genauso wie sein Laudanum.
Schlaf gut, du Teufel dachte er und gab die von Martin Lewenz gewünschten vierzig Tropfen in den Schwenker. Vergnügt schaute er zu, wie Martin Lewenz das Gemisch im Glas rotieren ließ und sich diesen Cocktail mit zwei Schlucken einverleibte.

»Vergessen Sie die Flasche nicht, Fritz. Sonst riskieren Sie noch eine Carola Lewenz'sche Ohrfeige. Aber heute Abend bitte, bringen Sie sie mir wieder hoch, versprochen?«
»Versprochen.«
Mit der Flasche in der Hand betrat Fritz die Terrasse. Im Gegensatz zu Carola Lewenz' Empörung war die Stimmung gut. Man spielte Boule und genoss den lauen Sommerwind, der vom Elbtal heraufwehte und den Kämmen der Damen ein paar Haarsträhnen entrissen hatte.
Oberst von Schleuning war der Erste, dem das außergewöhnliche Etikett der Flasche auffiel. Er nahm sie Fritz aus der Hand, zog den Korken und begann fast wollüstig zu stöhnen, als er sie sich an die Nase hielt.
»Aber aber, Herr Oberst«, tadelte ihn Carola Lewenz. »Die Flasche gehört meinem Schwiegervater. Dass Herr von Spener sie ihm entführt hat, tat er auf meinen Wunsch.«
»Frau Kommerzienrätin Lewenz! Was sind Sie grausam! Wenn meine Schwiegertochter mir den Cognac wegnehmen würde …«
»Herr Lewenz hat mein Ehrenwort, dass ich sie ihm heute Abend wieder aufs Zimmer bringe«, sagte Fritz schnell. »Und daran wird mich selbst Frau Kommerzienrätin nicht hindern.«
»Fritz, seien Sie froh, dass ich nicht Ihre Mutter bin«, empörte sich Carola Lewenz.
»Sind Sie doch auch nicht, Frau Kommerzienrätin.«
Ohne Laudanum hätte er sie nicht so herausfordernd angeschaut. Doch auch mit Laudanum bemerkte er das Glitzern in ihren Augen. Fritz' Stimmung stieg. Sie will es auch, frohlockte er.

Während des opulenten Abendschmauses verebbte die Wirkung des Laudanums. Aber sie war noch hinreichend genug, um Fritz in aufgeräumter Stimmung zu belassen. Zuweilen hatte er das Gefühl, so unbeschwert zu sein wie in früher Jugend, dann wieder packte ihn die frivole Lust, Georg beiseite zu nehmen, um ihm in aller Freundschaft zu sagen, was ihm und dem Bankhaus blühte, wenn …

Aber dazu kam es nicht. Stattdessen wurde getafelt und getrunken, und als die Fähnriche und Adjutanten Münzling und Turnau mit ihren Obersten und deren Gemahlinnen nach Dresden fuhren, war Fritz fast wieder so angespannt wie vor der Einnahme des Laudanums.

Und natürlich, auch Mama wollte heim. Was hieß, zu Raoul in die Bürgerwiese.

Carola Lewenz schickte Viktor zu den Zwintschers, und Fritz machte sich daran, sein Versprechen einzulösen. Ob der Alte überhaupt wach war?

Er klopfte, wartete. Hinter der Tür blieb es still. Fritz trat trotzdem ein. Martin Lewenz saß in seinem Ohrensessel, den Kopf auf der Brust. Er schlief mit offenem Mund, sein Atem rasselte schwach. Ein Arm hing ihm über die Lehne.

Wenn du doch bloß verrecken würdest, dann wäre ich frei! Wir alle wären frei!

Er stellte die Cognacflasche auf den Beistelltisch neben der Chaiselongue. Die Schwenker waren noch nicht abgeräumt, demnach hatte Viktor den Salon nicht mehr betreten. Und im Moment war er bei den Zwintschers, um eine Droschke zu organisieren.

Fritz starrte den gebrechlichen Greis an. Selbst im Zwielicht sah Martin Lewenz' Gesichtshaut wächsern aus. Der Kamelhaarmantel machte aus seiner Gestalt eine Mumie in grotesker Verrenkung, und der über der Sessellehne hängende Arm, dachte Fritz, sieht aus, als sei er beim Bandagieren vergessen worden.

Da entdeckte er das Taschentuch des Alten auf dem Boden. Es war ihm aus der Hand gerutscht – der Beweis, wie abrupt

die Wirkung des Laudanums über Martin Lewenz hereingebrochen sein musste.
Fritz starrte auf das Taschentuch, und sein Herz begann zu hämmern. So verquer es war, aber er hatte erlebt, wie gefährlich ein einziges Taschentuch sein konnte. Vor allem, wenn man sich damit vor einem halb wahnsinnigen eifersüchtigen Onkel die Stirn wischt, der einem auf den Kopf zusagt, dass die Initialen C. G. nur für Carola Goldhagen stehen können.
Onkel Raoul hatte ihm das Tuch aus der Hand gerissen und vor seinen Augen zerfetzt. Wie in einem Albtraum.
»Handle, Fritze!«, hatte er heiser geflüstert. »Tu etwas! Sonst ist es aus mit uns!«
Fritz spürte, wie ihm die Angst die Kehle zuschnürte. Es gab nur einen Ausweg. Wer oder was hindert dich bloß, begehrte eine Stimme in ihm auf. Er ist alt! Hat sein Leben gehabt! Aber du?! Du hast Ziele! Worauf wartest du noch!
Steifbeinig stakste er auf den Ohrensessel zu. Kaum hatte er das eklig verkrustete Taschentuch in den Fingern, packte ihn ein heftiger Würgereiz. Er hätte sich fast übergeben, doch schon in der nächsten Sekunde presste er Martin Lewenz das Tuch auf den Mund. Ein Knie auf den Sesselrand gestützt, stemmte er sich mit dem vollen Gewicht seines Oberkörpers gegen den Bankier, während er ihm mit Daumen und Zeigefinger der anderen Hand die Nase zukniff.
Der Alte erwachte wie von einem Peitschenhieb getroffen. Sich kurz aufbäumend, versuchte er, Fritz von sich zu stoßen, doch dafür fehlte ihm die Kraft. Vom Laudanum halb betäubt, gelang es dem alten Lewenz nur, Fritz' Rücken mit ein paar harmlosen Schlägen zu traktieren, die schnell schwächer wurden. Mit letzter Kraft stampfte Martin Lewenz auf den Boden, dann erschlaffte er.
Fritz lauschte so angestrengt, dass er vor Anspannung den

Mund aufriss. Dabei drückte er Martin Lewenz weiterhin mit unverminderter Kraft Mund und Nase zu.
Da hörte er die Schritte. Sie waren schwer und kamen ganz langsam von unten die Treppe hoch. Georg oder Heinrich, dachte Fritz. Jetzt bist du verloren!, schrie es in ihm. Alles ist aus!
Ihm blieben nur wenige Augenblicke. Mit dem Mut der Verzweiflung packte er den Kragen des Kamelhaarmantels und zerrte den toten Martin Lewenz in eine schlafähnliche Position. Aber war er überhaupt tot? Voller Grauen legte er dem Alten die Rechte auf die Brust. Nichts. Erleichtert ordnete er ihm mit den Fingern das Haar, zog den Kamelhaarmantel zurecht und schnappte sich die Cognacflasche.
Das Taschentuch des Alten steckte er ein, dann hastete er aus dem Zimmer.
Genau in dem Augenblick, als er die Tür hinter sich zugemacht hatte, kam Georg um die Ecke. Sein Tritt war schwer, er war sichtlich angetrunken.
Fritz schaute ihn hilfesuchend an, zuckte mit den Schultern. Dann klopfte er.
»Was stehst du denn da und wartest?«, fragte Georg.
»Ich kann doch nicht einfach hineingehen! Was wäre das für eine Art!«
»Der feine Herr von Spener!«, lallte Georg amüsiert. »Komm, gib die Flasche. Ich stell sie ihm neben die Chaiselongue.«
Georg nahm Fritz den Cognac aus der Hand und verschwand im Salon. Fritz hielt die Luft an. Am liebsten hätte er aus Leibeskräften geschrien, um diesen entsetzlichen Druck auf der Brust loszuwerden.
Da kam Georg aber schon zurück.
»Und?«
»Typisch. Ist in seinem Ohrensessel eingeschlafen. Tiefschlaf. Ich werde Viktor sagen, dass er heute nicht mehr nach Groß-

vater schaut. Denn wer im Sitzen schläft, hustet nicht. Glaub mir, die Hustenanfälle können einem den Schlaf rauben.«
»Gut«, sagte Fritz. »Schlafen lassen. Das ist für sein Alter das Beste.«
Er musste sich zusammenreißen, um nicht hysterisch loszulachen. Siehst du, rief er Georg in Gedanken zu, der vor ihm die Treppe runterpolterte: So muss man töten! Mit Köpfchen! Nicht so plump wie du, du Idiot!
Nach der förmlichen Verabschiedung bestieg er die Zwintscher'sche Droschke, in der seine Mutter bereits auf ihn wartete. Sie sprachen kein Wort miteinander, trotzdem fühlte sich Fritz so euphorisch, dass er fast versucht war, seiner Mutter aufzutragen, sie solle Onkel Raoul erzählen, er habe das Problem gelöst. Als sie über die Augustusbrücke fuhren, hätte er sich tatsächlich fast verplappert. Buchstäblich in letzter Sekunde biss er sich auf die Zunge.
Er ließ anhalten und stieg aus.
»Gute Nacht, Mutter.«
»Gute Nacht, Fritz.«
Er lehnte sich über die Brüstung und starrte ins Wasser, das träge um die Brückenpfeiler strudelte. Nie wieder Taschentüchter, sagte sich Fritz und warf das von Martin Lewenz ins Wasser. Es verschwand unter der Brücke. Fritz rannte auf die andere Seite. Da war es bereits nicht mehr zu sehen.
Im Gehen zog er das Laudanum-Fläschchen aus der Hose, bog den Kopf in den Nacken und genehmigte sich zehn neue Tropfen. Wunderbares Zeug, dachte er. Ab jetzt nie mehr ohne. Wie viele Menschen es wohl gerade in der Stadt konsumierten? Ob Gunda damit bereit wäre, sich noch mal fesseln zu lassen? Und deren Freundin, diese Marina? Fritz bekam rasende Lust, sich mit zwei Frauen gleichzeitig zu vergnügen.

In einem hatte er Recht: Auch Marina hatte Laudanum genommen. Dreißig Tropfen. Sie lächelte und stöhnte und spielte Felix Rosenow damit vor, dass sie es kaum mehr abwarten könne, dass er sich mit kehligem Schrei in sie ergoss.

1878

Als sei er Tourist, stand Kurt an einem milden Apriltag vor der Außenwand des Stallhofes und studierte den Fürstenzug. Das imposante Sgrafitto, eine Wandmalerei auf schwarzem Putz, war eine Hommage an die Renaissance und vorletztes Jahr, nach vier Jahren Arbeit, fertig geworden. Ob du es wahrhaben willst oder nicht, begann Kurt nachzurechnen, Dresden hat dich vier Jahre lang nicht gesehen. Hätte man dir damals allerdings erzählt, du würdest als Arbeitsloser hierher zurückkehren, du hättest nur schallend gelacht.

Kurt schaute zu einem Mädchen hinüber, das sich von ihrem Begleiter, einem Kunststudenten, das Gemälde erklären ließ. Hoher Busen, eng geschnürte Silhouette – ganz wie es sich gehört und dir gefällt, dachte Kurt bei sich. In Dresden sind die Mädels hübscher als in Sondershausen. Was bestimmt mit der Stadt zu tun hat. Dresdens Liebreiz manifestiert sich eben auch im Aussehen seiner Töchter.

Ohne allzu große Lust zu haben, setzte Kurt seine Stadtbesichtigung fort. Er hatte in den vier Jahren seines Sondershausener Exils keine neue Bekanntschaft gemacht, und, so sagte er sich, wenn du Pech hast, wird ohne Anstellung dieser Zustand auch hier in Dresden wohl länger so bleiben.

Es zog ihn auf die Brühlsche Terrasse, Dresdens schönste Promenade, auf der Porträt- und andere Maler um die Wette arbeiteten. Die einen, um mit Schnellporträts Geld zu verdienen, die anderen, weil das Panorama des Neustädter Elbufers von hier oben immer wieder faszinierte, vor allem aber die neu erstandene Hofoper im Bild festgehalten werden wollte. Vor neun Jahren abgebrannt, war der Wiederaufbau unter Manfred Semper endlich vollendet. Im Februar war Premiere gewesen – ein gesellschaftliches Großereignis, über das alle deutschen Zeitungen berichtet hatten. Seitdem, hieß es, florierten endlich wieder die Restaurants und Hotels der Stadt. Karten für die Vorstellungen waren rar. Freie Premierenkarten gab es nur auf dem Schwarzmarkt zum dreifachen Preis, aber auch bei anderen Vorstellungen waren an der Abendkasse nur teure Karten zu bekommen.

Wie gut, dass du kein Opernnarr bist, murmelte Kurt und setzte sich ins Torniamenti.

Auf gut sächsisch bestellte er »Gaffee und Guchen«, schließlich hatte er noch eine Menge Zeit. Max' Vernissage begann erst um achtzehn Uhr.

Ob Carola und Heinrich dir wohl verziehen haben?

Dir?

Uns!

Kurt lächelte melancholisch. Marina und Felix hatten geheiratet. Demnach schienen nur die beiden Lewenze, Marina und er zu wissen, was geschehen war.

Großzügig und ehrenvoll von den beiden, dass sie schweigen, überlegte Kurt und lächelte der Kellnerin zu, die ihm ein Stück Prinzregententorte und einen Kaffee mit Schuss servierte.

»Sie kommen mir irgendwie bekannt vor«, versuchte die Kellnerin einen Flirt.

»Zu viel der Ehre«, antwortete Kurt. »Es ist nur die Ähnlichkeit.«

»Ja aber mit wem?«

»Mit Monsieur Niemand aus der Zeitung, wissen Sie?«

Sie lachten beide, Kurt wurde das Herz warm. Auch dieses Mädchen hatte ihre Qualitäten. Wie die Stadt. Wie eigentlich alles hier! Auf Schritt und Tritt offenbarte sich, wie gut Dresden den Börsencrash von 1873 überstanden hatte. Die Straßen waren voller Menschen, es wurde gekauft und flaniert.

Kurt ließ sich von der guten Laune anstecken und entschied

sich, nach der Kaffeepause noch einen Spaziergang durch den Zwinger zu machen und dann über den Antonsplatz an seiner ehemaligen Wohnung vorbeizuschlendern. Überall steckten Erinnerungen, aber heute, bei diesem prächtigen Aprilwetter, schmerzten sie nicht.

Als er über den Altmarkt schlenderte, blieb er vor dem Weber-Haus stehen, wo er einst Fred Böhme besucht hatte. Wer wohnte wohl jetzt in der Wohnung? Kurt bekam Lust, in den Hausflur zu treten und die Namensschilder an den Briefkästen zu lesen, aber plötzlich fand er seine Neugier lächerlich. Sei nicht so betulich, ermahnte er sich. Fred starb ein halbes Jahr nach deinem Besuch bei einem zweiten Schlaganfall. Das weißt du doch!

Soll ich? Kurt schaute nach links in die Wilsdruffer Gasse, wo als Hausnummer 44 die Dresdener Bank zu finden war. Soll ich? Ein letztes Mal Gutmann oder Kaskel fragen, ob sie nicht doch eine Assistenzstelle für dich schaffen könnten?

Ach was. Dieser Kuchen ist doch längst gegessen.

Nichtsdestotrotz hegte er keinen Groll gegen die Dresdener Bank. Sie hatte, indem sie die Thüringische Bank aufkaufte, ein unübersehbares Zeichen des Aufschwungs für Dresden gesetzt. Dies hatte zwar in Sondershausen Arbeitsplätze gekostet, unter anderem den seinen, aber das war bei Übernahmen nun mal nicht zu ändern. Wenn es das Ziel war, das Geschäftsvolumen nicht nur auf dem Papier anzuheben, sondern damit auch die Gewinne zu vergrößern, gelang dies anfangs nur über Einsparungen beim Personal. Denn eins und eins machten in der Geschäftspolitik nicht zwei, sondern nur einzweidrittel. Mittelfristig erhoffte man sich von dieser Kapital- und Personalbasis allerdings ein Ergebnis, dass bei zweieinviertel lag.

Kurt konnte sich jedenfalls gut vorstellen, dass in den Häusern der Dresdener Privatbankiers der Coup der Übernahme der

Thüringischen Bank neidisch kommentiert wurde. Denn nun war offensichtlich geworden, dass die im November 1872 gegründete Dresdener Bank zum führenden Geldinstitut der Stadt aufgestiegen war. Privatbankiers wie Georg und Heinrich Lewenz, aber auch die Brüder Arnhold oder das Bankhaus Bondi & Maron verloren dadurch an Gewicht als Finanzierungspartner der Industrie. Andererseits war deren gestiegener Kapitalbedarf seit der Reichsgründung von den meisten Privatbanken sowieso nicht mehr aufzubringen. So blieb ihnen im Gegensatz zu den Aktienbanken nichts weiter übrig, als sich neben den klassischen Geschäftsfeldern wie dem Wechseldiskontgeschäft, der privaten Vermögensverwaltung oder dem Handel mit Wertpapieren mehr und mehr auf Nischengeschäfte zu spezialisieren.

Eine der wichtigsten Domänen blieb dabei die Finanzierung und Reorganisation von Brauereien, aber auch der Handel mit Immobilien blühte wieder auf. Da die Hypothekenzinsen um ein Prozent auf circa vier Prozent gefallen waren, die Rendite festverzinslicher Wertpapiere im Gegenzug aber statt durchschnittlich 4,2 Prozent nur noch 3,6 Prozent Zinsen brachte, versuchten etliche Anleger, ihr Glück wieder mit Immobilien zu machen. Und das konnte man nirgends so gut wie in Dresden. Der hervorragende Ruf der Elb- und Kunststadt reichte mittlerweile bis ins Ausland. Ihre unvergleichliche Lage lockte immer neue reiche Pensionäre, Künstler und Industriekapitäne an. Dresden vergrößerte sich durch Villenvororte wie Berlin oder Hamburg, aber auch der soziale Wohnungsbau kam voran. Das Vorbild hier war der Industrielle Johann Meyer, der durch eine Stiftung bezahlbare Arbeiterwohnhäuser westlich der Schlesischen Bahnlinie errichten ließ.

Dann schau doch mal an der Frauenkirche vorbei!

Kurt versuchte, sich die Gesichter von Thaddäus und Adam

vorzustellen, doch er hatte nicht vergessen, dass Heinrich Lewenz ihm damals das Betreten des Bankhauses verboten hatte. Wieder spürte er den bekannten Stich im Herzen – der ihn immer dann peinigte, wenn er sich daran erinnerte, wie hasserfüllt Marina sich nach der Katastrophe im Geschäftssalon von ihm losgesagt hatte. Seitdem hatte er sie nicht mehr gesehen, aber seitdem war es auch so, als litte er unter ihrem Fluch.

»Ich hasse dich!«

Er bekam es einfach nicht aus dem Gedächtnis. Die Worte waren wie ein Bann. Sie lähmten ihn, sich für andere Frauen ernsthaft zu interessieren. Längst war er der Überzeugung, dass dieser Bann erst dann von ihm abfallen würde, wenn er sich mit Marina ausgesprochen hatte. Vielleicht bot sich heute endlich die Gelegenheit dazu – was der eigentliche Grund war, warum er Max' Einladung zur Vernissage im Hôtel de Pologne gefolgt war. Natürlich war er auch neugierig auf dessen Arbeiten und die alten Afraner Schulkameraden, doch sein Herzschlag beschleunigte sich nur, wenn er versuchte, sich Marina vorzustellen.

Kurt bog auf die belebte Schlossgasse, wo sich linker Hand an der Ecke der Großen Brüdergasse das Hôtel de Pologne befand. In dessen Festsaal fand die Vernissage statt – eine Vernissage mit Musik, am Klavier Marina Rosenow.

»Ist mein Gepäck schon eingetroffen?«

»Jawohl, mein Herr. Vor etwa einer Viertelstunde.«

Der livrierte Diener, der vor dem Eingang auch Schuhputzdienste leistete, zog die Tür auf. Kurt gab ihm ein Trinkgeld.

»Sie sind sehr großzügig!«

»Sind Arbeitslose immer.«

Kurt ließ sich den Zimmerschlüssel aushändigen und stapfte in den dritten Stock. Sein Zimmer zeigte auf die Schlossgasse, in der Droschke auf Droschke über das Pflaster ratterte und die Passanten sich auf dem schmalen Trottoir fast auf die Füße traten. Trotzdem blieb man höflich. Nirgendwo sonst in Dresden wurden in einer einzigen Minute so viele Entschuldigungen ausgesprochen wie in der Schlossgasse, deren prächtige barocke Sandsteinfassaden nach und nach vom Dreck befreit wurden.

Dank dir, Max, gähnte Kurt. Von allen, die heute Abend kommen, habe ich den kürzesten Weg.

Angezogen legte er sich aufs Bett, um sich von der Stadtbesichtigung auszuruhen. Bislang verspürte er keine nennenswerte Aufregung. Er verschränkte die Arme hinter dem Kopf und betrachtete die barocken Stukkaturen der Wände. Kurz darauf war er eingeschlafen.

Max' Vernissage war eine geschlossene Veranstaltung. Das Mädchen vom Hotelpersonal strich Kurts Namen auf der Gästeliste durch und wünschte einen schönen Abend. Der Festsaal war mit Blumenbuketts geschmückt, deren Duft, wie Kurt fand, mit den Duftnoten der Gäste nicht harmonierte. Er setzte sich in die letzte Reihe und versuchte, anhand der Hinterköpfe zu enträtseln, wer von Max eine Einladung erhalten hatte. Alle, stellte er schnell fest. Also wirst du jetzt doch Nerven brauchen, dachte er, atmete tief durch und senkte für einen Augenblick den Kopf. Sollte er nicht vielleicht besser gehen? Nein! Kurt straffte sich. Du willst sie sehen, sagte er sich. Du willst wissen, wie sie jetzt aussieht. Applaus kündigte den Auftritt der Künstler an. Max' Arbeiten, Landschaften, so das Programm, seien in verschiedenen Techniken ausgeführt: als klassisches Ölgemälde, Bleistift- und Rötelzeichnung, Kupferstich, Holzschnitt, Aquarell. Das Raffinierte daran sei, wie ein und dasselbe Motiv eine völlig andere Wirkung auf den Betrachter habe, je nachdem, ob es beispielsweise als Gemälde oder Holzschnitt ausgeführt war. Marina sollte dazu aus Mendelssohns »Liedern ohne Worte« spielen – doch wie der

genaue Ablauf geplant war, dies sollte eine Überraschung bleiben.
Kurt riss die Augen auf. Marina trug ein grünes Seidenkleid mit breiter, gelber Schärpe. Ein Perlenhalsband schmückte ihren Hals, eine großen Perlenbrosche ihr Kleid. Die Schärpe war ein Zugeständnis an Max, der einen Künstlerkaftan in derselben Farbe trug. Natürlich fehlte nicht der breitkrempige Spitzhut, sein Markenzeichen, das Visitenkarten und Einladungen zierte. Er küsste Marina die Hand, die sich daraufhin mit elegantem Ruck die Schärpe von der Hüfte zog. Ein Raunen erfüllte den Saal, dann jedoch wurde gelacht, als Marina die Schärpe bewusst nachlässig auf den Flügel warf, so dass sie unordentlich über die Flanke hing.
Wie betrunken schaute Kurt sie an!
Dabei hatte er das Gefühl, sein Inneres beginne allmählich zu beben. War Marina wirklich so schön? War dies wirklich jene Frau, die er das Glück gehabt hatte, küssen zu dürfen? Marina war eine Spur fülliger geworden, was ihr genauso gut stand wie das fast nachlässig zusammengesteckte Haar. Sie sah so wohl aus, wie es ihrem Stand entsprach. Das Gesicht erstrahlte voller Würde und Stolz. Nur ihr Lächeln, fand Kurt, wirkte bemüht.
Sie ist glücklich!
Nein! Sie hat ihren Frieden gefunden!
Kurt konnte sich weder auf die Klavierstücke noch auf Max' Arbeiten konzentrieren. Er hatte nur Augen für Marina, und es war ihm völlig gleichgültig, ob die »Gondellieder« zu den nebelverhangenen Elblandschaften passten oder nicht. Bei jedem Klavierstück wurden neue Bilder enthüllt, während die anderen wieder zugedeckt wurden. Doch so interessant und abwechslungsreich diese Zuordnungen von Musik und Bild auch waren, der Sturm der widerstreitenden Empfindungen, die seine Seele verarbeiten musste, war mächtiger: Da waren

zum einen Resignation und Verzweiflung, Wut auf sich, auf Marina und das Schicksal. Dann wieder genoss er den Triumph, diese Frau als Erster besessen zu haben, und gestattete sich sogar Gedankenspiele, dies Felix zu sagen, um sich an Marina zu rächen.

Er applaudierte mechanisch, sein Kopf war leer. Und schon im nächsten Augenblick fürchtete er, die Kontrolle über sich zu verlieren. Er stürzte zwei Glas Sekt in sich hinein und hielt sich am dritten fest, während er so tat, als betrachte er die abgedeckten Arbeiten von Max. In Wahrheit starrte er sie nur an, ohne sich auf die Details zu konzentrieren. Erst hoffte er darauf, von irgendjemandem angesprochen zu werden, dann wieder war er erleichtert, wenn ein Bekannter so tat, als erkenne er ihn nicht.

Insgesamt waren die Männer in der Überzahl, das Verhältnis war ungefähr eins zu zwei. Ein Verrückter, überlegte er, würde die Beine zählen: schwarz, lang, dünn – alles Männerbeine. Teilte er sie durch zwei, käme er auf die Anzahl der Männer. Auch ein Zeitvertreib. Kurt begann zum Spaß, Beine zu zählen, und gab vor, konzentriert nachzudenken. Ein Mädchen, das an einem der Blumenbuketts zupfte, lächelte in seine Richtung, aber bevor er dazu kam, sie näher in Augenschein zu nehmen, bemerkte er, wie Fritz hinter eine der Bilderstellwände schlüpfte, die Faust in die Rocktasche gestemmt.

Kurts Neugier wurde geweckt. Er trat ein paar Schritte näher und schaute hinter die Stellwand. Fritz hatte den Kopf in den Nacken gelegt und tropfte sich etwas in den Mund. Als das Fläschchen wieder in der Rocktasche verschwand, begegneten sich ihre Blicke.

»Ah, der verlorene Sohn!«

»Oh, Spinner-Fritz!«

Sie umarmten sich und musterten einander stumm und neugierig. Fritz hatte sich verändert, wie Kurt sofort feststellte. Er war schlanker geworden, und auf seinem Gesicht schienen Schatten zu liegen. Seine Augen dagegen waren kalt. Er war teuer gekleidet und duftete nach einem guten Rasierwasser. Die heitere, noble Gelassenheit, die Kurt und viele Afraner immer so an ihm bewundert hatten, war jedoch verschwunden.

»Na, lass hören!«, meinte Fritz leichthin. »Wie laufen die Geschäfte in Sondershausen? Nach meinem unmaßgeblichen Dafürhalten müsstest du dort doch längst der Chef sein, oder?«

Kurt entschied sich nach kurzem Zögern, Fritz reinen Wein einzuschenken und ihm zu erklären, warum er arbeitslos geworden war. Fritz runzelte die Stirn, verzog den Mund. Und statt Kurt mit einem Schwall gut gemeinter und aufmunternder Ratschläge zu überschütten, ließ er sich nur zu der wenig kameradschaftlichen Bemerkung hinreißen, dann sei das alles ja keine Schande. Zum Glück gesellten sich Max und Georg zu ihnen. Kurt dankte für die Einladung, Max winkte gönnerhaft ab.

»Die hast du nicht nur deshalb bekommen, weil wir Afraner Stubenkameraden waren, sondern weil ich meinen Eltern ein bisschen auf die Zehen treten wollte. Nach wie vor bin ich das schwarze Schaf für sie. Dabei kann ich längst von meinen Arbeiten leben! Ich freue mich schon auf ihr Gesicht, wenn ich sie zwinge, dich zu begrüßen.«

»Mensch, Kurti!«, platzte Fritz aufdringlich dazwischen, »willst du uns nicht endlich verraten, was vorgefallen war? Wir schweigen wie ein Grab! Bestimmt. Ehrlich!«

»Fritze«, antwortete Kurt ruhig. »Es soll ein Geheimnis bleiben. Selbst wenn Max' und Georgs Eltern sich je mit mir versöhnen sollten.« Aufmerksam schaute er Fritz in dessen plötzlich verschleierte Augen.

»Das kann es auch«, sagte Georg ruhig. »Fritz wollte dir wohl nur sagen, dass du für uns Afraner nach wie vor der Kurti bleibst, der uns einst beim Cicero und Tacitus half.«

Die Freunde nahmen sich neue Gläser Sekt und stießen an. Kurt spürte, wie wenig sie im Augenblick Muße hatten, sich zu unterhalten. Man stand beisammen, trank und lobte die gelungene Inszenierung. Max nahm die Komplimente ungerührt entgegen und empfahl sich nach einer Weile, um, wie er sagte, auch woanders noch etwas Schmalz in die Ohren zu bekommen.

»Er ist zynisch und damit brutal geworden«, erklärte Georg Max' Benehmen. »Ich selbst war lange Jahre zu dumm, Max' Schmerz und die Wut auf den Rest unserer Familie zu begreifen und vor allem ernst zu nehmen. Meine Eltern tun es bis heute nicht. Statt stolz zu sein, einen echten Künstler als Sohn zu haben, betrachten sie Max als eine Art Verräter. Neulich meinte Vater wieder, anstatt mir zur Seite zu stehen und ihn damit zu entlasten, flüchte Max sich in den schönen Schein.«

»Heißt das etwa, die Führung des Bankhauses Frauenkirche ist unterbesetzt?«, scherzte Kurt.

»Vorsicht!«, sagte Georg und hob in gespielter Drohung den Zeigefinger.

»Warum?«, mischte sich Fritz ein. »Kurti ist seine Arbeit los. Ein Übernahmeopfer der Dresdener-Bank-Bank-Politik.«

Er lachte wiehernd. Zu seinem Pech jedoch fand niemand Gefallen an seinem Wortwitz. Fritz schmollte, schaute auf die blitzenden Spitzen seiner Stiefel. Kurt bedankte sich mit süßsaurer Miene für die Fürsprache und überlegte einen Moment, ob es nicht vielleicht besser wäre, den Rest des Lebens auf diese so genannte Freundschaft zu verzichten.

Aus den Augenwinkeln sah er, wie Felix und Marina auf ihn zusteuerten. Schnell trank er sein Glas Sekt leer. Er räusperte sich und bemühte sich, so gelassen wie möglich zu schauen.

Innerlich jedoch zitterte er, weshalb es ihm auch nicht gelang, wenigstens ein kleines Lächeln auf den Lippen zu halten. Indes, was Marina betraf, deutete nichts darauf hin, dass ihr die Begegnung peinlich war. Im Gegenteil, sie schien sich völlig sicher zu sein und spielte die Rolle der liebenswürdigen Ehefrau mit perfektem Charme. Nachdem Felix Kurt die Hand gegeben hatte, tauschten sie kameradschaftlich Begrüßungsküsschen.

»Ich darf dir meine Frau vorstellen«, sagte Felix stolz und blitzte Kurt triumphierend an.

»Ich beglückwünsche euch beide. Bleibt gesund.«

»Danke. Wie geht es dir?«

»Um es kurz zu machen: Im Gegensatz zu dir bin ich noch ledig, und dank der Dresdener-Bank-Bank-Politik, wie Fritz es formulierte, ohne Arbeit. Dafür allerdings bin ich frei, und die Welt steht mir offen.«

Er sprach schnell und scharf, ohne sich dessen wirklich bewusst zu sein. Schuld daran trug Marina. Ohne jegliches Interesse an seiner Person zu zeigen ließ sie ihre Blicke im Saal umherschweifen, als sei er ihr so gleichgültig wie ihm die Arbeiten von Max Lewenz.

Teufel noch mal! Womit hab ich das verdient, begehrte er auf. Wenn sie mich verachten, hassen oder über mich triumphieren würde – ich könnte damit leben. Doch stattdessen spielt sie die Gleichgültige und schaut hochmütiger als das eingebildetste Kamel ganz Arabiens!

Plötzlich war es ihm egal, ob seine Gemüts-Camouflage aufflog. Die Wut, die von ihm Besitz ergriff, drückte sich so deutlich in seinen Augen aus, dass Marina stutzte, als sie und Kurt sich wieder ansahen. Mit Genugtuung bemerkte er, wie sie sich bei Felix einhängte, das Gesicht blass, den Mund vor Schreck leicht offen. Doch vor allem ihre furchtsamen Augen versöhnten ihn. Sie schienen ihm zuzurufen: Wenn du mich wirklich liebst oder jemals geliebt hast, dann zerstöre bitte nicht mein Leben!

Kurt entspannte sich. Felix jedoch, charakterfest und treuherzig, meinte, sie sollten das Thema seiner Arbeitslosigkeit nicht hier erörtern, sondern besser an einem anderen Tag besprechen. Er stellte sogar Hilfe in Aussicht.

»In Berlin müssten Sie einen wie dich doch mit Kusshand nehmen«, fügte Marina hinzu. »Du bist doch nicht irgendwer!«

»Frau Rosenow!«, ließ sich Fritz vernehmen. »Berlin! Wollen Sie unseren Kurti etwa in der preußischsten Stadt des Universums zugrunde richten? Was hat er Ihnen getan?«

»Fritz!«

Gundas Stimme glich der einer mahnenden Mutter oder erziehenden Ehefrau. Und Fritz, bemerkte Kurt überrascht, verstand sofort. Er entschuldigte sich für seine Geschwätzigkeit und begründete seine lockere Laune mit der Freude, dass endlich einmal wieder alle Afraner beisammen seien.

»So banal dies auch klingen mag: Wenn Max nicht dieses glänzende Programm initiiert hätte, wir hätten uns nimmer getroffen! Kurt heute Abend in unserer Mitte zu wissen – mir hilft dies, die verblassten Bilder der Vergangenheit neu zu konturieren. Was mich heiter stimmt! Vielleicht ist es sentimental, aber ich sage euch: Es ist nur weise. Es wird Zeit, das Korsett der Nüchternheit abzustreifen. Dieser Protestantismus! Diese Tüchtigkeit! Wollen wir jetzt auch noch unsere Freundschaft in das Prokrustesbett maßvoller Anständigkeit zwängen? Ich meine, nein. Haben wir doch gar nicht nötig.«

»Eben. Also bis nachher«, sagte Georg rasch und ging mit Felix und Marina weiter.

Fritz lächelte ihnen gequält hinterher und wollte Gunda an sich ziehen. Doch die stellte sich auf die Zehenspitzen, um von Fritz' akkurat gebundenem Halsbinder ein Stäubchen zu wischen. Zu Kurts Verblüffung leistete Fritz keinerlei Widerstand. Mehr noch, er schien Gunda dankbar für diese Bevormundung zu sein. Seine Miene hellte sich auf, und binnen weniger Augenblicke gewann er seine Würde zurück.

Gunda war selbstbewusst genug, den Kopf an Fritz' Schulter zu legen und sich eng an ihn zu drücken. Welch Bild von Glück und Traurigkeit, dachte Kurt. Sie lieben sich, aber trotzdem ist irgendetwas nicht in Ordnung. War Fritz krank? Warum heiratete er Gunda nicht? Weil sein Onkel es ihm verbot?

Minutenlang blieben sie, ohne weiter miteinander zu sprechen, so beisammen und schauten dem Treiben zu. Marina bekam mehr Aufmerksamkeit als Max, aber sie bewegte sich so geschickt zwischen den Gästen, dass es ihr immer wieder gelang, zu Max zurückzukommen. Begann Max dann seine Bilder zu erklären, zog sie sich diskret zurück. Felix war ständig neben ihr und so stolz auf seine schöne Frau, dass er anderen Männern mitleidige Blicke zuwarf, die mit weniger attraktiven Damen gesegnet waren.

»Sollen wir Sie dem Ehepaar Lewenz vorstellen«, fragte Gunda plötzlich angriffslustig und winkte Max. »Ich weiß nicht, was Sie ausgefressen haben, aber allzu schlimm kann es nicht gewesen sein. Sagt mir zumindest mein Instinkt. Und jetzt, nach vier Jahren … das Bankhaus blüht. Wo ist der Schaden?«

»Tja, wo?«, griff Kurt ihre Frage freundlich auf. »Wollen Sie mich mit Fritz begleiten? Meine Sekundanten sein? Ja? Gut – dann gehen wir doch!«

Kurt in der Mitte, schoben Gunda und Fritz sich langsam an zwei Stellwänden mit Aquarellen vorbei. Ihnen den Rücken zugewandt, unterhielten Carola und Heinrich Lewenz sich gerade mit zwei jungen Männern, die wie Max einen Kaftan über dem Anzug trugen, reichlich zerknitterte Zigaretten rauchten und schlecht rasiert waren. Als diese beiden das sich nähernde Grüppchen bemerkten, empfahlen sie sich erleichtert.

»Einen schönen guten Abend«, sagte Kurt.
Zwei auffällige Visitenkarten in der Hand, fuhr Carola Lewenz herum. Wegen des schwarzen, schimmernden Kleids hatte Kurt im ersten Moment den Eindruck, einer Witwe auf der Suche nach einem neuen Mann gegenüberzustehen. Aber von allen Bekannten dieser Vernissage, dachte er, war Carola Lewenz am wenigsten gealtert. Bei genauem Hinsehen zeigten sich zwar die ersten Krähenfüßchen, aber mit den großen dunklen Augen und dem vollen kastanienbrünetten Haar war sie nach wie vor eine glänzende Erscheinung – im Gegensatz zu Heinrich Lewenz, dessen Haar völlig ergraut war. Er stützte sich auf einen Stock mit Silberknauf, dessen filigrane Machart in keiner Weise zu seiner massigen Statur passte.
»Oh! Dass Sie sich das trauen, Kurt!«, sagte Carola Lewenz spitz. »Aber wenn Sie glauben, wir würden jetzt Hals über Kopf den Saal verlassen, täuschen Sie sich.«
»Wunderbar, Mama!«, sagte Max. »Natürlich sind Vater und du keine Angsthasen! Woraus folgt: Tut gleich den nächsten Schritt. Ich glaube, er ist fällig.«
Max trat herrisch zur Seite und vollführte eine Geste, die Kurt das Wort erteilte.
»Was geschehen ist, war falsch«, begann dieser fest. »Aber nun sind vier Jahre vergangen. Bitte leugnen Sie nicht, dass Sie beide großherzig sind. Sie verstehen, was ich damit meine. Ich bitte Sie daher, jetzt auch mit meiner Wenigkeit Frieden zu schließen.«
»Das entscheidet mein Mann.«
Was Kurt gehofft, aber nicht erwartet hatte, geschah. Heinrich Lewenz streckte ihm die Hand hin. Um seine Mundwinkel zuckte es. Eigentlich müsste er laut losprusten, dachte Kurt. Nein, verbesserte er sich, eigentlich müssten sie es beide.
Fritz rief den Kellner heran. Mit einem Glas Sekt sollte die Versöhnung besiegelt werden. Gunda winkte Georg herbei,

Felix und Marina bekamen die entsprechenden Zeichen von Fritz. Als jeder sein Glas in den Händen hielt, betätigte sich Gunda als offizielle Friedensstifterin, indem sie laut sagte: »Vergeben und vergessen!« Wie eine Gruppe von Verschwörern stießen sie miteinander an, jeder mit demselben lockeren Lächeln auf den Lippen. Tönten die einen Gläser silbrig und hell, war der Klang der anderen knirschend und dumpf. Statt eines harmonischen Glasklirrens entstand ein Geräusch, dennoch gab es niemanden, der sich in diesem Augenblick nicht bewusst war, welch große Verantwortung er mit diesem Versöhnungszermoniell auf sich nahm.

Aber natürlich ging das Versteckspiel weiter: So schwor der Mörder Fritz, den Würger Georg nicht zu verraten, und die Ehebrecherin Carola Lewenz gab der Schwindlerin Marina Rosenow mit offenem Blick zu verstehen, dass auch deren und Kurts Geheimnis sicher sei. Und wie verstrickt der eine oder die andere auch war: Jeder glaubte in diesem Moment an die eigene Aufrichtigkeit und die guten Vorsätze. Gunda strahlte am meisten. Mit geradezu kindlicher Freude glaubte sie an das Gute dieses Versöhnungsumtrunks, wobei sie sich der Hoffnung hingab, dass Carola Lewenz endlich ihren Fritz freigab.

Vier lange Jahre hast du ihm nun den Kopf verdreht, dachte sie. Jetzt, Carola Lewenz, lass es genug sein! Gib ihn frei!

Ihre Augen begannen zu flackern. Ihr Fritz und Carola Lewenz hatten dasselbe Lächeln, denselben wissenden Ausdruck. Doch nur sie, die kleine Gunda aus der Drachenschänke, wusste um Fritz' Schuldgefühle deswegen und wie es wirklich um seine Seele stand.

Es war gegen Abend. Die Glocken der Frauenkirche läuteten den Samstag ein, die letzten Kunden hatten den Schalterraum verlassen. Eine ganz normale Woche war vergangen, im Bankhaus Frauenkirche herrschte feiertägliche Ruhe. Allein Thaddäus Warnke, der Buchhaltungschef und Bürovorstand, war noch im Haus. Er absolvierte gerade den Kontrollgang durch alle Räume, die er nach einem prüfenden Blick auf Regale und Aktenschränke abschloss.

Georg, der in seinem Büro im ersten Stock saß, lauschte auf das Klirren der Schlüssel. Er schob seinen Stuhl nach hinten und legte die Füße auf den Schreibtisch. Im Geiste sah er Thaddäus, wie er an dem dicken Schlüsselbund nach den Schlüsseln suchte und sich ärgerte, dass es ihm immer noch nicht gelungen war, für jede Tür auf Anhieb den richtigen Schlüssel zu finden. Gleich würde Thaddäus die Treppe hochkommen, den Kopf durch die Tür stecken und ihm ein angenehmes Wochenende wünschen. Bislang hatte er seinen Chef stets in korrekter Haltung vorgefunden, jetzt freute sich Georg darauf, Thaddäus ein bisschen aus der Fassung zu bringen.

Es klopfte.

»Herein mit Ihnen!«

»Ein schönes Wochen …« Thaddäus kam nicht weiter. Das Kinn auf die Brust gesenkt, schaute er konsterniert auf die Fußspitzen seines Chefs, die sich zu allem Überfluss auch noch provokant bewegten.

»Nun machen Sie nicht so ein Gesicht, Warnke«, sagte Georg und streckte den Arm aus, um das Schlüsselbund in Empfang zu nehmen. »Ich fragte mich gerade, wie es die Sheriffs im Westen der Vereinigten Staaten schaffen, ihre Beine auf den Schreibtisch zu legen, ohne dass die Sporen ihrer Stiefel die Tischplatte zerkratzen. Gemessen daran sind wir mit unseren polierten Schuhen geradezu Kavaliere der Bürokultur. In den Westermann'schen Monatsheften stand, dass in New York die Geschäftsleute aus dem Westen in dieser Haltung sogar mit Damen sprechen.«

»Dann sind das keine wirklichen Damen.«

Georg lachte laut auf.
»Was Sie wieder denken, Herr Warnke! Kommen Sie, trinken Sie ein Glas Cognac mit mir.«
»Vielen Dank. Aber auch auf die Gefahr hin, jetzt als Spielverderber dazustehen: Die Tradition des Hauses gestattet mir Cognac nur donnerstags während der Besprechungen.«
»Sie haben Recht«, sagte Georg und nahm die Füße vom Tisch. »Alles andere wäre Übermut.«
»Und der tut bekanntlich selten gut.«
»Unken Sie nicht! Mein Vater ist nämlich mit Raoul von Spener bei unserem werten Herrn Kriegsminister Fabrice.«
»Ja, ja.«
Thaddäus Warnke nickte. Er hatte keine Lust herumzuspekulieren, er wollte nur eines: raus aus dem Büro und hin zum Großen Garten, wo heute Abend die Militärkapellen des zwölften und neunzehnten Sächsischen Armeekorps ein Potpourri der beliebtesten Märsche spielten.
»Sie wollen in den Großen Garten?«
»Ich kann es nicht verhehlen.«
»Dann viel Vergnügen. Vielleicht treffen wir uns noch. Bon soir!«
Georg schaute auf seine Taschenuhr. Eigentlich müsste sein Vater jeden Augenblick hier sein. Auch sie beide würden sich dann in den Großen Garten aufmachen – womit für ihn der anstrengendere Teil des Tages begann: Brautschau, Konversation, Verstellung. Mareike Flemming zu heiraten und sie zu entjungfern, würde er noch schaffen, aber ob er ein Leben lang die Rolle eines Ehemanns durchstehen würde, das bezweifelte er. Es würde ein doppeltes Spiel geben.
Er nagte an seiner Unterlippe. Irgendetwas war immer.
Andererseits, tröstete er sich, läuft im Moment alles so gut wie noch nie in deinem Leben. Der schlechte Wind aus St. Afra ist ein erfolgreicher Bankier geworden, und Massa Pets Ungeist

war am eigenen Verwesungsgestank erstickt. Er wird dich nicht mehr heimsuchen. Denn wenn Fritz vor dem Brunnen wirklich die richtigen Schlüsse gezogen hätte, hätte er dich und Großvater damit spielend erpressen können – damals in Loschwitz. Mit den Jahren hatte Georg gelernt, das dramatische Karnevalskapitel in seinem Inneren zu verkapseln und in einen toten Winkel seines Selbst zu verbannen. Zwar träumte er noch immer davon, Massa Pet würde nach der Würgattacke einfach wieder aufstehen, aber mittlerweile hatte er sich so weit in der Gewalt, dass er noch während des Traums auf die Idee kam, sich kopfüber in den Brunnen zu stürzen. Bislang war er noch jedes Mal in seinem Bett aufgewacht, und das würde, solange die Erde sich um die Sonne drehte, auch so bleiben.

Er hängte das Schlüsselbund in den Tresor und schenkte sich ein Glas Cognac ein. Dann setzte er sich wieder so hin, dass er die Füße auf den Schreibtisch legen konnte. Genießerisch ließ er den Cognac ein paar Mal am Gaumen vorbeirollen, bevor er ihn schluckte.

»Sei einfach mal stolz auf dich«, sagte er leise zu sich selbst. »Das darfst du.«

Vater und ihm war es in den vergangenen vier Jahren gelungen, die Geschäftsbasis zu stabilisieren. Eigentlich könnte es jetzt immer so weitergehen, sinnierte er. Wir beraten und verwalten Vermögen, engagieren uns im privaten Immobiliengeschäft und vergessen darüber nicht die Finanzierung von mittelständischen Handels- und Industriebetrieben.

Nach wie vor brachte das Wechseldiskontgeschäft dreißig Prozent des Gewinns. Die Einlösung der Wechsel, mit denen die Käufer die Händler bezahlten, übernahm das Bankhaus. Die Provision oder der Diskont, den die Bank dafür kassierte, war »die« tragende Säule ihres Geschäftes.

Aber würde dies auch in Zukunft so bleiben?

Bei anderen Geldinstituten nahm das Wechseldiskontgeschäft ab. Das Kontokorrentgeschäft dagegen wuchs an, weil von den Geldhäusern erwartet wurde, dass sie die auflaufenden Rechnungen bei Investitionsunternehmungen übernahmen und damit in Vorfinanzierung traten. Dies war exakt das, was Raoul von Spener vorausgesehen und womit er Sachsens Kriegsminister geködert hatte.

Fabrice wollte heute die zu erwartenden Kosten der Rüstungsvorhaben in der Albertstadt offen legen. Vor einem Jahr war dort das Arsenalhauptgebäude eröffnet worden, ein gigantisches Depot-Bauwerk, in dem die Geschütze sowie Handfeuer- und Blankwaffen der sächsischen Armee aufbewahrt wurden. Bau und Finanzierung waren eine Angelegenheit des Staates gewesen, jetzt war mit der Projektierung der eigentlichen Rüstungswerkstätten auch fremdes Kapital gefragt. Vor vier Jahren hatten Raoul von Spener und das Bankhaus Frauenkirche die Zusicherung von Fabrice bekommen, sich an diesem langfristig Gewinn bringenden Projekt beteiligen zu dürfen – ein Versprechen, auf das Raoul von Spener seine gesamte Hoffnung für die Zukunft setzte.

Es war geplant, dass das Bankhaus zunächst die laufenden Rechnungen abwickelte, damit sozusagen in Vorfinanzierung trat. Dies zunächst freilich ohne jedes Risiko, da die Gelder aus dem zu diesem Zweck eingerichteten von Spener'schen Rüstungsfonds bestritten werden sollten. Erst wenn dieser Fonds ausgeschöpft war, begann die Beteiligung des Bankhauses. Insgesamt stellte Fabrice Geschäftsbeziehungen über eine Dauer von zwanzig Jahren in Aussicht und sagte zu, dass der Staat Sachsen feste Kontingente der produzierten Waffen und Munitionsmengen kaufte.

Georg gönnte sich einen weiteren Schluck Cognac. Großvater würde uns alle verfluchen, dachte er. Aber so änderten sich eben die Zeiten. Wenn alles blieb, wie geplant, würde das ehr-

würdige, »friedfertige« Bankhaus Frauenkirche in zwanzig Jahren als das führende Geldinstitut der Dresdener Rüstungsindustrie zu gelten haben. Zu Beginn des zwanzigsten Jahrhunderts stünde er unter seinesgleichen wahrscheinlich als »Eherner Georg mit der Kanonen-Lanze« da, gleichermaßen verachtet wie bewundert.
Dann bist du im Bankhaus zwar unangefochten die Nummer eins, aber was kommt danach? Wer führt das Geschäft fort? Max' Kinder? Deine?
Er griff zum Kölnischwasser, das griffbereit auf dem Schreibtisch stand, und parfümierte sein Taschentuch. Er mochte den Duft. Das Geheimnis war, großzügig damit umzugehen.
»Ist wer da?«, klang es gereizt aus dem Treppenhaus.
Georg ließ das Taschentuch auf seinem Stuhl liegen und stürzte zur Tür.
»Vater?«
»Ja. Komm runter, zum Teufel!«
»Sofort!«
Er steckte den Schlüssel ins Schloss und eilte nach unten. In den letzten Jahren hatte sein Vater zwar immer häufiger schlechte Laune, aber so wütend hatte er schon lange nicht mehr geklungen. Demnach konnte die Besprechung bei Fabrice nur ungut verlaufen sein.
Heinrich Lewenz' Gesicht hatte die Züge einer Bulldogge angenommen. Seine Kiefer mahlten, und seine eisgrauen Augen funkelten mordgierig.
»Was ist passiert?«
»Alles!«, blaffte Heinrich Lewenz seinem Sohn ins Gesicht. »Wir müssen umdenken! Die Order kommt vom König höchstselbst. Aber natürlich steckt allein Fabrice dahinter! Er will Waffen- und Munitionsbetriebe auf dem Arsenalgelände nur zu neunundvierzig Prozent privatisieren. Den Rest übernimmt der Staat.«

»Das ist doch für uns keine Katastrophe!«
»Aber für einen Mann wie Raoul von Spener schon!« Heinrich Lewenz war derart aufgebracht, dass der Sandstein aufspritzte, als er seinen Stock auf den Boden hämmerte. »Fabrice will aufgrund der gestiegenen Investitionssummen auch andere Kapitalgeber mit ins Boot nehmen. Was für Spener mit seinen Exklusivitätsansprüchen eine schallende Ohrfeige ist. Was er Fabrice auch nicht verhehlte. Er sprach von Wortbruch, womit er zwar Recht hat, aber das war ja auch nicht anders zu erwarten. Als ich versuchte, ihn zu beruhigen, passierte es dann: Raoul von Spener maßte sich an, über meinen Kopf hinweg zu entscheiden. Als sei ich gewissermaßen nur der Prokurist seiner Ideen, erklärte er Fabrice, das Bankhaus Frauenkirche und er stünden in diesem Fall für eine weitere Zusammenarbeit nicht mehr zur Verfügung.«
»Er ist wahnsinnig.«
»Du hättest seine Augen sehen sollen! Diese widerlich stechenden Augen! Sie rollten wie bei Weibern, die in einem zu engen Korsett stecken! Ich entschuldigte mich in seinem Namen und hob hervor, dass wir selbstverständlich nach wie vor loyal zum Königshaus stünden. Fabrice war amüsiert und begann zu lachen, als dieser Wahnsinnige sich mir und ihm mit der Bemerkung und Drohung empfahl: Dass er zwar vor dem Wortbruch eines Ministers kapitulieren müsse, nicht aber vor der ängstlichen Kriecherei eines Bankiers!«
Georg hatte das Gefühl, als tänzelten kalte Finger über seine Brust. Auf einmal war sie wieder da, die Furcht vor der Entdeckung, auch wenn die mächtige Stimme in seinem Kopf dies sofort als Irrationalismus verwarf. Trotzdem war er blass geworden, was im Dämmerlicht des Treppenhauses jedoch nicht auffiel. Heinrich Lewenz hingegen hatte sich mittlerweile ein wenig beruhigt. Wie ein Lastträger, der sich gerade eines

Kohlensacks entledigt hatte, stand er schnaufend vor seinem Sohn und knallte nach einer Weile noch einmal seinen Gehstock auf die Platten.
»Wir sollten das nicht hier im Treppenhaus diskutieren, Vater«, sagte Georg. »Lass uns in den Salon gehen.«
»Nein. Schließlich hast du etwas vor. Enttäusche mich und deine Mutter nicht. Die Flemming ist ein patentes Ding.«
»Kommst du denn nicht mit?«
»Nein. Denn wenn ich dort deinen alten Afranerspezi Fritz träfe, ich fürchte, ich würde ihm meinen Stock ins Gesicht stoßen. Tu mir den Gefallen: Geh allein! Und beeile dich! Du hast nicht mehr viel Zeit.«
Allmählich wich die Beklemmung aus Georgs Brust. Freilich ließ er sich auch gerne ablenken. Das schöne Wetter und die heitere Wochenendstimmung, die in der Stadt bereits an diesem Freitagabend um sich gegriffen hatte, ließen ihn den Geschäftsärger vorübergehend vergessen.
Beschwingt überquerte er den Neumarkt und tauchte ein ins Kindergeschrei und Karrenrumpeln abziehender Marktbeschicker. Es roch nach nassem Sand und Wasser, in den sich der Duft von Gemüse und reifem Obst mischte. Vor dem Türkenbrunnen mit der Figur der Friedensgöttin tobte eine Schar Kinder. Sie waren nass bis auf die Haut. Ein Bursche lag bäuchlings auf den Eisenstreben der Brunnenabdeckung und presste den Daumen gegen den Ausguss. Die Sprühregen, die er damit dem bärtigen Wasserspeier entlockte, waren mal feiner, mal gröber, aber jede Dusche war willkommen. Jauchzend rannten die Kinder durchs Nass, spuckten, wischten sich mit dem Ärmel übers Gesicht. Selbst wenn man nur kurze Zeit zusah, wurde man durstig und sehnte sich danach, sich genauso erfrischen zu können.
Nicht anders erging es Georg. Er gönnte den Kindern ihren Spaß und schüttelte missbilligend den Kopf, als eine Markt-

beschickerin mit wüsten Beschimpfungen auf ihren Sprössling zueilte und ihm ein paar Ohrfeigen verpasste.

»Wie siehst du wieder aus! Das neue Hemd! Schämst du dich gar nicht? Glaubst du, wir haben einen Dukatenscheißer im Stall?«

Wann geht es eigentlich nicht ums Geld?, überlegte Georg. Spontan fiel ihm die Liebe ein, aber auch hier stimmte es nur sehr bedingt. Denn dass sich eine reiche Gräfin in einen armen Jungen verliebte, gab es nur im Märchen. Ohne Geld funktionierte auch die Liebe nicht, getreu der berühmten Wahrheit: Liebe gibt es zwar umsonst, aber was es umsonst gibt, ist immer von schlechter Qualität.

Es war zu heiß, um zu philosophieren.

Georg brach der Schweiß aus. Als er an den Mägden und Wasserträgern vorbeischritt, die an den anderen beiden Brunnen des Neumarktes Schlange standen, verspürte er plötzlich einen unbändigen Durst. Am liebsten hätte er sich auf eine der Blechkannen oder einen Eimer gestürzt, in die das erquickende Nass abgefüllt wurden.

Der Cognac vorhin, dachte er. Der ist schuld . Jetzt hast du den Brand.

»Ein Trinkgeld für einen Krug Wasser!«, rief er, ohne zu überlegen, nach vorne. »Verdammt, mir brennt der Hals!«

»Kommt sofort, der Herr!«, rief eine stämmige junge Frau mit rotweißem Kopftuch, die sich mit ihrem Traggeschirr als Wasserträgerin auswies.

Sie hielt Blickkontakt, während sie die beiden Blechkannen abfüllte, die sie mittels eines Karabinerhakens an ihrem Traggeschirr befestigte. Zu ihren Füßen standen bereits zwei hohe Kannen, von denen jede bestimmt zwölf Liter fasste. Die Frau packte sie, ging in die Hocke, presste die Lippen aufeinander und streckte die Beine durch. Georg trat in den Schatten der Inneren Pirnaischen Gasse und zog seine Geldbörse. Sich bei dieser Hitze als Wasserträgerin zu verdingen, war schwere Fronarbeit, was heute, fand Georg, ein großzügiges Trinkgeld verdiente – nomen est omen.

»Wie läuft das Geschäft?«, fragte er und drückte der Frau zehn Pfennig in die Hand.

»Gut. Abends aber schmerzen Kreuz und Schultern, als wäre der Teufel drauf geritten. Und ich bin so müde, dass ich über den Bratkartoffeln einnicke.«

Die Wasserträgerin klinkte mit der Linken einen blechernen Henkelbecher aus ihrem Geschirr und suchte mit der Rechten in ihrem Schürzensack nach Wechselgeld.

»Um Himmels willen! Behalten Sie den Rest.«

»Danke sehr. Vergelt's Ihnen Gott.«

Die Frau füllte den Becher, Georg trank ihn mit drei Schlucken aus.

»Warum suchen Sie sich keine leichtere Arbeit?«

»Ich bin lieber frei und selbständig. Die Fabrik ist nichts für mich. Und für alles andere fehlt mir der Kopf.«

»Na dann, viel Glück.«

»Ihnen auch, Herr Kommerzienrat Lewenz.«

»Sie wissen, wer ich bin?«

»Sicher. Wo ich doch bei Ihnen fürs Alter spare! Den Zehnten vom Monatsverdienst lege ich für mein Alter zurück. Und jedes Jahr zu Ostern gehe ich an den Schalter und lasse mir im Buch zeigen, wie hoch das Sümmchen samt Zins und Gutschrift geworden ist.«

Die Wasserträgerin meinte zwar in Wahrheit ihre Schwester, aber der Instinkt sagte ihr, dass sich diese kleine Notlüge für sie auszahlen würde.

Und sie täuschte sich nicht. Georg beschloss, ihr zu glauben, obgleich er es eigentlich besser wusste. Denn bislang zahlten in den Pensionsfonds aufgrund des Arbeitgeberanteils eigentlich nur Angestellte ein oder diejenigen, die einmal angestellt gewesen waren. Denn die Zinsen, die er für Selbstständige erwirtschaftete, waren nicht lukrativ genug. Nur durch den Anteil, den der Arbeitgeber übernahm, lohnte sich diese Art der Altersvorsorge. Trotzdem – Georg stand der Sinn nach einem guten Omen. Wasserträger waren schließlich Glücksbringer, und darum schlug er der Frau einen kleinen Handel vor.

Er zückte seine Brieftasche, entnahm ihr einen Zehn-Mark-Schein und drückte ihn der Frau samt Trinkbecher in die Hand. Das Geld, trug er der Frau auf, solle sie bitte auf ihr eigenes Pensionskonto einzahlen.

»Keine Widerrede. Wenn Sie ehrlich sind, wandert dieser Zehner ja gewissermaßen in unsere Kasse zurück.«

»Wenn Sie es sagen, Herr Kommerzienrat ...«

Georg wünschte ein schönes Wochenende. Die Wasserträgerin sah ihm nach, grübelte, nagte auf ihrer Unterlippe. Einerseits ... dieser Mann würde kaum zugrunde gehen, zahlte sie das Geld nicht ein. Andererseits ... sie war eine ehrliche Wasserträgerin.

Was also tun?

Erst mal die Nacht drüber schlafen und sich freuen.

Die Frau klinkte den Becher in ihr Traggeschirr und griff nach den Kannen. Stöhnend richtete sie sich wieder auf, tat den ersten Schritt.

Irgendwie, dachte sie, läuft es sich leichter mit zehn Mark im Schürzensack. Mit noch mehr Geld würde sie bestimmt schweben. Deswegen sahen die feinen Damen auch immer so ausgeruht aus.

Unterdessen passierte Georg den unteren Teil der Inneren Pirnaischen Gasse. Als ihn ein Luftzug erfasste, atmete er erleichtert auf. Er drückte das Kinn auf die Brust, damit der Wind in den Kragen zog, und breitete die Arme aus. Ursache des Luftzugs waren thermische Strömungen. Die Sonnenhitze über der Altstadt heizte die Gassen auf, die sich abends der aufgestauten Wärme entledigten, indem sie kühlere Elbluft ansaugten. Georg hörte, wie irgendwo ein paar Zimmertüren zuschlugen, kurze Zeit später strich eine Wolke aus Essens- und Latrinengerüchen an seiner Nase vorüber.

Er unterdrückte einen Würgereiz, suchte nach seinem Taschentuch. Aber das, erinnerte er sich jetzt, lag im Büro auf dem Stuhl – genauso wie das Fläschchen Kölnischwasser unverschlossen auf dem Schreibtisch stand.

Mal sehen, wie ekelfest sie ist, überlegte er und grinste bei der Vorstellung, wie er Mademoiselle Mareike Flemming begrüßte: mit nassen, nach Metall stinkenden Händen und schillernder Stirn, die Stiefel staubig, eingehüllt in eine Duftwolke aus Kontorstaub und körperlicher Anstrengung. O ja, tu ein bisschen ungehobelt, sagte er sich. Spiel den verwahrlosten Sohn, der nur an seinen Geldgeschäften interessiert ist. Dein Steckenpferd könnten Briefmarken sein, und im Moment liebäugelst du damit, dir noch eine Käfersammlung zuzulegen. Wenn sie dich dann immer noch heiraten will, ist sie selbst schuld.

Wieder suchte er nach einem Taschentuch.

Bald war er bis aufs Hemd durchgeschwitzt. Mit der bloßen Hand wischte er sich über die Stirn, so heftig drängte das gerade getrunkene Wasser wieder aus ihm heraus. Dazu fühlte er plötzlich ein unangenehmes Reißen in den Eingeweiden

Zum Glück befand sich am Pirnaischen Platz die Mohren-Apotheke. Georg kaufte ein Fläschchen Kölnischwasser und einen Stephinsky-Magenbitter. Der Kräuterschnaps aus der Eifel war sein Favorit gegen Unwohlsein und enttäuschte ihn auch jetzt nicht. So heiß es draußen war, seinem Bauch war die sich ausbreitende Wärme willkommen. Das Reißen wurde besser, und nach einer Weile ließen auch die kalten Schweißausbrüche nach.

Georg setzte sich auf die Steinbank neben der Apotheke und beschloss, die nächstbeste Droschke, die Kurs auf die Äußere Pirnaische Gasse nahm, anzuhalten. Denn natürlich musste er den Anstand wahren. Es ging nicht an, zwar in gutem Tuch, aber verschwitzt wie ein Kurier vor die Mademoiselle Flemming zu treten. So brüskieren durfte er die Rechtsanwaltstochter und ihre Mama nicht. Von seiner Mutter ganz zu schweigen, die dieses unverbindliche Rendezvous arrangiert hatte.

Keine Viertelstunde später hielt zu seiner Verblüffung eine Droschke direkt vor der Apotheke. Die Tür ging auf, und Fritz stieg heraus.

»Du kommst wie gerufen!«, rief er ihm zu. »Das nenn ich sechsten Sinn. Brauchst du auch einen Magenbitter?«

»Oh, das wäre schön«, ließ sich eine bekannte Stimme vernehmen. Gunda streckte den Kopf aus der Tür. »Wollen Sie auch zum Potpourri?«

»Ja. Dienst ist Dienst.«

»Wieso?«, fragte Fritz.

»Meine Mutter, Mareike Flemming und ich«, antwortete Georg. »Darf ich mitfahren?«

»Frag doch nicht so dumm.«

Georg bestieg die Droschke und nahm Gunda gegenüber Platz. Er entschuldigte sich für sein Äußeres, aber sie fand nichts an ihm auszusetzen. Er röche zwar ein wenig nach Magenbitter, aber insgesamt sei der Duft des Kölnischwasser stärker.

»Dann reicht es also für ein Rendezvous?«

»Eigentlich ja. Denn wie nah Sie und Ihre Dame sich dabei kommen wollen, Herr Lewenz, geht mich ja nichts an.«

Beide lachten. Erwartungsvoll guckten sie Fritz an, als er aus der Apotheke kam. Gunda seufzte. Georg warf ihr einen mitfühlenden Blick zu. Er wusste um Fritz' Sucht. Aber diesmal hatten sie sich beide getäuscht. Mit schelmischem Gesichtsausdruck zückte Fritz nacheinander drei Stephinsky-Magenbitter.

»Ich kann es kaum glauben«, sagte Georg. »Du auch?«

»Vorrat. Die Nummer vier genehmigte ich mir gleich in der Apotheke. Bevor wir losfuhren, meinte ich, noch einen Schluck Wasser trinken zu müssen. Gegen Gundas Warnung und nach dem Genuss ihrer Pfirsiche.«

»Was? Er hat in Ihre Pfirsiche gebissen?«, fragte Georg scheinheilig.

»Nein, das hat er nicht«, sagte Gunda mehr traurig als amüsiert und wandte den Kopf ab.

Fritz warf ihr einen gekränkten Blick zu und tätschelte ihr das Knie. Gunda aber spielte nicht mit. Sie schaute aus dem Fenster und machte auf einmal ein Gesicht wie zehn Tage Regenwetter. Fritz brummte beleidigt und genehmigte sich ein zweites Stephinsky-Fläschchen. Kurz darauf steckte er den Kopf nach draußen, weil er aufstoßen musste. Erleichterung malte sich auf seinem Gesicht.

»Nie wieder Pfirsiche«, sagte er.

»Du meinst wohl: Nie wieder Wasser? Aber das ist einerlei. Komm, tritt mir noch einen ab!«

Bereitwillig überließ Fritz seinem Freund den vorletzten Stephinsky. Der Kräuterschnaps duftete verführerisch gesund, aber kaum fühlte sich Georg richtig wohl, trieb ihm die Backofenglut der Droschke auch wieder den Schweiß ins Gesicht.

»Fritz, kannst du mir dein Taschentuch leihen? Ich hab meines im Bankhaus vergessen. Woran übrigens dein Onkel schuld ist. Aber das bereden wir besser nachher.«

»Nehmen Sie doch meines«, sagte Gunda, lockerte das Band ihres Seidenbeutels und zog ein Taschentuch hervor.

»Gunda!«, rief Georg überrascht. »Das ist ja ein Taschentuch meiner Mutter! C. G., die Initialen stehen für ihren Mädchen-

namen. Und die Art, wie sie eingestickt sind – das ist eindeutig!«
»Wie? Ihre Mama besitzt zerrissene Taschentücher?«, fragte Gunda und faltete das weiße Tuch auseinander.
Seine beiden Hälften waren dilettantisch zusammengenäht: mit Wulst und ausfasernden Fadenenden. Der Anblick erinnerte Georg an die Mühen, die er in St. Afra mit dem Flicken seiner Baumwollsocken gehabt hatte.
»Das allerdings wohl weniger. Trotzdem – es sind genau ihre Initialen. Allmählich wird mir dieser Tag unheimlich. Erst treffe ich eine Wasserträgerin, die vorgibt, in unsere Pensionskasse zu zahlen, dann treffe ich Fritz, der wie ich Stephinskys braucht, und nun auch noch ein zerrissenes Taschentuch meiner Mutter in Ihrer Handtasche, Gunda.«
»Das ist so bedeutend nicht, Georg. Aber um Sie zu beruhigen: Dieses zerrissene Etwas flickte ich als Vierjährige zusammen. Eine Lächerlichkeit. Brauchen Sie sie nicht mehr, schmeißen Sie sie fort. Allerdings, wenn ich mir vorstelle, Fritz hätte das Tuch aus der Hosentasche gezogen – es hätte Sie möglicherweise zu absonderlichen und delikaten Gedankenspielereien veranlasst. Nicht wahr, Fritz?«
Fritz, der genügend Zeit gehabt hatte, den Schrecken zu verarbeiten, zuckte bloß mit den Schultern und meinte, wenn sie im Mittelalter lebten, würde dies angehen.
»Aber heute, in unseren ausgewiesenermaßen toleranten Zeiten, da taugen solche vermeintlich sprechenden Initialen nur noch für die Komödie.«
»Aha, die Herren leben also in toleranten Zeiten«, sagte Gunda spitz, wollte noch etwas sagen, verkniff es sich aber.
Jetzt war es Fritz, dem der Schweiß ausbrach. Aber das Glück stand ihm bei, denn im nächsten Moment hielt die Droschke vor dem mächtigen Steintor des Großen Gartens.

Kurfürst Johann Georg III. hatte den Großen Garten am Ende des siebzehnten Jahrhunderts als Lustgarten für den Hof anlegen lassen. Seitdem war er Dresdens größter und schönster Park und seit 1814 auch für die Öffentlichkeit zugänglich. Seine schnurgeraden Alleen und die seitwärts abzweigenden Wege luden zu ausgedehnten Spaziergängen ein. Besonders das Auge kam auf seine Kosten. In den großen, geometrisch angelegten Rabatten konnte man je nach Jahreszeit immer andere Blumen bewundern, dazu luden zahlreiche Steinbänke ein, sich unter lauschigen Parkbäumen auszuruhen.
Gunda zwischen sich, schlenderten Georg und Fritz auf einer der beiden schattigen Hauptalleen auf das Palais zu, vor dem Punkt acht Uhr die Militärkapellen ihr Marsch-Potpourri vorstellten. Halb Dresden pilgerte zu dieser Veranstaltung, die am Samstagabend für die jetzt noch arbeitenden Bevölkerungsschichten wiederholt wurde. Unter den Bäumen war die Hitze erträglich, zudem kam ein köstlicher lauer Wind auf.
Gunda hatte Erdnüsse mitgenommen, die sie an der »Eichhörnchenstelle« verfüttern wollte. Es dauere nicht lange, sagte sie, dafür aber würden sie gleich ein possierliches Spektakel erleben. Sie bog in einen Trampelpfad ab, der vor vier romantisch verwachsenen alten Kiefern endete. Nirgends waren Eichhörnchen zu sehen. Vielleicht habe sie die Stelle verwechselt, meinte Gunda enttäuscht und wollte schon wieder umkehren, da knisterte es hinter einem Stamm. Kopfunter flitzte ein Eichhörnchen an einer der Kiefern nach unten, verharrte einen Augenblick am Fußende des Baumes und blickte die drei Besucher furchtlos an.
»Sie sind zahm«, flüsterte Gunda und ging in die Hocke.
Sie legte sich zwei Erdnüsse auf die flache Hand und probierte, das Eichhörnchen mit Schnalzlauten anzulocken.
Das Tier rührte sich nicht von der Stelle. Dafür entdeckte Georg ein zweites Tier. Sein Köpfchen lugte hinter dem Stamm einer

der anderen Kiefern hervor. Auch er und Fritz gingen daraufhin in die Hocke. Georg ließ sich eine Erdnuss geben, Gunda musste für ihn schnalzen. Nach ein paar Sekunden sprang das erste Eichhörnchen auf Gunda zu und verharrte mit aufgestelltem Schwanz. Daraufhin flitzte das andere Eichhörnchen den Stamm herunter. Gunda schnalzte, Georg flüsterte.
»Komm, komm, komm. Ein leckres Nüsschen.«
Beide Tiere lauschten. Dann siegten die Neugier und die guten Erfahrungen. Das zweite Eichhörnchen huschte heran, schnappte sich die Nuss aus Georgs Hand und sprang so schnell es konnte auf eine der Kiefern, wo es in einer Astgabel begann, die Nuss anzuknabbern.
»Wie gemein«, flüsterte Gunda. »Ich war zuerst da.«
»Es mochte mich eben«, sagte Georg leise.
»Unsinn«, raunte Fritz. »Es mag dein Kölnischwasser.«
»Oder die Stephinskys.«
»Pst.«
Gunda schnalzte wieder, was nicht unbelohnt blieb. Mit zwei Sätzen war das Eichhörnchen bei ihr, stupste sein Schnäuzchen in ihre Hand – und schon war es mit der Nuss auf der sicheren Kiefer.
Je näher sie dem Palais kamen, um so intensiver roch es nach gebrannten Mandeln und Grillwürstchen. Parallel zur Stadtseite des trutzig wirkenden Barockgebäudes erstreckte sich eine Budengasse, in der Fliegende Händler so gut wie alle kleineren Wünsche befriedigten. Der Rasen war mit Decken belegt, in deren Mitte Mütter mit Sonnenschirmen thronten und die Hälse nach ihren vor den Buden anstehenden Kindern reckten. Man rief sich Preise zu und ob mit Senf oder ohne, und die Reihen vor den Bier- und Limonadenbuden wurden von Minute zu Minute länger. Glücklich waren die Familien, die Feldflaschen mitgenommen hatten und jetzt in aller Ruhe picknickten. Andere spielten Federball, einige lasen in einem

Buch. Ein Quartett Gymnasiasten in kurzen Hosen drosch Karten, jeder mit einer qualmenden Zigarette im Mund.
»Durst?«, fragte Gunda spöttisch.
»Besser nicht«, sagte Georg.
Fritz und er amüsierten sich über zwei dickbäuchige Männer, die, den Hut auf dem Gesicht, dalagen, als seien sie geradewegs vom Himmel gefallen. Obwohl wenige Schritte von ihnen entfernt ein Zimbalon aufrauschte, ließen sie sich mitnichten davon stören. Und so flink die Klöppel auch über das Hackbrett huschten, selbst beim feurigsten Zigeunertanz blieben die Männer unbeeindruckt liegen. Ihre Bäuche ragten wie riesige, weiße Maulwurfshügel über den Rasen, was Georg zu der Bemerkung hinriss, er bekäme Lust, diese feisten Wampen mit Krampen zu beschießen.
Sie reihten sich in den Strom derjenigen ein, die es auf die andere Seite des Palais zog, zum Gondelteich, dem eigentlichen Herzstück des Parks. Wer genug Kleingeld hatte, konnte sich in einer venezianischen Gondel über den Teich rudern lassen, wer weniger ausgeben wollte, nahm einfach ein Ruderboot und legte sich selbst ins Zeug.
Jetzt waren weder Gondel noch Ruderboot zu bekommen. Der Palais-Teich glich einem Tanzplatz für Wasserfahrzeuge. Kreuz und quer dümpelten die Boote durchs Wasser, zwischen ihnen Enten und ein Schwanenpärchen. Zusammenstöße waren unvermeidlich, etliche wurden sogar provoziert. Die Ruderbootfahrer lachten, die Gondoliere schimpften. Brotkrumen flogen durch die Luft, und genau in der Mitte des Teichs küsste sich ein Pärchen so leidenschaftlich, dass außen herum applaudiert wurde.
Georg legte die Hand über die Augen und suchte den Teich ab. Die schräg stehende Sonne zauberte grelle Lichtreflexe auf das Wasser, aber nach einer Weile entdeckte er seine Mutter und Ingrid und Mareike Flemming. Sie saßen in einer Gondel, die

der Gondoliere mit hektischen, stakkatoartigen Bewegungen durch das Getümmel manövrierte. Ihre weißen Kleider strahlten um die Wette, und aus der Ferne unterschieden sie sich nur durch die Form und Farben ihrer Sonnenschirme.

»Die mit dem Fächer, das ist Mareike«, sagte Georg.

»Kennen Sie die Dame schon näher?«, fragte Gunda.

»Das erste Mal sah ich sie bei Großvaters Beerdigung«, antwortete Georg bereitwillig. »Stimmt doch Fritz, oder?« Fritz nickte. »Im Februar dann traf ich sie und ihre Eltern bei der Eröffnung der neuen Semperoper. Kürzlich lud meine Mutter sie zu ihrem Geburtstag ein. Mareike Flemming ist zweiundzwanzig. Eigentlich gibt es nichts an ihr auszusetzen.«

Er hob den Arm und winkte.

Seine Mutter winkte zurück, Mareike ebenfalls.

»Das ist doch schon mal ein gutes Zeichen«, meinte Gunda.

»Ja, ja.«

»Eben. Weshalb wir beide uns jetzt verabschieden«, sagte Fritz bestimmt. »Wir werden uns diskret zurückziehen und deine Fortschritte aus gebührender Distanz beobachten. Viel Spaß!«

»Moment. Ich muss dich noch kurz sprechen.«

Gunda nahm auf einer frei gewordenen Steinbank Platz, während Georg und Fritz einen Weg zwischen den Blumenrabatten wählten. Georg erzählte vom Gespräch mit Fabrice und wie wütend sein Vater ins Bankhaus zurückgekehrt sei. Fritz nickte, verzog das Gesicht. Als Georg die Drohung Raoul von Speners zur Sprache brachte, stöhnte Fritz angewidert auf. Schließlich blieb er stehen, trat Georg in den Weg und schaute ihn fest an. Ohne Umschweife gab er preis, wie sein Onkel die letzten Wochen sein eigenes Projekt Stück für Stück zerredet habe. Und zwar aus der Befürchtung heraus, Fabrice würde die versprochene Bevorzugung auf Druck anderer Lobbyisten zurückziehen.

»Sein Instinkt scheint ihn mal wieder nicht getrogen zu haben«, schloss Fritz, »aber natürlich kann ich eure Empörung verstehen. Leider bin ich machtlos. Es hat wenig Sinn, dir etwas vorzumachen, Georg. Mein Onkel leidet unter Größenwahn. Ich hatte jetzt vier Jahre Ruhe mit ihm, nun sieht alles danach aus, dass ich euch bald wieder neue Geschäftsphantasien vortragen werde. Ich bin's so leid, sage ich dir. Was glaubst du, was mir jetzt wieder bevorsteht!«

Schwerfällig ließ er sich auf eine Bank nieder und starrte ausdruckslos vor sich hin. Alles würde wieder von vorne beginnen! Was nichts Geringeres als die Tatsache bedeutete, dass er ganz umsonst zum Mörder geworden war. Sein Onkel würde die alten Erpressungsgeschichten aufwärmen und, ungeduldig, wie er geworden war, zusätzlich damit drohen, eine Rufmordkampagne zu inszenieren. Reichte es vor vier Jahren, den Widerstand von Martin Lewenz zu brechen, um es euphemistisch zu formulieren, würde es jetzt darum gehen, Heinrich und Georg mit einem Angriff sturmreif zu schießen.

Und warum das alles? Eigentlich nur deshalb, weil Carola Lewenz, ehemalige Goldhagen, den aufstrebenden Bergbauindustriellen Raoul von Spener als Achtzehnjährige düpiert hatte.

Fritz hätte gleichzeitig lachen und weinen können. Sein Onkel wurde von Größenwahn und banaler Rachsucht getrieben. Noch immer war er eifersüchtig, was er bereits vor vier Jahren mit dem Zerreißen von Carola Lewenz' Taschentuch bewiesen hatte! Fritz spürte einen nie gekannten Ekel gegen sich selbst aufsteigen. All der Schmutz, den er gehofft hatte, mit dem Mord an Martin Lewenz unter den Teppich gekehrt zu haben, kam jetzt wieder zum Vorschein. Sein Onkel hatte ihn in der Hand. Er finanzierte ihm sein müßig bequemes Leben, hielt ihn sich wie einen zahmen Bluthund, der auf Befehl zu beißen hatte. Nur deswegen hatte er ihm einst auch das Internat finanziert, weil er wusste, dass er ihn eines fernen Tages als vernichtendes Werkzeug gegen die Lewenze einsetzen würde.

Nun war es wieder so weit. Vier Jahre lang hatte er sich vor diesem Tag gefürchtet, hatte ein Leben gelebt, dass nur mit Laudanum zu ertragen war, und der Hoffnung, den Onkel irgendwann in einer Situation vorzufinden, wo er ihm gefahrlos den Schädel würde einschlagen können.
Georg beobachtete, wie die Gondel mit seiner Mutter und den Flemmings Kurs auf den Bootssteg nahm.
»Mach's kurz«, sagte er. »Ich hab nicht mehr viel Zeit. Hat dein Onkel schon etwas angedeutet?«
»Leider.«
»Dann spuck's aus!«
»Also, seine Ideen laufen nicht darauf hinaus, dem Bankhaus Frauenkirche Kapital abzuziehen. Im Gegenteil. Er würde euch sogar sein gesamtes Geldvermögen anvertrauen. Unter der Voraussetzung, ihr nehmt in Chemnitz eine Provinzialbankgründung vor.«
»Aha. Und das Ding hieße natürlich: Von Spener'sche Provinzial-Gewerbebank & Kommanditisten. Letztere wären mein Vater und meine Wenigkeit, richtig?«
»Ich widerspreche nicht.«
»Richte deinem Onkel einen schönen Gruß aus. Er kann mit seinem Geld machen, was er will. Wenn er sein Kapital abzieht, würde es uns hart treffen, aber nicht ruinieren. Alles andere ist Anmaßung, Selbstüberschätzung …«
»… Größenwahn. Hab ich doch schon gesagt.«
Fritz blickte zu Georg auf und lächelte schief. Das ist dein bester Freund, fuhr es ihm durch den Kopf, und ebenfalls ein Mörder. Beide verdienten wir eigentlich den Strang. Georgs Dämon ist Massa Pet, deiner Martin Lewenz.
Und derjenige, der sie jetzt wieder auf uns hetzt, heißt Raoul von Spener.
Georg reichte Fritz die Hand. Er wollte ihn von der Bank hochziehen, doch da Fritz meinte, sein Freund wolle sich nur von

ihm verabschieden, machte er keine Anstalten, Georg entgegenzukommen. Die Folge war, dass Georg das Gleichgewicht verlor und so vehement gegen Fritz prallte, als wolle er ihn ein für alle Mal unter sich begraben.
Die Freunde nahmen's mit Humor. Trotzdem waren beider Mienen reichlich gequält.

Georg drängte sich durch das Getümmel am Bootssteg und kam gerade noch rechtzeitig an, den Damen beim Aussteigen behilflich zu sein.
Sie hätten ein sehr schönes Bild in der Gondel abgegeben, machte er ein erstes Kompliment und küsste der alten Flemming die Hand.
»Mein lieber Herr Lewenz«, sagte sie. »Das haben Sie nett gesagt, aber im Vertrauen: Mir wäre wohler gewesen, Sie mit in der Gondel zu wissen, denn dieser Gondoliere – er hat geflucht, dass mir angst und bange wurde.«
»Sehen Sie es dem armen Kerl nach, Verehrteste. Ich habe manch mutwilligen Zusammenstoß beobachtet, und so einen wollte er Ihnen ersparen.«
»Ja, Sie haben Recht.«
Georg stöhnte in sich hinein. Ingrid Flemming war bereits völlig darauf fixiert, ihn als Schwiegersohn zu bekommen. Sie würde mir auch zustimmen, wenn ich gesagt hätte, der Gondoliere hätte es darauf abgesehen, sie und ihre Tochter zu ertränken, dachte er. Trotzdem schenkte er ihr und Mareike ein großherziges Lächeln und bahnte den beiden einen Weg über den Bootssteg. Seine Mutter, spürte er, war zufrieden. Sie hielt sich geschickt zwei Schritte zurück, und der Blick, den sie ihm zuwarf, bedeutete: Mach nur weiter so.
»Mögen Sie denn Blasmusik?«, fragte Georg Mareike Flemming.
»Sie sprechen von Märschen?«

»Eigentlich meine ich dieses ganze militärische Trallala.«
Mareike lachte hell auf und ergriff den ihr gereichten Arm. Georg hatte sich längst entschieden. Da es eh nicht zu ändern war, dass er heiratete, brauchte er es niemandem unnötig schwer machen. Es ging ja nicht darum, Mareike zu lieben, sondern eine Frau an der Seite zu haben, die ihn nicht ständig daran erinnerte, beschlafen werden zu wollen.
Und diesen Eindruck machte Mareike zum Glück nicht. Sie war kein Muttertier, eher das genaue Gegenteil. Schlank, die Figur knabenhaft und oben herum kaum gerundet, glich sie in ihrem weißen Kleid einem überdimensionierten Stück Tafelkreide mit Hut. Sie hatte ein hübsches Gesicht mit klugen braunen Augen und trug ihr glattes, rotblondes Haar undamenhaft kurz.
Mittlerweile war die Zeit so weit fortgeschritten, dass damit begonnen wurde, auf den Treppen des Palais Notenständer zu postieren – eine Arbeit für die Mannschaftsdienstgrade der entsprechenden Armeekorps.
»Oh, das sieht anspruchsvoll aus«, sagte Mareike. »Die Herren Militärmusikanten machen also richtige Musik. Das heißt, sie spielen nicht nur Zeug wie den ollen Dessauer, sondern auch Mozart und Spontini.«
»Vielleicht sogar auch die Marseillaise!«, scherzte Georg.
»Sie sind doch nicht etwa ein Revolutionär?«, fragte Mareike verschwörerisch.
»Wenn ich einer wäre, würde es Sie stören?«
»Überhaupt nicht. Was aber würden Sie sagen, wenn ich jetzt behauptete, ich habe Karl Marx gelesen?«
»Ich glaubte es erst, wenn Sie ihn mir erklärten.«
»Nichts einfacher als das: Marx geht davon aus, dass in der kapitalistischen Welt auch die menschliche Arbeitskraft eine Ware ist. Diese verkauft der Arbeiter dem Kapitalisten, dem sie dadurch genauso gehört wie die Produkte des Arbeiters, die

Waren. Nun kommt die Sache mit dem Profit. Der Kapitalist macht Profit, indem er dem Arbeiter weniger Lohn zahlt, als er mit dem Verkauf der vom Arbeiter produzierten Ware einnimmt, demzufolge schuftet der Arbeiter einen Teil seiner Arbeitszeit nur für den Reichtum des Kapitalisten. So weit so gut, aber jetzt kommt Marx und unterstellt den Kapitalisten, sie seien ausschließlich darauf aus, den Profit bringenden Anteil der Arbeitskraft des Arbeiters zu steigern. Das nennt er den Mehrwert. Dieser Mehrwert beruhe einzig und allein auf dem Arbeitseinsatz der Arbeiter, weshalb Marx sich berechtigt fühlt, von der Ausbeutung des Proletariats zu sprechen. Voilà, das ist alles.«

»Kind! Ist dir unwohl?«, rief Ingrid Flemmig entsetzt. »Was faselst du da? Das ist ja entsetzlich!«

Sie und Georgs Mutter hatten sich von zwei schmucken jungen Leutnants ablenken lassen, die ihre Paradeuniform wie zwei stolze Pfauen spazieren trugen.

»Im Gegenteil, Madame Flemming«, rief Georg. »Das ist wunderbar!«

Er war ehrlich beeindruckt. Mareikes Zusammenfassung war eine Intelligenzleistung ersten Ranges, was ihre Mutter aber alles andere als goutierte. Unterwürfig entschuldigte sie sich bei Georgs Mutter für den intellektuellen Ausrutscher ihrer Tochter. Mareikes Verstand, begann sie vehement zu schwatzen, begebe sich zuweilen auf abseitige Wege, was sie sicherlich als Justiziarstochter ausweise, aber ihr Vater selbst habe sie ermahnt, von der theoretischen Ökonomie besser die Finger zu lassen.

»›Denn, Mareike‹, so sagte der Gute ›im Wirtschaftswesen eines Hauses ist allein die praktische Ökonomie gefragt. Die Theorie überlasse uns Männern. Bleib der Tugend treu! Mithin der Praxis! Denn philosophisch-ökonomisches Raisonnement à la Marx bringt keine Fettaugen auf die Suppe.‹«

Carola Lewenz legte ihr beruhigend die Hand auf den Arm und gab ihr zwinkernd zu verstehen, dass Mareike ihre Sache genau richtig mache. Im Übrigen wisse sie doch auch, tuschelte sie der Flemming ins Ohr, dass die Theorie für die Frau im Stand der Ehe ebenso schnell verblasse, wie sie selbst an Gewicht zunehme.

Die Flemming lachte spitz auf, schlug sich aber gleich wieder erschrocken die Hand vor den Mund.

»Nehmen wir doch unsere Plätze ein«, schlug Georg vor. »Dieses Rangieren zwischen all den Menschen ist ermüdender als eine Wanderung in der Sächsischen Schweiz.«

Er machte sich von Mareike los, wendete sich ab und tupfte sich die Stirn trocken. Carola Lewenz blinzelte zuerst, dann wurde sie rot.

»Ist etwas nicht in Ordnung?«, fragte Ingrid Flemming besorgt.

»Ich war nur etwas irritiert«, antwortet Carola Lewenz schnell und versuchte sich an einem Lächeln. »Manchmal bildet man sich Dinge ein, die so unwahrscheinlich sind, dass man schon wieder stutzig wird.«

»Oh, das kenne ich!«, schnatterte Ingrid Flemming erleichtert und senkte die Stimme. »Vorhin, auf dem Wasser, das Pärchen, das sich geküsst hat – beim ersten Hinsehen glaubte ich, der männliche Teil wäre mein guter Eheliebster Ferdinand. Was natürlich Unsinn ist. Aber in seine Kanzlei, da kommen jetzt immer häufiger auch Damen, die sich beraten lassen, wie sie es anstellen müssen, wenn sie sich scheiden lassen wollen.«

»Das sind aber Ängste!«, tuschelte Carola Lewenz vertraulich.

Ingrid Flemming schmolz vor Zufriedenheit und Vergnügen über das gegenseitige Einvernehmen. Ihre Mareike und Georg entsprachen, betrachtete man sie unvoreingenommen, zwar nicht unbedingt dem optischen Ideal, denn Mareike war so

groß wie Georg, aber sie konnten sich ganz offensichtlich unterhalten.
Und das war das Wichtigste. Der Rest würde sich bekanntlich finden.
Sie ließen sich von einem Adjutanten des Musikkorps zu ihren Plätzen führen. Für die zahlenden Herrschaften des Spektakels war vor dem Palais bestuhlt worden. Die Sitzreihen waren mit roter Kordelschnur umzäunt, auf jedem zweiten Stuhl lag ein Kissen. Während die Gäste ihre Plätze einnahmen, wurden die Noten verteilt. Zwei Unteroffiziere überwachten anhand einer Skizze, die die Aufstellung des Orchesters auf den Palaistreppen wiedergab, ob auf jeden Notenständer auch die richtigen Noten zu liegen kamen.
»Oben steht, was den meisten Krach macht«, klärte Mareike Georg auf. »Pauken, Trommeln, Becken, Triangel. Dann kommen die tiefen Blasinstrumente, wie zum Beispiel die Tuben. Ein Stück darunter finden wir Hörner und Posaunen, ganz unten stehen die Trompeter und Oboisten.«
»Stimmt«, sagte Georg. »Wie in der Schule. Die weniger differenziert denkenden Schüler sitzen hinten, diejenigen, die am meisten Modulationen zustande bringen, vorne.«
»Und wo saßen Sie einst?«
»Bei den Tuben. Und Sie?«
»Ich war erste Oboistin.«
»Das habe ich mir gedacht. Wer Marx zusammenfassen kann, muss auch ein Virtuose auf der Oboe gewesen sein. Zum Glück näseln Sie nicht.«
»Ist das ein Kompliment?«
»Zuerst einmal eine Feststellung. Gibt es eigentlich Musikstücke für Tuba und Oboe?«
»Oh, Georg! Das ist ein ebenso charmanter wie geistreicher Antrag! Allerdings fürchte ich, dass es derartige Kompositionen bislang nicht gibt.«

Mareike wippte mit dem Fuß, Georg schwieg. Er empfand zunehmend Vergnügen daran, wie sie sich die Bälle zuwarfen, aber jetzt war es besser, ein Päuschen einzulegen, denn sonst wurde Mareike noch misstrauisch. Aber so viel glaubte er mit Sicherheit sagen zu können: Dieses Mädchen war ein Glücksfall für einen Mann wie ihn. Und, dachte er weiter, sie hat sich genauso für dich entschieden, wie du dich für sie. Sonst wäre sie nicht so offen und so witzig. Bestimmt ahnt sie, dass sie mit mir einen Mann bekommt, der sie in Ruhe lässt. Denn sie ist eine Frau, die es mit den Büchern hat und nicht mit Kindern. An Verkehr ist sie uninteressiert. Wir werden beide in den ersten Monaten die Augen zudrücken und uns um den Nachwuchs kümmern, dann ist alles erledigt.

Er stimmte in den Applaus ein, als sich die Flügeltüren des Palais öffneten und die Tambourmajore der beiden Musikkorps zu trommeln begannen. Die Herren erhoben sich, die Damen blieben sitzen. Hochrufe erklangen, Papierfähnchen wurden geschwenkt. Begleitet von je einer Pikkoloflöte marschierten die Musiker im Rhythmus der Trommeln in Doppelreihen nach draußen und nahmen geschwind ihre Plätze ein.

Höhepunkt des Einzugs war die Präsentation der Korpsfahnen. Unter Ohren betäubendem Getrommel wurden sie von den Korps-Kapellmeistern an der Außenwand des Palais in die Fahnenhalterungen gesteckt. Je zwei Ehrenwachen zogen auf, die vor den Kapellmeistern salutierten und sich dann, Gewehr bei Fuß, vor die Fahnen postierten.

Frenetischer Beifall brandete auf. Dann wurde es ruhig. Die Kapellmeister verständigten sich mit verschmitztem Blick, hoben den Taktstock – und beide Orchester begannen mit der Wacht am Rhein, an das sich unmittelbar die Hymne »Heil dir im Siegerkranz« anschloss.

»Kinder, das ist einfach großartig!«, jubelte die Flemming. »So ein schöner Abend!«

Carola Lewenz' vordringlichstes Anliegen war, die Sache mit dem Taschentuch zu klären und die nötigen Konsequenzen zu ziehen.
Sie schrieb Fritz ein Telegramm, in dem sie ihn zum Schiffsanleger »Brühlsche Terrasse« bestellte. Dort legte um acht Uhr abends der letzte Dampfer nach Pillnitz ab, und von dort aus würde sie mit der Droschke zurück nach Loschwitz fahren – es blieb also genug Zeit, um sich mit Fritz auf dem Dampfer oder, falls die Umstände es erforderten, in der Droschke auszusprechen.
Sorgfältig zurechtgemacht, mit Sonnenschirm und Spitzenhandschuhen, sah Fritz sie unruhig auf dem Anleger auf und abgehen. Das erste Mal, dass du dich verspätest, dachte er und verschlang das Bild dieser Frau mit den Augen, die ihm noch nie so schön vorgekommen war, wie in diesem pfirsichfarbenen Kleid. Gleichzeitig empfand er ein Gefühl des Triumphs. Wie viele Männer auf dem Anleger schielten »seiner« Carola hinterher – im Gegensatz zu ihnen aber hatte er diese Frau gehabt.
Ich habe sie geküsst und mit ihr geschlafen. Ihr nicht!
Die neugierig-neidischen Blicke eines schwarzbefrackten Herrenquartetts im Rücken, zog er seinen Hut und heuchelte Überraschung. Es verstand sich von selbst, dass sie beide jedes öffentliche Treffen als Zufall inszenierten. Stets war er der Geschäftsfreund ihres Sohnes, und natürlich fiel niemals das Wörtchen, »du«.
»Das ist ja ein Zufall!«, begrüßte er Carola Lewenz. »Sie nehmen das Schiff? Keine Droschke?«
»Nur des schönen Wetters wegen.«
»Das ist eine gute Idee.«
Sie betraten die Gangway, lösten beim Ersten Offizier die Fahrkarten und suchten sich an Deck einen Platz, der dicht beim Schaufelrad war. Hier konnten sie sich, ohne Angst vor Lauschern haben zu müssen, ungestört unterhalten. Das

hatten sie schon einmal so gemacht, vor zwei Jahren, als sie einen Ausflug stromabwärts in die Meißener Porzellanmanufaktur unternommen hatten. Es war ein warmer Oktobertag gewesen, und beide waren sie vor Begehren fast verrückt geworden. Als sie mittags endlich in Meißen angekommen waren, blieben sie den gesamten Nachmittag im Bett des dort reservierten Hotelzimmers. Als sie dann kurz vor Geschäftsschluss in der Manufaktur noch schnell irgendwelche Vasen kauften, waren sie nicht nur deshalb schweigsam, weil sie so erschöpft waren, sondern weil ihnen die Zungen vom Küssen und Saugen schmerzten.

Das Signalhorn ertönte, der Schaufelraddampfer legte ab. Die aus dem Schornstein quellende, schwarzgraue Rauchwolke bauschte sich wie eine Gespenstergestalt zwischen der glitzernden Elbe und dem blauen Himmel. Nach einer Weile zerfloss sie langsam über dem Wasser und wurde schließlich von ihm verschluckt. Währenddessen hatte der Dampfer Fahrt aufgenommen und die Strommitte erreicht. Zwei Möwen kreisten über dem Wasser, doch ihr Schreien ging im Rauschen des Schaufelrads unter. Eine Weile lang schauten Fritz und Carola Lewenz gleichmütig in die glitzernden Wasserzungen, die über das Schaufelrad flossen, dann wandte sich Carola Lewenz mit dem Satz an ihn:

»Willst du einen Skandal?«

»Nicht, dass ich wüsste.«

»Wieso musste ich dann mit ansehen, dass Georg sich mit meinem Taschentuch den Schweiß von der Stirn tupfte?«

Ihre Stimme klang, als würde sie sich über so belanglose Dinge wie die neueste Hutmode unterhalten. Um nicht aufzufallen, machten beide ein freundliches Allerweltsgesicht, und Carola Lewenz brachte es sogar fertig zu lächeln.

»Um es kurz zu machen«, sagte Fritz und tat, als suche er in seiner Rockinnentasche nach seinem Zigarettenetui, »Gunda entdeckte unseren Talisman schon vor vier Jahren. Später schöpfte sie dann Verdacht. Erinnerst du dich noch an den Tag im Zwinger, wo uns das Gewitter überraschte? Wir stellten uns eine Weile im Pavillon unter und hofften, der Regen würde abziehen. Das tat er aber nicht. Du bekamst den famosen Einfall, ins nahe Hôtel de Baviere zu eilen, wo wir natürlich reichlich durchnässt eintrafen. Wir wärmten uns im Restaurant auf, tranken Kaffee. Dann nahmen wir eine Droschke. Es war bereits dunkel. Der Kutscher, fiel mir auf, schaute uns ziemlich neugierig an. Kein Wunder, er war Gundas Schwager. Und weil wir nach Loschwitz fuhren und unser Ton im freien Gelände hinter der Neustadt vertraulich, wenn nicht gar erotisch wurde, machte er sich so seine Gedanken und besuchte seine Schwägerin. Gunda wollte großzügig sein und behielt ihr Wissen all die Jahre für sich. Weil wir beide uns aufrichtig lieben, wie du weißt. Letzte Woche wollte sie uns allerdings einen Denkzettel verpassen und dir das Taschentuch persönlich im Großen Garten zurückgeben. Dadurch, dass Georg es in die Hände bekam, verlief alles ein bisschen anders.«

»Großartig, Fritz. Du hast ihr natürlich alles gestanden, nicht wahr?«

Der Spott war unüberhörbar.

Fritz antwortete nicht. Er trat an die Reling und starrte in das sich gleichmäßig drehende Schaufelrad. Ein Frösteln ergriff ihn, die Monotonie der Bewegung bannte seinen Blick. Unerbittlich zerschnitt das Rad den ruhigen Wasserstrom, ein Bild, das Fritz zusehends melancholischer machte. Kaum wusste er, wie lange er so dastand und die süße und brackig duftende Gischt einatmete. Plötzlich stand Carola Lewenz neben ihm. Sie legte ihre Hand auf die seine und drückte sie.

»Dies ist unser Abschied«, sagte sie. »Weißt du das eigentlich?«

»Es musste einmal so kommen«, murmelte Fritz. »Aber ich begehre und liebe dich immer noch.«
»Und Gunda?«
»Das ist etwas anderes.«
»Aha.«
Am gegenüberliegenden Ufer peitschten Kinder mit abgerissenen Weidenruten das Wasser. Carola Lewenz winkte ihnen zu, die Kinder beachteten sie jedoch nicht. Im Licht der einsetzenden Dämmerung hatte sich der Fluss in eine abweisende olivschwarze Riesenstraße verwandelt, die schwarze Ufergehölze säumten. In zwei Fenstern eines hoch am Loschwitzer Elbhang gelegenen Hauses spiegelten sich glutrot die letzten Sonnenstrahlen des Tages. Dies seien ihre Herzen, sagte Fritz und zeigte in die Ferne.
»Beide bluten sie. Ich könnte mich jetzt in das Schaufelrad stürzen, dann wäre alles vorbei.«
»Klingt, als wärst du ein unglücklich verliebter Gymnasiast.«
»Spiel jetzt nicht die Mama.«
»Ich weiß schon, dass dir anderes lieber wäre.«
Gleichgültig sah sie den beiden Fähnrichen nach, die rauchend an ihnen vorüberschlenderten. Die ruhige, unspektakuläre Fahrt wirkte auf alle Menschen einschläfernd. Das sich zurückziehende Licht und die aus dem Wasser aufsteigende Kühle trieb immer mehr Fahrgäste in den gemütlich beleuchteten Salon unter Deck.
»Vier Jahre, Carola.«
Sie antwortete nicht. Doch so beherrscht sie auch wirkte, sie fühlte sich nicht so. Die Leidenschaft, die Fritz und sie aneinander gefesselt hatte, war auch bei ihr noch nicht erloschen, selbst wenn sie sich die letzte Woche eingeredet hatte, in Zukunft getrost auf diese Art von Umarmungen verzichten zu können. Sie wusste, dass sie sich damit selbst betrog. Wovor sie sich vor allem fürchtete, war die Leere, in die sie stürzen

würde. Ihre heimlichen Arrangements hatten sie beschäftigt, die Sehnsüchte und Begierden die Langeweile vertrieben. Fast noch schöner als die Stunden, in denen sie sich Fritz hingegeben hatte, war die Vorfreude darauf gewesen. Mal hatte sie sich kasteit und für ihn aufgespart, dann wieder hatte sie Tage und Wochen ihren autoerotischen Spielereien und Träumen gefrönt. So gab es stets ein Ziel, und damit hatte ihr Leben einen Sinn.

Das alles sollte jetzt vorbei sein. Wahrscheinlich würde sie schwerer daran tragen als Fritz. Was sie ihm natürlich nicht verraten konnte.

»Bist du sehr enttäuscht?«, fragte sie.

»Du nicht?«

»Ich bin siebenundvierzig Jahre alt, Fritz«, wich sie aus. »Sei großzügig. Gönne deiner Dame die Genugtuung, dass sie dir entsagt. Umgekehrt wäre es sehr schmachvoll für mich. Es ist mein letzter Triumph als Frau. Allein dass ich dir dies sage, zeigt, was du mir bedeutet hast.«

Sie schaute sich kurz um, ob sie auch niemand beobachtete, und hauchte Fritz einen Kuss auf den Mund. Fritz standen die Tränen in den Augen. Unfähig, sich zu rühren, geschweige denn, etwas zu sagen, sah er zu, wie sie in den Salon ging.

Bitte drehe dich noch einmal um, dachte er.

Doch derartig sentimentale Gedanken wurden von der Gewissheit und dem Entsetzen erstickt, dass diese Frau ihn in ein paar Moanten bis aufs Blut hassen würde. Denn Onkel Raoul wetzte bereits die Messer.

»Und wenn ich nun nicht mehr mitmache?«, sagte er leise und höhnisch vor sich hin. »Was, Onkel, machst du dann?«

Es würde nichts an den Fakten ändern. Auch wenn er Georg und Heinrich vorab von der Erpressung unterrichtete, das, was geschehen war, war damit nicht aus der Welt geschafft. Fritz krampfte die Hände um die Reling. Er begann zu zittern, dann

stöhnte er plötzlich laut auf und presste die Hände gegen den Kopf.
So sehr er versuchte, vom Laudanum loszukommen – jetzt hielt er es nicht mehr aus. Nur ein paar Tropfen, sprach er sich Mut zu. Ein paar lächerliche Tröpfchen. Seine Hand tastete in der Hosentasche nach dem Fläschchen.
Er zog es hervor, schraubte es auf und bog den Kopf in den Nacken.
Es war leer.
Als der Dampfer in Laubegast, zwei Anleger vor Pillnitz, festmachte, ging er von Bord. An der Anlegestelle warteten bereits die Droschken. Fritz überlegte nicht lange und befahl dem Kutscher, ihn so schnell wie möglich in die Drachenschänke zu fahren. Gunda hatte bis zehn Uhr Dienst. Er brauchte sie jetzt. Nur sie konnte ihn trösten und ihn für einige Zeit seine aussichtslose Lage vergessen lassen.

Die Tür schwang auf und schlug scheppernd gegen den leeren Servierwagen, der hinter ihr abgestellt war. Ob Gunda noch im Haus sei, rief Fritz barsch ins Helle der Küche, ohne dort irgendjemanden zu sehen.
»Hallo?«
»Ich hab Ohren!«
Ein unrasierter Mann mit Kochmütze und Handtuch über der Schulter schlurfte mürrisch um die Ecke, blieb aber wie elektrisiert stehen, als er Fritz sah.
»Sie sind Gundas Chef?«
»Andersrum, der Herr.«
»Wo ist sie?«
»Ich nehme an, sie zieht sich gerade um.«
»Danke. Ich warte.«
Fritz klang schon freundlicher. Seine Blicke huschten über das neugierige Gesicht des Kochs, dem es vorkam, als würde der

feine Herr vor ihm entweder in der nächsten Sekunde explodieren oder tot zusammenbrechen. Mit seinen fiebrigen Augen und den eingefallenen Wangen sah Fritz in der Tat so krank aus wie ein englischer Kohlenhauer.

Noch einmal schwang die Tür auf. Gunda erschrak, schlug sich die Hand vor den Mund. Fritz war noch nie bis in die Küche vorgedrungen, wenn er sie, was selten genug vorkam, von der Arbeit abholte.

»Da bist du! Endlich!«, herrschte er sie an.

»Ist etwas passiert?«

Fritz überhörte die Frage und packte Gunda, ohne sich im Geringsten um deren Kollegen zu kümmern, bei der Hand und zog sie mit sich. Die Droschke warte bereits, zischte er, sie würden jetzt gleich zu ihm nach Hause fahren.

»Es ist vorbei«, erklärte er, als die Droschke anzog. »Endgültig.«

»Deshalb dieser theatralische Auftritt?«

»Ach was! Gunda, ich bin wund! Verstehst du das nicht? Sie war doch nur Ersatz für meine Mutter! Wenn ich mich mit ihr traf, fühlte ich wie ein Sohn, der seiner Mama gefallen will.«

»Auch so eine Rechtfertigung«, bemerkte Gunda trocken. »Männer finden immer eine Erklärung. Du darfst dir weitere Worte schenken. Denn sie besagen im Grunde doch nichts anderes als: Finde dich damit ab.«

»Gunda, du bist Teil meines Herzens!«, flüsterte Fritz.

»Nein, Fritz. Das bin ich nicht. Noch nie hast du gesagt, du würdest mich lieben. Das nämlich tue nur ich.«

Sie schaute ihn traurig an, und da Fritz nicht antwortete, wandte sie sich schließlich ab und schaute in die Dunkelheit. Stumm saßen sie einander gegenüber und lauschten dem Rumpeln der Räder. Gunda empfand weder Genugtuung noch Freude, Fritz litt unter seiner aufgeputschten Leere. Jeder sehnte sich nach einem Wort oder einer Geste, die ihn erlöste, aber beide wussten sie, dass dem anderen der Zugriff auf solch ein Wort oder eine Geste versperrt war. Sie verstanden sich in ihrer gegenseitigen Ohnmacht, aber es war ihnen einfach nicht möglich, sich zu umarmen und das Vakuum zwischen ihnen aufzulösen.

Ihre Verzweiflung aneinander wuchs mit jeder Minute. Als sie die Droschke verließen, glaubten sie, an ihrer Sehnsucht zu ersticken. Ihre Brust war in einen Panzer gesperrt, in ihren Köpfen explodierten Wünsche, die keinen Namen hatten. Zitternd standen sie in der Diele, wo sich schließlich wenigstens ihre Finger ineinander verschränkten. Wie von einem unsichtbaren Magneten gezogen, gingen sie in Fritz' Schlafzimmer und zogen sich gegenseitig auf die Bettkante.

In das trostlose Bild kam erst Leben, als Gundas Blick auf die Gerte fiel, die auf Fritz' neuer Reitmontur lag.

»Du bist ein verwöhnter, ungezogener Junge«, sagte sie tonlos.

Fritz wandte ihr den Kopf zu, nickte.

»Ja«, sagte er erleichtert.

Trotz der Dunkelheit im Zimmer bemerkte er, wie Gunda, als werde sie gerade hypnotisiert, auf die Reitpeitsche starrte.

»Ich will, dass du dich hinlegst«, flüsterte sie.

»Ja«, hauchte er und fiel rücklings aufs Bett.

Gunda erhob sich, ging zur Tür. Einen Augenblick blieb sie unschlüssig stehen, dann schloss sie ab. Langsam schritt sie zurück ans Bett und schaute auf Fritz hinunter.

»Vier Jahre hast du mich betrogen«, fauchte sie. »Doch wie machst du es, dass ich dich liebe? Wie? Sag es mir, du verdammter Kerl! Du Bestie!« Die letzten Worte waren so voller Wut, dass es Fritz kalt den Rücken herunterlief. »Schließ die Augen!«

Fritz gehorchte. Gunda kniete sich neben ihn und machte sich an seinem Gürtel zu schaffen. Fritz' Atem beschleunigte sich. Schon hatte Gunda ein Ende des Gürtels in der Hand. Einen Augenblick später schlang sie den Gürtel um Fritz' Handgelenke. Sie zog die Schlaufe zu und band den Gürtel am Gestell des Bettes fest.

»Küss mich!«, stöhnte Fritz.

Gundas Zorn schien ihm wie ein Vorbote einer Lust, von der er zu wissen glaubte, dass sie ihn und Gunda erlösen würde. Sein Glied begann schmerzhaft gegen seine Hose zu drücken, und das Verlangen, dass Gunda ihn mit dem Mund befriedigte, stieg ins Unerträgliche.

»Das denkst du dir wohl so, wie?« Scharf wie ein Giftpfeil bohrte sich ihr Ton in sein Herz, aber er litt wohlige Wonnen, weil Gunda ihm Schuhe, Hose und Unterhose vom Körper riss. Er glaubte, sein Glied sei eine Bombe, auf die Gundas Lippen jetzt den Zünder aufschraubten. Stattdessen aber packte sie es mit hartem Griff und zog es auf die Seite, sodass Fritz gar nicht anders konnte, als nachzugeben und sich der Zugrichtung anzupassen. »Sagte ich nicht, du seist ein ungezogener Junge?«, fuhr Gunda, versöhnlicher im Ton, fort. »Ja? Aber dann ist dies das ungezogenste Stück von dir.«

Unvermittelt schlug sie mit der Reitgerte zu, die sie plötzlich in der anderen Hand hielt – schlug auf Fritz' nacktes Gesäß, während sie mit einer Hand sein Glied umklammert hielt.

Fritz riss die Augen auf. Der Schreck war größer als der Schmerz. In der Dunkelheit sah er nichts anderes als Gundas gefährlich funkelnde Augen, doch schon verschloss sie ihm den Mund mit einem zarten leidenschaftlichen Kuss.

»Das also …«, wollte er sagen, doch zwei scharfe Hiebe ließen ihn verstummen. Sein Glied schrumpfte, doch seine Lust war damit nicht erloschen. Gunda ließ es los, aber wie um Fritz zu zeigen, dass sie erst am Anfang war, fuhr sie ihm mit der Gerte vom Gesäß über den Rücken, von dort wieder zurück auf die

Vorderseite seiner Oberschenkel, um schließlich bei seinem Glied zu verweilen. Sie schaffte es, die Spitze der Gerte so darauf herumtänzeln zu lassen, dass es wieder wuchs.

Fritz lag da, hielt die Augen geschlossen.

»Heiratest du mich?«, hauchte Gunda ihm zuckersüß ins Ohr.

Fritz lächelte. Wenn dies das Spiel war …

»Wir leben doch schon wie Mann und Frau«, seufzte er und stellte sich auf die nächsten Prügel ein, die auch kamen, aber weniger schmerzhaft als erwartet.

»Keine Ausflüchte!«

Diesmal waren die Schläge so scharf, dass Fritz die Tränen in die Augen traten. Gunda küsste ihn, dann war es für einen Moment still. Fritz versuchte, die Geräusche zu enträtseln. Gunda musste sich an seiner Reitmontur zu schaffen machen … es klirrte leicht, er spürte erneut die Peitsche auf seinem Oberschenkel. Er entspannte sich, dann plötzlich fühlte er etwas Kaltes an seinen Füßen. Und noch bevor er richtig begriffen hatte, was geschah, hatte Gunda ihm mit dem Gürtel seiner Reithose die Füße gefesselt und an einen Bettpfosten gebunden. Fritz hielt die Luft an. Erste Befürchtungen, wo dieses Spiel enden würde, ergriffen ihn. Doch wie um seine Bedenken zu zerstreuen, nahm Gunda sein klein gewordenes Glied in den Mund und begann, es zärtlich zu verwöhnen.

»Wann heiraten wir?«, fragte sie unvermittelt.

Fritz konnte gar nicht so schnell antworten, wie auf einmal die Hiebe kamen. Zu spät begriff er, dass es dies war, was Gunda eigentlich gewollt hatte: ein Kräftemessen, bei dem seine Ausdauer, Schmerzen zu ertragen, gegen ihren Willen stand, ihm Schmerzen zuzufügen. Er warf sich hin und her und zerrte an den Gürteln. Gunda aber erwies sich als geschickte Peinigerin. Die Hiebe, die auf die Füße klatschten, waren wesentlich schwerer zu ertragen als die, die auf sein Gesäß, die Oberschenkel oder den entblößten Bauch trafen.

Halb verdreht auf der Seite liegend, biss Fritz die Zähne zusammen. Er fürchtete, wenn er schrie, würde Gunda ihm ins Gesicht schlagen. Doch bald beherrschte ihn nur noch ein Gedanke: Aufhören! Aufhören! Stöhnend und mit aller Kraft die Schreie unterdrückend, wand er sich zur zischenden Musik der Reitgerte. Irgendwann waren die Schmerzen so groß, dass er begann, Gunda innerlich zu verfluchen. Er schmeckte Blut, so sehr hatte er sich in seine Lippen verbissen, und schließlich bewegte er sich nicht mehr.

Im selben Moment waren die Schläge vorbei. Fritz ließ seinen Tränen freien Lauf, weinte stumm. Gunda jedoch war grausam genug, sich wieder seinem Glied zu widmen. Sie stöhnte dermaßen lasziv und genussvoll, als sie an ihm lutschte, dass Fritz zu seiner Verwunderung wieder eine Erektion bekam. Was Gunda jetzt mit ihm anstellte, war köstlicher als alles, was er in seinem Leben bislang kennen gelernt hatte. Doch kurz vor dem lustvollsten Höhepunkt seines Lebens, hielt Gunda inne und fragte wieder.

»Was hast du davon, wenn du mich totgeschlagen hast?«, stöhnte Fritz. »Du weißt doch, dass mein Onkel uns dann den Geldhahn zudreht.«

Der Hieb war so heftig, dass Fritz nur um Haaresbreite einer Ohnmacht entging.

»Dein Onkel! Bist du kein Mann? Soll ich dir zeigen, was ich von deinem Onkel halte? Lieber schlage ich dich tot, als dich ihm zu überlassen!«

»Und dann?«

»Schneide ich mir hier über deiner Leiche die Pulsadern auf!«

Gundas Stimme klang, als käme sie aus einer fremden Welt. Ihr keuchender Atem verriet, wie erschöpft sie war. Sie schwankte, als sie den Arm hob und die Gerte auf Fritz Gesäß fetzte. Die Schläge waren weniger heftig, aber weil sie jetzt nur noch zuschlug, besinnungslos auf ein und dieselbe Stelle

drosch und ihn blutig peitschte, glaubte Fritz, Gunda mache ernst.
Die Todesangst, die ihn packte, ließ ihn verzweifelt an seinen Fesseln reißen, doch so sehr er sich auch wand und sein Körper sich aufbäumte, alles war vergeblich. Fritz flehte Gott und das Schicksal an, ihn in Ohnmacht fallen zu lassen, aber stattdessen bekam er Halluzinationen, in denen er für Sekunden nichts mehr fühlte, sondern glaubte, Gunda schlage nicht ihn, sondern jemand anderen. Dann, urplötzlich, hatte er alle Angst hinter sich gelassen hatte. Und dieses Gefühl war so überwältigend und erleichternd, dass es stärker war als alle Schmerzen, die er litt.
Kurz bevor er das Bewusstsein verlor, schoben sich ihm endlich die Worte auf die Zunge, die er geglaubt hatte, auf immer vergessen zu haben.
»Gunda, ich liebe dich!«, rief er laut und klar. »Ich liebe nur dich. Wir werden heiraten!«

Felix Rosenow hielt Wort. Eines Tages erreichte Kurt dessen Brief, in welchem Felix ihn nach Blasewitz in seine Villa einlud. Es sei gar nicht so leicht gewesen, seine Adresse herauszufinden, schrieb Felix: »Glücklicherweise erinnerte sich Marina an die Adresse deiner Mutter. Wenn du jetzt diesen Brief liest, sei also so gut, mir deine vorübergehende Bleibe mitzuteilen.«
»Was ich hiermit tue«, sagte Kurt und steckte sein Antwortschreiben ins Kuvert.
Er war ganz in der Nähe der Wohnung seiner Mutter in eine kleine Pension an der Dresdener Dreikönigskirche gezogen. Noch immer war er ohne Arbeit, aber dank der insgesamt guten Verdienstjahre und der Abfindung der Dresdener Bank besaß er ein kleines finanzielles Polster, das ihm erlaubte, ein gutes halbes Jahr zu pausieren. Für die Sondershausener

Wohnung war in der Zwischenzeit ein Untervermieter gefunden, allerdings rechnete Kurt nicht damit, noch einmal in die Thüringer Provinz zurückzukehren. Entweder nach Dresden oder ganz woandershin, sagte er sich. In Berlin, da hatte Marina Recht, würde er schnell eine Anstellung finden, aber Kurt hatte ebenfalls Fritz bestürzten Ton im Ohr: Was sollte er, ein Kind Sachsens, in der preußischsten Stadt des Universums? Da konnte er ebenso gut gleich nach London oder New York gehen.

Und damit ganz von vorne beginnen.

Aber jetzt galt es erst einmal, sich seelisch darauf vorzubereiten, in Blasewitz mit der Industriellengattin Marina Rosenow Kaffee zu trinken – nachdem ihr Mann Felix sich huldvoll mit ihm, dem arbeitslosen Exafraner, über mögliche Berufswege unterhalten hatte.

Wenn sie klug ist, bittet sie noch Fritz und Gunda zum Kaffeetrinken, überlegte er. Doch wenn nicht? Wäre dies dann ein Zeichen, um sich auszusprechen und für immer Lebewohl zu sagen?

Müßige Spekulationen!

Kurt trat ans Fenster und schaute auf die Straße. Du könntest dir vor dem Abendessen noch einen Spaziergang gönnen, dachte er. Bringe den Brief am besten gleich zur Willsdruffer Hauptpost, dann bist du ihn los, und Felix hat schon morgen deine Antwort. Kannst ja noch einmal auf den alten Wegen schreiten! Vielleicht ist dies dein letzter Sommer in der Stadt!

Auch wenn es den Anschein hatte, Kurt war mitnichten melancholisch gestimmt. Es bereitete ihm großen Spaß, in den Tag hineinzuleben und so zu tun, als lebe er wie ein Bummelstudent. Endlich hatte er Zeit, sich Dresdens Museen zu widmen: Zum Beispiel dem Mathematisch-Physikalischen Salon im Zwinger oder dem Grünen Gewölbe, diesem vollkommensten Pretiosenkabinett eines deutschen Fürsten des 18. Jahrhunderts. Die meisten Stunden verbrachte er natürlich in der Gemäldegalerie, wo er mit wachsender Bewunderung die Veduten Canalettos studierte, sich aber auch lange in andere berühmte Gemälde versenkte. Besonders Tizians Zinsgroschen hatte es ihm angetan. Je länger er das Bild betrachtete, umso stärker kam er zu der Überzeugung, dass sich in Christus' Antlitz das unabänderliche Wissen um die Wahrheit der Welt widerspiegelte, eine Wahrheit, die besagte: Bis ans Ende aller Tage werdet ihr Menschen das Geld mehr lieben und anbeten als Gott.

Von diesem Bild erholte er sich vor der Sixtinischen Madonna Raffaels oder Giorgiones Schlummernder Venus. Fast jedes Mal gab er sich dem Gedankenspiel hin, wie es wäre, solch eine nackte Schönheit neben sich im Bett zu haben. Er war zu der Überzeugung gekommen, dass vor lauter Anschauen und Anstaunen nichts passieren würde. Denn diese Figur auf dem Bild war weder Mädchen noch Frau, sie war wirklich eine Göttin. Und Göttinnen begehrte man nicht, sondern man bewunderte sie. Giorgione war es auf die vollkommenste Weise gelungen, ein solches Geschöpf zu malen.

Im Moment beschäftigte ihn allerdings nicht das Aussehen der Schlummernden Venus, sondern sein eigenes. Vor dem Spiegel stehend, zupfte er sich Binder und Kragen zurecht und überprüfte die Rasur. Du hast dich gut gehalten, dachte er. Bist schließlich schon achtundzwanzig! Willst du eigentlich Kinder?

Ja, dachte er. Aber wo ist die Frau dafür? Auf der Treppe begegnete er Martha Göldner und bat sie, ihm zum Abendessen nur ein belegtes Brot und zwei Flaschen Bier aufs Zimmer zu bringen.

»Keine weiteren Spezialitäten.«

»Ich habe zwar nichts Größeres vor, aber womöglich falle ich irgendwo tot um, und dann würden das Wellfleisch und der Schokoladenpudding unnütz auf meinem Zimmer verderben.«

»Sie reden aber heute was zusammen, Herr Zacharias«, entgegnete die Wirtin, eine hagere Frau mit weißgrauem scharf geknoteten Haar. »Wer so redet, hat ein Rendezvous im Kopf. Das verraten schon die Garderobe und das Rasierwasser! Gestehen Sie's nur.«

»Ich wollte, es wäre so, Frau Göldner!«, rief Kurt amüsiert. »Aber ich schwöre bei dem Duft Ihres Wellfleisches und aller Zwiebelringe dieser Welt: Ich treffe nur die Liesel von der Post.«

Zum Beweis schwenkte er den Brief an Felix Rosenow, wünschte einen schönen Abend und trat bester Laune vor die Tür.

Nachdem er den Brief aufgegeben hatte, schlenderte er durch die Große-Brüder-Straße in Richtung Neumarkt. Seine Blicke wanderten über die alten dekorativen Hausfassaden, von denen er an der Ecke Galerie- und Frauenstraße das »Schiffsmühlen-Haus« mit seinem über zwei Stockwerke laufenden Erker besonders gelungen fand. Wenn man Zeit zum Schauen hatte, konnte man in Dresdens Altstadt beinahe an jedem Erker etwas entdecken. Zum Beispiel eine sich krümmende Schlange, Tierfiguren oder Dämonenköpfe in allen Variationen. Besonders auffällig war am Eingang zum Neumarkt der Renaissance-Erker des Heinrich-Schütz-Hauses: Zweiunddreißig nackte Kinder tobten und tanzten auf seinem Fries – für Kurt eines der überragenden Zeugnisse für Liebe und Fröhlichkeit des Lebens.

Im Spielzeugladen kaufte er aus lauter Jux ein Schächtelchen mit bunten Glasmurmeln und bei Klepperbein, in Dresdens ältester Drogerie, wo vor dem linken Ladenfenster die Glücksgöttin auf einer geflügelten Kugel balancierte, ein Fläschchen Benzin fürs Feuerzeug.

Vor dem Haus des überragenden Goldschmiedes Melchior Dinglinger mit seinem Muschelbeckenbrunnen nahm er dann seinen Mut zusammen, um Kavalier zu spielen: Die schlanke Dame, deren wagenradgroßer Hut ihr ohne ersichtlichen Grund plötzlich vom Kopf aufs Pflaster rutschte, entpuppte sich allerdings als ziemlich reife Person. Und ihre Stimme klang, als hätte sie seit Wochen Zigarren geraucht.
Von hinten Lyzeum, von vorne Museum, dachte er belustigt und setzte seinen Weg fort. Er ließ die Frauenkirche links liegen und bog in die zugige Innere Pirnaische Gasse ein. Auf dem Pirnaischen Platz empfing ihn eine milchige Abendsonne. Der Herbst kündigte sich an. Um sich auszuruhen, spazierte er zum nahen Botanischen Garten und setzte sich dort auf eine Bank. Er streckte die Füße aus, verschränkte die Arme im Nacken und lauschte mit geschlossenen Augen den Geräuschen und Stimmen der frühabendlichen Flaneure.
»Guten Abend.«
Kurt grüßte vertraulich zurück, schaute dann aber doch ratlos drein, denn die Stimme gehörte einer fremden jungen Dame in Begleitung. Im ersten Moment hatte er noch geglaubt, Gunda stünde vor ihm, dann, beim zweiten Hinsehen, bemerkte er den Unterschied. Im Gegensatz zu Gunda hatte diese lockige Blondine ein wesentlich keckeres Gesicht mit geradezu herausfordernd funkelnden Augen. Darüber hinaus konnte Gunda auch mit diesen sehr weiblichen, fast schon üppigen Formen nicht mithalten. Beinahe noch bemerkenswerter aber fand Kurt die Ausstrahlung dieses Mädchens: Obwohl ihr Begleiter sich in eifersüchtiger Manier bei ihr untergehakt hatte, schien sie sich in keinster Weise darum zu bekümmern. Kurt sah in ein Paar völlig ungeniert blickende Augen, die für seinen Geschmack köstlich mit den sinnlichen Lippen harmonierten. Was ihm allerdings alles herzlich wenig nützte,

denn er konnte sich nicht entsinnen, wo er dieses anziehende Geschöpf schon gesehen hatte.
»Na, auf Max Lewenz' Vernissage!«, half ihm die Blonde auf die Sprünge.
»Richtig.« Kurt glaubte jetzt zu wissen, wen er vor sich hatte. »Entschuldigen Sie bitte. Meine Gedanken waren ganz woanders. Allerdings, wertes Fräulein, kann ich mich an Ihren Begleiter nicht erinnern.«
»Was wenig verwunderlich ist, weil selbiger auf die bestimmt großartige Vernissage nicht eingeladen worden war«, bekam er mürrisch zur Antwort. »Trotzdem wünsche ich Ihnen einen guten Abend.«
»Danke. Ebenfalls.«
Schon waren der junge Mann und das Mädchen weitergegangen – er steif und würdevoll, sie leichtfüßig und mit derart wiegenden Hüften, dass Kurt der Mund trocken wurde. Neugierig schaute er ihnen hinterher und schüttelte schließlich ungläubig den Kopf.
Wie in einem Traum, sagte er sich. Du sitzt nichtsahnend irgendwo in der Welt herum, und plötzlich spricht dich ein Mädchen an, dass dir Unruhe im Souterrain beschert. Kein Wunder, dass ihr Begleiter für dich den Charme einer Bulldogge hatte. Ich an seiner Stelle wäre auch eifersüchtig gewesen.
Auf Max' Vernissage?
Endlich fiel es ihm wieder ein. Sie war das Mädchen, das in seine Richtung gelächelt hatte, kurz bevor er Fritz hinter eine der Stellwände gefolgt war.
»Ach so.«
Kurt reckte sich, gähnte. Heute Abend ein Mädchen zu haben wäre nicht schlecht, dachte er. Warum hatte die Natur es nicht so eingerichtet, dass man es auch ausschwitzen konnte. Alles andere ging immer so ins Geld.

Schon am Wochenende machte er sich auf den Weg, Felix und Marina zu besuchen. Um möglichst viel von seiner inneren Unruhe loszuwerden, ging er das erste Stück zu Fuß. Am Pirnaischen Platz bestieg er dann die Pferdebahn, die bis zum Schillerplatz, dem Zentrum von Blasewitz, führte. Der Fahrpreis entsprach dem exklusiven Ziel und betrug den Stundenlohn eines gelernten Arbeiters, die sich freilich nur selten nach Blasewitz verirrten. Wer die rote, kastenförmige Straßenbahn nahm, gehörte in der Regel zu den Wohlhabenden, die in diesem Gefährt, ohne auf Geselligkeit zu verzichten, unter sich waren.

Blasewitz lag Loschwitz gegenüber, und wie dort diejenigen am herrschaftlichsten wohnten, die über die Elbe blickten, hauste hier die Familie am besten, die am Waldpark ihre Villa hatte. Felix Rosenows Heim entpuppte sich als mondänes Anwesen mit Schweizer Fachwerkimitationen, Türmchen und Erkern und hatte eine große Veranda mit Treppe zur tiefer gelegenen Gartenterrasse.

Das Mädchen, das öffnete, knickste und nahm Kurt die Blumen ab. Die ersten und bestimmt letzten Blumen, die Marina von mir bekommt, dachte er. So kann's gehen! Normalerweise gibt es erst Blumen, und dann wird man intim, bei uns war's andersherum. Villeicht ging es deshalb auch schief!

Das Mädchen bat ihn, einen Moment im Entrée zu warten, huschte schnell in eines der Zimmer und kam mit einer Blumenvase voll Wasser zurück. Solch einen schönen Strauß habe sie noch nie gesehen, sagte sie, woraufhin Kurt ihr erklärte, das Geheimnis bestehe in nichts anderem, als im Blumenladen alle Schnittblumen, die es gäbe, zu einem Strauß zusammenbinden zu lassen.

»Zwar sagt man mir jedes Mal, dies verstoße gegen jegliche floristischen Gepflogenheiten, aber bislang waren die Blumenverkäuferinnen noch immer beeindruckt – vorausgesetzt, sie

strengen sich beim Stecken an und binden auch das richtige Grün dazu.«
»Die gnädige Frau wird sich bestimmt sehr freuen.«
»Das hoffe ich!«
Du wirst dich daran gewöhnen müssen, ermahnte er sich. Marina ist jetzt gnädige Frau und Felix gnädiger Herr. So geht der Lauf der Welt! Sie, die ganz unten war, ist jetzt ganz oben, und du bist arbeitslos!
Zwar rechnete er nicht wirklich damit, dass Felix und Marina sich zu dünkelhaften Großbürgern entwickelt hatten, aber er fühlte sich doch ziemlich klein und unterlegen. Da half auch die Erkenntnis nichts, dass Marina es letztendlich ihm verdankte, in dieser Wohlanständigkeit zu leben.
Strahlend kam Felix die Treppe herunter.
»Kurti! Eva! Stellt euch vor«, rief er glücklich, »Ich werde wieder Vater!«
»Was heißt wieder?«
»Iterum, du Afraner Lateinass!«, scherzte Felix. »Die glückliche Mama meinte, jetzt, wo du uns das erste Mal besuchst, da wäre genau der richtige Zeitpunkt, dieses Bömbchen platzen zu lassen.«
Kurt gratulierte mechanisch, aber in seinem Kopf rauschte es nur. Wieder? Hieß das etwa, Marina hatte Kinder? Als erwarte er von Eva, dem Mädchen, eine Antwort, schaute er sie fragend an, aber die klatschte laut in die Hände und drückte Felix links und rechts einen Kuss auf die Wange. Es ging fröhlich zu im Hause Rosenow, familiär und ohne Dünkel, dafür schien Eva der beste Beweis zu sein. Ohne sich weiter um ihn oder den »gnädigen Herrn« zu kümmern, rannte sie mit der Blumenvase die Treppe hoch und rief noch auf den Stufen: »Gnädige Frau, die Blumen! Ich habe den goldrichtigen Strauß für Sie! Der Herr Zacharias hat aber auch einen guten Geschmack!«
»Das ist ihr ungarisches Blut!«, sagte Felix. »Eva hat Tempera-

ment für zwei. Sie und ihr kleiner Rudi gehören zu uns wie der Docht zur Kerze. Komm! Wir statten der Mama einen Besuch ab. Dann verziehen wir uns in mein Arbeitszimmer. Ich habe Neuigkeiten. Und ich glaube, nicht die schlechtesten.«

Kameradschaftlich legte Felix Kurt die Hand auf den Rücken und stapfte mit ihm die Treppe hinauf in den ersten Stock. Kurt konnte es kaum fassen: Marina sah aus wie eine Fee aus der Gartenlaube. Sie lag bäuchlings auf einer Chaiselongue, trug ein weißes Tüllkleid, und ihr Haar war mit einem Dutzend kleiner, bunter Mädchenkämme zusammengesteckt. Die Anmut selbst, spielte sie mit einem kleinen Mädchen und Jungen Bauklötze, vor sich auf dem Teppich die Vase mit den Blumen, hinter denen sie ihren Kopf versteckte.

»Vielen Dank für deinen Strauß, Kurt«, sagte sie, ohne aufzusehen. »Eva hat Recht. Diese bunte Pracht – das ist einmalig. Viel zu schön, um sie nur anzustaunen.«

»Eine schöne Mama muss schöne Blumen haben«, antwortete er und war froh, wenigstens diesen Satz zustande gebracht zu haben.

Die Erkenntnis, dass Marina Kinder hatte, war wie ein Schock. Denn wenn Marina Mutter war, dann … damit wurde auch der allerletzte Hoffnungsschimmer erstickt. Kurt hatte für Sekunden das Gefühl, als schiebe sich eine tonnenschwere Grabplatte über seine blutende Seele.

Wohlgefällig atmete Marina den Duft ein, was das kleine Mädchen und ihr Bruder gleich nachmachten. Natürlich übertrieben sie dabei, was den Jungen auf die Idee brachte, sein Gesichtchen so in die Blütenpracht zu drücken, dass eine von den burgunderfarbenen Kokardenblumen brach.

»Rudi! Kind! Das tut der Blume weh!«

Eva packte energisch zu, hob ihren Rudi hoch und setzte ihn auf Felix' Schultern. Marina rollte sich von der Chaiselongue und warf Kurt einen übermütigen Blick zu. Ohne dass er recht

wusste, wie ihm geschah, spürte er im nächsten Augenblick einen weichen Mädchenpopo auf seinen Schultern und hatte zwei weiß bestrumpfte, strampelnde Beinchen in den Händen.
»Marie, sei anständig!«, rief ihr Eva zu. »Das ist Onkel Kurt, ein Freund von Mama und Papa!«
»Steht dir gut, Kurti!«, sagte Felix und trat so nahe an ihn heran, dass die beiden Kinder sich die Hände reichen konnten, woraufhin sie sofort begannen, miteinander zu rangeln.
»Stimmt das?«, fragte Kurt und drehte sich vorsichtig zu Marina um.
Marina nickte. Aufmerksam musterte sie Kurt und ihre Tochter, schien beide eingehend zu studieren. Mit jeder Sekunde wurde ihr Lächeln dabei zufriedener. Marie, stellte sie beruhigt fest, sah Kurt nicht ähnlich. Zwar hatte sie seine braunen klugen Augen, aber die Partien von Mund und Nase kamen nach ihr. Und da sie für ihr Alter schon recht groß war und zudem blonde Haare hatte, konnte sie ziemlich sicher sein, dass ihr Geheimnis für alle Zeit unentdeckt blieb. Was dies betraf, hatte das Schicksal es von Anfang an gut mit ihr gemeint. Marie hatte zu den überfälligen Babys gehört, die nach ihren Berechnungen drei Wochen zu spät auf die Welt kam. Für Felix und seine Familie wurde Marie damit nur eine Woche zu früh geboren, was mögliche Zweifel an seiner Vaterschaft gar nicht erst hatte aufkommen lassen.
Trotzdem waren Felix' Eltern schon ein wenig überrascht gewesen, als sie von ihrer plötzlichen Schwangerschaft erfuhren. Nie würde sie den Nachmittag in Aue vergessen, als Felix sie an die Hand nahm, mit ihr vor seine Eltern trat und sagte: »Marina erwartet ein Kind. Pause. Mein Kind. Pause. Und damit euren Enkel.« Vor Scham wäre sie fast gestorben. Erstens, weil es Kurts und nicht Felix Kind war, und zweitens, weil sie damit den Anschein erweckte, Felix endlich dorthin bekommen zu haben, wo sie ihn von Anfang an hatte haben wollen:

ins Bett. Deine Eltern werden jetzt bestimmt sagen, du wärst mir nun doch ins Netz gegangen, hatte sie Felix vorgejammert. Ich weiß es genau! Heute Abend, wenn sie im Bett liegen, werden sie über mich lästern.
Hatten sie aber nicht!
Und seitdem wusste sie: Ihre Schwiegereltern Ferdinand und Katharina Rosenow waren die zuvorkommendsten und gütigsten Großeltern der Welt.
Kurt kitzelte Marie an den Fußsohlen. Sie quietschte laut auf und begann heftig zu zappeln. Kurt verstärkte die Attacke auf die Fußsohlen – Marie quietschte noch lauter. »Noch mal!«, rief sie begeistert. »Noch mal!« Kurt tat ihr den Gefallen und wurde von Mal zu Mal mutiger. Auch wenn Marie sich wie ein Aal wand und kreischte und lachte, bis ihr die Luft wegblieb, sie konnte gar nicht genug kriegen. Wäre es nach ihr gegangen, sie hätte nicht eher aufgehört, als bis Onkel Kurt um Gnade für seine glühenden Schultern gebettelt hätte. Schwer atmend und völlig zerzaust, setzte er Marie auf den Boden, stupste ihr auf die Nase und sagte, so einen Spaß habe er schon lange nicht mehr gehabt.
»Da werden uralte Erinnerungen wach«, keuchte er und fuhr erst sich, dann Marie durchs Haar. »Ich kann mich noch entsinnen, wie mein Papa so mit mir spielte. Weißt du, ich war viel wilder als du, Marie. Einmal riss ich derart an Papas Schopf, als wäre es eine Pferdemähne. Da gab's dann – pitsch, patsch – zwei Watschen.«
»Hast du da geweint?«, fragte Marie.
»Und wie!«, sagte Kurt. »Aber nicht, weil's wehtat, sondern Papa auf einmal so böse war.«
Als er wieder aufblickte, stutzte er, denn Marinas Lächeln hatte einen resignierten Ausdruck angenommen. Irgendetwas schien sie plötzlich aufzuwühlen. Ihre Brust bewegte sich heftig, als habe nicht er, sondern sie mit Marie getobt. Felix indes

war voll und ganz von Rudolf in Beschlag genommen. Der Zweijährige wollte, wenn der »neue Onkel« ihn schon nicht genauso kräftig »durchkitzelt«, wenigstens einmal huckepack die Treppe runter- und wieder hochgetragen werden. Er drängelte so lange, bis Felix schließlich nachgab und hinter Eva bewusst unsicher die Treppe hinunterpolterte. Marie lief hinterher, Kurt und Marina standen sich das erste Mal seit vier Jahren wieder allein gegenüber.

»Habt ihr süße Kinder«, sagte er. »Ich war vorhin wie vor den Kopf geschlagen. Denn das wusste ich nicht! Und jetzt – jetzt bist du wieder guter Hoffnung?«

»Das ist die Bestimmung von uns Frauen.«

Kurt versuchte, unbeteiligt zu klingen, aber Marina erkannte den Schmerz in seinen Augen – mehr noch, sie glaubte, in ihnen lesen zu können wie in einem Buch. Denn so beherrscht sich Kurt auch gab, sie spürte seine Verzweiflung, die ihm wie ein unsichtbarer Mantel um die Schultern lag. Erst jetzt begriff sie, wie sehr Kurt sie liebte. Damals hatte sie geglaubt, er habe sie nur begehrt und ihre – zugegeben – launenhafte Lüsternheit ausgenutzt, jetzt wurde ihr mit einem Mal klar, dass sie ihm seine Liebe und, was mindestens ebenso schlimm war, sein Kind geraubt hatte.

Vier Jahre lang hatte sie ihm Skrupellosigkeit unterstellt, nun sah sie sich mit der Erkenntnis konfrontiert, dass sie viel skrupelloser war als er.

Marina riss sich zusammen. Du musst die Vergangenheit ruhen lassen, ermahnte sie sich. Willst du dich mit Gewalt unglücklich machen?

Das Knarzen der Stufen erinnerte sie, wie weit Felix mittlerweile auf seiner Huckepack-Tour gekommen war. Sie war mit ihm verheiratet. Er liebte sie und war ein vorbildlicher Ehemann. Die Gewissheit, ihn mit Marie hintergangen zu haben, war schon schwer genug auszuhalten. Sich jetzt einem neuerlichen Gefühlschaos auszuliefern wäre völlig unverantwortlich gewesen. Erschrocken stellte Marina fest: Mit diesem Besuch begann das Eis, auf dem sie stand, zu schmelzen – und zwar mit einer Geschwindigkeit, als sei mit Kurt die Glut des Orients in ihr Heim geweht worden.

»Kurt?«

»Ja?«

»Wirst du schweigen?«

»Wie ein Grab.«

»Danke.«

Erleichtert seufzte sie auf. Kurt dagegen hatte Mühe, den Kloß in seinem Hals hinunterzuschlucken. Sein Lächeln glich dem eines heulenden Clowns, seine Augen waren wie erloschen. Marina konnte den Anblick nicht mehr ertragen und schlug die Hände vors Gesicht. Die Stufen krachten, Felix und Rudolf waren auf dem Rückweg, Marie noch unten bei Eva.

Marina fühlte sich plötzlich so elend, dass sie zu zittern begann.

»Geh«, flüsterte sie. »Wenn du mich wirklich liebst, komme nie wieder zu uns.«

Sie wandte sich ab, und Kurt ging Felix auf der Treppe entgegen.

»Und wo ist die Marie?«, rief er mit gespielter Fröhlichkeit.

»Unten!«

»Dann muss ich sie ja holen!«

»Oh, ja.«

»Mensch, Kurti«, sagte Felix außer Atem, »du gehst mit ihr um, als wärst du ihr leibhaftiger Onkel. Du hast eine natürliche Begabung, mit Kindern umzugehen. Marie wird dich jetzt nicht mehr aus ihren Fängen lassen.«

Eine Viertelstunde später saßen sie in Felix' Arbeitszimmer. Beide mit zerwühltem Haar, offenen Westen und verrutschten Bindern. Sie keuchten, als hätten sie eine Stunde Schulsport

hinter sich, dabei waren sie bloß dreimal die Treppen hoch' und wieder runtergerannt, weil Marina und Eva sie genötigt hatten, den Kindern zu zeigen, wie lustig ein Huckepack-Wettlauf sein könne.
Aus nachvollziehbaren Gründen waren sie nun nicht mehr in der Stimmung, über Geld und Karriere zu reden. Kurt meinte sogar, es wäre besser, das Gespräch zu vertagen, aber Felix entgegnete, der Nachmittag habe gut angefangen und müsse nun auch gut weitergehen.
»Um es kurz zu machen«, begann er, nachdem Eva ihnen ein Glas Saft serviert hatte, »ich habe keine Arbeit für dich, beziehungsweise keinen Platz, der deiner würdig wäre. Allerdings hatte ich vor einer Woche das Vergnügen, mit Georg Lewenz zu sprechen. Beim Leichenschmaus zu Ehren des dahingegangenen Ministerialrats Schackwitz.«
»Ah! Dresdens einstiger Immobilienpapst. Er ist nicht mehr. Wie gerecht! Mit seiner aristokratischen Geschwätzigkeit brachte er es fertig, etlichen Bauunternehmern die gekauften Grundstücke wertvoll zu reden. Mit verhängnisvollen Folgen.«
»Ja, ja, das weiß ich. Schackwitz war für dich ein rotes Tuch. Georg erzählte mir, wie du und sein Vater deswegen einst aneinander geraten seid. Nichtsdestotrotz, Georg war voller Respekt für deine Offenheit und deinen Mut. Wörtlich sagte er: ›Vater und er haben sich ja nun versöhnt. Fühle du doch mal bei ihm vor!‹ Ist das eine Nachricht?«
»Glaub ich dir nicht!«
»Kann ich mir vorstellen!«
Kurt sprang auf und begann, unruhig hin und her zu laufen. Er hatte mit allem gerechnet, nur damit nicht. Was war das bloß für ein verrückter Tag! Vor einer knappen halben Stunde noch bat ihn die einzige Frau, die er wirklich geliebt hatte, sie nie wieder zu besuchen, und jetzt eröffnete ihm ausgerechnet

deren Mann, dass sein alter Arbeitgeber wieder Interesse an ihm zeigte. Gerade noch, dachte Kurt, nahm ich innerlich Abschied von Dresden und Deutschland, jetzt soll ich mich mit dem Gedanken anfreunden, hier wieder Wurzeln zu schlagen. Marina tunkt mich in Eiswasser, Felix legt Feuer unter meinen Hintern, sie dörrt mich in Salz und Essig, er schmeichelt mit Zucker und Wein!

Und wo bleibt dein Stolz?

Wenn er ehrlich war, bereitete ihm dieser die wenigsten Probleme. Was ihn damals geschmerzt hatte, war nicht der Rauswurf, sondern Marinas hasserfüllte Zurückweisung. So unmännlich es vielleicht war, Hass auf Heinrich und Carola Lewenz hatte er nie empfunden. Mehr noch, es gab Zeiten, in denen er ihre Reaktion durchaus berechtigt fand. Was allerdings auch damit zu tun hatte, dass er in Sondershausen mit offenen Armen empfangen worden war und die Thüringische Bank ihm mehr Geld gezahlt hatte als das Bankhaus Frauenkirche.

Felix blickte auf seine Uhr und erhob sich mit zufriedenem Seufzer. Er ist wirklich ein Lulatsch, dachte Kurt. Kein Mensch würde in ihm einen sächsischen Industriellen vermuten, da er aussieht wie der Michel aus Hamburgs St. Pauli – der wegen seiner Herzensgüte bespöttelt wird, weil er den Fischen immer erst den Knüppel auf den Kopf haut, bevor er ihnen die Bäuche aufschlitzt.

»Wir sollten uns ein bisschen restaurieren, mein Lieber«, sagte Felix. »Gleich kommen Gunda und Fritz. Alles andere überlege dir in Ruhe. Natürlich hast du deinen Stolz. Andererseits könnte ich mir vorstellen, dass dir die Freiheit der Wahl auf absehbare Zeit lästig wird. Denn, Kurt, das wirst du nicht leugnen, erstens bist du nicht ein Mann, der den Müßiggang liebt, und zweitens ist dir die Fremde genauso suspekt wie Fritz und mir. Der kleinste gemeinsame Nenner von uns Exafranern ist

die Heimat. Wir alle sind und bleiben Provinzler. Die Lewenze genauso wie du, die beiden Speners und ich. Wir sprechen hochdeutsch, denken aber im sächsischen Singsang. Ohne diesen Ton, ohne Elbe, Heide, Sandstein und den kurfürstlich Dresdener Barock würden wir allesamt verkümmern. Nächsten Monat beginnt die Opernsaison. Die Lewenze, wie du weißt, habe in der Oper ihre Plätze. Alles kann ganz zufällig aussehen, zumal du Sempers Prunkstück ja noch gar nicht kennst, nicht wahr?«
Kurt wusste nicht, was er darauf antworten sollte. Sein Gefühl gab Felix Recht, sein Verstand jedoch wehrte sich gegen seine Worte. Konnte er es wirklich an einem Arbeitsplatz aushalten, an der er seinen größten Triumph gefeiert, aber auch die bitterste Niederlage erlitten hatte?

Zum Fünf-Uhr-Tee gab es Kaffee und Kuchen satt, nebst Käseplatte mit italienischen Weintrauben. Ob denn einer von ihnen auch Tee wünsche, fragte Marina und schaute Eva an, als wolle sie sich vergewissern, ob im Hause Rosenow Tee überhaupt geführt würde. Felix und sie waren passionierte Kaffeetrinker, die Tee nichts abgewinnen konnten, was im Großen und Ganzen auch auf Kurt und Gunda zutraf.
»Allerdings habe ich gelesen«, sagte Gunda, die ohne Fritz gekommen war, »dass in Deutschland der Tee deswegen gegenüber dem Kaffee verliert, weil ihn neunzig Prozent aller Frauen falsch zubereiten.
»Was heißt falsch?«, fragte Felix.
»Erstens wärmen wir die Kanne nicht an, und zweitens stopften wir ihn in ein Porzellanei. Das sei grundverkehrt. Tee müsse lose aufgebrüht werden. Sonst schmecke er bitter anstatt aromatisch.«
»Eva, was sagst du?«, fragte sie Felix.
»Das fragen Sie eine Ungarin? Tee ist für uns so exotisch wie

für einen Muselmann alkoholische Getränke. Aber der Instinkt sagt mir, dass es richtig ist, was Sie da gelesen haben. Ich persönlich mag Kaffee am liebsten, wenn er mit etwas Zimtpulver und Schokolade aufgebrüht wird. Das macht den Kaffee verführerisch und sinnlich. Wie das Lächeln eines arabischen Prinzen, der seiner Angebeteten dabei zuschaut, wie sie sich von ihren Sklavinnen das Haar kämmen lässt.«

Heiteres Lachen erfüllte den lichten Erker, der den kleineren der beiden Salons abschloss. Man saß auf Korbstühlen um einen runden Tisch, der Blick ging in den Garten auf Buschrosen und Jasmin.

Eva legte ein paar Käseecken, Weintrauben und Salzstangen auf ihren Teller und verschwand mit Rudolf und Marie in eines der Kinderzimmer.

»Onkel Kurt, kommst du wieder?«, fragte Marie.

»Wenn du ihn einlädst, bestimmt«, sagte Felix.

»Das tu ich!«, rief Marie fröhlich und winkte.

Kurt wagte nicht, Marina anzuschauen, und die strafte ihre Tochter prompt mit Schweigen. Dafür verabschiedete Felix beide Kinder mit einem dicken Kuss.

»Wenn das nicht Liebe ist«, seufzte Gunda. »Ob Fritz jemals ein so guter Vater wird?«

»Heißt das, du bist schwanger?«, fragte Marina aufgeregt.

»Noch nicht.«

»Wie sollen wir das denn verstehen?«, fragte Felix anzüglich. »Ist Fritz etwa deswegen zu Hause geblieben, weil er sich für heute Nacht schonen soll?«

»Ach, fürs Erste hat er davon genug«, entgegnete Gunda und steckte sich eine Weintraube in den Mund.

Wenn ihr wüsstet! Sie schmunzelte in sich hinein. Euer Spinner-Fritz hat gegenwärtig noch ein paar Problemchen mit dem Sitzen und ist gerade etwas wehleidig. Dafür geht's ihm vorne herum blendend.

»Wovon hat Fritz denn genug?«, ging Kurt auf Felix' Ton ein.
»Würdet ihr bitte den Anstand wahren!«, fauchte Marina und warf nicht nur Felix, sondern auch Kurt einen so bösen Blick zu, dass beide es vorzogen, sich eine Weile nur mit ihrer Buttercremetorte zu unterhalten.
Gunda nahm sich noch eine Weintraube und tat unbeteiligt. Schließlich aber hielt sie es nicht mehr aus und platzte mit der Nachricht heraus, sie und Fritz würden nächstes Jahr im Februar heiraten.
»Na endlich!«, rief Marina. »Wie hast du ihn rumgekriegt?«
»Mit der Peitsche!«, antwortete Gunda. »Ich hab ihn wie einen ungezogenen Jungen verhauen.«
»Das musst du genauer ausführen!«, rief Kurt begeistert. »Weißt du, in St. Afra juckte es mir immer mal wieder in den Fingern! Der Fritz, und das hatte nicht nur ich damals gedacht, Spinner-Fritz bräuchte mal was auf die Mütze.«
»Popo«, verbesserte Gunda flötend und naschte noch eine Weintraube. Sie schaute mit geschürzten Lippen in die Luft, mimte das kapriziöse Blondchen aus der Komödie. Marina, Kurt und Felix vergaßen Kaffee, Käse und Buttercremetorte. Gunda, das wussten sie, war immer für einen Spaß gut, aber jetzt wirkte sie wie ein Kobold, der schamlos übertrieb. »Nun«, fuhr sie spitz fort, »die Peitsche hielt ich deswegen für gerechtfertigt, weil ich dahinter kam, dass der Herr von Spener über mehrere Jahre ein Verhältnis mit der Gattin des Herrn Kommerzienrates Lewenz hatte.«
Kurt fiel der Löffel aus der Hand, Marina legte das gerade aufgespießte Stück Kuchen wieder zurück, und Felix bekam den Mund nicht mehr zu. Dafür war er der Erste, der die Sprache wiederfand – indem er so lakonisch wie verwirrt sagte:
»Und deswegen liegt er jetzt zu Hause.«
Kurt und Marina konnten gar nicht anders, als ungläubig zu staunen. Fassungslosigkeit malte sich auf ihren Gesichtern, als

wollten sie sich gegenseitig versichern: Und wir – wir waren so dumm gewesen, uns von ihr einschüchtern zu lassen!
Insgesamt war bezeichnend, dass keiner Gundas Worte anzweifelte. Jeder war mit den sich aufdrängenden Bildern beschäftigt, deren Konturen in der Erinnerung deutlich wurden wie frische Photographien. Fritz von Spener und Carola Lewenz, er und sie – mit einem Mal wurde es Licht in ihren Köpfen. Gesten und Blicke, Berührungen und Worte erklärten sich wie von selbst, all diese irgendwie außergewöhnliche Atmosphäre, die ihn und sie umgeben hatte, fand jetzt eine Erklärung. Eros, der geflügelte Putto, hatte also einst seine Pfeile abgeschossen – sie alle aber waren zu borniert gewesen, die Zeichen dieser Liebe zu erkennen.
»Das ist eine Sensation«, sagte Felix schließlich.
»Nein, ein Skandal«, sagte Marina.
»Nur, wenn wir nicht den Mund halten«, fügte Kurt hinzu.
»Deiner Wiedereinstellung ins Bankhaus Frauenkirche dürfte nun nichts mehr im Wege stehen«, sagte Felix spöttisch. »Ein Billett nach Loschwitz an Frau Kommerzienrat persönlich genügte.«
»Was ich verbiete«, ließ sich Gunda jetzt vernehmen. »Was ihr jetzt wisst, soll nur meine Versicherung sein, falls Fritz es sich anders überlegt!«
»Gunda!«, rief Marina entsetzt. »Das ist Erpressung!«
»Nenn es, wie du willst«, sagte Gunda tonlos. »Aber bevor ihr mich verurteilt: Ich liebe Fritz. Ich bin ihm verfallen.« Sie begann zu weinen. »All die Jahre! Die betrogene Geliebte! Die kleine Gunda! Das Küchenmädchen! Und doch – ich liebe ihn! Ohne mich wäre er längst an seinem tyrannischen Onkel zugrunde gegangen! Was glaubt ihr, warum er andauernd in die Apotheken geht! Wegen seiner Sucht! Weil er es anders nicht mehr aushält. Dabei ist er herzensgut. Von uns allen wäre er der Letzte, der einer Fliege was zu Leide tun könnte!«

Gunda erlitt einen Weinkrampf. Sie schluchzte erbärmlich. Kurt und Felix waren vor Erschütterung unfähig, sich zu rühren. Plötzlich begann auch Marina zu weinen. Die Freundinnen sanken sich in die Arme und klammerten sich aneinander fest, als wollten sie sich ihrer Treue versichern und den Männern demonstrieren, dass in wirklicher Seelennot nur eine Freundin helfen konnte.
Weinend und sich gegenseitig stützend, schwankten sie durch den Salon. Die Treppe ächzte, schließlich schlug irgendwo eine Tür. Dann war es still.
»Bei allem, was sich geziemt, aber jetzt halte ich es nicht mehr aus«, sagte Felix. »Lass uns in die Stadt fahren. Einen saufen gehen. So viel Schmerz muss ertränkt werden. Findest du nicht?«

Die Dresdener Müßiggänger frohlockten! Die kulturarmen freudlosen Monate des Sommers waren überstanden. Statt Picknick im Grünen gab es wieder Kunst, statt nervenaufreibender Helligkeit, kalt geschwitzten Kragen und wackeligen Klappstühlen gab es den entspannenden Komfort samtbezogener Sessel. Ja, es war eine saure Zeit gewesen, nicht präsentieren zu dürfen, aber, Gottlob, nun war sie vorüber!
Endlich öffnete das Hoftheater wieder seine Türen!
Die Gesichter der Dresdener Musenanbeter waren zufrieden wie seit Wochen nicht mehr. Erhobenen Hauptes schlenderte man über den Theaterplatz, um sich noch einmal beeindrucken zu lassen von der Prunkfassade des im Februar wiedereröffneten Hoftheaters, dem Meisterwerk des Architekten Gottfried Semper. Sieben Jahre hatte der Aufbau gedauert, nachdem Sempers erste, 1838 gebaute, Oper 1869 durch einen Brand zerstört worden war.
Jeder rechtschaffene Dresdener, erklärten die Einheimischen ihren aus dem Reich angereisten Verwandten, würde heute

sagen: Dieser einundzwanzigste September war im Nachhinein gesehen ein Glückstag! Denn auch wenn man nicht zum Lokalpatriotismus neige: Auf dieses Theaterbauwerk sei man genauso stolz wie auf den Zwinger und die Frauenkirche.
Kurt lauschte mit verschränkten Armen den Erläuterungen, die ein beleibter Herr neben ihm zum Besten gab. Vierundachtzig Meter, erzählt er, messe die geschwungene, halbrunde Fassade. Insgesamt orientiere sich der Bau an der Ästhetik der italienischen Hochrenaissance.
»Damit passt er zur Vollendung des Zwingers, der anderen Großtat Gottfried Sempers.« Der Herr drehte sich nach links und wies auf den lang gestreckten Komplex der Gemäldegalerie. »Im Übrigen will ich nicht verhehlen, dass der Herr Baumeister wegen seiner Teilnahme an den Maiaufständen Neunundvierzig der Ungnade des Hofes teilhaftig wurde. Von ihm stammen nur die Pläne für den Wiederaufbau des Hoftheaters. Ausgeführt hat sie sein Sohn Manfred. Das sind typische Dresdener Paradoxien. Man schmückt sich damit, dass ein einstiger Revolutionär die Stadt verschönert, aber ihn hier haben will man nicht.«
Prüfend sah der kunstsachverständige Dickbauch zu Kurt hinüber. Die Politik des Hofes kritisierte man in Dresden nicht öffentlich, sondern nur hinter vorgehaltener Hand. Das, wusste Kurt, war auch jetzt nicht anders. Trotzdem wunderte er sich, dass schon eine solch harmlose Bemerkung einigen Gemütern Kopfzerbrechen bereitete.
Vielleicht sollte ich mir einen Spaß erlauben, dachte er bei sich. Es kann doch nicht sein, dass die Lebewelt in diesen Tagen den Künsten frönt, gleichzeitig aber derart feige ist. Er streckte den Arm aus, zeigte auf die von Pantern gezogene Quadriga über dem prunkvollen Eingangsportal und rief:
»Wissen Sie, warum Johannes Schilling Panter vor den Streitwagen des Dionysos und der Ariadne geschirrt hat? Weil

Raubkatzen im Gegensatz zu Rössern nicht domestiziert werden können. Er will uns damit sagen: Genauso sei der Besucher dieses Musentempels, wild und angriffslustig und den Mächtigen ein steter Stachel im Fleisch!«

Er zog den Hut und wünschte den sprachlosen Philistern einen schönen Abend.

Im Strom der Menschen, die durch das prächtige Hauptfoyer ins Innere wogten, erkannte er das eine oder andere Gesicht aus St. Afra wieder, aber zu mehr als einem freundlichen Zunicken waren er und die anderen nicht aufgelegt. Kurt drängte sich nicht auf. Wenn er später Felix und Marina begegnete und die Lewenze wiedersah, war dies ausreichend. Im Moment fand er es viel schöner, die Besucher zu beobachten – sich über die gockelhaften alternden Offiziere und steifen Hofdamen zu amüsieren, die mit dem Lorgnon Bilder und Deckengemälde studierten und sich dabei so steif benahmen, als wären sie lebendig gewordene Karikaturen. In der Tat gab es wirklich viel zu sehen. Die Innenräume waren verschwenderisch mit Leuchtern ausstaffiert und reich geschmückt. Die Marmorierung der Säulen war mit Gips erreicht worden, die herrlichen Samtvorhänge verströmten feinen Nelkenduft. Kein Zweifel, die Architektur, das Dekor und die Farbenpracht des Ganzen ließen den Anspruch eines Gesamtkunstwerks erkennen, mit anderen Worten: Das Dresdener Hoftheater durfte sich mit Fug und Recht als eines der schönsten der Welt betrachten.

Freilich war dies nicht das Revier für einen Arbeitslosen! Kurt kam sich zwischen den mit Orden und Schmuck behängten Zelebritäten deplatziert vor. Nicht, dass er darunter litt, keinen Champagner trinken zu dürfen, aber das feiste Strahlen etlicher dieser wohl situierten Geldmenschen, befand er, hatte etwas Obszönes an sich. Außerdem ärgerte er sich von Minute zu Minute mehr über sein teures Billett. Ein Fabrikarbeiter hätte vier Tage lang dafür schuften müssen! Weil die oberen

Ränge ausverkauft waren, hatte er nur noch einen der sündhaft teuren Plätze vorne im Parkett ergattern können, und selbst dafür hatte er sich eine Stunde lang an der Abendkasse anstellen müssen.

Du wirst auf absehbare Zeit bestimmt der einzige Arbeitslose sein, der in der fünften Reihe Parkett sitzt, dachte Kurt halb belustigt, halb grimmig. Warum dann nicht auch essen und trinken wie Herr und Frau Hochwohlgeboren? Kurt gab sich einen Ruck und strebte ins Hauptfoyer an die Delikatessenstände. Vornehm geht die Welt zugrunde, sagte er sarkastisch zu sich selbst. Du holst dir jetzt auch ein Glas! Es muss ja nicht gleich Champagner sein! Ein Wackerbarth tut's auch, und statt russischem Kavier auf Eis genehmigst du dir ein Weißbrotschnittchen mit Elbkrebsfleisch. Betrachte diesen Abend einfach als Investition in die Zukunft. Vielleicht geht ja alles gut!

Er hatte noch genügend Zeit, etwa eine halbe Stunde. Über kurz oder lang müsste er eigentlich jemanden von den Lewenzen begegnen. Dann würde sich sehr schnell zeigen, wie wohl man ihm wirklich gesonnen war. Felix hatte ihm erzählt, dass Georg ihm gestanden hatte, wie sehr seinen Vater die Nachfolgefrage belastete. Heinrich Lewenz stünde immerhin kurz vor seinem sechzigsten Geburtstag und habe kürzlich gesagt, er wolle von der Welt eigentlich auch noch einmal etwas anderes zu sehen bekommen als nur deren Konten und Geschäftsberichte. Deshalb sei es wichtig, dass Georg endlich heirate und für Nachwuchs sorge.

Nachwuchs – Kurt dachte an Marina, und sofort fühlte er den Stich der Eifersucht in seinem Herzen. Felix macht ihr die Kinder, die du gerne von ihr hättest …

»Guten Abend! Ist das Glas für mich?«

»Wenn Sie es wünschen …«

Kurt, der sofort wusste, wer ihn ansprach, reichte der so unkonventionellen Dame sein Glas und bestellte sich schnell ein neues. Im botanischen Garten sah sie reizend aus, jetzt reizend und sündhaft, dachte er. Wo ist ihr Begleiter? Hat sie ihn zu Tode geliebt?

»Zum Wohl!«

Sie stießen an, genehmigten sich Aug in Aug den ersten Schluck. Kurt kam sich vor wie verzaubert. Vor dieser sinnlichen Schönheit verdunsteten sämtliche trübe Gedanken, hingegen auf der anderen Seite sein Bestreben wuchs, sich interessant zu machen.

»Bevor ich Sie weiter in Verlegenheit stürze, Herr Zacharias, ich bin Jennifer Förster. Aber natürlich nennen mich alle nur Jenny. Ich sitze im vierten Rang. Und Sie?«

Jennys Augen sprühten vor Neugier. Sie trat noch einen kleinen Schritt näher – als ob sie unterstreichen wollte, wie wichtig ihr die Antwort auf diese Frage war. Kurt indes frohlockte. Als sei es für ihn die selbstverständlichste Sache der Welt, verriet er seinen exklusiven Platz.

»Allerdings«, schränkte er, ehrlich in der Sache, aber falsch im Ton, ein, »war die Auswahl nicht groß. Spontane Operngänger, wie ich einer bin, haben es schwer. Wir müssen bescheiden mit dem vorlieb nehmen, was uns geboten wird. Ich muss froh sein, überhaupt einen Platz bekommen zu haben!«

Jenny lachte vergnügt auf und winkte einem jungen Mann zu, der sie schon die ganze Zeit beobachtet hatte. Alfons sei ihr Bruder, ein wahrer Theatermuffel, den sie nur mit Mühe habe dazu bringen können, sie zu begleiten. Kurt nickte Alfons freundlich zu, der sich in seinem Anzug sichtlich unwohl fühlte. Mit Sicherheit hat er ihn nur geliehen, dachte er. So wie Alfons aussieht, könnte er Waldarbeiter sein. Seine klobigen Hände sind rosig geschrubbt, das blonde Kraushaar übertrieben mit Macassar in Form geölt.

»Er ist aber nicht der Herr, den ich das Vergnügen hatte, im Botanischen Garten kennen zu lernen, nicht wahr?«

»Nein!«, entrüstete sich Jenny. »Das war ein um ein halbes Dutzend Ecken entfernter Verwandter. Der Gute sollte mich auf Anraten meines Onkels und Geheiß seiner Eltern umwerben und heiraten. Das Erste ließ ich mir eine Weile gefallen. Zum Glück habe ich einen lieben Bruder, der bald herausfand, dass den Guten meine zu erwartende Mitgift mehr interessierte als mein unschuldiges Herz.«

»Was leider wahr ist«, sekundierte Alfons seiner Schwester.

Kurt nickte, ohne Jenny allzu viel Glauben zu schenken. Aber das war im Moment auch nicht so wichtig. Für ihn zählte, dass diese attraktive Prachtfrau vor ihm ungebunden war. Eine höchst angenehme und irgendwie beflügelnde Vorstellung, die Kurt vergessen ließ, dass es bereits das erste Mal geklingelt hatte. Trotzdem interessierte ihn, wie es Jenny gelungen war, auf die Vernissage von Max Lewenz eingeladen worden zu sein. Allerdings ging es ihm auch jetzt nicht so sehr darum, ob sie die lautere Wahrheit sagte, sondern ob sie in der Lage war, ihm eine halbwegs glaubwürdige Geschichte zu erzählen. Denn so gerne er mit Jenny in einem dämmerigen Zimmer auf einem breiten Bett gehockt und mit ihr Kleider-Pfänderspiele gespielt hätte – ein gewisses Maß an Intelligenz und Kreativität musste sein. Aber zum Glück war Jenny der Prüfung gewachsen.

Ins zweite Klingeln hinein behauptete sie, als rechte Hand der Hofgärtnerei am Brühlschen Garten mit Max Lewenz die Blumendekoration für dessen Vernissage abgesprochen zu haben.

»Ich erzählte ihm, wir arbeiteten eigentlich nur für den Hof, aber davon wollte er nichts wissen. Ich habe noch im Ohr, wie er mich nachäfft: Eigentlich! Und uneigentlich? Ich gab ihm zur Antwort, uneigentlich würde ich, wenn er die Blumen anderweitig bestelle, mit einer Freundin die Vernissage am Vorabend dekorieren. Natürlich gegen entsprechendes Honorar. Und da ich manchmal gerne forsch tue, wünschte ich mir noch ein Billett. Herr Lewenz war glatt geschmeichelt.«

»Vielleicht treffen wir ihn in der Pause«, sagte Kurt maliziös lächelnd, doch Jenny ließ sich mitnichten in Verlegenheit bringen. Im Gegenteil: Sie würde die Bekanntschaft gerne vertiefen, sagte sie. Schließlich sei Max Lewenz nicht irgendwer. »Er ist immerhin eine lokale Künstlerberühmtheit«, sagte sie freimütig. »Ich bin nur Gärtnerin. Was aber tun Sie?«

Kurt gestand sich ein, Jenny unterschätzt zu haben. Doch das war allemal besser als andersherum. Weit weniger behagte ihm allerdings ihre Gegenfrage. Doch er hatte Glück. Das dritte Klingeln rettete ihn vor einer Antwort. Mit der Versicherung, dass sie sich in der Pause bestimmt wieder über den Weg laufen würden, verabschiedete er sich und entschwand ins Foyer.

Jetzt hat dich wahrlich der Hafer gestochen, lachte er in sich hinein, während er sich, den Rücken zur Bühne, zu seinem Platz Reihe fünf, Mitte, durchzwängte. Wo saßen Felix und Marina? Wo die Lewenze? Kurt schaute zum ersten Rang, ließ seine Blicke über die Logen wandern.

Die Königsloge war leer, der Hof kam erst nächste Woche aus der Pillnitzer Sommerresidenz. Womöglich besuchen auch die Lewenze die Vorstellung nicht, überlegte Kurt. Dann hast du das gute Geld zum Fenster rausgeschmissen.

Die Flämmchen des Kronleuchters wurden kleiner und kleiner, das Licht verblasste. Dass der Zuschauerraum eine echte Augenweide war, wurde Kurt erst jetzt so richtig bewusst. Aber kaum hatte er begonnen, das Prunkgemälde des Bühnenvorhangs zu studieren, da trat auch schon Kapellmeister Ernst von Schuch vor sein Orchester.

Aida von Giuseppe Verdi.

Kurt begann in sich hineinzugrinsen, als mit den zart-melancholischen Tönen der ersten Violinen das Vorspiel einsetzte. Dir steht jetzt leider der Sinn nach Vorspielen ganz anderer Art, seufzte er in sich hinein und schloss die Augen. Wie schön wäre es, wenn Jenny neben dir sitzen würde! Sie würden mit den Fingern schmusen, und er könnte auf ihren entzückenden Haaransatz schielen. Ob sie sich wohl nach Art der Pariser Kokotten parfümiert? Mit ihrem eigenen süßen Muschelduft hinter den Ohren? Passen würde es zu ihr, sagte er sich und genoss die lustvolle Spannung, die dabei in seiner Hose entstand.

In der Pause lief er dann geradewegs den Lewenzen und Mareike Flemming in die Arme.

»Ich habe dir noch zugewunken, aber du schautest unverdrossen auf Ränge und Logen,« sagte Georg, nachdem er Kurt seine Verlobte vorgestellt hatte.

»Weil ich euch dort vermutete«, entschuldigte sich Kurt.

»Ausrede! Als ob wir nicht gesehen haben, welch reizende Ablenkung dir widerfuhr!«

»Ich bekenne mich schuldig.«

»Sicher. Aber das haben Sie anderswo schon mal gesagt«, mischte sich Heinrich Lewenz ins Gespräch.

Er warf seinem Sohn einen Blick zu, räusperte sich und hakte sich bei Kurt unter. Der glaubte im ersten Moment, einer Halluzination zu erliegen, doch dann überließ er sich seinen euphorischen Gefühlen, ohne ein Zittern unterdrücken zu können. Und fast wäre er auch noch gestolpert. Doch eindeutiger konnte eine Geste nicht sein. Heinrich Lewenz hatte ihn rehabilitiert!

Schweigsam schritten sie in Richtung Hauptfoyer, wo sich vor den Delikatessenständen mittlerweile lange Reihen gebildet hatten. Kurt entdeckte Max und Carola Lewenz. Max hob lässig den Arm, Carola Lewenz rang sich ein freundliches Lächeln ab.

»Nun?«, fragte Heinrich Lewenz und machte sich los. »Wollen Sie?«
»Mit Freuden, Herr Lewenz«, antwortete Kurt fest. »Seien Sie versichert, Sie erfüllen mir einen uneingestandenen Wunsch. Ich weiß jetzt, weshalb ich die Wochen hier in der Stadt ausgeharrt habe. Als ob ich ahnte, dass meine Hoffnungen nicht unbelohnt bleiben würden.«
»Ihr Selbstbewusstsein haben Sie nicht verloren, Kurt«, sagte Heinrich. »Wenn es um Ihre Loyalität ebenso bestellt ist, wovon ich ausgehe, erwarte ich Sie zur nächsten Konferenz.«
»Zum Cognac?«
»Zum Cognac.«
So gern er noch eine weitere Anspielung auf die Gepflogenheiten im Geschäftssalon oder gar dessen Entweihung gemacht hätte – Kurt schwieg lieber. Denn so sehr ihm der Sinn danach stand, er durfte jetzt nicht übermütig werden. Heinrich Lewenz war in einem Ausmaß entgegenkommend, wie er es nicht für möglich gehalten hätte. Und obwohl Kurt auch jetzt ausschloss, dass dieser knochige Bankier ihm jemals sympathisch werden würde, den Respekt konnte er ihm nicht versagen.
Max kam mit einem Tablett voller Gläser. In der Zwischenzeit hatten sich auch Georg und Mareike Flemming eingefunden, und sogar Felix und Marina tauchten in der Menge auf. Kurt begrüßte sie so zurückhaltend wie möglich, aber die wissenden Blicke die er, Felix und Marina tauschten, ließen sie alle drei schnell mit schiefem Lächeln auf ihre Fußspitzen schauen. Max reichte jedem ein Glas Champagner. Man stieß an, lächelte, fand ein paar nette belanglose Worte und äußerte sich lobend über die Musik. Kurt empfand die Situation reichlich absurd: Ausgerechnet seine alten und neuen Brötchengeber ahnten nicht, welche exklusiven Eskapaden sich die Frau in ihrer Mitte geleistet hatte, die mit Mareike Flemming gerade

darüber zu diskutieren begann, wie weit Dienstboten ein Recht auf Privatleben hätten.
Kurt schickte ein Stoßgebet zum Himmel: Bitte, ihr guten Geister, schickt jetzt nicht Jenny und Alfons Förster vorbei! Jenny allein wäre noch angegangen, aber ihr ungeschlachter Bruder – mit einem solchen »Subjekt« wie Carola Lewenz sagen würde, pflegte man in der besseren Gesellschaft keinen Umgang.
Natürlich wurde sein Gebet nicht erhört!
»Schau mal, wer da kommt«, neckte ihn Georg.
»Nun ja«, sagte Kurt ausweichend und lächelte gequält in Jenny und Alfons Försters Richtung.
»Ah, mein Blumen-Mädchen!«, rief Max erfreut. »Das beste Mittel gegen unsere idyllische Behäbigkeit.«
»Du bist ein ekelhafter Proletarier!«, zischte seine Mutter.
Und Sie, Frau Kommerzienrätin, eine arrogante Ehebrecherin, kommentierte Kurt im Stillen. Max, der ganz standesgemäß Anzug trug, ärgerte seine Mutter, indem er sich erst formvollendet vor Jenny verbeugte und ihr dann sogar die Hand küsste.
»Kommen Sie ruhig in unsere Mitte«, sagte er und stellte Jenny und Alfons vor. »Mit Herrn Zacharias, dem werten Assistenten unseres Bankhauses, beliebten Sie ja schon vorhin zu sprechen. Was sagen Sie zur Aufführung? Entsprach sie Ihren Erwartungen?«
Max' Augen blitzten grausam. Seine Freundlichkeit gegenüber den geringeren Ständen ist auch nur gespielt, dachte Kurt empört, und sein Kampfgeist wurde geweckt. Er wollte Jenny helfen, doch die konnte sich allein behaupten – und das mit geradezu gespenstischer Bravour.
»Nun, die Aida trifft den Zeitgeist«, sagte sie gelassen. »Was ihre Kostümierung vorzüglich beweist. Wobei ich mit Kostümierung das Ganze der Oper meine. Die Monumentalität, die massenhaften Statisten, der militärische Pomp, das ist so

ägyptisch wie deutsch. Trotzdem hat Herr von Schuch sehr schön die Melancholie herausgearbeitet, die in der Musik verborgen ist. Ich finde, schon im Vorspiel wird die Vergeblichkeit erfüllter Liebe offenbar.«

»Bravo«, näselte Max.

»Und das ist untertrieben«, sagte Kurt schnell. »Profund, Frau Förster. Sie sollten schleunigst das Fach wechseln und als Musikkritikerin arbeiten. Kontakte ließen sich herstellen. Oder?«

Kurt schaute Marina an, doch die reagierte anders, als er erwartet hatte.

»Ich glaube kaum, dass Männer wie Adolf Steibelt mit Konkurrenz umgehen können«, sagte sie spitz. »Die Herren Schreiberlinge sind bekanntlich eitler als selbst frisch verliebte Witwen. Eine denkende Dame in den Redaktionsräumen erschiene ihnen als Ausgeburt der Revolution. Fräulein Förster, bleiben Sie besser bei den echten Blumen. Nehmen Sie die Ideen des Herrn Zacharias lieber nicht zu ernst.«

Verblüfft schaute Kurt sie an. Offensichtlich war Marina nicht entgangen, dass Jenny ihm nicht gleichgültig war. Aber warum freute sie sich dann nicht für ihn? Beziehungsweise: Was verlangte sie? Sollte er etwa leben wie ein Mönch, während sie sich den Freuden ehelicher Umarmungen hingab?

»Marina, ist Ihnen bewusst, wie eifersüchtig Sie klingen?«, stichelte Carola Lewenz.

»Hätte ich denn einen Grund?«, schoss Marina lauernd zurück.

»Das müssten Sie eigentlich beantworten können«, konterte Carola Lewenz kühl.

»Bestimmt«, lenkte Marina, ohne rot zu werden, gleichmütig ein.

Da es, was bestimmte Geheimnisse betraf, durch Gundas Enthüllung gewissermaßen unentschieden stand, war sie mutiger geworden. Trotzdem, ihre Seele war in Aufruhr. Wenn Kurt schon mit jemandem anbändelte, dann, dann ... am liebsten hätte sie ihn angeschrien, er solle sie gefälligst vorher um Erlaubnis fragen. Marinas Empörung war so groß, dass sie die nächsten beiden Akte nicht genießen konnte. In der zweiten Pause gab sie Müdigkeit vor und setzte sich auf eine Bank im Foyer.

Felix zeigte volles Verständnis und erinnerte seine Frau mit liebevollem Lächeln daran, dass sie alles Recht der Welt habe, sich müde zu fühlen.

»Denn schließlich, mein Engel, hast du zwei Herzen zu tragen«, flüsterte er, als es wieder dunkel im Zuschauerraum wurde.

»Diese Jenny Förster, übrigens, sie hat sich schon von uns verabschiedet.«

»Aha. Und Kurt?«

Felix ließ ein unterdrücktes Kichern hören, während sich der Vorhang hob.

»Er hat sich sozusagen im Voraus entschuldigt. Aber ich verwette meinen Kopf, dass wir die beiden, suchten wir nach ihnen, ganz traulich in irgendeinem Weinstübchen finden würden.«

»Unerhört«, murmelte Marina.

Jetzt hatte Felix ihr auch noch den vierten Akt verdorben. Sie ballte die Fäuste und kaute vor Eifersucht auf ihrer Lippe. Mit glasigen Augen starrte sie blicklos nach vorne und dachte das erste Mal seit vier Jahren an die Nacht im Bankhaus Frauenkirche. Irgendwannn zuckte sie zusammen. Felix hatte sich zu ihr gebeugt, um ihr etwas ins Ohr zu flüstern:

»Jetzt könnte ich dich lieben wie noch nie in meinem Leben.«

Marina konnte nichts gegen den Kloß ausrichten, der in ihrem Hals wuchs. Sie griff zu ihrem Taschentuch und wischte sich die Augen. Felix griff nach ihrer Hand und drückte sie. Ach,

diese herrliche Musik! Die Bühne zeigte das innere des Vulkantempels und Radames' Grab. Gerade entdeckte Radames Aida, die sich ebenfalls in der Gruft hatte einschließen lassen. Was sang Radames eigentlich? Felix las im Programmheft nach: »Sterben, du, so rein und schön! Aus Liebe zu mir sterben ... in der Blüte deiner Jahre aus dem Leben scheiden! Der Himmel hat dich für die Liebe geschaffen, und meine Liebe tötet dich! Nein, du wirst nicht sterben! Zu sehr liebte ich dich! Zu groß ist dein Zauber!«
Ja, das war köstlich! Da musste Marina natürlich weinen.

Nach der Vorstellung beschäftigte Kurt vor allem ein Gedanke: Wie werde ich Alfons Förster los. Dass er ihn mit in den Weinkeller des Hôtel de France einlud, war ein Zugeständnis an die bürgerlichen Sitten, und Alfons erwies sich zunächst auch nicht als Spielverderber. Still saß er in der Ecke und genoss seinen Schoppen Bordeaux. Doch Kurt täuschte sich, wenn er glaubte, Alfons würde sich nach dem zweiten Glas empfehlen, um ihm seine Schwester für den Rest des Abends anzuvertrauen.
Er wollte gerade gereizt nach der Rechnung rufen, da trat ein schmächtiges Mädchen mit einem Strauß Rosen an ihren Tisch, einen kleinen, vielleicht fünfjährigen Jungen neben sich. Der Junge gähnte und schwankte vor Müdigkeit, seine nackten Füßchen steckten in primitiven Sandalen.
»Schöne frische Rosen für die Dame bittschön«, sagte das Mädchen, die nur ein einfaches Kittelkleid trug.
Sie zog eine Rose aus dem Strauß und hielt sie Kurt unter die Nase.
»So ganz frisch sind sie aber nicht«, sagte Jenny. »Schau mal, ein Kronblatt hängt schon. Bei der gleich zwei. Und die beiden in der Mitte, da hocken an den Kelchblättern Läuse.«
Jennys Mitleidlosigkeit überraschte Kurt. Natürlich wusste

das Mädchen auf diesen Angriff nichts zu sagen. Beschämt suchte sie in ihrem Strauß nach einer anderen Rose, aber da sie tatsächlich nicht mehr ganz frisch waren, fand sie keine. Mitleidig legte ihr Kurt die Hand auf den Arm, zeigte auf drei Rosen und kaufte sie.

»Danke, gnädiger Herr.«

Das Mädchen knickste. Genau in diesem Moment fasste der kleine Junge nach ihrer Hand und zog.

»Herrje! Franz!«

Um Haaresbreite wäre das Mädchen gestürzt. Sie war so erbost, dass sie dem Jungen eine schallende Ohrfeige verpasste, woraufhin der herzzerreißend laut zu weinen begann. Jenny verdrehte die Augen und presste ärgerlich die Lippen aufeinander. Das Mädchen packte Franz' Hand und zog ihn hastig mit sich fort.

»Schrecklich«, sagte Jenny.

»Wie wahr«, sagte Kurt. »Die beiden gehören doch ins Bett! Stattdessen müssen sie betteln gehen und werden dann noch von einer Floristin abgekanzelt.«

Kurt bemühte sich, humorvoll zu klingen, aber seine Augen sahen traurig aus.

»Ja, ich war zu streng«, seufzte Jenny. »Wie heftig der Kleine losgeplärrt hat! Seine Schwester hat's bestimmt nicht leicht mit ihm.«

»Sie haben es nicht so mit Kindern, oder?«

»Ich gestehe, ich mag mich nicht mit ihnen abfinden«, sagte Jenny ausweichend und umständlich. »Denn wie sieht eine Frau aus, wenn sie Kinder bekommen hat? Mit ihrer Weiblichkeit ist es dann nicht mehr gut bestellt. Säuglinge kümmern sich nicht um Hüften und Brust und um Nerven und Nachtschlaf schon gar nicht.«

»Jenny Förster möchte also keine Kinder?«, hakte Kurt nach.

»Mit dem richtigen Mann schon«, bekam er schnell zur Antwort. »Ich finde nur, Kinder und Erziehung in den ersten Jahren, das darf der Herr Papa nicht alles der Frau Mama überlassen.«

»Dafür gibt's Kindermädchen«, sagte Kurt.

»Ja ...«, sagte Jenny und ihre Augen blitzten. »Aber das ist etwas anderes. Wenn man sich pflegen und etwas für seine Schönheit tun kann – dann könnte auch ich mir einen kleinen Fratz vorstellen.«

Sie trank ihren letzten Schluck Wein und stieß ihren Bruder an.

»He! Du sitzt so stumm da wie ein Spitzel. Aber ein drittes Glas Wein schweigst du nicht aus Herrn Zacharias heraus.«

»Das ist aber böse, was Sie Ihrem Bruder da unterstellen«, sagte Kurt mit gespielter Entrüstung, obgleich Jenny ihm aus der Seele sprach.

»Ach was. Das muss er aushalten«, verteidigte Jenny sich. »Während der Vorstellung war ich beschäftigt, ihn vom Schnarchen abzuhalten, und jetzt hockt er da, als sei er mein Aufpasser. Sie brauchen sich das nicht bieten lassen, Herr Zacharias!«

»Alfons, ich entschuldige mich für Ihre Schwester«, sagte Kurt hilflos, aber sein Herz jubelte. »Glauben Sie mir bitte: Ich dachte kein einziges böses Wort über Sie.«

»Das weiß ich«, sagte Alfons gleichmütig und erhob sich. »Leider wird mein Schwesterchen, wenn sie ein Glas mehr getrunken hat, immer etwas giftig. Wenn Sie die Güte haben, sie nach Hause zu bringen ...«

»Selbstverständlich.«

»... ersparen Sie mir damit hässliche Beschimpfungen. Einen fröhlichen Abend!«

Kurt war versucht, die günstige Wendung als inszeniertes Schauspiel zu betrachten, aber so überzeugend hätte niemand spielen können: Jenny schnappte nach Luft, schien vor Wut fast zu platzen. Ihr Hals war voller Flecken, ihre Augen wurden klein wie die einer Schlange. Alles echt, beruhigte Kurt sich. Alfons hat offensichtlich ein kleines Geheimnis ausgeplaudert. Und sie glaubt jetzt, er hätte ihr den Auftritt verdorben. Denn natürlich möchte sie vor dir nicht als Wein-Urschel dastehen!

»Ich kann hier jetzt nicht länger sitzen!«, zischte sie.

»Gehen wir eben woanders hin«, schlug Kurt vor.

Er dachte zwar als Erstes an seine Pension, aber so schnell würde es nun bestimmt auch wieder nicht gehen.

Er bot ihr den Arm, sie hängte sich ein. Gemächlich schlenderten sie über die Augustus-Brücke, schauten ins schwarze Wasser und schwiegen. Jenny war verärgert. Bis zum Goldenen Reiter auf der Neustädter Seite sagte sie nicht ein Wort, während Kurt still vor sich hin lächelte.

»Das werde ich ihm heimzahlen«, zischte sie plötzlich.

»Aber Jenny! Ich nehme das doch nicht ernst!«

»Wirklich?«

Statt eine Antwort zu geben, küsste Kurt sie. Jennys Lippen waren weich und erwiderten seinen Kuss. Kurt wurde kühner, Jenny machte mit. Langsam zogen sie weiter, jetzt Hand in Hand. Eine Katze huschte in den nächstbesten Hauseingang, ein Angetrunkener pfiff ein Lied. An einer besonders dunklen Stelle küssten sie sich lang und leidenschaftlich. Kurt presste Jenny an sich, und auf einmal war es ihm völlig egal, ob sie sein steifes Glied spürte oder nicht.

»Hier?«, fragte Jenny ungläubig und enttäuscht, als sie vor dem bescheidenen Haus standen, wo Kurt logierte.

»Nicht mehr lange«, sagte Kurt. »Ich vergaß, dir zu erzählen, dass ich vor Opernbeginn noch arbeitslos war. Eine etwas umständliche Geschichte. Aber jetzt habe ich meine alte Stellung wieder.«

»Verdient man eigentlich gut als Assistent?«

»Verdienen tut man immer zu wenig«, sagte Kurt, dem die Frage zwar nicht gefiel, aber sein Verstand war viel zu sehr damit beschäftigt, sein körperliches Verlangen zu verdrängen. Wenn sie auf gut situierte Männer steht, dachte er, ist es ihr Recht. Eine gewisse Marina Wezel meinte ja auch, für sie komme nur ein Industrieller in Frage. Kurt freute sich, auf einmal ohne Schmerz an Marina denken zu können. Demnach besaß Jenny Förster also genügend äquivalente Qualitäten.

Er küsste sie auf die neugierigen Augen und fragte, ob sie das Weber-Haus am Altmarkt kenne.

»Natürlich.«

Jenny war ganz aufgeregt.

»Na siehst du«, sagte er gönnerhaft. »Einst wohnte dort mein Vorgänger. Ich schätze, ein ähnliches Refugium wird sich in dieser Stadt noch finden lassen.«

Jenny begann zu strahlen.

»Dann verabschieden wir jetzt die Pension?«

»Pst.«

Kichernd schlichen sie die Stufen hoch und fielen, kaum dass sie die Tür geschlossen hatten, übereinander her. Schließlich nahm Kurt Jenny auf die Arme und trug sie zu seinem Bett. Sein Unterleib glich einem brodelnden Vulkan. Die Welt um ihn herum wurde nebensächlich, wichtig waren nur noch Schoß und Glied. Jenny schien es genauso zu gehen. Bereitwillig ließ sie sich an ihrer intimsten Stelle streicheln und stöhnte Kurt auffordernd ins Ohr. Seine Hand wanderte vom Knie nach unten, schlüpfte unter Jennys Röcke und glitt schnell wieder nach oben, wo Jennys Oberschenkel bereits auseinander strebten. Keuchend vergrub er sein Gesicht in ihrem Schoß – sie kam mit einem kurzen hellen Schrei.

Als er sich die Kleider vom Leib riss, fingerte sie nach ihrem Handtäschen. Es knisterte.

»Nimm das«, seufzte sie und drückte Kurt ein Präservativ in die Hand.

»Ja, ja.«

Kurt rollte das Kondom über sein Glied und wälzte sich auf sie. Sie stöhnte auf, als er sein Glied in sie hineinstieß.

»Ja! Fick mich! Fick mich durch!«

Sie bog sich ihm entgegen und begann, ihm die Hacken in die Lenden zu schlagen. Dann wieder biss sie ihn, züngelte, und lutschte an seinen und ihren Fingern. Kurt stöhnte alle schmutzigen Wörter, die er kannte. Er war völlig enthemmt, raste vor Geilheit – Martha Göldner aber, die Wirtin, klopfte mit dem Besenstiel von unten gegen die Decke.

1879

Den Anfang des Hochzeitsreigens machten am ersten Advent des Vorjahres Georg und Mareike, und natürlich war ihre Hochzeit in der Frauenkirche ein gesellschaftliches Ereignis ersten Ranges. Selbst König Albert schickte Glückwünsche, die stellvertretend für alle anderen in der Zeitung abgedruckt wurden. Damit waren Georg und Mareike quasi über Nacht zu lokalen Berühmtheiten geworden, was zum einen Carola Lewenz' Eitelkeit schmeichelte und zum anderen den Ruf des Bankhauses weiter festigte.

»Ich beneide euch«, verabschiedete sie das Paar vor der Hochzeitsnacht und küsste beide gerührt.

Der Instinkt sagte ihr, dass ihre Schwiegertochter aufgeklärt war. Mareike wusste, was sie in dieser Nacht erwartete, womit sie zu den wenigen glücklichen Frauen gehörte, denen ein Schock erspart blieb. Zwar hatte auch sie einst zu den aufgeklärten Frauen gehört, aber sie konnte sich noch gut an ihre Mutter erinnern, die sie am Morgen nach der Hochzeitsnacht beiseite genommen und sie zu trösten versucht hatte: »Du gewöhnst dich daran. Mach einfach die Augen zu.«

Mareike, so hoffte Carola Lewenz, würde die Augen aus anderen Gründen schließen – nicht deshalb, weil sie hoffte, »es« damit schneller hinter sich zu haben, sondern vor Lust. Denn Lust konnten, wie Carola Lewenz seit vier Jahren wusste, sogar Frauen empfinden. Bis ans Ende ihrer Tage würde sie Fritz für diese Erfahrung dankbar sein.

»Glaubst du, sie werden glücklich?«, fragte sie in der besagten Nacht ihren Mann. »Ich werde das Gefühl nicht los, dass Mareike sich geradezu auf die Flitterwochen freut. Immerhin war sie es, die sich Venedig und Sevilla ausgesucht hat. Beide gelten als Städte der Liebe.«

»Der Liebe?«, wiederholte Heinrich skeptisch. »Venedig steht für Masken und Verstellung, Sevilla für Stierkampf und Blut.« Doch er war zu müde, die Frage ausgiebig zu diskutieren. Ihm war wichtig, dass Mareike ihm so schnell wie möglich einen Enkel schenkte. »Wenn die Reise erfolgreich ist«, fuhr er gähnend fort, »reut mich keine Mark. Was dies betrifft, ist es ein Jammer, dass Max selbstständig ist. Wenn er von mir und seinem Bruder genauso abhängig wäre wie dieser Fritz von Spener von seinem Onkel – ich hätte ihn längst zur Heirat gezwungen.«

Max jedoch machte keinerlei Anstalten, sich zu binden. Nach wie vor lebte und arbeitete er in seiner schönen Wohnung gegenüber dem Japanischen Palais. Mittlerweile hatte er es geschafft, sich als Landschaftsmaler einen Namen zu machen. Ich will frei sein, war sein Lebensziel, wozu gehörte, dass er immer wieder auf Reisen ging, um deutsche Sehenswürdigkeiten zu besuchen und zu malen.

Empfindlich, wie er war, war es auf Georgs und Mareikes Hochzeit am späten Abend zum Eklat gekommen, als Fritz ihm das Kompliment machte, seine Bilder hielten die perfekte Waage zwischen Kunst und Kommerz. Max hatte entgegnet, zum Glück müsse er nicht mehr jeden Unsinn drogensüchtiger Ignoranten kommentieren. Fritz war derart erbost, dass er Max zum Duell forderte. Nur Kurts entschiedenes Eintreten verhinderte den Skandal: Er ohrfeigte beide und forderte daraufhin, ebenfalls am Duell beteiligt zu werden. Die Spannung löste sich in hysterischem Gelächter, weil Max und Fritz erkannten, wie betrunken sie bereits waren.

Doch das Ereignis blieb nicht folgenlos. Fritz' Verbindung zu den Lewenzen lockerte sich in einem Maß, wie es kaum vorstellbar schien – obwohl Georg selbstverständlich seiner Ehrenpflicht nachkam, seinem Freund als Trauzeuge zu dienen, als dieser am Rosenmontag 1879 im erzgebirgischen

Oelsnitz mit Gunda vor den Altar trat. Max war bei dieser Hochzeit schon nicht mehr zugegen, ebenso wenig wie Carola und Heinrich Lewenz. Dafür hatte wenigstens Onkel Raoul seine Einwände gegen die Heirat fallen lassen. Auch wenn Gunda, wie er sagte, der Hefe des Volkes entnommen sei, der Name von Spener würde kaum davon beschädigt, weil er in Chemnitz bald umso heller strahlen würde.

»Abgesehen davon«, beschied er ihr am Tag nach der Hochzeit während des Champagnerfrühstücks: »Wenn ich einen Vergleich bemühen darf: Ein erstklassiger Jahrgangs-Champagner wie mein Neffe Fritz bleibt auch dann ein Jahrgangs-Champagner, wenn ihm nach dem Dégorgement eine billige Dosage zugefügt wird.«

Gunda konnte mit der Beleidigung nicht allzu viel anfangen, weil Fritz sie ihr abends erst begreiflich machen musste: Bei der Champagnerherstellung, erklärte er, bezeichne man das Entfernen des Bodensatzes, der bei der zweiten Gärung in der Flasche entstehe, als Dégorgement.

»Um nun hinterher den Flüssigkeitsverlust in der Flasche auszugleichen, wird mit dem so genannten Liqueur d'expédition aufgefüllt. Dies ist die Dosage, eine billige Mixtur aus meist fremdem Wein und Zucker.«

»Ach so. Er will mir damit zu verstehen geben, dass mein nichtadeliges Arbeiterblut so viel Wert hat wie eine billige Dosage. Aber soviel ich weiß, steuert diese Dosage doch die Geschmacksrichtung eines Champagners, oder?«

»Ja. Kein Zucker heißt ultra brut, viel Zucker doux.«

»Dann entscheide ich also, ob ich einen trockenen oder süßen Mann bekomme?«

»So gesehen – durchaus.«

»Na, dann richte deinem Onkel aus, er sei ein Dummkopf. Als ob das nicht was ganz Feines ist, bestimmen zu dürfen, wie süß ein Mann schmeckt.«

Es tröstete Fritz, dass Gunda mit der Arroganz seines Onkels so gut leben konnte. Gundas Fähigkeit, sich nur auf das zu konzentrieren, was die sichtbare Realität ihres neuen Lebens betraf, war beneidenswert. Gewiss, es schmeichelte ihr, als Frau von Spener durch das Leben gehen zu können, aber Gunda war viel zu bodenständig, um die Allüren einer gnädigen Frau anzunehmen. Mit den Wehleidigkeiten unpässlicher Gattinnen reicher Männer hatte sie nichts am Hut – im Gegenteil, nach der Hochzeit war sie hauptsächlich damit beschäftigt, Fritz zu verführen.

Im Übrigen war sie ein sonniger Charakter und hoffte, wenn sie nur an das Gute glaubte, würde es sich irgendwann erfüllen.

»Vielleicht wird auch ein Raoul von Spener weich, legst du ihm erst einen süßen Großneffen in den Arm«, meinte sie. »Wenn er leibhaftig begreift, dass auch eine billige Dosage etwas Kostbares in sein Leben zu tragen vermag, behelligt er dich nicht mehr mit irgendwelchen Geschäftsideen, sondern mit Erziehungsratschlägen. Es soll gar nicht so selten vorkommen, dass selbst die stursten Köpfe noch vernünftig werden, wenn sie ihren Stammhalter in den Armen halten. Was ist dagegen schon eine Provinzialbankgründung? Wozu überhaupt dieser Renditewahn? Geld ist da. Legt es an, dann bringt es dreieinhalb bis vier Prozent Zinsen. Was hat dein Onkel davon, wenn seine Bankgründung ihm insgesamt acht oder neun Prozent einträgt? Wegen maximal fünf Prozent mehr Zinsen zehn Stunden am Tag in einem Büro zu arbeiten – das ist doch nicht ökonomisch!«

Fritz wusste es besser.

»Meinem Onkel geht es ums Leistungsprinzip, Gunda«, versuchte er ihr zu erklären. »Sein Vermögen ist für ihn Verpflichtung. Es zu mehren, und zwar unter Einsatz des ganzen Menschen, ist für ihn eine Art Religion. Der Name von

Spener soll am Firmament nicht deshalb strahlen, weil in den Adern der von Speners das edelste Blut der Welt fließt, sondern weil dieser Name Synonym ist für die Perfektionierung des Geldverdienens. Der Philosoph René Descartes prägte den berühmten Satz: Ich denke, also bin ich. Das Individuum Mensch ist von und vor Gott ausgezeichnet, weil es denkt. Mein Onkel will vor Gott ausgezeichnet sein, weil er das durch glückliche Fügung gemachte Geld optimal mehrt, anhäuft und auf der anderen Seite zinsträchtig verleiht. Indem er dies tut, glaubt er, hilft er auch anderen Menschen, wohlhabend zu werden. Deshalb seine Idee einer Provinzialbankgründung. Er möchte ganz einfach ein Apostel des Geldes sein.«

»Dein Onkel ist meschugge.«

»Das weiß ich schon lang«, seufzte Fritz. »Und glaube mir, die Schonzeit läuft jetzt auch ab. Mein Onkel wahrt nur eine Anstandsfrist, bis er hier wieder aufkreuzt und mich ins letzte Gefecht schickt.«

»Schwarzseher!«, sagte Gunda heftig. »Jetzt leben wir hier! Lass mich Gutsfrau sein. Zeig mir lieber, wie es ist, wenn man mit der Magd ins Stroh geht.«

Sie hatte Fritz überredet, Frühling und Sommer auf dem Spener'schen Gut zu verbringen, um es sich einmal richtig schön zu machen. In Wahrheit hoffte sie, hier endlich schwanger zu werden. Dass Marina ihr zweites Kind erwartete, machte sie neidisch und ungeduldig. Fritz musste sich zunehmend als Seelendoktor bewähren. Weißt du, tröstete er seine Frau, du hast so lange Zeit in Küchen gearbeitet und gestanden, dass dein Körper sich erst daran gewöhnen muss, als Freifrau von Spener in den Tag hineinzuleben. Noch misstraut er seinem Glück. Dein Bauch hat schlicht Angst, die Last, die dann dort wächst, nicht tragen zu können.«

Gunda wollte Fritz nur zu gerne glauben. Ich weiß, ich kann

Kinder bekommen, redete sie ihm und sich immer wieder ein. Doch obwohl sie Fritz für seine phantasievolle Geduld nur noch mehr liebte, leistete sie sich immer öfter Wutausbrüche. Bald hatte Fritz Angst, mit ihr in Ölsnitz spazieren zu gehen. Gunda bewunderte jeden Säugling oder sprach mit jedem Kleinkind, dessen sie ansichtig wurde. Hinterher schlug sie sich mit Kuchen voll, um Kraft für einen neuen Zeugungsanlauf zu bekommen. Fritz lebte in den ersten Wochen in Ölsnitz wie im Paradies. Er brauchte sich nur irgendwo hinlegen, schon war Gunda über ihm.

Doch so sehr er sich auch bemühte, Gundas Schwangerschaft ließ auf sich warten.

»Der Arzt hat festgestellt, dass ich gesund bin, und er befand sogar, meine Gebärorgane taugten für mehr als nur ein Baby«, fauchte sie Fritz in der Nacht auf den Pfingstmontag an, Kurt und Jennys Hochzeitsnacht. »Verdammt, ich will auch schwanger werden! Tu endlich was! Fick mich! Aber endlich mal richtig!«

Bislang stand Fritz seinen Mann. Sein bestes Stück hatte ihn nie im Stich gelassen, doch Gundas Gier tötete langsam, aber sicher seine Lust. Er liebte und liebte doch nicht, Gundas Schwangerschaftssucht wurde ihm zur Last.

Um nicht den Verstand zu verlieren, begann er, Schießübungen zu machen. Gedankenverloren ballerte er auf leere Weinflaschen, zersiebte eine Zielscheibe nach der anderen. Jeder Schuss war wie eine Befreiung von den Zwängen, Gunda schwängern und in absehbarer Zeit wieder als Erpresser auftreten zu müssen. Innerhalb nur weniger Tage wurde er süchtig nach dem Geruch verbrannten Schwarzpulvers. Das Krachen seiner Pistole aus der Suhler Waffenschmiede Sauer & Sohn bannte die düsteren Gedanken. Jede zerberstende Weinflasche brachte einen kleinen Triumph. Als er sich eingeschossen hatte und seine Pistole mit schlafwandlerischer

Sicherheit handhabte, nagelte er eine Attrappe mit menschlichen Umrissen zusammen. Erst schoss er auf die Beine, dann auf den Körper, schließlich auf den Kopf. Irgendwann begann er, sich Gesichter vorzustellen.

Allen voran das seines Onkels. Dann kam das von Max Lewenz an die Reihe, schließlich das von Georg und Heinrich, zuletzt das von Kurt und Felix. Wie weit würde er gehen? Fritz nahm ein Stück Kreide und schrieb Namen auf den Kopf. Es blieb nicht bei Männernamen.

»Jetzt du, Mutter!«

Fritz zielte und traf.

Das Geschoss zerfetzte den Hals, der Kopf der Attrappe fiel ab. Als Fritz nach Kreidespuren suchte, entdeckte er keine mehr. Seine Hand stank nach Schwarzpulver, Öl und Metall – für ihn ein Duft, bei dem er sich wunderbar entmenschlicht fühlen konnte.

Aber wer blieb noch übrig? Marina? Gunda? Jenny? Carola Lewenz?

»Du selbst!«

Fritz hatte Tränen in den Augen, als er sich mit Dutzenden von Schüssen niederstreckte. Doch das Gefühl hinterher war durchaus kathartisch. Mit einem Mal war er sich sicher, mit dieser Methode Herr über seine Ängste werden zu können. Je mehr er schoss, umso weniger konnte ihn noch schrecken. Onkel Raouls übermächtige Gestalt war ein gutes Stück geschrumpft. Fritz nahm sich vor, so lange zu üben und zu schießen, bis er völlig angstfrei war. Endlich hatte er ein Ziel: und zwar den Tag, die Stunde, die Minute, in der er mit gezogener Waffe Onkel Raoul gegenübertrat und ihm ins Gesicht schoss.

»Er bekommt dadurch immer weniger Macht über meine Seele«, rechtfertigte er seinen bizarren Schießwahn vor Gunda. »Indem ich ihn und mich selbst liquidiere, mich auslösche,

entziehe ich ihm Stück für Stück die Gewalt über mich, verstehst du?«
»Nein.«
»Brauchst du auch nicht«, sagte er.

Trotzdem überredete er sie eines Morgens, seinen Fortschritten beizuwohnen.
»Pass auf, ich schreibe jetzt seinen Namen auf diesen Kopf und meinen darunter.«
»Willst du den von mir nicht auch noch dazusetzen?«, rief ihm Gunda nach.
»Unsinn«, rief Fritz zurück. »Wen ich einmal liebte, der ist vor mir sicher. Du und Carola Lewenz, ihr beiden seid die Einzigen, denen ich eine Kugel verwehrt habe. Glaube mir bitte: Das Schießen ist wie eine Therapie. Ist dir nicht aufgefallen, dass ich seitdem in keiner Apotheke mehr war?«
Er schrieb die Namen auf den Kopf, malte Haare und Ohren dazu und entschied sich sogar, das Gesicht der Attrappe mit Augen, Nase und Mund zu schmücken.
Gunda sah ihm stillschweigend zu und wusste nicht, ob sie lachen oder weinen sollte.
»Pass auf, ich schieße den Speners jetzt den Kopf ab«, sagte er so ruhig und zuversichtlich, dass es ihr unheimlich wurde. »Den ersten Schuss zwischen die Augen, den zweiten aufs Kinn, dann eine schöne schiefe Perlenkette um den Hals.
Fritz drückte ab, Gunda hielt sich die Ohren zu und schrie. Fassungslos sah sie mit an, wie die Kugeln den Kopf der Attrappe zerrissen und er schließlich zu Boden fiel. Fritz hingegen lächelte entrückt. Nachdem er das Magazin leer geschossen hatte, stand er da, als habe er einen Berggipfel bezwungen und erfreue sich nun an der grandiosen Fernsicht. Irgendwann legte er Gunda den Arm um die Schultern und

kniff sie zärtlich in die Wange. Nach einer Weile küsste er sie. Gunda seufzte, gurrte. Sie ging in die Hocke und knöpfte Fritz die Hose auf. Während sie ihn verwöhnte, lud Fritz das Magazin nach. Gunda ahnte, was passieren würde. Verschwendung, dachte sie ärgerlich, als der Schuss loskrachte, und biss Fritz zur Strafe unsanft in die Eichel.

Nachmittags rollte eine Droschke in den Hof. Fritz und Gunda saßen, beide ein Glas Wein in der Hand, im Kaminzimmer auf dem Sofa und starrten schweigend in die verglimmende Glut zweier Scheite. Ein Bild idyllisch biedermeierlicher Ruhe. Die Vorhänge waren zur Hälfte zugezogen, auf dem Tisch stand ein dreiarmiger Leuchter mit heruntergebrannten Kerzen.

Gunda fasste nach Fritz' Hand, drückte sie. Mitfühlend sah sie ihn an. Fritz stupste sie auf die Nase und schüttelte siegessicher den Kopf.

»Eigentlich habe ich dich erst nächste Woche erwartet!«, rief er betont erbost, ohne den Kopf zu drehen.

»Was ist denn das für ein Empfang?«

»Georg?«

»Überraschung! Deine Haushälterin hat prima mitgespielt! Aber wen hast du erwartet?«

»Egal!« Fritz kam ums Sofa herum und umarmte seinen Freund. Ein paar Sekunden lang hielten sie einander fest in den Armen und strahlten vor sich hin, als könne sie keine Macht der Welt auseinander bringen.

»Herzilein,« seufzte Georg, »ich brauche deinen Rat.«

»Herzilein?«, fragte Gunda und reichte Georg die Hand. »Das klingt sehr nach nicht stubenreinem Jungenstreich.«

»Wir bekennen uns schuldig«, sagte Fritz lächelnd, aber ohne Georg anzublicken.

Sein Herzschlag beschleunigte sich. Irgendetwas war passiert. Noch nie hatte Georg von sich aus auf die Katastrophennacht angespielt. Sie war ein Tabu, das, was geschehen war, viel zu bedrohlich, um darüber zu sprechen. Nicht zuletzt deshalb, weil Georg ja nach wie vor davon ausging, dass niemand wusste, was wirklich passiert war.

Im Grunde ist er eine richtig tragische Figur, dachte Fritz. Seit Jahren lebt er in dem Irrglauben, sein Mord sei vergessen und stelle keine Gefahr mehr für sein Leben dar. Wenn du dir dann zusätzlich vor Augen führst, dass er ahnungslos ist, auf welche Weise sein bester Freund und seine Mutter vier Jahre lang miteinander umgegangen sind, müsstest du eigentlich jedes Mal von hysterischen Anfällen heimgesucht werden, wenn er dir gegenübertritt.

»Schuldig, ja«, sagte Georg dumpf und schaute in den Kamin.

Fritz glaubte, sich verhört zu haben. Wollte Georg etwa heute mit ihm über damals sprechen? Sein Gewissen erleichtern? Er überlegte, was dies für ihn selbst bedeutete: Wenn Georg jetzt mit der Wahrheit herausrückte, dann könnte er, Fritz, ihm genauso gut verraten, was Onkel Raoul gegen ihn und das Bankhaus in der Hand hatte. Natürlich wäre dies ein Schock für ihn, aber insgesamt hätte eine Aussprache den Vorteil, dass es Georg erspart blieb, seinen besten Freund in den nächsten Tagen als Erpresser kennen zu lernen.

Gunda klingelte nach Trude, der alten Spener'schen Haushälterin, und trug ihr auf, ein drittes Weinglas zu bringen. Georg solle sich erst einmal stärken, sagte sie und zeigte auf die Korbkaraffe, in der eine Flasche bester französischer Rotwein ruhte.

Sie selbst schenkte Georg ein, der anerkennend nickte und scherzte, er könne sich nicht erinnern, bei ihrer Hochzeit einen ebenso guten Tropfen getrunken zu haben.

»Natürlich, Georg. Damals gab es den Wein für die Gäste, heute den für uns und die Freunde.«

Gunda schenkte nach, Georg setzte sich.

»Ich muss mit euch sprechen«, begann er.
»Mit uns?«, fragte Fritz ungläubig, denn er wollte Gunda gerade bitten, ihn und Georg allein zu lassen.
»Ja. Ich zähle auf eure Verschwiegenheit.«
»Selbstverständlich.«
»Also, es geht um meine Ehe.«
Fritz runzelte die Stirn, hielt die Luft an. Also doch nicht die alte Geschichte. Was dann? Benahm sich Mareike so zickig und prüde im Bett, dass der Nachwuchs gefährdet war?
»Um deine Ehe«, wiederholte Fritz sachlich. »Ihr habt euch also gestritten.«
»Nein«, sagte Georg. »Es ist anders. Gemeinhin heißt es doch: Eine Frau zu entkleiden sei ein Unternehmen, das der Einnahme einer Festung gleiche, oder?«
»Es gibt etliche Frauen, die keine Festung sind, sondern ein offener Hafen, Georg«, sagte Gunda. »Willst du etwa andeuten, Mareike sei dir untreu?«
»Nein. Es ist vielmehr umgekehrt. Ich kann Mareike nicht das geben, was eine Frau von einem Ehemann erwarten darf. Mit anderen Worten: Ich kann nicht länger mit ihr schlafen. Ich schaffe es nicht. Und warum? Ganz einfach deshalb, weil ich, je älter ich geworden bin, verstärkt der griechischen Liebe zuneige. Schon bevor Mareike und ich heirateten, hatte ich einen Geliebten.«
Es war heraus. Georg räusperte sich und trank seinen Wein aus. Sein Gesicht war unbewegt, aber trotzdem war daran abzulesen, wie aufgewühlt er war. Erschöpft, aber auch voller Scham senkte er den Kopf. Doch eine innere Stimme sagte ihm: Es war richtig, sich auszusprechen. Vor allem war es gut, dass Gunda zugegen war. Seltsamerweise war es ihm überhaupt nicht peinlich, sich auch vor ihr, der Frau, zu offenbaren. Was vermutlich viel mit Gundas Ausstrahlung zu tun hatte, denn von allen Frauen, die er kannte, war sie ihm am

sympathischsten. Ihre unkomplizierte Art war einfach wohltuend. Gleichzeitig ging eine Art kompetente Kraft von ihr aus. Wenn er ehrlich war, traute er ihr eher als Fritz zu, sein Dilemma zu lösen.

Schade, dachte er, dass sie nicht meine Schwester ist. Mit ihr an der Seite wäre es bestimmt gar nicht erst zu dieser falschen Heirat gekommen.

Als er wieder den Kopf hob, sah er zuerst Gunda an. Ihr Gesicht zeigte jenen festen irdischen Zug, den er so an ihr schätzte.

»Du musst dich fragen, was Mareike für dich bedeutet«, sagte sie. »Willst du ihr Leben ruinieren, spielst du dein doppeltes Spiel weiter. Andernfalls schenkst du ihr reinen Wein ein, und ihr beide trennt euch in gegenseitigem Einvernehmen.«

»Ich glaube, sie ahnt bereits, was für einen Mann sie geheiratet hat. Wir beide haben uns komödienreif ineinander getäuscht. Sie sah in mir eine Art stillen Wüstling und ich in ihr einen kopflastigen Blaustrumpf. In Wahrheit zähle ich zu den Sonnenjünglingen, und sie ist ein erotischer Vulkan, der davon träumt, von zwei Männern gleichzeitig bedient zu werden.«

»Starker Tobak«, sagte Fritz. »Im Übrigen teile ich Gundas Meinung. »Erzähle Mareike die Wahrheit, entschuldige dich, erkläre ihr, dass deine Eltern dich zur Heirat gedrängt haben, weil dein Vater einem Stammhalter entgegenfiebert. Sie wird dich ohrfeigen, dir eine Szene machen und so weiter …«

»Ja, ja, ja!«, sagte Georg gereizt. »Das ist auch nicht das Problem. Eine Scheidung jedoch benötigt einen Grund! Woher den nehmen? Sollen wir uns gegenseitig Affären andichten, die eine Scheidung rechtfertigen? Mareike und ich sind Personen des öffentlichen Lebens. Die Presse würde uns nicht in Ruhe lassen, der Ruf des Bankhauses wäre schwer geschädigt.«

»Lasst die Zeit für euch arbeiten«, sagte Gunda ruhig. »Schicke Mareike auf Kur, so geht ihr euch aus dem Weg. Wenn sie so viel Appetit auf Herrenfleisch hat, wird sie über kurz oder lang in eine Affäre schlittern. Damit ist der Weg für die Scheidung frei.«

»So dumm ist sie nicht.«

»Dann macht es so ähnlich wie die Könige vor hundert Jahren: Kauf Mareike ein kleines Refugium. Die Sache mit dem Stammhalter kann schließlich auch dein Bruder lösen, oder?«

»Du meinst mit ihr, wie?«, fragte Georg süffisant.

»Nein«, entgegnete Gunda. »Dein Bruder wird doch bestimmt irgendwann heiraten. Allerdings, auch deine Phantasie müsste nicht unbedingt eine bleiben. Wenn Max und Mareike es quasi als rein körperliche Übung betrachteten ...«

»Und ich mitmache, weil sie ja von einem Dreier träumt ... Sie würde mir um den Hals fallen. Könnt's bestimmt kaum abwarten.«

Georg klang höhnisch und sarkastisch zugleich, aber Gunda las in seinen Augen, dass er ihre verrückte Idee einen Augenblick lang ernsthaft erwog. Doch natürlich schüttelte er den Kopf und sagte, was sie und er da gerade weitergesponnen hätten, sei eigentlich eines Spinner-Fritzens würdig.

»Eine Geschichte wie aus St. Afras Giftschrank. Weißt du noch? Du und dein Schlüssel? Spinner-Fritzens Giftschrank mit der erotischen Literatur?«

Georg trank einen Schluck Wein und warf Fritz über den Rand des Glases hinweg einen verschmitzten Blick zu – Fritz jedoch brachte nur ein schiefes Grinsen zustande. Er musterte Gunda, schien über irgendetwas nachzudenken. Seine Mundwinkel zuckten. Schließlich stand er auf, trat hinter seine Frau und legte ihr die Hände auf die Schultern.

»Bleibst du eigentlich über Nacht?«

»Nein. Ich muss nach Leipzig. Heute Abend treffe ich Max in Auerbachs Keller. Er bat mich um ein Gespräch auf neutralem Boden.«

»Dann geht's um Geld?«

»Vermutlich.«

Georg erhob sich, bedankte sich für den Wein und machte Anstalten zu gehen. Fritz zerbrach sich derweil den Kopf, ob es Sinn machte, Georgs Malaise seinem Onkel zu verraten: Stellte er es geschickt an, derart, dass Georg nicht davon ausgehen konnte, er oder Gunda hätten geplaudert, bot sich mit dieser Geschichte eine phantastische Chance: Sein Onkel bekäme damit neues Erpressungsmaterial in die Hand, mit dem er noch weitaus wirkungsvoller agieren konnte als mit dem Gerücht, Georg Lewenz wäre ein Mörder. Eine Eheschmonzette um einen schwulen Bankier, dazu passende Scheidungsgerüchte – besseres Zeitungsfutter gab es nicht. Gleichberechtigt neben dieser geschäftspolitischen Wendung stünde die moralische: Er, Fritz von Spener, wäre endlich entlastet, vor Georg und der Familie Lewenz als Erpresser und Handlanger seines Onkels in Sachen Mordfall Massa Pet aufzutreten. Mit der neuen Geschichte hätte er nämlich nichts mehr zu tun. Er spielte darin keine Rolle, nur die Lewenze selbst und Onkel Raoul. Eine Erpressung löschte gleichsam die andere aus, und er hätte den Kopf endlich wieder aus der Schlinge gezogen.

»Du wirkst so abwesend, Fritz. Bin ich dir jetzt widerlich?«

»Wie kannst du so etwas denken! Lass dich umarmen. Ich überlege nur, wie ich dir helfen kann.«

»Vielleicht löst sich ja auch alles wie von selbst«, sagte Georg.

»Warum nicht?«, antwortete Fritz und begleitete mit Gunda seinen Freund zur Tür.

Kaum dass die Droschke vom Hof gerollt war, änderte sich Fritz' Laune. Unsanft packte er Gunda bei der Hand und zog sie in die Küche, wo Trude gerade zwei Bleche Butterkuchen in den Ofen schieben wollte. Als sei die alte Haushälterin nicht zugegen, verpasste er Gunda zwei Ohrfeigen und herrschte sie an, dies sei für die Demütigung, die sie ihm vorhin bereitet habe.
Gunda verstand die Welt nicht mehr. Fassungslos starrte sie Fritz an, begriff im ersten Augenblick gar nicht, dass er sie tatsächlich geschlagen hatte.
»Würdest du dich bitte erklären …«, stammelte sie.
»Ich mich erklären?«, fauchte Fritz. »Das solltest du! Max und Mareike! Körperliche Übung! Stammhalter! Du hast dich verraten! Was ist dein Plan? Wer ist es? Wen hast du dir für deine schmutzigen Phantasien auserkoren? Für deinen Bastard! Als ob ich nicht längst weiß, wie du mich verachtest! Wie du dir wünschst, dass dich andere Männer rannehmen, um deinen Bauch endlich spitz werden zu lassen!«
Fritz schrie sich in eine Hysterie hinein, die seine Stimme quäkend überschnappen ließ. Die Augen traten hervor, eine Halsader zitterte.
»Fritz! Du bist ja kalkweiß!«, rief Gunda.
Er riss den Mund auf, als erwache er aus einem bösen Traum, starrte sie fassungslos an und schlug sich aufschluchzend die Fäuste vors Gesicht. Obwohl Trude den Kopf schüttelte, wollte Gunda ihren Mann in den Arm nehmen, doch Fritz drehte sich unwillig um und rannte aus der Küche. Gunda rief ihm nach, sie habe ihm bereits verziehen, doch Fritz schritt stur über den Hof und schlug den Weg zum Schießstand ein.
»Er ist eifersüchtig«, sagte Trude und zupfte sich das weiße Kopftuch zurecht, ohne das Gunda sie bislang noch nie gesehen hatte. Als sei nichts gewesen, schob sie eines der Butterkuchen-Bleche in den Ofen, wischte ihre abgearbeiteten Hände an der

Schürze ab und griff mit der bloßen Hand in die große Zuckerdose. »Ihr mögt es doch süß«, sagte sie und ließ den Rohrzucker aus der kreisenden Faust auf den Kuchen des anderen Blechs rieseln.
»Süß, ja«, sagte Gunda.
»Alle von Speners leiden unter Eifersucht«, sagte Trude. »Der Großvater des Gnädigen Herrn schlug seine Frau deswegen einmal derart, dass der Arzt kommen musste. Der Vater trank sich aus Eifersucht zu Tode, Jahre vorher raste sein Bruder, als sein Werben um die schöne Goldhagen fehlschlug. Nun ereilt auch den jungen Gnädigen Herrn dieser Familienfluch. Weil er Ihnen kein Kind machen kann, glaubt er, Sie träumen deswegen von anderen Männern.«
»So ein Unfug«, flüsterte Gunda. »Ich liebe Fritz! Selbst wenn er mich schlägt.«
»Er ist ja auch ein guter Junge«, sagte Trude ungerührt. »Aber die Ruhe hier ist nichts für ihn. Da kommt er auf dumme Gedanken. Er ist ein Stadtmensch. Schicken Sie ihn zurück nach Dresden.«
»Dir bedeutet die Familie nichts mehr, Trude, oder?«
»Früher war das anders. Als der Vater des Gnädigen Herren noch lebte, rührte mich lange Zeit dessen Schicksal. Von einem Tag auf den anderen war es damit vorbei. Jetzt genieße ich hier meinen Lebensabend. Der Gnädige Herr lässt mich schalten und walten, wie ich möchte. Eigentlich lebe ich hier wie eine Gutsfrau ohne Personal. Einmal die Woche kommt der Verwalter und schaut, ob ich noch lebe. Wären Sie beide, Verzeihung, jetzt nicht hier, ich säße mit einer Tasse Kaffee im Salon und lauschte auf das Ticken der Standuhr.«
»Ist denn das nicht langweilig?«
»Ich hab meine Handarbeit und meine Erinnerungen. Niemand befiehlt mir, niemand bevormundet mich, ich habe zu essen, mir ist warm. Das muss reichen.«

Georg beschloss, Gundas und Fritz' Ratschläge nicht in den Wind zu schlagen. Lieber ein Ende mit Schrecken als ein Schrecken ohne Ende, sagte er sich, hoffte insgeheim jedoch auf einen gütlichen Ausgang. Mehr noch, eine intelligente Frau wie Mareike müsste ihm für seine Offenheit eigentlich dankbar sein. Vielleicht fiel ihr ja sogar eine Lösung ein, die sie aus dem Schlamassel herausführte. Wenn sie beide vernünftig und verantwortungsbewusst die Sache angingen, müsste es ihnen gelingen. Ihre wie seine Eltern hatten die Verbindung gewollt, nur hatten Mareike und er sich leider ineinander getäuscht. Ein Versehen. Ehen werden eben doch im Himmel geschlossen und nicht auf Erden.

Wer trug die Hauptschuld? Er. Kein Zweifel. Trotzdem belastete Georg sein Gewissen nicht allzu sehr. Bis zuletzt hatte er ehrlich geglaubt, trotz seiner Veranlagung den Anforderungen eines bürgerlichen Familienidylls genügen zu können.

Wie ein frisch verliebtes Paar schlenderten sie Hand in Hand durch die Einkaufsstraßen zwischen Altmarkt und Zwinger. Der Maiabend war lau und auf Giebeln und Simsen sangen Drossel und Nachtigall. Mareike gehörte zu den Frauen, die sich für zwei Dinge besonders interessierten: Kleider und Bücher. Für beides gab sie erkleckliche Beträge aus, wobei die Summen für die Garderobe natürlich zehnfach höher waren als die für Romane oder Geschichtsbücher.

Vor einem Geschäft für die feine Dame fiel Mareike ein Seidenhemd auf, dessen Ausschnitt verschwenderisch mit Rosen bestickt war. Passend dazu lag daneben das knielange Damenhöschen mit Schnürbund und davor das Paar Seidenstrümpfe, das an den Fersen ebenfalls mit Rosen bestickt war.

»Das ist niedlich, findest du nicht?«

»So gesehen …«

Mareike drehte sich um und schaute Georg schelmisch an. Ihre Augen sprühten

»Wie sehe ich aus? Gefalle ich dir?«

»Natürlich.«

Mareike hängte sich bei ihm ein, sie schlenderten weiter. Bald blieb sie vor dem nächsten Geschäft stehen. Es zeigte Korsetts aus Fischbein und Draht, mit roten, blauen oder schwarzen Bändern.

»Sind sie nicht fürchterlich? Ich habe mir geschworen, nie mehr ein Korsett anzulegen. Hast du das noch gar nicht bemerkt? Siehst du, so wenig umarmst du deine Frau.«

»Ach, Mareike, ja ...«

»Ich trage heute auch keine Unterwäsche.«

»Ja.«

»Nur dieses eine schwarze Kleid. Darunter bin ich nackt.«

»Ich weiß.«

»So?«

»Ich meine ja nur«, sagte Gerog schnell, »wenn du kein Korsett und keine Unterwäsche trägst, musst du ja unter dem Kleid nackt sein.«

»Ich langweile dich, nicht wahr?«

»Nein. Aber diese Seite deines Wesens, versteh doch bitte, damit komme ich nicht klar. Und darüber sollten wir jetzt endlich sprechen.«

»Gut.«

Georg schlug den Weg in Richtung Zwinger ein. Vor jedem der vier Brunnen des Innenhofs standen Steinbänke, auf denen man sich um diese Zeit ungestört aussprechen konnte. Mittlerweile war die Dämmerung so weit fortgeschritten, dass man den Hof kaum noch überblicken konnte. Georg machte nur drei Paare aus, die noch vor der dunklen Barock-Kulisse schwatzten. Es roch nach Wasser, einmal zog eine Schwade Zigarrenrauch zu ihnen herüber.

Mareike setzte sich Georg kurzerhand auf den Schoß und flüsterte ihm ins Ohr, sie würde ihm jetzt am liebsten die Hose aufknöpfen und sich auf ihn setzen.
»Leider möchte ich das nicht«, sagte er ruhig.
Entnervt rutschte Mareike von ihm herunter und setzte sich neben ihn.
»Weiß du, wann wir das letzte Mal miteinander geschlafen haben? Wie oft überhaupt in diesem halben Jahr unserer Ehe?«
»Deshalb möchte ich mit dir reden. Hör mir einfach zu. Vorweg nur eines: Ich bin schuld, nicht du. Urteile, wie du es für richtig hältst, ich werde deine Gefühle respektieren. Lösen können wir alles jedoch nur gemeinsam. Ohne deine Vernunft sind wir beide verloren.«
Georg genügten nur wenige Sätze. Und diesmal verhielt sich Mareike zum Glück so, wie er es vorausgesehen hatte: Sie sprang auf, ohrfeigte ihn, nannten ihn einen Verbrecher und begann zu weinen. Georg reichte ihr sein Taschentuch. Nachdem Mareike sich geschnäuzt hatte, lehnte sie ihren Kopf an seine Schulter. Lange saßen sie so nebeneinander und schauten auf die grinsenden Hermen des Pavillons. Irgendwann seufzte Mareike laut auf und sagte:
»Und ich, Georg, hätte auf die echte Liebe warten sollen! Stattdessen ließ ich mich von deiner Stellung blenden, deiner großzügigen Bescheidenheit und dem Satz aller Mütter: Trägst du erst seinen Ring, wächst die Liebe von allein. Es gab Stunden, in denen ich es wirklich glaubte. Doch ich ließ mich nicht nur blenden – ebenso wollte ich endlich den Rufen meines Körpers genügen und mein Begehren stillen. Ich konnte und wollte nicht mehr warten. Die Lust brauchte endlich ein Ventil. Und gerade weil ich weiß, was es bedeutet, seine Lust leben zu wollen, kann ich dir verzeihen.«
»Mareike?«

»Ja?«
»Ich liebe dich!«
Sie umarmten sich, Georg rannen Tränen über die Wangen. Auch Mareike wurde von ihren Gefühlen überwältigt. Noch nie waren sie beide sich jemals so nah gewesen wie in diesen Minuten ihrer Beichte, die ihre Ehe zwar sprengte, ihre Herzen aber einander näher brachte.

Sie zogen zur gleichen Zeit die Konsequenzen, als Kurt und Jenny auf Hochzeitsreise gingen. Mareike, erklärte Georg seinen Eltern, würde längere Aufenthalte in den böhmischen Bädern nehmen, aber sie könnten beruhigt sein, eine Scheidung käme bis auf weiteres nicht in Frage.
»Scheidung?«, schrie Carola Lewenz auf.
»Wie gesagt: Es ist keine avisiert.«
Er saß mit seinen Eltern in Loschwitz im Salon, seine Mutter am Flügel. Sie übte gerade das »Gebet einer Jungfrau«, ein beliebtes, allerdings recht kitschiges Salonstück mit für Georgs Geschmack zu sentimentaler Melodie und unerträglichen Klingelakkorden der rechten Hand. Heinrich rauchte, die Tür zur Terrasse stand offen. Er legte die Zigarre in den Aschenbecher und stemmte sich schwerfällig aus dem Sessel. Dann trat er hinter seine Frau und legte ihr beruhigend seine schweren Hände auf die Schultern. Carola Lewenz drehte sich zu ihm um und schaute fragend zu ihm auf.
»Deshalb?«, fragte Heinrich und schaute seinen Sohn unverwandt an.
»Hast du es gewusst?«
»Immer geahnt.«
»Lass uns allein. Ich werde deine Mutter aufklären.«
Georg trat auf die Terrasse und ging weiter in den Garten. Er wollte nicht mithören, empfand jedoch kein Mitleid für seine Mutter. Nur sein Vater dauerte ihn. Er ist verbraucht und

hofft auf den Fortbestand seines und Großvaters Lebenswerkes, dachte er, während er über das Elbtal schaute. Ein Enkel hätte ihn bestimmt aufgemuntert, wenn nicht gar verjüngt. Jetzt, wo er erfahren muss, dass sich dieser Wunsch auf absehbare Zeit nicht erfüllt, wird er nur noch rascher altern. Was geschieht, wenn er krank wird?, fragte Georg sich. Von der Statur her entspricht er den Männern, die in ein paar Jahren der Schlag trifft. Dann stehe ich ganz allein da. Ein schwuler Bankier, dessen Frau in der Welt kurt, sich in Karlsbad, Baden-Baden oder Norderney mit Kurschatten vergnügt und dir irgendwann kabeln wird: Besuche mich, wenn du den leiblichen Vater deines Nachfolgers kennen lernen möchtest.

Dafür, dass Mareike niemandem, auch ihren Eltern nicht, etwas verriet, hatte er ihr versprochen, das Kind eines fremden Mannes als eigenes anzuerkennen und großzuziehen. Ob freilich seine Eltern dieses Arrangement akzeptieren würden, da war er sich nicht so sicher.

Doch erst einmal galt es, andere Probleme in den Griff zu bekommen: Max wollte sich sein Erbteil auszahlen lassen, was bedeutete, dass dem Bankhaus eine große Menge an Kapital entzogen wurde. Juristisch hatte er das Recht dazu – doch auch moralisch? Vater würde dies höchstwahrscheinlich anders sehen.

»Der zweite Schlag, Papa, kommt morgen.«

Max hatte sich wahrlich einen schlechten Zeitpunkt ausgesucht.

Gedankenverloren zerrieb Georg Blätter und Blütentrauben einer Zierjohannisbeere und versuchte zu entscheiden, ob der bitter-würzige Duft angenehm oder abstoßend war. Er kam zu keinem Urteil, schlenderte weiter. Wie schön war der Blick! Wie herrlich die Kulisse der Stadt mit der alles überragenden Kuppel der Frauenkirche, aber auch den anderen Türmen wie dem des Schlosses und der Hof- und Kreuzkirche.

Ob das Bankhaus Frauenkirche ebenso alt werden könnte wie diese Barockbauten?
Georg setzte sich unter einen Apfelbaum. Ein Windstoß ließ Blütenblätter auf ihn niederregnen. Hier im Halbschatten saß er am liebsten. Er griff nach seinem Etui mit den Cigarillos und steckte sich einen an. Nach langen Minuten friedlichen Schwelgens in der sommerlichen Idylle eines Loschwitzer Elbhang-Gartens kam ihm das Gespräch mit Fritz im Großen Garten in den Sinn. Vor rund zehn Monaten hatte Fritz ihm vom Plan seines Onkels erzählt – Georg zuckte zusammen. Vor Schreck schrie er leise auf. Sollte Max gerichtlich auf seinem Erbe bestehen, würde dies über kurz oder lang Raoul von Spener zu Ohren kommen. Wenn der daraufhin seine Drohung wahr machte, sein Kapital abzuziehen, war das Bankhaus ruiniert.
Oder Vater und er fügten sich der Idee einer Spener'schen Provinzialbank.
Georg warf den halb gerauchten Cigarillo ins Gras und eilte zurück ins Haus. Er hatte einen großen Fehler gemacht. Er hätte Vater vorwarnen sollen. Wenn Max ihn morgen mit seinen Forderungen überfiel, könnte es zur Katastrophe kommen. Ein unbedachtes Wort, und Max, empfindlich und stolz, wie er war, würde den nächstbesten Anwalt aufsuchen.
Auf der Terrasse ereilte ihn zum zweiten Mal an diesem Nachmittag das »Gebet einer Jungfrau«. Georg lächelte. Wenn seine Mutter jetzt noch die Kraft hatte, Klavier zu spielen, konnte sie die Enthüllung über seine Veranlagung nicht allzu sehr aus dem Gleichgewicht gebracht haben.
Carola Lewenz hörte sofort auf zu spielen, als sie Georgs Schritte hörte. Verschämt blickte sie auf ihre Hände, wagte nicht, ihren Sohn anzuschauen.
»Mama«, sagte Georg leise. »Wie heißt es so schön? Zwei Seelen wohnen, ach, in meiner Brust. Ob du es glaubst oder

nicht: Ich liebe Mareike. Jetzt sogar mehr als vor unserer Hochzeit. Das andere ... die Natur treibt eben Blüten selbst auf unfruchtbarstem Gestein. Spiele bitte weiter, wenn es dir hilft.«

»Es hilft nicht, Georg!«, sagte Carola Lewenz so leidend wie scharf und starrte mit zusammengekniffenen Lippen an die Decke.

Trotzdem entging Georg nicht, wie die Augen seiner Mutter zu glänzen begannen.

»Mama.«

»Rühr mich nie wieder an!«

Die Worte kamen langsam und deutlich, jede Silbe ein Stich direkt ins Herz. Georg war wie erstarrt. Seine Augen wurden stumpf, ruhten blicklos auf dem Flügel und den Noten. Große Erschöpfung übermannte ihn. Schließlich fasste er sich und verließ den Salon ohne ein weiteres Wort. Er wollte nur noch fort. Fort aus diesem Haus, indem die Mutter sich vor dem eigenen Sohn ekelte.

Fast taumelnd machte er sich auf den Weg zu den Zwintschers, um eine Droschke zu bestellen.

»Aber mit dem größten Vergnügen, Herr Kommerzienrat«, empfing ihn Frau Zwintscher freudig. »Wie schön, dass ich Sie so unverhofft in die Finger krieg!« Sie stellte sich auf die Zehenspitzen und küsste Georg auf die Stirn. »Für den gewährten Droschkenkredit!«, rief sie. »Sie sind ein guter Mensch!«

»Danke«, antwortete Georg mit brüchiger Stimme, zog sein Taschentuch und schnäuzte sich. »Manchmal nämlich bildet man sich ein, man sei giftig.«

Einen Tag nach dem Drama in Loschwitz saß er übermüdet im Salon des Bankhauses und hatte kaum noch die Kraft, den zunehmend aggressiveren Ton, den Max und Heinrich anschlugen, zu entschärfen. Die Nacht hatte er so gut wie nicht geschlafen, obwohl er sich bei Mareike ausweinen konnte. Zitternd lag er in ihren Armen und hatte sich wiegen und streicheln lassen wie ein Kind. Mareike versicherte ihm, wie unerhört sie die Reaktion ihrer Schwiegermutter fand, und wollte sie selbstverständlich zur Rede stellen. Was das heutige Gespräch betraf, hatte sie ihm geraten, es zu verschieben oder zumindest Kurt als neutralen Vermittler hinzuzuziehen, aber der war ausgerechnet dieser Tage noch in den Flitterwochen.

»Das ist also dein letztes Wort?«, hörte Georg Max fragen.

»Nein, Max«, erwiderte sein Vater, »aber begreife doch endlich: Wenn du dein Erbe entnimmst und Raoul von Spener gleichzeitig seine Drohung wahr macht …«

»Raoul von Spener?«

»Ja, Raoul von Spener!«, rief Heinrich gereizt.

Zum Teufel – hättest du doch vorher mit Vater gesprochen, dachte Georg verzweifelt. Vater darf das nicht in Zusammenhang stellen! Wenn Max sich jetzt bei Raoul von Spener »verplaudert« …

»Vater, diese Konstellation stellt sich doch noch gar nicht!«, warf er kraftlos ein, um sich im selben Augenblick einzugestehen, dass er einen Fehler gemacht hatte – indem ihm das einfache Wörtchen »noch« in den Satz geraten war.

Georg verwünschte seinen Bruder und seinen Vater. Doch Sorgen und Geld – beides war zu viel. Er war auch nur ein Mensch. Mit wundem Herzen kann man nicht feilschen! Wieder stürzten die furchtbaren Worte seiner Mutter auf ihn ein: »Rühr mich nie wieder an!« Einzig und allein sie war schuld, wenn es zwischen Vater und Max jetzt zum Eklat kam.

»Das Wörtchen ›noch‹ bedeutet bald«, sagte Max hämisch. »Danke für den Hinweis, Georg. Trotzdem, keine Sorge. Da ich entschlossen bin, als guter Sohn und Bruder vor euch zu stehen, werde ich ›noch‹ warten. Ein, zwei Jahre, bis ich von meiner Weltreise zurück bin.«

»Was willst du?«, rief Georg.

»Ich mache eine Weltreise. Präziser, eine Orientreise. Wer die Kulturen malen möchte, muss sie vorher sehen. Es ist eine Art Investition, versteht ihr? Der Orient ist à la mode. Wie soll ich einen Basar, eine Moschee, eine Odalisque malen, wenn ich nicht wenigstens einmal die Atmosphäre dieser Welt habe erfahren dürfen? Ich will leben, versteht ihr! Wozu ist das Geld da? Soll ich es mit in den Sarg nehmen? Bin ich ein Idiot?«

»Du fährst nicht in den Orient!«, sagte Heinrich Lewenz scharf.

»Willst du's mir verbieten?«

»Natürlich nicht«, warf Georg ein. »Trotzdem ...«

»Nichts da«, sagte Max hart. »Ich lasse mich nicht umstimmen. Geht es also nur noch ums Geld. Ich benötige zwei Jahre meiner Apanage vorweg. Mithin zwanzigtausend Mark. Dazu kommen Spesen und so weiter – aber wozu noch viele Worte machen: Gebt mir das Doppelte, dann habt ihr zwei Jahre Ruhe vor mir und hinterher einen echten Künstler in der Familie, der zudem noch Rendite bringt.«

»Du tust nichts als malen und forderst vierzigtausend?«, fragte Heinrich leise. »Kurt Zacharias, unser höchstbezahlter Angestellter, verdient unter viertausend Mark im Jahr, Max! Mit dem Unterschied, dass er arbeitet! Er arbeitet!«

Heinrich konnte nur noch brüllen. Die Katastrophe war unausweichlich. Max beschuldigte seinen Vater der Ignoranz und hielt ihm vor, er sei ein Pfennigfuchser und Kulturbanause.

»Weißt du, was, Vater? Du bist ein geiziger Knochen geworden! Ein alter, seelisch bankrotter Mann!«

Heinrich packte das nächstbeste Glas, schleuderte es nach seinem Sohn und verfehlte haarscharf Max' Kopf. Es zerschellte an der Wand, zerriss ein Stück Tapete. Die Splitter regneten auf einen der Barocksessel, den Nächsten trat Heinrich einfach beiseite, um sich jähzornig auf seinen Sohn zu stürzen. Georg sprang auf und schaffte es in letzter Sekunde, sich zwischen Vater und Bruder zu stellen.

»Himmel! Nehmt doch Vernunft an. Vater! Max!«

»Soll ich mich von dem da vorführen lassen?«

»Nein«, rief Georg. »Aber vielleicht ist das die Chance für einen Kompromiss!«

»Wie das?«, fragte Max.

»Nehmen wir einmal an, wir geben dir jetzt das Gewünschte – dann wird es auf dein Erbe angerechnet, was, in, sagen wir, drei Jahren bedeutet, wir setzten uns noch einmal unter besseren Bedingungen zusammen.«

»Kommt gar nicht in Frage!«, giftete Heinrich Lewenz. »Er kriegt zwei Jahre Apanage! Schluss!«

»Vater, es am Rest scheitern zu lassen …«

Georgs beharrliche, gleichwohl vorwurfsvolle Stimme ließ Heinrich Lewenz erneut aufschäumen – mit verheerenden Folgen.

»Willst du mir jetzt auch noch in den Rücken fallen?«, rief er außer sich. »Müssen die Söhne immer gegen die Väter stehen? Himmel, was bin ich gestraft! Der eine ist ein nichtsnutziger so genannter Künstler, der andere ein fehlgeleiteter griechischer Jüngling! Der eine droht mit Kapitalentnahme, der andere schickt seine Frau auf Bäderreise, weil er bei ihr nicht seinen Mann stehen kann!«

Max sah seinen Bruder neugierig an. Georg wurde feuerrot, wandte den Kopf ab.

»Schwulsein ist eigentlich Künstlerprivileg, Bruderherz«, stellte Max kalt fest. »Weiß Mutter es?«

»Frag sie doch!«, rief Georg hilflos.

Max lachte laut auf. Er könne sich gut vorstellen, wie sie es aufgenommen habe, sagte er und schlug mit gespielter Entrüstung die Hände vor der Brust zusammen.

»Gütiger Himmel! Ausgerechnet der eigene Sohn! Kommerzienrat Georg Lewenz ein Ritter vom Bataillon der Sonnenjünglinge. Oh, Gott! Wenn der Hof … die Gesellschaft … das arme Mutterherz.«

Georg schlug einfach zu. Die Faust traf Max direkt auf die Lippen. Wütend schrie er auf, taumelte nach hinten. Eine Hand vor dem Mund, sackte er in die Knie. Als er sein Taschentuch zückte, beschmutzte seine blutige Hand die Rückenlehne eines Sessels.

»Das werdet ihr bereuen!«, zischte er, während er sich wieder aufrappelte. »Und verlasst euch darauf: Ich kriege, was mir zusteht!«

Wenige Tage später beorderte Onkel Raoul Fritz in seine Wohnung an der Bürgerwiese. Es gebe hübsche Neuigkeiten, begrüßte er seinen Neffen und bat ihn, im Salon Platz zu nehmen.

»Wir können offen reden, deine Mama ist bei ihrer Lieblingsfreundin Frau von Schleuning – allerdings nicht allein, denn deine Lieblings-Bankiersgattin ist ebenfalls zugegen. Ein Damenkränzchen.«

»Hör bitte damit auf. Es interessiert mich nicht.«

»Lässt es Gunda an etwas fehlen?«, fragte Raoul von Spener spöttisch. »Warum bist du so schlecht gelaunt? Brauchst du Geld?«

»Komm zur Sache.«

»Gerne. Ich wollte dir nämlich sagen: Ich brauche dich nicht mehr.«

»Ach.«

»Du weißt, du solltest meine Geschäftspolitik notfalls mit gewissen Enthüllungen unterstützen. Dass es im ersten Fall nicht dazu kam, verdanken wir der irdischen Hinfälligkeit des alten Lewenz. Wäre Kriegsminister Fabrice nicht wortbrüchig geworden, Spener und Lewenz verkehrten längst auf Du und Du. Nun weißt du, dass ich in einer Provinzialbankgründung … «

»Ja, Onkel. Du willst dein Mütchen kühlen. Weil meine Lieblings-Bankiersgattin auch einmal deine war. Mit dem Unterschied, dass ich sie beschlafen durfte und du nicht.«

Fritz sprach ruhig, griff in die Innentasche seines Rocks und legte seine Pistole auf den Tisch.

»Kannst du überhaupt damit umgehen?«

Fritz hob eine Augenbraue, griff zu seiner Pistole. Er entsicherte sie, spannte den Hahn und ließ seinen Blick durch den Salon schweifen. Nahe einer Ecke entdeckte er einen Zierteller. Er zielte, schoss, der Teller zerbarst.

»Bist du wahnsinnig!«, brüllte ihn sein Onkel an. »Willst du's mit der Polizei zu tun bekommen?«

Fritz erhob sich.

»Ein von Spener darf das. Ein Missgeschick. Ist doch nichts passiert. Was willst du?«

»Max Lewenz schrieb mir ein Briefchen, Fritz. Wusstest du, dass Georg gewissen verkehrten Neigungen frönt? Und seine liebe Frau deswegen kuren fährt? Und dass die geizigen Herren Bankiers dem großen Maler Max seine Orient-Reisepläne nicht finanzieren wollen?«

»Das Erste ist nur eine Bestätigung jahrelanger Vermutungen«, sagte Fritz gleichmütig und ließ seine Pistole wieder in der Innentasche seiner Jacke verschwinden. »Aber was bedeutet das für mich?«

Die Frage war rein rhetorisch. Fritz jedoch wollte die Antwort aus dem Mund seines Onkels hören.

»Dass es, so wie die Dinge liegen, anderer Enthüllungen nicht mehr bedarf, Fritz. Es gibt in der Abendzeitung die hübsche Rubrik: Dienstbotengeflüster. Ein paar Andeutungen, und der Skandal wäre perfekt. Wenn es darin heißt: Es geht das Gerücht, dass der Finanzier von Max Lewenz' geplanter Orientreise der Onkel seines alten Internatsfreundes Fritz von Spener ist …«
»… knicken die Herren Georg und Heinrich aus Angst vor weiterem Geflüster ein und eröffnen in Chemnitz die von Spener'sche Provinzialbank & Ko.«
»Du sagst es. Kommt dir diese Entwicklung nicht wie ein Geschenk vor?«
»Bevor ich mit dem Schießen begann, wäre es so gewesen«, sagte Fritz. »Jetzt ist es einerlei. Tu, was du nicht lassen kannst. Doch sei gewiss: Ich habe keine Angst mehr vor dir. Irgendetwas ist in mir anders geworden. So gesehen hatte die Laudanum-Sucht ihr Gutes. Indem Gunda zu mir hielt, befreite sie mich, und seitdem weiß ich, was wahre Liebe ist. Sie ist ein Engel und hat mehr Adel als wir alle zusammen. Dein Geld interessiert mich nicht mehr. Mit Vaters Tod wurde ich der Erbe des von Spener'schen Gutes. Verkaufe ich es, bleibt trotz der restlichen Hypotheken noch genügend Geld für ein anständiges Leben mit Gunda übrig.«
»Schade. Du hast kein Format, Fritz«, sagte Raoul von Spener. »Ich hab mich in dir getäuscht.«
Er erhob sich und sammelte die Scherben des zerschossenen Tellers auf. Seine fleischige Nase war stark gerötet, die Lachfältchen verschwunden. Nur die Raubvogelaugen schienen unbeeindruckt, blickten wach und scharf wie eh und je. Um zu zeigen, dass ihn selbst Fritz' Pistole nicht aus der Ruhe bringen konnte, zündete sich Raoul von Spener eine Zigarre an.
»Wie damals in Berlin«, sagte er ruhig. »Es ist ähnlich. Du

musst mich hassen, andernfalls wärst du nicht normal im Kopf. Doch es ist alles nur zu deinem Besten. Mach deiner Gunda ein Baby oder zwei oder drei. So viele du willst und sie tragen kann. Sollte ich, was ich nicht glaube, in puncto Lewenz nachlegen müssen, dann rufe ich dich.«
Fritz wollte schon etwas erwidern, doch dann tat er etwas ganz anderes: Er schenkte seinem Onkel seine Pistole samt einem Schächtelchen Munition.
»Irgendwann wirst du sie brauchen«, sagte er und verließ die stattliche Wohnung an der Bürgerwiese ohne ein weiteres Wort.

Warum nicht zu Pferd, mit Ari? Fritz lächelte in sich hinein. Damals – vor Jahren, der Ausritt mit Carola in die Dresdener Heide. Jedes Mal, wenn er sich daran erinnerte, überfiel ihn ein Kribbeln samt verwegener Lüsternheit. Es war unser erstes erotisches Abenteuer, dachte er, was gäbe ich dafür, es noch einmal erleben zu dürfen! Überhaupt – ein Stück Unbeschwertheit und Heiterkeit.
Er schwang sich auf Aris Rücken und ritt los. Der Weg vom Gut der von Lüttichaus führte quer durch die Altstadt. Ari fiel bald in einen lockeren Trab, so dankbar war sie, dass ihr Herr sie seit Monaten wieder einmal ritt. Als sie den Altmarkt überquerten, hob Fritz grüßend die Hand. Gestern waren Kurt und Jenny von ihrer Hochzeitsreise zurückgekommen, er hatte sie auf ein Glas Wein besucht.
Vielleicht stehen sie ja gerade am Fenster und lieben sich im Stehen, dachte er. Genießt es, rief er ihnen im Geiste zu. Noch seid ihr jung! Und du, Kurt, danke dem Herren, dass Jenny sich als Frau und nicht als zu Schwängernde versteht! Oh, ich beneide dich darum!
Fritz kam sich merkwürdig alt vor. Immer häufiger hatte er das Gefühl, sein Leben längst hinter sich gebracht zu haben.

Zuweilen packte ihn ein Gefühl von Auflehnung, dann wieder verfiel er in Depressionen, aus deren Klauen er sich buchstäblich freischießen musste. Manchmal hegte er den Verdacht, wahnsinnig zu sein. Spinner-Fritz – so nannte er sich jetzt selbst, als hoffe er, den endgültigen Zusammenbruch mit Selbstironie herauszögern zu können.

Gunda wurde von Tag zu Tag unglücklicher. Sie sehnte sich so sehr nach einem Kind, dass sie zu beten begann, gleichzeitig aber abergläubischen Hokuspokus betrieb. Ihr Liebesleben nahm immer groteskere Züge an. Zurzeit experimentierte sie mit Räucherstäbchen und Ölen und trank statt Wein nur noch Frauentees. Wenn sie sich liebten, durfte er sich nicht anstrengen. Zur Schonung seines Samens, wie Gunda fabulierte. Also übernahm sie die Hauptarbeit. Kurz bevor er zum Höhepunkt kam, wälzte sie sich auf den Rücken, das Becken auf einem Kissenturm. Die Schwerkraft zu Hilfe nehmen, nannte sie es.

»Weißt du, so wird nichts vergeudet. Jetzt verstehe ich, warum bei den Katholiken der Verkehr von hinten verboten ist. Nämlich nicht nur deshalb, weil es die Tiere so machen, sondern weil es das Zeugen erschwert. Seid fruchtbar und mehret euch! Das Gute muss von oben kommen, nicht von hinten!«

Ari schnaubte, Fritz hörte sie äpfeln. Im Schritt ging es über die Brücke, deren Pfeiler in der morgendlichen Sonne lange Schatten auf das Wasser warfen.

Damals war es schwüler, erinnerte er sich. Jetzt ist es sonnig und die Luft so klar, wie frisch gewaschen. Ein richtig schönes sauberes Licht! Vielleicht ist es ein gutes Omen! Wenn du Georg und Heinrich nachher darauf vorbereitest, welche Kampagne Onkel Raoul aufgrund von Max' Indiskretion inszenieren will, hast du dich bei den Lewenzen so gut wie rein gewaschen, überlegte er. Vielleicht verzeiht dir Gott deswegen ja sogar deinen Mord an Martin Lewenz.

Die Uhren schlugen acht. Fritz dachte an Gunda. Sie stand jetzt am Oelsnitzer Bahnsteig und wartete auf den Zug nach Chemnitz. Vor dort würde sie morgen Nachmittag weiter nach Dresden reisen, um Marina in Blasewitz zu gratulieren: Ein Überraschungsbesuch! Sie brannte darauf, Marinas Baby auf den Arm zu nehmen, von dem Marina in der Nacht von Kurts und Jennys Hochzeit entbunden worden war.
Fritz spürte, wie er sich wieder verkrampfte. Er trat Ari in die Flanken, um sich mit einem Galopp von den belastenden Gedanken an Schwangerschaft und Säuglinge zu befreien. Doch es gelang nicht. Zu viel war vorgefallen. Gunda und er hatten sich vor seiner Abreise heftig gestritten. Weil sie immer noch nicht schwanger war, gab sie jetzt ihm die Schuld. Sein Samen sei schlecht, warf sie ihm vor, die von Speners hätten sich verbraucht und seien schlicht degeneriert.
»Dein Großvater zeugte zwei von Speners, dein Vater nur noch dich. Wenn ich beginne, darüber nachzudenken, was dein Vater und sein Bruder für Menschen waren und sind – ist es da nicht selbstverständlich, dass ihr Sohn und Neffe versagen muss? Wenn du je zeugungsfähig warst, dann hat das letzte bisschen gesunden Rahm diese Hexe von Carola Lewenz bekommen.«
Wäre Trude nicht dazwischengegangen, er hätte Gunda krankenhausreif geschlagen. Und das, obwohl er sie von Tag zu Tag mehr liebte. Nach seiner Gewaltorgie hatte er einen Nervenzusammenbruch erlitten und war nahe dran gewesen, sich zu erschießen. Da kam sie, klopfte an seine Tür und bat ihn um Verzeihung. Sie habe gespürt, wie er sich nach ihr sehne. Vor Liebe und Verzweiflung hatten sie sich fast erdrückt. Gunda gestand ihm, dass sie damals, als sie ihn gepeitscht hatte, genauso gefühlt habe wie er jetzt.
»Aber warum tun wir uns das an?«, hatte er gefragt.
»Weil wir uns immer wieder spüren müssen«, hatte Gunda

geantwortet. »Wir schlagen uns, weil wir immer wieder vom anderen hören wollen: Was auch geschieht, was ich dir auch tue: Ich liebe dich.«

Auf nach Loschwitz in die Natur! Fritz trieb Ari an, zwang sie zu immer schnellerem Galopp. In halsbrecherischen Manövern jagte er sie den Anstieg hoch. Wer von den Fußgängern nicht schnell genug zur Seite trat, riskierte, über den Haufen galoppiert zu werden. Eine Sanddusche war ihm auf jeden Fall sicher. Fritz gebärdete sich wie toll. Er feuerte Ari an, als hetzten Dämonen hinter ihm her, und preschte auf der schmalen Straße rücksichtslos dicht an zwei offenen Offizierskaleschen vorbei. Die wütenden Rufe der Offiziere kümmerten ihn nicht, ihre hilflosen Schüsse in die Luft amüsierten ihn nur. Selbst um den aus Pillnitz entgegenkommenden Vierspänner scherte er sich nicht. Ari donnerte so nah an diesem vorbei, dass die feinen Pillnitzer Hofdamen entsetzt aufschrien.

Ari schäumte, ihre Augen traten vor. Fritz jedoch kannte keine Schonung. Lachend trieb er sie an den Rand des Zusammenbruchs, begann zu singen, schließlich zu grölen. Als Ari endlich das Lewenz'sche Gut erreicht hatte, war sie so erschöpft, dass sie heftig zitterte.

»Braves Mädchen«, lobte Fritz sie und klopfte ihr den schweißnassen Hals.

Viktor öffnete.

»Was ist passiert?«, fragte er aufgeregt. »Sie sind ja völlig derangiert!«

»Sind die Herrschaften schon auf?«

»Ja. Aber mit Verlaub, ich glaube, der Zeitpunkt Ihres Besuchs ist ein wenig unglücklich gewählt. Die Stimmung, wenn ich mir die Bemerkung erlauben darf, ist gereizt. Warum, weiß ich nicht. Gestern Abend kam der junge Herr Lewenz mit seiner Frau! Doch statt gemeinsam mit seinen Eltern zu speisen, verbrachte er den Abend mit seiner Frau Gemahlin lieber in unserer Dorfwirtschaft.«

»Melden Sie mich bitte trotzdem der gnädigen Frau.«

»Der gnädige Herr ist aber noch nicht aufgestanden«, sagte Viktor pikiert.

»Das wird er dann schon.«

Nach fünf Minuten führte Viktor Fritz in den Salon. Eines der Mädchen schickte er zu den Zwintschers. Ari nämlich musste, damit sie sich nicht erkältete, trocken gerieben werden. Außerdem musste sie saufen, und sie hatte sich eine ordentliche Schütte Hafer verdient.

»Ihr Odeur ist gewöhnungsbedürftig, Herr von Spener«, begrüßte ihn Carola Lewenz und öffnete die Terrassentür. »Ist Ihnen nicht wohl? Haben Sie den Verstand verloren? Einfach unangemeldet und derart derangiert hier aufzutauchen? Dazu an einem Sonntagmorgen?«

»Begrüßt man so einen alten Hausfreund? Ich entsinne mich eines anderen Klangs aus Ihrem Munde, Frau Kommerzienrat.«

»Wirst du still sein!«, zischte Carola Lewenz.

»Keine Bange, oh, du mein Pusselchen«, flüsterte Fritz frech. »Ich bin auch gleich wieder weg. Viktor deutete bereits an … «

»Verschwinde!«

»Kann ich nicht!«

Carola Lewenz eilte in die Küche und befahl, mit den Frühstücksvorbeitungen zu warten.

»Nichts davon geht dich etwas an, Fritz«, sagte sie, als sie wieder bei ihm war. »Selbst wenn du etwas weißt.«

»Darum geht es mir nicht«, sagte Fritz. »Georg bleibt mein Freund. Ich bin wegen euch allen da!«

»Wie bitte?«

Georg und Mareike traten in den Salon, Carola Lewenz wandte sich sofort ab.

»Eigentlich ist es gut, dass du da bist«, begrüßte Georg seinen Freund mit einem Seitenblick auf seine Mutter. »Kannst du hellsehen? Du scheinst immer dann zur Stelle zu sein, wenn mich wie einst in St. Afra ein schlechter Wind gestreift hat.«

Mareike schien sich ebenfalls zu freuen, obwohl sie wie ihre Schwiegermutter die Nase rümpfte. Fritz entschuldigte sich für den strengen Geruch, den er mit ins Haus gebracht hatte, aber das, was er loswerden müsse, rechtfertige seinen scharfen Ritt.

»Nun denn«, begann er ohne Umschweife, »es geht um die Provinzialbank-Idee meines Onkels. Aller Voraussicht nach wird das Bankhaus Frauenkirche sich daran beteiligen müssen. Warum? Das Stichwort heißt Max! Er trug meinem Onkel zu, was sich jüngst im Bankhaus ereignete. Macht euch darauf gefasst, dass in Kürze die Presse Spekulationen über Privates und Geschäftliches verbreitet.«

»Das ist nicht wahr!«, rief Carola Lewenz.

Fritz wandte sich an Mareike.

»Ich habe noch etwas auf dem Herzen«, sagte er. »Aber dies ist eine Angelegenheit, die nur Georg, mich und seine Mutter angehen. Gönnen Sie uns dieses Privatissime? Bitte.«

Mareike neigte verständnisvoll den Kopf und entschwand in den Garten.

Es war totenstill im Salon. Georg und seine Mutter waren gleichermaßen bleich, Georg stand da wie erstarrt. Fritz fasste ihn fest ins Auge. Er wunderte sich selbst, mit welcher Entschiedenheit er bislang auftrat, und schob es vor allem auf die Reitmontur. Einerseits umgab sie ihn wie eine schützende Rüstung, andererseits fühlte er sich darin im Salon ein Stück der Realität enthoben – als sei er ein Bote aus einer fremden Welt.

»Frau Lewenz, bitte klären Sie Georg auf.«

»Nein.«
Carola Lewenz schüttelte den Kopf. Die Art, wie sie mit ersterbender Stimme an der Sessellehne Halt suchte, machte aus ihr eine gebrochene Frau, die von einem Augenblick auf den anderen alle Frische und erotische Ausstrahlung verlor. Fritz suchte nach Mitgefühl in sich, doch was er fand, war nichts als Erstaunen darüber, dass diese nunmehr achtundvierzigjährige Frau vor einem Jahr noch seine Geliebte gewesen war.
»Fritz«, begann Georg schleppend, »was weiß sie, was ich nicht weiß? Hat es mit ... damals zu tun?«
Georg schaute seine Mutter an, die mit schreckgeweiteten Augen versuchte, dem Blick ihres Sohnes standzuhalten – was ihr aber nicht gelang. Das erste Mal in ihrem Leben kapitulierte die Mutter vor dem Sohn. Carola Lewenz schlug die Augen nieder und schwieg.
»Es war .... anders, Georg, damals«, sagte Fritz sanft. »Etwas anders. Meine Freundschaft zu dir ließ es mich quasi vergessen. Doch das Schicksal wollte es, dass eine gewisse Dame mit meinem Onkel seit langer Zeit befreundet ist. Jahre habe ich dafür gekämpft, meinen Onkel von der Erpressung abzuhalten. Deiner Mutter hatte ich einst mein Herz ausgeschüttet, trotzdem bin ich daran zerbrochen. Jetzt hat Max etwas getan, was den Geist Massa Pets endgültig aus seinem Grab befreit hat.«
»Du Verbrecher!«
Georg keuchte, als stünde er unter größter körperlicher Anstrengung. Feine Schweißperlen auf der Stirn, tappte er auf Fritz zu, als wolle er seinen Freund auf der Stelle erwürgen. Doch er sackte zusammen und fiel stöhnend vor seiner Mutter auf die Knie. Seine Hände ballten sich zu Fäusten, als wolle er sich im nächsten Augenblick sein Leid aus dem Körper trommeln. Dann hob er mit der Gebärde des verzweifelten Büßers den Kopf und starrte seine Mutter an.

»Warum?«, klagte er sie an. »Was habe ich dir getan, dass du mich so hintergehst!?«
»Er hat gesagt, es besteht kein Grund, dass ich es dir erzähle.«
»Wer ist dein Sohn? Er oder ich?«
»Steh auf!«, antwortete Carola Lewenz gepresst. »Benimm dich nicht wie ein kleiner Junge! Was ist denn passiert? Nichts! Ich habe geschwiegen, weil ich dich und deinen Vater nicht belasten wollte. Auch euren Freund Kurt und dessen einstige Eroberung Marina Wezel habe ich nicht verraten, als sie im Morgengrauen auf schamloseste Weise den Geschäftssalon unseres Bankhauses entweihten. Glaubt ihr Hitzköpfe wirklich, die kleine Marie ist von Felix Rosenow? Nein. Ihr Vater heißt Kurt Zacharias. Er hat sie am besagten Morgen geschwängert, sie hat daraufhin in Panik den Mann geheiratet, der sie bereits die Monate zuvor umworben hatte. Ihre plötzliche Hochzeit, nach neun Monaten das Kind – es passt alles zusammen. Nur glaube ich, dass Felix Rosenow ein solcher Dummkopf ist, dass er den Kuckuck in seinem Nest nicht erkennt.«
Sie ließ Georg und Fritz allein. Georg musterte Fritz, seine Wangen zuckten. Schließlich schüttelte er den Kopf. Sein Entschluss stand fest.
»Fritz von Spener – Sie haben gerade einen Freund verloren.«
Georg tauchte ein ins gleißende Licht der Terrasse. Fritz blinzelte ihm hinterher, nickte – den Mund dabei zu einem geringschätzigen Lächeln verzogen. Trotzdem fühlte er sich leicht. Ihm war, als werde seine Seele auf einmal von einem hellen Schein gestreichelt. Er fühlte einen ungeahnten Stolz in sich aufsteigen, wähnte sich überlegen und stark. Was für eine Memme war Georg, was für Schwächlinge diese Lewenze? Georg hatte sich einst an seiner Schulter ausgeweint, seine Mutter ihm sogar den Hintern geküsst. Onkel Raoul hatte

Recht: Keiner von den Lewenzen hatte Charakter. Sie waren wirklich alle Schwächlinge.
Höchste Zeit, dass er ihnen allen wirklich einmal einheizte!

Fritz freute sich darauf, Gunda noch auf dem Bahnhof die Sensation zu erzählen. Die jedoch wollte sie gar nicht hören. Marinas Baby war ihr wichtiger. Darum bestieg sie sofort eine Droschke und vertröstete Fritz, er solle sich seine pikanten Neuigkeiten für den Abend aufsparen. Sie schlug vor, die Nacht im Hôtel de Pologne zu verbringen, wo Max seine Vernissage veranstaltet hatte. Fritz war einverstanden, sie freute sich über seine gute Laune.
»Du wirkst, als hättest du das erste Mal gegenüber deinem Onkel triumphiert«, sagte sie. »Dann wird jetzt auch alles andere gut. Deine Kraft wird wachsen und zurückkehren. Wir beginnen von vorn. Mein Glück beginnt in deinem Kopf. Genieße die Stadt! Also – bis heute Abend!«
Trude schien das Richtige gesagt zu haben. Fritz war ein Stadtmensch, das Gut war nichts für ihn. Und wenn er jetzt sogar seinem Onkel Paroli geboten hatte, würde er auch noch seinen müden Samen besiegen.
Die Heiterkeit der Stadt, ihre Gärten und prächtigen Gebäude machten einfach gute Laune. Gunda klappte die Fenster nach unten und vertauschte die Droschke auf dem Altmarkt mit einer offenen Kalesche. Eine Frau von Spener durfte sich dies leisten. Wie herrlich war das Leben, wenn man den Pfennig nicht zweimal umdrehen musste. Gunda wurde sich erst während der Fahrt so richtig bewusst, dass sie gerade das erste Mal als wohlhabende Gattin in Dresden unterwegs war. Wie gut, dass Sonntag ist, dachte sie. Sonst würde ich jetzt die Geschäfte stürmen und kaufen – zum Beispiel einen Hut, Parfüms, ein paar Schuhe, einen Schal, eine hübsche Vase, Pralinen, Strümpfe, einen Sonnenschirm, ein Handtäschchen und für

Marinas kleinen Wolf ein süßes Mützchen, damit er immer behütet durch die Welt kommt.
Gunda schwelgte in Phantasien aus Kauflust und Sentimentalität, während ihre Kalesche die Blasewitzer Pferdebahn-Station am Pirnaischen Platz ansteuerte. Doch was war schon eine Pferdebahn gegen eine Kalesche! Gunda wollte das alles noch länger genießen und in der Mailuft vor sich hinträumen. So legte sie auch das restliche Stück nach Blasewitz in der Kalesche zurück, voller Vorfreude auf Marina und ihr Baby.

Marina empfing ihre Freundin, als habe sie auf sie gewartet. Jubelnd fielen sie sich in die Arme, redeten sich scherzhaft mit ihren neuen Namen an und ergingen sich in Beteuerungen, wie gut die andere aussehe.
»Das sind mir die schönsten Überraschungen!«, rief Marina freudig. »Aber wo ist denn der Herr Gatte?«
»Im Hotel. Ich hab's ihm verboten mitzukommen«, sagte Gunda. »Wie hätten wir sonst schwatzen können?«
»Da hast du Recht. Und keine Angst, auch Felix wird uns nicht stören.«
Marina erzählte, dass er sich auf eine Geschäftsreise vorbereite und Dresden noch heute Abend verlasse. Er müsse immer häufiger in die Heimatwerke nach Aue, komme dann am Samstagabend wieder nach Dresden, um aber schon vierundzwanzig Stunden später wieder auf dem Bahnsteig zu stehen.
»Diesen Sonntag hätte er ebenso gut in Aue bleiben können«, seufzte Marina. »Ich sah den ungnädigen Herrn gerade mal zum Frühstück und Mittagessen, jetzt feilt er an einer Rede für irgendeinen erzgebirgschen Industrieverband. Schrecklich.«
»Dann störe ich ihn wohl besser nicht, oder?«, fragte Gunda.

»Bloß nicht! Ich bin ja schon drauf und dran, über einen Umzug nach Aue nachzudenken. Aber selbst Felix sagt: Es ist ein Nest und Dresden eben Dresden. Die Kinder sollen hier groß werden. An der Elbe, nicht an der Mulde.«

Marina führte Gunda in den Erker des Esssalons, wo sie beide vor zehn Monaten mit Felix und Kurt Kaffee und Kuchen genossen hatten. Die gemütlichen Korbstühle waren noch dieselben, die Polster aber neu bezogen. Der runde Tisch war noch nicht abgedeckt. Verloren standen zwei benutzte Teller und Kaffeebecher vor einem Hefezopf und einem Napf Butter.

Gunda spähte durchs Fenster. Eva spielte mit Marie und Rudolf Verstecken, Marina brachte schnell das Geschirr weg. Sonntag sei eben Sonntag, rief sie. Wenn Eva mit den Kindern spiele, bleibe alles andere liegen.

»Wir geben dem restlichen Personal sonntags immer frei. Bis auf die Amme ist kein Fremder im Haus.«

»Du stillst nicht selbst?«

»Ich will doch schön bleiben!«, entrüstete sich Marina. »Meine Brust – ich mag es nicht, wenn sie schlaff wird! Außerdem habe ich sowieso Schwierigkeiten mit dem Stillen. Ich kann es nicht. Dafür fehlt mir die Geduld.«

»Hast du Probleme! Ich stelle es mir wunderschön vor! So ein Baby-Mäulchen – das ist doch was anderes als ein stoppeliger Männermund. Oder sehe ich das falsch?«

Die Freundinnen kreischten vor Lachen. Schließlich legte Marina den Finger auf die Lippen. Gunda ging neugierig hinter Marina die Treppe hoch. Der kleine Wolf lag strampelnd in einer Wiege und lauschte dem Gesang seiner Amme, einem jungen drahthaarigen Mädchen im einfachen Kittelkleid. Wilma, sagte Marina, habe vor einem Vierteljahr entbunden, aber ihr Kleiner sei ein solcher Prachtkerl, dass er schon mit Reisbrei gefüttert werden müsse, um satt zu werden.

»Wolf ist aber auch so ein Hungriger«, sagte Wilma, hob ihn

aus der Wiege und legte ihn Marina in den Arm. »Er hat Kraft. So einer wird einmal Offizier. Das spür ich.«
»Unsinn, Wilma«, sagte Marina. »Er wird Pianist. Schau dir doch einmal seine Finger an!«
Wolf verzog den Mund zu einer Art Lächeln, als sich Gunda über ihn beugte und seine Bäckchen streichelte. Der Crème- und Puderduft erschien ihr in diesem Augenblick köstlicher als alles Parfüm der Welt. Sie lächelte, als Wolfs kräftige Finger nach ihrem Haar griffen und er dabei zufriedene Laute von sich gab.
»Wie gut er duftet!«, rief Gunda. »Nach Milch, Zucker, Karamell. Ich glaube, ich könnte in ihn hineinbeißen und ihn aufessen!«
Marina lachte, befreite Gundas Haar aus Wolfs begeistertem Zugriff und legte ihn anschließend ihrer Freundin in den Arm.
Als sie im Esssalon waren, begann Wolf zu greinen, doch als Gunda ihn auf den Schoß nahm, beruhigte er sich rasch. Bald darauf gähnte er, dann schlief er mit offenem Mündchen ein. Gunda strahlte und wirkte für Augenblicke der Welt entrückt. Es berührte Marina sehr, wie ihre Freundin diese Minuten genoss. Wie schön wäre es, wenn Gunda auch ein Kind hätte, dachte sie und war peinlich berührt, als Gunda mit Tränen in den Augen wieder zu ihr aufschaute.
Sie wirkt wie eine zu kurz gekommene Jungfer, durchfuhr es Marina. Ihr früher so heiteres Gesicht ist spitz geworden. Und die Traurigkeit, die um ihren Mund liegt, verschwindet selbst dann nicht, wenn sie lächelt.
»Ach, er ist so süß«, seufzte Gunda und streichelte Wolf das Näschen. »Was gäbe ich alles hin, auch so einen Fratz haben zu dürfen.«
»Das wird schon noch. Du darfst dich nicht verkrampfen, auf Teufel komm raus schwanger werden zu wollen. Lebe drauflos, vergiss alles. Und auf einmal ist es dann so weit.«

Felix kam die Treppe herunter. Er war bereits im Reiserock, hatte sogar Handschuhe an. Eine flache Dokumentenmappe unter dem Arm, riss er überrascht die Augen auf, als er Gunda sah.
»Entschuldige, ich war so konzentriert beim Arbeiten …«
»Ist doch in Ordnung.«
»Wie geht es dir?«
»Och, weißt du, mal sind wir lieb miteinander, dann wieder fliegen die Fetzen. Aber keine Angst: Sowohl Fritz als auch ich wissen, wie wir uns gegen den anderen wehren müssen.«
»Spinner-Fritz! Nomen est omen, Gunda. Tut mir Leid.«
»Bist du denn mit deiner Rede fertig?«, fragte Marina, damit Felix und Gunda das ihr peinliche Ehe-Thema nicht weiter vertieften.
»Bloß kein Wort mehr davon«, sagte Felix gereizt.
Er beugte sich über seinen Sohn, hauchte ihm einen Kuss auf die Stirn.
»Weißt du«, begann er, ohne sich um Gunda zu kümmern, »so geht es nicht weiter. Du kommst jetzt gefälligst freitags nach Aue und fährst montags wieder nach Dresden.«
»Und die Kinder?«
»Ja sind wir arme Leute? Die bleiben hier! Du stirbst doch nicht, wenn du sie drei Tage mal nicht hast!«
»Ein sehr liebevoller Ton, Felix.«
»Himmel! Hab ich kein Recht mehr auf meine eigene Frau?«
»Das geht jetzt zu weit! Bin ich seit neuestem deine Sklavin?«
»Marina, ich hab jetzt keine Kraft für Sentimentalitäten. Addio!«
»Addio.«
Die Eheleute küssten sich flüchtig, Sekunden später fiel die Haustür ins Schloss. Die Stimmung war auf dem Tiefpunkt.

Marina schaute nicht einmal mehr in den Garten, wo Felix Eva herzlicher umarmte als die eigene Frau. Gunda beobachtete, wie er ihr einen Geldschein zusteckte, ihr einen frivolen Klaps gab und dann eilig Richtung Schillerplatz davonging.

»Nimmt er keine Droschke?«, wunderte sich Gunda.

»Nie«, sagte Marina eisig. »Er mag die Isolation nicht. Lässt sich lieber von Menschen ablenken. Er ist ein begeisterter Benutzer der Pferdebahn. Hat er Eva wieder, wie er es nennt, gepatschelt?«

»Das ist doch nur Spaß«, sagte Gunda.

»Hier schon. Aber in Aue? Wen patschelt er dort?«

Marina winkte Wilma heran, die den tief schlafenden Säugling zurück in seine Wiege trug. Nach einer Weile kam auch Eva mit den Kindern, die die Düfte von Erde, Sonne und Luft in den Salon brachten. Marina jedoch hatte der Abschied verstimmt. Gunda erlebte ihre Freundin abweisend und gleichgültig. Sie schob Marie und Rudolf von sich und gab vor, noch üben zu müssen.

Sie verzogen sich ins Musikzimmer, wo der mahagonifarbene Thürmer-Flügel Gunda an den ruhmreichen Abend von Marinas erstem Konzert erinnerte.

»Stimmt. Pianistin bist du ja auch noch.«

»Ich will es wieder werden«, sagte Marina und setzte sich an das Instrument. »Mit Mühe habe ich die letzten Jahre die Gelenkigkeit der Finger so weit halten können, dass ich nicht wieder ganz von vorne beginnen muss.«

»Den Chopin, kannst du ihn noch?«

»Die Revolutionsetüde? Eigentlich ja, streng genommen, aber mehr schlecht als recht. Jetzt übe ich etwas Neues. Auch Chopin. Gewissermaßen das Seitenstück aus Opus zehn, diesmal aus Opus fünfundzwanzig. Die letzte Etüde. Auch in c-Moll. Pass auf!«

Marina legte los, haute das Kolossalstück mit Fehlern und grässlichen Fehlgriffen in die Tasten, brachte es aber zu Ende. Der triumphale C-Dur-Schluss, erklärte sie, habe es ihr angetan. Die Revolutionsetüde op. 10, Nr. 12 mit dem offenen Schluss – so sei ihr Leben damals gewesen, jetzt, an der Seite von Felix, passe das triumphale Fortissimo der Etüde op. 25, Nr. 12.

Dieselben Worte wählte sie eine Woche später vor Kurt, dem sie freilich schon eine wesentlich gelungenere Interpretation vorführen konnte. Felix' schlechte Laune hatte sie zu sehr abgestoßen, um mit nach Aue zu fahren. Überhaupt sah sie nicht ein, ihn nur deshalb zu besuchen, damit er nachts über sie herfallen konnte.
Soll er sich doch Mädchen kaufen, dachte sie böse. Ich bleibe hier.
Von all dem erzählte sie Kurt natürlich nichts. Er war mit einem noch größeren Blumenstrauß als damals gekommen und hatte für die Kinder Schokolade und eine Vielzahl roher Holzfiguren mitgebracht, die sie selbst anmalen sollten. Marie war ganz aus dem Häuschen, als »Onkel Kurt« vor der Tür stand, er musste sie eine halbe Stunde Huckepack im Garten herumtragen, was Rudolf so eifersüchtig machte, dass Eva ihren nörgelnden Sprössling kurzerhand in sein Zimmer sperrte, wo er eine halbe Stunde lang zum Gotterbarmen brüllte und damit den kleinen Wolf aufweckte.
Kurt bekam einen handfesten Streit zwischen Eva und Wilma mit, den Marina schlichtete, indem sie beide, samt Kinder und Säugling, an die Elbe abkommandierte.
Als endlich Frieden eingekehrt war, fiel ihr erschrocken ein, dass sie ja nun mit Kurt allein war. Aus Frucht vor ihren Gefühlen führte sie ihn deshalb ins Musikzimmer, wo sie die ganze Zeit am Flügel saß, ihm dies und das vorspielte

und erklärte, was die Besonderheiten all der Kompositionen seien.

Irgendwann wurde es Kurt zu viel.

»Marina!«

»Ja?«

Abrupt unterbrach sie ihr Spiel und schaute ihn ängstlich an.

»Du fragst überhaupt nicht nach Jenny. Warum?«

»Weil … ich glaube, sie passt nicht zu dir. Gut, ich habe sie bislang erst dreimal gesehen, damals in der Oper, dann bei Georgs und Fritz' Hochzeit. Doch ich sehe in ihr primär eine Frau, die einen gut situierten Versorger wollte.«

»Das sagst ausgerechnet du?«

Marinas Augen weiteten sich. Am liebsten hätte sie auf der Stelle losgeheult und sich in Kurts Arme geworfen. Mit aller Kraft, der sie fähig war, versuchte sie, Felix' Geist zu beschwören, seine Aufrichtigkeit und Treue, seine Unkompliziertheit, die Liebe, die er ihr bislang gezeigt hatte. Doch Kurts ruhiger Blick brachte sie so durcheinander, dass ihr nur der wenig romantische Abschied der letzten Woche einfiel, sie andererseits aber daran dachte, wie Kurt und sie sich nachts in der Hainbuchen-Schnecke des König-Johann-Gartens geküsst hatten.

»Bitte …«, sagte sie schwach. »Rühre nicht daran.«

»Nein. Schließlich sind wir beide verheiratet.«

»Du klingst ganz schön nüchtern«, rutschte es ihr heraus.

Sie wurde rot, spielte schnell ein paar Läufe. Hektisch griff sie nach einem Packen Noten und durchforstete ihn auf dem Schoß nach einem ihr irgendwie genehmen Klavierstück.

Kurt legte seine Hand auf die ihre. Marina erstarrte, doch sie hatte nicht die Kraft, ihre Hand wegzuziehen. Das Herz schlug ihr bis zum Hals. Sie hätte schreien mögen, doch sie brachte keinen Ton heraus.

»Schau mich an.«
Sie gehorchte – und wunderte sich, wie leicht es ihr fiel. Jetzt fällt dein inneres Lügengebäude zusammen, dachte sie. Es ist aus. In wenigen Minuten bist du eine gefallene Ehefrau. Er wird über dich herfallen und dir das Kleid vom Körper reißen – und du wirst dich nicht wehren, weder schreien noch kratzen, du wirst es genießen, stöhnen, ihn auffordern …
»Alles bleibt, wie es ist«, fuhr Kurt sanft fort.
»Natürlich!«, rief sie gleichermaßen erleichtert wie enttäuscht, obwohl sie sich Letzteres zum gegenwärtigen Zeitpunkt selbst nicht eingestanden hätte. Nach einer langen Minute, in der sie sich schweigend gegenübersaßen, fand Marina dann wieder zu sich. Du benimmst dich wie ein Backfisch, ärgerte sie sich. Frag ihn eben einfach mal nach seiner Jenny!
Marina brachte kein Wort heraus – weil sie zu viel Angst hatte, Kurt würde erzählen, er sei glücklich mit seiner Frau.
»Lass uns den Kindern entgegengehen«, sagte sie schließlich »Es ist besser …«
»Für uns beide? Oder für dich?«
Marina antwortete nicht.
Schweigsam gingen sie durch die großzügigen Straßen des Blasewitzer Waldpark-Areals. Es duftete nach Harz und Gras, die blühenden Rhododendren in den Vorgärten waren eine Augenweide. Kurt empfand keinen Neid, als er die Villen betrachtete, trotzdem fragte er sich, warum es Gott so eingerichtet hatte, dass die einen immer reicher wurden, während zum Beispiel in Berlin oder Hamburg die Menschen in Hinterhöfen vegetierten, in denen Licht genauso fehlte wie frisches Wasser. In Hamburg, hatte er gelesen, konnte es an den Brunnen des Gängeviertels passieren, dass aus den Hähnen neben zweifelhaftem Elbwasser auch gleich ein Aal mit in den Eimer klatschte.
Hier dagegen und in den feinen Hamburger und Berliner Vier-

teln an der Alster oder am Grunewald standen Villen mit allem Komfort. Die neueste Errungenschaft der Reichen war die so genannte Zentralheizung: Im Keller stand ein Ofen, der Wasser erhitzte, das durch ein riesiges Rohrleitungsnetz floss und die einzelnen Zimmer der Villen heizte. Kein Kohlenschleppen mehr, keine Asche, kein Feuermachen. Gleichmäßige Wärme im ganzen Haus – einfach phantastisch.

Jenny maulte, sie wolle auch so etwas haben. Mein Schatz, hatte er versucht, ihr zu erklären, dazu müsste mir das ganze Haus am Altmarkt gehören, nicht nur eine Wohnung. Ob sie dann wenigstens neue Wintergarderobe bekäme? Er hatte es ihr versprochen. Aber seit er die Wohnung gekauft hatte, war auch bei ihnen das Budget knapper. Sie mussten sparen. Ein Wort, das Jenny ganz und gar nicht mochte.

»Wie ist es denn jetzt so als Ehemann?«, unterbrach Marina seine Gedanken. »Du bist mit ihr glücklich. Das sehe ich. Wollt ihr Kinder?«

»Die sind noch in Arbeit«, sagte Kurt und setzte grinsend hinzu, er meine natürlich Überzeugungsarbeit. »Jenny hat es damit alles andere als eilig. Man wird sehen. Im Moment genießen wir unsere Freiheit. Jenny hat ein Recht darauf. Sie soll es sich schön machen und in den Tag hineinleben.«

»Wie unterschiedlich doch alles ist«, sagte Marina. »Wenn ich an Gunda denke. Sie sehnt sich nach einem Baby. Ich habe Angst um sie.«

»Und ich um das Bankhaus«, sagte Kurt. »Es kommt aller Voraussicht nach sehr viel Unangenehmes auf uns zu.«

Er schilderte Max' verhängnisvollen Ausbruch und skizzierte die zu erwartende Erpressung Raoul von Speners.

»Ich fiel aus allen Wolken, als Georg und Heinrich mich einweihten. Doch nicht nur das. Auch, dass Georg ...«

Kurt brach erschrocken ab.

»Was ist?«

»Geschäftsgeheimnis«, sagte er schnell.
In letzter Sekunde biss er sich auf die Zunge, und seine Gedanken überschlugen sich. Woher wusste Georg von dem Morgen im Geschäftssalon? Hatten seine Eltern ihr Schweigen gebrochen? Es sah alles danach aus. Georg hatte ihn beiseite genommen, ihm auf die Schultern geklopft und gesagt: »Ich weiß es jetzt, Kurti. Du und Marina, das Sofa hier – lächerlich, dass du deswegen nach Sondershausen musstest. Doch keine Sorge: Wir halten den Mund. Auch in deinem Interesse.«
Auch in deinem Interesse.
Wusste Georg noch etwas anderes?
»Da kommt Onkel Kurt! Ich will wieder Huckepack!«
Marie rannte die Böschung hoch, warf sich Kurt in die Arme. Rudolf keuchte hinter ihr her.
»Nein, ich will!«, rief er wütend und zerrte Marie von Kurt weg.
»Von wegen! Onkel Kurt ist mein Onkel Kurt.«
»Marie! Jetzt ist Rudolf an der Reihe.«
Kurt machte dem Streit ein Ende, indem er sich Rudolf auf die Schultern setzte und ein Stück am Elbstrand entlangrannte. Die Anstrengung brachte ihn auf andere Gedanken, zumal Marie an seiner Seite lief und ihn am Rock festzuhalten versuchte. Schnell kam er außer Atem, wurde langsamer, musste schließlich umkehren. Als er wieder zurück war, keuchte er nur noch. Schweißgebadet setzte er Rudolf ab und plumpste dann selbst in den Sand. Mit sibyllinischem Lächeln trat Marina an ihn heran und griff nach seiner Hand, um ihn hochzuziehen.
»Du liegst auf den Knien! Ich dachte, diese Zeiten sind vorbei?«
Sie schaute auf ihn hinab, ihre Augen blitzten. Kurt suchte nach einer passenden Antwort, doch bevor ihm eine einfiel, erinnerte er sich an Jenny und ihre süßen spitzen Schreie, wenn sie sich liebten.

Felix war alles andere als guter Laune, als sein Zug die Woche darauf am späten Samstagnachmittag in den Schlesischen Bahnhof einfuhr. Noch nie waren ihm die eineinhalb Stunden von Chemnitz, wo er zugestiegen war, dermaßen lang vorgekommen. Dabei war der Zug der Sächsisch-Schlesischen-Staatseisenbahn auf die Minute pünktlich. Dass den lieben langen Tag die Sonne schien, dafür konnte die Bahngesellschaft nichts. Trotz zugezogener Gardinen und halb geöffneter Fenster war die Hitze in den Erste-Klasse-Abteilen kaum auszuhalten. Die gepolsterten Sessel schienen sich in Ofenbänke verwandelt zu haben, die die Fahrt in der stickig-rußigen Luft zur Qual machten. Wer jetzt noch bis Breslau, die Endstation, durchhalten musste, war wirklich zu bedauern. Nachts würde es erträglicher werden, aber wie die anderen Reisenden auch, fragte Felix sich, wie viele Stunden der Zug wohl durch die Nacht würde rattern müssen, damit die Temperaturen in den Waggons spürbar zurückgingen.
»Sie Glücklicher, Sie haben es geschafft!«, sagte sein Leidensgenosse, ein Görlitzer Tuchhändler, der in seinem beigen Anzug aussah wie ein Tropenreisender.
»Ja, bis morgen Abend!«, sagte Felix bitter. »Dann geht's schwitzend retour, da das Wetter morgen höchstwahrscheinlich das gleiche sein wird wie heute.«
»Legen Sie sich einen Leinen-Anzug zu. Und Ihren schwarzen Cut und die Weste lassen Sie das nächste Mal genauso im Büro wie Ihren Zylinder!«
»Schon richtig. Ich wäre ja auch längst im Grünen, wenn meine Frau ihren hübschen Popo wenigstens für dieses Wochenende einmal nach Aue getragen hätte! Aber dafür kriegt sie nun, was sie verdient: einen knurrig unleidlichen Ehemann.«
Kreischend und mit unsanftem Ruck kam der Zug zum Stehen. Felix konnte sich gerade noch festhalten. Ein Fluch entschlüpfte seinen Lippen.

»Seien Sie nicht zu streng!«
»Ich werde mich bemühen.«
Felix griff nach Zylinder und Reisetasche und stieß, ohne sich weiter zu verabschieden, die Tür seines Abteils auf. Die Reihe der Aussteigenden war lang, auf dem Gang aber war die Luft noch stickiger, und nur mit Mühe gelang es ihm, seinen Unmut zu unterdrücken. Als er endlich auf dem Bahnsteig war und zum Ausgang strebte, war er so gereizt, dass er den Kofferträger vor ihm anblaffte, er solle gefälligst schneller gehen oder den Weg frei machen.
Der Mann, der zwei dickbauchige Reisetaschen trug, schaute sich nur kopfschüttelnd um, ging aber keinen Schritt schneller.
»Gemach, mein Freund!«, rief eine bekannte Stimme in seinem Rücken.
Felix fuhr herum. Ein paar Schritte hinter sich gewahrte er Fritz von Spener – den er erst beim zweiten Hinsehen erkannte. Fritz war nämlich ganz in Weiß gekleidet, vom Strohhut über den Halsbinder bis hin zu den Schuhen.
»Du siehst aus wie der Impresario einer verblühten Operndiva«, sagte Felix. »Fehlen nur die karmesinroten Lippen.«
»Oh – da hat einer Laune«, sagte Fritz. »Was kann ich dafür, dass du dich bei einem solchen Wetter kleidest, als kämst du von einer Beerdigung. Setzen deine Direktoren nur dann deine Befehle um, wenn du hübsch leidend aussiehst? Oder gereizt bist wie eine Klapperschlange? Ich meine, das hast du doch nicht nötig.«
»Du bist ja mal wieder geschwätzig!«
»Dass ich wie ein Impresario aussehe, passt dann ja dazu. Im Übrigen könnte deine Frau einen gebrauchen, findest du nicht? Gunda erzählte mir, sie verfolgt seit Neuestem wieder pianistische Ambitionen. Angeblich auch deswegen, weil du mit ihr hier in Dresden noch weniger Zeit verbringst als in Aue allein auf dem stillen Örtchen.«

»Ach, halt doch die Klappe«, sagte Felix ärgerlich.
Seite an Seite schritten sie ein Stück den Bahnsteig entlang und näherten sich der Lokomotive. Gebannt schauten sie zu, wie ein Bahnarbeiter zwischen den Puffern der Tenderlokomotive und der Waggons stand und damit beschäftigt war, die schwere Eisenkette vom Kupplungshaken zu stemmen. Die Weiterfahrt nach Görlitz und Breslau erfolgte mit einer neuen Lok, die am anderen Ende des Zuges angekoppelt wurde.
»Grausig, was?«, bemerkte Fritz.
»Auch nicht grausiger, als vor einer Stanzmaschine zu stehen«, sagte Felix. »Vor allem nicht so laut.«
»Jawoll, Herr Fabrikant. Die kleinen Leute sollen nur ordentlich arbeiten. Damit sie was zu essen bekommen, euch aber die Villen in Aue und Blasewitz finanzieren.«
»Ich sag dir was!«, brauste Felix auf. »Scher dich … Was weißt du, was ich für meine Arbeiter tue? Nichts! Sicher – so wie du auf der faulen Haut zu liegen ist einfach und garantiert eine weiße Weste. Aber konkret zwischen Geschäftsinteressen und Fürsorgepflichten zu vermitteln, das ist anstrengend, Herr von Spener. Euer Geld stinkt doch schon, so lange liegt es auf den Konten der Banken! Stellt endlich was auf die Füße, dein Onkel und du! Oder hast du dich zu sehr bei Gunda verausgabt? Apropos verausgabt! Sie ist immer noch nicht schwanger, oder?«
Fritz zischte ihm ins Gesicht, ob er ein Duell wünsche. Felix, der Fritz um Haupteslänge überragte, lachte höhnisch auf und packte ihn am Revers. Fritz versuchte, ihn wegzustoßen, doch Felix ließ nicht locker, was Fritz dermaßen aufbrachte, dass er Felix' Cut packte und daran zerrte, bis die Nähte krachten.
»Ich will dir mal was sagen«, herrschte ihn Felix an. »Für einen Hurenbock wie dich, der neben seiner Frau jahrelang eine

gewisse Bankiersgattin aufs Kreuz gelegt hat, ist jede Kugel zu schade.«
»So?« Fritz drängte Felix gefährlich nah an den Rand des Bahnsteigs. Die abgekoppelte Lokomotive setzte sich fauchend in Bewegung, hüllte für Augenblicke die Streithähne und den Bahnhof in dichte weiße Dampfwolken. Der Boden bebte, der Lärm war Ohren betäubend. Fritz aber schrie Felix an, er bräuchte sich von ihm nicht sagen zu lassen, wer hier wen aufs Kreuz lege. »Und deine Frau, du Fabrikmaxe – was glaubst du, wer sie zuerst aufs Kreuz gelegt hat? Du? Nein! Du hast sie nur vorgeschwängert geheiratet, wie diese gewisse Bankiersgattin aus eigener Anschauung weiß! Marie ist Kurts Kind, du Hornochse!«
»Du lügst, du Schwein!«
Felix raste vor Wut. Herbeieilenden Reisenden, die ihn von Fritz trennen wollten, gelang es nicht, ihn loszureißen. Man rief nach der Polizei, Frauen kreischten um Hilfe. Weil Felix so nah am Bahnsteigrand stand, konnte sich kein Ring um die beiden bilden – was Felix schließlich zum Verhängnis wurde. Nachdem es ihm gelungen war, Fritz eine Ohrfeige zu verpassen, raffte der alle seine Kräfte zusammen und boxte diesem so kräftig gegen die Brust, dass Felix an der Bahnsteigkante das Gleichgewicht verlor. Fritz' rettende Hand kam zu spät. Felix griff ins Leere und schlug mit dem Hinterkopf auf die Gleise.
Fritz erfasste ein unsagbares Grauen. Ihm war, als höre er plötzlich die Stimme von Massa Pet.
Von einer Sekunde auf die andere wurde ihm so schwindelig, dass er sich nicht mehr auf den Beinen halten konnte. Er sackte in die Knie und schlug die Hände vors Gesicht, während zwei Kofferträger auf die Gleise kletterten und sich über Felix beugten. Einer hob dessen Kopf an, der andere lauschte an seiner Brust.

»Tot!«
Eine Frau erbrach sich auf die Gleise, Kinder weinten. Der Tumult war vollkommen. Fritz begann zu wimmern. Man versuchte, ihn zu trösten. Die Stimmen umspannen ihn wie einen Kokon, wurden von Minute zu Minute dichter, lauter: Ein Unfall! Ein tragischer Unfall! Er hat zuerst angefangen. Fassen Sie sich! Es gibt noch Hoffnung! Mut! Der Arzt ist schon unterwegs. Man wollte ihm aufhelfen. Doch Fritz konnte nicht aufstehen. Er blinzelte, sah das Blut, das aus Felix Hinterkopf sickerte.
»Ich hab es nicht gewollt«, flüsterte er. »Er ist doch mein Freund. Unser Freund! Felix ist doch einer von uns.«

Raoul von Spener scherte sich nicht um die Katastrophe. Wie geplant, setzte er seine Erpressung um. Das Ergebnis war ein Zeitungsartikel, der in Loschwitz zunächst jedoch mit einer gewissen Erleichterung gelesen wurde. Abgesehen von dem in der Rubrik »Dienstbotengeflüster« kolportierten Ehekrach zwischen Georg und Mareike hatte Raoul von Spener nämlich jegliche Anspielungen auf »damals« vermieden.
»Vor diesem Hintergrund benimmt er sich fast wie ein Gentleman. Was hat er denn so Schlimmes formuliert? Zum ersten: Zwei Menschen streiten sich, und die Ehefrau will daraufhin kuren, zum zweiten, der begabte Maler der Familie liebäugelt damit, den angeblich archäologisch interessierten Onkel seines einstigen Afraner Schulfreundes um Finanzhilfe für eine Orientreise zu bitten. Selbst bei Hof wird dies nur ein müdes Lächeln hervorlocken. All das, was wirklich einen Skandal auslösen würde, fehlt.«
Carola Lewenz warf die Zeitung neben sich aufs Sofa und schaute ihren Mann herausfordernd an. Georg bedachte sie nur mit einem flüchtigen Seitenblick – woran er sich, wie er vorgab, inzwischen eher gewöhnt hatte als seine Mutter an

seine »andere Natur«. Ich brauche Zeit, war ihr Credo, was Georg mittlerweile wieder hoffen ließ. Auch wenn seine Mutter seine Gegenwart noch ignorierte, gab es von ihr Anzeichen des guten Willens. Vor wenigen Tagen hatte sie sich immerhin schon ein paar dürre Worte des Verzeihens abgepresst – trotzdem, so verteidigte sie sich, könne sie jetzt nicht einfach zur Tagesordnung übergehen, als sei nichts passiert.
Sie waren in Heinrichs Salon zusammengekommen, um ungestört reden zu können. Sicherheitshalber hatten sie dem Personal frei gegeben, selbst Viktor war hinauskomplimentiert worden. Alle häusliche Geschäftigkeit ruhte. Weder klapperte irgendwo ein Teewagen mit Geschirr, noch knarrte eine Stufe. Nur das Ticken der Uhren und das Summen einiger Fliegen waren zu hören.
Heinrich Lewenz öffnete das Fenster. Geraume Zeit schaute er übers Elbtal und die Silhouette der Stadt. Auch wenn es für den Moment richtig war, was seine Frau sagte – es ging um die Konsequenzen, die Georg und er daraus ziehen mussten: Raoul von Spener hatte mit diesem Artikel unmissverständlich klar gemacht, dass er es mit seiner Provinzialbankgründung ernst meinte. Deshalb las sich das »Dienstbotengeflüster« auch so harmlos. Raoul von Spener war ja nicht dumm. Seine Idee war schließlich nur dann umsetzbar, wenn der Ruf der Eigentümer des Bankhauses Frauenkirche ohne Tadel blieb.
»Bitte stell dich nicht dümmer, als du bist«, sagte Heinrich ungeduldig. »Was steht in dem Artikel? Lies es. Lies es am besten laut. Das schult das Verständnis.«
Unwillig griff Carola Lewenz nach der Zeitung und faltete sie erst umständlich zurecht, bevor sie ihre Stimme erhob:
»Warum nun Max Lewenz auf den Einfall kam, den Onkel seines alten Schulfreundes für sein Projekt zu begeistern – unsere lauschende Fee meint, sich an folgenden Ausruf des Herrn Bankier Lewenz erinnern zu können: »Nun denn! Wie

kann er im Orient auch das Geld vermalen wollen, das ich in Chemnitz für eine Zweigniederlassung brauche!« Woraus natürlich folgt: Vater und Sohn haben Charakter. Der eine, weil er streng ökonomisch denkt, und der andere, weil er weiß, was die holde Kunst im Zweifelsfall der Ökonomie schuldet: ganz einfach ein Quäntchen Demut.«
»Hast du's jetzt begriffen?«, fragte Heinrich ungeduldig. »Raoul von Spener lässt verlautbaren, ich beabsichtige, in Chemnitz eine Zweigniederlassung zu eröffnen!«
»Habe ich vorgelesen, ja.«
»Also!« Heinrich Lewenz fuhr herum. »Abgesehen von solchen Details wie der Rechtsform einer solchen Zweigniederlassung – damit wird unseren Kunden erzählt, wir eröffnen einen Nebenplatz, um dort neue Geschäfte zu akquirieren! Was organisatorische und kapitalintensive Investitionen bedeutet, die nicht abzusehen sind. Konkret läuft es darauf hinaus: Hier ein erfahrenes Privatbankhaus, dort eine von uns vorsätzlich initiierte Provinzialbankgründung unter der Führung Raoul von Speners, die mit uns als Kommanditisten auftritt.«
»Und das, Mama, heißt: Das Bankhaus Frauenkirche als Gründungsbank haftet trotz des neuen Namens mit seinem gesamten Vermögen, während Raoul von Spener dies nur mit seiner uns dann entzogenen Gesellschaftseinlage tut. Mit anderen Worten: Ein möglicher Fehler von ihm kostet zunächst sein Geld, aber dann auch unseres.«
Carola Lewenz lachte leise auf. Natürlich hatte sie es begriffen. Nur wahrhaben wollte sie dieses infame Possenspiel nicht. Wie war es möglich, dass ein Mann nach dreißig Jahren noch immer von seiner Eifersucht beherrscht wurde und sie zur Richtschnur seines Handelns machte? Carola Lewenz versuchte sich zu erinnern: Nichts deutete damals daraufhin, dass Raoul von Spener ihre Familie einmal mit derart tollwütigen Ideen strafen würde.

»Was blasen wir noch länger Trübsal«, sagte sie schließlich. »Jede Krise bedeutet einen Wendepunkt. Was unabänderlich scheint, muss man akzeptieren.« Sie trat neben ihren Mann, der wieder aus dem Fenster schaute, und legte die Hand auf seine Schulter. »Heinrich, Geld ist nicht alles. Begreife es als Chance! Raoul von Spener will nur ein bisschen Ruhm, träumt von einem Zipfelchen Unsterblichkeit. In Wahrheit ist unser Minister Fabrice an allem schuld. Hätte er keinen Rückzieher gemacht ...«

Heinrich Lewenz stöhnte unwillig auf, nickte aber. Forschend sah er seiner Frau in die Augen, nach einer Weile lächelte er schwach. Behutsam streichelte er über deren erste Fältchen – eine Berührung der Eheleute, die beide daran erinnerte, dass sie auch einmal zärtlich miteinander umgegangen waren. Doch seit dem Ende ihrer Liaison mit Fritz hatte sich ein Schleier auf Carola Lewenz gelegt, der sie merklich unnahbarer machte. Obwohl sie nach wie vor eine blühende Erscheinung war, hatte sie an erotischer Attraktivität verloren. Trotz ihrer Schönheit und ihres Temperaments – sie selbst glaubte, von Tag zu Tag stumpfer zu werden, gleichsam nach innen zu welken, obgleich ihre schöne Fassade so gut wie noch nichts davon erahnen ließ.

Sie hielt Heinrichs Hand fest und drückte sie gegen ihre Wange. Es sah aus, als führe ein sich treu gebliebenes Ehepaar ein stummes Zwiegespräch und genieße die ersten Herbsttage des Lebens. Doch Carola Lewenz war in Gedanken weniger bei ihrem Mann als bei Fritz von Spener, von dem sie hoffte, dass er und Gunda ihr beiderseitiges großes Geheimnis für sich behielten. Würde Heinrich jetzt von dieser Liaison erfahren, sie war sich sicher, dass er darunter zerbräche. Später mochte es anders sein, zumal er ein Mann war, dessen eherne Lebensprinzipen Diskretion, Pflicht und Arbeit bedeuteten. Wichtiger noch als die persönliche Ehre nahm er die Ehre des Bankhauses. Er verschmolz gewissermaßen mit ihr. Wer sie wissentlich beschädigte, wurde zur Rechenschaft gezogen, wie der Fall Kurt und Marina zeigte.

Aber, und das bedeutete für sie ein kleines Stück Hoffnung: Heinrich hatte gezeigt, dass er auch verzeihen konnte – freilich war es besser, sich niemals darauf zu verlassen.

»Du bist eine treue Seele«, sagte er müde. »Aber, meine Liebe, es geht einen alten Bankier eben hart an, ein dreißig Jahre altes würdiges Bankhaus mit zwielichtigen Kommanditisten zu beschweren.«

»Glaubst du eigentlich, Georg, du wirst dich wieder mit Fritz versöhnen?«, fragte sie in die entstandene Pause und drehte sich zu ihrem Sohn um.

Georg sah auf. Seit seiner Beichte hatte ihn seine Mutter nicht mehr derart offen angeschaut. Dass sie dabei heftig errötete, schob er auf ihre fraulichen Schamgefühle, einem so genannten »Sonnenjüngling« ins Gesicht zu sehen – selbst wenn der ihr Sohn war.

»Wenn ich es täte – würdest du dich mir gegenüber dann wieder normal verhalten?«

»Himmel! Diese Despektierlichkeiten! Denkt doch mal ans Geschäft! Eure verdammten Gefühle! Begrabt sie! Schluss damit!« Heinrich schüttelte ärgerlich den Kopf, nahm kurzerhand seine Frau an die Hand und zog sie vor ihren Sohn. Carola Lewenz' Gesicht begann zu glühen, ihr Hals war wie zugeschnürt. Doch Georgs hoffnungsvoller Blick erschütterte sie. Er saß, sie stand. »Na, wird's bald?«, blaffte Heinrich seine Frau an.

Langsam streckte Georg die Arme aus. Seine Augen waren groß und glänzend. Und wie ein kleines Kind, dem sein Weihnachtsgeschenk gezeigt wird, zeigte sich auf seinem Gesicht ein beseeltes Strahlen.

»Mama?«

»Ach Georg!«

Es hatte etwas derart Rührendes an sich, wie die schöne Mutter ihren dreißigjährigen Sohn in die Arme schloss, dass Heinrich sich dann doch abwenden und sein Taschentuch ziehen musste. Um beiden seine Anteilnahme zu verkünden, schnäuzte er sich geräuschvoll, um dann mit feierlicher Miene Sohn und Frau zu umarmen.

1882

Rund zweieinhalb Jahre lag Felix Rosenows Tod jetzt zurück. Fritz kompensierte den grässlichen Unfall mit Arbeit, stürzte sich wie einst Kurt nach dem Selbstmord seines Vaters ins Geldgeschäft. Zusammen mit seinem Onkel und zwei Angestellten führte er die »Von Spener'sche Provinzial-Gewerbebank & Ko.« in Chemnitz – offiziell eine Gründung und Tochter des Bankhauses Frauenkirche, intern aber, wie der Name deutlich machte, ein weitgehend eigenverantwortlich operierendes Geldinstitut.

Raoul von Spener war am Ziel seiner Wünsche. Hoch und heilig schwor er den Lewenzen, sein brisantes Wissen niemals gegen sie einzusetzen, wobei die Geschäftslogik auf seiner Seite war:

»Denn beschädige ich euren Ruf, setze ich auch mein Engagement aufs Spiel. So gesehen ist die ›Von Spener'sche PG & Ko.‹ für euch die beste Versicherung.«

Mit dieser Argumentation ließ sich leben. Und zur Erleichterung des Mutterhauses setzte Raoul von Spener seinen ganzen Ehrgeiz darein, die kommanditistische Beteiligung des Bankhauses Frauenkirche überflüssig zu machen.

»Er wird sich so bald wie möglich von uns freikaufen, um als selbstständiges Privatbankhaus dazustehen«, stellte Heinrich Lewenz nach einem der offiziellen wöchentlichen Arbeitstreffen fest.

»Ja, das sehe ich ebenso«, bestätigte Kurt, den Georg und Heinrich gleichsam als Kontrolleur für »die da in Chemnitz« ausersehen hatten. »Ich kann dazu nur sagen: Hoffentlich gelingt dies unseren beiden Nobilitäten schneller, als wir glauben, denn dann muss ich weniger reisen.«

»Geld will verdient sein, Kurt«, sagte Heinrich bedeutsam.

»Schon. Nur, was habe ich von meinem Verdienst, wenn ich meine Frau kaum noch sehe?«

»Fahr einfach weniger nach Blasewitz«, bemerkte Georg.

»Auch eine Antwort«, entgegnete Kurt und verkniff sich weitere Bemerkungen.

Seine Kontrollfunktion beziehungsweise Arbeit als Aufsichtsrat in Chemnitz brachte ihm noch einmal zweitausend Mark mehr, doch auch mit jetzt insgesamt sechstausend Mark Jahresgehalt, dem Zehnfachen von dem, was ein Industriearbeiter verdiente, konnte er die ausufernden Wünsche seiner Frau nur schwer befriedigen – einer der Gründe, weshalb er die Hochzeit mit Jenny längst bereut hatte und schon einmal Arbeit vortäuschte, um Freitagabends Marina und die Kinder in Blasewitz zu besuchen.

Kurt lauschte auf das Heulen des Windes, der gerade durch die im Schneematsch versinkende Stadt pfiff. Eine Warmfront war herangezogen, die die Stadt unter Wasser setzte. Vorher war viel Schnee gefallen, der jetzt mit einer Geschwindigkeit schmolz, dass sich die Straßen in Seen verwandelten. Überall lösten sich tropfende Schneebretter, die geräuschvoll die Dächer herunterrauschten. Die Keller waren klamm, die Kohle feucht, und in den engen Gassen der Altstadt hing der Nebel.

»Wie gut, meine Herren, dass wir uns wenigstens von innen wärmen können«, sagte Heinrich und hob sein Glas.

Die alte Führungsmannschaft des Bankhauses genehmigte sich den Geschäftsschluss-Cognac, der jedoch seit der Provinzialbankgründung erst dann genossen wurde, wenn Raoul und Fritz von Spener den Geschäftssalon verlassen hatten. Der Umtrunk war wie ein stiller Protest gegen die Zwangsgründung, in deren Hintergründe Thaddäus und Adam eingeweiht worden waren. Selbstverständlich hatten sich Heinrich und Georg über das Thema »Massa Pet« ausgeschwiegen, trotzdem

waren Thaddäus und Adam sehr geschmeichelt, als Georg ihnen und Kurt anvertraute, wie es um ihn und seine Frau stand. Seitdem gab es ein echtes Wir-Gefühl, das die »Frauenkirchler« gegen die »Provinzler« zusammenschweißte und die Arbeitsatmosphäre erheblich entspannte – obgleich Adam Noack nach wie vor mit Beißereien aufwartete. Im Unterschied zu früher zeigte er damit jedoch nur seine Freude über wieder steigende Aktienkurse. Das vor neun Jahren drohende Schicksal, wie sein einstiger Kollege Fred Böhme als armer alter Mann der Fürsorge anheim zu fallen, schien ihm somit erspart zu bleiben.
Es klopfte.
»Wir kaufen nichts!«, rief Georg gut gelaunt und hob sein Glas, um Thaddäus und Adam zuzutrinken.
Carola Lewenz trat ein. Sie grüßte, suchte dann den Blick ihres Mannes. Heinrich jedoch war nicht in der Laune, sich aus der Runde zu verabschieden, obwohl er sich darüber im Klaren war, dass seine Frau ihn zu dieser Stunde nicht wegen Kleinigkeiten aufsuchte.
»Ich habe nur eine Frage«, sagte sie zögernd. »Eine Frage, die mir Herr Zacharias, soweit ich im Bilde bin, wahrscheinlich am ehesten beantworten kann.«
»Es betrifft also etwas Geschäftliches?«, fragte Heinrich.
»Ja. Mir wurde kürzlich bei Hof zugetragen, dass die Marienberger Hüttenwerke AG kränkeln?«
»Fürwahr«, sagte Kurt. »Der Kurs liegt ziemlich am Boden. Sie haben Mitte der Sechziger den vor Ort nicht mehr lohnenden Zinnabbau eingestellt, um sich dem Silberabbau zu widmen. Nach der Reichsgründung setzten erste Probleme ein, die sich achtzehnhundertdreiundsiebzig ausweiteten, weil durch die Einführung der Goldwährung der Silberpreis in den Keller stürzte. Dazu kommt, dass die Erzgewinnung, bedingt durch die sich erschöpfenden Erzadern, immer kostenintensiver

wird. Ihre Hoffnung sind jetzt die in den goldenen Zeiten zugekauften Schneeberger Kobalt- und Nickellagerstätten.«
»Darf ich erfahren, meine Liebe, was du mit deiner Frage beabsichtigst?«
Heinrich genehmigte sich einen Schluck Cognac, was aussah, als wolle er sich für eine beginnende Auseinandersetzung wappnen.
»Das würde ich lieber unter vier Augen ...«
»Besser nicht, meine Liebe. Leider glaube ich zu wissen, weshalb du fragst. Frau von Schleuning und Frau von Schmerl haben sich der lieben Frau Kommerzienrätin Lewenz mit der Bitte genähert, ihren Herrn Gemahl respektive das Bankhaus um eine Finanzspritze für die ächzenden ›Marienberger Hüttenwerke AG‹ anzugehen. Ganz einfach deshalb, weil ihre tapferen Ehemänner nicht wissen, was sie mit den wertlosen Aktien, die sie halten, anfangen sollen. Aber um es kurz zu machen: Das Bankhaus Frauenkirche wird nicht investieren, um damit den Aktienkurs kurzfristig hochzutreiben. Das wäre rausgeworfenes Geld. Sieht das hier jemand anders?«
Heinrich schaute in die Runde. Niemand hatte einen Einwand, doch da war Carola Lewenz bereits aus dem Geschäftssalon gestürmt. Früher hätte sie die Tür hinter sich zugeworfen, doch das Gefühl der Demütigung war noch größer als ihre Wut.
Das Grinsen wird euch allen noch vergehen, dachte sie. Ich lass mich doch nicht vorführen! Schließlich – wer ist es denn, der bei Hof verkehrt! Das bin ich!
Andererseits verstand sie sich selbst nicht. Warum war sie so voreilig gewesen? Eine echte Dummheit! Sie biss sich auf die Lippe und erging sich in Selbstvorwürfen, schließlich beruhigte sie sich: Du wolltest es endlich hinter dich bringen, sagte sie leise zu sich. Du hast es bis ins neue Jahr hinausgeschoben,

jetzt aber steht die nächste Hofeinladung an, und die Sache muss endlich vom Tisch!
Heinrich hatte leider Recht behalten: Wenn die Schleuning und Schmerl dich jetzt auch in die Pillnitzer Sommerfrische einladen, hatte er sie letztes Jahr gewarnt, dann haben sie Hintergedanken. Eine Bürgerliche, selbst wenn sie Bankiersgattin ist, hat in der Sommerresidenz des Hofes nämlich gewöhnlich nichts verloren.
Drei Mal war sie letzten Sommer in Pillnitz gewesen. Eine wirklich große Ehre! Doch im Advent hatten die Schleuning und Schmerl ihr dann klar gemacht, welche Gegenleistung sie sich davon erhofften.
Geld! Immer geht es einzig und allein ums Geld! Beide Familien waren so gut wie bankrott. Der Verkauf der Aktien der Marienberger Hüttenwerke sollte wieder Geld in die Haushaltskassen spülen. Nur leider waren die viel beschäftigten Herren Reserveoffiziere aus allen Wolken gefallen, als sie feststellten, wie ihre Aktien standen.
Verdrossen seufzte sie auf, schlang die Arme um ihren Körper und sah auf die im Schneematsch schwimmende Frauenkirche. Nun blieb nur noch einer übrig, den sie um Rat fragen konnte. Fritz.

Um nicht Raoul von Spener zu begegnen, traf sie ihn in Chemnitz in einem Café. Ihre einstige Beziehung erwies sich jetzt als Vorteil, denn dies ersparte umständliche Förmlichkeiten. Fritz hörte ihr aufmerksam zu, nickte, wiegte den Kopf – mit einem Wort: Er tat, als gäbe es eine reale Möglichkeit, die Marienberger Hüttenwerke und damit die Finanzen der von Schleunings und von Schmerls zu sanieren.
Carola Lewenz war sehr erleichtert. Erschöpft lehnte sie sich auf ihrem Stuhl zurück und griff verstohlen nach Fritz' Hand, um sie zu streicheln.

Fritz wurde weich. Erinnerungen wurden wach. Fast war es wie einst, wie damals. Sie saßen in einem Café und begehrten einander. Ihre Blicke waren erotische Verheißungen, jedes Lächeln ein Versprechen auf mehr. Nie würde er die Augenblicke vergessen, in denen sie ihre Lippen öffnete, langsam die Augen niederschlug und ihn dann groß ansah. Ihre Lippen schimmerten wie feine Seide – und wenn ihre huschende Zungenspitze den seidigen Glanz auffrischte, war dies ihr Signal. Eine Viertelstunde später hatten sich ihre Körper in irgendeinem Zimmer gefunden, und für ungezählte Minuten war die Zeit stehen geblieben.

Der Zauber der Erinnerung verflog. Jetzt sah sie in ihrem schwarzen Kleid und dem straff gescheitelten Haar so bieder aus wie auf einer Familienphotographie. Sie strahlte nichts Erotisches mehr aus, alle Sinnlichkeit war dahin. Ihre Aura war die einer welkenden Blume.

Sie ist verblüht, durchfuhr es ihn. Der Kredit der Jugend und des schönen Scheins ist verbraucht.

Forschend musterte sie ihn.

»Ich werde es dir nie vergessen und dir ewig dankbar sein, Fritz. Es ist zwar nicht so, dass die Einladungen an den Hof ohne erfolgreiche Intervention ausblieben, trotzdem bliebe das Stigma, einem unbarmherzigen, geizigen Stand anzugehören.«

»Vorsicht! Freu dich nicht zu früh!« Fritz zog die Augenbrauen hoch und schaute Carola Lewenz nicht minder eindringlich an wie sie ihn. »Erstens brauche ich, respektive wir, die ›Spener'schen‹, überprüfbare Zahlen, aus denen, zweitens, deutlich wird, dass sich die auf diesem Gutachten dargestellten Behauptungen nicht in Luft auflösen.«

Er überflog noch einmal die Papiere, die sie ihm mitgebracht hatte. Darin versicherten die Marienberger Hüttenwerke, dass neue Investitionen der Gewinnung von Kobalt und Nickel

zugute kämen. Das Gutachten war ihr von Frau von Schleuning zugeschickt worden. Zusammen mit einem von ihrem Mann unterzeichneten Begleitbrief, in dem er bei seiner Offiziersehre schwor, dass alle Angaben wahrheitsgemäß seien.
»Wie wirst du nun vorgehen?«
»Ich werde den Herren in Marienberg einen Besuch abstatten. Sie müssen mir Einblick in die Bücher gewähren, und dann muss ich mir natürlich die Zechen und Fabriken in Schneeberg ansehen, und ich werde auch mit den Hauern sprechen. Das ist das eine. Wenn dann alles positiv ist, schreibe ich einen Bericht für meinen Onkel. Ist er einverstanden, kommt die größte Hürde.«
»Was für eine Hürde?«
»Die Zacharias'sche. Alles, was von uns für investitionswürdig erachtet wird, kommt in Kopie auf Kurts Schreibtisch. Er hat das Recht, im Namen des Bankhauses Einspruch zu erheben, erscheint ihm ein geplantes Geschäft zu riskant. Bislang gab es keine Probleme, denn mein Onkel ist viel zu ehrgeizig und vorsichtig. Kurt hat gelernt, einen Raoul von Spener zu respektieren.«
»Himmel! Immer wieder dieser Kurt!«, brauste Carola Lewenz auf. »Ich weiß, er ist ein Genie in seinem Fach. Heinrich und Georg leben in ständiger Angst, er könnte zur Konkurrenz wechseln. Mittlerweile dürfte deinem Onkel und dir ja bekannt sein, dass er in der Dreiundsiebziger Krise die Idee hatte, meine Mitgift zur Sanierung des Bankhauses zu verwenden.«
»Was? So schlecht stand es damals um euch?«
Fritz erinnerte sich noch gut an die lobenden Worte seines Onkels. Der hatte behauptet, wenn ein Bankhaus in einer solchen Krise einer kurz vor der Pleite stehenden Firma Kredit gewähre und seinem Aktien-Portefeuille zweifelhafte Werte einverleibe, sei dies lautstarker Ausdruck von Liquidität. Wo-

raufhin er einen erheblichen Anteil seines Vermögens dem Bankhaus Frauenkirche anvertraut hatte.
Es war nicht zu fassen! Kurt Zacharias war es gelungen, selbst seinen Onkel hinters Licht zu führen!
Carola Lewenz indes begriff: Ihre Indiskretion war ein fataler Fehler. Wenn Fritz dermaßen erstaunt, geradezu befremdet reagierte, deutete alles darauf hin, dass sie ein wichtiges Geschäftsgeheimnis verraten hatte. Sie fühlte, wie sie rot wurde. Ausgerechnet sie hatte jetzt die Ehre des Bankhauses beschmutzt! Es war zum Verzweifeln! Und ein böses Omen dazu. Im Stillen verfluchte sie die Schleuning, die Schmerl und ihre dumme Eitelkeit, ihnen helfen zu wollen.
Doch sie durfte jetzt nicht die Nerven verlieren! Unbeschädigt bleiben würde sie nur, wenn sie die Fassung bewahrte und so tat, als sei dies alles längst unwichtig.
»Der Schleuning wurde damals sogar der Kredit gesperrt«, fuhr sie amüsiert fort. »Meine Mitgift war zu nichts anderem da, als die Finanzwelt mittels Reklame zu blenden. Ein Vabanquespiel, Kurt Zacharias' Idee. Der Ausgang ist bekannt.«
Fritz verzog anerkennend den Mund, überlegte. Nach einer Weile hellte sich seine Miene auf. Was damals gelungen war, sagte er schließlich, dürfte unter den gegenwärtig wesentlich konsolidierteren Wirtschaftsverhältnissen eigentlich nicht fehlschlagen. Auf einmal war er Feuer und Flamme, sprach davon, Kurt im Zweifelsfall, mit dessen eigener Idee zu konfrontieren.
»Steht es auf Messers Schneide, werden wir ihn mit einem ähnlichen Plan ködern«, sagte er voller Tatendrang und rieb sich die Hände. »Ich werde noch heute nach Marienberg telegrafieren.«
»Fritz?«
»Ja?«

»Machst du mir auch nichts vor?«
»Nein.« Er erhob sich, kam um den Tisch herum. Carola Lewenz reichte ihm die Hand, die Fritz an seine Lippen führte. »Frau Kommerzienrat, ich sehe Möglichkeiten«, sagte er laut. »Sie werden sehr bald von mir hören.«
Er verabschiedete sich und begab sich an die Garderobe. Als Carola Lewenz ihm nachschaute, ergriff sie plötzlich eine verzehrende Sehnsucht, von Fritz geküsst und geliebt zu werden. In dem Maß, wie sie das Geschäftliche verwünschte, lechzte sie nach seinen kundigen Händen und Berührungen. Sie musste sich beherrschen, ihm nicht nachzurufen. Würde er sich doch nur umdrehen … Aber er stand mit dem Rücken zu ihr, ließ sich in den Mantel helfen und setzte den Zylinder auf. Ich will dich, schrie es in ihr. Wäre sie jünger gewesen, wäre sie längst aufgestanden. Doch sie blieb wie gelähmt sitzen und sah tatenlos zu, wie ihm der Schirm gereicht wurde.
Sie raffte all ihre Willenskräfte zusammen, konzentrierte sich, lächelte, öffnete die Lippen. Sollten die anderen sie doch beobachten! Ihr war alles egal!
Spürst du mich denn nicht? Ich brauche dich!
Sie hoffte vergeblich. Enttäuscht senkte sie die verdächtig glänzenden Augen. Wenn er sich nicht einmal mehr umdreht, dachte sie bitter, dann bist du wirklich alt.
Alt.

Zwei Wochen später diskutierte Raoul von Spener mit seinem Neffen das »Investitionsvorhaben Marienberger Hüttenwerke AG«. Seiner Auffassung nach ergäben die Recherchen, dass die ein Engagement befürwortenden Gründe die ablehnenden nicht aufwiegen würden.
»Das Hauptproblem sehe ich darin, dass wir keinen Hebel in die Hand bekommen, die Effektivität des Kredits zu kontrollieren. Ich war Kohlenkumpel, Fritze. Kohle ist einfach. Du haust

sie, bringst sie raus, verlädst, verkaufst. Bei Erzen ist die Ergiebigkeit der Flöze erstens mit viel größeren Unwägbarkeiten behaftet, zweitens kommt dazu, dass sie bekanntlich weiterverarbeitet werden müssen. Die Marienberger Hüttenwerke tun dies dummerweise selbst. Und das ist der Haken. Wo fließt unser Geld hin? In den Ausbau neuer Schächte? Oder in die veraltete Technik, mit denen die Marienberger in ihrem Blaufarbenwerk die Erze weiterverarbeiten.«

»Sowohl als auch.«

»Das ist nicht Fisch noch Fleisch. Meine Devise war immer: Gezielt ein Vorhaben angehen. Davon lasse ich mich nicht abbringen. Die Marienberger wissen: Päppeln wir die Zechen, kriegen wir mehr Erz. Doch den Gewinn daraus fressen ihre veralteten Kobaltgewinnungsanlagen wieder auf.«

»Mach einmal in deinem Leben eine Ausnahme, Onkel«, sagte Fritz unwillig. »Hast du berücksichtigt, dass die Schlema-Blaufarbenwerke, der Hauptkunde der Marienberger, stetig prosperieren? Sie müssen sogar Kobalterz aus dem Ausland zukaufen! Und was die Eisen- und Stahlveredelung und damit die Nickelmarge betrifft: Hier geht es, zum Beispiel in Schwerte, nur aufwärts. Des Deutschen Reiches Münzen …«

»… sind vernickelt und so weiter. Ich weiß, ich weiß. Aber du hast zwei Fabriken genannt, die die Erze weiterverarbeiten. In Schlema die Blaufarbenwerke, in Schwerte Fleitmann & Witte. Warum setzen sich die Marienberger freiwillig dieser Konkurrenz aus?«

»Einmal wirst du doch wohl nachgeben können, oder? Was die Lieferungen nach Schwerte betrifft, die Kosten könnten gespart werden. Vergiss vor allem nicht die Qualität der Erze! Und insgesamt: Scheitern die Investitionen, wäre das Bankhaus Frauenkirche nicht ernsthaft beschädigt.«

»Sicher. Nur wir haben dann bloß ein paar Hunderttausend

verloren. Zum Glück haben wir dafür unsere Portokasse, und die deckt diese lächerlichen Beträge spielend.«
Raoul von Speners Sarkasmus war unüberhörbar. Trotzdem ruhten seine stechenden Augen mit einem gewissen Wohlgefallen auf Fritz. Er wusste längst, dass mit Vernunft in dieser Angelegenheit nichts mehr auszurichten war. Fritz hatte sich verrannt. Zum einen, um seiner einst angehimmelten Carola Lewenz zu beweisen, dass er die Potenz besaß, auch geschäftlich zu bestehen, zum anderen, um vor Kurt Zacharias mit einem eigenen Projekt zu glänzen. Seit Fritz wusste, mit welch genialem Maß an Chuzpe Kurt damals das Spenersche Kapital für das Bankhaus akquiriert hatte, wollte er es ihm unbedingt zeigen.
Für Fritz ging es um mehr als Geld. Er wollte das erste Mal in seinem Leben sich und der Welt beweisen, dass er aus eigener Kraft Geld vermehren konnte.
»Spinner-Fritz will also Spener-Fritz werden.«
»Gib mir nur einmal eine wirkliche Chance!«
Fritz' tonlose, leise Stimme besaß mehr Überzeugungskraft, als wenn er geschrien hätte. Raoul von Spener konnte sich nicht gegen das Mitleid wehren, das er auf einmal für seinen Neffen empfand. Sein Gefühl der Überlegenheit stimmte ihn weich, und er spürte das Bedürfnis, Fritz etwas Gutes zu tun, ihn zu erfreuen. Er hat es sich verdient, dachte er. Jahrelang hab ich ihn mit Zuckerbrot und Peitsche gehalten und war aus Standesgründen gegen die Ehe mit dieser Gunda Irgendwas gewesen. Dabei fand ich das Mädel eigentlich von Anfang an patent.
Raoul von Spener sah die Chance, das Klima zwischen sich und seinem Neffen um einiges zu verbessern.
»Beruhige dich. Du sollst meine Unterschrift haben. Die von Kurt Zacharias kann ich dir freilich nicht verschaffen.«
»Danke.«

Raoul von Spener zeichnete die Gutachten ab und reichte eines davon Fritz. Die Post würde gleich schließen. Wie eilig es Fritz wohl hatte?

Keine fünf Minuten später schlug die Tür. Raoul von Spener lauschte den Schritten, lächelte. Er steckte sich eine Zigarre an, schob den Stuhl nach hinten und streckte die Beine aus. Keine Angst, ich unterstütze dich schon, Junge, dachte er gönnerhaft. Bist doch mein Fritz!

Plötzlich stutzte er, griff zu einem Block und machte sich ein paar Notizen. Eine glänzende Idee! Erst bewusst etwas Unsolides vorschlagen, dann sich korrigieren lassen. Damit könnte man diesem Kurt Zacharias erst Paroli bieten und ihn dann im eigenen moralischen Saft schmoren lassen.

Hättest viel früher Banker werden sollen, schmeichelte sich Raoul von Spener. Aber wie heißt das schöne chinesische Sprichwort? Wenn du schnell ans Ziel kommen willst, wähle einen Umweg.

Genüsslich zog er an seiner Zigarre und kraulte sich seinen Bart. Doch der verachtungsvolle Zug, der um seinen Mund spielte, wurde von Minute zu Minute intensiver.

Kurt Zacharias, das Bankhaus Frauenkirche, die Lewenze!

Zweimal hatten die Lewenze ihn übervorteilt. Das erste Mal, indem Heinrich ihm Carola weggenommen hatte, das zweite Mal, indem es ihnen mit einem lumpigen Reklamecoup gelungen war, sein rettendes Geld auf ihre Konten zu transferieren. Sicher, er hatte sich gerächt, indem er ihnen anderweitig eingeheizt hatte, doch die Schmach lastete trotzdem auf seiner Seele. Geschäftlich mochte es jetzt unentschieden stehen – aber trotzdem gab es noch etwas nachzuholen. Er, Raoul von Spener, musste das letzte Wort haben. Es durfte nicht angehen, dass ein Lewenz einen von Spener austrickste.

Allein schon deshalb musste er Fritz helfen.

Selbst wenn sie alle dabei untergingen!

Am Geschäftsdonnerstag in Dresden hielt Raoul von Spener sich erst einmal zurück. Fritz erging sich in einem langen Vortrag über Erzfördermengen, Erzverarbeitung und den stetig wachsenden Bedarf an Kobalt und Nickel. Die Restrukturierung der »Marienberger Hüttenwerke AG« laufe effektiv, dies habe er bei seinem Besuch erleben dürfen. Ruhig und sachlich berichtete er von der geordneten Stilllegung verschiedener Marienberger Silbergruben. Im Gegenzug würden verstärkt die Schneeberger Kobalt- und Nickelminen ausgebeutet. Um Kosten zu reduzieren, seien im letzten bedienten Marienberger Silberstollen so viele Hauer entlassen worden, dass die verbliebenen jetzt Überstunden leisten würden.

»Das deutliche Zeichen, dass auch in der Finanzwelt die Bemühungen angekommen sind, ist der nicht weiter fallende Aktienkurs. Die Talsohle ist erreicht, die letzten Wochen zeigten eindeutig positive Tendenz. Der Kurs steigt.«

»Lobenswert«, warf Georg ungerührt ein.

Fritz und er hatten sich wieder versöhnt, wenn auch die alte Vertrautheit zerstört war.

»Durchaus«, pflichtete ihm Kurt bei. »Aber es gilt die alte Regel: Ein steigender Kurs ist weniger gut, als später ein fallender schlecht ist.«

»Da gehe ich mit dir d'accord, Kurt«, sagte Fritz ruhig. »Doch das Gutachten der Schlema-Blaufarbenwerke beweist, dass die gelieferten Erzmengen der Marienberger Hüttenwerke AG seit Wochen zunehmen, aber eben nicht im ausreichenden Maß, um deren Bedarf zu decken. Desgleichen habe ich Kopien der »Nickel- und Kobaltfabrik Fleitmann & Witte« in Schwerte. Das sind wahre Erzfresser!«

»Danke. Fassen wir zusammen: Erz wird gebraucht, die Marienberger Hüttenwerke können gar nicht genug liefern. Ich persönlich, um nicht im Namen meiner Vorgesetzten zu sprechen, würde das Zechenengagement unterstützen. Aber die Auflage wäre, die Preisgabe der veralteten Kobaltgewinnungsanlagen zu verlangen. Es ist widersinnig: Nach Schlema und Schwerte wird trotz Nachfrage weniger geliefert, weil das eigene Blaufarbenwerk auch bedient wird. In selbiges Geld hineinzustecken ist unklug, ganz einfach, weil den Marienbergern Zeit und Fortschritt davongelaufen sind. Sind sie morgen auf dem Stand von heute, sind die Fabriken in Schlema und Schwerte schon im Übermorgen. Es wäre ein stetes Hinterherhecheln. Tut mir Leid, Fritz. Ich sehe keinen Gewinn in euren Investitionsplänen.«

Wie zu erwarten gewesen war, hatte Kurt kaum ein gutes Haar an seinem Projekt gelassen. Fritz schaute zu seinem Onkel. Nur mit Mühe bewahrte er die nötige Gelassenheit, um nicht als Verlierer zu wirken. Insgesamt versuchte er, sich so zu verhalten, als sei noch alles offen und Kurts Plädoyer kaum mehr als eine vorübergehende Einschätzung. Bedächtig ging er an die Bar und schenkte sich einen Cognac ein. Den ersten Schluck nahm er im Stehen, dann setzte er sich seinem Onkel gegenüber.

Jetzt bist du am Zug, Onkel, rief er ihm im Stillen zu. Verdammt noch mal: Hilf mir gefälligst!

Raoul von Spener hatte ihm versprochen, Kurts im Krisenjahr 1873 riskanten Sanierungsplan auf die Tagesordnung zu setzen. Andererseits, das sah Fritz ein, wäre dies im Augenblick völlig kontraproduktiv gewesen. Kurts Argumente waren stichhaltig.

Wenn ich an seiner Stelle wäre, würde ich seine Einschätzung teilen, dachte er verzweifelt. Zumal ihm die Marienberger signalisiert hatten, dass sie sich aus Traditionsgründen nicht dazu durchringen könnten, das erste Blaufarbenwerk der Region zu schließen.

»Herr von Spener, wollen Sie etwas erwidern?«, fragte Heinrich.

»Ja.«

Fritz' Onkel saß entspannt in seinem Sessel, rauchte seine Havanna und wirkte, gelinde gesagt, gelangweilt und desinteressiert – was, wie Fritz wusste, eine Täuschung war. Ging es um Geschäfte, war sein Onkel stets hellwach, selbst wenn es aussah, als döse er nur vor sich hin.

»Mein Neffe hat gute Informationsarbeit geleistet, was ich vorab feststellen möchte. Herr Zacharias sagte daraufhin nicht von ungefähr, dass er das Zechenengagement der Marienberger unterstützen würde. Darf ich davon ausgehen, dass auch die restlichen Herrschaften in diesem Raum diese Einschätzung teilen?« Er schaute sich um, und sowohl Heinrich als auch Georg nickten. Woraufhin auch Adam Noack und Thaddäus Warnke Zustimmung murmelten. »Gut, damit sind wir einen Schritt weiter. Tun wir den Nächsten: Wir setzen den Marienbergern die Pistole auf die Brust und fordern: Sie sollen ihre Blaufarben-Produktionsanlagen komplett an die Schlema-Werke verscherbeln. Ich wette, sie würden zustimmen, garantierten wir ihnen im Gegenzug eine neue Nickelgewinnungsanlage. Erstens verspricht die Stahlveredelung ungeahnte Wachstumsraten, womit es, zweitens, bereits mittelfristig gewinnbringender wird, das Erz vor Ort zu verarbeiten, als es ins Ruhrgebiet nach Schwerte zu transportieren.«

»Woraufhin unsere Investitionen drei Liegenschaften zuflössen. Kobalt- und Nickelminen samt einer Fabrik«, warf Kurt ein.

»Falsch. Denn Kobalt und Nickel, geologisch genauer Speiskobalt und Weißnickelkies, werden gemeinsam in einer Erzformation gewonnen. Weshalb die Fabrik in Schwerte auch eine Nickel- und Kobaltfabrik ist. Was für die Schlema-Blaufarbenwerke freilich nicht gilt.«

»Sei's drum. Aber mit Verlaub, ist das Investitionsvorhaben nicht insgesamt eine Nummer zu groß? Zumal die ›Spe-

ner'sche‹ zum größten Teil die Investitionen allein tragen will?«, warf Georg ein.
»Ein klares Nein ist die Antwort«, trumpfte Raoul von Spener auf. »Mein Neffe hatte dieses Argument im Übrigen schon bedacht. Darf ich kurz ausführen, Fritz, welche interessante Finanzierung du mir vorschlugst?«
»Bitte.«
Fritz stockte der Atem. Sein schauspielerisches Talent ließ ihn jedoch so tun, als verfolgten sein Onkel und er eine vorher bis ins Kleinste ausgetüftelte Überzeugungskampagne. Die Wahrheit freilich sah ganz anders aus. Weder hatte er Argumente, mit denen er den »Dresdnern« die insgesamt beträchtliche Investitionssumme schmackhaft machen konnte, noch hatte er darüber hinaus irgendwelche Finanzierungsvorschläge!
Welchen Trumpf, zum Teufel, wollte sein Onkel jetzt aus dem Ärmel zaubern?
Wie schafft er das, fragte sich Fritz. Warum hat immer er die Ideen und nicht ich?
Neid und Bewunderung stritten in seiner Brust, während Raoul von Spener mit souveräner Gelassenheit sein Blatt ausspielte, als wäre er seit Jahrzehnten im Bankgeschäft.
»Nun, wir sind zunächst einmal Geldinstitute. Diese verdienen unter anderem auch durch den Verkauf von Anleihen. Mit anderen Worten: Wir könnten für die Marienberger zusätzlich zu einem überschaubaren Anschubkredit, abgesichert über Hypotheken, Anleihen emittieren. Anleihen, die, wie mein Neffe sich ausdachte, auf Kommissionsbasis in unseren Häusern verkauft werden. Welcher Effekt nun ergäbe sich daraus? Unsere Kreditinvestitionen würden dem Kurs der Aktien erst einmal weiteren Aufschwung geben, womit für die Aktionäre ein unübersehbares Signal der Konsolidierung gesetzt wird. Damit wären die ›Marienberger‹ wieder voll vertrauenswür-

dig. Dieses Vertrauen würde neue Anleger dazu bewegen, auch Marienberger Anleihen zu zeichnen. Der steigende Aktienkurs wird auch das Interesse an gut verzinsten Anleihen hochschnellen lassen.«

»Werden aber zu wenig Anleihen gezeichnet, ist die Gefahr, dass der Aktienkurs mangels Vertrauen sinkt, sehr groß«, entgegnete Kurt sofort. »Der Plan funktioniert lediglich dann, wenn die Anleihen nur wenig unterzeichnet sind«, murrte Kurt. »Überdies meine ich: Wer kauft derartige Anleihen auf Kommission, also ohne Ankaufsgarantie einer Bank! Wir müssten sie schon absichern, wenn Ihr Plan aufgehen soll, Herr von Spener.«

»Herr Zacharias! Wie geschickt! Entgegen Ihrer Absicht haben Sie damit freilich für uns ›Spener'sche‹ gesprochen. Denn ich nehme Sie nur zu gern beim Wort, Sie Experte des Risikos! Keine Kommissionsbasis also, stattdessen Absicherung durch den guten Namen beider Häuser. Kann dann noch etwas schief gehen? Wo doch die ganze Aktion reklamemäßig unterstützt wird! Denn darin sind Sie doch der Meister aller Meister, oder täusche ich mich? Anno Dreiundsiebzig im Herbst – erinnere ich mich da nicht an etwas? Ein gewisser Dummkopf wie Raoul von Spener warf Ihnen damals ein halbes Jahr später aufgrund Ihres Reklamegenies und der damit verbundenen hoch riskanten Investitionspraktiken einen Haufen Geld auf die Konten. Nun, Schwamm drüber. Beide Häuser stehen aufgrund dieser bravourösen Idee zur Zeit als Gewinner dar. Aber ich meine, was den ›Dresdnern‹ damals recht war, sollte ihnen heute im Verbund mit den ›Chemnitzern‹ billig sein, nicht wahr? Zumal im negativen Fall das Bankhaus Frauenkirche bei diesem Projekt nicht allzu viele Federn lassen wird. Sollte das Papier unterzeichnet sein, schlage ich vor, wir ›Spener'schen‹ stehen in diesem Fall für die nicht verkauften Anleihen gerade, mithin, wir erwerben sie zum Angebotskurs. Das Bankhaus

Frauenkirche könnte die Verluste tragen, rutschte der Kurs wider Erwarten unter den Angebotskurs. Diese Belastung dürfte tragbar sein. Kein zu großes Risiko, selbst wenn die Anleihe, sagen wir, um drei Mark fällt. Bei einem Volumen von beispielsweise insgesamt zehntausend Anleihen zum Nennwert von hundert Mark wären das maximal dreißigtausend Mark. Gerade mal ein Drittel mehr als die Zwei-Jahres-Apanage unseres allseits geschätzten Maler Max.«

»Alte Geschichten!«, rief Heinrich gereizt, während Kurt und Georg betreten schwiegen. »Ich möchte nur eines wissen: Dieser Plan ist auf dem Mist Ihres Neffen gewachsen? Ja?«

»Trauen Sie mir nicht zu, wie?«

Fritz hätte jubeln können. Dass Onkel Raoul seinen Plan nicht für sich beanspruchte, kam für ihn einem Liebesbeweis gleich, der die Waage ihrer Beziehung wieder ins Lot brachte. Diese Loyalität war einfach großartig! Fritz hatte das Gefühl zu fliegen! Kurt und mit ihm die gesamte Mannschaft des Bankhauses standen da wie Tölpel. Sie saßen argumentativ und moralisch in der Falle.

Ein Geniestreich Raoul von Speners, seines Onkels!

»Ziehen wir es also in Gottes Namen durch«, brach Heinrich Lewenz das Schweigen. »Bislang können wir zum Glück auf eine erfolgreiche Zusammenarbeit zurückblicken. Warum sollten wir uns jetzt entzweien? Die unselige Parteinahme meiner Frau für gewisse Persönlichkeiten des Hofes müssen wir nun gemeinsam durchstehen. Jeder auf seine Weise, wir alle nach bestem Gewissen. Der Lichtblick: Es ist langfristig viel zu gewinnen.«

Heinrich Lewenz schaute in die Runde und verließ den Geschäftssalon. Raoul von Spener trat an die Bar und füllte die Cognacgläser. Fritz bekam das erste Glas und ein wohlwollendes Schulterklopfen dazu.

»Mein Neffe! Ich hab's doch immer gewusst, hm?«

Endlich wurde es wärmer. Die Stadt blühte auf und streckte sich lebenshungrig der Sonne entgegen. Scharen von Menschen versammelten sich auf der Augustus-Brücke und der Brühlschen Terrasse, um den strudelnden Wassermassen zuzusehen. Die Elbwiesen waren weiträumig überflutet, und das Licht lag auf ihnen wie ein gleißender Spiegel. Es roch frisch, wenn der Wind drehte, brackig, manchmal sogar süßlich faulig. Das Hochwasser führte Sträucher und ganze Bäume mit sich, dann und wann ein paar morsche Planken und Segeltuch, aber auch Reusen und sogar den Kadaver eines Schafs. An einigen Brückenpfeilern staute sich das Treibgut und diente den Möwen als Ruheplatz. Doch so breit die Fluten waren, so still flossen sie dahin – als wollten sie den Menschen sagen: Macht kein Aufhebens um uns, wir sind bald wieder weg. Es wird doch Frühling.

Auch Gunda hatte es auf die Brücke gezogen. In einem strahlend weißen Kleid, den aufgespannten Sonnenschirm lässig über der Schulter, lachte sie mit einer Familie über eine Möwe, die es auf eine in der Flussmitte schwimmende Hundehütte abgesehen hatte. Offensichtlich hatte sie sich entschlossen, die Hütte als Floß zu benutzen. Doch jedes Mal wenn sie auf ihr gelandet war und die Flügel eingeklappt hatte, strudelte eine Welle über die Hütte, und die Möwe flog wieder auf.

»Die mag auch keine nassen Füße«, sagte Gunda zu dem kleinen Mädchen, das auf dem Geländer stand, vom Vater festgehalten. »Und sie will nicht schmutzig werden, so schön weiß wie ihre Federn sind.«

»Sie sind genauso weiß«, sagte das Mädchen.

»Mein Kleid, ja. Und mein Hut war es auch. Der müsste jetzt ungefähr bei Cossebaude vorbeischwimmen.«

»Da kommen wir her!«, sagte der Vater des Mädchens. »Wenn wir dort in zwei Monaten in den Weiden einen finden, wissen wir: Ah, der gehörte der feinen jungen Dame.«

»Aber so windig ist es doch gar nicht«, sagte die Mutter. »Haben Sie ihn denn nicht festgesteckt?«
»Schon, aber dann schaute ich ins Wasser, und das Gemüse oben bekam Übergewicht. Richtig dämlich.«
»Das würde mich auch ärgern. Der Hut war doch bestimmt teuer?«
»War er.«
Gunda seufzte nonchalant. Ob teuer oder nicht, der Hut war ihr herzlich egal. Als ob es wichtig war, teure Hüte und Kleider zu tragen! Sie war und blieb die alte Gunda, auch wenn sie in der Zwischenzeit eine »von« war und sich das Verhältnis zu Fritz' Onkel erfreulich gebessert hatte. Fast hätte man sagen können, sie seien ein Herz und eine Seele. Darauf angesprochen, hatte Onkel Raoul es ihr so erklärt: Wir beide sind in Wahrheit Freigeister, Gunda. Wir genießen, was wir haben, schlagen dabei aber nicht über die Stränge. Andere Leute unseres Standes verderben an ihrem Geld wie Obst in der Sonne. Vor allem aber: Wir beide haben auch weniger angenehme Zeiten hinter uns. Wir kennen Mühsal und Plackerei, und unsere Herzen sagen: Wir können nichts mitnehmen. Der Glanz des Namens jedoch muss bestehen und fortleben. Das ist Pflicht, denn daraus erwächst einem Ehre.
Die Familie aus Cossebaude verabschiedete sich. Gunda sah ihnen nach. Die Kleine – so eine hätte sie auch gerne. Dazu jedoch brauchte es guten Samen, den Fritz nicht hatte.
Vielleicht musst du es so machen wie Marina, dachte Gunda. Schnell einen drüberlassen und abends mit Fritz dasselbe noch einmal. Dann vier Wochen später die frohe Botschaft verkünden.
Gunda machte kehrt und schlenderte zurück in Richtung Altstadt. So schön der Tag war, irgendwie war er auch langweilig. Überall Familien mit Kindern, Paare. Offiziersehepaare ließen sich in offenen Kaleschen spazieren fahren. Während die

Herren die Köpfe bewegten und Ihresgleichen grüßten, saßen ihre Frauen starr neben ihnen und schauten blasiert geradeaus.
Oh, der ist aber schmuck!
Gunda fiel ein Leutnant auf, der sich gerade an einer Laterne eine Zigarette anzündete. Edle Stirn, schöne gerade Nase, dachte sie. Und wie er seine Bartkommas auf die Oberlippe hinaufgestrichen hat – das wäre einmal etwas anderes, oder?
Womöglich ist sein Samen aber auch schlecht.
Sie schüttelte über sich selbst den Kopf. Sie war sich bewusst, dass sie allmählich verrückt wurde. Bei jedem einigermaßen attraktiven Mann fragte sie sich, ob er wohl guten oder schlechten Samen hatte, ob er Kinder oder keine Kinder machen konnte.
Der hier konnte bestimmt. Gunda bildete sich wieder einmal ein, einem solchen Mannsbild ihren Unterleib hinzustrecken, auf dass dessen pralles Gemächt gegen ihren Damm schlug und sich in ihr verströmte.
Sie wurde angesprochen.
»Gestatten Sie, Verehrteste: Leutnant Trobisch. Ferdinand von Trobisch. Entschuldigen Sie, dass ich mir die Freiheit nehme, Sie anzusprechen. Allein die Ursache, Sie immer noch so unglücklich dreinschauen zu sehen, gibt mir den Mut dazu. Ihr Hut – ich wurde auf der Brühlschen Terrasse Zeuge, wie er sich der Elbe opferte.«
Er schnippte seine Zigarette über die Brücke, griff nach Gundas Rechter und hauchte ihr einen Kuss auf die Fingerspitzen. Ihr Ehering schien ihn nicht zu stören, wohl weil er selbst einen trug.
»Ja, mein Hut, Leutnant von Trobisch …«
»Einigen wir uns auf Ferdinand, wenn Sie mir Ihren werten Namen verraten?«

»Oh! Sie scheinen nicht nur ein gewandter, sondern auch souveräner Causeur zu sein. Aber wenn es Ihnen beliebt: Habe die Ehre Ferdinand: Gunda von Spener.«

»Gunda!«

»Ferdinand!«

Beide lachten. Er bot ihr den Arm, sie hängte sich ein. Wir sind beide verheiratet, dachte Gunda. Wahrscheinlich benehmen wir uns deshalb derart gegen die Konvention. Bestimmt sind wir beide verrückt. Ich, weil ich keine Kinder habe, er, weil er vielleicht zu viele hat.

Vor der Treppe der Brühlschen Terrasse machte Gunda sich von ihm los.

»Die plötzliche Sonne macht ein wenig müde«, sagte sie. »Ins Torniamenti aber, gedenke ich es noch zu schaffen. Darf ich Sie auf einen Café einladen, Ferdinand?«

»Dieses Angebot hätte ich doch machen müssen!«, rief der Herr Leutnant verzweifelt.

»Ach Ferdinand – im Schauspiel ist alles erlaubt. Wie wir uns gerade benehmen, das ist doch gar nicht ernst! Beide sind wir glücklich verheiratet, Sie haben allerliebste Söhne, und Ihr Gut an der glücklichen Unstrut produziert köstlichen Riesling-Wein.«

»Das Erste mag bei Ihnen stimmen«, antwortete Ferdinand. »Aber statt Söhnen habe ich nur Tanten, und das Gut ist zum einen bei Breslau und zum anderen ein einziger Saustall.«

Im Café hatten sie das Glück, einen Zweiertisch am Fenster zu finden. Gunda, die wirklich Appetit hatte, bestellte sich Café und Kuchen nebst einem Schinkentoastbrot mit Gürkchen und Remouladensauce.

»Ich mag Schweine«, sagte sie. »Es sind freundliche Tiere. Wenn ich auf unserem Gut bin, schaue ich schon mal zu, wie sie gefüttert werden. Wir haben nicht viele, nur ein Dutzend.

Kürzlich ferkelte eine Sau. Diese rosaroten Kerlchen – zu niedlich.«

Ferdinand von Trobisch nickte nur. Offensichtlich langweilte ihn das Thema. Oder, dachte Gunda, vielleicht habe ich ihn daran erinnert, dass seine Schweinezucht nicht genug abwirft. Im Gegensatz zu ihrer üppigen Kollation, die sie sich gerade einverleibte, begnügte sich Herr Leutnant nämlich mit einer spartanischen Tasse Kaffee.

»Ich habe ja gesagt, dass ich Sie einlade, Ferdinand«, sagte Gunda. »Dass Sie Diät leben, davon freilich hätten Sie mich besser zuvor unterrichtet. Doch ob Diät oder nicht – einen Stephinsky-Bitter müssen Sie sich mir zuliebe gönnen. Ich befehle es sogar!«

Ferdinand machte eine ergebene Geste, aber seine Augen logen unaussprechlich, weshalb ihm der Stephinsky denn auch mit sichtlichem Behagen durch den Hals rann. Um den Schweinezüchter von Trobisch noch ein bisschen zu erquicken, bestellte Gunda im Abstand von fünf Minuten vier Stephinskys nach.

»Der Name von Spener«, begann Leutnant Trobisch schließlich tapfer, »helfen Sie mir, Gunda. Mein Ehrenwort: Er ist mir geläufig. Aber im Moment kann ich ihn nicht zuordnen.«

»Das würde meinem Mann aber gar nicht behagen! Doch in der Tat: Er führt mit seinem Onkel in Chemnitz die ›Von Spener'sche Provinzial-Gewerbebank‹. Weil beide dort zurzeit sehr viel Arbeit haben, lebe ich hier allein als Strohwitwe. Mein Mann verlangt nicht, dass ich ihn besuche. Als alte Dresdnerin, sagt er, könne er mir nicht zumuten, in Chemnitz die Zeit herumzubringen. Bleibt unser Gut in Oelsnitz, aber da sagen sich Fuchs und Hase gute Nacht. All meine Bekanntschaften leben hier.«

»Achtung, jetzt kommt ein Kompliment!«, sagte Ferdinand.

»Gunda, wie kann Ihr Mann eine solch wunderbare Frau wie Sie unbeaufsichtigt …«
»… im Torniamenti mit einem schmucken Leutnant Stephinsky-Magenbitter trinken lassen?«
»Richtig!«
Gunda reckte den Kopf, schaute nach draußen. Die Frau, die auf das Café zusteuerte, war das nicht …
Hastig öffnete sie ihr Täschchen, zog eine Visitenkarte heraus und schob sie Leutnant von Trobisch zu. Er dürfe sie besuchen, zischte sie, aber bitte, er müsse jetzt sofort den Tisch verlassen.
»Sonst wird's nämlich ernst.«
»Verstehe. Selbstverständlich.«
Gierig schnappte Ferdinand nach der Visitenkarte und schnellte von seinem Stuhl. Gunda fing einen kühnen Blick auf und bereute die vorschnelle Preisgabe ihrer Adresse. Andererseits, wer hatte sich jahrelang eine Affäre geleistet? Sie oder Fritz?
Ach was! Er ist bloß ein kleines, armes Hündchen, beruhigte sie sich.
Doch dieses kleine arme Hündchen fiel auch Mareike Lewenz auf, wie sie beobachten konnte. Georgs Frau schenkte Ferdinand einen offenen, neugierigen Blick, als sie sich an ihm vorbeizwängte, um den einzigen freien Platz zu ergattern. Gunda hätte ihr gar nicht zuzuwinken brauchen.
»Sie hier zu treffen, Frau Lewenz – was für ein Zufall!«
»Ach, lassen wir doch diese Förmlichkeiten«, sagte Mareike fröhlich. »Gunda, du warst auf meiner Hochzeit, ich auf deiner. Dank unserer Männer sind wir befreundet. Warum sollten wir es nicht auch sein?«
»Gerne.«
Die neue Freundschaft wurde mit einem Glas Champagner besiegelt. Mareike erzählte von ihren letzten Herbst-Aufent-

halten in den böhmischen Bädern und wie sie den Januar und Februar an der Golfküste Neapels verbracht hatte. Ihre Mutter freilich habe irgendwann Heimweh bekommen und sei drei Wochen vor ihr wieder abgereist.

»Mama, ich bin groß«, habe ich ihr zum Abschied gesagt. »Lass mich! Mich an einen falschen Mann zu verkuppeln, hattest du keine Skrupel. Aber nun die Nase zu rümpfen, wenn dein Töchterchen im Liegestuhl am Strand Limettenbrause trinkt.«

»Du hast doch nicht nur Limettenbrause genossen, oder? Irgendwie wirkst du nämlich sehr glücklich.«

Gunda hatte sich über den Tisch gebeugt und einen bewusst verschwörerischen Ton gewählt. Mareike blitzte sie an, schaute sich um und flüsterte, in der Tat habe sie Rotwein getrunken. Viel Rotwein, den köstlichsten, der sich denken lasse.

»Verrate mir wenigstens seinen Vornamen.«

»Marco.«

»Lass mich kombinieren: Er ist ein Marchese aus der Toskana, der Olivenöl und Wein herstellt. Ein Mann mit feinsten Manieren. Verwitwet. Frau und Kind bei der Geburt gestorben. Einsam, ein Büchernarr, der für sich das Lautenspiel entdeckt hat.«

»Völlig falsch.«

»Marco ist Hamburger, heißt mit Nachnamen Eddelbüttel und ist Archäologe in Pompeji. Arbeitet an einem Buch über römisches Alltagsleben in der Kaiserzeit. Sein Vater ist ein alt eingesessener Pfeffersack mit Villa an der Außenalster. Eines Abends … der Blitz schlug ein. Wir sind füreinander geschaffen. Jetzt müssen die Lewenze Farbe bekennen.«

Mareike lehnte sich triumphierend zurück. Das himbeerfarbene Kleid zauberte um ihre knabenhaften Gestalt einen Hauch Romantik. Das kurz geschnittene Haar jedoch machte diese weibliche Note wieder zunichte. Dennoch konnte Gunda sich gut vorstellen, wie Mareike sich genau dieses himbeerfarbene Kleid vom Leib riss und ihren kleinen, von dünner Unterkleidung verhüllten Busen an die Brust dieses Marco Eddelbüttel drückte. Sie erinnerte sich an Georgs Schilderung von Mareikes erotischen Bedürfnissen – Marco musste demnach, im wahrsten Sinne des Wortes, herausragende Qualitäten mitbringen.

Beneidenswert!

Ob er ihr wohl schon ein Kind gemacht hatte?

»Weiß es Georg schon?«

»Er hat einen Erlebnisbericht von mir bekommen. Schriftlich.«

»Und?«

»Er ist eifersüchtig! Ganz süß! Ich habe ihm versprechen müssen, ihn weiterhin wie einen besten Freund zu lieben. Es war richtig dramatisch. Wir haben beide geweint. Leider erfuhr ich aber auch, dass seine Mutter und sein Vater nach wie vor strikt gegen eine Scheidung sind. Und um des lieben Friedens willen tut Georg nichts, sie umzustimmen. Ergo: Ich brauche Munition. Aber sie darf Georg nicht wehtun.«

Auf Gundas Miene zeigte sich ein Hauch von Boshaftigkeit. Mareike erinnerte sie an die dunklen Seiten ihrer Beziehung zur Familie Lewenz. Seltsam, dachte sie, damals im Großen Garten, kurz bevor ich Mareike kennen lernte, da spielte ich Fritz den Streich mit dem Taschentuch. Mareike wird damals bestimmt nicht entgangen sein, dass sich Georg damit den Schweiß von der Stirn tupfte – wie sie sich wohl verhalten hätte, hätte sie Kenntnis davon gehabt, wessen Talisman dieses zerrissene Tuch war …

Eigentlich hatte Fritz nur Ärger mit dieser Familie gehabt, überlegte sie. Nach wie vor war es eine eher unglückliche Freundschaft, die ihn mit Georg verband. Früher hatten Fritz' Onkel und diese Carola Lewenz sie zu ihrem Vorteil ausgebeutet. Und seine Affäre, redete Gunda sich weiter ein, hatte auch die Funktion eines Ventils gehabt: Fritz hatte sich schließlich jahrelang mit dem Wissen um Georgs Mordtat herumgeschleppt und musste ständig mit dem schlechten Gewissen leben, einen Mörder als Freund zu haben! Kein Wunder, dass diese Lewenz ihm schöne Augen gemacht hatte! Zum einen schützte sie ihren Sohn, zum anderen bekam sie damit einen wunderbaren Liebhaber an die Brust! Ihr verknöcherter Ehemann lebte schließlich nur fürs Geschäft! Zusätzlich konnte diese Carola Lewenz mit Fritz ihre offensichtlich zu kurz gekommenen, mütterlichen Sehnsüchte stillen! Denn er suchte bei ihr ja nicht nur den Eros, sondern auch das fraulich reife Herz der Mutter – einer Mutter, die ihren eigenen Mann verraten hatte und ihr Leben lieber an der Seite eines überehrgeizigen, größenwahnsinnigen Geschäftsmannes verbrachte.

Fritz war ein gebranntes Kind, seine Seele rein. Er liebte sie! Und sie ihn! Schlecht war nur sein Samen.

»Mareike? Wenn ich dir Munition für die Scheidung liefere, dann musst du mir, bei allem, was dir heilig ist, schwören, nur die Person damit zu konfrontieren, die dir im Wege ist.«

»Das ist in allererster Linie Georgs Mutter.«

Gunda winkte Mareike zu sich heran und flüsterte ihr ins Ohr, was Fritz und Carola Lewenz einst miteinander verband. Mareike erblasste, gleichzeitig aber flammte in ihren Augen nackter, wilder Triumph. Sie schaute Gunda tief in die Augen und legte den Finger auf den Mund.

Mit einem neuen Glas Champagner wurde das nunmehr gemeinsame Geheimnis gefeiert. Übermütig ließen sie die Gläser klirren. Gunda spürte, wie ihr der Alkohol zu Kopf stieg, aber, so erzählte sie Mareike, eigentlich habe sie nicht minder Grund zu feiern. Morgen nämlich besuche sie Marina in Blasewitz, es sei ihre erste Begegnung seit Felix' Beerdigung.

»Sie hat mir sozusagen verziehen, dass Fritz mein Mann ist. Natürlich darf er ihr nie mehr unter die Augen treten. Dabei verdankt sie Fritz ihre Freiheit. Kurt Zacharias besucht sie dann und wann. Ich glaube, in Wahrheit hat sie immer nur ihn geliebt.«
»Interessant. Erzähl!«
Wieder klirrten die Gläser. Gunda und Mareike begannen sich immer wohler zu fühlen. Gunda kämpfte mit sich. Sollte sie auch das letzte Geheimnis preigeben? Nein, das durfte sie nicht. So sehr ihr auch die Worte auf der Zunge kitzelten: Dieses Geheimnis musste sie wahren. Sogar Fritz und die Familie Lewenz hielten sich daran. Sonst wäre sie wirklich nicht wert, Marinas Freundin genannt zu werden.
Aber es war zu köstlich. Einer war immer der Dumme. Und ausgerechnet der kluge Kurt war der allerdümmste!
Die Augen bereits glasig, schüttelte Gunda den Kopf. Sie hätte jetzt Pferde stehlen können.
»Hast du den Leutnant vorhin gesehen?«, fragte sie.
»Den schmucken?«
Beide prusteten los.
»Willst du was von dem?«
»Ach was. Vielleicht ein Kind?«

Bevor Mareike ihre Schwiegermutter mit deren unmoralischer Vergangenheit zu konfrontieren gedachte, reiste sie erst einmal nach Hamburg. Dort galt es, Marco Eddelbüttel unter die Lupe zu nehmen. Nicht noch einmal, hatte Mareike sich geschworen, wollte sie sich von einer so genannten guten Partie blenden lassen. Womöglich entpuppte sich Marco Eddelbüttel aus dem Grand Hotel in Neapel im heimatlichen Hamburg als ein außer Rand und Band geratener Hanseatenspross – was aufgrund seines Vermögens nicht abwegig gewesen wäre. Bei aller Liebe, die sie für ihn empfand, es machte sie doch ein wenig

misstrauisch, dass Marco der schweißtreibend staubigen Arbeit des Ruinenausgrabens so viel abgewinnen konnte. Kompensierte er damit womöglich etwas? Brauchte er die Anstrengungen unter südlicher Sonne, weil ihn sein möglicherweise ebenfalls falsches Temperament sonst unter den Gegebenheiten des berüchtigten Hamburger Schmuddelwetters zu sehr bedrängte? Schließlich hieß es nicht von ungefähr, dass Männer es nicht ausschwitzen konnten.
Ach Liebster, träumte sie im Zug. Bitte enttäusch mich nicht!

Jenny gab währenddessen mit zunehmendem Verdruss Kurts Geld aus. Und je nachdem, von welcher Seite sie es betrachtete: Einmal war es zu viel, dann wieder zu wenig. In letzter Zeit eigentlich nur zu wenig – denn wahrer Luxus, wie zum Beispiel Goldbestecke oder florentinische Wandbespannungen, war auch für einen Gutverdiener wie ihren Mann Utopie.
Sie schlenderte durch die Einkaufsstraßen und überlegte angestrengt, ob sie nicht doch noch irgendwo in einer Ecke ihrer Altmarkt-Wohnung eine Bodenvase unterbringen konnte. Leider liefen ihre und Kurts Vorstellungen von Gemütlichkeit auseinander. Sie war ein Anhänger makartscher Prächtigkeit, er bevorzugte die Schnörkellosigkeit klassizistischer Linien. Schwärmte sie für Sepia-, Braun- und Rottöne, hielt er mit Beige, Lindgrün und Taubenblau dagegen. Aus nahe liegenden Gründen hatte Jenny sich bislang durchsetzen können, aber dies hatte seinen Preis: Mit jedem neu gekauften Stück schien der Haussegen über der Wohnungstür wieder etwas schiefer zu hängen.
Wie kann er das nicht mögen, ärgerte sie sich und blieb vor den samtrot drapierten Schaufensterauslagen von »Oschatz« stehen, einem Einrichtungsgeschäft, in dem all das zu haben war, das in einem soliden Hausstand nicht fehlen durfte.

Ein langstieliges Zweiggebinde mit trockenen, durchsichtigen Blättchen und Rosenblüten fesselte ihren Blick. Es würde mit der dunklen antiken Henkelvase harmonieren, überlegte sie. Und käme damit insgesamt auf ein echtes Makartbukett hinaus! Die Wehmut, die es verhaucht – bist das nicht du? Die Suchende, die sich sehnt, einmal in ihrem Leben auf Rosen gebettet zu sein?
Es passt ins Esszimmer! Jenny lächelte. Das dunkel getäfelte Esszimmer war ihr Reich! Hier durfte sie machen, was sie wollte. Das deckenhohe Büfett hatte Zinnen, Simse, Erker, Türme und ein Geheimkabinett. Es war ihre Ritterburg, und der gewaltige Tisch mit den schweren Luther-Stühlen drumherum das Land, das von dieser Burg bewacht wurde. Die dunklen Landschaftsbilder an den Wänden bildeten den angemessenen Horizont, und die farbigen Butzenscheiben des Geschirrschranks gegenüber verliehen seinem Inhalt Kostbarkeit und Exklusivität.
Sie wollte gerade eintreten, da gewahrte sie in »Oschatz'« spiegelndem Schaufenster den Schatten einer Gestalt, die ein Musketier hätte abgeben können. Auf dem Kopf trug dieses Musketier einen ungewöhnlichen Hut – kein Zweifel, Maler Max stand hinter ihr.
»Sie haben mich richtig erschreckt!«
»Wunderbar! Sie sind Jenny Zacharias, geborene Förster, nicht wahr? Meine Floristin!«
»Ich war's. Ja. Die Schürze der Floristin habe ich abgelegt. Doch ehrlich: Wir vermuteten Sie alle im Morgenland.«
»Dort wollte ich auch hin. Bestimmte Umstände jedoch hinderten mich. In absehbarer Zeit aber werde ich alles nachholen. Wollen Sie mich begleiten?«
»Richtig. Sie waren auch damals äußerst spontan. Ich fürchte nur, mein Herr Gemahl würde mir nicht so lange freigeben. Womit ich anzudeuten wage, eine Reise in den Orient – ach

ja, das stelle ich mir herrlich vor. Sonne, Palmen, Gewürze, Basare, Ruinen. Verschleierte Frauen, der Ruf des Muezzins, blitzende Dolche, bunte Teppiche …«
»Wie auf einem Bild von Makkart?«
»Vielleicht?«
»Sehen Sie: Deshalb möchte ich dorthin. Denn natürlich ist alles ganz anders als bei Makkart. Begleiten Sie mich! Dann erleben Sie's selbst!«
Er schaute sie an, ganz der Künstler, der sich nicht darum scherte, dass sein Ansinnen verrückt klang. Selbst Jenny, die nicht gerade leicht zu erschüttern war, wirkte befremdet. Sicher, der Mann mit dem weiten Flanellmantel und dem breitkrempigen, spitzen Hut war ein stadtbekannter Bohemien, aber nun schien er darüber hinaus auch toll geworden zu sein. Obwohl – alle Künstler waren mehr oder weniger verrückt und provozierten. Das machte sie reizvoll.
Dieser Max – Jenny hatte ihn schon damals attraktiv gefunden. Offensichtlich er sie auch! War ihr da etwas entgangen?
»Ich soll Sie also begleiten«, sagte sie betont langsam. »Finden Sie nicht, dass ich Ihr Angebot in jeglicher Hinsicht als überstürzt, überraschend, frivol und unglaubwürdig bewerten muss? Sie tun, als wäre ich Ihre Cousine! Oder gleich …«
»Oder gleich?«
»Sie schaffen es, dass ich rot werde!«, entrüstete sich Jenny.
»Darauf dürfen Sie sich jetzt etwas einbilden!«
Max rieb sich vergnügt die Hände. Er zeigte auf das Zweiggebinde und beschrieb es spöttisch. Konkrete, opulente Dekadenz strahle es aus, fasste er zusammen und lud Jenny zu sich in die Wohnung ein. Dort werde sie, wie er sagte, ein Heim kennen lernen, welches den Geist des Maschinenalters reflektiere.
»Was, jetzt?«

»Kurt und ich lagen im Schlafsaal von St. Afra Bett an Bett«, sagte Max leichthin. »Ich war anständiger als er, das glauben Sie mir bitte!«
»Seien Sie doch still!«
Während Jenny noch um Fassung rang, war Max forsch genug, einfach weiterzugehen. Jenny blieb nichts anderes übrig, als ihm nachzulaufen. Was Max belohnte, indem er ihr galant den Arm bot. Sie war so eitel, sich einzuhängen, doch ein paar Minuten später erschrak sie heftig, als sie ihrer beider Silhouette in einem Schaufenster entdeckte.
Der ist dir überlegen, dachte sie, und alles andere als langweilig.
»Ach ja, die Konvention«, sagte Max. »Schauen Sie, was für ein vergnügtes Paar wir abgeben! Und die Leute, wie sie gucken!« Max grüßte aufs Geratewohl die Leute, und Jenny hätte am liebsten die Augen geschlossen, so peinlich war ihr diese Situation. »Mein Lieblingsspruch ist: Blasse Gesichter, blasse Gedanken. Kennen Sie von Kurt auch solch ein Aperçu?«
»Weiß ich nicht.«
»Aber ich! Sein Credo ist das aller rechtschaffenen Bürger: Erst das Notwendige, dann das Nützliche, dann das Angenehme.«
Jenny kam sich vor wie ein Spielzeug. Gleichzeitig jedoch schmeichelte es ihr, dass Max sie in seine Wohnung bat. Wie wäre dein Leben wohl verlaufen, wenn er dir dies bereits damals angeboten hätte?, fragte sie sich unwillkürlich. Wärst du dann womöglich eine Jenny Lewenz geworden?
Ob er mich verführen wird?
Sie verbat sich weitere Gedankenspiele. Doch wann war sie das letzte Mal am Arm ihres Mannes über die Augustus-Brücke geschlendert? Samstagnachmittags entblödete Kurt sich nicht, mit dem Fahrrad den Großen Garten unsicher zu machen.

Angeblich, weil das viele Sitzen im Büro den Rücken schädige. Die Stöße aber, die er sich auf diesem Vollgummireifengefährt einhandelte, waren ihrer Meinung nach erst recht verheerend für sein Rückgrat. Nach jeder Fahrt musste sie ihn massieren, wobei er regelmäßig einschlief. Abends dann gingen sie essen. Sonntags vormittags las er Zeitung, was meist in einem für sie inzwischen langweiligen Spiel endete: Sie schlich sich im Negligé heran, knöpfte ihm die Hose auf und setzte sich auf ihn. Kurz und heftig. Dann gingen sie zum Mittagessen und bummelten durch die Stadt. Gelegentlich besuchten sie abends das Hoftheater – auf Verdacht. Kurt war es egal, was gespielt wurde.

Hingegen hatte er sich angewöhnt, die Orgelkonzerte in der Frauenkirche zu besuchen.

Diese totlangweilige Musik machte sie fast wahnsinnig.

Nächsten Mittwoch war es wieder so weit.

Vor Grauen schüttelte sie sich und ächzte wider ihren Willen.

»Ist Ihnen nicht wohl?«

»Doch, doch. Mir fiel nur gerade ein, dass ich bald wieder ein Orgelkonzert über mich ergehen lassen muss. Kurt meinte, anfangs habe ihm dies auch nichts gegeben, jetzt sei es anders. Irgendwann würde auch ich Gefallen daran finden. Aber da täuscht er sich.«

»Ist Marina Rosenow dann mit von der Partie?«

»Nein. Einmal allerdings war sie mit ihrer Tochter, dem Kindermädchen und deren Sohn zugegen. Beide Kinder sind schrecklich. Wollten immerzu Huckepack genommen werden und waren erst still, als Marina schließlich hinlangte. Aber nun – den Bälgern fehlt der Vater. Die reinste Weiberwirtschaft ist das dort in Blasewitz. Warum heiraten sie nicht? Oder legen sich einen Hausfreund zu? Stattdessen läuft Marina in Sack und Asche herum und spielt Klavier. Zweimal haben Kurt und ich sie besucht. Beim ersten Mal gab es Schnitt-

chen, und sie spielte Chopin, beim zweiten Mal spielte sie Chopin, und es gab Schnittchen. Nie wieder! Soll Kurt sie allein besuchen und von mir aus trösten.«
Die letzten Worte klangen wunderbar trotzig. Max hörte genau das aus ihnen heraus, was er für seine Rachegelüste brauchte. Es war dumm von Kurt gewesen, ihn nicht zu empfangen. Dabei hatte er, Max, seinen Besuch lange vorher schriftlich angekündigt. Kurt sollte nur vermitteln. Aber in seiner irregeleiteten Loyalität hielt er sich strikt an die Order Heinrichs, die besagte: Max Lewenz ist für alle im Bankhaus Frauenkirche Beschäftigten persona non grata.
Kurti, dafür musst du jetzt büßen, dachte er schadenfroh und lud seine Frage mit so viel gezuckerter Bosheit auf, wie es nur irgend ging:
»Glauben Sie etwa, dass Kurt so weit geht?«
Jenny antwortete nicht, machte sich abrupt von ihm los. Die Lippen zusammengepresst, schaute sie über die Elbe und winkte der »Meißen« nach, die gerade abgelegt hatte. Das Hochwasser hatte sich längst verlaufen, die Elbwiesen waren nicht einmal mehr sumpfig. Sie kramte in ihrem Beutel einen Zwieback heraus und verfütterte ihn an die Möwen. Ihr habt's gut, dachte sie. So frei möchte ich auch einmal sein! Leider müssen wir Frauen immerfort Männer haben, die uns aushalten.
Warum fragte Max sie das? Was wollte er wirklich von ihr? Kurt hatte nie von ihm gesprochen.
»Ob er so weit geht?«, wiederholte sie gleichmütig.
»Nun ja, ich glaube, behaupten zu dürfen, Marina war Kurts erste Liebe. Was Sie jetzt, um Himmels willen, auf keinen Fall als Unterstellung bewerten dürfen, Jenny.«
»Tu ich auch nicht. Trotzdem ist mir dieses Detail neu!«
Sie fuhr herum und schaute Max prüfend an. Der freute sich, wie sein Gift in ihren Augen wütete. Stirnrunzelnd schüttelte

er den Kopf, tat, als empfände er es als unverantwortlich, dass Kurt seine Frau nicht längst über seine Vergangenheit aufgeklärt hatte.

»Jenny, Kurt ist ein Mensch mit Ehre. Er würde Sie nie hintergehen. Entschuldigen Sie mein loses Geschwätz. Sagen Sie sich einfach: Dieser Max Lewenz ist ein Windbeutel und Schuft, ein gernegroßer Maler. Was hab ich mit ihm zu schaffen!«

Wieder ging er einfach weiter. Jenny sah ihm nach, hin und her gerissen zwischen Verachtung und der Neugier, noch mehr aus Kurts Vergangenheit zu erfahren. Sie sah zu, wie Max stehen blieb, seine Geldbörse zückte und ihr ein paar Münzen entnahm. In hohem Bogen warf er sie in den Fluss.

»Heute ist der neunte Mai und damit der Todestag Friedrich Schillers!«, rief er. »Das ›Lied an die Freude‹ schrieb er bekanntlich in Loschwitz und schaute dabei bestimmt einmal auf die Elbe. ›Wem der große Wurf gelungen, eines Freundes Freund zu sein, wer ein holdes Weib errungen, mische seinen Jubel ein. Ja, wer auch nur eine Seele sein nennt auf dem Erdenrund! Und wer's nie gekonnt, der stehle weinend sich aus diesem Bund.‹«

An Max wurde man einfach irre.

»Kommen Sie!«, sagte er begeistert. »Wir feiern bei mir ein Schillerfest!«

Schillerfest nennt er das also, dachte Jenny. Auf was lässt du dich bloß ein?

Stunden später zeigte sie Max, in welch hohem Maß ein holdes Weib Spielball ihrer Gefühle war. Wut und Eifersucht ließen sie Beschimpfungen schreien und Scheidungspläne ausdenken, obwohl Max ihr immer wieder versicherte, es sei alles nur ein Gerücht. Eines, das noch nicht einmal Kurt selbst kenne.

»Jenny«, flötete er und hörte dabei nicht auf, ihr beruhigend über den Rücken zu streicheln, »Jenny, Kurt ist Ihnen treu. Ob

die kleine Marie nun sein Kind ist oder nicht. Er ist Ihnen treu! Verstehen Sie?«
Sie schluchzte auf, ohrfeigte ihn und entschuldigte sich, indem sie sich ihm an die Brust warf. Noch ein Glas Wein. Max gab ihr ein paar Tropfen Laudanum, bestellte eine Droschke. Es dämmerte bereits, als sie auf dem Altmarkt ankamen.
»Ich begleite Sie bis vor die Tür, ja?«
Jenny schüttelte den Kopf.
»Ich mach ihn allein fertig«, stieß sie hervor.
»Und dann?«
Max schaute sie ruhig an. Jenny griff nach ihrem Taschentuch, trocknete sich die Tränen und lächelte.
»Wollen Sie mich denn haben?«, fragte sie.
»Ja, was glauben Sie, warum ich dieses Theater angestellt habe?«

Onkel Raoul hatte sich von seinem Neffen verabschiedet. Fritz lauschte den schweren Schritten, die er, seit er sich erinnern konnte, mit dem Gefühl des Endgültigen assoziierte. Jedes Mal schien es ihm, als sagten diese Schritte: Du hörst uns nie wieder, denn es ist alles gesagt. Jeder Schritt war wie ein Schlusspunkt nach einem bedeutenden Satz, von denen alle die Botschaft trugen: Ich wollte es, so ist es gekommen, und jetzt gibt es dem nichts mehr hinzuzufügen.
Fritz wartete noch eine Weile, dann entschied er sich, den Schalterraum der ›Spener'schen‹ aufzusuchen, der sich im Erdgeschoss befand. In bester Chemnitzer Innenstadtlage huldigte er dem Geschmack der Zeit und sah aus wie ein Salon, der im Hintergrund mit einem Geschäftstresen, Aktenschränken und Regalen möbliert war. Dahinter arbeiteten zwei Bankangestellte, der Bürochef und das Schalterfräulein, das die täglichen Wünsche wie Aus- und Einzahlungen besorgte. Onkel Raoul legte größten Wert auf zuvorkommende Bedienung, die

einem einfachen Handwerksmeister genauso zugute kam wie einem Fabrikdirektor. Auf Wunsch wurde Kaffee, Tee oder ein Glas Portwein serviert und jeder Kunde, der den Wunsch hatte, den Junior oder Senior zu sprechen, wurde vom Bürochef persönlich die Treppe hinauf zu den Büros begleitet.

Die Devise war: Die »Dresdner« in puncto Kundenorientierung noch zu übertreffen. Wenn wir das Beste eines Menschen, nämlich sein Geld, in die Finger bekommen wollen, können wir nicht davor zurückscheuen, dann und wann, und wenn's der Fall erfordert, zu katzbuckeln – so durfte zum Beispiel ein schlichter Tuchhändler sie ohne Adelsprädikat anreden, und einem Offizier ließen sie es durchgehen, dass er nur ihren Nachnamen bellte, wenn er sich dazu herabließ, das Wort an sie zu richten.

Um diese Uhrzeit indes, kurz vor sechs, war mit keinem Großkundenbesuch mehr zu rechnen. Trotzdem, wie bereits seit vier Wochen, Fritz war neugierig: Wie viele Anleihen der »Marienberger« waren heute gezeichnet worden? Bislang verkauften sich die Anleihen trotz der Reklame für die Hüttenwerke nicht so gut wie erhofft, aber zum Glück immer noch besser, als Kurt es befürchtet hatte.

»Ich glaube, Herr Raoul von Spener ist bereits außer Haus«, hörte Fritz Johannes Pich, den Bürochef, freundlich sagen. »Der Herr Junior aber …«

»Na, das ist ja dann ein Laden! Der Senior macht sich einen schönen Lenz, seine Angestellten aber arbeiten. Ich dachte, die ›Spener'sche‹ will es anders machen? Scheint nicht der Fall, oder?«

Ah, mal wieder ein Beinpinkler, dachte Fritz. Entweder Offizier oder Gutsverwalter. Doch keine Sorge, Johannes, den nehm ich dir ab! Er atmete tief durch und setzte die ihm mittlerweile in Fleisch und Blut übergegangene, aufmerksam freundliche Geschäftsmiene auf.

»Kann ich helfen?«
Fritz trat durch die Tür, die rechts hinter dem Geschäftstresen in den ersten Stock führte. Auf Johannes' Gesicht malte sich größte Erleichterung. Immerhin war jetzt Feierabend, und die schönen Maiabende wurden von Tag zu Tag weniger.
»Helfen? Das hoffe ich! Wenn Sie nicht der Senior sind, dann der Junior?«
»Sehr wohl. Fritz von Spener. Darf ich Ihnen etwas anbieten? Es ist zwar schon spät, aber Kaffee ist noch da. Vielleicht ist Ihnen aber ein Glas Port um diese Zeit lieber?«
»Von mir aus.«
Auf einem Silbertablett brachte Johannes eine Flasche Port und zwei Gläser. Fritz wies auf einen Sessel, setzte sich erst, als der Kunde Platz genommen hatte.
Beinpinkler, aber möglicherweise Neukunde, schätzte er. Schuh und guter Stoff seines Anzugs weisen ihn als vermögend aus. Er ist um die Fünfzig, korpulent und trägt einen altmodischen Backenbart. Seine Lippen sind die eines Genießers, seine Schweinsaugen die eines Spötters. Aber irgendwie – er wirkt nicht echt. Seine Ausstrahlung ist, wollte man sie akustisch fassen, zu laut, zu aufgesetzt. Zudem hat er bereits gut und gerne zwei, drei Cognac getrunken.
»Darf ich Ihren werten Namen erfahren?«
»Edler. Arnfried Edler. Ich interessiere mich für die Anleihen der Marienberger Hüttenwerke AG. Der letzte Zeichnungstag ist, wenn ich mich richtig erinnere, in zwei Wochen?«
»Ja. Der Nennwert pro Anleihe beträgt einhundert Mark. Sechs Prozent Zinsen, Laufzeit acht Jahre.«
»Ich bin im Bilde. Das Bankhaus Frauenkirche und Sie hier in Chemnitz bieten sie zu fünfundneunzig Mark an. Das sind effektiv sechs dreiachtel Prozent, wenn man Ihrer Reklame trauen darf.«
Arnfried Edler nahm einen großen Schluck vom Port und kos-

tete ihn genießerisch. Er wirkte plötzlich zufrieden, der Schallpegel seiner zur Schau getragenen Forschheit sank rapide. Höflichkeitshalber nippte Fritz an seinem Glas, versuchte aber nicht länger, das Geheimnis dieses möglichen Kunden zu lüften. Sein Instinkt sagte ihm, dass der Mann für eine größere Summe Anleihen zeichnen wollte. Wahrscheinlich war er nur nervös. Die folgende Frage jedoch glich einem Peitschenhieb auf sein Nervenkostüm. Denn Arnfried Edler fragte, wie viel Geld er einsetzen müsse, damit die Anleihen am Stichtag überzeichnet wären.

Fritz brach der Schweiß aus. Das erste Mal in seinem Leben saß er einem waschechten Spekulanten gegenüber. Traum und Albtraum eines jeden Bankiers. Arbeitete man mit ihnen zusammen, winkten fette Gewinne, dies aber in der Regel zu Lasten der Kunden und damit des eigenen Rufs. Besonders für Privatbankiers waren solche Menschen die leibhaftig gewordenen Versucher, nichts anderes als Teufel in teurer Kleidung. Dieser hier roch nicht nach faulen Eiern, sondern nach Alkohol, und statt Hörner hatte er einen Backenbart. Fritz wusste nicht, worauf er sich zuerst konzentrieren sollte: die Chancen oder das Risiko. Eine plötzliche innere Stimme erinnerte ihn an Martin Lewenz, der sich in solch einem Augenblick erhoben hätte, um ein solches Subjekt hinauszukomplimentieren – doch Fritz ruhte lange nicht in diesem Maße in sich selbst wie einst Martin Lewenz.

Also begann er zu rechnen. Zahlen an sich waren schließlich neutral. Es gab keine guten oder bösen Zahlen, Prozente, Zinsen. Im Hinterkopf gesellte sich zu diesen Überlegungen das Quäntchen Eitelkeit, das die Denkarbeit erleichterte. Kurt … wie würde er, der alte Primus, gucken! Wie wunderbar ließ er sich Lügen strafen, wie einfach hingegen würde er, Fritz von Spener, vor Carola Lewenz und deren halb ruiniertem Hofgesocks triumphieren!

»Nun?«
Arnfried Edler nahm einen zweiten Schluck Portwein, schickte gleich den dritten und vierten hinterher.
»Würden keine weiteren Kunden mehr zeichnen, wären etwas über dreihundertzwanzigtausend Mark einzusetzen.«
Fritz ging davon aus, dass zum gegenwärtigen Zeitpunkt ungefähr sechzig Prozent der Anleihen, die sie für die Marienberger Hüttenwerke AG finanzierten, gezeichnet worden waren. Nun war fraglich, ob in den verbleibenden zwei Wochen die restlichen vierzig Prozent an Zeichnungen zusammenkamen – was nicht nur Kurt und Georg bezweifelten, sondern er selbst auch. Onkel Raoul rechnete ebenfalls eher damit, dass Anleihen im Wert von vierzigtausend Mark unverkauft blieben. Im Vergleich zur Gesamtsumme von achthunderttausend Mark war dies beileibe kein Desaster, aber es rührte an die Empfindlichkeiten Spener'scher Erfolgspolitik. Eigentlich war es mehr ein psychologisches denn kaufmännisches Problem: Fritz wollte unbedingt, dass er und sein Onkel vor den »Dresdnern« in zwei Wochen nicht als Schaumschläger dastanden.
Womit die Frage dieses Arnfried Edler doppelt verführerisch klang.
Wenn mehr Zeichnungen als Anleihen zur Verfügung standen, stieg der Preis der Papiere auf dem, nach der Zeichnungsfrist, freien Markt. Aus fünfundneunzig Mark wurden dann möglicherweise siebenundneunzig, hundertundzwei, hundertundacht … Kunden, die Anleihen der »Marienberger Hüttenwerke AG« besaßen, würden darin bestätigt, gute Papiere zu besitzen – was den Ruf der »Spener'schen« und des »Bankhaus Frauenkirche« als beratende Geldinstitute weiter festigte.
Eine Überzeichnung würde auch dem Aktienkurs Flügel verleihen. Im besten Fall trieben sich die Kurse gegenseitig in die Höhe – wie Onkel Raoul es damals im Bankhaus prognostiziert hatte.

Das waren die Chancen.
Und die Risiken?
Bestanden in zu schnellem und vor allem massivem Verkauf, der den nach oben tendierenden Kurs wieder ruinieren würde. Auf dem freien Markt kaufende Anleger hätten plötzlich Anleihen in den Händen, deren Wert unter dem Kaufkurs lag. Brauchten sie Geld und mussten zu diesem Zweck ihre Anleihen vorzeitig verkaufen, drohten ihnen empfindliche Verluste. Fritz versuchte Vor- und Nachteile abzuwägen, doch Arnfried Edlers Frage war wie der Erreger einer Krankheit, der Fritz' Gewissen mit Höchstgeschwindigkeit infizierte.
»Sie wissen, welche Risiken Sie mir mit dieser Frage aufbürden«, sagte er. »Würden Sie von einem Tag auf den anderen Ihre Anleihen auf den Markt werfen, würde Panik ausbrechen. Die Kursstürze wären massiv. Für die Konsolidierungspolitik der Marienberger Hüttenwerke wäre dies ein Fiasko. Und uns Bankiers in Chemnitz und Dresden kostete es Vertrauen. Kunden, die die Anleihen kaufen, tun dies deshalb, weil sie davon ausgehen, nach bestem Gewissen beraten worden zu sein.«
»Das sehe ich ein. Darum würde ich versprechen, die Anleihen dreizehn Monate zu halten. Nach dem vereinbarten Stichtag schlage ich vor, Sie übernehmen die Hälfte meiner Anteile, der Rest wird verkauft. Der Kurs wird nachgeben, aber nicht unter den Angebotspreis fallen.«
»In diesem Fall könnten wir ins Geschäft kommen«, sagte Fritz ruhig. »Ich trage die Angelegenheit dem Senior vor. Beehren Sie uns in drei Tagen mit einem Besuch?«
Spekulant Edler nahm einen letzten Schluck Portwein, streckte Fritz die Hand hin und wünschte einen geruhsamen Abend. Plötzlich war sie wieder da, die forsche Art. Fritz zermarterte sich das Hirn. Wo war der Fehler? Was war faul an diesem Handel? Grauen befiel ihn. Wie zerbrechlich war das Geldge-

schäft! Einerseits kompliziert, andererseits einfach. Es kommt ein Spekulant zu dir, trägt eine Idee vor, und du sagst ja oder nein. Onkel Raoul würde sagen: Fritze, so ist das eben. Wer Geld hat, macht mehr Geld. Wer keines hat, macht kein Geld.

Was Fritz und sein Onkel nicht ahnten, war, dass Arnfried Edler nur als Strohmann auftrat. Seine Auftraggeber waren das Chemnitzer Privatbankhaus Beyer & Heinze und ein ehemaliges Vorstandsmitglied des einstigen Sächsischen Bankvereins, das seit der Übernahme des Bankvereins durch die Dresdener Bank für selbige arbeitete. Das Ziel war die Beschädigung Raoul von Speners, der auf dem Höhepunkt des Gründerbooms im Januar 1873 seinen gesamten Besitz zu Geld gemacht hatte. Beyer & Heinze verziehen ihrem einstigen Kunden nicht, dass er zum Bankhaus Frauenkirche gewechselt war, und das Vorstandsmitglied haderte mit Raoul von Spener, weil er Raoul von Spener einst dessen Landwirtschaftsmaschinenbau-Fabrik zu einem viel zu hohen Preis abgekauft hatte.
Wir zündeln ein wenig, hieß es bei Beyer & Heinze. Und wir nehmen uns Zeit und warten auf eine günstige Gelegenheit. Wir haben nur Raoul von Spener im Visier. Die kollateralen Schäden, die dabei entstehen, müssen so gering wie möglich gehalten werden.
Schließlich sind wir ein ehrenwerter Berufsstand.

Das dritte Mal innerhalb einer Stunde trat Kurt vors Fenster seines Büros. Die Flügel standen sperrangelweit auf, die Vorhänge waren zurückgezogen. Sein Blick schweifte über die von der Sonne angestrahlte Westfassade der Frauenkirche, die zum Greifen nah vor ihm lag, wanderte weiter in Richtung des ehemaligen Zeughauses und verlor sich schließlich in den Wipfeln der Bäume des Brühlschen Gartens.

»Bist doch selbst schuld. Warum hast du sie auch geheiratet«, murmelte er gedankenverloren vor sich hin, schaute noch eine Weile leer ins Weite und setzte sich wieder an seinen Schreibtisch.

Die Hände auf der Tischplatte gefaltet, schob er die Unterlippe vor und überließ sich minutenlang dem Scharren und Schaben seiner aufeinander wetzenden Schneidezähne. Irgendwann nahm er die in einem Silberrahmen steckende Photographie von Martin Lewenz in die Hand und stellte sie neben die von Jenny und die ehemalige Zacharias'sche Manufaktur. Nach einer Weile ordnete er die Photographien anders, dann erhob er sich und stellte die von Jenny und der väterlichen Manufaktur auf eine Kommode.

»Tja, Martin«, sagte er leise und schob die Photographie seines Vorbilds auf ihren Platz, »jetzt sieht alles danach aus, als würden Fritz und Raoul von Spener Ihrem Protegé etwas vormachen.«

Obwohl die Zeichnungsfrist für die Marienberger Anleihen noch eine Woche betrug, waren sie bereits alle verkauft. Wer jetzt noch welche erwerben wollte, musste sich in Unterschriftenbögen eintragen, womit er sich die Option sicherte, am ersten freien Handelstag an der Dresdener Börse die Papiere zum jeweiligen Tageskurs zu kaufen.

Er schenkte sich ein Glas Tee ein, nippte.

»Ach, zum Teufel!«

Kurt strich sich über die Brust. Genauso wenig wie er sich auf die Arbeit konzentrieren konnte, schmeckte ihm der Tee.

Die Wahrheit war: Er bekam die Szene, die Jenny ihm gemacht hatte, nicht aus dem Kopf.

Eine Woche lag ihre Auseinandersetzung jetzt zurück, und noch immer hatte er zuweilen das Gefühl, als werde seine linke Körperhälfte plötzlich in einen Panzer gezwängt. Seit ihrem Streit hatte Jenny nichts mehr gekauft, er hingegen hatte sich

hinter der Zeitung verschanzt. Sie sprachen nur noch das Notwendigste miteinander, der Sex ruhte. Die Lust, die sie beide einst in virtuosen Seancen zelebriert hatten, war ihnen vergangen. Schon vorher hatte er jedoch immer häufiger das Gefühl gehabt, dass Jenny nur dann guten Sex mit ihm machte, wenn er sie nach ihren Einkaufstouren nicht der Verschwendung bezichtigte.
So gesehen wurde sein Verdacht jetzt bestätigt: Sex gab's nur dann, wenn Bares reichlich floss. Im Grunde verhielt sich Jenny nicht anders …
Kurt dachte den Satz nicht zu Ende. Einerseits war er wütend und verletzt, weil Jenny sich so undankbar und besitzgierig zeigte, dann wieder tat ihm seine Frau Leid, weil er sich eingestand, sie aus ebenfalls niederen Instinkten heraus geheiratet zu haben. Es war zum Verzweifeln! Ein bitterer Scherz. Ausgerechnet er, der Primus, der schlaue Kurt, hatte sich einer Frau versprochen, deren Mentalität seinen Seelenfrieden abtötete wie der stete Tropfen Wasser die Glut in einem Ofen. Nun, nach drei Jahren Ehe, konnte er der Tatsache nicht mehr ausweichen, seine Zukunft auf eine Lebenslüge gebaut zu haben – und die Lebenslüge hieß: Ich kann auf Marina verzichten.
Wahrscheinlich hätte ich mich noch jahrelang mit dieser Lüge arrangiert, grübelte Kurt weiter, wenn nicht, wenn nicht …
Da war es wieder, dieses seine Nerven zerrüttende Gerücht, dieser für ihn monströse Satz. Kurt klang er im Kopf wie einst in St. Afra die verzweifelte Botschaft seiner Mutter. Damals klang die Stimme: Er hat sich etwas angetan, jetzt: Die kleine Marie Rosenow ist in Wahrheit deine Tochter!
Sicher, es war nur ein Gerücht! Max Lewenz hatte sich damit an ihm rächen wollen, weil er ihn nicht empfangen hatte. Er wusste genau, wie sehr er Jenny damit verletzen würde! Denn

so selbstbewusst sie war, Marina gegenüber fühlte Jenny sich unterlegen.

»Warum denn?«, hörte Kurt sich fragen.

»Weil sie, wie ich, auch eine von unten ist, aber trotzdem hundertmal mehr hat!«

Jennys Bekenntnis tat fast so weh wie das Gerücht.

Die Besuche nach Felix' Tod in Blasewitz endeten daher auch jedes Mal mit Tränen, woraufhin er beschlossen hatte, Marina zukünftig nur noch heimlich zu besuchen. Reine Onkelbesuche. Sie verkehrten wie Bruder und Schwester miteinander. Marina selbst erstickte die schöne Frau in sich und lebte fürs Klavierspiel.

Wenigstens hatte er sie jetzt so weit, dass sie an ein Konzert dachte – zu Felix' Andenken, wobei die Erträge der Felix-Rosenow-Stiftung zufließen würden, die talentierten Künstlern Stipendien gewährte. Marina hatte sie vor einem Jahr ins Leben gerufen, und mittlerweile finanzierte sie drei Musiker.

Kurt verlor sich in Bildern, die Marina vor dem Flügel zeigten, dann wieder drängte sich Jenny vor sein geistiges Auge, wie sie rücklings aufs Bett fiel, sich die Röcke hochschlug und ihm zurief: Komm! Mach schnell! Tu was für mich!

Hatte da nicht gerade jemand geklopft?

»Herein!«

Tatsächlich.

»Gunda?«

Kurt gab Thaddäus zu verstehen, dass der Besuch in Ordnung war. Gunda indes war nicht allein. Der Herr, der sie begleitete, war vorteilhaft gewachsen, trug akkurate Bartkommas und war sichtlich aus der militärischen Zunft.

»Kurt, ich darf dir Leutnant von Trobisch vorstellen. Er ist der Freund eines Geschäftskunden von Fritz.«

»Angenehm.«

Sie schüttelten einander die Hände.
»Stören wir?«, fragte Gunda.
»Ehrlich gesagt, nein«, antwortete Kurt. »Aber sagt es nicht weiter.«
Leutnant Trobischs offenes Lachen gefiel Kurt. Was er und Gunda wirklich miteinander zu schaffen hatten, ging ihn nichts an, interessierte ihn im Moment auch überhaupt nicht. Er bot ihnen an, Platz zu nehmen, aber Gunda wehrte ab. Sie seien nur vorbeigekommen, erklärte sie, weil sie sich zufällig vor dem Bankhaus getroffen hätten.
»Leutnant von Trobisch wollte eine Auskunft am Schalter, irgendetwas mit euren Anleihen. Da habe ich gemeint, gehen wir doch besser gleich zum Spezialisten.«
»Wenn ich helfen kann, gerne, Herr von Trobisch«, sagte Kurt.
»Vielleicht können Sie es sogar«, antwortete Ferdinand von Trobisch umgänglich.« Ich mache es kurz: Ich bin schlesischer Schweinezüchter, leider aber hält meine Apanage mit den wachsenden Verpflichtungen meinesgleichen, Stichwort: Kasino-Repräsentation, nicht Schritt.«
»Sie sind erfreulich offen, Herr von Trobisch. Wir kennen das Problem. Es betrifft nicht nur Sie. Aber dies zu diskutieren hilft Ihnen jetzt auch nicht weiter.«
»Eben. Und um gleich wieder aufs Ziel loszugehen, wie es sich für einen Offizier gehört: Einem Gespräch mit meinem Freund entnahm ich, dass dieser, in ähnlicher Situation wie ich, sich mit den von Ihrem und dem Spener'schen Haus emittierten Anleihen für die Marienberger Hüttenwerke eingedeckt hat. Als ich meinen Freund zuletzt traf, erfuhr ich nun von ihm, die Anleihen seien bereits überzeichnet, und aufgrund insgesamt weiter fallender Zinsen seien damit in den ersten Handelswochen zuzüglich der pro Anleihe zu erwartenden Zinsen nette Spekulationsgewinne zu erzielen. Ist das richtig?«

»Ich würde lügen, wenn ich verneinte«, sagte Kurt. »Freilich ist es nicht in unserem Interesse, die Marienberger Anleihen als spekulative Papiere bewertet zu sehen.«
»Warum macht ihr dann so ein Zeug?«, fragte Gunda.
»Unsere Kunden sind in erster Linie an den guten Zinsen interessiert«, sagte Kurt amüsiert. »Sie geben uns ihr Geld, damit es ihnen etwas einbringt. Gefahrlos einbringt. Denn am Ende der Laufzeit bekommen sie ihr den Marienberger Hüttenwerken anvertrautes, von uns besichertes Kapital auf die Mark genau zurück.«
»Nun, in meinem Fall«, sagte Leutnant von Trobisch frei heraus, »will ich bauernschlau schnell ein paar Mark in die Tasche bekommen. Mir steht im Herbst ein so genanntes kleineres Tischtuch im Kasino bevor. Ich rechne mit Ausgaben von ungefähr vier- bis fünfhundert Mark. Hätte ich Anleihen, bräuchte ich dafür ungefähr einhundert Stück oder neuntausendfünfhundert Mark.«
»Vorausgesetzt der Kurs steigt von fünfundneunzig auf hundert Mark. Die Provisionskosten von null komma acht Prozent des jetzigen Ausgabekurses einmal beiseite gelassen. Aber wie Sie selbst schon sagten: Die Anleihen sind verkauft.«
»Und da ist natürlich nichts zu machen?«, fragte Leutnant von Trobisch treuherzig.
»Sie belieben, rhetorisch zu fragen«, stellte Kurt freundlich fest. »Chancen sehe ich nur bei anderen Kreditinstituten. Dort könnten Sie mit etwas Glück kurzfristig von Kunden wieder verkaufte Anleihen erwerben. Die Provisionen jedoch dürften in diesem Fall doppelt so hoch sein.«
»Das könnte ich verschmerzen«, sagte Leutnant Trobisch hoffnungsvoll. »Was meinen Sie, käme ich bei der Dresdner Bank zum Zug? Ich habe dort mein Konto.«
»Warum nicht!«
Gunda seufzte erleichtert auf. Sie stand vor dem Fenster und

lauschte den Orgelklängen, die aus der Frauenkirche zu ihnen herüberwehten. Sie mochte Orgelmusik genauso wenig wie Jenny, aber ein Gespräch über Anleihen über sich ergehen zu lassen war noch langweiliger. So gesehen, dachte sie, passt es, dass Kurt Geldgeschäfte und Orgelmusik spannend findet.

Ob er Jenny wohl ein guter Liebhaber ist?

Sie hatte allerdings auch noch keine Kinder. Wollte sie vielleicht keine? An Kurts Samen konnte es nicht liegen. Schließlich hatte er Marina ein Kind gemacht.

Gunda begann plötzlich zu kichern. Die Welt war doch einfach zu verrückt! Fritz, die Lewenze, sie – jeder wusste Bescheid. Kurt, der Vater aber, wusste nichts. Er lebte und arbeitete im Stadium der Unschuld und würde es bleiben, wenn sich nicht endlich einer erbarmte, ihm die Wahrheit zu sagen.

»Besuchst du Marina?«

»Ist sie denn nicht bei ihren Schwiegereltern?«

»Du klingst, als wolltest du zu ihr, mein Gutester!«

»Deine Ironie behalte besser für dich!«

Kurt blaffte Gunda an, als habe sie ihn schwer beleidigt. Leutnant von Trobisch räusperte sich vernehmlich. Die Empörung über Kurts Ton stand ihm ins Gesicht geschrieben. Gunda jedoch schaute Kurt nur neugierig an.

»Entschuldige bitte.« Kurt rang sich ein Lächeln ab. »Es mag dir jetzt seltsam vorkommen, aber in der Tat wollte ich Marina gleich nach der Rückkehr von ihren Schwiegereltern besuchen. Ich habe ein Anliegen. Muss da etwas Dringendes mit ihr besprechen.«

Gunda wandte den Blick nicht ab. Kurt wirkte zerquält und nervös. Mit fahrigen Bewegungen schloss er das Fenster und zog die Rollläden seines Schreibtisches hoch. Gunda glaubte zu bemerken, dass er dabei zitterte.

»Kurt?«

»Ja?«
»Du willst jetzt gleich zu Marina, nicht wahr?«
»Richtig.«
»Grüße sie bitte von mir. Und sie soll die falschen Tasten meiden!«
Kurt stutzte. Gunda aber hatte sich bereits von ihm abgewandt und sagte im Ton unschuldigen Bedauerns zu Leutnant von Trobisch, dass sie ihn jetzt leider nicht mehr mit zur Dresdner Bank begleiten könne. Gewisse Verpflichtungen stünden dem im Wege. Ihr Lächeln war schelmisch und verführerisch zugleich und setzte ihren Begleiter in Verlegenheit. Ferdinand von Trobisch nahm Haltung an, strich sich über seine Bartkommas und verabschiedete sich mit Handkuss von Gunda.
»Viel Glück!«, rief Kurt ihm nach. »Aber ich warne Sie auch! Was Sie vorhaben, birgt trotz der gegenwärtig positiven Aussicht nicht zu unterschätzende Risiken!«
Kurze Zeit später traten auch er und Gunda vors Bankhaus.
»Mach's gut, Kurt!«, rief Gunda ihm nach.
Sie wartete, bis er außer Sichtweite war, und eilte anschließend, so schnell sie konnte, zur Post, wo sie ein Telegramm an die Hauptpost nach Blasewitz aufgab – Eilzustellung.

Als Ferdinand von Trobisch sich am Schalter der Dresdner Bank nach den Anleihen erkundigte, erlebte er eine Enttäuschung. Ihm wurde bedeutet, dass bis zur Stunde von Kundenseite keine Marienberger Anleihen an das Haus abgetreten worden seien. Das Kreditinstitut jedoch habe selbst, wie sich ein Kollege erinnerte, vor ein paar Tagen welche gezeichnet.
»Sind wohl Wunderpapiere, wie!«, rief Ferdinand von Trobisch ärgerlich. »Beim Bankhaus Frauenkirche wurde ich auf Sie verwiesen! Von einem der oberen Chargen höchstselbst!«
»Herrn Zacharias?«
»Allerdings!«

»Warten Sie bitte!«
Eine Viertelstunde später saß Ferdinand von Trobisch einem freundlichen Herrn gegenüber, der für seine Lage Verständnis zeigte. Selbstverständlich sei die Dresdener Bank ihm behilflich. Schließlich sei er nicht irgendwer, von der Ehre, einem Angehörigen des Königlichen Militärs dienen zu dürfen, einmal ganz abgesehen.
»Sie können das Sümmchen auch über einen Kurzkredit finanzieren, wenn Sie wünschen.«
»Ist bei dieser Summe zum Glück nicht nötig. Mein Freund wählte diesen Weg. Freilich beliefen sich seine Investitionen auf das Dreifache.«
»Hätte er doch vorher uns gefragt!«, entfuhr es Ferdinand von Trobischs Gegenüber mit gespieltem Bedauern.
»Na, ich glaube, Sie sind teurer als Beyer & Heinze. Oder?«
»Es kommt immer auf den Kunden und dessen Bedürfnisse an«, war die typische Antwort. »Wenn Ihr Freund Kunde bei Beyer & Heinze ist, hat er die Anleihen wahrscheinlich bei der neuen ›Spener'schen‹ erworben, nicht wahr?«
»Exakt.«
»Fein. Herr Leutnant von Trobisch: Ich leite alles in die Wege, mache die Unterlagen fertig. Wenn Sie in den nächsten Tagen vorbeikommen und unterschreiben, haben Sie die Anleihen sicher.«

Kurt hatte sich weder umgezogen, noch ein Geschenk für die Kinder dabei. Inzwischen kam er sich selbst reichlich lächerlich vor. Wie er sich vor Gunda und deren Leutnant benommen hatte, war eine Katastrophe. Bestimmt lachten sie jetzt über ihn.
Oder taten sie gerade was anderes?
Der Türklopfer krachte gegen die frisch gestrichene Tür. Das Weiß macht den Schatten freundlich, dachte Kurt. Er ent-

deckte das Profil eines Kinderdaumens. Sein Herzschlag beschleunigte sich. Was wäre eigentlich, wenn Max Recht hätte? Er trat einen Schritt zurück, schaute in die Höhe. Weder Kinderstimmen noch Klavierspiel waren zu vernehmen. Nur ein paar Vögel sangen, irgendwo kratzte ein Tier an einer der krummen alten Kiefern. Scharf und lang bedeckten die Schatten den parkähnlichen Vorgarten.

Noch einmal klopfen.

Kurt kam es vor, als müsse er die Rosenow-Villa aufwecken. Selbst die Fachwerkimitationen, die ihm sonst immer irgendwie lebendig erschienen waren, wirkten, als wollten sie sich gerade von der Anstrengung, Fassadenschmuck zu sein, erholen.

Sie könnten an der Elbe sein, überlegte Kurt. Aber bestimmt nicht mehr lange. Setz dich einfach auf die Stufen. Warte. Irgendwann muss ja jemand kommen.

Er schüttelte den Kopf. Seine Nerven! Als ob ein Mann seines Standes sich einfach auf die Stufen setzen konnte wie ein Bettler. Was würde Marina denken! Die Kinder!

Und doch stehst du da wie ein Dienstmann. Fehlt nur, dass du deine Schirmmütze wringst.

Kurt sah an sich herunter. Seine Fäuste waren geballt, seine Schuhe staubig. Ein Frösteln lief über seinen Rücken. Wie sollte er es eigentlich anstellen? Wie gedachte er, Marina auf Max' in die Welt gestreutes Gerücht vorzubereiten?

Primus Kurt ist ganz ohne Konzept, höhnte eine Stimme in ihm.

Da ging die Tür auf.

»Niemand zu Haus?«, bellte Kurt das Dienstmädchen an.

»Freilich. Ich und …«

»Sind alle an der Elbe, was?«

»Wer?«

»Die Kinder! Eva! Die gnädige Frau!«

»Nein. Aber Sie werden erwartet. Wenn Sie mir bitte folgen!«
Begriffsstutzig, die Seele taub, die Hände eiskalt, schritt Kurt hinter dem Dienstmädchen die ihm mittlerweile vertraute Treppe hoch. Wieso werde ich erwartet, fragte er sich ein ums andere Mal. Wie kann das sein?
»Fehlt dem Flügel was?«, versuchte er einen Scherz.
»Nicht, dass ich wüsste, Herr Zacharias.«
»Kurt Zacharias, ja.«
Kurt biss sich auf die Zunge. Er war im Begriff, sich vor Konfusion ein für alle Mal lächerlich zu machen. Was hatte ihm Gunda aufgetragen? Was sollte er Marina sagen?
Sie soll die falschen Tasten meiden.
Wieso? Übt sie etwa zu wenig, fragte er sich.
Warum gingen sie eigentlich in den zweiten Stock? Dort befand sich doch Marinas Schlafzimmer!
Das Dienstmädchen klopfte.
»Er ist da.«
»Gut. Nehmen Sie sich frei.«
Das Dienstmädchen gab den Weg frei. Lächelte. Aber ihr Gesicht war rot bis zum Haaransatz. Verschämt schlug sie die Augen nieder, schien auf einmal selbst nervös zu sein.
Verwirrt sah Kurt auf die geschlossene Tür. Er drückte auf die Klinke, trat ein. Im Zimmer war es dunkel. Es roch nach Marinas Parfüm, die kleine Flamme einer Kerze blendete. Kurt war zu überrascht, um irgendeinen vernünftigen Gedanken fassen zu können. Sein Herz jedoch schien mehr zu wissen. So aufgeregt es pochte, es war ein freudiges, süßes Klopfen.
»Marina?«
Er hörte, wie die Tür hinter ihm zugezogen wurde. Die Schritte des Dienstmädchens verloren sich schnell. In Kurts Ohren rauschte es, sein Hals war wie zugeschnürt. Er konnte kaum etwas sehen, aber das Knistern und Rascheln zog ihn magisch an.

Die Kinder, dachte er. Natürlich! Ich soll sie suchen. Gleich werden sie loskichern! Aber ... in Marinas Schlafzimmer?
Langsam ging er auf die Kerzenflamme zu. Sie war klein wie ein Punkt. Der Duft von Marinas Parfüm wurde stärker, das Knistern lauter.
Das scharfe kurze Geräusch eines Zündholzes ließ ihn zusammenzucken. Er sah erst eine Hand, dann einen Arm. Als die Kerzen auf dem dreiarmigen Leuchter brannten, glaubte er zu träumen.
An den Füßen perlenbestickte Pantoffeln, die Beine übereinander geschlagen und in einen cremeweißen Mantel gehüllt, lag Marina auf ihrem Bett und sah ihn, das Haar unter einem Netz aus Perlen, versonnen an. Doch als sei das Traumbild real, wippten die Pantoffeln und bewegte sich ihre Brust. Marinas schlanke helle Gestalt erinnerte an das Phantasiebild einer orientalischen Prinzessin, ihre Bettstatt an einen mit Dutzenden bunter Kissen geschmückten Diwan.
Der Wunsch, vor diesem verlockenden Gemälde niederzuknien, wurde so übermächtig, dass Kurt die Knie weich wurden. Gleichzeitig spürte er, wie in seinem Bauch eine verzehrende Flamme aufloderte, die nach seinem Herzen zu greifen schien.
Es ist alles wahr!
Nur diesen einzigen Satz vermochte er zu denken. Im nächsten Augenblick sackte er auf die Knie und legte sein Haupt auf Marinas Brust. Als sie ihm über den Kopf streichelte, war es ihm, als finde er endlich die Ruhe, nach der er sich seit Jahren gesehnt hatte.
Aber gab es wirklich einen neuen Anfang?
Kurt hob seinen Kopf, doch bevor sein ängstlicher Blick Marina erreichte, hörte er sie mit aller Bestimmtheit sagen:
»Ich bin deine Frau. Küss mich!«

Jennys Kommentar bestand in nur einem einzigen Satz: Das wird euch teuer zu stehen kommen.
Max empfing sie mit Kusshand. Lass uns noch etwas warten, schärfte er ihr ein. Ich habe nämlich begründeten Verdacht, dass auch Mareike sich bald von Georg scheiden lassen wird. Wir nehmen die feinen Herren von links und rechts in die Zange. Mareike wird eine Abfindung fordern, du ebenso. Scheidungen im Bankhaus Frauenkirche! Die Zeitungen werden jubeln. Im einen Fall hat er das Geld, im anderen sie. Wenn alles kocht, trete ich auf den Plan und fordere mein Erbe. Dann bin ich endlich frei.
»Und ich?«
»Du bist meine Mätresse.«
Jenny ohrfeigte ihn. Max packte sie, zog sie zu sich heran. Seine Augen funkelten gierig. Wie ein Raubvogel schnellte sein Kopf vor und pickte Jenny Küsse auf die Lippen. Irgendwann öffnete sie den Mund. Ihre Zungen kreisten, ihre Zähne bissen. Die ganze Zeit über hielt Max Jennys Handgelenke umklammert, schob sie an die Wand seines Ateliers.
»Du bist meine Mätresse!«, keuchte er.
Er ließ sie los, fasste Jenny zwischen die Beine. Sie kreischte animalisch auf, rutschte rücklings an der Wand hinunter. Breitbeinig stand er vor ihr, stützte sich mit ausgebreiteten Armen an der Wand ab. Sein Unterleib ruckte vor und zurück.
Jenny tat ihm den Gefallen. Mätresse, Mätresse, schrie die Stimme in ihr. Sie begann zu glucksen, lachte.
Mach dir nichts draus, tröstete sie sich. Du machst jetzt da weiter, wo du vor Kurts Hochzeit aufgehört hast. Der Unterschied ist das höhere Niveau. Und die Bezahlung erfolgt jetzt eben indirekt.

In der so genannten Leutnantsbaracke der Albertstadt, wo die Offiziersaspiranten während ihrer siebenjährigen Leutnantszeit wohnten, verlief die Paarung harmonischer. Nichtsdestotrotz hatte Gunda, die Trobisch beim Offizier von der Wache als Stiefschwester anmeldete, felsenfeste Vorsätze: Nach dieser Begegnung war Schluss. In wenigen Stunden würde sie im Zug nach Chemnitz sitzen und sich dort mit Fritz einen schönen Abend machen.
Der Zeitpunkt konnte günstiger nicht sein.
Sie war gut aufgelegt, und er war es auch.
Die Marienberger Anleihen waren zwischenzeitlich auf dem Markt, Ferdinand von Trobisch ausgelassener Laune. Sein »Tischtuch« im Herbst schien gesichert, was bedeutete, er würde es vom Spekulationsgewinn der Anleihen bestreiten können.
»Ich habe eine Flasche Sekt für uns!«
»Spar ihn dir!«
»Wie? Du?«
»Wenn eine Dame einem Leutnant unter falschem Namen auf die Stube folgt, was passiert dann im Theater auf eben dieser Stube?«
»Gewöhnlich küssen sich die beiden, und das andere geht dann schief«, antwortete Ferdinand von Trobisch und bekam Stielaugen, als Gunda sich ihre Handschuhe von den Fingern zupfte.
»Du hast noch ein halbes Jahr hier herumzukriegen, dann wirst du im Rang eines Oberleutnants nach Breslau versetzt?«
»Nein. Ich werde hier in einem halben Jahr zum Oberleutnant befördert und stehe dann im Rang eines Hauptmanns in Breslau einer Logistik-Ausbildungskompanie vor.«
»Nie mehr Dresden?«
»Wahrscheinlich nicht.«
Gunda nickte, ging in die nach Scheuersand riechende Schlaf-

kammer und zog die Vorhänge zu. Vor Ferdinand von Trobischs Bett lag ein Bärenfell, in einer Zimmerecke hing ein Kruzifix. Auf dem Nachttisch lag die Bibel, den zierlichen Tisch vor dem Fenster zierten eine Karaffe mit Wasser und allerlei Toilettenartikel für den Herrn.
Gunda zog die Schleifen ihres Kleides auf.
»Versprich mir …«
»Alles.«
Das Kleid fiel knisternd zu Boden. Ferdinand von Trobisch suchte Halt an seinen Bartkommas, seufzte so schicksalsergeben wie zufrieden auf. Seine Augen begannen zu glänzen, und um seinen Mund spielte das süßlich zufriedene Lächeln des Mannes, der wusste: Ich bin am Ziel.
»Es wird auch unser Abschied sein.«
»Gewiss.«
Im Unterkleid aus Battist vor ihm stehend, warf Gunda Ferdinand von Trobisch einen letzten prüfenden Blick zu. Und wenn sein Samen nun doch nicht gut ist?
Dann ist es dein Schicksal.
Sie streifte die dünnen Träger über die Schultern, das Unterkleid gesellte sich zum Oberkleid.
Mit einem zierlichen Schritt stieg sie aus dem Kleiderhäufchen, ging auf Trobisch zu und küsste ihn.
»Wir werden uns nie wiedersehen, nie von- und übereinander sprechen.«
»Selbstverständlich.«
Gunda drehte sich um und bat, die Bänder am Rücken des Korsetts aufzuschnüren. Ferdinand von Trobisch küsste ihren Hals, küsste sie auf die Wangen. Gunda bewegte die Hüften, presste ihr Hinterteil an ihn. Die Augen geschlossen, drehte sie sich um. Ausgiebig küssten sie sich – vornehm, elegant, verspielt. Als sie beide zu seufzen begannen, war es wieder Gunda, die den nächsten Schritt tat.

»Brauchst du meine Zange?«
»Wenn du es zügig magst ...«
Gunda griff nach ihrem Handbeutel. Die Haken und Ösen an den Planchetten, den Miederstäben, die das Korsett vorne zusammenhielten, voneinander zu lösen, ging mit der eigens dafür kreierten Beißzange einfach schneller.
Ferdinand von Trobisch war geschickt – sein Lohn eine hübsche junge Frau im Leinenhemd, knielangen Höschen mit Volant und weißen Seidenstrümpfen. Ferdinand von Trobisch fiel auf die Knie, presste sein Gesicht in Gundas Schoß und atmete tief ein. Dann löste er die Stumpfbänder oberhalb des Knies. Während er die Strümpfe herunterrollte, benetzte er die zarte Haut mit Küssen.
»Und jetzt will ich einen großen starken Leutnant«, keuchte sie.
Sie löste die Bänder des Höschens und zog sich das Leinenhemd über den Kopf.
Endlich war sie nackt.
Ferdinand von Trobisch hob sie in sein Bett.
»Ich habe Kondome.«
»Untersteh dich!«, knurrte sie.

Der Sommer zog ins Land, und Mareike Lewenz war sich endlich sicher: Ihr Marco Eddelbüttel war solide wie der vor acht Jahren errichtete Hamburger Kaiserspeicher.
»Mein Liebling, ich mag unseren heimischen roten Backstein genauso wie die ziegelroten pompejischen Fresken. Norden und Süden ergänzen sich bei mir. Mein Kopf ist kühl, aber im Bauch, da sitzt der Vulkan.«
Noch am Morgen ihrer Abreise hatte Marco ihr die vulkanische Seite seiner Seele vor Augen geführt – ein unvergessliches Erlebnis, aufregender noch als der Schiffsbetrieb im Hamburger Hafen.

Zurück in Dresden, hatte sie keinerlei Vorstellung, welch turbulente Wochen die führenden Köpfe beider Bankhäuser gerade durchstehen mussten.
Aufgrund eines plötzlichen massiven Verkaufs von Marienberger Anleihen durch das Chemnitzer Bankhaus Beyer & Heinze bekam der zunächst erfreuliche Kurvenverlauf von Anleih- und Aktienkurs der Marienberger Hüttenwerke AG einen hässlich scharfen Knick nach unten. Zudem kursierten an der Börse Meinungen, die dem Spener'schen Bankhaus und seinem Kommanditisten, dem Bankhaus Frauenkirche, falsche Sanierungskonzepte bescheinigten.
Nur der gute Leumund der beiden Häuser und die Besicherung der Anleihen verhinderten Schlimmeres. Freilich sackten die Anleihen unter den Ausgabekurs. Leutnant Ferdinand von Trobisch fürchtete nicht nur um sein quasi wohlfeil finanziertes Tischtuch, sondern um mehr. Langmütig, wie er war, hätte er sich mit einem geringeren Gewinn als erhofft zufrieden gegeben, aber Geld zu verlieren, nein, das ging nicht an.
So wurde er beim Bankhaus Frauenkirche vorstellig und verlangte den Herrn Zacharias zu sprechen.
»Ich hatte Sie gewarnt!«
»Mache ich Ihnen einen Vorwurf?«
Kurt, wegen der glücklichen privaten Wendung in seinem Leben in Hochstimmung, lag das Herz auf der Zunge. Es gelang ihm, Leutnant von Trobisch zu beruhigen. Aufgrund der von der Zentralbank für den Herbst angekündigten Zinssenkung werde der Kurs der Anleihe wieder steigen. Im Übrigen verdichteten sich die Hinweise, dass der Kurssturz willentlich herbeigeführt worden sei, vor allem, um dem Ansehen der von Spener'schen Bank zu schaden. Gewisse Herren dort lägen mit dem Bankgründer Raoul von Spener über Kreuz. Eine unselige Verquickung persönlicher und geschäftlicher Interessen sei der Auslöser dieser unseriösen Kampagne.

»Glauben Sie mir: Der Kurs steigt in Kürze wieder über den Ausgabekurs. Dafür lege ich meine Hand ins Feuer!«
»Und dann?«
»Verkaufen Sie sofort. Warten Sie nicht auf den alten Höchststand. Militärtaktisch formuliert: Im Augenblick ist ein Sieg in einer Schlacht leichter zu erringen, als den ganzen Krieg zu gewinnen. Andere würden sagen: Besser den Spatz in der Hand als die Taube auf dem Dach. Mit anderen Worten: Geld zu haben ist besser, als Geld zu bekommen. Geld zu bekommen ist besser, als Geld zu erwarten. Und Geld zu erwarten ist besser, als auf welches zu hoffen.«
Kurt behielt Recht. Die Gefahr schien gebannt. Als Ferdinand von Trobisch in Dresden seinen mageren Gewinn einstrich, atmete in Chemnitz auch dessen Freund auf. Die erste Zinsrate an seine Hausbank Beyer & Heinze war fällig. Zinskosten und Kursgewinn hielten sich die Waage, von Trobischs Freund vertraute Fritz von Speners optimistischen Prognosen.
Die Freude währte nicht lange.
Als die Dresdener Bank ihren Posten an Anleihen auf den Markt warf, vollzog sich der Kurssturz noch dramatischer. Leutnant von Trobischs Freund, Moritz von Fernow, wähnte sich ruiniert. In einem Brief an seinen Dresdner Freund beklagte er sein Schicksal, verfluchte seine Leichtgläubigkeit gegenüber diesem »Spener'schen Gesindel«. Ferdinand von Trobisch geruhte daraufhin zu erwidern, dass er, gottlob, einer derart negativen Beratung beim Bankhaus Frauenkirche nicht teilhaftig geworden sei.
»Mir wurde einsichtig und nachvollziehbar erklärt, rechtzeitig zu verkaufen. Dir nicht?«
Mit dieser Antwort im Ohr setzte sich Leutnant Moritz von Fernow in den Zug nach Dresden – zuvor war dem vor Wut bebenden Mann bedeutet worden, die Herren Bankiers seien auf der wöchentlichen Geschäftsbesprechung im Bankhaus

Frauenkirche. Mithin war es Donnerstag – was sich auch Mareike Lewenz zunutze machen wollte, als sie ihre Noch-Schwiegermutter um ein vertrauliches Gespräch bat.

Sie saßen im Salon beim Tee und erörterten die Vor- und Nachteile der beiden Elbstädte Hamburg und Dresden. Als alles gesagt war, trat Carola Lewenz ans Büfett. Die Männer, meinte sie, würden unten bestimmt Cognac trinken, da dürften sie sich allemal ein Schlückchen Portwein genehmigen, nicht wahr?

»Gerne. Das erinnert mich doch gleich an die Eddelbüttels. Ich habe ihn dort schätzen gelernt. Genauso wie Muffins und Tee mit Rahm.«

»Womit wir wohl endgültig beim Thema sind, ja?«, fragte Carola Lewenz. Sie reichte ihrer Schwiegertochter das Glas, stieß mit ihr an und trank ihres in einem Zug aus. »Du siehst, ich gedenke, mich vorher zu stärken.«

»Wozu?«

»Eine Scheidung kommt zum gegenwärtigen Zeitpunkt nicht in Frage, Mareike. Georg und das Bankhaus können das jetzt nicht auch noch verkraften.«

»Liebe Schwiegermama, selbst wenn Georg mir dies sagen würde, ich habe keine Lust mehr, länger auf euch zu hören. Ich habe auch ein Recht auf Glück. Wie lange soll ich noch warten? Ich will meine Freiheit. Seht es endlich ein!«

Mareike sprach ruhig und überlegt, blieb entspannt in ihrem Sessel sitzen. Sie hatte alle Trümpfe in der Hand. Notfalls würde sie sie ausspielen. Selbst wenn dies brutal war und ihre Beziehung zu Georg und seine Eltern für immer ruinieren würde.

»Nicht jetzt, Mareike!«

»Keine Diskussion. Ich habe alle notwendigen Papiere dabei. Georg muss nur unterschreiben. Oder liegt es am Geld? Für jeden Monat unserer Ehe, insgesamt zweiundvierzig Monate, fordere ich tausendfünfhundert Mark. Das sind gerade mal dreiundsechzigtausend Mark! Wenig, wenn du bedenkst, wie meine Seele blutete, als mir offenbart wurde, wer dieser Mann ist, dem ich schwor, treu zu sein, bis dass der Tod uns scheide!«

»Du und seelischer Schaden?« Carola Lewenz begann, den Salon zu durchmessen. »Dein Marco Eddelbüttel – hat er dich nicht längst getröstet? Dazu deine Reisen, deine Kuren: Wer bezahlte sie? Du benimmst dich, als wolltest du ein Geschäft aus diesem Versehen machen!«

»Pass auf, was du sagst!«, zischte Mareike. »Du wirst jetzt Georg rufen, und er wird unterschreiben. Auf der Stelle!«

»Wer glaubst du, dass du bist?«, herrschte Carola Lewenz sie an. »Sind wir deine Lakaien? Warte gefälligst.«

»Nein! Keine Minute! Es muss endlich in deinen Kopf, Carola! Ich gehe nicht aus diesem Haus, ohne die nötigen Unterschriften! Himmel, begreifst du nicht, wie ernst mir damit ist? Willst du mich zwingen, Schreckliches zu erzählen?«

»Das ist doch Theaterdonner, Mareike.«

Carola Lewenz konnte und wollte sich nicht vorstellen, was Mareike an »Schrecklichem« gegen sie in der Hand hatte. Sie schüttelte eigensinnig den Kopf und schaute ihre Schwiegertochter hochmütig spöttisch an. Zunächst schien Mareike ihr Recht zu geben, denn sie seufzte resigniert auf, senkte den Kopf und betrachtete eine Weile ihre Fußspitzen. Doch plötzlich erhob sie sich, fasste ihre Schwiegermutter ins Auge und sagte:

»Carola, warum soll ich deinem Mann erzählen, dass du ihn vier Jahre lang mit Fritz von Spener betrogen hast? Warum?«

»Du …«

Carola Lewenz sprach nicht weiter. Fast traurig sah Mareike ihre Schwiegermutter an. Die gab sich einen Ruck und verließ den Salon. Keine fünf Minuten darauf kam sie mit Georg wieder – blass und schwach, unfähig, ein Wort zu sagen.

»Einen schlechteren Zeitpunkt gibt es auf der ganzen Welt nicht, Mareike!«, sagte Georg. »Was ist jetzt so wichtig?«

»Unsere Scheidung, Georg. Ich habe alle Unterlagen dabei. Unterschreibe einfach.«

Sie griff nach ihrer flachen, braunen Ledermappe und breitete die Dokumente auf dem Tisch des Salons aus. Kopfschüttelnd nahm Georg ein Exemplar des Scheidungsvertrages in die Hand und überflog die Seiten.

»Was soll das denn? Fünfzehnhundert pro Monat? Kommt nicht in Frage. Wir sind nicht die Rothschilds. Die Hälfte. Abgesehen davon – ich kann das jetzt nicht einfach unterschreiben. Im Übrigen fehlt mir die eidesstattliche Versicherung, dass du – verzeih mir bitte meine Direktheit – nicht schwanger bist.«

»Ich bin nicht schwanger, Georg. Dafür habe ich zurzeit erdrückende Indizien! Verstehst du? Oder hast du das Bedürfnis, mich zu examinieren?«

»Mareike! Bitte! Verliere jetzt nicht die Beherrschung!«

»Wie bitte? Ich soll nicht die Beherrschung verlieren? Ich glaube, ihr beide versteht mich immer noch nicht: Unterschreibe! Sonst ...«

»Sonst?«

»Nicht!«, rief Carola Lewenz.

Irritiert drehte sich Georg zu seiner Mutter um, die die Hände vors Gesicht geschlagen hatte und zu schluchzen begann.

»Was führst du im Schilde, Mareike?«

Georgs Miene war mürrisch, sein Ton der eines Mannes, der kurz davor war, seine Fäuste einzusetzen.

»Tut mir Leid«, antwortete Mareike kalt. »Ich habe es im Guten versucht, aber es fruchtete nicht. Georg, deine Mutter

leistete sich ein Verhältnis mit Fritz von Spener. Ich hoffe, diese Enthüllung bringt euch endlich zur Vernunft!«
Carola Lewenz schluchzte laut auf und rannte davon. Georg war unfähig, sich zu rühren. Seine Miene zerlief wie ein dünner Teig, der seine Gesichtszüge mit sich zu reißen schien, bis er schließlich ein neues Gesicht freigelegt hatte: das des Hasses und der Rache.
Mareike wich vor diesem Mann zurück. Schon machte sie sich Vorwürfe, zu weit gegangen zu sein, da trat Georg an den Sekretär und öffnete ihn. Federhalter und Tinte standen bereit. Georg zeichnete alle drei Exemplare des Scheidungsvertrages ab – das Kratzen des Kieles klang in der Stille, als zerreiße einer Papier in kleine Fetzen.
Ohne seine Frau noch eines Blickes zu würdigen, verließ er den Salon. Mareike streute Sand über die noch feuchten Unterschriften und verstaute die Verträge in ihrer Ledermappe. Schnellen Schrittes eilte sie aus dem Haus.

So unerbittlich wie unaufhaltsam überschlugen sich in diesen Minuten die Ereignisse. Während Georg seine Scheidungsurkunden unterschrieb, forderte im Schalterraum Leutnant Moritz von Fernow, man möge ihn unverzüglich zu Fritz von Spener führen, was auch geschah.
»Sie haben mich ruiniert!«
Fernow grüßte nicht, er brüllte nur diesen einen Satz. Daraufhin erstarrte er. Wie festgewurzelt verharrte er in seiner Uniform auf der Stelle, winzige Schweißtropfen auf der Stirn. Seine behandschuhten Fäuste waren geballt, der Kopf mit dem Oberlippenbart starr nach vorn gereckt.
Fritz sprang auf, breitete die Arme aus. »Setzen Sie sich«, rief er. »Wir finden eine Lösung.« Kurt ging zur Bar, machte einen dreifachen Cognac fertig. Fernow stakste auf den ihm angebotenen Sessel zu, nahm den Cognacschwenker und trank ihn in

einem Zug leer. Fritz nahm ihm das Glas ab, Kurt schenkte noch einmal ein. Es war still, jeder im Raum begriff, dass dieser Leutnant erst einmal verarztet werden musste.
Dann würde man weitersehen.
»Ich bin ruiniert. Ich kann die Zinsen nicht aufbringen.« Fernow warf Fritz einen anklagenden Blick zu und stürzte das zweite Gas Cognac herunter. »Meine Bank«, stöhnte er, »fordert Deckung. Aber meine Reserven sind erschöpft. Sie sind schuld! Sie haben mich beleidigt. Ich fordere …«
»Unnötig. Sie sind Opfer einer Intrige«, sagte Fritz beherrscht.
In diesem Augenblick öffnete sich die Tür. Georg stutzte, trat näher.
»Was ist los?«
Seine Stimme war die einer Krähe.
»Leutnant von Fernow finanzierte den Kauf der Anleihen bedauerlicherweise über einen Kredit«, sagte Kurt. »Er wähnt, von Fritz nicht rechtzeitig informiert worden zu sein. Das kann man aber doch regeln, in diesem Fall, nicht wahr?«
Er schaute zuerst Heinrich an, der nickte, dann Fritz' Onkel, der ebenfalls einverstanden war, dem Herrn Leutnant so lange die Zinsen zu zahlen, bis der Kurs der Anleihen wieder mit dem Ausgabekurs gleichgezogen hatte.
»Gut«, sagte Kurt. »Sparen Sie sich den Skandal, Leutnant von Fernow. Wir kommen in Ihrem Fall für die Zinsen auf.«
Statt zu antworten, sah von Fernow ungläubig zu, wie Georg mit der Haltung eines angreifenden Stiers langsam auf Fritz zuging, seinen Freund packte und ihn an sich riss. Vor Überraschung blieb Fritz der Mund offen stehen, Georg indes knirschte mit den Zähnen. Die Unterlippe schief herabgezogen, zerrte er an Fritz' Revers, als wolle er ihn mit schierer Kraft in den Boden drücken.
»Du bist ein dreckiger Hurensohn, Fritz. Ein krankes Stück Abfall und darum zu jeglicher Arbeit unfähig! Erst schän-

dest du meine Familie, dann ruinierst du Kunden. Sei verflucht!«
Er stieß Fritz von sich und ohrfeigte ihn.
Fritz bebte. Doch dann straffte er sich, stich sich das Revers glatt und blitzte Georg hochmütig an.
»Der Beleidigte wählt Pistolen. Sie hören von mir, mein Herr.«
Leutnant von Fernow ächzte, schaute in seinen Cognacschwenker. Doch der war leider leer.

Nicht nur nach Meinung Leutnant von Fernows, sondern auch Raoul von Speners entsprach Georgs Verhalten der höchsten Stufe einer Beleidigung.
»Bei einer Beleidigung dritten Grades, also Beschimpfung mit Schlag, hat der Beleidigte das Recht, die Art der Waffe zu wählen«, klärte Leutnant von Fernow Kurt und Heinrich auf, die sich mit Adam und Thaddäus in den Wohnsalon des Bankhauses zurückgezogen hatten. »Nach dem Codex hat Herr Fritz von Spener sogar das Recht, eine eigene Waffe zu wählen, freilich muss er dieselbe Waffe auch seinem Kombattanten anbieten.«
Heinrich erhob sich, winkte ab. Eigentlich wollte er gar nichts hören, hoffte insgeheim, aus einem Albtraum zu erwachen. Doch die Realität war so bedrückend wie das Wissen, dass er die schreckliche Botschaft noch seiner Frau überbringen musste.
»Warum hat er sich dermaßen hinreißen lassen? Ich verstehe das nicht. Es ist mir ein Rätsel. Fritz von Spener war sein bester Freund.«
Um Jahre gealtert, stand er verloren im eigenen Salon, ein Mensch, der vor den Trümmern seines Lebens stand. Schlimmer als einst Martin Lewenz, dachte Kurt. Heinrich Lewenz ist am Ende. Nur weiß er es noch nicht.

Kurt und Leutnant von Fernow schauten sich an. Das Duell war unvermeidlich, ob es vom Staat verboten war oder nicht. Männer von Ehre und Charakter schlugen sich, wenn es sein musste, bis auf den Tod. Kurt räusperte sich, bot an, die »Angelegenheit« zu ordnen: Ob Georg einverstanden wäre, ihn und Leutnant von Fernow als Sekundanten zu erwählen?
»Bestimmt.«
Heinrich hatte schon die Klinke in der Hand, drehte sich aber noch einmal um.
»Kurt?«
»Ja?«
»Ich habe mich noch nie bei Ihnen bedankt. Was ich jetzt hiermit nachhole. Bleiben Sie uns auch weiterhin gewogen. Wir alle brauchen Sie.«
»Sie können auf mich zählen, Herr Lewenz.«
Thaddäus Warnke und Adam Noack nickten eifrig, als wollten auch sie ihrem Chef ihre Loyalität versichern. In Wahrheit waren sie nur gerührt, was vor allem Thaddäus, dessen Adamsapfel heftig auf und abhüpfte, nur mühsam verbergen konnte.
»Dann schlage ich vor, Herrn Zacharias gleich als leitenden Sekundanten zu bestimmen, der damit auch die protokollarischen Verpflichtungen übernimmt. Natürlich vorbehaltlich der Zustimmung des Beleidigten.«
Leutnant von Fernow war in seinem Element. Noch im Zug nach Dresden hatte er fest damit gerechnet, dass er seine Ehre gegenüber Fritz von Spener nur mittels einer Duellforderung wieder herstellen konnte, jetzt nahm ihm dies der Junior des Bankhauses Frauenkirche gewissermaßen ab. Mit etwas Glück würden beide dabei draufgehen.
Denn zwei tote Bankiers, dachte Moritz von Fernow, sind allemal besser als ein toter Leutnant.

Es fügte sich, dass Moritz von Fernows Vorschlag, der Gegenseite seinen Freund, Leutnant Ferdinand von Trobisch, als Sekundant zu empfehlen, angenommen wurde. Raoul von Spener, der sich nicht die Ehre nehmen lassen wollte, seinem Neffen als zweiter Sekundant zur Verfügung zu stehen, fand sich mit Trobisch in Kurts Wohnung ein, um die Details des Duells auszuhandeln.

Am Anfang stand die Wahl der Waffen. Fritz hatte sich bereit erklärt, auch eine fremde Waffe zu führen – weil er darauf vertraute, dass zwei Leutnants der Königlich-Sächsischen Armee in ihren Einheiten für derartige Fälle gerüstet seien.

Womit er natürlich nicht falsch lag.

Leutnant von Trobisch empfahl ein Paar alte Steinschlosspistolen vom Anfang des Jahrhunderts, sehr gepflegte und besonders ehrenhafte Waffen, weil sie bislang genau zweihundertsiebenundachtzig tödliche Schüsse »entäußerten«.

»Nein«, sagte Kurt, »ich akzeptiere nur jungfräuliche Pistolen beziehungsweise Waffen, die noch nicht getötet haben.«

»Da werden wir beim Militär kaum fündig werden«, bemerkte Leutnant von Fernow. »Ich könnte aber eigene Waffen anbieten. Bei meiner Ehre versichere ich: Aus ihnen wurde bislang kein einziger Schuss abgegeben. Es sind moderne einschüssige Vorderladerwaffen, die Zierde eines jeden Offiziers.«

»Welches Kaliber?«, fragte Leutnant von Trobisch interessiert.

»Fünfzehn Millimeter.«

»Unsere Steinschlosswaffen sind Kaliber siebzehn Millimeter«, bemerkte von Trobisch. »Aber ihre Feuerkraft ist weniger stark.«

»Gut. Besser ein geringeres Kaliber«, sagte Kurt. »Nach meinem laienhaften Kenntnisstand verursachen sie geringere Verletzungen.«

»Wenn die Platzierung der Kombattanten in entsprechend

großer Distanz erfolgt, ja«, sagte Leutnant von Fernow. »Bei geringerer Distanz wiegt die größere Feuerkraft des kleineren Kalibers diesen Nachteil jedoch wieder auf.«

»Nachteil?«

Beide Leutnants lachten. Ferdinand von Trobisch entschuldigte sich und seinen Freund mit der Bemerkung, beim Militär sei man so sehr von dem Gedanken beseelt, Nachteile für sich und die Truppe zu vermeiden, dass man von Vorteil gewöhnlich nur dann spreche, wenn man zahlenmäßig überlegen sei.

»Was schlagen Sie also vor?«

»Erst ist die Waffe zu bestimmen«, sagte Moritz von Fernow streng.

»Die Ihrige.«

Es gab keine Einwände, wie Kurt penibel protokollierte.

Die Distanzbestimmung erfolgte über das arithmetische Mittel: Kurt und Moritz von Fernow plädierten für die Maximaldistanz von fünfzig Schritt, da Fritz ein geübter Schütze sei, Raoul von Spener und Ferdinand von Trobisch bestanden auf der Norm von dreißig Schritt.

»Also vierzig.«

Als »Rendezvous-Platz« einigte man sich auf eine der Wiesen im Großen Garten.

»Was hingegen die Anzahl der Kugelwechsel betrifft, meine Herren«, fuhr Kurt fort, »stelle ich mich stur: Mit mir ist nur ein einmaliger Kugelwechsel zu machen, egal ob Beleidigung ersten oder dritten Grades. Die Kombattanten sind beide meine Freunde! Niemals stimme ich einem Arrangement zu, das eine Tötung auch noch begünstigt.«

Die Herrn Leutnants nickten ergeben. Kurt klang einschüchternd kompromisslos. Raoul von Spener lächelte süffisant. Fritz, wusste er, benötigte nur einen Schuss. Egal, auf welche Distanz.

Vier Uhr dreißig in der Früh: Das »Pistolenduell mit festem Standpunkt« fand drei Tage später an einem frühsommerlichen Morgen statt, das Wetter hätte kaum schöner sein können. Natürlich unterließen es die Angehörigen der Kombattanten, sich darüber auszulassen. Dafür war die »Angelegenheit« einfach zu ernst. Doch das Kopfschütteln und Händeringen sprachen Bände.
Carola Lewenz war totenblass, Mareike hatte rot geweinte Augen. Die Gesichter von Gunda und Fritz' Mutter waren Masken, hinter denen sie ihr Entsetzen verbargen. Alle Frauen fühlten sich schuldig. Die Blicke, die sie den Kombattanten zuwarfen, waren voller Verzweiflung und Ohnmacht – gleichwohl blieben sie unbeachtet, denn Fritz und Georg standen von ihren Sekundanten abgeschirmt auf den zuvor bezeichneten Plätzen.
Man wartete auf die Waffen.
Vier Uhr fünfundvierzig brachte Moritz von Fernows Bursche die Pistolenkassette, die den Abend zuvor im Beisein aller Sekundanten versiegelt worden war. Die Pistolen waren mit Schwarzpulver und Bleikugeln geladen. Nach Eintreffen der Ärzte um vier Uhr fünfzig war es soweit.
Die Sekundanten forderten dazu auf, Rock und Weste abzulegen. Die Gegensekundanten tasteten kurz die Oberkörper ab, ob nicht etwa einer der Kombattanten sich verbotenerweise schützte. Daraufhin kam Kurt seiner formalen Pflicht nach, die Kombattanten letztmalig zu einer friedlichen Lösung ihres Konfliktes aufzufordern.
»Georg, Fritz! Fritz, Georg! Ihr könnt alles verlieren! Habt ein Einsehen!«
Er wartete eine Minute. Die Gesichter seiner Freunde blieben unbewegt.
»Es sei also.«
Kurt winkte die beiden Leutnants zu sich, nahm die Pistolen-

kassette in Empfang und brach die Siegel. Sein Hals zog sich zusammen, als er die Pistolen in die Hand nahm und sie Fernow und Trobisch aushändigte, die sie unverzüglich den Kombattanten überreichten.
»Plätze einnehmen.«
Die Mündung des Pistolenlaufs auf den Boden gerichtet, stellten sich Georg und Fritz vor die mit Kreide gezogenen Striche. Im Abstand von einigen Schritten gesellten sich die Sekundanten dazu, die Ärzte wenige Schritte hinter ihnen.
Kurt schaute auf die Uhr. Das Duell war auf fünf Uhr festgesetzt. Da Fritz eine Beleidigung dritten Grades hatte hinnehmen müssen, stand ihm der erste Schuss zu. Die Frage, die sich für seinen Onkel und Gunda stellte, war, würde er diesen Vorteil für sich nutzen? Wenn ja, wäre es Georgs sicherer Tod.
»Noch eine Minute!«
Irgendwo begann eine Kirchturmuhr zu schlagen. Ein Vogel schimpfte, eine Taube gurrte.
»Meine Herren, Achtung, auf mein Kommando!«
Kurt schickte ein Stoßgebet nach dem anderen gen Himmel. Fritz und Georg hoben die Pistolen.
»Spannt!«
Das feine Klicken klang wie das Brechen dünner Zweige. Die Waffen aufeinander gerichtet, sahen ihre Augen leblos aus. Beide fühlten nichts, lauschten nur der eigenen, begriffslosen Spannung und dem Rauschen des Blutes in ihren Ohren. Nichts ging in ihnen vor, wie Kurt und Gunda, Carola oder Heinrich Lewenz vermuteten. Bei diesen letzten Atemzügen vor dem ersten Schuss, diesen Sekunden, in denen die Zeit wie ein Sturmwind gegen sie anwogte, hatten Georg und Fritz weder ein Bild vor Augen, noch fühlten sie sich an eine Szene ihres Lebens erinnert, an ein Gefühl, an einen Satz, an Klänge wie Wut oder Liebe, wie Freude oder Erschöpfung.

Ihre Seelen steckten im Lauf der Pistole, ihr Gefühl im Zeigefinger des Abzugs.
Sie waren außerhalb des Lebens und ihm doch so nah wie nie zuvor.
»Feuer!«
Das Mündungsfeuer aus Fritz' Pistole, ihr Knall waren das Letzte, was Georg vor dem vernichtenden Stoß gegen die Brust noch wahrnahm. Fritz' Kugel traf ihn mitten ins Herz. Doch breitbeinig, wie Georg stand, und so gestählt sein Zeigefinger vom vielen Schreiben war – im selben Moment, indem es schwarz vor seinen Augen wurde, siegte sein Wille, die Waffe, die er noch gerade hielt, abzufeuern. Und auch seine Kugel traf. Sie durchschlug Fritz' Bauch, zerriss ihm Leber und Milz.

Mareike fiel in eine tiefe Ohnmacht, Carola Lewenz brach mit entsetztem »Nein!« über ihrem Sohn zusammen. Gunda schrie, bis ihr die Stimme wegblieb, Fritz' Mutter warf sich in Raoul von Speners Arme.
Kurt dagegen stand unbeweglich auf seinem Fleck und weinte wie ein Kind. Die Tränen strömten ihm aus den Augen, er verschluckte sich, schnappte nach Luft, schniefte. Die Ärzte konnten nur den Tod Georgs feststellen, und was Fritz betraf, waren sie gegen eine derartige Bauchverletzung machtlos. Hilflos irrten sie von einem Opfer zum anderen, fühlten Fritz den Puls, zuckten mit den Schultern. Betreten, aber doch aufrecht, ließen die Herren Leutnants und Sekundanten deren zornige Blicke über sich ergehen, gaben schließlich dem Burschen Order, die Polizei zu verständigen.
Fritz verblutete röchelnd. Seine Lippen zuckten, seine Lider flatterten. Er war nicht mehr ansprechbar. Während Carola Lewenz Georg wie ein Kind in den Armen wiegte, bedeckte Gunda Fritz' Gesicht mit Küssen und flüsterte ihm ins Ohr, ihn ewig zu lieben. Als es mit Fritz zu Ende ging, bettete sie

seinen Kopf in den Schoß seiner Mutter, kniete sich neben ihn und hielt ihm die Hand.
Fritz wandte ihr den Kopf zu, lächelte. Der Tod kam mit einem kurzen heiseren Geräusch über ihn – und strafte sanft, indem er Fritz nicht schreckte, sondern ihm nur sein Lächeln vom Antlitz nahm.

Heinrich Lewenz sollte die beschämende Wahrheit nie erfahren. Um Ruf und Ehre des Bankhauses zu wahren, errichteten Gunda und Mareike, aber auch Kurt und Marina eine Mauer des Schweigens um dieses Geheimnis einer einstigen Liebe.

Andreas Liebert

Die Handheilerin

Roman

Ein Städtchen in der Ukraine 1880. Sarah, eine junge Jüdin von außergewöhnlicher Schönheit, ist eine eigenwillige Persönlichkeit und spürt in sich eine starke übersinnliche Kraft: Mit ihren Händen kann sie heilen und Krankheiten lindern. Bei einem Pogrom wird sie von dem russischen Unteroffizier Gregor Nikolajewitsch verschleppt, der ihre Gabe zu seinem Vorteil nutzen will. Sarah flieht zurück in ihr Stetl – und kommt zu spät. Ihre Familie ist inzwischen nach Amerkika ausgewandert. Auf der Suche nach ihrer Bestimmung beginnt für Sarah eine fünfundzwanzig Jahre währende Irrfahrt.

Knaur

Andreas Liebert

Corellis Geige

Rom im Jahre 1712: Die musikalische Welt ist bezaubert von einer Wundergeige aus der Werkstatt der Guarneri. Dem berühmten Komponisten Corelli wurde sie ins Grab gelegt, doch die Gruft wird aufgebrochen. Wenig später taucht die Geige in Venedig in den Händen eines armen Spielmanns auf, der dank ihres betörenden Klangs zu Ruhm kommt. Da sind die Neider und Halsabschneider nicht fern, doch ehe er einem Meuchelmord zum Opfer fällt, kann der Spielmann die kostbare Violine seinem Sohn Marcello übergeben. Ein weit verzweigtes Intrigenspiel quer durch Europa nimmt seinen Lauf.

»Ein historischer Kriminalroman
von barocker Opulenz und zugleich eine Abenteuerreise
voller Fakten, Phantasie und Musik.«
Welt am Sonntag

Knaur

Peter Prange

Das Bernstein-Amulett

Eine Familiengeschichte in Deutschland

Herbst 1990 – nach der Wiedervereinigung. In einem Saal des ehemaligen Gutshofs Daggelin im Osten Deutschlands feiert die Familie Reichenbach den fünfundsechzigsten Geburtstag Barbaras. In die Feier platzt ein betrunkener und verwahrloster Mann: Christian, der Lieblingssohn Barbaras. Er bringt einen höhnischen Toast auf seine Mutter aus, als Geschenk wirft er eine Kette mit einem Bernstein-Amulett als Anhänger auf den Tisch. Genau dasselbe Schmuckstück, wie Barbara es am Hals trägt. Auch Christians Kette, die echte, hat einmal Barbara gehört …

»Eine große und dramatische Liebesgeschichte.«
3sat

Knaur